Denene Millner

Die Farbe meines Blutes

GOLDMANN

Denene Millner

DIE FARBE MEINES BLUTES

Roman

Aus dem amerikanischen Englisch
von Henriette Zeltner

GOLDMANN

Die amerikanische Originalausgabe erscheint 2023 unter dem Titel
»One Blood« bei St. Martin's Press, New York.

*Die Autorin verwendet mehrfach Wörter wie »nigger«, »negro«, »farbig«, die wir jeweils mit einem * versehen haben. Die Wörter gelten heute als despektierlich und abwertend und werden nicht mehr verwendet. In der Übersetzung werden sie jedoch wiedergegeben und weder umschrieben noch vermieden oder nur angedeutet, da es ja gerade das Anliegen der Autorin ist, durch die ausdrückliche Benennung und Wiedergabe die Zeit und die Zustände in den USA der Sechzigerjahre bis ins 21. Jahrhundert zum Ausdruck zu bringen.

FSC www.fsc.org MIX Papier | Fördert gute Waldnutzung FSC® C014496

Penguin Random House Verlagsgruppe FSC® N001967

1. Auflage
Deutsche Erstveröffentlichung Mai 2023

Redaktion: Antje Steinhäuser
Umschlaggestaltung: UNO Werbeagentur GmbH
Umschlagmotiv: Nic Skerten / Trevillion Images
LK · Herstellung: ast
Satz: Uhl + Massopust, Aalen
Druck und Bindung: GGP Media GmbH, Pößneck
Printed in Germany
ISBN: 978-3-442-31641-0

www.goldmann-verlag.de

Für meine leibliche Mutter,
die mich so sehr liebte, dass sie mich fortgab.
Und für meine Mutter, die mich gefunden
und mit jeder Faser ihres Wesens geliebt hat.
Ich schätze mich glücklich.

»Ich bin gegen die Auslassung oder Umschreibung der Worte ›Neger‹, ›Nigger‹ oder Ähnlichem in meinem Roman. Ich denke, es ist richtig, sie genau so zu verwenden. Denn sie werden nicht ohne Grund benutzt, sondern sollen vielmehr die Geschichte, den Ort und die Zeit verdeutlichen, in denen sich die Charaktere befinden. Ich möchte nicht, dass wir jemals vergessen. Niemals.«

Denene Millner

Das Blut

Das Blut, das durch meine Adern, mein Gehirn,
mein Herz fließt.

Blut, das größte Puzzleteil, das mich ausmacht. Und nur
mich. Ich kann gar nicht ermessen, wie viel Blut.

Dasselbe Blut, das durch meine Adern floss, als ich meinen
ersten Atemzug tat. Als ich das erste Mal in Erscheinung
trat, den ersten Eindruck auf meine Leute machte.
Auf diese Welt.

Ich kann gar nicht ermessen, wie viel Blut.

Dasselbe Blut, das nur ein Plätschern, eine kleine Welle,
ein Teelöffel in dem Meer von Blut ist.

Die Gallonen über Gallonen von Vermächtnis.

Der große Körper des Daseins, mit dem Plätschern, den
kleinen Wellen und kleinen Teelöffeln von allen, die darin
fließen.

Bis aus Millionen verschiedener Familien eine einzige wird.

Ich kann gar nicht ermessen, wie wenig Blut.

Doch mein kleiner Teelöffel trägt die Welt in sich.

Mein Blut fließt zurück nach Somalia und Äthiopien,
Hunderte und Aberhunderte Jahre in die Vergangenheit.

Mein Blut fließt zurück zu meinen versklavten Vorfahren.

Mein Blut fließt durch alles und jede*n.

Menschen verbinden sich und verbinden sich aufs Neue.

Blut fließt und vermischt sich.

Und wir wissen, dass wir gleich sind.

So funktioniert das wunderschöne Blut.

Das Blut.

Das Blut von Generationen, das den Weg in deine Adern gefunden hat.

Es ist goldfarben.

All das Blut.

Es tröpfelt weiter bis zu dir.

Dieser kleine Teelöffel in dem Körper des Daseins.

Mari Chiles

DAS BUCH GRACE

1965–1969

1

Das Blut machte Grace nie viel aus. Maw Maw Rubelle hatte sie früh dran gewöhnt. Als sie noch klein war. Eine ganze Zeit bevor sie ihrer einzigen Enkelin, ihrem Lehrmädchen, bei deren erster Entbindung eines Babys den Herd überließ. – Sogar noch bevor Grace zum ersten Mal Blut den Oberschenkel heruntertröpfelte. Da war es, ihr Monatsblut, das als dunkelrote Flüssigkeit eine Spur auf Wade und Knöchel hinterließ, bevor es auf die fruchtbare Erde Virginias tropfte. Dort stand sie mit nackten Füßen, während sie nach den Klammern an der Wäscheleine griff. Grace legte den Kopf schräg und schaute es nur einen Moment lang staunend an. Dann ging sie ins Plumpsklo und legte sich eine Binde zurecht, so wie Maw Maw Rubelle es ihr gezeigt hatte: mit Nadeln und abgerissenen Streifen eines Futtersacks. Genauso selbstverständlich und eklig wie die Schweinesuhle, dachte Grace.

Ihre beste Freundin Cheryl nahm das allerdings ganz anders auf. Sie schrie Himmel und Hölle zusammen, als sie das erste Mal blutete. Keiner – weder ihre Mama noch ihre große Schwester oder ihre Tante – hatte sich die Mühe gemacht, sie auf das Unvermeidliche vorzubereiten. Sie behielten es für sich wie ein großes Geheimnis, das zu erfahren Cheryl kein Recht hatte. Das Dummerchen erschrak fast zu Tode, als sie die rote Pfütze auf ihrem Stück der Schulbank sah und merkte, dass die aus ihrer Poom-Poom rauslief. Da stieß sie das Pult um und rannte einfach davon. Vorbei an der Harley-Wiese, während sie brüllte und schrie wie ein angestochenes Schwein. Das Gelächter der Jungs und die Rufe ihrer Lehrerin Miss Garvey verfolgten sie.

Doch Grace verstand die Macht von Blut. Dafür hatte Maw Maw Rubelle gesorgt – zum Scherz und aus ganz praktischen Gründen ließ sie es Grace direkt ansehen. Schließlich wusste Maw Maw, dass ihre kleine Enkelin berufen war. – Das hatte sie klar und deutlich in einer Vision gesehen, als sie eines Nachmittags tief im Wald neben dem Fluss Wurzeln von Kermesbeeren ausgrub. Sie war dorthin gegangen, um Heilpflanzen zu suchen, etwas Ruhe zu haben und den Geistern ihrer Mutter und Großmutter Opfer zu bringen. In der Vision hatten Graces Hände – klein, zart und trotzdem stark – behutsam den Kopf eines Babys gedreht, als der zwischen den Beinen seiner Mutter auftauchte. Ihre Bewegungen, die Art, wie Graces Finger die Löckchen des Babys umfingen, hatten Maw Maws Herz schneller schlagen lassen. Sie konnte die Freude der Enkelin in ihren eigenen Fingerspitzen und Handflächen spüren. Maw Maw war langsam auf die Knie gesunken, sodass Zweige und Steine sich durch ihre dicken Röcke gebohrt hatten. Dann küsste sie diese warmen, vor Energie pulsierenden Handflächen und presste sie an ihre Wangen. Da war Liebe. Grace würde die Tradition der Adams-Frauen weiterführen. Maw Maws Verstorbene logen nicht. »Zeig ihr das Blut«, hatten sie in der Brise und den Sonnenstrahlen, die durchs Blattwerk fielen, geflüstert. »Zeig ihr, was sie schon weiß.«

Maw Maw hatte ein Tuch aus ihrem Ausschnitt gezogen, Wurzeln, Blätter und Beeren von dem kleinen Ast darin eingewickelt und sich dann seufzend mit all ihrem Gewicht auf den Gehstock gestützt und mühsam aufgerichtet. So rasch, wie ihre dicken Beine sie trugen, war sie anschließend durch Dickicht, über Erde und Gras, vorbei am großen Birnbaum und dem Salbeistrauch gehumpelt. Zurück zu dem mit Holzschindeln verkleideten Haus, das ihr Heim war, seit sie als kleines Mädchen von ihrer eigenen Großmutter gelernt hatte, was eine Hebamme können muss.

Maw Maw drückte die Hintertür auf und sah sich blinzelnd in dem winzigen Zwei-Zimmer-Haus um. Ihr Blick ging vom Bett und der kleinen Kommode zum Küchentisch und den drei Hockern, die Mr Aaron aus einer umgestürzten Eiche gezimmert hatte. Für zwei Monate Sonntagsessen von Maw Maw. Vorbei am dickbauchigen Holzherd, auf dem ein riesiger Eisenkessel Wache stand, schaute sie zur Ecke unter dem Fenster. Das hatte sie offen gelassen, damit die Brise den Duft der Gardenien hereinwehte, die neben dem Haus wuchsen. Dort saß Grace, die Beine von sich gestreckt wie eine der kleinen Lumpenpuppen, die ihre Mama letztes Weihnachten für sie gebastelt hatte, und nähte Babysachen, wie Maw Maw es ihr aufgetragen hatte. Die waren für eine Patientin, deren Kind jeden Tag kommen konnte.

»Komm her, Kindchen«, hatte Maw Maw gesagt, bevor sie ihr prall gefülltes Tuch auf den Küchenschrank legte. Vorsichtig faltete sie es auseinander und trennte Blätter von Wurzeln und Beeren. Grace sprang auf. »Bring Maw Maw Ruby ihre Tasche.«

Die damals achtjährige und sehr eifrige Grace war praktisch zu der Kommode geflogen, wo Maw Maw ihre besondere Tasche aufbewahrte. Jemand bekam ein Baby, und Maw Maw musste sich dorthin beeilen, das wusste Grace, denn dies war die Aufgabe ihrer Großmutter – sie wartete auf Babys und wenn die kamen, rief jemand Maw Maw und sie nahm ihre Tasche und ihre festen Schuhe und spielte mit dem Baby, bis die Mama so weit war, dass sie selbst mit dem Baby spielen konnte. Oder so ähnlich.

»Wem sein Baby kommt heute, Maw Maw?«, hatte Grace aufgeregt gefragt und sich bemüht, die schwere schwarze Tasche vorsichtig auf den Tisch zu stellen.

»Gar keins, Chile«, hatte Maw Maw liebevoll erwidert. Der Stuhl, auf den sie sich fallen ließ, knarzte, als sie sich zurechtrückte. Sie riss ein kleines Stück von einer Zeitung ab, die sie in die Tasche gestopft hatte, und legte sorgsam ein paar Beeren darauf, bevor sie diese in einem Täschchen verstaute, das sie in den Saum des Lederbeutels genäht hatte. Sie hatte sich vorgenommen, sie am nächsten Sonntag auf dem Weg zum Eishaus bei Belinda vorbeizubringen. Die junge werdende Mutter würde irgendwann in den nächsten Wochen entbinden. Und eine Frau mit einem Bauch, der beinah so dick und breit war wie sie selbst groß, brauchte eine kleine Aufmunterung, um nicht zu vergessen, dass sie immer noch eine Lady war, die Zuneigung verdiente. Und Berührung. Die hübsch war. Etwas Rot von diesen Beeren auf ihre Lippen gerieben würde Belinda daran erinnern. – Belinda *und* ihren Mann, von dem Maw Maw gehört hatte, dass er sich bei The Quarters herumtrieb, wo er trank, rauchte, raufte und vergaß, dass er eine schöne schwangere Ehefrau zu Hause hatte. »Komm her, Kindchen«, hatte Maw Maw gesagt und Grace zu sich gewunken. »Stell dich hier hin.«

Grace schob sich zwischen Maw Maws Knie und schmiegte ihr Gesicht in die Hände der Großmutter.

»Irgendwann wird diese Tasche dir gehören«, sagte Maw Maw und sah dabei in Graces wache braune Augen. Sie ließ ihren Daumen auf dem einzigen Grübchen ruhen, das Grace hatte. Eine kleine Vertiefung in ihrer rechten Wange.

»Du meinst, wie in meiner Filmvorführung, Maw Maw?«, fragte Grace.

Maw Maw wich mit ihrem Kopf ein Stück zurück und runzelte die Stirn. Grace wachte immer in den Arm ihrer Großmutter geschmiegt auf und erzählte ihre Träume – sie nannte sie »Filmvorführungen«, weil sie sich vorstellte, dass ein Film in einem Kino so aussah. Bisher hatte sie, wegen Geld oder falscher Hautfarbe, dieses Vergnügen noch nicht gehabt. Anschließend standen die beiden aus dem Bett auf, knieten für ihre Morgengebete und stellten dann Wasser und Brot für ihre Verstorbenen bereit. Maw Maw hörte immer aufmerksam zu, weil sie die Macht von Träumen kannte – sie wusste, dass es keine Träume waren, sondern eine Anspielung auf Bevorstehendes. Botschaften. Manchmal Warnungen. Maw Maw überlegte, dass sie sich sicher gemerkt hätte, wenn Grace ihr von einem Traum erzählt hätte, in dem ihre Hebammentasche vorkam. »Was für einen Traum hattest du, Chile? Hast mir nicht davon erzählt?«

»Wollte ich gerade, Maw Maw«, hatte Grace liebenswürdig geantwortet. »Ich hab darin mit einem Baby gespielt, aber es hatte Blut im Gesicht. Ich hab mich gefürchtet.«

»Wann hattest du den Traum, Baby?«

»Gerade vorhin, Maw Maw, als du unten am Fluss warst.«

Maw Maw hätte von der Vision ihrer Enkelin und der Gleichzeitigkeit ihrer beider Verbindung zur Zukunft überrascht sein können, doch sie hütete sich, etwas Natürliches, Wahres infrage zu stellen. Es war an der Zeit. »Blut ist nichts, wovor man sich fürchten muss«, sagte Maw Maw also nur. »Da stecken deine Mama und dein Daddy drin, ich und meine Mama auch. Sich vor Blut fürchten, wäre so, als hättest du vor dir selber Angst.«

* * *

Grace spürte etwas in ihrem Bauch, das mit ihrer Vorstellung von Freude allerdings nichts zu tun hatte. Es fühlte sich eher so an, wie sie sich das Beil am Hals eines gerade eingefangenen Hahns vorstellte, der auf dem Weg in den Kochtopf war. Sie wollte Maw Maw sofort erzählen, dass sie ihre Regel bekommen hatte – und erfahren, was als Nächstes käme. Sie konnte sich drauf verlassen, dass ihre Großmutter schlicht die Wahrheit sagte. Ihre Mama Bassey hatte schon längst alles, was Rubelle ihr über die Menstruation beigebracht hatte, gegen das eingetauscht, was die Bibel, der Pastor und alle anderen Männer darüber zu sagen hatten. Deshalb war sie bei dem Thema kurz angebunden. Grace bekam von ihr höchstens zu hören, dass es das Los der Frauen war – Evas Fluch. Von Versuchung, Ungehorsam und Sühne wollte Maw Maw nichts wissen. Auch nicht von Äpfeln und von hinterhältigen sprechenden Schlangen. Sie war sich dessen sicher, was schon Generationen von Frauen vor ihr bewusst gewesen war: Die Menstruation war ein Geschenk. Das Blut trug die Zutaten des Lebens in sich: Reinigung, Intuition, Einklang zwischen den Rhythmen von Körper, Natur und Gott. Mit ihrer Enkelin darüber zu sprechen wurde dringender, als der Stoff ihres Kleids, das aus einem Mehlsack genäht war, über Graces Hüften zu spannen begann, und ihre Knospen rund und voll wurden. »Meine Mama hat mir erzählt, wenn du eine Frau wirst, lässt der Mond das Wasser der Meere zu deiner Ehre an die Ufer schlagen«, sagte sie mehr als einmal zu Grace. »Sie meinte, Simbi wird in deinem Bauch tanzen.«

Maw Maw war gerade mit einem frisch gewaschenen Laken unterwegs zur Wäscheleine, als sie ihre Enkeltochter in zusammengekrümmter Haltung langsam aus dem Gartenklo kommen sah. Instinktiv wusste sie, warum Grace Schmerzen zu haben schien, aber sie fragte trotzdem. »Was tut dir weh, Kind?«

Graces Antwort bewirkte, dass Maw Maw den Kopf in den Nacken warf und schallend lachte. »Komm her«, rief sie und zog Grace mit ausgebreiteten Armen an ihren Busen. »Oh, Simbi wird heute Nacht tanzen! Lauf runter in den Wald und hol ein bisschen Rinde gegen Krämpfe. Dann lass Maw Maw dir was kochen, das den Schmerz lindert.«

Grace tat, was Maw Maw ihr aufgetragen hatte, und trat gerade wieder durchs Gebüsch, als sie einen weißen Mann ohne Sattel heranreiten sah. Er trieb das Pferd praktisch bis vor die Nase ihrer Großmutter. Dann machte er sich nicht die Mühe abzusteigen, sondern tippte nur an seinen Hut. »Granny, ich brauch dich drüben beim Haus. Sieht aus, als wäre Ginny kurz davor, das Kleine zu kriegen.«

»Guten Tag, Mr Brodersen«, sagte Maw Maw gelassen. Die schroffe Art des Mannes schien sie nicht im Geringsten zu irritieren. Sie war es ja gewohnt – und es amüsierte sie ein bisschen –, wie direkt und herrisch die Weißen mit ihr umzugehen pflegten, wenn sie ihre Dienste brauchten. Als würde sie unter ihnen stehen, obwohl sie sich doch auf ihrem Hof befanden, immer irgendwie übellaunig, immer verzweifelt, damit sie in ein Wunder eingriff. Verdammt, die meisten lebten in der gleichen Misere wie die Schwarzen, auf die sie hinabsahen: keinen Topf zum Reinpissen und kaum ein Fenster, um ihn auszuleeren. Sie bezahlten mit Hühnern und Versprechungen, genau wie alle anderen, nur dass sie es eher von ihr zu erwarten schienen, anstatt dankbar zu sein. Maw Maw hielt sich allerdings nicht mit Kleinigkeiten auf. Für sie zählte nur ihr göttlicher Auftrag: bei der sicheren Ankunft neuen Lebens auf der Welt zu helfen. In dem Vertrag, den sie in ihrer Seele spürte, war keine Hautfarbe genannt. »Wann ungefähr ist ihre Fruchtblase geplatzt?«, fragte Maw Maw höflich und beschirmte mit der Hand ihre Augen, während sie zu Brodersen hinaufsah.

»Das Wasser kam vielleicht vor einer halben Stunde«, sagte er.

»Und ihre Wehen? Wie weit sind die auseinander?«

»Sie hat sofort angefangen zu schreien, aber bevor ich weg bin, hatte sie nur die eine Wehe.«

»Also, das ist ja nicht ihr erstes Baby, deshalb kann man nicht wissen, ob sich das hier Zeit lassen oder gleich rauskommen und das Licht der Welt sehen wird, nicht wahr, Mr Brodersen?«

»Ich glaube nicht, Granny«, sagte er und benutzte den Spitznamen der Weißen für Schwarze Hebammen.

»Na, dann lassen Sie mich mal meine Tasche holen. Sollte nicht länger als ungefähr eine Stunde dauern, um rüberzukommen. Weniger, wenn der alte Aaron da ist und bereit, mich zu eurem Haus zu fahren. In der Zwischenzeit wissen Sie, was zu tun ist. Nämlich genau das, was Sie gemacht haben, als ich die letzten Male da war, um eure süßen Babys zu holen. Setzen Sie Wasser auf, richten Sie Flaschen und Leintücher her und machen Sie es Ihrer lieben Frau so bequem wie möglich.«

»*Yes, Ma'am*«, sagte Brodersen, während er sich wieder an den Hut tippte. Und damit ritt er in Richtung Piney Tree Mill – dem größten Arbeitgeber der Stadt Rose – davon. Um dorthin zu gelangen, musste er den Piney River queren, und zwar über die Piney River Bridge. Und um dann weiter bis zu seinem Haus zu kommen, musste er rund um das riesige Gebäude aus Holz und Stahl reiten, wo frisch geschlagene Bäume entrindet, geschnitten, zerkleinert und zu Brei gemacht wurden. Dort arbeiteten weiße Männer hart und Schwarze ebenso hart, bekamen jedoch jeden Freitagabend sechzig Prozent weniger Lohn in die Hand gedrückt. Weiße Männer benutzten das Geld, das sie mehr bekamen, um in dem kleinen Städtchen hinter der Mühle zu wohnen, wo Schwarze sich nur einfanden, um für die weißen Familien zu arbeiten. Die lebten dort ihr rassengetrenntes Leben in ihrer rassengetrennten Gemeinde mit rassengetrennten Vorstellungen. Nach Sonnenuntergang mieden die Schwarzen den Ort komplett. Die einzige Schwarze Person, die dort unbehelligt blieb, war Rubelle Adams – die Granny, deren Hände praktisch drei Generationen weißer Bewohner von Rose als Erste berührt hatten. Ruby war darauf weder stolz, noch schämte sie sich dafür. So war es eben.

Und nun würde ihre Enkelin sie begleiten und auch zu einer Schwarzen werden, die das weiße Rose in der Dunkelheit aufsuchen konnte. »Komm mit rein, Kindchen«, sagte Maw Maw und winkte ihrer Enkelin, die reglos neben der Wäscheleine stand, wo sie darauf gewartet hatte, dass der weiße Mann verschwand. »Lass mich dir Tee kochen und ein wenig mit dir reden. Es ist an der Zeit.«

* * *

Von dem Moment an, als Maw Maw die Vision hatte von Grace, die Babys entband, machte sie sich pflichtbewusst daran, ihrer Enkelin beizubringen, was Frauen taten, die an Wundern beteiligt waren. – Etwas, das tief in ihr angelegt war. Und nun, an diesem Tag, den die Geister ausersehen hatten, um sie in die Lage zu versetzen, ihre eigenen Wunder zu bewirken, würde Maw Maw Grace zu ihrer ersten Geburt mitnehmen.

Rasch bereitete sie Graces Tee zu, und dann ließ sie das Kind sich hinsetzen, um noch einmal durchzugehen, was alles in ihrer Hebammentasche steckte. Alles, was gemäß der Gesundheitsbehörde, die ihr vor fast zwanzig Jahren die Lizenz erteilt hatte, darin sein sollte, und alles, was gemäß ihren Visionen, ihrer Erfahrung und der natürlichen Ordnung der Dinge unter Frauen mit heiligen, geweihten Händen darin sein sollte. Das hier ist das Formular für dieses und jenes, das Kraut hier beruhigt die Mamas, die Wurzel dort brauchst du, um die Schmerzen zu lindern. Maw Maw hatte den Inhalt der Tasche oft genug erklärt, sodass Grace wusste, was was war. Sie wurde nie müde, sich die ganzen Utensilien anzusehen. – Vor allem war sie froh, dass sie es nicht mehr heimlich tun musste, wenn ihre Großmutter gerade nicht da war. Doch sie konnte kaum fassen, dass sie nun endlich aus nächster Nähe sehen sollte, wie Menschen und Gott Mamas dabei halfen, Kinder »vom heiligen Ort einer Frau« zu holen.

Gerade als Maw Maw das Fläschchen mit den Jodtropfen vor Graces Gesicht schüttelte, schlenderte Graces Mutter herein. Rank und schlank und so modisch gekleidet, wie ein Mädchen vom Land es sein konnte, das nicht viel mehr besaß als die Kleider, die es am Leib hatte, und das, was sie in einem kleinen Sack auf dem Rücken tragen konnte. Sie schien in Gedanken darüber vertieft, wie sie ihre Kleider waschen, ihr Haar glätten und wieder zurück zum Haus von Willis Cunningham flitzen konnte, bevor die Sonne ihren gemächlichen Tanz über den Himmel beendet hätte. Maw Maws Stimme hatte sie aus ihrer Trance gerissen. Sie machte große Augen, als sie das Fläschchen in der Hand ihrer Mutter sah.

»Mama, fang mit meinem Baby nicht diesen Mist an«, sagte Bassey mit entschlossener Stimme. »Sie braucht darüber nicht Bescheid zu wissen.«

»Was weißt du davon, was dieses Baby braucht?«, antwortete Maw Maw schnippisch. »Ist ja nicht so, als ob du hier gewesen wärst, um es mitzukriegen.«

»Also, Rubelle Adams, mach dir mal keine Sorgen darüber, ob ich hier gewesen bin oder nicht. Ich weiß jedenfalls, dass du immer noch versuchst, jemand dazu zu bringen, in der ganzen Stadt rumzulaufen und seine Tage damit zu verbringen, für ein paar Dollar oder ein Huhn oder zwei, wenn man Glück hat, Babys auf die Welt zu holen. Ich hab dir schon gesagt, dass ich keine Lust habe, für den Rest meines Lebens diese Staubstraßen rauf und runter zu laufen, um mir anzuhören, wie all diese armen Leute heulen und schreien, während sie Babys rauspressen, die sie sich nicht leisten können. Und für Gracie will ich das ganz sicher auch nicht.«

Maw Maw legte das Jodfläschchen vorsichtig zurück in die Tasche, dann die roten Bauchbinden, die Zeitung, ihr Kräutersäckchen, die Beeren und den Stapel kleiner Stücke eines weißen Baumwolllakens. Dann schnalzte sie missbilligend mit der Zunge. »Und was würdest du sie machen lassen?«, fragte Maw Maw, während sie sich von dem knarzenden Stuhl erhob. »Willst du, dass sie durch die Stadt einem Mann nachläuft, der sie gar nicht haben will! Damit er ihr ein blaues Auge schlägt, als Dankeschön für das Vergnügen mit ihr?«

Instinktiv griff Bassey sich an die Wange und zuckte zusammen, weil sie nicht daran gedacht hatte, wie empfindlich die Stelle war. Willis war am Vorabend schlechter Laune gewesen. Bassey besänftigte ihn, so gut sie konnte, aber erst nachdem er ihr eine von seinen »Lektionen« erteilt hatte, weil sie angeblich vorlaut gewesen war. »Sie soll lieber lernen, Frieden mit einem Mann zu schließen, der gut für sie sorgen kann, als hinter diesen Weißen herzulaufen und ihnen für ein paar Pennys die dreckige Wäsche zu waschen, während du drauf wartest, dass diese Nigger* Babys kriegen, die, wenn sie groß sind, auch wieder dreckige Wäsche waschen. Das wünsch ich meiner Tochter nicht.«

»Deine Wünsche für sie können nie größer sein als das, was die Ahnen mit ihr vorhaben.«

Bassey wusste, dass der Streit aussichtslos war. Sie hatte den Beruf gemieden, der von ihrer Mutter und davor deren Mutter und so vielen weiteren Frauen bei den Adams', bis zurück zu den Schiffen, die das Blut ihrer Familien an den Küsten Virginias vergossen hatten, von einer zur anderen weitergegeben worden war. Doch sie konnte nicht verlangen, wie Maw Maw Grace großzuziehen hatte. Schließlich gehörte Bassey nicht zu ihrer Welt. Nicht mehr. Schon lange hatte sie ihre eigenen Visionen und auch die von Maw Maw ganz tief in sich vergraben. Dort, wo Finsternis die Geister und deren Prophezeiungen auslöschte. Sie wollte nichts davon haben – sah keinen Sinn darin, auf ihre Einflüsterungen zu hören, auf die Botschaften zu achten, die sie in Träumen für sie hinterließen. Sie nützten ihr einfach nichts. Deshalb hatte sie stattdessen beschlossen, sich nur auf sich selbst zu verlassen. Bassey glaubte, dass sie allein für ihr Schicksal verantwortlich sei und dieses in den Armen von Willis Cunningham läge. Der war Hilfspastor bei der Kirche des Nazareners. Dort war Bassey ein gläubiges und pflichtbewusstes Mitglied der Herde und eine Art First Lady im Wartestand. Sie klammerte sich an die Vorstellung, wenn sie nur standhaft blieb, wenn sie einfach tat, was er verlangte, wenn sie bewies, wie tief ihre Liebe war, dann würde Willis tun, was richtig war, was nötig war und was Jesus, Gott und der Heilige Geist höchstpersönlich prophezeiten: sie zu seiner Frau nehmen. Ihr lag etwas an ihm, natürlich, doch noch mehr lag ihr an dem, wozu er imstande war, nämlich dafür zu sorgen, dass sie nie wieder ein Waschbrett würde anrühren müssen. – Zumindest nicht, um für mürrische weiße Ladys zu waschen. Das Kommando, das er bei den Nazarenern und unten auf der High Plantation führte, wo er als Vorarbeiter Aufseher einer Truppe träger Nigger* war, die Tabakpflanzen schnitten, brachte genug Geld und Respekt ein. Respekt, der dafür sorgte, dass ihr jeden Sonntag der Platz in der ersten Kirchenbank sicher war. Vor den Diakoninnen mit ihren überdimensionalen Hüten und gerümpften Nasen, neben Lady Stewart, der Ehefrau von Reverend Stewart und First Lady der Kirche des Nazareners, und direkt vor Willis, dessen gelegentlich schweifender Blick von der Kanzel ein klares Ziel brauchte.

»Also, Mama, ich habe heute keine Zeit, das mit dir zu bereden«, meinte Bassey barsch. Sie wirbelte in drei verschiedene Richtungen und schien nicht zu wissen, was sie zuerst tun sollte. »Ich muss mich für die Bibelstunde bei Mr Cunningham fertig machen, und ich werde noch zu spät kommen, wenn ich hier herumstehe und dieses Gespräch am Donnerstag des Herrn fortsetze.« Sie richtete ihre Aufmerksamkeit auf Grace, und ihr Ton wurde nur eine Spur sanfter: »Tochter, setz Wasser auf, damit ich mich waschen kann.«

Doch wieder einmal standen Bassey und Rubelle wie zwei Preisboxer da – wütend, bang, ihren Gegner aus der jeweiligen Ecke stumm belauernd, während Blut, Schweiß und Rotz von der Brutalität ihres Zorns zeugten. Das Einzige, was Mutter und Tochter einander noch nicht gebrochen hatten, waren ihre Knochen.

So war es eben, so würde es immer sein. Das Rückgrat von keiner war biegsam, und daher würde keine sich beugen. Jede hielt genau daran fest, wer sie war. Von ihrer Tochter erhielt Rubelle exakt den verhaltenen Respekt, den die Gemeinde, der sie zu Diensten war, ihr entgegenbrachte. Bassey wusste die Fähigkeiten ihrer Mutter als Hebamme und Heilerin zu schätzen. Doch für eine Frau, die sich nach Modernität und Geborgenheit im Wort Gottes sehnte, war es kein Leichtes, die Eigenarten ihrer Mutter zu akzeptieren. Es traf Bassey bis ins Mark, dass ihre Mutter nicht einmal in die Nähe der Kirchentür des Nazareners kam. Obwohl Bassey überzeugt war, dass ihr neues Leben – spirituell wie weltlich – ebendort begann. Offen gestanden, schämte sie sich für Rubelle, diese Frau, die mit Geistern verkehrte, das Rauschen des Flusswassers verehrte und glaubte, ein Sack Blätter und erdiger Wurzeln könne besser heilen als die Hand eines studierten Doktors. Die Gemeinde tolerierte ihr Verhalten, weil ihr kaum etwas anderes übrig blieb: nach Rassen getrennte Krankenhäuser und weiße Landärzte, die eher ein Schwein als einen Nigger* behandeln würden. Außerdem waren die meisten Leute in dem kleinen Schwarzen Teil von Rose sowieso zu arm, um eine professionelle Behandlung zu bezahlen. Rubelle war alles, was sie hatten.

Rubelle wusste, dass sie eigentlich auch alles war, was ihre Tochter hatte, und es ärgerte sie, dass die sich weigerte, das einzusehen. Ihr Ehrgeiz hatte Bassey so blind gemacht – sie war derart damit beschäftigt, ihrem Schicksal zu entgehen –, dass sie die Wahrheit nicht sah. Und schon gar nicht die Dreieinigkeit aus Gefahren, die bereitstanden, sie zugrunde zu richten: die Kirchenmütter des Nazareners, für die sie nichts anderes war als ein Flittchen, das es drauf abgesehen hatte, ihren geliebten Pastor zu verführen und in die bösen, sündhaften Fänge der Familie Adams zu locken; dann die Männer, die Basseys Verzweiflung rochen und ihre eigenen Leiber zum Scherz an ihr rieben; und schließlich dieser Willis, der Schlimmste von allen, der ewig seine Lügen spann und sie Bassey vor der Nase baumeln ließ. Keiner von denen meinte es gut mit Bassey. Rubelle warnte sie, doch das nützte nichts. Bassey war Bassey und konnte einfach nicht anders.

Die beiden hatten geschwiegen, während Grace sich um Basseys Badewasser kümmerte. Und das tat sie, als wäre es kostbares Parfüm, das für eine Königin bereitet wurde. Genau wie Maw Maw es sie gelehrt hatte, nahm Grace eine Gardenienblüte und zerdrückte die zarten Blütenblätter in einer Handvoll Bittersalz. Als sie mit dem Duft zufrieden war, nahm sie das Salz mit den Spitzen ihrer schlanken Finger und streute es auf den Boden des großen eisernen Waschbottichs, der zwischen Küche und Wohnzimmer in der Ecke stand. Als das Wasser warm genug war, goss sie es in den Bottich. Dreimal kam sie mit heißem Wasser vom Herd und streute schließlich noch ein paar Gardenien obendrauf. »Mama, dein Bad ist fertig«, sagte Grace stolz und trat von der Wanne zurück.

Bassey nickte, warf ihren Schwamm ins Wasser und ließ ihr Kleid auf den Boden fallen. Dabei wandte sie Mutter und Tochter den Rücken zu, sodass sie den Schrecken nicht sah, der deren Blicke verdüsterte. Die Striemen auf Rücken und Schenkeln schockierten alle bis auf Bassey. Sie war zu sehr darauf fixiert, sich für Willis fertig zu machen, um sich von Schmerz oder den Anzeichen dafür bremsen zu lassen. Und schon gar nicht würde sie vor ihrer Mutter und Tochter auf den Einzelheiten herumreiten, wie es dazu gekommen war. Nein, das ging nur sie und Willis etwas an, und damit Schluss.

Grace starrte in Richtung ihrer Mutter, doch sie sah nicht, wie Bassey sich wusch. Stattdessen starrte sie auf den Film, der – groteskerweise in Farbe – vor ihrem inneren Auge lief. Darin wurde Bassey auf ein Brett gebettet, das zwischen zwei Stühlen lag. Ihre Arme ruhten zu beiden Seiten des glatt gestrichenen Kleids – ihr Lieblingskleid mit den gelben Blumen. Maw Maw legte Münzen auf ihre Augenlider und färbte ihr die Lippen mit Beeren rot. Mama lag absolut reglos da, aber nicht in Frieden.

Grace war sich nicht ganz sicher, was da in ihrem Film passierte – oder auch nur, warum sie ihn vor sich sah, während sie ausgeruht und hellwach dastand. Doch Maw Maw wusste es.

Sie wusste es, weil sie denselben Film sah.

»Wir müssen uns auf den Weg machen«, sagte Maw Maw schließlich und brach damit das Schweigen. Ihre Stimme stockte, doch weder ihre Tochter noch ihre Enkelin sahen die Tränen, die ihre Augen füllten. »Miss Ginnys Baby wird nicht warten wollen.«

2

Grace hatte auf dem Weg zum Haus der Brodersens schon Anweisungen bekommen. Deshalb wusste sie, dass sie sich in die Ecke stellen und nicht mehr als atmen sollte, außer wenn Maw Maw ihr etwas anderes auftrug. Sie war da, um zu lernen und bei Miss Ginnys vier anderen Kindern zur Hand zu gehen. Die saßen jetzt alle im Wohnzimmer und flüsterten miteinander, während sie auf das Stöhnen ihrer Mama lauschten. Die Kinder wussten, dass ein Baby kam, aber Genaueres wussten sie nicht, denn Fragen zu stellen war unmöglich. Ihr Vater, streng, brummig und überhaupt kein gesprächiger Typ, würde ihnen sofort auf den Mund hauen und sich auch eher selbst die Hand vor den Mund schlagen, als seinen Kindern zu antworten. Und so blieb ihnen nichts anderes übrig, als wilde Fantasien darüber zu entwickeln, was es mit den Kesseln voll kochendem Wasser auf dem Herd und der Schere, die in die blubbernden Blasen getaucht wurde, auf sich hatte. Oder mit den Bürsten und Stoffquadraten, die Granny, eine Erscheinung ganz in Weiß – vom Kopf bis zu den Strümpfen in den weißen Schwesternschuhen – auf ein kleines Tablett gestapelt hatte. Außerdem reckten sie jedes Mal die Hälse, wenn jemand die knarzende Tür zum Schlafzimmer öffnete. »Vielleicht schneiden sie das Baby aus ihrem Bauch«, flüsterte die Älteste, sie war sieben, als ihr Vater sich außer Hörweite befand. »Und vielleicht binden sie ihren Bauch mit den Tüchern wieder zu«, meinte die Fünfjährige und zog das dreijährige Kleinkind auf ihrem Schoß näher an sich heran. Die

Unterlippe des Vierjährigen begann bei dem Gedanken zu zittern, und als kurz danach eine Wehe seine Mama kehlig aufschreien ließ, begann er heftig zu zittern.

»Heul bloß nicht«, warnte die Älteste und verzog missbilligend den Mund, während sie ihrem kleinen Bruder ins Ohr flüsterte. »Daddy wird kommen und dir das Fell über die Ohren ziehen, wenn du nicht tust, was er gesagt hat, und still bist.«

Der kleine Junge presste sich die Hand auf den Mund. Er hatte den Gürtel seines Vaters heute schon zu spüren bekommen und wollte nicht noch mehr davon. Die Siebenjährige überlegte ernsthaft, eine Tracht Prügel in Kauf zu nehmen, um rauszukriegen, warum sie wie ein kleines Baby hier hocken musste, während das kleine Nigger*mädchen im Zimmer bei ihrer Mama sein durfte. Ihr Daddy, der damit beschäftigt war, aus einer großen Holzkiste, Kissen und Decken ein Babybett zu machen, achtete nicht auf das Geflüster, Gejammer und die Spekulationen.

»Aber, aber«, sagte Maw Maw, während sie der stöhnenden Miss Ginny aus dem Bett half. Ihre Fruchtblase war ja schon vor geraumer Zeit geplatzt, und die Wehen kamen inzwischen in gleichmäßigem Rhythmus, doch ihr Körper signalisierte ihr noch nicht, zu pressen. So war es Maw Maws Aufgabe, es der ihr Anvertrauten so bequem zu machen, wie das eben möglich war, wenn der Schmerz wie ein Messer durch ihren Bauch fuhr. Wie bei allen anderen Gebärenden vor Miss Ginny ging Maw Maw auf und ab, redete und erinnerte Ginny an die Süße, die sie jenseits all der sauren Pein erwartete. »Das wird bestimmt eine wunderbare Zeit für Sie und Ihren Mann und das süße kleine Baby. Machen Sie sich wegen der Schmerzen bloß keine Gedanken. Mit Gottes

Hilfe haben wir das schon viermal geschafft, und jedes einzelne der Babys kam gesund und kräftig auf die Welt. Das wird bei dem hier ganz genauso sein, sorgen Sie sich da mal nicht. Wir werden gleich wieder so ein Wunder erleben.«

»*Yes, Ma'am*«, war alles, was Miss Ginny herausbrachte. In ihren Augen stand Furcht.

»Gracie, mach du jetzt das Bett hier«, schaffte Maw Maw ihr freundlich an. »Genau so, wie ich es dir beigebracht habe. Breite das Plastik über die Matratze, dann das Laken und dann das große Kissen, das Maw Maw genäht hat. Es ist in der Tasche da drüben, hübsch sauber. Das machst du als Erstes, und dann kümmerst du dich um die Waschschüsseln. Eine für Miss Ginny hier, eine für mich und eine für dieses neue Bündel der Freude, das bald bei uns sein wird.«

»*Yes, Ma'am*«, sagte Gracie. Sie machte sich sofort an die Arbeit, während Maw Maw weiter Anweisungen gab.

»Also, Mr Brodersen, ich werde Miss Ginny noch ein bisschen hier herumführen, während meine Enkeltochter das Bett vorbereitet. Und wenn dann auch die Waschschüsseln fertig sind, werden ich und meine Enkeltochter hier, wir werden dann raus in die Küche zu den Kindern gehen, während Sie und Miss Ginny dableiben und noch in Ruhe ein bisschen Zeit miteinander verbringen.«

»Das mach ich nicht«, sagte er kurz angebunden und stellte dabei das Bettchen für das Baby auf einen Hocker neben dem Ehebett.

Miss Ginny stöhnte erneut, als eine Wehe ihren Bauch zusammenkrampfte. Diesmal war der Schmerz so stark, dass er bis in ihre Zehenspitzen ausstrahlte. Sie krümmte sich zusammen, presste eine Hand gegen ihren Bauch und krallte sich mit der anderen in Maw Maws Arm.

»Oh, Mr Brodersen, jetzt genieren Sie sich vor mir nicht! Sie und ihre wundervolle Frau waren doch schon vor diesem Baby allein, und Sie sollten zusammen sein, nur Sie beide, während dieses Kind auf dem Weg in die Welt ist.«

»Ich hab Nein gesagt!«, schnauzte er. Das tiefe Dröhnen seiner Stimme ließ Grace zusammenzucken. Beim Zusammenzucken ließ sie das Kissen fallen. Und das Herabfallen des Kissens ließ Maw Maws Stimme genauso scharf und rücksichtslos werden wie die des weißen Manns.

»Heb das Kissen auf!«, herrschte Maw Maw sie an, obwohl Gracie es so schnell wieder hochgerissen hatte, dass nur eine winzige Ecke den frisch gefegten Teppich auf dem Holzboden berührt hatte. »Du weißt, wie lang wir gebraucht haben, damit der Bezug von dem Kissen steril war. Lass es mich sehen!« Dabei stützte Maw Maw immer noch Miss Ginny, die von einem Fuß auf den anderen trat, um sich vom Schock der letzten Wehe zu erholen.

Grace hielt ihrer Großmutter das Kissen hin, damit sie es inspizieren konnte. Makellos.

»Du musst besser aufpassen, Chile«, sagte Maw Maw, jetzt in sanfterem, freundlicherem Ton. »Alles hier drin muss sauber und steril sein, damit dieses Baby und seine Mama keine Infektionen bekommen, verstehst du?«

»*Yes, Ma'am*«, nickte Gracie. »Ich werd besser aufpassen, Maw Maw«, sagte sie und legte das Kissen aufs Bett. Die Ecke, die den Boden berührt hatte, drehte sie ans Bettende, wo Miss Ginnys Füße sein würden.

Maw Maw richtete ihre Aufmerksamkeit wieder auf den störrischen Ehemann. Aber sie hütete sich, ihn davon zu überzeugen, was eigentlich eine Selbstverständlichkeit sein sollte und was genau das Richtige gewesen wäre. Seine Frau, nervös, innerlich quasi in Flammen und ängstlich, wie sie ihr neues Baby gebären würde, brauchte die weiche Seite ihres Ehemanns, um all das Harte auszugleichen. Doch dazu war er nicht in der Lage. Etwas nagte an ihm, und Liebe war ein zu schwaches Mittel für die Wunden, die er zu pflegen hatte.

Maw Maw hatte so etwas schon vorher erlebt – überforderte Ehemänner, denen die Nerven durchgingen und die sich bis tief in ihr weißes Fleisch getroffen fühlten, weil sie krampfhaft überlegten, was genau es ihnen abverlangen würde, noch ein hungriges Maul zu stopfen. Maw Maw fühlte mit den Mamas, aber mit den Pas hatte sie wenig Mitleid. Sie schienen an nichts davon zu denken, wenn sie ihren Frauen mit steifem Schwanz nachjagten. Sie weigerten sich ja sogar, die Körper der Frauen heilen zu lassen, bevor sie wieder Sex von ihnen verlangten. Ihn sich einfach nahmen. Und dann kam schon wieder das nächste Baby, nach den ein oder zwei, die sie sich auch schon nicht leisten konnten. Gelegentlich war das dann nicht nur ein Problem dieser Familie, sondern auch Maw Maws. Das war das Schicksal der armen Mary Patterson. Ihr Mann konnte keine Arbeit finden, und die beiden hatten schon im vorletzten Winter reichlich Abende erlebt, an denen sie hungrig geblieben waren, als das Baby kommen sollte. Vielleicht ein paar Maisfladen hier und da, ein paar Bohnen, wenn Mary die Kraft aufbrachte, ein, zwei Ladungen Wäsche für ein paar Münzen zu waschen, die sie dann dem alten Bunch Cleary unten im Laden geben konnte. Aber meist beugten sie sich über kleine Schalen mit Grütze und ein wenig Fett aus Rückenspeck, damit es halbwegs genießbar schmeckte. Dabei drängten sie sich an den Herd, in dessen Bauch nicht mehr als ein paar kleine Stücke Holz brannten, die Joe Patterson sich bei der Suche nach Essen erbettelt hatte. Mary war so unterernährt, als sie mit jenem ersten Baby schwanger war, dass Maw Maw sich gezwungen sah, unten am Fluss ein Extra-Opfer zu bringen. Dabei bat sie die Ahnen, dem Baby Schmerz beim Tod zu ersparen, denn der schien Maw Maw unausweichlich. Leider setzten bei Mary die Wehen in der kältesten Nacht des Jahres ein. Die werdenden Eltern waren so schwach vor Hunger, Erschöpfung und den beginnenden Anzeichen von Unterkühlung, dass in den stillsten Momenten die einzigen Lebenszeichen schwache Wölkchen ihres warmen Atems in der eiskalten Luft waren. Maw Maw war keine drei Schritte ins Haus getreten, als die Leere darin und der Zustand der beiden sie alarmierte. Sofort hatte sie eine Nachbarin gerufen, damit die sie zu sich zurückfuhr, um ein paar Vorräte zu holen: eine überzählige Steppdecke, ein paar eingelegte Rüben, einen Sack Bohnen, Kaffee, Seife. Für das Baby hatte sie schon ein Flanellnachthemdchen genäht, aber sie nahm noch ein paar Stücke Stoff, eine Kiste und sechs kleine Flaschen mit, die sie mit warmem Wasser füllen würde, um dem Baby damit ein behagliches Bettchen zu bereiten. Sie wusste, dass die Knochen seiner Mama nicht ausreichen würden, es vor der Winterkälte zu schützen. Mary Patterson hatte eine schwere Geburt – eine der schwersten, die Maw Maw in all ihren Jahren, in denen sie Babys auf die Welt half, je gesehen hatte. Man darf sowieso keine schwache Frau sein, wenn man ein menschliches Wesen aus seinem Schoß presst. Und Mary? Die war an jenem Tag stark gewesen und hatte sich mit Maw Maws Hilfe zusammengerissen – für ihr Kind, für ihre Familie. Ihr Mann dagegen hatte einfach nur dagesessen. Nutzlos. Wartend. Unfähig. Kein ganzer Mann. Ließ seine arme Frau, die noch ganz wund war, aufstehen und ihm mühsam Essen machen, noch bevor sie ihrem kleinen Baby etwas Milch geben konnte. »Also, Joe, du musst Mary sich ausruhen lassen«, hatte Maw Maw ihm erklärt, als sie nach ein paar Wochen vorbeikam, um nach ihrer Patientin und dem Baby zu sehen. Denn da fand sie das Baby, nass und greinend in der Kiste, während Mary am Herd stand. Muttermilch hinterließ Flecken auf ihrem zerlumpten Kleid, während sie Grütze und eine Portion Brot in eine Schüssel füllte, die sie rasch vor Joe hinstellte.

»Sie ist in Ordnung«, sagte Joe und packte seine Frau auf eine Art und Weise um die Taille, dass Maw Maw beschämt den Blick abwandte. So, dachte sie, sollte kein anständiger Mann sich vor anderen benehmen. »Mary und ich und unser Kleines, wir kommen schon zurecht. Stimmt's, Süße?«

»Ja, Joe«, antwortete sie leise. Dann drückte sie ihrem Mann die Schüssel auf den Schoß und zog gleichzeitig mit der anderen Hand das Kleid zurecht, das ihr nass am Körper klebte. Sie eilte zu ihrem Baby und legte in einer einzigen schnellen Bewegung ihren frustrierten, hungrigen Sohn an. Der schniefte und schmatzte schon, als Mary sich erschöpft und selbst den Tränen nahe auf das ungemachte Bett fallen ließ.

Drei Wochen später war sie wieder schwanger. Nach weiteren acht Monaten war da ein weiterer hungriger Mund zu füttern. Joe Patterson schuldete Maw Maw noch die fünf Dollar von der ersten Entbindung, als er an ihre Tür klopfte, um zu sagen, dass Marys Fruchtblase geplatzt sei und sie gebraucht würde, um dem zweiten Kind der Familie auf die Welt zu helfen. Ein Kind, das auf die ständig wachsende Liste der Menschen käme, die er nicht ernähren konnte, nicht ernähren würde.

Für Maw Maw waren Babys heilig. Deshalb würde es nie

einen Moment geben, in dem sie ihr Handwerk – ein über Generationen weitergereichtes Geschenk – nutzen würde, um ein unerwünschtes Baby zum Sterben aus dem Mutterleib zu holen. Diese Schuld wollte sie keinesfalls auf ihre Seele laden. Doch die Pattersons und nur zu viele ähnliche Paare machten Maw Maw klar, warum manche Frauen diese Entscheidung trafen und warum es überhaupt nicht schwer war, jemand zu finden, der ihnen dabei half, falls die Eltern sich das vorgenommen hatten. Jemand zu verurteilen, das hatte noch kein Baby vor dem Haken einer Engelmacherin gerettet oder die Bauchschmerzen eines Babys beendet.

***

Durch das Schlafzimmerfenster, das zum Hinterhof hinausging, konnte Gracie sehen, wie Mr Brodersen mit einer Axt in der Hand auf ein großes Stück Robinie zuging, das er zu Brennholz machen wollte. Er sah wütend aus, was Grace wunderte. Wer konnte denn zornig auf so ein winzig kleines Ding sein, das frisch auf die Welt kam? Für Grace waren Babys wie Maw Maws Sonntagslimonade – randvoll mit Güte, aus Liebe gemacht. Ein paarmal hatte sie Evermore, das kleine Baby ihrer nächsten Nachbarn, der Dandys, gehütet. Dabei konnte Grace gar nicht genug davon kriegen, wie es duftete, wenn sie mit der Nase sein Kinn anstupste, oder wie es mit seinem zahnlosen Mündchen an ihrer Wange nuckelte, wenn sie ihm die hinhielt. Sein Atem war so süß – das Süßeste, was sie je gerochen hatte. Mrs Dandy warnte sie, das Baby nicht die ganze Zeit über im Arm zu halten. »Sie wird bloß verzogen, wenn du sie die ganze Zeit hältst, und keiner hat Zeit für ein verzogenes Baby«, warnte sie. »Leg sie hin, auch wenn sie quengelt. Sie muss lernen, in dieser Welt ohne das ganze Gehätschel zurechtzukommen.«

»*Yes, Ma'am*«, sagte Grace dann immer, doch noch bevor Mrs Dandy richtig zur Tür hinaus war, hatte sie die kleine Evermore schon wieder in die Arme geschlossen. Sie war geradezu süchtig danach, und das war nicht mal ihr eigenes Baby. Warum Mr Brodersen sich wegen seines eigenen Kinds so seltsam benahm, konnte Grace sich überhaupt nicht vorstellen.

Miss Ginnys Schrei riss das Mädchen schlagartig aus ihren Gedanken und holte sie zu den Ereignissen hier im Zimmer zurück. Der Frau gaben die Beine nach, und wäre Maw Maw nicht zur Stelle gewesen, wäre sie direkt auf den Boden gestürzt.

»Rubelle«, sagte sie und schien kaum Atem zum Sprechen zu haben. »Es ist so weit. Ich muss pressen.«

»Jetzt warten Sie noch, Miss Ginny. Sie wissen doch, dass Sie nicht pressen dürfen, bis wir sicher wissen, dass es so weit ist. Kommen Sie, ich helfe Ihnen.«

Grace trat von einem Fuß auf den anderen, während Maw Maw die Laken zurückschlug und Miss Ginny auf das mit dem Kissen vorbereitete Bett half. Pflichtbewusst und schnell holte sie den Kessel aus der Küche und schüttete heißes Wasser in die weiße Schüssel, die am Fußende des Betts auf einem Tischchen stand. Darauf hatte Maw Maw alle Gerätschaften aus ihrer Tasche ausgelegt.

»Okay, Miss Ginny, jetzt legen Sie sich auf den Rücken und lehnen sich an ihr Kopfkissen«, wies Maw Maw sie an. »Ich werde sehen, wie weit Sie schon sind. Was auch immer Sie jetzt tun, pressen Sie noch nicht, okay? Wir wollen nicht, dass das Baby stecken bleibt, und wir wollen auch ganz bestimmt nicht, dass Sie sich selbst wehtun, hören Sie? Sie denken ans Atmen, ja?«

Miss Ginny nickte, obwohl der Schmerz einer Kontraktion sie das Gesicht verziehen ließ.

»Okay, dann atmen Sie während der Wehe, ja? Das hilft gegen den Schmerz. Ich werde mir jetzt die Hände waschen, und dann machen wir weiter und kommen zur Sache«, sagte Maw Maw.

Grace kam es wie eine Ewigkeit vor, als Maw Maw sich über diese Waschschüssel beugte und mit großer Sorgfalt und Präzision ihre Hände, Finger, Fingernägel und Unterarme mit einer Bürste schrubbte. Dabei drückte sie die Borsten so fest in die Haut, dass Grace sich sicher war, sie würde sich das Fleisch unvermeidlich von den Knochen reißen. Als sie fertig war, hielt sie die Hände in die Luft und griff dann nach einem der weißen, sterilen Tücher, die sie neben der Schüssel deponiert hatte. Ihr Blick wanderte durchs Zimmer, während sie sich abtrocknete. Schere, Jodtropfen, Vaseline, Seife, sterile Tücher, ein Krug für Schmutzwasser, Waage, Kiste und Kleidung fürs Baby. Sie war zufrieden – alles war bereit.

»Na gut, lassen Sie uns Ihre Beine aufstellen und sehen, was los ist«, sagte Maw Maw, bevor sie sich bückte und Miss Ginnys Nachthemd anhob.

Da bot sich Gracie ein Anblick, wie sie ihn mit ihren dreizehn Jahren noch nie gesehen hatte – sie war sich auch nicht sicher, ob sie das überhaupt sehen sollte: das Untenrum einer erwachsenen Frau. Die Mumu einer weißen Frau. Am nächsten war sie dem Anblick einer Mumu erst vor Kurzem gekommen, als sie sich auf dem Gartenklo ihre eigene angesehen hatte. Wie schon bei den paar Malen vorher hatte sie gewartet, bis Maw Maw zum Fluss hinuntergegangen war.

Dann hatte sie sich den alten, trüben Handspiegel genommen und war damit hinters Haus gehuscht, um festzustellen, wie ihr Untenrum jetzt aussah, wo sie doch eine »Frau« mit monatlicher Regel war. Als sie sich das erste Mal betrachtet hatte, war sie acht und von sich aus neugierig gewesen. Sie wollte die Hautfalten, das Rosa und auch das sehen, was so ein komisches Gefühl machte, wenn sie sich ihr Kissen vor dem Einschlafen zwischen die Beine schob oder wenn sie mit dem Zeigefinger daran rieb. Das nächste Mal stibitzte sie den Spiegel, als sie all die feinen, krausen Haare bemerkte, die zwischen ihren Beinen wuchsen. Sie wusste, dass sie auch unter den Armen welche bekommen würde. Den Beweis dafür hatte sie bei ein paar älteren Mädchen an ihrer Schule gesehen, als eines Nachmittags die Jungs Mabel Tawny damit gehänselt hatten, sie würde stinken. »Von den ganzen Haaren riechen deine Achseln wie ein Abfallhaufen, der brennt«, hatte Lewis Melton in der Pause geschrien. Und zwar offenbar nicht, um Mabel über den Geruch zu informieren, sondern um sie vor einem ganzen Schulhof voller Kinder, die alle scharfe Zungen und wenig Mitleid hatten, bloßzustellen. Mabel hatte an dem Tag wegen der ganzen Hänseleien geweint, und Grace hatte fortan versucht, für Lewis unsichtbar zu sein. Außerdem hatte sie im Stillen darum gebetet, dass ihr niemals Haare unter den Achseln wachsen sollten, damit Lewis und auch sonst niemand, sie deshalb ärgern könnte. Doch jener Nachmittag war der Beginn ihrer Obsession für Haare – wo sie wuchsen, warum sie genau dort wuchsen, was passieren sollte, wenn einem welche wuchsen, ob es bei allen so war oder ob Mabel einfach das Mädchen mit dem meisten Pech der Welt war, weil sie unter den Armen Haare hatte, die nach brennendem Abfall rochen. Ausgerüstet mit dem trüben Spiegel sollte Grace ein paar Jahre später feststellen, dass ihre Mumu noch ziemlich so aussah, wie sie es immer getan hatte. Und das obwohl Maw Maw sagte, sie wäre jetzt eine richtige Frau und könnte selbst ein Baby kriegen. Sie hatte erwartet, dass ihre Mumu dicker wäre – rundlicher, wie ihre Hüften und ihr Po, fleischiger, wie ihre Schenkel, wenn auch ein bisschen matter, denn nur die Haut, die an die Sonne kam, war dunkler, glänzender und einfach hübscher als die Bereiche, die unter ihren Jutesack-Kleidern verborgen blieben. Enttäuscht musste sie einsehen, dass sich nicht viel daran geändert hatte, seit sie begonnen hatte zu bluten.

Aber hier war Miss Ginnys Mumu – mit einer ganz anderen Farbe als ihre übrige blasse, weiße Haut und mit Haaren, die eher wie die aussahen, die sie auf dem Kopf hatte, mehr glatt als lockig. Und zwischen den Falten und Lippen waren eine Menge dunkles, krauses Haar, Blut und Schleim zu sehen. Das alles pulsierte oberhalb von Miss Ginnys Poloch.

Grace wurde flau. Da drin war ein Baby.

Maw Maws Stimme riss sie aus ihren Gedanken. »Miss Ginny, gleich werden Sie meine Finger hier am Rand spüren. Wissen Sie noch, wie ich Sie bei den anderen Kindern massiert hab?«

»*Yes, Ma'am*«, brachte Miss Ginny hervor.

»Okay, gut. Dann halten Sie still und lassen mich damit weitermachen. Das gibt Ihnen ein bisschen Erleichterung und lindert das Brennen. Auch damit dass Baby rauskommt, ohne Sie in Stücke zu reißen. Das wollen wir ja nicht.«

»*No, Ma'am.*«

Grace sah mit einer Mischung aus Ehrfurcht und Staunen, wie ihre Großmutter der Patientin mit ihrem Handrücken über die Beine strich und sie ermunterte, »nach unten zu pressen«, als eine Wehe ihren Bauch erfasste. Sie wusste natürlich, was jetzt kam, denn Maw Maw hätte sie niemals bei einer Geburt dabei sein und helfen lassen, ohne vorher genau zu erklären, wie Babys auf diese Welt kamen. Grace kannte die Einzelheiten. Und trotzdem war es etwas ganz anderes, einen Menschen zwischen den Beinen eines anderen herauskommen zu sehen. Maw Maw nannte das »ein Wunder zwischen einer Mama und ihrem Gott«.

»Okay, Miss Ginny, dieses Baby ist fast da«, sagte Maw Maw und legte ihre Hände vor Miss Ginnys mit Vaseline eingeschmierte Mumu. Eine darüber, eine darunter, fast als wolle sie einen Ball fangen. Miss Ginny gab ein tiefes, kehliges Grunzen von sich und presste dann mit aller Kraft, die sie aufbringen konnte. Der Schub war stark genug, um den Kopf voller Locken aus ihrem Leib zu kriegen. Maw Maw umfasste behutsam den Kopf mit einer Hand, während die andere beherzt die Augen des Babys mit einem sterilen Tuch abwischte und in jedes einen Tropfen Jod gab. Kaum hatte sie das Fläschchen mit den Tropfen wieder auf den kleinen Tisch gestellt, gab Miss Ginny ein letztes Stöhnen von sich und presste den ganzen zappelnden Körper in Maw Maws wartende Hände.

»Puh, schau sich einer dieses hübsche Baby an!«, rief Maw Maw über das Schreien des Kindes hinweg. »Sie haben ein gesundes Mädchen geboren. So wunderschön, wie es nur sein kann. Sieh mal, Gracie!«

Maw Maw hatte recht: Sie war wunderschön – hübscher als all die anderen Brodersen-Kinder, die inzwischen auf der Couch fest schliefen.

»Lassen Sie es mich sehen«, verlangte Miss Ginny so forsch, dass Maw Maw ein klein wenig zusammenzuckte.

»Haben Sie ein bisschen Geduld, Miss Ginny. Lassen Sie

mich es für Sie sauber machen, wiegen und anziehen. Damit alles seine Ordnung hat.«

»Bitte«, sagte Miss Ginny, diesmal etwas sanfter.

Verblüfft warf Maw Maw Miss Ginny einen langen, eindringlichen Blick zu, die wiederum einen langen, eindringlichen Blick auf das Baby warf. Maw Maw folgte Miss Ginnys Augen zu dem Kind, und da sah sie es selbst, wie sie Grace später erzählte: Das kleine Mädchen, erst Augenblicke alt und seit einer halben Minute mit frischer Luft in den Lungen, trug die Last der Welt auf den Spitzen ihrer Ohren. Denn die waren braun. Nicht ganz die Farbe von denen, die ein schwarzer Farmpächter hätte, aber eindeutig der Hautton eines Landbesitzers, dessen Familie hart gearbeitet hatte, um den Fehltritt eines Sklavenschinders Generationen zuvor auszumerzen. Mehr brauchte es nicht, damit Maw Maw begriff, was sie sah – und was auf dem Spiel stand.

»Bitte«, flüsterte Miss Ginny flehend.

Maw Maw schwieg. Nervös sah sie Grace an, die zu klug war, um die bedrückte Stimmung im Raum nicht zu spüren. Aber sie war gleichzeitig zu unerfahren, um zu wissen, dass das Baby und Miss Ginny, die weiße Frau eines weißen Mannes mit einer kleinen Farm, sechs hungrigen Mäulern und dem Stolz jedes weißen Mannes vor und nach ihm, in höchster Gefahr schwebten, nachdem sie gerade ein Schwarzes Kind geboren hatte.

»Na, na«, sagte Maw Maw und gab sich größte Mühe, ruhig zu bleiben und Ginny zu beruhigen. »Sie wissen, wir müssen die Nachgeburt aus Ihnen rausholen. Und dann muss ich Ihr Baby wiegen und untersuchen.« Miss Ginny machte den Mund auf, um etwas zu sagen, aber Maw Maw schnitt ihr mit einer Handbewegung das Wort ab. »Es wird alles gut werden, ja? Machen Sie sich bloß keine Sorgen. Dieses Baby ist gesund. Und hübsch obendrein. Und die ganze Welt wird wissen, dass sie eine Brodersen ist, verstanden?«

Maw Maw wandte sich an Grace. »Chile, geh an Maw Maws Tasche und hol meine Formulare raus. Die legst du auf den Küchentisch. Ich fülle sie aus, wenn wir hier fertig sind.«

»Ich kann die ausfüllen, Maw Maw«, sagte Grace, die gerne ihre Schulbildung unter Beweis stellen wollte.

»Nein, Chile. Das Gesetz schreibt vor, dass ich das ausfüllen muss«, sagte sie. Wieder an Miss Ginny gewandt fügte sie noch hinzu: »Und es schreibt auch vor, dass ich die Geburtsurkunde wahrheitsgemäß ausfüllen muss. Gemäß der Wahrheit, das ist wichtig.«

»*Yes, Ma'am*«, sagte Miss Ginny nickend. »Und wir wissen, was die Wahrheit in dieser Gegend bedeutet, nicht wahr, Granny?«

Maw Maw nickte, versorgte das Neugeborene, badete es und schlug es in ein Tuch ein. Das verknotete Tuch hängte sie an eine Hakenwaage, hob das Baby damit hoch und beugte sich vor, um die Zahlen ablesen zu können. Sieben Pounds, drei Ounces. »*Yes, Ma'am*, das wissen wir«, sagte sie schließlich, nahm das Bündel vom Haken und wickelte das Baby in eine Decke. »Jetzt müssen Sie noch ein letztes Mal fest pressen, Miss Ginny, damit wir die Nachgeburt rausbekommen, ich sie kontrollieren und sicher sein kann, dass Sie und die Kleine hier okay sind.«

Die Plazenta glitt blutig, aber intakt zwischen Miss Ginnys Beinen heraus und auf das Geburtskissen, wo Maw Maw sie begutachtete und auf Risse oder andere Beschädigungen untersuchte, die ein Hinweis auf Komplikationen bei ihrer Patientin sein konnten. Alles war in Ordnung. Dafür würde

Maw Maw sorgen. So viele andere Male, wenn die kleinen Babyöhrchen Lügen offenbart hatten, hatte Rubelle Adams dafür gesorgt.

»Grace, Baby«, rief sie jetzt ihre Enkelin, die eben wieder ins Zimmer gekommen war, und wickelte die Plazenta in mehrere Blätter der Zeitung vom Wochenende. »Nimm das hier und geh zu dem Birnbaum ganz hinten im Hof. Dann fragst du Mr Brodersen nach seiner stärksten Schaufel und gräbst dort ein schönes, tiefes Loch, verstanden? Da tust du das rein und deckst es gut wieder zu. Du weißt, was du zu tun hast, Kindchen. Darüber haben wir ja gesprochen. Erinnerst du dich?«

»Ja, Maw Maw, ich erinnere mich«, sagte Grace und nahm das Päckchen in Empfang.

Als sie sich umdrehte, um das Zimmer zu verlassen, prallte sie gegen den breiten, harten Körper von Mr Brodersen. Der roch nach Erde und Schweiß und Robinienholz. Und nach Wut.

»Gibt keinen Grund, das unter dem Birnbaum zu vergraben«, sagte er grimmig.

»Oh, Mr Brodersen, natürlich tun wir es unter den Birnbaum – genau wie bei allen anderen Babys vorher. Das wissen Sie doch noch, oder? So ist es Tradition. Schon meine Mama und meine Großmama haben immer gesagt, vergrab die Nachgeburt unter dem Baum, damit deine Babys dich nie und nimmer verlassen.«

Mr Brodersen sah Maw Maw direkt in die Augen und hielt ihren Blick fest, bis sie unbehaglich von einem Fuß auf den anderen trat. Ihre Gummischuhe gaben dabei ein quietschendes Geräusch von sich, das in der stehenden Luft geradezu schrill klang.

Er brauchte nur einen langen Schritt, um sich an der kleinen Grace vorbeizuschieben und direkt vor Maw Maw zu stehen. Er hielt ihren Blick fest, sogar während er ihr das Baby aus den Armen nahm. Seine langen, kräftigen Finger zogen dem Kind die Decke vom Kopf, und erst da riss er den Blick von Maw Maws Gesicht los und schaute in das des Neugeborenen. Lange und eindringlich musterte er ihre schwarzen Locken, Stirn, Nase, Lippen und Hals. Das Baby bewegte den Kopf und ließ seine kleine Zunge sehen.

Mr Brodersen wich einen Schritt zurück, sah erst seine Frau, dann Maw Maw und schließlich Grace an. Seine Stimme verriet keine Spur von Gefühl, doch sein Befehl erschütterte Grace bis ins Mark. »Nimm das Päckchen und verbrenn es im Ofen. Sofort.«

3

Sie kamen Maw Maw holen, noch bevor sie ihre Tochter begraben konnte. Es spielte keine Rolle, dass ihr Herz gebrochen war oder dass Basseys zerschmetterter Körper noch auf der Bahre lag, als müssten ihre Knochen sich noch an ihren neuen Zustand gewöhnen. Und auch nicht, dass Maw Maw und ihre Heilerinnenschwestern gerade dabei waren, den Geist ihres Kindes durch Singen und Stampfen von zu Hause weg zu geleiten. Die Männer sahen nur noch mehr, was sie zerstören konnten, und das taten sie.

Sie führten sich auf wie Wildschweine und trampelten mit ihren dreckigen Stiefeln über den Holzboden, der sowieso schon bebte, weil Dutzende Füße für einen Ring Shout rund um Basseys Körper schlurften, stampften und sprangen. Die Männerstimmen übertönten wie Donner die hohen Trauergesänge der Frauen. Doch es gelang ihnen nicht, die Trance zu brechen, die das Begräbnislied bei vielen ausgelöst hatte. Und so machten die Fremden, es waren vier an der Zahl, sich auf andere Weise bemerkbar. Einer mit rotem Gesicht, verschwitzt und wütend, drängte sich in den Kreis, packte Arme, stieß gegen Rücken und Beine, sodass Frauen übereinander fielen. Ein anderer, noch röter und verschwitzter, stieß Stühle um, damit die Frauen ihn beachteten. »Dieser ganze Scheiß der Wilden! Hört auf, das ist Gotteslästerung. Beim lebendigen Gott, ihr werdet damit aufhören!«

»Welche ist es?«, schrie der dritte über seine Schulter hinweg dem vierten Mann zu, der an der Tür stehen geblieben war, während auch er sich anschickte, auf die Frauen loszugehen. Der Gesang verwandelte sich in Geschrei. Wie zum Spaß fegte der dritte mit dem Arm über Maw Maws Altar. Dabei flogen Teller voller Essen, Becher mit Wasser und schwarzgebranntem Whisky und Blumenvasen krachend zu Boden. Dann blieb der Mann vor dem bodentiefen Spiegel stehen, der an der Wand des Wohnzimmers lehnte. Er war ein Mann aus den Südstaaten und mit den hiesigen Traditionen vertraut. Also wusste er ganz genau, dass der schwarze Stoff über dem Spiegel dafür sorgen sollte, dass der Geist der Toten sich frei bewegen konnte. Aber offensichtlich kümmerte ihn weder Basseys Seele noch die Frauen, die sich um diese sorgten, denn er riss den Stoff weg. Als er sein eigenes Spiegelbild erblickte, ein schwammiges Gesicht mit widerlich höhnischem Grinsen, feixte er. Allerdings presste er die Lippen zu einem Strich zusammen, als sein Blick auf das fiel, was er sonst noch im Spiegel sah: dieses junge Mädchen, zierlich und schwarz, das stoisch am Kopf des Esstischs Wache stand, auf dem der Leichnam lag. Anscheinend hatte er Mühe, die beiden Körper zu unterscheiden, so nah wie das Mädchen bei der Toten stand. Ihre Hand ruhte auf der mit Blüten der Schwarzäugigen Susanne gefüllten Hand der Verstorbenen. Diese trug ebenfalls ein weißes, mit Blumen bedrucktes Kleid und war mit einem abgenutzten, handgenähten weißen Quilt zugedeckt. Ihr Kopf ruhte auf einem kleinen weißen Kissen, wie mit einem Heiligenschein von weißen Gardenienblüten umgeben. Auf den Augen der toten Frau lagen zwei Silberdollar, die sich schimmernd von ihrer Haut abhoben. Obwohl das Durcheinander den Tisch erschütterte und auch das Türblatt, auf dem die Leiche lag, und obwohl die Decke verrutscht war und einige der Gardenien herabgefallen waren, blieben die beiden Münzen über den tiefen Höhlen von Basseys zerschlagenen Augen reglos liegen. Der Mann hatte schon früher tote Menschen gesehen. Und er hatte auch einige Totenwachen auf dem Land besucht, bevor seine eigene Familie reich genug gewesen war, um ihre Toten im modernen Ambiente des nur für Weiße vorgesehenen Bestattungsinstituts zu betrauern. Aber das hier – dieses durchdringende Starren des Mädchens, der geschundene Leichnam und der Anblick von beiden im Spiegel, den er absichtlich hartherzig enthüllt hatte –, das würde ihn bis ans Ende seines elenden Lebens verfolgen, da war er sich sicher.

Grace stand nur da und schaute. Sie sah alles und wusste, dass ihre Mutter niemals Ruhe finden würde.

***

Es war die letzte Position, in der Bassey sich wiederzufinden erwartet hätte – im Dreck liegend, ihr hübsches Kleid bis zur Taille hochgeschoben, die Unterhose zu sehen, mit eingeschlagenem Schädel, zertrümmerter Augenhöhle, die Zähne wie Kiesel zwischen den Ästen, Wurzeln und Steinen verstreut, die ahnungslose Zeugen ihres brutalen Tods gewesen waren. Schließlich hatte sie geglaubt, die Dinge in Ordnung gebracht zu haben. Die heimliche Nacht im The Quarters war dazu gedacht, alles zwischen ihnen wiedergutzumachen, nach einem fürchterlichen Morgen, der damit geendet hatte, dass Willis den Gürtel aus seiner Hose zog und sie damit wegen einer Verfehlung schlug, die sie immer noch nicht ganz begriff. Dabei war der Morgen bis zu der Züchtigung so absolut perfekt gewesen wie das Gezwitscher der Spatzen, die einen neuen Tag ankündigten – so schön wie die leuchtenden rosa- und orangefarbenen Schlieren am Himmel bei Sonnenaufgang. Das war seine liebste Tageszeit für Offenbarungen, und so wurde es auch zu ihrer. Und das obwohl sie es hasste, wenn er sah, was der Schlaf mit ihren Augen gemacht hatte, denn die sahen auf dem morgendlichen Kissen immer geschwollen aus. Auch ihr Haar, verschwitzt und kraus vom Sex am Vorabend und tiefem Schlaf, wirkte dann immer viel kürzer, als es ihr gefiel. In diesen süßen Augenblicken des frühen Morgens hatte er ihr erzählt, sie wäre das hübscheste Ding, das er je gesehen hätte. Das glaubte sie ihm, weil er sie normalerweise auch so behandelte – ihr den Stuhl zurechtrückte, ihr den Rücken wusch und schmeichelte, während sie in der Wanne saß, ihr mit so intensivem Blick in die Augen sah, dass sie nicht anders konnte, als verlegen wegzusehen. »Ich würde für dich einen Ochsen mit bloßen Händen umbringen, Mädchen, das weißt du, oder?«, hatte er ihr wie ein Geheimnis ins Ohr geflüstert. »Das würde ich für sonst niemand tun, nur für dich.«

Sie hatte ihm geglaubt. Sie hatte sich in diesem Glauben so tief verwurzelt gefühlt wie eine hundertjährige Eiche in einem Wald Virginias. Und sie hatte sich so gefreut, dass sie aufgestanden war und nackt durch sein kleines Zimmer tanzte, kichernd hatte sie aus tiefster Seele »Mrs Cunningham« gerufen.

Da hatte er sie geschlagen. War einfach aus dem Bett gestiegen und hatte in einer einzigen schnellen Bewegung nach seiner Hose am Boden gegriffen, die er am Vorabend im Rausch der Leidenschaft dort hingeworfen hatte, riss den Gürtel aus den Schlaufen und schlug mit der Schnalle und allem auf ihre nackte Haut.

»Meine Mama ist Mrs Cunningham«, brüllte er wütend,

während er ausholte. Basseys Staunen war rasch dem blanken Terror gewichen, der sie packte, während die Striemen sich auf ihrem Rücken, ihrem Po und ihren Schenkeln abzeichneten.

»Tut mir leid, Baby«, war alles, was ihr einfiel, um sich vor dem Hagel von Schlägen zu schützen, der auf sie niederprasselte.

»Wie kannst du es wagen, hier nackt zu stehen, du Jezebel, du Schlange, und diesen heiligen Namen vor Gott zu rufen!«, brüllte er und schwang weiter den Gürtel.

»Bitte, Willis, ich wollte das nicht!«, rief sie, duckte sich und versuchte, ihr Gesicht und ihren Kopf mit den Armen zu schützen.

Sie erwartete weder Erklärung noch Entschuldigung, doch er gab ihr beides so freimütig wie die Schläge zuvor: »Satan hat mich gepackt«, »mein Daddy hat das mit meiner Mama gemacht, und ich kann nicht anders«, »ich tue das, weil ich dich liebe, Bassey, und du musst das lernen, falls ich vorhab, dich zu meiner Frau zu nehmen«. Sie schluckte Willis' Irrsinn im Ganzen – grillte ihn und verspeiste ihn wie einen Sonntagsbraten. Das war befriedigender als die Vorstellung, den Rest ihres Lebens allein zu verbringen. Den Rest ihres Lebens ohne ihn.

Doch später am Abend hatte sie sich mit ihrem Kerl wieder vertragen, ihre Wunden gereinigt und ihre eigene Mama zum Schweigen gebracht und war wieder zu ihm nach Hause zurückgeflitzt. Dabei hatte sie ausgesehen wie ein Star, den die Sängerin Lena Horne höchstpersönlich beneidet hätte. Dann hatte sie sich an Willis' Arm geschmiegt, während sie zu The Quarters spazierten. Nur um einer so großen, so unverfrorenen und beinah unversöhnlich heftigen Verachtung zu begegnen, dass keine Menge Zucker genügt hätte, um sie zu schlucken.

The Quarters sollte eigentlich ein sicherer Ort für Bassey und Willis sein und war es zunächst auch. Ein Ort, an den sich die beiden begeben konnten, um ein bisschen zu tanzen, ein bisschen Alkohol zu trinken, ohne verurteilt zu werden wie sonntagmorgens in den Kirchenbänken der Nazarener. Der Betreiber nannte sein Etablissement ein »Speakeasy« wie die eleganten Jazzclubs in Harlem, von denen sie alle schon gehört hatten. Dabei war es in Wirklichkeit nicht viel mehr als eine leicht aufgehübschte Version eines durchschnittlichen Juke Joint – ein von wenigen rostigen Nägeln und alten Brettern zusammengehaltener Schuppen. Was The Quarters zum Strahlen brachte, war nicht so sehr das Aussehen, sondern das Gefühl, das es seiner Stammkundschaft vermittelte. Ein kräftiger Schluck von irgendwas, das hinter dem schweren Scheunentor ausgeschenkt wurde – Whisky, Gin oder Schnaps –, machte alle gleich, brachte die Umstände und Sünden zum Verschwinden.

Was die Atmosphäre allerdings nicht dämpfen konnte, war Basseys Hang zur Eifersucht. Sie war nur einen Augenblick weggegangen – nur so lange, um am anderen Ende der Theke mit dem Essen zu den Mixed Pickles zu kommen und sich durch die dichte Menge wieder zurück zu ihrem und Willis' Teller mit grünem Gemüse und Cornbread zu schieben und zu drängeln – und da war es schon passiert: Er führte irgendeine Frau an ihrer gezierten Hand auf die Tanzfläche, und beide grinsten. Es war gar nicht das Lachen oder die Nähe zwischen ihren Körpern, als sie sofort in den Kreuzschritt eines langsamen Tanzes fielen, der dem halben Tempo des schnellen Grooves der Band entsprach. Es war die Art, wie er sie dabei ansah und wie sie auf seinen Blick reagierte. Das war genau der Blick, den sie beide heute Morgen gewechselt hatten, als er ihr versichert hatte, seine Liebe sei so stark, dass er für sie morden würde.

Da blieben keine Zeit und kein Raum zu überwinden. Gerade stand Bassey noch an der Theke und dann schon vor ihrem Kerl und dieser Frau. Sie wusste nicht, wie sie von einem Ort zum anderen gekommen war, und es kümmerte sie auch nicht. »Weißt du, was für dich das Beste wäre? Wenn du die Finger von meinem Mann lässt«, fauchte Bassey wütend, während sie die Frau so fest an den Haaren riss, dass diese zu Boden fiel. Sie behielt ein Büschel in ihrer Hand zurück.

»Weibsstück, was zur Hölle …«, fing Willis an zu brüllen, als die Gäste rasch von der Tanzfläche flohen und den Mann, seine Dame und seine Geliebte dort zurückließen. Es blieb jedoch keine Gelegenheit, seine Frage zu beenden, denn Bassey ließ ihm dazu nicht die Zeit. Ihre Handfläche knallte auf seine Lippen, bevor er die Worte über sie brachte. Das Geräusch hallte von den Wänden wider, die eben noch den Klang von Trompete, Saxofon, Gitarre, Klavier und Schlagzeug geschluckt hatten. Nun hatte der Tumult alle Musiker veranlasst, ihr Spiel zu unterbrechen und zuzusehen, was da vor ihnen passierte.

Das lenkte Bassey nur kurz von ihrem Zorn ab. Dass Willis sie so hart und wütend wie sein Blick am Arm packte, machte sie schlagartig wieder sanft und klein. »Bitte«, flehte sie. »Nein, nein, nein, das wollte ich nicht, Baby, tut mir leid. Ich weiß nicht, was in mich gefahren ist.«

Sie duckte sich schon, während sie flehte, als mache sie sich bereit für den Schlag. Willis wollte ihre Entschuldigung nicht, brauchte sie nicht. Er packte sie an der Kehle und hob sie praktisch in die Luft. Seine Augen waren rot, die Nasenflügel wie bei einem Bullen gebläht. »Schieb deinen Hintern nach draußen«, knurrte er und schob Bassey mit der Hand um ihren Hals durch die Menge, die sich teilte, als wäre Willis Moses und die Menge das Rote Meer.

Niemand würde Bassey retten. Niemand dachte daran, es zu versuchen. Sie ließen den Mann einfach machen, was er sich anschickte zu tun, und so geschah es: Willis zerrte Bassey voller Wut in den Wald hinter der Lichtung, auf der The Quarters stand, und unter dem rotem Mond schlug er die Augen und Lippen der Frau blutig, die er behauptete abgöttisch zu lieben.

Und als er damit fertig war, seine Männlichkeit kundzutun, als er zufrieden damit war, die Lektion erteilt zu haben, zerrte Willis Bassey vom Boden hoch und stellte sie vor sich hin. Er benutzte eine Hand, um die Erde und die Ästchen wegzuwischen, die an ihrem Kleid und in ihren Haaren hingen. Als wäre sie eine Lumpenpuppe, die er für ein Kind aufhob, das sie nachlässigerweise fallen gelassen hatte.

»Warum kannst du dich mir gegenüber nicht einfach anständig benehmen, Bassey?«, fragte er. Wischen, wischen, zerren. »Du weißt, dass ich dich liebe, oder?« Wischen, wischen, zerren. »Oder?«, fragte er noch eindringlicher.

»Ja«, presste Bassey mühsam zwischen ihren geschwollenen, blutenden Lippen hervor. Mehr schaffte sie nicht, deshalb nickte sie noch als zusätzliche Bestätigung.

»Aber du kannst nicht einfach deinem Kerl ins Gesicht schlagen, Bassey, das weißt du doch, oder?« Wischen, wischen, zerren.

Sie nickte.

»Jetzt ist der perfekte Zeitpunkt, um Buße zu tun, Baby«, sagte er. Wischen, wischen, zerren.

Er stieß sie von sich.

Bassey befand sich wieder auf dem Boden, aber diesmal kniete sie. Willis strich leicht mit dem Handrücken über ihre Wange, während er mit der anderen an seinem Gürtel zerrte.

»Willis, bitte …«

»Du willst meine Frau werden? Was?«, fragte er, während er den Reißverschluss an seinem Hosenschlitz aufzog.

»Bitte …«

»Bitte? Bitte was?«, sagte er leise drohend und schob die Unterhose beiseite, um seinen Penis rauszuholen. »Um was bittest du? Sag es.«

Basseys Tränen erstickten ihre Stimme, aber ihre Lippen waren ohnehin zu geschwollen, als dass sie hätte sprechen können. Sie brachte nur ein Jaulen heraus, als er sie bei den Haaren packte und ihr Gesicht gegen seinen Schritt presste.

»Los jetzt, bitte drum, kleine Schlampe. Du willst so dringend Mrs Cunningham werden. Dann bitte drum.«

Bassey versuchte, sich zu ducken, sich wieder klein zu machen, aber damit wehrte sie sich gegen seinen Griff, was ihn nur noch wütender machte. Sie spürte den ersten Schlag, sah den zweiten kommen. Dann war da das Gesicht ihres Babys, der süßen Gracie. Sie kam lachend auf sie zu und hielt eine frisch gepflückte Blüte einer Schwarzäugigen Susanne in ihrer kleinen Faust. Hinter ihrer Tochter war ein ganzes Feld der gelben Blumen.

Und dahinter war die Sonne.

* * *

Grace wusste, dass ihrer Mutter etwas Schlimmes zugestoßen war, noch bevor der alte Jussie Mack die Stufen zur Haustür der Brodersens hinaufgefunden hatte, um die Nachricht zu überbringen – bevor Maw Maw seine Worte begreifen konnte. Grace hatte Basseys Körper wie in einer Filmvorführung gesehen, als sie den Nachttopf von Miss Ginny ins Gartenklo leerte. Da hatte sie ausgestreckt in dem stockdunklen Wald gelegen, in ihrem strahlend weißen Kleid, mit Blüten im Haar und Münzen auf den Augen, die wie Sterne an einem klaren Nachthimmel schimmerten. Grace verstand nicht ganz, was das alles bedeutete oder wie ihre Mutter überhaupt dorthin gekommen war. Aber sie wusste, so friedlich ihre Mutter auch aussah, sie hatte keine Ruhe gefunden.

Maw Maw war gerade dabei, die Geburtsurkunde für den Neuankömmling bei den Brodersens auszufüllen, als Jussie Mack eintraf. Miss Ginny erklärte die Schreibweise des Babynamens – Sandy mit ›Y‹, Granny, und Annabelle mit zwei ›N's‹ und zwei ›L's‹.« Mr Brodersen trat zu Jussie auf die Veranda. Als sie die Fliegengittertür zuschlagen hörte, richtete Miss Ginny sich mühsam auf und brachte ihr Anliegen vor. »Granny, hör zu«, sagte sie. »Sie wird doch durchgehen, nicht wahr? Sie ist hell genug, um das Kind meines Mannes zu sein. Sag mir, dass sie das ist.«

»Sie ist jedenfalls ein hübsches Kleines«, sagte Maw Maw in ebenso gedämpftem Ton. »Aber ich kann nichts weiter garantieren, als dass die Sonne morgens aufgehen und abends untergehen wird. Das ist alles, Miss Ginny.«

»Aber du kannst die Urkunde so ausfüllen – dass mein Mann ihr Pa ist und sie weiß ist«, sagte Miss Ginny aufgeregt und den Tränen nahe.

»Das kann ich«, sagte Maw Maw. »Aber es wird nicht die

Wahrheit sein. Und wenn ich in Ihrem staatlichen Dokument hier lüge, kann ich dafür ins Gefängnis kommen, Miss Ginny, und das wissen Sie.«

Aber sie wussten auch beide, was die Alternative war – was wahrscheinlich passieren würde, wenn Maw Maw auf der Geburtsurkunde des Babys »Negro*« ankreuzte. Das wäre so, als würde sie das Todesurteil für das Kind unterzeichnen. Maw Maw hatte immer wieder davon gehört und es auch mit eigenen Augen gesehen: kleine, braune Neugeborene, die die Ehemänner der fremdgegangenen Frauen am Straßenrand abgelegt hatten. Um sie den Elementen oder wilden Tieren zu überlassen, was auch immer sie zuerst erwischte. Oder man gab sie in Waisenhäusern für Schwarze ab, wo mutterlose Kinder ein hartes Leben erwartete. Von einer Familie hatte Maw Maw gehört, dass sie das kleine dunkelhäutige Baby zusammen mit einem Stein in einen Jutesack gesteckt und das Kind auf den Grund des Sussex River geworfen hatten. Als es irgendwann an Land geschwemmt wurde, zuckten die Weißen nur mit den Achseln und widmeten sich dann wieder ihrem eigenen Leben, als hätte das Baby selbst schuld an seinem Leben und Sterben. Die Negros* konnten nichts anderes tun als trauern.

»Granny, du musst mal sofort hier rauskommen«, sagte Mr Brodersen, als er im Türrahmen erschien. Er war etwas weniger schroff als vorhin, als er mit Gracie geschimpft hatte.

»Yessir«, sagte Maw Maw rasch und versteckte den Stift hinter ihrem Rücken, als würde sie das Geheimnis in ihrem gestärkten weißen Gewand verstecken. »Ich mache nur noch die Geburtsurkunde fertig und warte darauf, dass meine Enkelin wieder reinkommt, um mir zu helfen, noch alles für das Baby fertig zu machen, Mr Brodersen. Dann komme ich sofort.«

»Nein, jetzt, Granny. Du musst sofort mit rauskommen«, sagte Mr Brodersen. »Ein Nigger* mit Namen Jussie steht auf der Veranda und hat dir was zu sagen.«

»Jussie?«, fragte Maw Maw. »O Lord, ist Belinda etwa schon in den Wehen? Sie hatte doch noch ein paar Wochen vor sich.«

»Darum geht's nicht, Rubelle«, sagte Mr Brodersen, diesmal sanft.

Noch nie hatte er sie beim Vornamen genannt. Ihr war nicht mal bewusst gewesen, dass er ihn kannte. Maw Maw schaute auf die Geburtsurkunde, zu Miss Ginny und dann wieder zurück zu Mr Brodersen. Irgendwas war nicht in Ordnung. Auf schreckliche, tragische Weise nicht in Ordnung. Sie konnte das in den Pausen spüren, zwischen denen das Herz in ihrer Brust immer schneller schlug. Maw Maw ließ den Stift und die Geburtsurkunde fallen, raffte ihre Röcke und rannte los. Aus dem Schlafzimmer, durch die Küche, hinaus auf die Veranda, die Stufen hinunter, direkt vorbei an Jussie und direkt zum hinteren Ende von Jussies Karren.

Dort fand sie Grace. Der hing der Nachttopf gefährlich locker zwischen den Fingern ihrer rechten Hand. Hinter der Enkelin lag Basseys Leichnam. Ein blutiger Haufen auf Jussies Karren.

»Maw Maw«, sagte Gracie und blickte an ihrer Großmutter vorbei. »Mama schläft.«

***

Brodersen stand an der Tür und scherte sich nicht um die Schändung von Rubelle Adams' Zuhause oder darum, wie die Männer – Hilfssheriffs der Stadt Rose – mit der alten Frau, ihren Freundinnen oder dem Leichnam der Frau umgingen, die sie im Begriff waren zu beerdigen. Sie hatte die schlimmste Sünde gegen ihn verübt, und deshalb wollte er, dass sie weitermachten, egal wie, Hauptsache es wurde getan. Er streckte seinen Zeigefinger aus und deutete auf Maw Maw. Auf die Frau, deren Hände als Erste die Köpfe jedes seiner Kinder berührt hatten, die aber auch ihre Stellung als Hebamme ausgenutzt hatte, um zu versuchen, ihm ein Nigger*baby unterzuschieben. Das war der schlimmste Albtraum der Weißen – dass Generationen jenes guten, jenes reinen Bluts durch einen Tropfen vom Blut der Wilden verschmutzt würde. Vom Blut der Unreinen. Deshalb hatten viele Tage vor dem heutigen die guten weißen Leute von Rose gewusst, wie sie mit dieser Art von Betrug umzugehen hatten. Die Bäume wussten davon zu erzählen.

Brodersen hielt sich selbst in Bezug auf Rubelle jedoch für höher entwickelt. Schließlich war sie die Hebamme seiner Kinder gewesen, und ihr eigenes Kind war gerade totgeschlagen worden. Also ließ er Gnade walten und schlug den Hilfssheriffs vor, ihr den Strick zu ersparen. Doch Brodersen wollte, dass Maw Maw bezahlte. Das war für ihn unerlässlich. Denn auf der Geburtsurkunde jenes Bastardbabys hatte sie die Lüge mit unterzeichnet. In Tinte und gemäß ihrer Pflichten als Hebamme hatte sie geschworen, dass das Neugeborene Kind eines weißen Mannes war. Sein Kind.

Das war eine Lüge. Es verstieß gegen das Gesetz. Und obwohl er seine Frau und das Nigger*baby mit all ihren Sachen schon aus seinem Haus geworfen und aus seinem Leben verbannt hatte, war er noch nicht zufrieden. Er brauchte mehr. Granny musste für ihre höchst unerhörte Sünde, die Lüge seiner Frau zu bestätigen, bezahlen.

»Das ist sie, die dort«, sagte Brodersen und zeigte weiter auf

Maw Maw, die als zweite von unten auf dem Haufen aus Heilerinnen lag. Deren weiße Gewänder waren schon voller Fußspuren und Tränen. Alle kämpften gegen die Last der anderen und die herrschende Gefahr an. Für Negros* hatte es noch nie etwas Gutes bedeutet, wenn ein weißer Mann mit dem Finger auf sie zeigte.

»Bitte, Mr Brodersen, ich verstehe nicht, was los ist. Aber ich verspreche ihnen, dass wir es in Ordnung bringen können«, sagte Maw Maw, die mit Mühe auf die Beine kam. Sie wollte noch ihr Gewand glatt streichen, doch da wurde sie schon von zweien der Männer bei den Armen gepackt. »Sagen Sie mir doch, was ich getan habe!«

»Du weißt, wofür das ist«, zischte er und fuchtelte mit der Hand in ihre Richtung.

»Sir, ich …«

»Halt die Klappe«, brüllte einer der Männer Maw Maw an. Dann sagte er zu Brodersen: »Was ist das für eine Niggerin*, die Sie beschimpft? Ich sag Ihnen was, wir können rausgehen und das auf der Stelle regeln. Genau so, wie wir das früher geregelt haben, wenn Nigger* aus der Reihe getanzt sind.«

Maw Maw richtete sich kerzengerade auf, Brodersen hob die Hand, um seine Horde zum Schweigen zu bringen, und Stille breitete sich im Raum aus. Bis auf Grace, die sich schluchzend über den Leichnam ihrer Mutter geworfen hatte. »Bitte nehmt mir nicht meine Maw Maw weg. Bitte«, schrie sie und klammerte sich an Bassey.

»Genug geredet, gehen wir«, sagte Brodersen, packte Maw Maw und zog sie zur Tür. Ihr blieb nichts anderes übrig, als sich zu fügen.

»Passt auf meine Grace auf«, gebot sie ihren Freundinnen, während die Männer sie zur Tür hinaus zerrten.

»Ja«, antworteten die Freundinnen im Chor.

»Und passt auf meine Bassey auf«, rief sie noch, als die Männer sie schon auf den Hof schleppten.

»Das werden wir«, riefen sie ihr nach.

Dann schlug die Fliegengittertür zu.

4

Graces Blick klebte an der schwarzen Ameise – vor allem an ihren staksigen, fadendünnen Beinchen. Es faszinierte sie, wie das winzige Insekt damit im Wasser paddelte. Auf trockenem Boden hätte sie es so leicht über den Erdhügel geschafft, unter dem Basseys Leichnam lag, und wahrscheinlich auch noch die halbe Strecke zum Brombeerbusch. Hätte sich ein Maulvoll von den süßen Früchten holen und auch noch was vom Fruchtfleisch zurück zu seiner Königinmutter bringen können. Wenn es genug Verstand besessen hätte, nicht in den Metallbecher mit Wasser zu klettern, den Grace als Opfergabe für ihre Mutter dagelassen hatte. Wahrscheinlich hatte es sich vorher auch noch an dem Maisbrot gütlich getan, das sie ihrer Mama hingestellt hatte, dachte Grace und starrte die Ameise grimmig an. Welcher Tod sie auch immer erwartete – ertrinken oder langsames Verdorren in der Sonne –, sie hatte ihn verdient. Er geschah ihr recht, weil sie sich genommen hatte, was ihr nicht zustand.

Das war alles, was Grace dieser Ameise gerade zu bieten hatte. Mehr konnte sie nicht tun. Sie zu retten war keine Option. Maw Maw hatte sie anderes gelehrt: Sie sollte für alle lebendigen Geschöpfe sorgen, verantwortungsvoll, weil jedes davon eine entscheidende Funktion in der Kette der Lebewesen erfüllte. Hähne melden den Tagesanbruch, den Sonnenaufgang und wecken alle; Bienen und Spinnen küssen die Blüten, damit Nahrung wachsen kann und Moskitos irgendwas anderes zu fressen finden. Sogar Schlangen verdienen, am Leben zu sein. »Jetzt hör schon mit dem Geschrei auf«, hatte sie Grace einmal angeherrscht und in die Hände geklatscht, um es zu unterstreichen. Damals war ihre Enkelin lärmend aus dem Gemüsegarten gestürmt. Frisch gepflückte Zuckerschoten waren in alle Richtungen aus Graces Schürze geflogen, nachdem eine schwarze Rattenschlange, die zwischen den Erbsenstauden und ihren nackten Füßen herumgeglitten war, sie erschreckt hatte.

»Maw Maw, da drüben ist eine riesengroße alte Schlange!«, sagte Grace mit aufgerissenen Augen und zeigte hinter sich.

»Wovor rennst du weg?«, fragte Maw Maw und wedelte mit einem einzelnen Unkraut, das sie dafür bestraft hatte, dass es versuchte, sich mit ihren Ringelblumen zu vermählen. »Du solltest der kleinen alten Schlange lieber dankbar dafür sein, dass sie so hübsch und stolz in unserem Garten wacht. Sie hilft uns.«

»Aber Maw Maw, die Schlange ist so lang wie mein Arm. Und sieht aus, als würde sie sich von unseren Erbsen bedienen.«

»Sie hilft den Erbsen, indem sie die Mäuse vertreibt. Die vertriebenen Mäuse nehmen ein paar Samen mit, damit jemand eine neue Erbsenstaude genau da bekommt, wo er sie braucht. Oder ein Adler frisst die Maus, damit er stark wird und hoch hinauf in die Bäume fliegt, wo er einen Samen rausschüttelt. Aus dem wird ein neuer Baum, damit all die Vögel und Eichhörnchen drin spielen können. Aus dem Eichhörnchen wird ein feines Ragout. Und die Erbsenstauden, tja, die Schlange hilft den Stauden, und die Stauden helfen uns, damit wir was zu essen haben. Wenn wir essen, kann ich den Mamas helfen, Babys auf die Welt zu bringen, damit sie groß und so süß werden wie du. Ihren Mamas helfen, Blumen zu pflanzen und Eichhörnchenragout zu kochen.« All das sagte Maw Maw, während sie sich wieder bückte und zwischen den Ringelblumen nach weiterem Unkraut Ausschau hielt. »So wird die ganze Welt schön und fett. Damit wir alle lächeln und Mama Erde dafür danken können, dass sie uns das Leben schenkt. Ein großer Kreislauf. So wie ich das sehe, ist diese Schlange Leben. Bedank dich bei der Schlange und pflück die Erbsen.«

Jetzt presste Grace ihre Wange, Brust, Bauch, Hüften und Handflächen gegen die Erde, die ihren Kreis bedeckte. Bassey war für diese Welt nicht mehr als eine Maus, die eine Schlange unter die Erde gebracht hatte. Die Leute ließen diese Schlange um die Kanzel herum gleiten, groß und schwarz und verwegen. Furchtlos. Sie glaubten seine Lügen von Jezebel der Schlange – sie machten sich nicht die Mühe, seine Begründung dafür, warum er eine Frau mit seinen bloßen Händen totgeschlagen hatte, infrage zu stellen. Sie war Wollust. Eine Bedrohung. Eine Gefahr für die Güte ihrer makellosen, produktiven Gärten. Deshalb war Asche zu Asche, Staub zu Staub alles, was ihr gebührte. Alles, was sie verdiente. Das Gleiche galt für Jezebels verrückte Mama, die Zaubertränke mischte und mit Bäumen sprach, mit dem Wasser, als könnten die sie hören. Als könnten sie ihr antworten. Eine Sünde gegen den lebendigen Gott, den Allmächtigen, das war, was es war. Ihre Sünde ist ihr zum Verhängnis geworden, sagten sie. Da spielte es keine Rolle, dass sie die erfolgreichste Hebamme der Stadt war, dass Babys aus den Bäuchen der schwangeren wohlbehalten in ihren Händen zappelten. Sie glaubten, das ginge genauso ohne sie. Sollte der Kreislauf ruhig unterbrochen sein.

Wie sie so mit knurrendem Magen auf dem Grab ihrer

Mutter lag, nachdem sie die letzten fünf Wochen nach Arbeit und Essen gesucht hatte, wusste Grace nichts von der Heiligen Schrift, die ihre Nachbarn nutzten, um ihre eigene Herrschsucht zu stillen. Diesen blutigen Zorn, den die weißen Leute bedienten, um dem Kind die Arbeit als Wäscherin zu verweigern, die Maw Maw jahrelang gemacht hatte, um sich ein paar Pennys dazuzuverdienen. Oder was die Bekannten ihrer Großmutter veranlasste, so zu tun, als brauche das Mädchen keine helfende Hand. Tatsächlich waren sie sogar gemein geworden – als kümmere es sie kein bisschen, ob Grace Gottes gute Luft atme oder unter seiner guten Erde ersticke. Worum sie bat, das war unter den gegebenen Umständen so wenig: einen Dollar oder zwei im Gegenzug für das Klopfen der Teppiche, Schrubben der Böden, Staubwischen, Beseitigen der Spinnweben, damit die Hände der Missus schön blieben. Das hatte sie schon getan, bevor man ihr Maw Maw und Bassey genommen hatte. Und es war das, was sie, so vermutete Grace, für den Rest ihres Lebens tun würde. Jetzt, wo alles zerstört war.

»Was auch immer du heute suchst, du wirst es woanders finden müssen, fürchte ich«, sagte Mr Horowitz. Er war das Oberhaupt einer der Familien, für die Maw Maw gearbeitet hatte. Sie hatte ihre Wäsche übernommen, Mahlzeiten gekocht und solche Dinge. Oft hatte auch Grace eine Kleinigkeit bekommen, wenn sie auf die kleinen Kinder aufgepasst hatte, wann immer Maw Maw eine Extraarbeit zu erledigen und Mrs Horowitz eine ihrer Aufgaben als Dame zu erfüllen hatte. Oder wenn sie sich sonst wie unter die Damen der Stadt mischte, die die religiöse Doktrin der Familie Horowitz weder verstanden noch sich dafür interessierten. Ihre weiße Haut und das Scheckbuch ihres Gatten hatten sie akzeptabel gemacht. Immer drückte sie Grace eine Silbermünze in die Hand, wenn sie ihren Babys die Pos abgewischt und die Dinge erledigt hatte, zu denen Mütter verpflichtet waren, selbst wenn oder gerade dann, wenn sie dazu keine Lust hatten. »So wie ich dir gestern und am Tag davor schon gesagt habe – ich kann dich hier nicht mehr arbeiten lassen.«

»Aber Mr Horowitz, Sir, ich möchte ja gar kein Almosen. Ich will doch nur aushelfen, wie ich's schon gemacht habe, als meine Grandma hier gearbeitet hat«, sagte Grace flehend. »Ich … ich würde es sogar für ein bisschen was zu essen tun. Irgendwas.« Über seine Schulter hinweg fiel ihr Blick auf Arlie Stephenson, eine Freundin von Maw Maw, die steif am Herd stand. Sie bemühte sich mehr schlecht als recht, keinen Blick in Richtung Türschwelle zu werfen, wo sie das Enkelkind ihrer Freundin um Essen betteln hörte – um irgendeine Kleinigkeit, damit sie nicht verhungerte. Nur ein paar Wochen bevor die Brodersens Schrecken über Graces Familie gebracht hatten, stand Miss Arlie auf Maw Maws Veranda und brachte praktisch die gleiche Bitte vor. Dabei hatte sie mit dem Besen herumgespielt und lang und breit erzählt, warum sie ihren Job verloren hatte. Und zwar weil sie einen Gegenstand aus Silber für den Geschmack ihrer Herrin etwas zu wenig poliert hatte. Kaum gab Maw Maw ihr ein Stück Maismehlbrot und einen Schöpfer Limabohnen, hatte sie beides auf der Stelle hinuntergeschlungen und war über die Straße fortgelaufen, als hätte sie eine dringende Verabredung. Scham verleiht den Füßen Flügel. Miss Arlie kannte Graces Not.

Mr Horowitz folgte Graces Blick zu Miss Arlie, die ihre Aufmerksamkeit rasch wieder auf das Schmorfleisch richtete, das sie gerade zubereitete. »Schau, Mädchen, du musst von meiner Veranda verschwinden.«

»Aber Mr Horowitz, bitte, hören Sie mich doch nur …«

Bevor sie den Satz zu Ende gesprochen hatte, packte Mr Horowitz Grace an ihrem schmutzigen Kragen und zog sie nah vor sein Gesicht, sodass sie ihn gut hören konnte. »Du verschwindest jetzt verdammt noch mal von meiner Veranda, bevor du mich zwingst, eine Szene zu veranstalten«, sagte er, und dabei flitzte sein Blick von einem Nachbarsgarten zum anderen. Niemand beobachtete sie, aber es war klar, dass ein Fingerzeig das empfindliche Ökosystem durcheinanderbringen konnte, das er und seine Familie mit solcher Mühe etabliert hatten, um brennende Kreuze von seinem Rasen und Ziegelsteine von seinen Fensterscheiben fernzuhalten. Deshalb musste die Enkelin der Frau, deren Blut fließen würde, von seiner Veranda verschwinden. »Geh jetzt!«, rief er und unterstrich das noch mit einem Stoß, der Grace die Stufen hinunterstürzen ließ.

Grace kam wieder auf die Füße und rannte davon, ohne auch nur einen Blick zurückzuwerfen. Sie kannte die Konsequenzen, die der Zorn eines Herren oder einer Herrin haben konnte. Ihre Freundin Bobbie hatte ihr ganzes fünfzehntes Lebensjahr in der Barnwell Training School for the Feeble Minded, also unter Schwachsinnigen, verbracht, nachdem sie mit ihrer Missus gezankt hatte. Dabei hatte sie nur eine kleine Pause vom Schrubben des Herds gewollt, weil sie sich beim Reinigen des Brotkastens und der Ascheneimer die Hand verbrüht hatte. Dass sich auf der halben Handfläche von Bobbie eine Brandblase gebildet hatte, interessierte die Missus nicht. Es war ein Dienstag, und da mussten die Küchengeräte mit Ammoniakseife glänzend geputzt werden. Egal ob das Mittel auf den Nigger*händen brannte. »Ach, sei nicht so empfindlich!«, herrschte sie Bobbie an, als die aufschrie.

»Aber es tut weh! Ich mach das nicht!«

»Was hast du da gerade zu mir gesagt?«

»Ich. Mach. Das. Nicht.«

Die Missus war zurückgetaumelt, stirnrunzelnd, schockiert. Eine Sekunde später hatte sie auf die Tür gezeigt und gezischt: »Verschwinde.« Nur ein paar Stunden später hatte ein Gefängniswagen auf dem Gras vor dem bescheidenen Holzschindel-Haus von Bobbies Eltern gehalten. Dann hatten die Männer das junge Mädchen aus dem Haus und die Stufen hinuntergezerrt und gezwungen, in das Vehikel zu steigen. Bis zum heutigen Tag flüsterten die Nachbarn über das Wehgeschrei ihrer Mama.

So machten die weißen Leute das: Sie verließen sich auf schwarze Körperteile – Hände für die Wäsche, Rücken fürs Pflügen, Brüste fürs Füttern ihrer Babys –, aber sie ertrugen die dazugehörigen Schwarzen Körper oder Seelen nicht. Seelen, die jeden Morgen ihr fragiles Ich neu zusammenfügen mussten, um die Körper davon zu überzeugen, sich wieder und wieder der Arbeit zu unterwerfen. Ohne Nutzen, ohne Pause, ohne Klage. Grace wusste, dass sie verschwinden musste – und aufhören, Hoffnung auf die Leute zu setzen, die sich eher die Klagen ihrer Großmutter anhören würden, als einen leeren Nigger*bauch zu füllen.

Maw Maws Freundinnen waren eine noch größere Enttäuschung. Anfangs, nachdem sie zusammen Basseys Leichnam in einen Sack gewickelt und begraben hatten, schienen ein paar Frauen, die Maw Maw nahestanden, sich daran zu erinnern, dass eine Dreizehnjährige jetzt allein im Haus war. Ohne Geld oder Lebensmittel. Hier und da schauten sie mit einer Kleinigkeit vorbei: einem Topf Bohnen, einem Stückchen Rückenspeck und Maisbrot, frischer Buttermilch,

Holz für den Herd. Doch das taten sie nur so lange, bis ihre eigenen knurrenden Mägen und ihr eigener Ruf darunter zu leiden begannen, dass sie sich für ein Kind einsetzten, das zu einer toten Frau und einer eingesperrten Hebamme gehörte, der man vorwarf, den Stammbaum eines weißen Mannes beschmutzt zu haben. Schon bald schlossen sie sich der Haltung aller anderen an: horteten ihr Essen und verleugneten die Familie, wie Petrus es einst bei Jesus tat. Für sie war Grace ein Geist. So tot wie ihre Mama.

Ausgezehrt von Trauer und Hunger hörte Grace die Schritte von Mr Aaron nicht, der von seinem Hof herübergekommen und um Basseys Grab herumgegangen war. Erst das Knacken seiner Knie, als er neben ihr in die Hocke ging, ließ sie sich aufrichten.

»Hey, *Lil' Bit*«, sagte er und legte seine knotige Hand auf ihren Rücken. »Warum stehst du denn nicht auf? Die roten Ameisen werden dich erwischen, und was machst du dann?«

Langsam drückte Grace sich vom Grabhügel hoch und wischte sich die Tränen ab. Dabei blieben Spuren der Erde Virginias an ihren fahlen Wangen zurück. Sie hatte Mr Aaron wochenlang nicht gesehen. Ihr fehlte die Kraft oder Entschlossenheit zu fragen, wo er gewesen war. Ihre Augen und ihr Bauch übernahmen das Reden.

»Wann hast du das letzte Mal was gegessen?«, fragte Mr Aaron und blickte stirnrunzelnd auf Graces Bauch.

Grace sagte nichts.

Mr Aaron ließ den Blick über ihren Hof schweifen. Er sah den von Unkraut überwucherten, aber zugleich leeren Gemüsegarten. Den Holzvorrat in ähnlichem Zustand. »Bin eben erst aus Richmond zurückgekommen. Brauch eine kleine Pause vom Schienenverlegen für die Eisenbahn, aber in ein paar Tagen muss ich wieder zurück. Was brauchst du, Lil' Bit?«

Wieder blieb Grace stumm.

»Ich weiß, dass du deine Granny nicht sehen konntest«, sagte er. »Ich weiß, du vermisst sie.«

Frische Tränen und Rotz liefen ihr übers Gesicht bis zu den geschwollenen Lippen. Dazu zitterte sie ein bisschen. Sie würde Mr Aaron nicht erzählen, dass sie ihre Großmutter tatsächlich gesehen hatte, mehrmals, in ihren Filmvorführungen. Jeden Abend, im Grunde genommen bevor sie ihre Augen endgültig zum Schlafen schloss, verfolgte das gleiche Bild sie bis in ihre Seele: Da war Maw Maw, auf Zement klein zusammengerollt, das Gesicht in den verschränkten Armen vergraben. Dann hörte man das Schlurfen von Stiefeln auf Erde und Stein und lautes Klirren – von Metall gegen Metall.

Und ruckartig schaute Maw Maw auf, im Fieberwahn, ausgezehrt, verzerrt – das Gesicht geschwollen, die Augen rasch auf ihre Füße gerichtet, mit einer Platzwunde auf der Stirn, aus der das weiße Fleisch unter der Hautschicht zu sehen war. Ihr Kleid starr von Schweiß und Dreck und diversen Körperflüssigkeiten war im Schoß rot getränkt.

Jedes Mal verspürte Grace Angst. Sie schmeckte sie wie Galle auf ihrer Zunge.

Grace musste nicht zum Gefängnis, um ihre Großmutter zu sehen. Aber sie musste dorthin, damit sie sich um sie kümmern konnte.

»Können Sie mich hinbringen?«, fragte sie zaghaft. »Um sie in echt zu sehen?«

»Hör zu, so ein kleines, zartes Geschöpf wie du sollte nicht da unten beim Gefängnis sein. Das ist kein Ort für hübsche junge Mädchen. Vor allem nicht für hübsche junge Mädchen, von denen sie Angehörige eingesperrt haben.«

Grace konnte sich nicht länger zurückhalten. Ihr Schluchzen erfüllte die Luft über Gras und Löwenzahn, füllte den Raum zwischen den Blättern.

»Ich weiß, Baby. Lass es raus. Aber dann musst du mir zuhören. Wir haben nicht besonders viel Zeit.«

* * *

Er trug ihr auf, sich hineinzukauern. Es war ein sanft geäußerter Befehl, aber trotzdem überflüssig. Sie hätte kaum in die kleine, versteckte, im Boden versenkte Kiste gepasst. Die war feucht und staubig, und ihre Wände verlangten, dass Graces kleiner, aber kurviger Körper sich gegen sie presste. »Ich weiß, dass es hier drin nicht bequem ist, und wenn ich jetzt noch dieses Fass drüberstülpe, wird sich das anfühlen, als könntest du nicht atmen. Aber im Boden vom Fass, über dir, sind Löcher, es ist leer und hat keinen Deckel, also wirst du da unten schon Luft kriegen. Das ist die einzige Möglichkeit, dich in Sicherheit zu bringen«, erklärte Mr Aaron Grace, während er ihr noch einen kleinen Wasserkrug und einen Sack mit zwei Äpfeln und einem halben Laib Brot runterreichte. »Eine ganze Menge anderer Leute hat sich schon in dieser Kiste versteckt, ehe sie nach Norden entkommen sind, und sie haben es gut überstanden. Du wirst es auch überstehen, ja?«

Mr Aaron klang, als würde er den Wahrheitsgehalt seiner Worte infrage stellen, aber Grace entdeckte etwas in seinem Blick – eine gewisse Unbeugsamkeit, die sie beruhigte. Das war der gleiche Blick, den er Maw Maw zuwarf, als sie erfuhr, dass man die zerfetzten Körperteile von Ol' Johnny Payne die ganze Piney Road entlang verstreut gefunden hatte. Jedes Stück musste von seiner Leiche abgerissen sein, als ein wütender Ehemann und eine Meute aus dessen Freunden ihre Pferde durch die Mitte des Schwarzen Rose getrieben hatten, während sie Johnny hinter sich her schleiften. Es spielte keine Rolle, dass Ol' Johnny, der in einer kleinen Hütte, nur vier Türen links von Maw Maws Haus, lebte, unten bei der Kirche gewesen war, um das Dach zu reparieren, als er angeblich bei einer betrügenden Ehefrau hätte gewesen sein sollen, die mit dem Finger auf ihn zeigte und schrie: »Das ist der Nigger*, der mich vergewaltigt hat!« Der Ehemann musste glauben, dass der Nigger*, der aus seinem Haus geflohen war, als er zu früh zum Mittagessen kam, sich mit Gewalt Zutritt verschafft hatte und nicht einer Einladung gefolgt war. So eine Story mussten auch die guten weißen Leute von Rose glauben. Deshalb musste ein Schwarzer Leib durch die Straßen geschleift werden. Als Botschaft und als Warnung. Eine Warnung, die nicht nur Körper, sondern Familien zerriss. Eine Gemeinde. Den Frieden. Maw Maw und alle anderen in Black Rose wussten: Sobald die Meute Schwarzes Blut geleckt hatte, würde sie nicht ruhen, bevor ihr Appetit gestillt war. Jeder Hals wäre gut genug, und Furcht würde die Ehefrauen und die Kinder und die Ehemänner und die Väter und alle anderen packen, die noch atmeten und zwei braune Beine besaßen, bis die weißen Leute satt wären. Maw Maw fürchtete sich. »Mach dir um mich keine Sorgen«, hatte Mr Aaron zu Maw Maw gesagt. Das war in der Nacht, als sie Ol' Johnny wieder zusammengefügt und auf der Wiese hinter seiner geliebten Kirche begraben hatten. »Wir sind bald fertig mit dem ganzen Morden hier in der Gegend. Diese Weißen müssen wissen, dass wir unsere Waffen für mehr benutzen, als um Eichhörnchen zu schießen. Wenn die kommen, haben wir was für die.«

Und als sie in der Nacht angeritten kamen, um die Kirche von Ol' Johnny zu entweihen und sich jeden Schwarzen vorzunehmen, den sie unterwegs finden konnten, da waren Mr Aaron und eine Gruppe von Männern schon da. Alle erwachsen und bereit zu verteidigen und zu sterben. Manche hatten Pistolen gezückt, andere luden ihre Gewehre gerade mit Schrot und ließen sie zuschnappen. Mr Aaron stand ganz vorn, von Kopf bis Fuß in Rot gekleidet. An seinen Fingerspitzen baumelte eine Machete – direkt neben seinem muskulösen Oberschenkel. Wie man später oft erzählte, wurde kein Wort gewechselt, aber trotzdem fand in jener Nacht eine Unterhaltung statt. Von Mann zu Mann.

Seit dem Dialog damals war einige Zeit vergangen, aber hier stand Mr Aaron wieder mit den Männern von Black Rose, bereit, es wieder mit den weißen Männern aufzunehmen. Diesmal würden das Brodersen und seine Leute sein. Die Nachricht hatte den ganzen weiten Weg bis nach Richmond zu Mr Aaron gemacht. Sie besagte, dass die Heilerin und Hebamme, die mit Bäumen sprach und das Wasser verehrte, sich weigerte, klein beizugeben, egal wie hart man ihr zusetzte, um sie zu brechen. Und so würden sie das tun, wovon sie wussten, es würde ihr Herz so leicht zerreißen wie den Leib von Ol' Johnny, als sie ihn über die unbefestigte Straße schleiften: Sie würden sich ihre Grace holen.

»Egal, was du tust, egal, was du hörst, egal, wie viel Angst du hast, rühr dich nicht von der Stelle, bis du meine Schwester pfeifen und deinen Namen sagen hörst. Und bis dieses Fass über deinem Kopf weggenommen wird. Hast du verstanden, Gracie? Es muss in der Reihenfolge passieren.«

»Yessir«, piepste Grace, während ihr Tränen übers Gesicht strömten.

»Ihr Name ist Anna. Sie wird hier vorbeikommen, wenn es sicher ist, und sie wird dich wo hinbringen, wo sie dir nichts anhaben können.«

»Aber was ist mit Maw Maw?«, sagte Grace mit Panik in der Stimme. »Ich kann sie nicht verlassen. Sie braucht mich!«

»Schsch, sei ganz ruhig«, sagte Mr Aaron. Dann legte er sich auf den Bauch, sodass er sich runterbeugen und Grace direkt in die Augen schauen konnte, während er ihr die Tränen abwischte. Seine Handflächen voller Schwielen und Asche fühlten sich rau auf ihrem Gesicht an. Als würden sie die Geschichte von jedem Schlag erzählen, bei dem Mr Aaron heiße Luft mit seinen breiten Nasenlöchern eingeatmet und seine ganzen neunzig Kilo eingesetzt hatte, um mit dem Vorschlaghammer Nägel in Metall und Erde zu schlagen. »Mach dir bloß keine Sorgen um Rubelle. Sie passt auf sich selbst auf, und darauf musst du vertrauen. Sie ist eine starke Frau. Und ihre Ahnen? Sind noch stärker. Jetzt lass mich für dich stark sein. Du musst da unten ganz still sein, hörst du?«

Grace jammerte noch leise, nickte aber zögernd.

»Und du zuckst nicht mal mit einer Wimper, bis meine Schwester pfeift, deinen Namen ruft und dieses Fass hier wegschiebt. Schaffst du das?«

»Ja, Mr Aaron«, flüsterte Grace.

Und damit stand Mr Aaron wieder auf und hielt Graces Blick mit seinen Augen fest, bis das letzte bisschen Licht unter dem Fass verschwand.

Dunkelheit, dann Käfer, dann Schweiß und dann eine nicht abschüttelbare Angst peinigten Grace, die so still dasaß, wie ihr Körper es ihr erlaubte. All das wurde noch schlimmer, als die Sonne sich langsam Richtung Horizont senkte und Grillen und Frösche zu singen begannen. Grace hielt sich die Ohren zu und vergrub den Kopf in ihrem Rock. Rotz und Tränen tropften in die Falten, die ihr Weinen dämpften, während sie wartete. Und sich Fragen stellte. Sie versuchte, einen Film von Maw Maw vor ihrem inneren Augen aufzurufen – um zu sehen, ob sie im Gefängnis wirklich allein durchhielt. Sie versuchte, sich an Maw Maws Gesicht unten am Fluss zu erinnern, wie sie Äpfel ableckte und dann ins Wasser warf – Bassey stand am Ufer und beschattete ihre Augen mit der Hand, während sie beide die Köpfe schüttelten und herzlich lachten. Bassey verkniff sich ihr Urteil und sogar ihre Freude daran, sich über Mutter und Tochter lustig zu machen, sondern brachte ihnen Liebe entgegen. Echt, rein und wahrhaftig. Die Erinnerung tat Graces Herz gut, beruhigte ihre Atmung ein wenig und brachte ihren Magen dazu, nicht mehr zu knurren. Sie trocknete sogar ein paar ihrer Tränen.

Reifen und Hufe rissen sie aus ihrer Meditation. So wie das Brüllen und das Klicken von Gewehren. Der Gestank von brennendem Terpentin an den Enden der Stöcke drehte ihr den Magen um. Grace musste die Flammen der Fackeln nicht sehen, die am Nachthimmel leckten, oder den Dreck, den quietschende Lastwagenreifen und Pferdehufe aufwirbelten, oder die im Wind wehenden weißen Kapuzen. Wenn die Brotherhood des Ku-Klux-Klans ritt, war all das so unvermeidlich wie Donner auf Blitze folgte. Bohrend. Unablässig. Grace presste sich die Hände auf den Mund, um den Schrei zu unterdrücken, und kniff sich selbst in den Oberschenkel, damit ihr Körper stillhielt. Hilflos war sie jedoch, was ihr Herzklopfen betraf. Sie fürchtete, das Organ würde ihr Brustbein durchschlagen. Mit Sicherheit würde sie in diesem Loch sterben. Und Mr Aaron dort draußen. Maw Maw würde in ihrem eigenen Loch sterben. Das machte zusammen mit Bassey vier Tote. Dann würde es die Welt, ihre Welt, nicht mehr geben.

Aber wenn sie zufälligerweise über den Bäumen fliegen und zwischen den Ästen auf die Erde hinunterspähen könnte, dann würde Grace den Beginn ihres neuen Lebens sehen. Ein neues Übereinkommen. Sie würde die kraftvolle, kostbare Unterhaltung sehen, die Mr Aaron und seine Männer – die mutigen Männer von Black Rose, die es endlich müde waren, ihre Frauen und Kinder und Brüder und Daddies unter dem Stiefel ihrer erbarmungslosen Unterdrücker zu sehen – mit den Schreckensmännern führten. Die waren im Schutz der Nacht mutig, aber nichts weiter als groteske Karikaturen, wenn man sie zwang, es mit Gegnern aufzunehmen, die so respekteinflößend wie furchtlos waren. Grace hätte auch Negro*-Männer in ihren eigenen Kutten und Kapuzen gesehen – ganz in Schwarz – mit ihren eigenen gezückten Waffen und eigenen Fackeln, deren Flammen am Nachthimmel leckten. Vor ihnen ein verrückter Nigger* mit einem frisch geschlachteten Huhn in Händen. Der hielt den noch zuckenden Körper über einen Kessel mit brodelnder Flüssigkeit, darunter ein loderndes Feuer. Dann schmierte er sich das Blut des Vogels auf sein teerbedecktes Gesicht, den Hals und die nackte Brust. Das Weiß seiner Augen leuchtete gegen das Dunkle. Grace hätte gesehen, dass jeder einzelnen Karikatur mindestens drei tapfere Männer gegenüberstanden, die bereit waren zu sterben.

Dann hätte sie keine Furcht gekannt.

Das tiefe, reiche Timbre der Schreie erfüllte die Luft, jagte dem Knallen und Pfeifen von Gewehr- und Pistolenschüssen nach, dem Echo von Schlägen und Stöhnen, wenn Fäuste und Füße auf Bäuche, Rücken und Wangen trafen. Aus dem Loch, wo Grace sich versteckte, klang es wie Krieg.

Und dann war ein Pfeifen, direkt über ihrem Kopf.

»Grace. Hier ist Anna.«

Grace presste ihre Hände nur noch fester ans Gesicht und bohrte die Fingernägel so tief in ihre Wangen, dass ein bisschen Blut floss. Tränen schossen aus ihren Augen, als das Fass über die Bodenbretter geschoben wurde, bis endlich ein Stiefel sichtbar wurde, danach lange Hosen, ein Hemd und schließlich eine Frau, die einen Finger an ihre Lippen presste. Sie blinzelte, um die kleine Gestalt zu erkennen, die unten in dem Loch kauerte.

»Komm, Baby, gib mir deine Hand«, sagte Anna, streckte ihren dicken, runden Arm herunter und wackelte mit den Fingern, damit Grace sie ergreifen sollte. Grace nahm den Sack und fasste nach Annas Hand. Dann presste sie ihre Füße gegen die Wände, damit Anna sie hochziehen konnte. Grace fiel direkt gegen Annas üppige Brüste und schnaufte, bis ihr, wie einem Neugeborenen beim ersten Atemzug, die Tränen kamen. »Hör mir zu«, sagte Anna scharf und schüttelte Grace ein wenig. »Dafür ist jetzt keine Zeit. Wir müssen hier weg, solange sie noch dort drüben sind«, sagte sie und zeigte in Richtung von Ol' Johnnys Haus, wohin Mr Aaron und seine Männer eine viel kleinere Gruppe der Brotherhood gelockt hatten. »Wir reiten mit dem Pferd von hier weg. So können wir leichter querfeldein durch den Wald und zum Bahnhof in Reidsville kommen, ohne dass es irgendwer merkt oder sich drum kümmert. Aber du musst schnell sein. Folg mir einfach und tu, was ich sage, dann wird dir nichts zustoßen, okay?«

Anna packte Grace bei der Hand und zog sie zur Tür des Schuppens. Dort spähte sie erst um die Ecke, bevor sie zu dem Pferd lief. Ihre Hand umklammerte Graces Handgelenk, und sie zog noch ein bisschen stärker. So schnell und mühelos, wie das nur jemand kann, der Pferde kennt und liebt, sprang Anna auf das schokoladenbraune Tier und hielt Grace die Hand hin, um sie hinter sich zu ziehen. »Jetzt halt dich an meiner Taille fest, Lil' Bit, und lass nicht los, hörst du? Dir wird nichts passieren.«

5

»Jetzt steh mal nicht nur mit offenem Mund da. Komm her und gib deinem Tantchen einen Kuss.«

Grace hörte die Aufforderung, aber ihre Füße waren wie verwachsen mit dem Zementboden direkt vor den Stufen, die in das eleganteste Haus führte, das sie je gesehen hatte. – Mit Sicherheit das schönste im Besitz eines Negros*, das sie in den ganzen dreizehn Jahren ihres Lebens gesehen hatte. Für Grace war das terrakottafarbene Stadthaus ihrer Tante Hattie mit seinen prächtigen elliptischen Bögen und Säulen im byzantinischen Stil, die bis in die dunkelgrauen Wolken zu reichen schienen, wie ein Ort, an dem sie nicht sein sollte. Ein Ort, von dem kleine Mädchen vom Land nicht einmal träumen und den sie schon gar nicht mit Fug und Recht betreten durften. Nicht einmal mit Erlaubnis. Vor allem nicht auf Hatties Geheiß. Es entging Grace nämlich keineswegs, dass, auch wenn die lächelnden Lippen der Frau sie aufforderten, die Stufen hinaufzukommen, Hatties scharfe, stahlharte Augen Grace und ihre Würdigkeit einer solchen Einladung schnell ganz anders eingeschätzt hatten. Grace spürte Hatties Blick, als diese ihre zerrupften Zöpfe in Augenschein nahm, die verfilzt vom Kopf des jungen Mädchens abstanden. Dann glitt er langsam über fahle Haut und dicke, verkrustete Lippen, ihr zerlumptes Kleid und zu den zu kleinen Schuhen. Diese straften die Geschichte von Gracies Herkunft Lügen – sie verrieten nicht nur, wie weit sie gereist war, sondern auch, wie rückständig das Leben daheim im ländlichen Virginia immer noch war. Dort, wo die Zeit stillstand und Leute, die sich entschlossen hatten, dort zu bleiben, ihren Frieden damit gemacht hatten. Hattie hatte die gleiche Reise vor ungefähr fünfzehn Jahren gemacht. – Nicht unbedingt, weil sie vor irgendwem fliehen musste, sondern eher um von genau dort wegzukommen, um eben diese Patina, diesen Gestank loszuwerden. Um eine andere zu werden als die, die die Stadt Rose ihr erlaubt hätte.

Grace erstarrte, als sie sah, wie Hatties Oberlippe sich missbilligend verzog, und ihre Augen sich endlich mit Hatties trafen. Sie sah darin die Augen ihrer Mama – eine bernsteingelb-grünliche Version von Basseys dunkelbraunen. Instinktiv griff sie nach Annas Hand. Die hatte sie in der vergangenen Woche auf dem Weg von Virginia nach Brooklyn beruhigt, während Anna ihr Trost, Einzelheiten und Anweisungen gab. *Sie ist die kleine Schwester deiner Maw Maw. Gleicher Daddy, andere Mamas. Eine von den* light brights, *den Helleren. Sieht trotzdem ganz wie deine Mama aus. Schon immer eingebildet. Wir mochten sie trotzdem, aber es vermisste sie auch keiner, als sie den Süden verließ. Sie hat keine Kinder. Keinen Mann. Das Letzte, was man von ihr gehört hat, war, dass sie Haare macht. Keine allzu nette Person. Immer noch eingebildet. Aber du bist Familie, also hilft sie, das ist klar. Bleib bescheiden, steh ihr nicht im Weg um. Mach das, was Nigger* in der Stadt da oben machen: Es schaffen. Versprich mir das.*

Anna drückte Graces Hand, während sie alle drei reglos dastanden und die Stadt um sie herum toste: vorbeifahrende Autos, Nachbarn, die die Gehsteige entlangliefen und sich mit »Hey, now« grüßten, und die Kinder, ach, die Kinder und ihr Gelächter und all ihre hübschen Kleider und die großen, großen Frisuren und Menschen überall.

»Anna«, sagte Hattie und begrüßte ihre alte Freundin mit gekräuselten Lippen und einem leichten Kopfnicken.

»Hattie«, sagte Anna auf die gleiche Art.

Hattie richtete den Blick wieder auf Grace, sprach aber weiter an ihre erwachsene Begleiterin gerichtet: »Also, was ist los mit ihr? Hat die Katze ihre Zunge gefressen?«

Anna sah Grace an und strich mit den Fingern über ihr platt gedrücktes Haar. »Sie ist nur müde, denke ich. Hat eine Menge durchgemacht, weißt du.«

»Ja, hab ich gehört«, sagte Hattie diesmal in etwas weniger scharfem Ton. »Das mit Bassey tut mir leid, möge ihre arme Seele Ruhe finden. Aber auch Schande über meine Schwester. Es macht einfach überhaupt keinen Sinn, warum sie das für diese ol' Ofay auf sich genommen hat. Sie hätte diese Weißen einfach machen lassen und sich nicht in deren Angelegenheiten einmischen sollen. Weiß man doch, dass die Weißen da unten ihr Blut rein halten wollen. Jetzt schau, was sie angerichtet hat. Sie hat sich in höllische Schwierigkeiten gebracht.«

»Sie hat gar nix gemacht«, meinte Anna schnippisch zu Hattie. »Erzähl mir nicht, dass du schon so lange im Norden bist, dass du die schmutzigen Methoden der weißen Leute vergessen hast. Stellst du das Wort eines Weißen, der seine Frau beim Fremdgehen erwischt hat, über das deiner eigenen Schwester?«

»Spielt ja keine Rolle, wem einer von uns beiden glaubt, oder?« Hattie schnaubte. »Sie ist in einem Gefängnis im Süden, im Süden von Jim Crow. Das bedeutet Richter, Geschworene und Urteil in einem, wenn sie dort ist, so viel weiß ich …«

»Hattie!«, unterbrach Anna sie und deutete mit einer Kopfbewegung auf Grace, um die Frau daran zu erinnern, dass sie ihre Zunge hüten sollte. »Jetzt ist nicht der Zeitpunkt für all das.« Und dann, mit etwas weniger Tadel in der Stimme: »Wir tun alles, was wir können, für sie. Aber in der Zwischenzeit ist es wirklich nett von dir, dass du dich um Gracie kümmerst, bis wir den Fall ihrer Großmutter beigelegt kriegen.«

»Ja, ja, du hast recht. Wo sind meine Manieren, dass ich Angelegenheiten erwachsener Leute vor Kindern bespreche?«, fragte Hattie an niemand bestimmten gerichtet. Dann streckte sie die Hände aus und winkte Grace, die Stufen heraufzukommen. »Komm her und lass deine Auntie dich mal genau ansehen. Musst keine Angst haben. Ich kannte dich schon, als du einer Ente nur bis zum Knie gingst. Hab sogar ein paarmal auf dich aufgepasst, wenn Bassey unterwegs war, um zu machen, was sie eben so macht. Also, gemacht hat.«

Anna warf Hattie noch einen strengen Blick zu und schob gleichzeitig Grace auf ihre Tante zu. »Jetzt geh schon hinauf. Da gibt's nichts zu befürchten. Hattie ist Familie. Sie wird gut für dich sorgen«, sagte sie, wenn auch mit wenig Überzeugung.

Mit steifen Beinen stieg Grace die imposanten Stufen hinauf. Kaum in Reichweite zog Hattie sie nah genug an ihr Gesicht, sodass sie das frittierte Hühnchen riechen konnte, das ihre Tante kürzlich zu Mittag gegessen hatte. Graces Magen antwortete auf den Geruch mit einem langsamen, aber lauten Knurren. »Komm näher, *Gal*, ich beiße nicht«, sagte Hattie, schnappte sich Graces Arm und ging nah an ihr Gesicht. »Lass mich dich genau ansehen.« Irgendwas daran, wie sie dastand, mit großen, stechenden Augen, tiefdunkler Haut, die die Sonne Virginias verbrannt hatte, erinnerte Hattie an ein Foto. Das hatte sie erst ein paar Tage zuvor aus einem Fotoalbum der Familie gerissen und zwischen ihren Fingern gedreht. Sie brachte es näher an ihre Augen, starrte in ihr eigenes junges Gesicht und das von Bassey. Auf dem Schwarz-Weiß-Foto waren ihre Augen cremefarben und grau, und Basseys glichen ihren, wenn sie auch schwarz waren. Ihre Figur schlank und ungelenk, Basseys kurvig und so, dass der Stoff ihres Kleids spannte. Bassey war damals im zweiten Monat schwanger mit dem Kind von einem Jungen, an dem sie nichts interessierte, außer dass er geäußert hatte, Hattie zu mögen. Jedenfalls bis ihre Nichte, lustig und flink, aufgetaucht war und seine Aufmerksamkeit fesselte. Wütend, ein bisschen angeschickert von ihren allabendlichen Schlucken Whisky, hatte Hattie das Bild wütend in den Kellerschrank geworfen, damit sie es nicht mehr sehen, sich nicht mehr an jene Zeit erinnern musste. Jetzt tauchte diese ganze Geschichte, das ganze Durcheinander, das in diesem einen Foto steckte – auch wenn man das Problem mit bloßem Auge nicht sah –, an ihrer Türschwelle auf. Hattie verzog den Mund, während sie Graces Gesicht musterte.

Grace sah sie auch genau an. Hattie sah genau wie Bassey aus. Eine Erkenntnis, die ihr frische Tränen in die Augen trieb. »Na, na, kein Grund zum Weinen«, beharrte Hattie und machte ein weniger strenges Gesicht. »Komm erst mal rein und geh dich waschen. In der Zeit richte ich dir einen Teller mit Essen her. Wenn du fertig bist, kannst du die Mädchen aus meiner Klasse kennenlernen.«

»Klasse?«, fragte Anna. »Was für eine Klasse unterrichtest du denn? Bei dir zu Hause? Wusste gar nicht, dass du jetzt Lehrerin bist. Ich dachte, du würdest Haare machen. Hier in der schicken Umgebung gibt's doch keine Schulen für die Kinder, oder?«

»Also, Anna, natürlich haben die hier Schulen«, sagte Hattie aufgebracht. »Ich unterrichte aber nicht Lesen und Rechnen. Ich bringe jungen Mädchen in unserer Gemeinde etwas viel Wichtigeres bei.«

»Dann erzähl mal«, sagte Anna und verschränkte die Arme vor der Brust.

Hattie betrachtete Anna von oben bis unten und wandte sich anschließend wieder Grace zu. »Also, ich bringe den jungen Mädchen aus unserer wunderschönen Nachbarschaft bei, Damen zu sein«, sagte sie mit einem angedeuteten Lächeln und reckte die Nase in die Höhe. »Eine Kompetenz fürs Leben. Ich helfe ihnen, sich auf die feinen jungen Männer hier vorzubereiten, die Söhne von Krankenschwestern, Dozenten und Geschäftsleuten, die das College besuchen und etwas aus sich machen werden. Etwas Gutes. Zum Nutzen von uns allen.« Hattie musterte Grace ein weiteres Mal. »Komm rein«, sagte sie und fasste Grace am Arm. »Pass gut auf, dann kannst du vielleicht etwas lernen.«

»Na gut, Grace, pass gut auf dich auf, hörst du?«, rief Anna ihr nach.

»Bye, Missus Tucker«, sagte Grace, wischte sich eine Träne ab und winkte zaghaft, während Hattie sie schon zur großen Eingangstür ihres Stadthauses zog. Hattie hielt sich nicht mit solchen Nettigkeiten auf. Sie beließ es bei einem angedeuteten Winken und knallte sogleich die Tür hinter sich und ihrem neuen Mündel zu.

***

Harte Arbeit war Grace nicht fremd. Sie hatte Maw Maw sogar gern dabei geholfen, ihr Haus in Ordnung zu halten, zu fegen und zu bügeln, Holz zu sammeln und den Garten zu pflegen, Kleidung auszubessern und Quilts zu flicken, die von der Doppelnutzung – Körper wärmen und tagsüber Betten, Sofa oder Stühle zu schmücken – durchgewetzt waren. Jede dieser Aufgaben erfüllte sie mit Freude – oder jedenfalls meistens –, weil ihre Großmutter darauf bestand. »Du sollst stolz auf die Sachen sein, die dir gehören – pass auf sie auf«, hatte sie gesagt. »Hast du für diese Schüssel mit Kuhbohnen nicht hart gearbeitet? Für das Kleid hier, das dich warm hält? Für das Bett, das macht, dass dein schmerzender Rücken morgen früh besser ist?«

»Yes'm«, pflegte Grace zu antworten. Dann hielt sie sich die Schüssel mit den Kuhbohnen an die Nase, um das Gericht zu riechen, das sie mit Okra, manchmal Mais und, wenn sie es hatten, ein bisschen Eisbein mischten. Aber nur wenn jemand ein Kind rauspresste und zum Dank in die Hände, die es aufgefangen hatten, ein, zwei Stücke von dem gesalzenen Fleisch legten.

»Gut. Das ist gut, Baby«, sagte Maw Maw. »Ist nichts zu sagen gegen harte Arbeit oder gesunden Respekt vor den Sachen, die sie dir einbringt.«

»Yes'm«, erwiderte Grace dann wieder liebenswürdig. Und dankbar.

Jetzt versuchte sie, dieselbe Einstellung gegenüber ihren Aufgaben in Hatties Haus aufzubringen. Doch die Philosophie ihrer Tante bezüglich harter Arbeit war anders. Und so war Grace eher für Sackleinen als Seide zuständig. Hattie hielt es für ihre Verantwortung und Pflicht, Grace zu der Menge Arbeit anzuhalten, von der die Ältere glaubte, sie würde den Kosten für Fürsorge und Unterhalt des jungen Mädchens entsprechen – eine Art Schuldknechtschaft also, so berechnend wie grausam. In Hatties Vorstellung war offenbar keine Arbeit zu gering oder zu groß für die Dreizehnjährige. »Du bist verdammt noch mal fast erwachsen und kommst auch noch vom Land. Das schaffst du schon«, pflegte sie zu sagen, wenn sie ihr eine neue Reihe von Anweisungen für eine weitere Hausarbeit gab – den Keller ausräumen, die Haarprodukte sortieren, die sie in ihrem behelfsmäßigen Salon verwendete, das Mittagessen für die Mädchen aus der Nachbarschaft zubereiten, die sie zu »jungen Damen« ausbildete. Es schien Hattie nie in den Sinn zu kommen, dass auch Grace »Lady«-Potenzial hatte – dass sie vielleicht eine gute Partie für jemand wäre. Oder auch nur, dass sie zur Schule gehen oder auf irgendeine Weise mehr aus sich machen könnte. Ein knochiges, schäbiges Maultier, für die Arbeit bestimmt, nichts anderes war sie. Ein gebrauchtes Kleidungsstück aus dem Haus der Toten weitergereicht – von der neuen Besitzerin nicht wirklich gewollt, aber trotzdem genommen, weil solche Dinge auch ihren Platz haben mussten und es Verschwendung gewesen wäre, sie wegzuwerfen. Hattie unterstrich ihren Standpunkt, indem sie mit dem Zeigefinger piekte oder sie mit Zeigefinger und Daumen kniff, wenn Grace sich nicht schnell genug bewegte. – Das sollte halb Erinnerung, halb Warnung sein, wenn ihre Nichte zu nachlässig mit der Hausarbeit wurde und einmal mehr ermahnt werden musste, ihr Zuhause zu pflegen und in Ordnung zu halten. Und immer erinnerte Hattie Grace daran, dass es nur ihr Zuhause war und nach ihrer Nase ging. Sie wollte ihrer Nichte mit Gottes Hilfe das Provinzielle abwaschen, weil Hatties eigenes Überleben davon abhing. Schließlich hatte die sich inzwischen schon ziemlich lange von sich selbst abgewandt. Praktisch noch bevor sich irgendwer in ihrer damals neu gefundenen Heimat auch nur die Mühe gemacht hatte, nach ihrem Namen zu fragen. Als Erstes räumte sie ihre Nähmaschine weg – ein höchst notwendiger Schritt für ihr Eintauchen in die Schwarze Gesellschaft Brooklyns. Dabei konnte Hattie die Garderobe für eine ganze Saison mit der Sorgfalt einer gehobenen Damenschneiderin entwerfen und nähen. Diese Fähigkeit war in der hintersten Provinz Virginias nötig, wo schicke Kleider aus einem Laden ebenso unerreichbar waren wie das Geld, das man gebraucht hätte, um sie zu kaufen. Doch die Frauen der Negro Women's League beeindruckte so etwas nicht im Geringsten. Um genau zu sein, zwang Hattie sich selbst, ihre Fähigkeiten quasi abzulegen. Und zwar an dem Tag, als Mrs Spencer das Etikett »Handgefertigt von Hattie Adams« in einer Jacke entdeckte, die diese nachlässig auf ihren Stuhl gelegt hatte, weil es ihr bei ihrem ersten Treffen der League zu warm geworden war und sie fürchtete, keine Portion Ambrosia mehr zu bekommen, bevor es vom Tisch mit den Erfrischungen verschwand. »Ach, du liebe Zeit, ist das nicht … niedlich«, hatte Mrs Spencer an niemand bestimmten gerichtet, aber doch laut genug gesagt, sodass alle es hörten, während sie mit ihren zarten Fingern über das Etikett aus rosafarbenem und schwarzem Paisleystoff strich, das Hattie hinten in ihre Jacke aus Seidenjacquard genäht hatte. Der Stoff, den sie extra bei Sears bestellt hatte, kostete Hattie die Einnahmen von sieben Frisierterminen. Außerdem hatte sie fast einen verdammten Monat lang zum Frühstück nur Maisbrot mit Buttermilch sowie mittags und abends Bohnen, aber ohne Räucherspeck, gegessen. Das Lächeln und der Stolz, den Hattie ausgestrahlt hatte, als sie vor dem Treffen die Jacke angezogen hatte, rutschten ihr komplett vom Gesicht, kaum dass Mrs Spencer eine weitere Bemerkung gemacht hatte: »Hattie näht ihre Kleider selbst. Jemand sollte Bergdorf warnen!« Das Gekicher und Getuschel der Frauen sollte noch jahrelang auf Hatties Schultern lasten. Die Folgen davon lagen in einem Haufen im Kellerschrank, unter ihrer Nähmaschine, der Stickmaschine, einem vollständigen Satz Nähzeug und genügend Stoff, um die Diakoninnen aus den Kirchenbänken einer mittelgroßen Kirche auszustatten. Hattie hatte sich höflich entschuldigt und für den Abend verabschiedet. Dann war sie, ihre Hühneraugen in den Lacklederpumps ignorierend, in der kalten Abendbrise die vier Blocks bis zu ihrem Stadthaus gelaufen, die Stufen hinaufgestürmt und hatte die Haustür so fest hinter sich zugeknallt, dass die Teetassen im Vitrinenschrank schepperten. Stumm hatte sie sich geschworen, dass sie von nun nur noch über ihre Leiche Selbstgenähtes tragen würde. Und selbst dann würde sie vielleicht sogar noch mal aus dem Grab aufstehen, um etwas Geeigneteres anzuziehen. An jenem Abend sortierte sie alles aus – Kleider, Stoff, Knöpfe, Reißverschlüsse, sogar Fotos von sich, auf denen sie stolz präsentierte, was sie bislang für elegant gehalten hatte. In den Müll wanderten auch die Aufnahmen von Moms Mabley, die LPs von Muddy Waters und Elmore James. Und dann stand sie da, schwer atmend, die Hände in die Hüften gestützt. Träge ließ sie ihre Pupillen über die verwelkten Blumen schweifen, die sie in ihrem Garten hinterm Haus gepflückt hatte, über das Schwarz-Weiß-Foto von ihrem Dad, das kleine Täschchen mit der Erde vom Grab ihrer Mama, den alten Borstenpinsel ihres Daddys, die Schälchen, eines mit einem Tag altem Gemüse, das andere mit Wasser gefüllt. Der Altar, den sie in jenen Tagen eher aus Gewohnheit als aus Loyalität errichtet hatte – eine Erinnerung an die alte Tradition. Daran, wer sie gewesen war. Wer sie versuchte, nicht mehr zu sein. Und da nahm Hattie ihren

Arm und fegte mit einer einzigen heftigen Bewegung all den Plunder und die Erinnerungen vom Tisch auf den Boden. Schnell folgte der Besen und dann der Mülleimer. Da hinein kamen all die Scherben und jegliche Verbindung nach Hause, die sie von nun an haben würde. Bis auf den Whisky. Den behielt sie.

Hattie ließ nicht zu, dass Grace ihr Zuhause mit miefigem Provinzkram füllte. »Komm her, *Gal*!«, brüllte sie, nachdem sie Graces kleinen Altar entdeckt hatte: eine Kaninchenpfote, einen Blechbecher voll Wasser, eine Bürste, ein Säckchen mit allem möglichen Mist vom Land. Die Sachen lagen auf dem Holzstuhl in ihrer Kammer im Keller. Grace, die sich immer noch nicht an das Gebrüll gewöhnt hatte, zuckte beim Ton der Stimme ihrer Tante zusammen. Dann rannte sie so schnell die Treppe hinunter, dass sie an der vorletzten Stufe mit der Ferse abrutschte. So purzelte Grace Hattie vor die Füße.

»Was habe ich dir zu dem hier gesagt?«, schrie Hattie und vor Wut kam ihr Südstaatenakzent zum Vorschein, während sie über Grace aufragte.

Grace kam eilig auf die Füße und starrte auf die Dinge, mit denen die Tante ihr so nah vor der Nase herumwedelte, dass sie mit dem Kopf zurückweichen musste, um nicht geschlagen zu werden. Dabei rutschte sie erneut aus.

»Steh auf, du alter Tölpel!«, brüllte Hattie. Grace stand auf und sah starr vor Entsetzen, wonach ihre Tante gegriffen hatte. »Hab ich dir nicht was übers Praktizieren von diesem Hoodoo-Shit in meinem Haus gesagt?«

»*Yes, Ma'am*«, beeilte Grace sich zu sagen. »Das ist es auch nicht.«

»Ah, jetzt habe ich wohl Idiot auf meiner Stirn stehen?«, schnauzte Hattie. »Ich weiß genau, was das ist!«

»Ich … ich … hab es nur ausgepackt, um es mir anzusehen, weil ich meine Mama und Maw Maw vermisse«, sagte Grace, und ihr Blick zuckte zwischen ihren Andenken an zu Hause und Hattie hin und her. Sie wünschte sich so sehr, Maw Maw in einer Filmvorführung in ihrem Kopf zu sehen, aber die Visionen wollten nicht kommen, egal wie sehr Grace die Augen zukniff, stillhielt und sich konzentrierte. Diese Sachen, die waren ihr Telefon – damit hatte Grace ihre Mama um Hilfe und ihre Großmutter um ein Zeichen bitten wollen. Doch das war nichts, was Grace Hattie zu erzählen wagte. Und es war nichts, von dem Hattie gewagt hätte, irgendwem zu verraten, dass sie damit vertraut war. »Ich mache kein Root Hoodoo, das schwöre ich!«

»Schwör bloß nicht! Damit versündigst du dich gegen den Herrn!«, rief Hattie.

»Yes'm«, sagte Grace. »Tut mir leid, Auntie Hattie.«

»Es braucht dir nicht leidtun, Chile. Besser dich«, sagte Hattie und drückte Grace all die Sachen vor die Brust. Dann ließ sie den Blick durch den Raum schweifen. Er war sauber und ordentlich. Da gab es nichts auszusetzen. »Räum das weg«, sagte sie streng. »Ich will es nicht noch einmal sehen.«

Und so konzentrierte Grace sich darauf, sich kleinzumachen und zu einem Schatten zu werden, der sich ständig von der Lichtquelle wegbewegte, damit sie nicht auffiel und niemand über sie stolperte. Es dauerte nicht lang, bis sie erkannte, dass Hatties harte Worte und harte Hand ihr erspart blieben, wenn sie unsichtbar war, wenn das Frühstück einfach auf dem Tisch erschien, wenn der Dreck auf dem Boden sich scheinbar von selbst in den Mülleimer wirbelte oder die Betten und Zimmer sich wie von allein machten, dann herrschte Ruhe. Das war es, was Grace brauchte. Ruhe. In solchen-

Momenten konnte sie nach ihrem Licht Ausschau halten. Sie suchte es, wenn der Mond seinen Schimmer auf Brooklyn warf und wenn die rote Sonne Streifen aus glühendem Orange und rauchigem Pink und Grautönen an den Himmel zauberte, eine Weile nachdem die Vögel zu singen begonnen hatten. Mit fest zugekniffenen Augen, zwischen Wimmern und geflüsterten Versprechen und während sie sich Rotz und Tränen abwischte, suchte sie nach ihrem Film – einer Verbindung zu ihrer Großmutter oder irgendeinem Zeichen ihrer Mama, um zu verstehen, was los war. Ob es ihr Schicksal bliebe, einsam, traurig, ungebildet und ungeliebt zu sein.

An einem Mittwoch gab der Himmel ihr eine Antwort. Grace war draußen und fegte die Stufen vor dem Eingang, als ein Sonnenstrahl sich direkt im Auge des bunten Hahns widerspiegelte, der wie ein Sonnenaufgang im Buntglasfenster thronte. Schon an ihrem ersten Tag, als sie vor Hatties Haus gestanden hatte, war Grace von diesem Hahn fasziniert gewesen – die blutroten, dunkelblauen und violetten Federn ragten wie ein Schopf zwischen den Konturen aus Blei auf, die seine prächtige Gestalt umrissen. Der Hahn stand stolz aufgerichtet wie ein Juwel im Fenster und schien sich selbst zum König des Schlosses auszurufen. Das erinnerte Grace an Jeremiah, den Hahn, der auf Maw Maws Hof herumstolzierte, die Morgensonne ankündigte, hinter allen Hennen her war, um sie daran zu erinnern, wer der Herr auf dem ganzen Hof war. Aber kam eine von ihnen in seine Nähe, wurde er ganz lieb. Grace hatte Angst vor ihm – weil er sich immer wild auf sie stürzte und sie verfolgte, wenn sie irgendeine Kleinigkeit zu essen in der Hand hielt. Ein paar Brombeeren, ein Stückchen Maisbrot. Oder auch nur ein Kauhölzchen. Jeremiah sah das und rannte mit fliegenden Federn los. Dabei brachte er die ganze Ordnung durcheinander und sie schrie, während beide im Zickzack über den Hof rannten, bis Grace entweder ihren Besitz aufgab oder ihm ins Haus entwischte. Aber wenn jemand, irgendwer, Grace dumm kam, dann beschützte Jeremiah sie besser als jeder Wachhund und als eine gezogene Pistole. Maw Maw lachte kopfschüttelnd darüber. »Ol' Jeremiah liebt dich einfach, das ist alles. Denkt, er wäre der Mann für dich.«

»Für mich und all die anderen Hühner!«, sagte Grace und musste sich vor Lachen den Bauch halten. Das tat gut, um die Angst abzuschütteln.

Der schmucke Hahn über Hatties Tür verbreitete keine Angst, nur Schönheit. Wie Jeremiah wachte er über sie. Dreimal blitzte der bunte Hahn auf. Jedes Mal wenn sie sich zur Haustür drehte, um die Spinnweben aus den Ecken zu fegen. Schließlich hielt Grace inne, beschirmte die Augen mit der linken Hand und überlegte, was den Jeremiah aus Glas dazu bringen konnte, sie so anzufunkeln. Als Grace ihr Gesicht in die Sonne drehte, war da die Antwort in all ihrer Pracht: ein Sonnenbogen. Es war das Schönste, was Grace je gesehen hatte, außer ihrer Mama, wenn sie roten Lippenstift auf ihre dicken Lippen auftrug, und Maw Maws Busen, wenn sie so lachte, dass es in ihrer Brust widerhallte. Der hellste Stern des Universums, hoch über den grauen Wolken und von einem regenbogenbunten Heiligenschein umgeben. Grace fand den Anblick atemberaubend – sie weigerte sich zu blinzeln, aus Furcht, er wäre verschwunden, bis sie die Augen wieder öffnete, und würde ihr das Gleiche hinterlassen wie die beiden Frauen, die sie auf der Welt am meisten geliebt hatte: Erinnerungen. Sonst nichts.

Und so starrte sie weiter. Sie starrte ungemein intensiv,

während die Sonnenstrahlen sich in scharfe Bruchstücke aus grellgelbem Licht verwandelten, die auf und zwischen den Rot-, Orange-, Gelb-, Grün-, Blau-, Indigo- und Violetttönen hüpften, die die Sonne wie ein Kreis umgaben.

»Hübsch, was?«, rief eine Stimme und riss Grace aus ihrer Trance.

Sie zuckte zusammen und glaubte instinktiv, Auntie Hattie wäre mit einer neuen Kränkung oder einem weiteren Befehl aus dem Haus gekommen. Doch da fanden ihre Augen und ihr Verstand die Richtung, aus der die Worte gekommen waren, und schließlich die Frau, die sie ausgesprochen hatte. Grace nahm den Besen in die linke Hand und schützte mit der rechten ihre Augen gegen den Sonnenschein. Eine Dame, klein, drall, etwa in Maw Maws Alter, wischte mit einem Lappen über das Treppengeländer am Aufgang des majestätischen Stadthauses nebenan. Sie sah kein bisschen aus wie die eleganten Damen, denen Auntie Hattie sich angeschlossen hatte – auch kein bisschen wie die Dame des Hauses nebenan, die in dem Monat, den Grace nun schon in Brooklyn war, nie mehr getan hatte, als in Richtung des Mädchens zu blicken und ein finsteres Gesicht zu machen. Diese Frau, mit einer Schürze um die Taille und hochgestecktem Haar unter einem weißen Kopftuch, sie sah aus wie … zu Hause.

»Siehst du, wie schnell die Wolken ziehen?«, fragte sie. Dabei hielt sie in ihrer eigenen Arbeit inne und deutete mit dem Kinn in den mattblauen Himmel. »Ich mag das, wie sie aus dem Grau alle möglichen Muster und Sachen machen. Da sieht sogar das Grau fast hübsch aus.«

Langsam wandte Grace den Blick von der Frau ab und richtete ihn wieder zum Himmel.

»Es wird wieder regnen«, fuhr die Frau fort und schnupperte in die Luft.

Grace roch es auch. Das war eine Fähigkeit, die sie von Maw Maw gelernt hatte, die immer geschwärmt hatte, wie nützlich es sei zu wissen, wann ein guter Regen bevorstand. Damit Wäsche auf der Leine nicht durchweichte, damit man keine Zeit damit verschwendete, das Gemüse im Garten zu gießen usw. Grace nickte in den Himmel und sagte: »*Yes, Ma'am.* Sieht aus, als würde es eine Menge regnen.«

»Ach, aber es ist das Grau, das die Farben bringt. Genauso vielversprechend wie der Regenbogen. Grau bedeutet Freude am Morgen«, sagte die Frau. »Du musst das Grau genauso lieben wie die Farben. Denn es gibt das eine nicht ohne das andere.«

Grace nickte und reckte das Kinn höher. Sodass die Farben und grauen Schatten auf ihr Gesicht fielen.

Das Zuknallen des Gartentors und Gekicher der Mädchen erschreckten sie. Und dann rief Hattie: »Grace, schieb dein Hinterteil aus dem Weg, damit meine Ladies an diesem schönen Nachmittag in mein Haus können.« Sie beschirmte ihre Augen gegen die Sonne, übersah aber eindeutig das Wunder ihres Lichts, denn sie starrte in die andere Richtung, wo sich die Wolken bildeten. »Oje, es riecht nach Regen hier draußen. Ihr Damen, kommt mal rein, bevor es auf eure Köpfe prasselt. Wir wollen doch nicht, dass diese hübschen Locken nass und ganz kraus werden, oder?«

Hattie berührte kurz den Besen in Graces Hand. »Erledige das, bevor der Aufgang nass ist, hörst du? Ich freue mich nicht, wenn mein Besen tropfnass zurück ins Haus kommt.«

»*Yes'm*«, sagte Grace und senkte das Kinn. Ihre Augen waren dankbar für die Erholung von den grellen Sonnenstrahlen.

»Komm mir nicht mit *Yes'm*, Girl. Das ist was für Leute auf dem Land«, fauchte Hattie.

Aus dem Augenwinkel bemerkte Hattie die Frau, die ihnen mit dem Lappen in der Hand zusah. *»How do?«*, grüßte die Frau, wie man es nur auf dem Land tat. Hattie verzog das Gesicht, als wäre die bloße Existenz der Frau ein Affront für ihr Zartgefühl. Langsam blinzelnd wandte sie sich wieder Grace zu. »Das heißt, *›Yes, Ma'am‹*«, sagte sie überdeutlich, als wäre ihre Nichte zu begriffsstutzig, um es zu verstehen.

»Yes, Ma' …«, setzte Grace an, doch Hattie ließ sie nicht ausreden. Ihre Aufmerksamkeit ging zum Gartentor, durch das gerade ein weiterer Besucher trat. Graces Augen, durch die gelben Flecken vom In-die-Sonne-Schauen noch irritiert, konnten nicht richtig fokussieren, aber sie hörte den geänderten Ton ihrer Tante. Rasch schossen ihre Mundwinkel nach oben, kaum hatte sie erkannt, wer da ihren Besitz betrat. Grace blinzelte ein paarmal, um selbst klar zu sehen, und musste dann vor Schreck husten.

Hattie schob sich an Grace vorbei, um den Burschen zu begrüßen. »Du meine Güte, wenn das nicht Dale Spencer ist. Wie geht es Ihnen an diesem schönen Nachmittag?«, fragte sie in freundlichem, schicklichem Ton.

»Hallo, Miss Hattie«, sagte er und winkte. »Sieht aus, als würde es bald regnen, was?«

»In der Tat, das habe ich auch gerade gesagt«, meinte Hattie und trat etwas näher an den jungen Mann heran. »Ich kann es schon riechen.«

Dale schloss die Augen und holte tief Luft. Dabei weitete sich seine muskulöse Brust und sein enges, grün gestreiftes Hemd spannte. Grace hätte das besser gesehen, wäre ihr nicht Hatties Schulter im Weg gewesen. Die war, wie ihre Stimme, in der Gegenwart dieses jungen Nachbarn lockerer geworden. »Ich sage Ihnen was: Ich liebe den Geruch nach Regen, aber wissen Sie, was ich noch mehr liebe?«

»Und zwar?«, fragte Hattie.

Dale hob das Gesicht zum Himmel und zeigte mit einem Finger auf die Sonne. »Schauen Sie, was der Regen bringt. Das ist mal was, nicht wahr? Ein runder Regenbogen. Tatsächlich nennt man das Sonnenring.«

»Ist das so?« Hattie beschattete wieder ihre Augen.

»Ja, in meinem naturwissenschaftlichen Unterricht lernen wir alles über Regenphänomene. Sie wissen schon, was ihn auslöst, welche Rolle Wolken dabei spielen, welche Arten von Wolken was bewirken. Und über Sonnenringe. Das haben wir letzte Woche gelernt.«

»Na, ist das nicht schön?« Hattie hielt dabei den Kopf leicht schräg, als würde sie dadurch ein bisschen besser verstehen.

»Ich mag es gern, wenn nach einem Wolkenbruch Regenbogen am Himmel erscheinen«, sagte Grace. »Die sehen für mich wie hübsche bunte Bänder aus.«

Dale richtete seine Aufmerksamkeit vom Himmel auf Grace, als würde er sie erstmals bemerken, seit er Hatties Vorgarten betreten hatte. Die beiden standen völlig reglos da und nahmen einander wahr – er ihre Lippen, üppig und perfekt geformt, als hätte jemand einen braunen Buntstift genommen und damit auf ihr Gesicht gemalt, was Gott sich unter Lippen vorstellte; sie seine Augen, rund wie die eines Rehs, mit ganz dunklen und glänzenden Pupillen, dazu seine dichten Brauen und den kurz geschorenen Afro mit dem absolut perfekten Scheitel über dem linken Ohr. Daheim in Virginia hätte man ihn »Red« genannt, weil seine Haut die Farbe von frisch geriebenem Zimt hatte. Alle Jungs mit dem Spitznamen »Red« bekamen viel Aufmerksamkeit, weil sie so hübsch waren. Das galt auf alle Fälle auch für Dale.

»Ach, sei still, *Gal*«, sagte Hattie. Ihre Stimme störte ihre stumme Betrachtung wie ein Donnerschlag. »Bunte Bänder«, schnaubte sie.

»Ich kann mir das vorstellen«, sagte Dale, ohne den Blick von Grace abzuwenden.

Hatties gerunzelte Stirn verriet ihr Missvergnügen, weil Grace sich sichtbar gemacht hatte. Hörbar. Nicht klein. Bemerkbar.

»Also, Dale, was kann ich für dich tun?«, sagte Hattie und trat einen Schritt vor, um den Jugendlichen die Sicht aufeinander zu versperren. »Bist du hier, um eine der Damen zu besuchen? Belinda vielleicht? Oder Roe? Sie sind alle drinnen.«

»Oh no, Ma'am«, sagte Dale und wurde rot. »Ich komme nicht, um irgendein Mädchen zu besuchen. Meine Mutter schickt mich, damit ich Ihnen das hier zurückgebe. Ihren Löffel und die Kasserole. Die haben Sie doch letzte Woche vorbeigebracht. Sie wollte sie nicht zu lange behalten.«

»Ach, du meine Güte«, sagte Hattie und nahm Dale den Beutel mit den Sachen aus der Hand. »Natürlich. Wie geht's deiner Mutter denn? Ich weiß, wie schrecklich es ist, die eigene Mutter zu verlieren.«

»Ist es. Ich vermisse meine Großmutter auch. Sehr«, sagte Dale. »Und meine Mom vermisst ihre Mutter auch. Aber sie hält sich tapfer, schaut nur von einem Tag auf den nächsten. Versucht, zur Normalität zurückzufinden.«

»Das kann ich mir vorstellen«, sagte Hattie und fügte noch einen Zungenschnalzer und ein Kopfschütteln hinzu. »Diese

Gemeinde wird ohne Mother Hilliard nicht mehr dieselbe sein. Aber ich weiß, dass ich für sämtliche Gemeindemitglieder spreche, wenn ich sage, dass sie für uns alle etwas Besonderes war. Wir sind dankbar für die Arbeit, die sie geleistet hat, um unseren Block und das Viertel so schön zu machen.« Und an Grace gewandt sagte sie: »Dir würde es gut anstehen, das Werk der Spencers und Hilliards in dieser Gemeinde kennenzulernen, Grace. Dale hier kommt aus gutem Hause.«

»So heißt du – Grace?«, fragte Dale und streckte ihr schüchtern um Hattie herum die Hand hin. »Ich bin Dale. Ich wohne zwei Blocks entfernt.«

Grace blickte auf seine Hand – die Finger schlank und sauber, die Nägel manikürt – und dann zu Hattie, bevor sie endlich den Arm ausstreckte und ihre eigene Hand in seine legte. Sie war weich. Elektrisierend.

»Ja«, sagte Hattie. »Das ist meine kleine Nichte. Sie ist aus Virginia auf Besuch. Ihr erstes Mal hier oben im Norden.«

»Es ist schön, dich kennenzulernen«, sagte Dale und hielt Graces Hand immer noch fest.

»Schön, dich ...«

»Ach, da kommt schon der Regen!«, kreischte Hattie beinah dazwischen, als dicke, fette Tropfen auf die drei zu fallen begannen. »Sieh besser zu, dass du nach Hause kommst, Dale, bevor du hier draußen ganz nass wirst und dich erkältest. Grace, du gehst auch besser rein. Du kannst anfangen, das Essen für meine Ladies zu machen.«

»*Yes, Ma'am*«, sagte Grace zwar zu Hattie, hielt den Blick aber weiter starr auf Dale gerichtet.

»Man sieht sich, Grace«, rief Dale ihr noch zu. Von seinen Lippen klang ihr Name, als würde Honig auf ein frisches Stückchen Maisbrot tropfen.

Grace wusste nicht, was sie von dem Jungen halten sollte, der zwei Blocks entfernt wohnte, oder warum sein Blick ihr Herzklopfen bereitet hatte. Am liebsten hätte sie laut gekichert, wenn sie daran dachte, wie seine Hand sich in ihrer angefühlt hatte, wie er sie angesehen hatte. Das war gewesen, als könne er ihre nicht so perfekten Kleider, Haare und ihre nicht so perfekte Art zu reden gar nicht sehen, sondern sähe etwas, das es wert war, betrachtet zu werden. Aber nicht, weil er Grace für hübsch hielt, sondern weil er fand, dass sie zählte.

Und während sie in dem Topf mit den Bohnen rührte und sie in Hatties hübsche Schüsseln für ihre hübschen Damen füllte, stellte Grace sich vor, sie und Dale wären Bänder, die rund um die Sonne flatterten.

6

Was wusste Grace von der Liebe? Von diesem Instinkt, der dem Herzen, manchmal gegen jede Logik, befiehlt, mit dem Feuer zu spielen? Natürlich liebte sie ihre Mama. So war die Natur, und dazu war sie auch verpflichtet. Als faire Gegenleistung für das Blut, die Knochen, Sehnen, das Fleisch, die Nährstoffe und den Sauerstoff, die Basseys Körper in ihrem Bauch für die Tochter zusammengefügt hatte. Dabei spielte es keine Rolle, was ihre Mama getan oder nicht getan hatte, wie perfekt oder perfekt ungeeignet sie für Grace gewesen war. Dieses Kind, ob klein oder schon groß, würde zu ihrer Mama stehen, welche Torheiten sie auch begangen haben mochte. Bassey hatte Grace das Leben geschenkt, also revanchierte ihre Tochter sich mit Liebe. Und Maw Maw? – Ach, Maw Maw. Also in Graces Augen war Maw Maw der Inbegriff von Liebe. Grace liebte sie bis ins Mark – sie hätte diese Liebe in Scheiben schneiden und über alle Zeit und Vernunft verteilen können. Sie war dick. Sättigend. Bedingungslos. Verdient.

Aber dieses Schwärmen für einen Jungen – das war neu. Obwohl sie inzwischen fünfzehn war und ein bisschen mehr Ahnung von weltlichen Dingen haben sollte, hatte Grace noch nie Gelegenheit gehabt zu sehen, wie das war, wenn zwei miteinander gingen. Und erst recht wusste sie nicht, wie Liebe von einem Jungen an ein Mädchen, von einem Mädchen an einen Jungen übermittelt wurde. Als sie etwa elf war, fühlte sie sich hingezogen zu Isaiah Wright, einem arroganten Jungen, der, wenn man ihren Freundinnen glauben konnte, sie auch mochte. Es machte ihm große Freude, sie bei jeder Gelegenheit an ihren Zöpfen zu ziehen. Grace, die schüchtern war und es nicht besonders schätzte, wenn jemand ihre dichte, krause Mähne berührte, kam gar nicht in den Sinn, das zu mögen, bis ihre Freundin Lucy sie direkt drauf ansprach. »Du weißt, dass er dich mag, oder?«, sagte sie kichernd eines Nachmittags, als sie, Grace und drei andere Mädchen aus ihrer Klasse die Pause im Schatten einer Platane verbrachten, wo sie sich die Fingernägel feilten und mit den Haaren der jeweils anderen spielten.

»Wer? Isaiah?«, fragte Grace, rümpfte die Nase und spähte nur ganz kurz in seine Richtung.

»Na klar«, sagte Lucy, reckte den Hals und schüttelte den Kopf. »Er versucht immer, deine Aufmerksamkeit zu gewinnen. Für mich sieht das aus, als wäre er bestimmt interessiert, meint ihr nicht?«, fragte sie. Heftiges Kopfnicken der anderen erinnerte an die Früchte im Eimer beim Apfeltauchen.

»Da drüben ist er ja wieder«, sagte Angeline und deutete mit dem Kopf auf eine Gruppe Jungen, die Kiesel auf die Erde warfen und versuchten, sie gegen die Knöchel der anderen springen zu lassen. Isaiah sah gerade zufällig zu den Mädchen, als Grace der Richtung von Angelines Kinn folgte. »Er ist süß.«

»Mm-hmm«, machte Lucy und nickte zustimmend. »Hätte nichts dagegen, dass er *mich* an den Haaren zieht«, fügte sie noch hinzu, woraufhin alle lachten und sich gegenseitig auf die Handflächen klatschten.

»Findest du ihn auch süß?«, fragte Angeline.

Grace nahm sich einen Moment Zeit, um sein Gesicht genau zu betrachten. Obwohl sie noch nie darüber nachgedacht hatte, fand sie, dass er das schon war. Vorher war ihr als Einziges an dem Jungen aufgefallen, dass er etwas aschig aussah. Als wäre es seiner lieben Mama nicht wichtig, dass er sich hin und wieder ein bisschen Fett auf Wangen und Ellbogen rieb. Aber er hatte Grübchen. Grace mochte seine Grübchen. Sie zuckte mit den Achseln. »Schon süß.«

»Dann geh rüber und sag's ihm, wo ihr doch verliebt seid!«, meinte Lucy.

»Verliebt?« Grace war verwirrt.

»Ihr werdet ein schönes Paar sein. Wahrscheinlich hübsche Babys machen. Mit Grübchen und so«, meldete Angeline sich zu Wort.

»First comes love, then comes marriage …«, begann Lucy zu singen. Dann fiel die ganze Gruppe kichernd mit ein. *»Then comes baby in the baby carriage!«*

Die Jungs, die es offenbar leid waren, sich die Knöchel und Schienbeine mit Kieseln zu bewerfen, hörten den Lärm und drehten sich zur Platane um. Ihre Blicke lösten eine Menge Gekicher und Grinsen aus. Isaiah kam als Erster zu ihnen rüber, aber die anderen folgten ihm dicht auf den Fersen.

»Macht ihr alle euch hier die Haare?«, fragte er. Er schien sich zu bemühen, mit tiefer Stimme zu sprechen, aber ein Kiekser verriet, dass er noch im Stimmbruch war.

»Mm-hmm«, erwiderte Lucy schnell und griff nach einem von Graces Braids.

»Sieht aus, als müsstet ihr ein Maultier mieten, das die Arbeit macht, wenn ihr ein paar Cornrows auf Graces Kopf kriegen wollt«, gab Isaiah sofort zurück. »Ein normaler alter Kamm wird da nicht reichen.«

Die Jungen brachen in Gelächter aus, aber Grace wusste, dass den Mädchen die Kränkung nicht entgangen war. »Tja, wenn du Graces Haar so kraus findest, warum hast du dann dauernd die Finger drin?«, stellte Lucy ihn zur Rede.

»Hab nur versucht, was von der Krause rauszubringen«, gab er zurück, woraufhin erst recht auf Graces Kosten gelacht wurde.

Verlegen sprang Grace vom Boden auf, trat dabei allerdings auf den Saum ihres Rocks, sodass versehentlich ihre Unterhose zu sehen war. Sie wischte die Tränen weg, die ihr über die Wangen liefen, was auch noch eine Schmutzspur hinterließ. Die Jungen lachten nur noch mehr, als sie sich an ihnen vorbeischob, dicht gefolgt von der Schar ihrer Freundinnen.

Die Art, wie sie die Gabel später beim Abendessen in ihrer Schüssel herumdrehte, verriet, dass ihr irgendetwas auf der Seele lag. Aber Maw Maw schwieg dazu, bis Grace schließlich einen Ellbogen auf den Tisch stützte und den Kopf in die Handfläche legte. »Was quält dich denn?«, fragte Maw Maw.

»Hä?«, machte Grace.

Maw Maw wartete kurz. »Also«, sagte sie dann zögernd, »du musst über irgendwas grübeln, weil du den Ellbogen auf meinem Tisch hast und deiner Grandmama gerade mit ›hä‹ geantwortet hast.«

Schnell nahm Grace den Ellbogen vom Tisch und legte die Hand in ihren Schoß.

»Wirst du deiner Grandmama sagen, was los ist, oder nur den ganzen Abend mit den Bohnen spielen?«

Grace ließ die Gabel in ihrer Schüssel liegen und senkte das Kinn. Schließlich fragte sie: »Sind mein Daddy und Granddaddy weggegangen, weil sie uns nicht hübsch fanden?«

Ein paar der Bohnen auf der Gabel, die Maw Maw sich gerade in den Mund geschoben hatte, schienen in die falsche Röhre geraten zu sein. Sie zwangen Maw Maw dazu zu husten, anstatt zu antworten. Grace wusste, dass Maw Maw sich wahrscheinlich nicht an den Tisch gesetzt hatte, um über Sonny und Amos zu reden, aber auf dieses Gespräch war sie wahrscheinlich schon lange gefasst. Ein Mädchen – noch dazu ein so neugieriges wie Grace – sollte die Geschichte ihres Bluts kennen, selbst wenn die kein Märchen war. Das wusste Maw Maw, auch wenn ihre eigene Tochter ihr da nicht zustimmte. »Hübsch sein, das bringt keinen Mann dazu, dass er bleibt«, sagte Maw Maw geradeheraus. »Ich hab schon viele Frauen gekannt, die aussehen, als müssten alle Männer ihnen zu Füßen liegen, und einige von ihnen machen das. Aber das bringt die Männer nicht zum Bleiben.«

»Aber was lässt sie dann bleiben?«, murmelte Grace.

»Das ist nicht die richtige Frage, Chile. Frag dich lieber, warum es für die Männer in Ordnung ist, Babys zu machen und trotzdem zu tun, was sie wollen? Die einzige Antwort, die ich darauf habe, ist, dass das überhaupt keine Männer sind.«

Maw merkte daran, dass Graces Kopf nur noch tiefer gesunken war, dass es nicht reichen würde, auf die Fragen ihrer Enkelin mit Fragen zu antworten. Es war an der Zeit. »Dein Daddy, Sonny, er taugte nicht viel außer dafür, deine Mama glauben zu lassen, er wäre ein guter Mann«, sagte sie in gedämpftem Ton. »Kam mit einer ganzen Menge Versprechen, von wegen dass er sich eine Farm mit genug Land besorgen würde, um Geld zu verdienen und eine Familie zu ernähren und alles. Das ließ deine Mama direkt in die Falle gehen«, erzählte sie kopfschüttelnd. Sie schnalzte mit der Zunge. »Sie musste seinen Lügen glauben, damit sie das machte, was sie immer machte, wenn irgendein Mann mit großer Klappe und lauter Versprechen aufkreuzte. Bevor man sich versah, lief sie hier rum, kochte für ihn und wusch seine dreckigen Unterhosen. Daraus wurde dann, dass sie für andere Leute kochte und dreckige Unterhosen wusch, während er den halben Tag verschlief und die ganze Nacht über wegblieb. Lord, als sie dich in ihrem Bauch hatte, dachte ich, sie würde zusammenbrechen.« Maw Maw beugte sich vor, rückte auf ihrem Stuhl herum und wartete, dass Grace etwas sagen würde. Tat sie nicht. »Das wollte ich aber nicht zulassen. Weißt du, wir Adams-Frauen sind zu stark für so was. Wir lieben heftig, wie jede andere Frau, die sich eine Familie wünscht, für die sie sorgen kann – die gedeihen soll. Aber unsere Art von Liebe? Die richten wir auf das, was zählt. Auf den, der zählt. Und wir lassen hier keinen Nigga* rumlaufen, der Babys macht, aber sich weigert zu tun, was nötig ist, um sie am Leben zu erhalten. So jemand hat hier nie gezählt. Deshalb musste dein Daddy gehen. Deshalb musste der Daddy von deiner Mama gehen. Deshalb musste mein Daddy gehen. Das war besser für mich. Es ist besser für dich.«

Grace, die auf Fragen immer noch mehr Fragen folgen ließ, bis ihr Verstand zufrieden war, schwieg. Die Großmutter wusste, dass die Enkelin noch nicht fertig war, also bot sie ihr mehr Antworten an. »Wir leben jetzt seit drei Generationen, ohne dass Männer hier herumlaufen, in diesem Haus, das wir mit unseren eigenen Händen gebaut haben. Keiner erzählt uns Frauen, was wir zu tun haben, während wir unser Leben führen. Keiner nimmt, was ihm nicht zusteht, keiner macht jemand klein, damit er sich selber groß fühlen kann, keiner macht Versprechen, die er nicht halten kann, keiner hat seine Finger da, wo sie nicht hingehören. Das sind drei Generationen gutes Leben nach unseren eigenen guten Bedingungen. Ich würde sagen, das haben wir richtig gemacht, was meinst du?«

Grace wusste nichts von gebrochenen Versprechen der Männer oder ob Weglaufen für ihren Daddy, ihren Granddaddy und den Daddy davor das richtige Rezept gewesen waren, um ein kaputtes Zuhause heilzumachen. Sie wusste nicht, ob diese Erklärung Bestand haben würde. Ob sie reichte. Im Moment wollte sie darüber auch nicht nachdenken. Sie wollte lieber wissen, ob sie jemals die Art von Liebe erleben würde, bei der ein Junge an ihren Haaren zog und ihr sagte, dass er das machte, weil er sie hübsch fand.

Grace seufzte, holte tief Luft und flüsterte den Grund ihrer Frage: »Isaiah hat mich heute hässlich genannt.«

Maw Maw reckte den Hals, lehnte sich dann auf ihrem Stuhl zurück und verschränkte die Arme. »Du meinst den eingebildeten kleinen Jungen, der drüben an der Clifton wohnt? Von dem die Mama Eier an den Laden verkauft?«

»*Yes, Ma'am.*«

»Der Winzling mit der komisch quäkenden Stimme?«

»*Ma'am.*«

Maw Maw streckte den Arm aus, fasste Grace am Kinn, hob ihren Kopf und sah ihr direkt in die Augen. »Lass mich dich nicht noch mal dabei erwischen, dass du den Kopf wegen so einem krausköpfigen kleinen Kerl hängen lässt, der Lügen verbreitet.« Sie strich eine lose Braid aus Graces Stirn und streichelte ihrer Enkelin über die Wange. Allein ihr Blick, ihre Berührung ließen Grace wie einen Rubin strahlen. »Du kennst die Wahrheit. Bewahr sie tief in deinem Herzen.«

Und von dem Moment an und in allen Momenten danach hatte Maw Maw auf eine Weise auf Grace eingewirkt, dass eines gesichert war: Sie würde ihren eigenen Wert genauso kennen wie den ihres Atems. Und doch, der gleiche Verstand, der dafür sorgte, dass Atmen und Selbstachtung ohne nachzudenken funktionierten, war jetzt mit neuen Überlegungen beschäftigt: Was würde sie mit ihren Haaren machen müssen, damit Dale sie bemerkte? Was mit ihrer Kleidung? Gab es einen bestimmten Duft, der ihm gefiel? Bevorzugte er schlaue Mädchen? Kultivierte Frauen wie Tante Hattie und ihre »Damen«? Würde es ihn kümmern, ob sie sich merkte, dass sie die Serviette erst nach dem Tischgebet auf den Schoß zu legen hatte, aber auf jeden Fall bevor sie nach der Gabel griff? Oder würde er sich mehr für die Knusprigkeit des Hähnchens interessieren, das sie ihm braten wollte? Und für die Menge der Butter, die sie in den Teig gab, damit ihr Cobbler die perfekte leichte Konsistenz hatte? Würde er erfahren wollen, dass sie außer ihrer Mama und Maw Maw bisher nur ihr Kopfkissen geküsst hatte? Würde er wissen wollen, dass sie dabei an ihn gedacht hatte? Was, wenn sie sich eines dieser hübschen Kleider besorgte, die an Dreiecke erinnerten, vielleicht eines in strahlendem Gelb, wie Princess es getragen hatte, als Dales Augen ein bisschen länger an ihren Beinen hängen geblieben waren, während sie vor einer »Ladies«-Stunde die Eingangstreppe hinaufgestiegen war? Würde dann sein Blick auch auf ihren Beinen ruhen? Er sagt von sich, dass er Melissa mag. Könnte er auch sie mögen?

»Willst du mit dem Staubwedel ein Loch in meine Vitrine putzen oder hast du vor, heute noch irgendwann den Rest dieses Zimmers fertigzukriegen?«, fragte Tante Harriet und unterbrach damit Graces Selbstbefragung.

»Hä?«, sagte Grace und bereute es sofort.

»Was habe ich dir erklärt, dass du nicht zu mir sagen sollst?«, fauchte Tante Hattie. »Wenn du ›hä‹ sagen kannst, heißt das nur, dass du imstande bist zu hören. Du bist jetzt schon drei ganze Monate hier, und das Einzige, was sich in der Zeit verbessert hat, ist dein Appetit. Wie denkst du, dass du die Schule besuchen und deine Lektionen lernen wirst, wenn du nicht mal die einfachsten Sachen hier hinkriegst? Die Schulen unten im Süden sind wirklich einen Dreck wert …«

Hattie lamentierte weiter … und weiter … und weiter … in dem Stil, regelmäßig, und sie nutzte jede Gelegenheit, um direkt Graces Kinderstube, Familienstruktur, Erziehung, Basseys und Maw Maws Entscheidungen infrage zu stellen. Deren Menschsein. Gelegentlich erzählte sie Grace auch Einzelheiten ihrer eigenen Geschichte: Sie war nun schon fast zehn Jahre in Brooklyn, war auf der Welle der Großen Wanderung mitgeschwommen, um nicht wie die anderen drei in der Klasse der Bediensteten in Virginia unterzugehen. »Nichts unter Gottes Sonne oder in all seinen Meeren könnte mich dazu bringen, auch nur mit meiner kleinen Zehe wieder über die Mason-Dixon-Linie zu treten.« Das hatte sie einmal gesagt, während sie abwechselnd zwischen ihren Zehen, die Grace mit farblosem Lack bepinselte, und den Abendnachrichten hin und her schaute. Darin wurde eine Gruppe von Schwarzen Kirchgängern, die sich untergehakt hatten, mit Wasser aus einem Feuerwehrschlauch attackiert. Zur Hölle, Hattie würde nicht einmal mehr die Grenzen von Kings County überschreiten. So tief war sie dort verwurzelt, und sie hatte nicht ein freundliches Wort für diejenigen, die sich bewusst für Dienstmädchen statt Lehrerin, Farmpächter statt Geschäftsmann, Sägewerker statt Versicherungsmann entschieden. Als sie damals im Stadtbezirk Bedford Stuyvesant angekommen war, hatte sie den Kopf voller großer Träume. Die hatte ihr vor zehn Jahren ein Nachbarsjunge eingegeben, der gerade erst wieder ins Schwarze Rose zurückgekommen war. Im Krieg hatte er sein Bein verloren, aber er berichtete von dem Tag, als die glamouröse Schauspielerin für »die Jungs« in Übersee aufgetreten war, deren wunderschönes, beneidenswertes Gesicht die Spinde von praktisch jedem Negro*soldaten geschmückt hatte. »Ach, diese Miss Horne, die war schon was ganz Besonderes«, hatte er geschwärmt und durch die Zähne gepfiffen. »Hab gehört, sie wäre in reichem Haus in New York City aufgewachsen. Hatte schon einen Haufen Geld, noch bevor sie die Bühne überhaupt zu Gesicht bekam. Negro*adel!«

»New York City!«, hatte Hattie sehnsüchtig geseufzt. »Ihre liebe Mama wohnt bestimmt in einem von den eleganten Häusern, was?«

»Na sicher. Hab ich mit eigenen Augen in einer Zeitschrift gesehen«, sagte er. »Sieht aus wie eine Villa. Aus Ziegeln gebaut. Blitzsauber. Sie wohnt da nicht mehr. Ist jetzt in Hollywood und macht sich da ein schönes Leben. Aber ich hab gehört, dass sie immer noch mit ihren ganzen berühmten Freunden zu Besuch kommt. Stell dir das mal vor! Eine Bande Niggers*, alle so schick und mit dem ganzen Geld!«

Hattie hatte sich zurückgelehnt. »Lena Horne ist doch kein Nigger*«, hatte sie gespottet. »Die schönen Haare, diese Haut. Das Geld. Die Familie. Das gibt ihr das Recht, nichts anderes als eine Lady genannt zu werden.«

»Klar doch, natürlich ist sie ’ne Lady. Da geb ich dir Recht«, hatte er gesagt. »Als sie da in Deutschland vor uns stand, gab’s daran keinen Zweifel!«

Was danach noch aus seinem Mund kam, hatte Hattie schon nicht mehr gehört. Da schmiedete sie schon Pläne, wie sie selbst nach Brooklyn gelangen könnte, um sich ihr kleines Stück von Lena Horne zu sichern. Ein kleines Stück Freiheit. Und als sie es endlich geschafft hatte, nachdem sie sich ihren Job und dann ihr Business und ihr Geld und dann ihre Chance, ihr Zuhause, ihren Ruf und schließlich ihren Kreis erarbeitet hatte, da schaute Hattie kein einziges Mal mehr zurück. Damit ihr nicht das gleiche Schicksal drohte wie Lots Weib – für den Rest ihres Lebens zurückschauen, verflucht und reglos. Mit denjenigen, die den Gestank von Jim Crow in ihren Kleidern und ihrem Atem trugen, hatte sie – selbst wenn es ihre Verwandten waren – wenig Geduld. In ihren Augen waren sie so nichtsnutzig wie eine Salzsäule.

»Ich sag dir eines, und ich werde es so sagen, dass du mich verstehst: *Git it togetha, lil' guhl*«, sagte Tante Hattie. Um ihre Worte zu unterstreichen und um Grace zu kränken, hatte sie im schleppenden Tonfall des Südens gesprochen, den sie eigentlich abgestreift hatte wie Schlamm von den Sohlen ihrer Gummistiefel, sobald sie damals die Tür zum Norden passierte. »Wenn du hierbleiben willst, und vor allem bei mir hier, dann musst du dir ein paar Flügel wachsen lassen und flügge werden. Die Leute in dieser Gegend sind schlau. Sie bringen es zu was, und das mache ich genauso. Und sie haben keine Zeit, sich mit irgendeinem *Gal* abzugeben, das zufrieden damit ist, anderen das Wasser zu schleppen. Hab ein bisschen Respekt vor dir selbst«, fügte sie hinzu und klatschte nach jeder Silbe in die Hände, bis sie damit fertig war, ihre Nichte auszuschimpfen.

Grace zuckte zusammen, als Tante Hattie die Handflächen das erste Mal zusammenschlug. Sie biss sich auf die Lippe, um die Tränen zurückzuhalten, die ihr in die Augen stiegen. Denn sie wusste, das würde sie nicht vor dem Hohn und der Empörung Hatties schützen. Ihre Tante blieb ungerührt.

»Und jetzt beeil dich mit dem Staubwischen, bevor meine Ladies hier sind«, fauchte sie. »Wenn du damit fertig bist, geh nach oben und zieh mein Kleid mit dem weißen Streifen vorne in der Mitte an. Du musst für mich was zum Haus der Spencers bringen, und, der Herr ist mein Zeuge, ich will nicht, dass du an die Tür dieser Frau klopfst und aussiehst, als kämst du gerade aus dem letzten Waggon des Güterzugs.«

Grace erstarrte, aber in ihrem Kopf brummte es vor lauter hektischen Berechnungen. Ihre Tante wollte, dass sie sich hübsch machte, weil sie an die Tür von Dales Mama klopfen sollte. Wo auch Dale sein mochte. Wo sie ihn vielleicht sehen, vielleicht sogar mit ihm sprechen würde. Wo der Junge, der jeden Millimeter in ihren Tagträumen einnahm, sie sehr wohl mit neuen Augen sehen konnte.

»Hast du mich gehört, *Gal*?«, rief Tante Hattie und schlug wieder die Handflächen zusammen. »Krieg den Arsch hoch und mach deine Hausarbeit zu Ende, damit du diese Schachtel mit Informationsblättern zu den Spencers bringen kannst!«

Das Geschrei setzte Grace in Bewegung, aber ihre Gedanken ratterten weiter.

***

»Na, du siehst ja nett aus«, sagte Mrs Spencer und musterte Grace von Kopf bis Fuß. Grace stand an der Tür, kämpfte mit dem Gewicht des Kartons voller Programme für den Debütantinnenball. Gleichzeitig wünschte sie sich dringend, dass die perfekt frisierte und derart propere Frau von den perfekten kleinen Locken, die auf ihre Schläfen fielen und der Höhe und Breite des absolut symmetrischen Afro-Puffs zu abgelenkt wäre, um auf ihre Schuhe zu schauen. Die hatte Grace sich aus Tante Hatties Schrank geborgt. Sie waren zwar weniger abgestoßen, verbeult und sahen nicht so nach ländlichem Virginia und gebraucht weitergegeben aus, aber sie schlackerten an ihren etwas kleineren, zierlicheren Füßen. Instinktiv wollte Graces Körper sich verbeugen, einen Knicks oder sonst irgendwas tun, um die elegante Frau zu grüßen, die gekleidet war wie am frühen Sonntagmorgen. Und das an einem Dienstag, bei sich zu Hause, wo wahrscheinlich niemand außer ihrem Mann und Sohn sie zu Gesicht bekämen und sich ein Urteil über sie erlauben würden. Doch Grace stand nur da, mit großen Augen und wie gelähmt. Unsicher, was sie sagen oder tun sollte, außer schief zu lächeln. »Komm doch herein«, sagte Mrs Spencer, während sie schon beiseite trat und Grace die Tür zu ihrem Haus aufhielt. »Du meine Güte, dieser Karton muss ja schwer sein. Dale!«, rief sie. »Komm bitte mal.«

In gefühlt einer Sekunde und einer ganzen Ewigkeit erschien Dale vor ihr. Seine Augen schienen sogleich einen Tanz mit Graces zu beginnen. Doch Grace konnte ihn gar nicht sehen, zumindest nicht in diesem Moment. Stattdessen waren da nur Schlaglichter – er, wie er sie anstarrte, als könne er bis in ihre Seele blicken, wie er ihr Gesicht berührte, seine Lippen auf ihren, sie beide über etwas lachend, das nur sie lustig fanden, er sie wieder berührend. Explodierendes Licht, so hell, so strahlend und voller Leidenschaft und Freude, weil er wie der Sonnenaufgang war.

»Komm, ich nehm dir das ab«, sagte Dale und griff nach dem Karton in Graces Händen. Seine Worte und die Aktion rissen Grace aus der Filmvorführung in ihrem Kopf.

»Ich weiß nicht, warum Hattie mich nicht einfach angerufen hat«, sagte Mrs Spencer kopfschüttelnd. »Dann hätte ich natürlich Dale rüberschicken können, um diese Programme zu holen. Die sind doch viel zu schwer, als dass eine junge

Dame sich damit zwei große Blocks weit abschleppen sollte. Ich weiß es zu schätzen, dass du sie gebracht hast, Liebes.«

»Gern … gern geschehen, *Ma'am*«, sagte Grace zögernd und suchte nach den richtigen Worten. Sie wollte Tante Hatties Warnung beherzigen und ihren schleppenden Tonfall vom Land vor dieser Frau verbergen. Gerade weil ihre Tante diese Frau für alles verehrte, was sie ausmachte – für alles, was Tante Hattie selbst sein wollte. Bewundert. Mit Beziehungen. Wichtig. Bedeutend.

»Möchtest du vielleicht etwas Kühles zu trinken?«, fragte Mrs Spencer.

»Nein, aber vielen Dank«, erwiderte Grace langsam. »Ich sollte jetzt besser wieder gehen.«

»Also, warte noch kurz«, sagte Mrs Spencer und blickte für einen Moment in die Ferne, als rufe sie sich in Erinnerung, was sie als Nächstes zu tun hatte. »Ich muss deiner Tante meinen schweren Suppentopf hinüberschicken. Sie hat angeboten, das Stew für das Cotillion-Dinner zuzubereiten. Aber ich bin mir sicher, dass sie keinen hat, der groß genug ist für die Menge, die wir erwarten. Sei so lieb und nimm ihn ihr mit, ja?«

»*Yes, Ma'am*«, sagte Grace.

»Dale, Baby, stell die Programme ins Arbeitszimmer deines Vaters und geh meinen Suppentopf holen. Den, in dem deine Großmutter Gumbo gekocht hat.«

»Okay, Mom«, sagte er, bevor er rasch im hinteren Teil des Hauses verschwand. Grace stand verlegen an der Tür, während Mrs Spencer noch ein bisschen weiter starrte. Dabei hing ihr Schweigen über Graces Kopf wie eine graue Wolke, aus der gleich ein heftiger Regenguss fallen würde. Endlich erschien Dale wieder, mit dem Topf samt Deckel in den Händen. »Weißt du was? Der ist ziemlich schwer«, sagte er. »Wie wäre es, wenn ich ihn zu Miss Adams Haus hinübertragen würde, damit Grace sich nicht damit abplagen muss.« Er hatte das zu seiner Mutter gesagt, aber seine Augen führten dabei ein ganz anderes Gespräch mit Graces.

»Oh, na ja, ich glaube, das ist eine gute Idee«, sagte Mrs Spencer. Sie schien die Energie zu bemerken, die zwischen ihrem Sohn und dem Mädchen vom Land herrschte. Dieses *Gal* mit den krausen Haaren, zu großen Schuhen, die sich in ein Kleid gezwängt hatte, das nicht ihr gehörte und aus einem Schrank stammte, der genauso wenig ihr gehörte und in einem Zuhause stand, das Hunderte Meilen von welcher Holzschindel-Hütte auch immer entfernt war, aus der sie geflohen war. Aber jetzt trennten sie gerade mal zwei Blocks von ihrem einzigen Sohn. Einem klugen, schönen Jungen mit ebenso schönem Verstand, der die Morehouse University besuchen würde. Dort waren schon einige der angesehensten Schwarzen Intellektuellen ihrer Generation zu Hause. Deshalb hatte ihr Sohn auch null Zeit an ein staubiges Nigger*mädchen vom Land zu vergeuden, das kaum in der Lage wäre, sein Badewasser einzulassen. »Trödle nicht, Dale«, sagte sie schließlich. »Wenn du zurückkommst, musst du für mich noch rasch in den Laden laufen.«

»Okay, Mom, hab's verstanden.«

»Du hast was?«, sagte Mrs Spencer mit gerunzelter Stirn.

»Ich meinte, *yes, Ma'am* – ich werde mich gern beeilen«, sagte Dale in der förmlichen Sprache, die seine Mutter offensichtlich unbedingt von ihm hören wollte, um andere zu beeindrucken. – Alle Leute, die der Familie Spencer begegneten, sollten wissen, dass sie aus New Orleans stammten, aus gutem Hause, unbefleckt von Besitzsklaverei und allem, was von den

Feldern kam und diese beaufsichtigte. Das bescherte ihr ein gewisses Ansehen – einen Luxus –, und das genoss sie auch. Es war Leuten wie ihr vorbehalten.

Mrs Spencer ging wieder zur Haustür und hielt sie ihrem Sohn auf. Dabei wandte sie allerdings keine Sekunde lang den Blick von Grace ab, die bereits das Gefühl hatte, davon zwischen ihren Augen ein Loch zu haben. Sie stammelte ein »Auf Wiedersehen« und machte sich so klein wie möglich, als sie sich an der Dame des Hauses vorbeischob und quasi hinter Dale her zur Tür hinausstolperte. Der schien von dem stummen Austausch zwischen den beiden gar nichts mitbekommen zu haben. Grace polterte die Stufen hinunter und machte sich ganz klein. Sie lief ein paar Schritte hinter Dale, weil sie sich so lächerlich vorkam, wie sie wahrscheinlich auch tatsächlich aussah. Als Mrs Spencer die Tür zuschlug, zuckte sie ein wenig zusammen. Und zwang sich, nicht zurückzuschauen.

»Kommst du auch zum Cotillion?«, fragte Dale. Seine Worte brachen Graces Schweigen, nützten aber nichts gegen ihre Verlegenheit.

»Hä?«, sagte sie geistesabwesend, bevor sie sich rasch verbesserte: »Äh, ich meine, was hast du gesagt?«

»Der Cotillion«, sagte er und verlangsamte seine Schritte, damit Grace ihn einholen konnte. »Ich weiß schon, dass du nicht dabei sein wirst, sonst hätte ich dich beim Üben gesehen. Dann hätten sich all die Stunden im Untergeschoss des Bankettsaals wenigstens mehr gelohnt«, meinte er und drehte sich um, damit er Grace ins Gesicht sehen konnte. Sie war jedoch zu sehr damit beschäftigt, in Tante Hatties Schuhen ihre Zehen zu spreizen, damit sie nicht zu sehr auf dem Asphalt klapperten, um seine Komplimente mitzubekommen – das eine, das aus seinem Mund kam, und das andere, das sie im Strahlen seiner Augen hätte sehen können.

Grace schwieg.

»Wie auch immer«, meinte Dale unbeirrt. »Du versäumst auch nicht viel, wenn du zu Hause bleibst. Cotillions sind eine Folter, zu der man sich nicht freiwillig melden sollte.«

»Was ist denn ein Cotillion?«, fragte Grace endlich.

»Aaaah, sie spricht!« Dale zeigte ein breites Lächeln und sah damit genauso aus wie in ihren Visionen. »Kann ich als kleine Beilage dazu vielleicht noch ein Lächeln bekommen?«

Vor lauter Schüchternheit senkte Grace den Kopf noch tiefer, aber ihr Herz rang sich das Lächeln ab, um das Dale gebeten hatte. Sie presste auch noch mal ein paar Worte hervor: »Was ist ein Cotillion?«

Dale schnalzte mit der Zunge. »Folter.«

Jetzt sah Grace irritiert in seine Richtung. Dale erklärte es ihr ohne Eile. »Jedes Jahr zwingen die Frauen der Ortsgruppe Bed-Stuy der Negro Women's League ihre Kinder in kratzige Klamotten und zu enge Schuhe, damit sie sich vor unseren Familien, Freunden, der Gemeinde und jedem, der sich eine Eintrittskarte dafür kauft, zum Affen machen. Angeblich dient das dazu, Geld für Stipendien zu sammeln, aber wir Kinder wissen alle, dass es darum geht, mit uns anzugeben.«

»Dann geht ihr also auf eine elegante Party und lasst eure Eltern vor anderen Leuten stolz auf euch sein?«

Diesmal machte Dale ein verwirrtes Gesicht. »Ich meine, es ist nicht ganz so …«

»Tja, ich glaube, ich verstehe es nicht wirklich …«

»Es ist schon mühsam, ja, wegen all dieser Sachen, die in der Welt passieren. Negros* kriegen was aufs Dach, werden von Hunden gebissen, angespuckt und mit Feuerwehrschläuchen attackiert, weil sie grundlegende Sachen verlangen. Ich meine, die sprengen kleine Kinder in Kirchen in die Luft! Ermorden Negros* in ihren Hauseinfahrten vor den Augen ihrer Kinder. Die haben Dr. King umgebracht! Und verdammt, Bobby Kennedy wurde gerade begraben, weil er gewagt hat, uns zu helfen!« Dale wurde immer aufgebrachter. »Und hier in Brooklyn läuft es genauso …«

Grace wich mit dem Oberkörper ein Stückchen zurück. »Genauso?«

»Ja, verdammt. Die Schulen sind nach Rassen getrennt. Die Schweine ziehen Brüdern was über den Schädel, wann immer sie können. Wir dürfen nicht hingehen, wo wir wollen.«

»Du kannst in die Schule gehen und was lernen, und dann zurück zu dir nach Hause und deine Hausaufgaben machen …«

»Was taugt eine Schule, wenn die weißen Lehrer uns nicht so unterrichten wie die weißen Kids? Oder, oder wenn die zwei Toiletten, die sie für tausend Kinder vorgesehen haben, nicht funktionieren? Oder wenn die Bücher in den Schwarzen Schulen auseinanderfallen, während es an den Schulen, wo die weißen Kids hingehen, jedes Jahr neue gibt?«

»Dann willst du also dort sein, wo die Weißen sind?«

»Mann, Grace, hier geht's nicht darum, neben Weißen zu sitzen. Es geht darum, dass Negros* Zugang zu denselben Sachen haben wie Weiße. Dass sie gleich behandelt werden.«

»Und du glaubst, deine Eltern wollen das nicht für dich?«

»Ich glaube, dass unsere Eltern nicht kapieren, was wirklich los ist, weil sie nicht mehr im Süden sind. Anstatt auf die Straßen zu gehen, um unseren Leuten zu helfen, lassen sie uns hier rumlaufen wie Onkel Toms. ›*We just happy to be here, Suh!*‹«, machte er den Südstaatenakzent nach.

Grace starrte ihn an, sagte aber nichts. Sie wusste, ihr Schweigen gab Dale ziemlich schnell zu verstehen, wie kränkend das gerade gewesen war.

»Tut mir leid, so hab ich das nicht gemeint …«

»Gut, aber was hast du gemeint?«, fragte Grace.

»Ich habe gemeint, dass es einige unter uns gibt, die mehr für unsere Leute machen wollen als bei schicken Partys aufkreuzen und so tun, als würde die Welt rundherum nicht in Flammen stehen.«

»Aber wenn das Aufkreuzen bei schicken Partys dafür sorgt, dass jemand zur Schule gehen kann, warum ist das dann schlecht?«, fragte Grace.

Dale drehte sich um und ging weiter, als müsse er scharf über Graces Frage nachdenken. »Also«, meinte er schließlich, »was bringt es, zur Schule oder Universität zu gehen, wenn unsere Leute nichts damit anfangen können, was wir lernen? Was bringt eine Ausbildung, die nicht gleich ist? Und selbst wenn wir gute Bildung bekommen, was nützt die uns, wenn wir zu Hause doch nur der Portier von irgendwem werden können?«

»Was ist denn schlecht daran, ein Portier zu sein?« Graces Gesicht wurde heiß. Ihre Enttäuschung über den Jungen, mit dem sie sich in ihrer Fantasie schon ein ganzes Leben ausgemalt hatte, brachte nach und nach die schönen Bilder zum Verschwinden, die sie wie eine Mauer genutzt hatte. Eine Mauer, hinter der sie die schlimmen verborgen hatte: Maw Maw im Gefängnis, der Tod ihrer Mutter, ihr Heimweh.

»Mann, ich sage ja nicht … ich …« Dale geriet ins Stocken, weil er gleichzeitig behutsam und präzise sein wollte. Es gefiel ihm nicht, dass er nach Worten suchen musste. Aber ihm gefiel, dass dieses zierliche Mädchen aus dem Süden mit den zu großen Schuhen, aber wachem Verstand ihn auf Trab hielt.

»Hör zu, so hab ich das nicht gemeint. Können wir noch mal von vorn anfangen?« Er redete sich ein, dass Graces Schweigen »Ja« bedeutete. »Ich will nur sagen, dass das, was mit unseren Leuten passiert, nicht nur eine Sache der Südstaaten ist. Das ist eine Negro*-Sache, egal wo wir uns befinden. Und wir sollten hier in Brooklyn genauso für unsere Freiheit kämpfen wie sie das unten im Süden machen.«

»Was weißt du denn über den Süden?«, blaffte Grace ihn an. »Abgesehen von dem, was du in deinem Fernsehgerät siehst?«

»Ich weiß, dass Jim Crow unsere Leute tötet.«

»Mehr weißt du nicht?«

»Ich weiß, dass es hier auch passiert, und wo auch immer es passiert, haben wir die Verpflichtung aufzustehen.«

»Du denkst, weil einer dieser Ofays dich in der Subway böse anschaut, ist Brooklyn so schlimm wie Virginia? South Carolina? Louisiana? Mississippi? Ala ...«

»Kapierst du es nicht, Grace? Es geht nicht um böse Blicke. Es geht um Rassentrennung, sogar da, wo sie das Gesetz nicht vorschreibt, und den Mangel an Chancen für Negros*, egal, wo wir sind.«

»Du kannst auf eine gute Schule gehen. Du wohnst in einem schicken Haus und kannst in deinen schicken Kleidern auf schicke Partys gehen. Deine Mama und dein Daddy wohnen mit dir in diesem schicken Haus. Und in ein paar Monaten kannst du zum Studieren auf ein schickes College, damit du was wirst und Leuten hilfst. Unseren Leuten. Auf welche

Weise du willst.« Grace war vor den Stufen zu Tante Hatties Haus stehen geblieben. Jetzt ging sie ganz nah an Dales Gesicht und fauchte mit zusammengebissenen Zähnen: »Du weißt nix vom Süden.«

Tante Hattie stand an der Tür, als Grace mit schlappenden Schritten, weil die Schuhe ihr von den Fersen rutschten, oben am Treppenabsatz angekommen war. Am liebsten wäre sie wortlos an ihrer Tante vorbeigestürmt, aber Grace wusste es besser. Sie blieb also vor Hatties schlanker Gestalt stehen, die Augen fest auf die Perlenschnüre um deren Hals gerichtet. Ein paarmal hatte Grace sich schon erlaubt, sich nur für einen Moment vorzustellen, wie es wäre, sie mit ihren bloßen Händen zusammenzudrücken. Die Perlen und den Hals.

»Dale, deine Mutter schickt mir ihren Suppentopf herüber. Wunderbar!«, sagte Tante Hattie mit fröhlicher Stimme, während ihre Miene eine Mischung aus Sorge und »Was hat Grace angestellt?« ausdrückte.

Dale schien sich ein Lächeln abzuringen. »*Yes, Ma'am.* Sie meinte, Sie machen Ihr fantastisches Gumbo. Und weil Grace vorbeigekommen ist, wollte sie den Topf gleich mitschicken. Ich wollte nicht, dass Grace ihn trägt. Er ist ein bisschen schwer.«

»Tja, immer ein Gentleman«, bemerkte Hattie, trat einen Schritt beiseite und winkte Grace, an ihr vorbeizugehen. »Du kannst ihn reinbringen. Stell ihn mir auf den Esstisch, mein Lieber.«

»*Yes, Ma'am*«, sagte Dale und trottete die Stufen hinauf. Immerhin konnte er so noch einen Blick auf Grace werfen, bevor er nach Hause ging. Irgendwo zwischen Lafayette und DeKalb verliebte er sich in das Mädchen aus dem Süden, das ebenso leidenschaftlich wie schön war. Sie hatte keine Ähnlichkeit mit den Mädchen beim Cotillion – nein. Sie war etwas anderes. Dale nahm sich vor herauszufinden, was genau.

7

Es gab Tüll, Satin und Spitze, lange Handschuhe, die bis zu den Ellbogen reichten, viele Perlenketten, die aus Schmuckschatullen genommen worden waren und Taschentücher stolzer Großmütter. In den Ecken flüsterten und kicherten Mädchen, während sie Knicksen übten und sich zur Musik wiegten. Sie achteten sehr darauf, Ringellocken und zarte Wellen nicht zu zerstören, die wie ein Tribut an ihre Mütter geglättet, frisiert und fixiert worden waren. Denn eben diese Mütter hatten am Vorabend ihre Töchter auf dicken Büchern oder Kissen zwischen ihren Knien platziert, während sie liebevoll glühend heiße Brennscheren über angesengten Ohren und krausem Nackenhaar, auch Kitchen Hair genannt, geschwungen hatten. Die Mädchen bekamen Ermunterungen und Warnungen zu hören: Die Damen der vornehmen Gesellschaft sind feinfühlig und sittsam. Vergesst an diesem Abend nicht, wer ihr seid. Und erst recht nicht, was ihr nicht seid.

Das Gewusel im Raum war Grace fast zu viel. Eigentlich hatte sie sich auf einen ruhigen Samstagabend gefreut, den sie allein auf der Eingangstreppe des Stadthauses verbringen wollte. Weg von Tante Hatties scharfer Zunge und ihren nie enden wollenden Forderungen. Doch nachdem ihre Tante sie hierher befohlen hatte, damit sie »ein bisschen was über Grazie und Klasse lernt«, fand sie sich jetzt im Untergeschoss des YMCA für Farbige* in Fort Greene wieder. Dort half sie den Cotillion-Mädchen, sich für ihren Auftritt fertig zu machen. Als ob Tante Hattie ihnen extra aufgetragen hätte, Grace wie ein Maultier im Frühling schuften zu lassen, hatten die Mädchen – fünfundzwanzig an der Zahl, aus verschiedenen wohlhabenden farbigen* Familien im Nordwesten Brooklyns – sich bald angeschickt, sie ständig herumzuscheuchen. *Zieh mein Kleid zurecht. Hilf mir in die Schuhe. Lauf und besorg mir eine neue Strumpfhose – meine hat eine Laufmasche. Steck meine Locke fest, sie sitzt nicht richtig. Bring meine Corsage in Ordnung – aber ohne mir wehzutun, wie du es bei Cassandra gemacht hast. Also, solltest du nicht allen Wasser bringen? Oder glaubst du, nur Barbara ist durstig?*

Grace wünschte sich verzweifelt, woanders zu sein – irgendwo, bloß nicht bei dieser Bande, die noch bösartiger, unerträglicher schien, als wenn sie bei Tante Hattie zu Hause Benimmunterricht bekam. Grace schnappte hin und wieder dies und das von Hatties Lektionen dazu auf, »wie man zu sein hat«. Etwa wenn sie das Mittagessen zubereitete, Möbel für die Tanzproben verrückte und wieder aufräumte, während sie sich die Hausaufgaben notierten und gelobten, sich getreu ihrem Motto »hervorragend in Körper, Geist und Dienst am Nächsten« zu verhalten. Sie konnte sich allerdings nicht erinnern, dass man ihnen jemals gesagt hatte, sie sollten sich umso hässlicher benehmen, je hübscher sie waren. Doch genau das taten sie.

Sie war eine Expertin darin geworden, sich unsichtbar zu machen. So mochte man sie. Und Grace war es das Liebste. Größer, eindrucksvoller, lauter, nun, damit hätte sie Aufmerksamkeit auf sich gezogen. Und das hätte sich unter diesen Mädchen niemand herbeigewünscht, weil sie zum Zeitvertreib zerstörten und vernichteten. Kein Schuh, kein Kleidungsstück, keine Frisur, keine Schule, kein Status einer Familie und keine

Familiengeschichte waren sicher davor, von ihnen niedergemacht zu werden. Daher war für jemand mit Graces Herkunft und Format die einzige Lösung, sich in sich selbst zurückzuziehen, unsichtbar und unhörbar zu sein. Das hatte sie mehr als deutlich gemacht. Grace fügte sich ohne Murren.

Dale hasste das. »Warum lässt du sie so mit dir reden?«, hatte er Grace einmal gefragt, als sie unter dem Hahn auf den Treppenstufen gesessen hatte, um der Sonne bei ihrem langsamen Tanz über den Abendhimmel zuzusehen. An den meisten Abenden fand er sie hier. Die Füße unter die Knie gezogen, die Ellbogen fahl und rau, mit kleinen, in die Haut gebohrten Steinchen, weil sie sich an die Stufen hinter ihr gelehnt hatte. Er kam den Gehweg entlangstolziert, Bücher, einen Basketball oder irgendetwas anderes in der Hand. Sie wusste, dass er oft einen Umweg von mehreren Blocks in Kauf genommen hatte. Er machte das, um dem Mädchen zu begegnen, das er, wenn er mit seinen Gedanken allein war, so strahlend vor sich hatte wie jetzt die rosa- und orangefarbenen Spuren des Sonnenuntergangs. An diesem speziellen Abend war sie gleichmütiger als sonst – stiller, als er es gewohnt war. Wenn sie allein auf der Treppe saßen und niemand da war, um an ihr zu zerren, sie herumzuschieben und ihr Anweisungen zu geben, dann war Grace interessant und nachdenklich. Lebendig. Genau wie in seinen Tagträumen.

Grace winkte ab und schnalzte mit der Zunge, um ihm klarzumachen, wie sie zu dem Thema stand, noch bevor sie ein Wort gesagt hatte. »Ich schau in diese Mädchen nicht rein, Dale«, sagte sie und runzelte die Stirn. Grace wusste, dass sie wie eine alte Auntie aus dem Süden klang. Weiser als ihre fünfzehn Jahre.

Jedenfalls viel reifer als diese klatschsüchtigen Cotillion-

Mädchen, dachte Dale. In seinen Augen hatte sie eine große Standfestigkeit. Er liebte das an ihr. Er musste für ihre Aufmerksamkeit arbeiten, und das machte ihm nichts aus. Es machte ihm rein gar nichts aus. »Bitte sehr, wenn sie mein Maisbrot ausgespuckt haben, dann müssen sie den Tag eben hungrig verbringen«, meinte sie achselzuckend.

»Aber hat Melissa es wirklich auf den Boden geworfen?«

»Woher weißt du das denn?«, sagte Grace und wendete endlich den Blick vom Sonnenuntergang ab, um Dale direkt anzusehen. Sie gab sich große Mühe, das nicht zu oft zu tun – ihm direkt in die Augen zu blicken. Aus Furcht, er würde dann einen Beweis dafür finden, dass sie schon ihre ganze Zukunft mit ihm gesehen hatte. Aus Furcht, er hätte – würde – das nicht auch tun und ihr das einzige kleine Vergnügen nehmen, das sie in Brooklyn hatte: zu beobachten, wie er lächelte, sich ans Geländer lehnte und die untergehende Sonne einen Heiligenschein um seinen Kopf bildete.

Dale schnaubte. »Hier weiß jeder alles.«

»Tja, von mir wissen sie nichts«, erwiderte Grace rasch.

»Vergiss die Leute. Ich würde gern mehr über dich wissen«, sagte Dale und setzte sich eine Stufe unter Grace. »Ehrlich.«

Irgendetwas daran, wie er sie ansah – das Gesicht nach oben gerichtet, mit lächelnden Augen, aufrichtig –, ließ Grace lockerer werden und brachte gleichzeitig ihr Herz in Aufruhr. Sie lächelte – und schaute dann wieder in den Himmel. »Ich vermisse die Sonnenuntergänge zu Hause. Hier sind sie nicht so schön. Die Häuser stehen alle im Weg, und die Straßenbeleuchtung macht die Farben schwach.« Sie schwieg kurz, bevor sie weitersprach. »Zu Hause haben Maw Maw und ich uns das jeden Abend angesehen. Manchmal saßen wir da und spielten ein Spiel – auf den Sonnenuntergang schauen, dann die Augen schließen und bis zehn zählen, bevor man sie wieder aufmacht. Um etwas Neues zu sehen.«

»Das klingt wirklich besonders«, sagte Dale. Grace sah es nicht, aber Dale spielte ihr Spiel – schloss seine Augen, zählte und öffnete sie dann wieder. Sie war sein Sonnenaufgang und -untergang, die Sterne und der Mond. Eine Galaxie, die ihn aus der sengenden Hitze Brooklyns holte.

»Ich vermisse sie. Ich vermisse meine Mama. Es gibt nicht mehr viel, was man mir antun kann, um mir so wehzutun wie damals, als man sie mir genommen hat. Aunt Hattie, Missy und all die Mädchen sind einfach nur gemein. Daran hab ich mich gewöhnt.«

»Das ist aber nichts, woran du dich gewöhnen solltest«, flüsterte Dale schon fast.

Grace schwieg. Und dann sagte sie: »Ich vermisse das Wasser. Die Erde unter meinen Füßen und wie sich das Gras an meinen Zehen anfühlt. Sogar die Schlangen – die fehlen mir auch. Die kleinen grünen. Die sind nützlich. Die Schlangen hier in Brooklyn? Machen dich tot, wenn man sie lässt. Das weiß ich jetzt.«

»Lass dich nicht von diesen Mädchen rumschubsen, Gracie.« Er sagte ihren Namen, als hätte er Honig auf der Zunge.

»Warum kümmert dich das?«, sagte sie und sah Dale wieder an.

»Du sollst wissen, dass ich nicht so bin wie die«, sagte er.

Grace hielt den Atem an – als wollte sie damit Zeit und Raum stillstehen lassen. Mit Scheu und Verlangen schaute er in ihr Gesicht, wie der Dale in ihren Tagträumen. Ihr Herzschlag geriet ins Stolpern. »Warum ist dir das wichtig?«, fragte sie.

»Weil du mir wichtig bist, Grace. Und zwar genau so, wie

du bist«, sagte er, ohne lange zu überlegen. »Und ich möchte dir wichtig sein.«

Grace ging das Herz auf, während sich die letzten Strahlen der sommerlichen Abendsonne in seinen Augen spiegelten.

Und so verwandelte sich Grace, kaum dass eins der Cotillion-Mädchen Dales Namen genannt hatte, in einen Elefanten – ganz Ohr und bereit zum Angriff.

»Sie haben zusammen geprobt und alles. Ich nehm's ihr nicht übel, dass sie wütend ist«, sagte ein Mädchen, lehnte sich auf dem Sofa zurück und überkreuzte die Füße.

»Könnt ihr euch vorstellen, dass ihr euch die ganze Arbeit macht, und dann taucht euer Begleiter nicht auf?«, meinte eine andere, schaute von einem Mädchen zum anderen und erntete zustimmendes Nicken.

»Ich wundere mich ehrlich über Dale«, sagte wieder eine andere. »Das passt nicht zur Familie, aus der er stammt. Seine Mutter ist quasi eine königliche Hoheit. Und es ist einfach schlechtes Benehmen, eine Dame zu ihrem Cotillion-Ball zu versetzen.«

»Wo ist denn Missy überhaupt?«, fragte das erste Mädchen.

Während die Mädchen achselzuckend besorgt taten, schlich Grace sich in die Bibliothek. Dort nahm das Komitee der besorgten Mütter noch letzte kleine Änderungen am Abendprogramm vor. Dales Mutter war die Vorsitzende des Komitees. Grace war sich sicher – was unten nur als Gerücht kursierte, wäre hier eine Tatsache. Sie wurde Zeugin eines ausgewachsenen Sturms.

»Wo könnte er sein?«, fragte Mrs Spencer. Ihre Robe, ein exquisites trägerloses schwarzes Kleid, eng anliegend und mit einer Schleppe genau unter ihren zarten Schulterblättern, blähte sich wie ein Cape, als sie zu der Couch hinübereilte und sich auf das glatte Chesterfieldpolster zwirbelte.

»Er wird kommen«, sagte Missys Mutter Ellen. Ihre Worte vermittelten Zuversicht, aber sie kamen ihr nur mit schwacher Stimme über die Lippen. Niemand im Raum war sich sicher, was von Dales Verschwinden zu halten war. Allerdings hegten einige den Verdacht, dass sich Lucinda Spencers Sohn, der Goldjunge von Bedford-Stuyvesant, der sich schon seit Jahren beklagte, er würde nur wegen des guten Rufs der Familie vorgeführt, endlich getraut hatte, einfach wegzubleiben. Egal, welche Folgen das hatte.

Mrs Spencer rang die Hände, während andere Mütter eine Sinfonie der Sorge vortäuschten: Sie strichen über ihre Schultern, tätschelten ihre Knie und machten ts-ts-ts, während sie wissende Blicke wechselten. Alle wussten offenbar Bescheid über die Unarten siebzehnjähriger Jungen und ihre Mütter, die immer nur das Gute in ihren Söhnen sahen.

»Wie wär's, wenn wir dir einen Schluck Wasser besorgen?«, schlug eine vor und berührte Mrs Spencers Arm, während sie gleichzeitig ihren Körper in alle Himmelsrichtungen verrenkte. Als würde dadurch wie von Zauberhand ein Glas erscheinen. »Etwas Wasser? Kann jemand …?« Schließlich landete ihr Blick auf einer Bediensteten. Die hatte zwar eigentlich die höchst anspruchsvolle Aufgabe, jede Laune des Planungskomitees zu erfüllen, doch momentan klebte sie am Bildschirm eines kleinen Schwarz-Weiß-Fernsehers. Der stand in der Ecke mit den audiovisuellen Geräten und war ein Geschenk nach einer Spendensammlung der Negro Women's League ein paar Jahre zuvor. Offensichtlich merkten weder sie noch der Kellner, der dafür zuständig war, Servietten zu falten und eine auf jedem Teller zu platzieren, dass das Zimmer voller sorgsam geschminkter, wütender Augen gerade Löcher in ihre Hinterköpfe starrte.

»Du weißt, dass sie immer noch im Sommer Niggers* umbringen«, sagte der männliche Bedienstete und verschränkte die Arme vor der Brust.

»Das kannst du laut sagen«, meinte seine Kollegin kopfschüttelnd, die Augen weiterhin auf den Bildschirm geheftet. »Man hätte meinen sollen, dass sie nach allem, was mit Dr. King passiert ist, die Waffen wegpacken würden. Das ist doch erst ein paar Monate her, und die Cops sind schon wieder dabei. Die geben erst Ruhe, wenn diese Stadt in Trümmern liegt.«

Grace reckte den Hals, um einen Blick auf das Chaos zu werfen, das im Fernsehen zu sehen war. Da signalisierte ihr ein Kribbeln in den Fingerspitzen – ein Gefühl, das sie nicht mehr gehabt hatte und nicht abrufen konnte, seit sie Virginia und Maw Maw hinter sich gelassen hatte –, dass Dale irgendwas damit zu tun hatte. Weil sie wegen der zwei Leute vor dem Gerät nicht gut sehen konnte, kam sie näher, um sich bestätigen zu lassen, was sie bereits in ihren Knochen spürte: Bed-Stuy brannte, und Dale war in Schwierigkeiten.

»Du solltest besser rausgehen und ihn suchen«, sagte das Dienstmädchen zu Grace, ohne auch nur den Blick vom Fernseher abzuwenden.

Grace drehte ruckartig den Kopf zu der Person, der die Stimme gehörte. Es war die Frau, die das Treppengeländer von Hatties Nachbarhaus an dem Tag geputzt hatte, als der Sonnenring hoch am Himmel stand. Langsam drehte sie sich zu Grace und gab ihr einen Befehl, der ihr einen kalten Schauer durch den ganzen Körper jagte: »Geh zu ihm. Jetzt.«

»Aber ich weiß nicht, wo …«

Die Frau nahm Graces Hände in ihre, und gemeinsam sahen sie den gleichen Film vor ihrem inneren Auge – Dale, wie er im Zentrum eines wütenden, blutigen Mobs stand, das Gesicht vor Wut und Angst verzerrt.

Grace riss ihre Hände zurück, als hätte sie Flammen berührt. »Wie haben Sie …«

»Ich habe nichts getan, was du nicht schon in dir hattest«, sagte die Frau leise. »Tu, was du kannst, und finde diesen Jungen sofort.«

»Wer sind Sie? Wie heißen Sie?«, bat Grace zu erfahren.

»Ich bin Miss Ada Mae«, sagte sie, und ihr ländlicher Tonfall war wieder genau so ein Balsam wie an dem Tag, als sie sich unter dem Sonnenring zum ersten Mal begegnet waren. »Wir sind seelenverwandt. Ich hab dich gespürt, bevor ich dich kannte. Und jetzt geh – rasch!«

Hattie drängte sich wie ein wütender Bulle in ihre Mitte. »Wir bezahlen euch doch nicht dafür, dass ihr vor dem Fernseher Pause macht!«, schrie sie. Ihre schrille Stimme ließ Grace, Ada und den Kellner, der bis dahin gar nichts von dem mitbekommen hatte, was um ihn herum vor sich ging, zusammenfahren.

Grace, die sich wieder ganz klein gemacht hatte, schlüpfte aus dem Zimmer und verschwand den Flur hinunter in der Nacht. Dale brauchte sie. Grace musste für ihn da sein.

* * *

Er war verletzt und krümmte sich zusammen – zu schwach um das Tor des Stadthauses zu öffnen. Denn trotz seiner Pracht brauchte man Kraft und Geschick, um es leicht anzuheben und aufzumachen. Und so kauerte Dale dort, mit einem Unterarm am scharfkantigen Schmiedeeisen hängend, voll mit eingetrocknetem Blut. Er umklammerte seinen Oberschenkel, der nur fünfzehn Minuten vorher Bekanntschaft mit dem Schlagstock des Polizisten Mike Humbert gemacht hatte, Dale hatte genug Adrenalin gehabt, um sich aus der Umklammerung des Cops zu befreien. Das passierte genau in dem Moment, als der wütende Mob vorrückte und eine Ladung Molotow-Cocktails auf Wilson's Goods and Sundries warf. Er hatte Glück, in diesem Chaos flüchten zu können. Doch er wusste, dass er nach Hause musste. Weg von neugierigen Blicken, rasenden Polizeiautos, weg vom Blick furchtsamer Weißer, die mit ausgestrecktem Zeigefinger auf jeden Nigger* zeigten, den sie entdecken konnten. Ihre Geschäfte brannten – die Waren darin bekamen Beine und rannten die Lexington und Quincy runter, die Kosciuszko und die Lafayette. Undankbares Nigger*pack. Sie rechneten und forderten schon, dass jemand dafür würde bezahlen müssen. Und die Lösegeldforderung würde wie eine Leuchtreklame über dem Kopf dieses Schwarzen Bastards leuchten, der sich gerade blutend vor dem Tor zum Vorgarten seiner Eltern krümmte.

»Dale!«, schrie Grace, eilte zu ihrem Freund und versuchte, das Tor zu öffnen. »O Gott! O Gott!« Sie handelte schnell und ignorierte sein Stöhnen, während sie sich unter seine Schulter schob, um das ganze Gewicht seines schmalen, aber muskulös kompakten Körpers zu tragen. »Halt dich nur an mir fest. Ich krieg das Tor schon auf«, sagte sie mit starkem Akzent und hatte die Finger schon um den Verschluss gelegt. Mit einer einzigen raschen Bewegung hob und zog sie, um den Weg für sich und ihre Last freizumachen. Dann stemmte sie sich mit aller Kraft gegen den Boden, damit sie die Stütze war, mit deren Hilfe es Dale alle sechzehn Stufen bis zur Haustür hinauf schaffte.

Drinnen angelangt setzte Grace Dale aufs Sofa und rannte in die Küche, um ein Glas kaltes Wasser zu holen. Sie suchte in den Schubladen auch nach einem Geschirrtuch, das sie nass machte. Als sie damit zu Dale zurückgeeilt kam, hatte der sich schon auf der Couch ausgestreckt, umklammerte aber sein Bein. »Ich glaube, er hat's mir gebrochen«, sagte er und verzog das Gesicht, während Grace ihm die Stirn abwischte.

»Wer?«, fragte Grace. »Wer hat das getan, Dale?«

»Die verdammten Schweine! Die knallen Negros wie Straßenhunde ab und erwarten, dass wir einfach rumstehen und es hinnehmen!«

»Wovon redest du? Ich versteh überhaupt nicht, was du da sagst«, jammerte Grace. Bei jeder Berührung seiner Haut konnte sie seine Wut, seine Angst spüren. Und sie fühlte sich ebenso machtlos wie er.

»Ich hab's dir gesagt! Ich hab's dir gesagt, Grace! Es ist schlimm hier. Die bringen alle dazu zu glauben, im Süden gäbe es das Problem, aber hier in New York kämen wir alle miteinander aus. Aber so ist es nicht. Diese weißen Crackers sind genauso schlimm. Die zielen mit Steinen direkt auf unsere Köpfe, und dann verstecken sie ihre Hände und lassen die ganze Welt ihre Kumbaya-Songs singen. Aber wir lassen uns nicht täuschen. Die sind die Schlimmsten! Die Schlimmsten überhaupt!«

»Ich verstehe nicht, Dale. Sag mir, was passiert ist!«

»Hast du keine Nachrichten gesehen?«

»Was für Nachrichten?«

»Die Nachrichten!«

»Ich kriege noch einen Herzanfall, wenn du mir weiter so ins Gesicht schreist! Sag mir doch einfach, was passiert ist!«

»Die haben ihn erschossen. Die haben ihn einfach erschossen, als wäre das nichts. Als wäre er ein Nichts. Wegen einer Cola, die nicht mal einen Quarter kostet.«

Grace wich ein Stückchen zurück. »Wer hat wen erschossen?«

»Darnell. Er war mein Freund, mein Bruder. Wir sind unser ganzes Leben lang zusammen zur Schule gegangen. Er ist ein Jugendlicher. War ein Jugendlicher. Wie wir alle. Die Cops haben ihn erschossen, weil der alte Wilson ihn beschuldigt hat, eine Limo geklaut zu haben.«

»Er … er ist … tot?«

Als Dale daraufhin den Kopf hängen ließ, überkam Grace ein kalter Schauer, der ihr durch Mark und Bein ging. Sie saß schweigend da, wrang die Hände und rieb sich dann die Unterarme. Dales Schmerz war auch ihr Schmerz. Noch ein Spiel mit dem Tod, das sie in die Dunkelheit zerrte. Als Dale sah, wie ihre Hände zitterten, nahm er sie zwischen seine und rieb sie sanft. So saßen sie beide schweigend da, bis ihr Herzschlag sich ein wenig beruhigt hatte.

Schließlich sagte Grace: »Und du warst dort? Als es passierte?«

»Nein, ich war nicht dort. Aber mein Freund Roger. Er sagte, Darnell war durstig, sonst nichts. Also hat er die Flasche aufgemacht und sie direkt vor dem Kühlfach getrunken, um sich abzukühlen, weißt du. Aber er hatte das Geld dafür in der Tasche«, sagte Dale. Tränen stiegen ihm in die Augen und liefen seine Wangen, sein Kinn und seinen Hals hinunter. »Er wollte bezahlen. Roger sagte, Darnell griff in seine Tasche, um Wilson das Geld zu geben, doch Wilson fing schon an zu schreien, und da kam der Cop rein und hat ihn erschossen.« Dale schlug sich mit den Knöcheln gegen den eigenen Kopf. Das dumpfe Geräusch ließ Grace zusammenzucken, als würde er sie auch treffen. »Er kümmerte sich nicht drum, wer im Kreuzfeuer getroffen wurde. Ballerte da einfach rum, und als er fertig war, da war Darnell … er war …« Am Ende war seine Stimme nur noch ein Flüstern.

»Aber ich verstehe nicht, wie du zusammengeschlagen wurdest, wenn du doch gar nicht da warst.«

»Grace! Mach die Augen auf! Bist so damit beschäftigt, all diesen hochgestochenen Leuten hinterherzuräumen, dass du nicht mitbekommst, was um dich herum passiert?«, regte Dale sich auf.

»Ich wusste genug, um dich holen zu kommen!«

»Wo … woher wusstest du das?«, fragte er.

Grace zögerte. Sie überlegte, welche Erklärungen nötig wären, um die Furcht und Vorurteile einzudämmen, mit denen sie bestimmt zu tun hätte, wenn sie Dale von dem Film vor ihrem inneren Auge erzählte, den sie durch Miss Ada Maes Berührung gesehen hatte. Bisher hatte sie ja noch nicht einmal Zeit gehabt, das selbst zu verarbeiten. Wie sie plötzlich wieder Zugang zu der Fähigkeit hatte, die sie seit den ersten Tagen von Maw Maw im Gefängnis nicht mehr erlebt hatte. Wie sie fähig gewesen war, alles mit Miss Ada Mae, oder wer auch immer diese Frau war, zu sehen. Grace entschied sich dafür: »Eine Dame beim Cotillion hat mir gesagt, du wärst in Gefahr.«

»Was für eine Dame?«, fragte er.

»Sie heißt Miss Mae.«

Dale kniff die Augen ein wenig zusammen und schien in Gedanken diverse Gesichter durchzugehen. »Oh!«, sagte er schließlich. »Diese unheimliche Frau, die Häuser putzt? Und die im Park seltsame Sachen macht?«

»Was für seltsame Sachen?« Grace ahnte, dass sie die Antwort schon kannte.

»Du weißt schon, sie betet im Park, macht seltsame Sachen im Gras und bei den Bäumen. Meine Mutter glaubt, dass sie Voodoo praktiziert«, sagte er. »Komisch, dass sie wusste, was los war, aber keiner von den Leuten beim Cotillion oder du darauf geachtet haben.«

»Aber ich bin doch jetzt hier bei dir! Ich bin gekommen und habe dir geholfen! Denkst du etwa, ich will bei den Cotillion-Mädchen sein? Oder bei meiner Auntie Hattie? Denkst du, ich habe die Wahl?«

»Wir alle haben die Wahl, Grace. Du kannst dich entscheiden, darauf zu achten, was in deiner Umgebung passiert. Oder du wirst wie sie und tust so, als wäre alles in bester Ordnung.«

»Ich weiß, dass nicht alles in Ordnung ist!«

»Wie kann es dann sein, dass du nicht wusstest, dass es die Nostrand rauf und runter Unruhen gibt? Wie kannst du nicht wissen, dass das Viertel brennt? Riechst du den Rauch denn nicht?«

Dale zuckte vor Schmerz zusammen und betastete mit den Fingern seine linke Wange und Schläfe, die sich beide dunkelviolett verfärbt hatten. Das ähnelte den Prellungen, die Grace auf Basseys Körper gesehen hatte, als Maw Maw und ihre Freundinnen ihn mit warmem Wasser gewaschen hatten. Das Wasser war mit Gardenienblüten, Rosen, Thymian und Minze, die unten am Fluss wuchs, parfümiert gewesen. Grace und ihre Großmutter brachten im Flusswasser Opfer dar und baten ihre Ahnen um besondere Gunst. Obwohl ihre Mutter nun schon mehr als ein Jahr tot war, ließ der Geruch dieser Blüten und Kräuter immer noch Galle in Graces Kehle hochsteigen. Eine ähnliche Wirkung hatte auch der Anblick von Dales Prellungen.

»Gracie, es tut mir leid. Tut mir leid. Das wird schon wieder«, sagte Dale, jetzt in sanfterem Ton. Mit der Hand, die eben noch seine Wunden berührt hatte, wischte er jetzt Grace die Tränen ab.

Sie sagte nichts.

»Gracie, es wird wieder gut. Mir fehlt nichts.«

Sie schwieg weiter.

»Gracie.« Dale hob ihr Kinn an und sah ihr in die Augen. Er studierte sie so eindringlich und hypnotisierend, wie auch sein Atemrhythmus wirkte. Erst wischte er eine Träne mit dem Daumen weg, dann eine weitere mit dem anderen Daumen, bis er ihr ganzes Gesicht in Händen hielt. Ihre Brustkörbe hoben und senkten sich im gleichen tiefen, schweren Rhythmus. Dann fiel sein Blick auf ihre Lippen, ihr Kinn, kehrte dann zu ihren Wangen zurück, richtete sich auf ihre Augen und schließlich erneut auf ihren Mund. Und am Ende zog er sie an sich.

Grace war sich nicht sicher, was sie da machte, aber sie war sich sicher, dass sie es wollte. Also widersetzte sie sich ihm nicht. Sie gab sogar bereitwillig nach und ließ sich von Dale, seinen Händen und Lippen leiten. Sie war dankbar für seine Zärtlichkeit. So etwas hatte sie nicht mehr gespürt, seit ihre Großmutter sie das letzte Mal umarmt hatte. Sie hatte sich so lange schon zerrissen gefühlt – unfähig zu lieben und geliebt zu werden –, dass sie beinah vergessen hatte, wie es sich anfühlte, ein Mensch und unbeschwert zu sein. Plötzlich war sie, verwandelt durch Dales Kuss, beides wieder.

Keiner von ihnen hörte den Schlüssel im Schloss oder wie die Tür aufflog. Auch nicht wie Mr und Mrs Spencer in Panik hereinstürmten. Nachdem sie sich orientiert und die Lage begriffen hatten, verwandelte sich der Raum schnell in ein Inferno des Zorns. »Theodale Thomas Spencer! Was zum Teufel ist hier los?«, brüllte Mrs Spencer als Erstes. »Scher dich sofort samt diesem Mädchen von der Couch!«

Grace sprang als Erste auf, stolperte dabei gegen den Cocktailtisch und stieß die zierlichen Elefanten aus Kristall um, die darauf Wache gestanden hatten.

»Und du«, sagte Mrs Spencer, den Blick auf die an sich herumnestelnde Grace gerichtet, die ihr Kleid glatt strich und sich nervös über die Lippen wischte. »Du scherst dich mit deinem kleinen Hintern … aus … meinem … Haus!«, brüllte sie.

»*Yessim*«, das war alles, was Grace rausbrachte, während sie auf dem Weg zur Haustür an Mrs Spencer vorbeilief. Zu allem Überfluss trat sie auch noch auf die Schleppe des Kleids. Beide taumelten und hielten sich kurz aneinander fest.

»Nimm deine verdammten Pfoten weg!«, schrie Mrs Spencer.

»Mom, nein!«, rief Dale.

Mr Spencer versuchte noch, seine Frau zurückzuhalten, aber ihre Reaktion war Furcht einflößend. Sie packte Grace am Arm und ließ auch nicht los, bis sie sie die Stufen hinuntergestoßen hatte. Grace sollte ihren Griff noch Stunden später spüren, als sie schon in Hatties Keller saß und nach den richtigen Worten suchte. Worte um zu erklären, warum sie auf der Couch der Spencers einen verletzten jungen Mann geküsst hatte. Und zwar ausgerechnet zu dem Zeitpunkt, als dieser im Smoking mit dem Mädchen hätte Walzer tanzen sollen, das Mrs Spencer geprägt von der Obsession ihrer Familie, die genau richtigen gesellschaftlichen Kreise, Schulen, Ferienorte, Hautfarben und anderes auszuwählen, höchstpersönlich ausgesucht hatte, damit ihr Sohn es auf dem Debütantinnenball präsentierte.

Blind vor Tränen war Grace drei Stufen runtergefallen, bevor ihr einfiel, sich am Geländer festzuhalten, das ihren Sturz dämpfen konnte. Mit angehaltenem Atem hatte sie die restlichen Stufen genommen und war durch das Tor auf die Straße gestürzt. Erst als ihre Füße den Asphalt berührten, hörte sie die Sirenen, roch den Rauch und blieb, vor Angst gelähmt, kurz stehen. Als sie Dale zu Hilfe geeilt war, hatte sie den Aufstand gar nicht wahrgenommen, doch jetzt breitete er sich wie ein Buschfeuer in den Straßen von Bedford-Stuyvesant aus. In seiner Heftigkeit erinnerte er sie an ihre letzte Nacht in Black Rose. Hätte Mrs Spencer nicht oben auf ihrem Treppenabsatz gestanden, Obszönitäten gebrüllt und den Boden verflucht, auf dem das Mädchen stand, dann wäre Grace wohl auf die Knie gesunken, hätte ihren Kopf mit den Armen geschützt und geschrien, bis ihre Kehle, ihr Herz und alles in ihr brannte.

Doch stattdessen hatte sie nur die Hände vor den Mund geschlagen, den Aufschrei aus ihrer Kehle unterdrückt und war in die Dunkelheit verschwunden.

8

Maw Maw hatte nicht viel davon gehalten, Kinder zu schlagen. Tatsächlich war sie ganz offensichtlich dagegen gewesen. Sie fand es so niederträchtig, dass sie nicht einmal einem Neugeborenen einen Klaps auf den Po gab, um seinen ersten Schrei zu hören. Ihre eigene Mama hatte ihr beigebracht, wie man Schleim aus der Babynase saugte und einfach mit dem Finger die kleinen Kehlen freibekam. Wenn das nichts nützte, gab es nichts Besseres, als mit den Knöcheln die Haut zwischen den Schulterblättern zu massieren und »Willkommen auf der Welt, süßes, kleines Baby« direkt in die winzigen Ohren zu flüstern, um sie in ihrem neuen Leben zu begrüßen. »Sie atmen so süß wie Zuckerrohr«, pflegte sie zu sagen. »Geh ganz nah ran und lausche mit dem Herzen, dann erzählen die Babys dir Geheimnisse. Was die Ahnen, die sie hergeschickt haben, uns sagen wollen. Wenn du zuhörst.«

Die altmodische Art – Achtung vor den Kindern, wie man sie liebt – wurde von der Peitsche verdrängt. Außerdem blieben als schmutzige Reste im Topf noch allerlei andere Praktiken der Unterdrückung. Riemen, Ruten, Schuhe, Kochlöffel, Paddel, Handflächen, Fäuste – was auch immer. Das alles diente dazu, Kinder ständig daran zu erinnern, dass man sie unter Erwachsenen sehen, aber nicht hören sollte. Eine Übung für die Zeit, wenn sie erwachsen und unter Weißen wären. Man erzog sie dazu, Schatten zu sein. All das verachtete Maw Maw, und sie brachte auch Bassey und Grace bei, es zu verachten.

Aber es zu hassen – sich an die alte Art zu erinnern und sie zu praktizieren –, das hatte all die anderen Mamas und Papas nicht davon abgehalten, ihre Babys zu schlagen. Grace hatte das aus nächster Nähe mitangesehen. Sie sah die Striemen auf den Oberschenkeln ihrer Mitschüler, das Schwarz um ihre Augen, die gedrückte Stimmung, wenn sie versuchten, sich auf den Unterricht zu konzentrieren oder in der Pause ihr mitgebrachtes Essen verzehrten. Dann sahen sie aus, als würden sie Sägemehl kauen. Grace spürte ihre Leere, roch ihre Angst. »Ich hab mich für ihn gefürchtet, Maw Maw«, sagte sie eines Abends beim Essen, als sie erzählte, wie Noahs Vater, den Riemen in seiner linken Hand, nur deshalb in die Schule kam, um seinen Sohn aus der Bank zu zerren und mit der Rechten am Nacken in die Höhe zu halten. Das Vergehen des Jungen: Er hatte vergessen, die Tür des Hühnerstalls zu schließen.

»Tja, ich schätze, er musste drauf reagieren, dass er so nachlässig gewesen war. Und Noah mit seinen – wie viel? Um die dreihundert Pfund, wenn es mal eher wenig zu essen gibt?«, hatte Bassey gemeint, während sie sich ein paar schön bunte Feldbohnen auf ihren Löffel lud. »Könnt ihr euch Noah vorstellen, wie er hinter den Hühnern herrennt?«

Bassey lachte, aber Maw Maw verzog keine Miene. Sie schob ihre Schüssel weg und schlug die Handflächen zusammen, was Bassey und Grace zusammenzucken ließ. »Das ist doch schrecklich! Warum um alles in der Welt haut man ein Kind, das man liebt? Wie soll das irgendwas besser machen?«

»Tja«, sagte Bassey und löffelte noch mehr Bohnen in sich hinein, »den Jungen am Kragen zu packen, das war vielleicht nicht das Beste, aber manchmal muss man eben ihre Aufmerksamkeit kriegen.«

»Bassey, wenn ich dich jedes Mal geschlagen hätte, wenn du unaufmerksam warst, dann hättest du gar keine Haut mehr auf den Knochen.«

»Da hast du auch wieder recht«, meinte Bassey nickend. »Ich weiß schon zu schätzen, dass du mich nicht geschlagen hast und alles. Aber an einer Sache muss ich festhalten. Noahs Papa weiß, er muss dafür sorgen, dass der Junge nicht aus der Reihe tanzt, weil es sonst jemand anders macht. Ist das nicht erst ein paar Wochen her, dass irgendein Cracker Bobbie Jeans Tochter voll eins auf den Mund gegeben hat, weil sie ihm im General Store frech gekommen ist?«

»Der Mann hatte auch kein Recht, das zu tun!«, regte Maw Maw sich noch mehr auf.

»Das stimmt, das hatte er nicht. Aber Crackers machen, was sie wollen. Sie hat Glück, dass sie sich nur die Ohrfeige eingefangen hat. Sie hätte es besser wissen sollen. Ihre Mama hätte sie besser erziehen sollen. Und manchmal gehört das Hauen zum Erziehen, mehr sag ich ja gar nicht.«

»Du sinkst ganz schön tief, wenn du mit deinem Baby machst, was ein Cracker machen würde. Kinder sind ein Geschenk, und die Mamas und Papas laufen rum und behandeln sie wie Hunde. Treibt ihnen das Göttliche direkt aus.«

Hattie sah eindeutig nicht das Göttliche in Grace. Vielmehr war sie zutiefst davon überzeugt, dass sie mit jedem Hieb den Teufel aus dem Körper ihrer Nichte trieb. Und gleichzeitig wollte sie damit ihren Ruf unter den Frauen der Nachbarschaft wiederherstellen, die sie wie die Söhne des Belial verstoßen hatten. Sie gab Grace die Schuld an ihrer Verbannung. Diesen Jungen zu küssen, die Spencers zu verärgern, sich zu weigern, als kleines Landei am ihr zugewiesenen Platz zu bleiben. All diese Dinge erinnerten die anderen Frauen daran, was Hattie so viel Arbeit gekostet hatte, damit sie es vergessen sollten – den Ruch, nichts zu haben, aus dem Nichts zu kommen, ein Nichts zu sein. Natürlich kam es Hattie nicht in den Sinn, dass sie genauso daran schuld war. Weil ihre Entscheidung, sich von alten Traditionen, ihren Verstorbenen abzuwenden, sie eher hinderte als ihr half, zu dem Geld, Ansehen und Respekt zu kommen, nach dem sie so gierte. Hattie hatte sich von Anfang an selbst gehindert. Und nun war dieses labile Kartenhaus, das sie für sich errichtet hatte, widerstandslos eingestürzt. Von Graces Hand. Dafür wollte Hattie sie bezahlen lassen. Das schien alles zu sein, was ihr einfiel – alles, was für sie zählte.

»Hier wie eine Dirne herumlaufen, *witcha fast ass*!«, brüllte sie und der Südstaatenslang Virginias kam ihr aus, während der Gürtel durch die Luft sauste und ins Fleisch schnitt. Davon war Grace geweckt worden. Von dem Zorn, der sich über Nacht bei Hattie zusammengebraut hatte. Nachdem sie einen Anruf nach dem anderen bekommen hatte, in denen all die Dinge noch mal erzählt wurden, die am Abend schiefgegangen waren. Wenn es nach ihnen ging, dann war Grace ganz allein dafür verantwortlich, Dale in dieses Bürgerrechts-Durcheinander reingezogen zu haben. Sie hatte ihn also direkt in die Fänge der Polizei getrieben, seine Chancen aufs College aufs Spiel gesetzt und Sex benutzt, um ihn aus den Armen eines kultivierten, farbigen* Mädchens aus guter Familie mit soliden Werten und moralischem Anstand zu stehlen. Was noch schlimmer war: Mrs Spencer hatte ihnen allen gesagt, dass Hattie samt ihrer kleinen Bastard-Nichte für sie alle gestorben war. Man durfte nicht mit den beiden reden und schon gar nicht erlauben, dass diese lächerliche Scharade fortgeführt wurde, wonach Hattie kultiviert genug war, um den jungen Mädchen von Bed-Stuy Benimm beizubringen. Hattie war erledigt. Sie war finster entschlossen, Grace dafür büßen zu lassen. Dafür hatte sie sie in ihren Salon gezerrt. »Was gibt dir das Recht zu nehmen, was dir nicht gehört?«, verlangte sie zu wissen, während sie ihren Gürtel schwang.

»Ich … ich wollte nur nach ihm sehen, das schwör ich dir, Tante Hattie!«, rief Grace, während sie versuchte, dem Peitschenschlag auszuweichen. Doch ihre Versuche waren vergebens. Egal, wohin sie sich duckte, wie sie die Hände und Arme benutzte, um ihr Gesicht, Schenkel, Kopf und Bauch zu schützen, der Gürtel traf ihre Haut und hinterließ Striemen auf dem ganzen Körper. Das war ein Schmerz – scharf, glühend –, wie Grace ihn noch nie verspürt hatte und nie, nie wieder vergessen würde.

»Wen zum Teufel wagst du, so anzuschreien?«, brüllte Tante Hattie und ließ weitere Schläge auf sie niederprasseln. Als ihr Arm müde wurde, warf sie den Gürtel weg und ballte die Hand zur Faust. Einer ihrer Schläge landete genau auf Graces rechtem Auge. Sie hatte so fest zugelangt, dass Grace auf die Knie fiel und einen so schrillen Schrei ausstieß, dass Tante Hattie zurückfuhr. Grace weinte und weinte. Hattie starrte und starrte und brüllte und brüllte. Gleichzeitig überlegte sie, ob sie ihre Nichte einfach hier auf dem Parkettboden sitzen lassen oder noch irgendeine Erklärung aus ihr herausprügeln sollte. Eine Erklärung dazu, warum genau sie geglaubt hatte, sie hätte das Recht, Dale im Wohnzimmer seiner Mama zu küssen, ihn abzulenken und, was noch wichtiger war, Mrs Lucinda Spencer gegen alles aufzubringen, worauf sie, Hattie, von dem Moment an hingearbeitet hatte, als sie einen Fuß nach Brooklyn setzte: Respekt, Status, Auskommen. Und einen Platz.

Schließlich sagte sie: »Ich verstehe einfach nicht, was du dir gedacht hast.« Hattie ließ sich auf die Couch fallen, denn das Adrenalin wich jetzt nach der Züchtigung der Erschöpfung – bei beiden. »Du wusstest doch, dass der Junge eigentlich im YMCA-Gebäude sein sollte. Und trotzdem stellst du ihm bei sich zu Hause nach. Seine Mama war außer sich vor Sorge. Und auch blamiert. Wie sieht das aus, wenn sie die Vorsitzende der ganzen Veranstaltung ist und ihr eigener Sohn seine Debütantin sitzen und seinen großen Auftritt sausen lässt?«

Grace schniefte, sagte aber nichts.

»Antworte mir, verdammt noch mal!«, schrie Tante Hattie. Ihre Stimme schlug ein wie ein Blitz ins Stromnetz. Grace blieb vor Schreck fast das Herz stehen.

»I-i-ich … hab ihn nicht davon abgehalten, auf den Ball zu gehen. Ich war da, um zu helfen, weißt du nicht?«

»Tja, seine Mama scheint zu glauben, du hättest dich mit ihm bei sich zu Hause verabredet. Und sie denkt, du bist diejenige, die ihn überredet hat, zu der Demonstration zu gehen.«

»Was?«, fragte Grace vorsichtig und zuckte zusammen, als sie sich die Tränen von dem jetzt geschwollenen und verfärbten Auge abwischen wollte.

»Die Demonstration. Du warst mit ihm dort. Hast ihm Lügen über diese Bewegung in den Kopf gesetzt. Wer sonst hätte ihm gesagt, er soll sich auf diesen Mist einlassen? Du hast all das Demonstrieren und Drama und die Schimpferei hierher mitgebracht. Aus dem Süden, wo Nigger* rumstehen und um ihre Rechte betteln, während wir hier oben in Brooklyn ein gutes Leben führen. Es zu was bringen. Dieser Junge ist auf dem Weg nach Morehouse und danach auf die Medical School. Der letzte Ort, wo er jetzt sein sollte, ist auf irgendeiner Straße, wo diese Cracker Hunde auf ihn hetzen, aus Feuerwehrschläuchen spritzen und ihn verhaften. Und dann kommt du und bringst ihn dazu, alles einzureißen, was seine Eltern für ihn aufgebaut haben. Wie kannst du es wagen?«

»Nein!«, sagte Grace und schüttelte heftig den Kopf. »Nein, ich war nicht da, Auntie. Das schwöre ich. Ich wusste nix von der Demonstration. Ich wusste nur, dass er verletzt war, und bin gegangen, ihm zu helfen.«

»Woher wusstest du, dass er verletzt war?«, zischte Tante Hattie mit zusammengebissenen Zähnen.

Grace zögerte, weil sie sich nicht sicher war, wie ihre Tante auf die Wahrheit reagieren würde.

»Woher?«, schnauzte Hattie.

»Ich … ich hab es in einem Film gesehen …«, sagte Grace.

»Einem Film? Du warst im Kino? Was zum Teufel …«

»Nein, in einem … anderen Film. Ich hab in meinen Träumen gesehen, dass er verletzt wurde«, sagte Grace. Sie fand es am besten, Miss Ada Mae aus der Sache herauszulassen. »Als die Mädchen beim Cotillion sagten, er wäre verschwunden, da wusste ich aus meinen Träumen, wo ich ihn finden konnte.«

Tante Hattie wich zurück und fing dann stoßweise an zu reden, brachte aber kein ganzes Wort heraus. Ihr Blick ließ Graces Augen vor Schreck weit werden. Das Einzige, was sich bewegte, waren die Brustkörbe der beiden – einer hob und senkte sich heftig aus Furcht, der andere aus Wut und Ekel. Nach einer gefühlten Ewigkeit wurden Hatties Augen schmal, und sie spuckte die Worte nur so aus. »Jetzt hör mir mal zu, und hör mir gut zu: Lass mich in deinem armseligen Leben ja nie wieder hören, wie du von dieser schwarzen Magie sprichst. Ich hab dir schon gesagt, dass ich es nicht dulde, wenn du das Böse in mein Haus bringst. Und ganz bestimmt werde ich nicht dulden, dass du irgendwo nördlich der Mason-Dixon-Linie darüber schwadronierst. Etwas von diesem Bösen ist mit deiner Mama begraben und der Rest davon kann, wenn's nach mir geht, mit deiner Grandma im Gefängnis verrotten.«

Graces Atem ging bei der bloßen Erwähnung von Maw Maw schneller. Tante Hattie hatte ihr kaum etwas über ihren Zustand gesagt, und ihr Geduldsfaden riss immer schnell, wenn Grace sie gefragt, sie angefleht hatte, ihr Genaueres über deren Aufenthaltsort und Zustand mitzuteilen. Ob sie überhaupt noch am Leben war. Hattie hütete die Information, als wäre die schiere Antwort in einem Tresor verschlossen, tief unten in einer unzugänglichen, unsichtbaren Festung, die Grace nicht betreten durfte. Und das obwohl Maw Maw ihr ganzes Herz gehörte. Nur für einen Sekundenbruchteil hatte Hatties Bemerkung, wonach Maw Maw tatsächlich am Leben und nach all der Zeit immer noch in einer Gefängniszelle war, Grace beinah dazu gebracht, nach ihrer Großmutter zu fragen. Doch ihre eigenen Wunden – die äußerlichen – hatten sie ebenso schnell daran erinnert, dass jetzt nicht der richtige Zeitpunkt dafür war. Egal wie verzweifelt sie sich danach sehnte, mehr zu erfahren.

»Lass mich dir eines sagen«, fuhr Tante Hattie fort, »du wirst nicht hierher kommen, wo ich mir ein Leben und eine Gemeinschaft aufgebaut habe, und dafür sorgen, dass diese Leute mich direkt neben diesen Hexen verscharren. Für diesen Hoodoo-Mist ist hier kein Platz. Habe ich mich verständlich ausgedrückt?«

Hattie stand vom Sofa auf und ragte über Grace auf. Die zuckte zusammen und hob die Arme voller Striemen und offener Wunden, um ihr Auge zu schützen. Das schien im eigenen Herzschlag zu pochen. »Hast. Du. Mich. Verstanden?«, fragte Tante Hattie drohend.

»Ja«, wimmerte Grace.

»Dann krieg jetzt den Hintern hoch«, sagte Hattie. Sie griff unter ihr Kleid und in den Büstenhalter, um einen verschwitzten Fünf-Dollar-Schein hervorzuholen. »Lauf zum Laden an der Ecke und hol mir ein Päckchen Camels.«

Zögernd nahm Grace das Geld entgegen. »Aber da draußen wird noch protestiert.«

»Niemand hat gesagt, du sollst zu Wilson's gehen. Lauf die zwei Blocks zum Blue Moon, besorg mir meine Zigaretten und beeil dich zurück. Von dir will keiner was. Da passiert nichts. Und beeil dich!«

»*Yes Ma'am*«, das war alles, was Grace sich sagen traute, um nicht noch mal geschlagen zu werden. Mühsam kam sie auf die Füße, während ihre Tante nach wie vor in imposanter Pose über ihr aufragte. Als Grace zur Haustür humpelte, ließ jeder Schritt ihre Wunden vibrieren, als würden sie ihr gerade erst geschlagen.

Es war früh und deshalb noch still auf den Straßen – unheimlich still, aber Grace war dankbar dafür. Auch wenn Tante Hattie sich keinerlei Sorgen darüber machte, dass sie durch ein Viertel lief, das noch am Vorabend eine Art Kriegsschauplatz gewesen war, hatte Grace befürchtet, dass der Sonnenaufgang keinerlei Unterschied für die Negros* machen würde. Die bewegten sich an Dachvorsprüngen entlang, von wo sie Ziegel, Molotow-Cocktails, Zementbrocken – einfach alles, was sie greifen konnten – auf die Köpfe von Polizisten und allen anderen warfen, die auf der Straße standen, weil sie dort entweder zu tun hatten oder Gerechtigkeit verlangten. Ziegelstein oder Schlagstock. Grace war sich sicher gewesen, dass sie sich auf eins davon, vielleicht sogar auf beides gefasst machen musste, sobald sie den Fuß der Treppe vor dem Haus ihrer Tante erreichte. Oder spätestens wenn sie die zwei Blocks zu dem Gemischtwarenladen lief, der trotz des erlittenen Schadens noch funktionierte. Doch das Chaos hatte nachgelassen, ausgedünnt durch eine Reihe von Verhaftungen letzte Nacht sowie einen Appell zur Ruhe durch führende Mitglieder der Community. Die tendierten eher zu Protesten im Stil von Martin als von Malcolm. Und dann gab es noch ganz praktische Gründe: Negros* hatten Jobs, zu denen sie mussten, daher würden die Proteste warten müssen, bis die Schichten vorbei waren. Grace war dankbar für die Atempause. Sie wich den Scherben von Bed-Stuy aus und rang sich ein paar *»Hello«* ab für die farbigen* Männer und Frauen, die ihr zunickten, Besen schwangen und *»Morning, little sister«* sagten, bevor sie Scherben aufkehrten, Mülltonnen füllten und in Augenschein nahmen, was dem nächtlichen Feuer zum Opfer gefallen war. An einem normaleren Tag hätte Grace vielleicht die Energie aufgebracht, verstehen zu wollen, warum Leute ihre eigene Nachbarschaft verwüsteten. Warum sie Geschäfte anzündeten, die ihresgleichen gehörten, in denen sie arbeiteten oder neben oder über denen sie wohnten. Aber was sie jetzt wirklich tun musste, war, Tante Hatties Zigaretten besorgen und zusehen, dass sie wieder ins Haus kam, bevor irgendjemand den Blick hob und die Scham und Wut sah, die ihre Tante an Graces Körper ausgelassen hatte.

»Wer hat das mit deinem Gesicht gemacht?«

Graces Blick war auf ihre Schuhe geheftet, und so konnte sie den Fragesteller nicht sehen. Aber sie erkannte seine

Stimme. Sie stöhnte nur und ging weiter auf die Tür des Ladens zu.

»Ist das passiert, als du gestern Abend unser Haus verlassen hast? Wer war das? Wo ist es passiert? Waren das die Cops?«

»Ich kann jetzt nicht mit dir sprechen«, sagte Grace und zog die Ladentür auf, die nach den Ereignissen von letzter Nacht nur noch ein leerer Rahmen ohne Glas war. »Ich kann überhaupt nie mehr mit dir sprechen.«

»Wie meinst du das? Grace!« Dale fasste sie so fest an der Schulter, dass sie gar nicht anders konnte, als vor Schmerz aufzuschreien. Das geronnene Blut ließ Dale seine Hand zurückziehen, als hätte er gerade weiß glühende Kohlen berührt. Diese Reaktion brachte Grace dazu stehen zu bleiben. Und so standen sie im glaslosen Eingang: Grace rieb sich die Schulter, während Dale versuchte, sich das Entsetzen, das ihr Anblick bei ihm ausgelöst hatte, nicht ansehen zu lassen. Das Geräusch von Müll, der in eine leere Tonne fiel, brach die Stille. »Gracie«, rief er leise, wie er es am Vorabend getan hatte, bevor seine Lippen ihre berührten.

Endlich sah Grace ihm in die Augen. Lädiert und voller Prellungen sahen die beiden aus wie Preisboxer im Ring, die darauf warteten, wer den Gürtel mit nach Hause nehmen durfte. Grace schloss die Augen und lehnte sich an die Hand, mit der er ihre Wange streichelte. Leise fragte er noch einmal, wer die Hand gegen sie erhoben hatte.

»Meine Auntie will nicht, dass ich dich wiederseh«, sagte sie nur. Die Kurzfassung sollte für die Einzelheiten stehen, die Dale erfahren wollte, sie sich jedoch nicht zu erzählen traute.

»Miss Hattie hat dir das angetan?«, fragte Dale und wich irritiert ein Stückchen zurück.

»Auntie Hattie. Deine Mama. Deine kleinen Freundinnen

aus dem YMCA-Haus. Die alle haben mir das angetan, Dale«, zischte sie.

»Meine Freundinnen … Mama … was?«, sagte Dale.

»Ich weiß nur, dass ich versucht hab, dir zu helfen, und für meine Mühe ein blaues Auge bekommen hab. Alle haben deiner Mama erzählt, dass ich dich überredet habe, den Laden zu plündern und mich zu küssen, und jetzt ist meine Auntie auf dem Kriegspfad, weil alles, was sie sich aufgebaut hat, auf einmal weg ist. Weg.«

»Was?«, fragte Dale perplex. »Ich war wegen Darnell da draußen. Aus eigenem Antrieb. Was wissen die denn schon davon? Die sind doch viel zu beschäftigt damit, die guten Negros* zu sein, sich zu verstecken und uns Jugendliche unser Leben riskieren zu lassen …«

Grace stand da und starrte Dale an, der seine Stimme gesenkt hatte. Sie wusste, dass sie Schutz brauchte, Zärtlichkeit. Doch dieser Junge hier vor ihr hatte die Schläge, die sie bekommen hatte, und die Strafe, die seine Mutter aufgrund von Unterstellungen, Klischees und Lügen über Graces Familie verhängt hatte, in ein Referendum über seinen Protest verwandelt. Ein Referendum über seinen Freund, über die mangelnde Empathie seiner Familie für die Bewegung. Dales Egozentrik fühlte sich an wie schmutzige Fingernägel in Graces frischen Wunden. »Hör zu, ich kann nicht hier mit dir stehen«, sagte sie entschieden, unterbrach seine Tirade und schob sich an ihm vorbei in den Laden.

»Grace«, sagte er und eilte ihr nach. »Baby, warte. Es tut mir leid. Es tut mir so leid. Das ist meine Schuld. Alles meine Schuld.«

Grace marschierte zum Tresen und strich im Gehen Hatties Schein glatt.

»Ich hätte dich da nicht reinziehen sollen«, fügte er noch hinzu.

Grace kaufte die Camels, steckte sie ein und ging wieder Richtung Tür. Doch anstatt sie aufzuziehen, hielt sie inne. Dann atmete sie langsam durch die Nase ein und den Mund wieder aus. Genau wie Maw Maw es Mrs Brodersen gezeigt hatte, als sie in Panik war, der Wehenschmerz sie zu verschlingen schien und sie etwas Ruhe finden musste.

»Grace«, sagte Dale sanft. Er schob seine Worte ganz sanft zwischen ihre Atemzüge. »Es tut mir leid. Sieh mich an, Grace. Es tut mir leid.«

Sie ließ zu, dass er ihr Kinn berührte und es langsam zu sich drehte. Sie beobachtete, wie er ihr pulsierendes Auge, die Schrammen und Striemen besah und sich groß aufrichtete. Er meinte es so. Das sagte ihr Herz ihr.

»Ihr beiden, verschwindet gefälligst aus meinem Laden!«, schrie jemand und ließ Grace und Dale zusammenzucken. Instinktiv zog Dale Grace hinter sich und drehte sich zu der wütenden Stimme um. »Ich seh doch, wie ihr zusammengeschlagen wurdet und humpelt. Da haben die Cops euch gut erwischt. Geschieht euch recht dafür, hier Ärger zu machen, wo es keinen gab«, sagte der Mann und kam eilig von dem Regal mit der Limonade auf sie zu. Dort hatte er Scherben von der Plünderung am Vorabend aufgekehrt. »Wenn's nach mir ginge, hätten die euch Nigger* ins Gefängnis werfen sollen. Und jetzt verschwindet gefälligst, bevor ich nach dem Gesetz rufe.«

Dale zog Grace am Arm aus dem Laden. Humpelnd liefen sie die Nostrand hinunter, bogen um die erste Ecke und dann um noch eine, bis sie sich sicher sein konnten, weit genug von dem Ladenbesitzer entfernt zu sein. Erst da verlangsamten sie ihre Schritte.

»Ich muss zurück nach Hause«, sagte Grace, leicht außer Atem von der Anstrengung und aus Angst.

»Ich weiß, aber hör zu, Grace. Ich muss dich sehen. Heute Abend.« Sie schüttelte den Kopf, aber bevor sie ein Wort sagen konnte, brachte er sie zum Schweigen, indem er einen Finger auf ihre Lippen legte. »Hör mich an: Meine Eltern schicken mich in zwei Tagen zu einem Freund der Familie nach Atlanta, bis ich mit dem College anfange. Sie haben Angst, dass die Schweine rauskriegen, wer ich bin, und mich wegen der Proteste gestern holen kommen.«

Grace brannte es in der Nase, ein Warnsignal für bevorstehende Tränen. Dann kamen die Tränen. Abgesehen von Miss Ada Mae war Dale der einzige Mensch, der Grace wirklich sah. Auch wenn er seine Aufmerksamkeit oft stark auf Dinge richtete, die kaum etwas mit Graces Sorgen zu tun hatten, machte er sich die Mühe, ihr zu sagen und zu zeigen, was ihm an ihr lag. Sie erstickte ohne ihre Mutter, ohne Maw Maw, ohne einen Platz, ohne Liebe. Dale war ihre Luft.

»Ich werde im Haus meines Freunds James sein. Meine Eltern haben Angst, mich aus dem Haus zu lassen, aber ich konnte sie dazu überreden, dass ich ihn besuchen darf, um mich zu verabschieden, bevor ich abreise. Sie wissen nicht, dass seine Eltern in den Süden gefahren sind, um dort für ein paar Wochen Verwandte zu besuchen. Ich werde dort sein, um für eine Weile Ruhe zu haben. Ich will, dass du mitkommst.«

»Ich weiß nicht«, sagte Grace und rang die Hände. »Auntie Hattie ist so wütend auf mich. Sie hat mich nur aus dem Haus gelassen, um ihr Zigaretten zu holen. Ich muss jetzt gehen, Dale. Sie wartet.«

»Komm einfach in die 432 Williams Street. Um neun Uhr. Versprich mir, dass du es versuchen wirst.«

»Aber …«

»Versprich's mir.«

Grace presste ihr Gesicht an seine gewölbten Hände, während er sie praktisch einatmete. Sie konnte aus seinem Atem den Ahornsirup riechen, in den er seine Pancakes getaucht hatte. Die hatte er gegessen, bevor er aus der Kellertür geschlüpft war, um zu sehen, ob sich auf den rauchenden Straßen etwas tat, und wenn ja, was. Grace wollte die Süße auf seinen Lippen schmecken, also tat sie genau das.

»Ich versprech's«, sagte sie, als sie sich voneinander lösten. »Ich werd's versuchen.«

* * *

Grace stand in der Tür zur Küche und starrte auf Tante Hatties Brust, die sich beim Schnarchen hob und senkte. Ihre Tante lag schief auf der Couch – ein Bein und ein Fuß hingen seitlich herunter, und ein Arm stand unter dem Kopf hervor, den sie auf dem Zierkissen aus Samt gebettet hatte. Ihr Schnarchen – laut, krächzend und stetig – ließ Hatties Körper auf dem Plastik-Schonbezug der Couch quietschende Geräusche verursachen. Dazu kam noch das Prusten und Röcheln in Hatties Brust, Kehle und Nase. Grace beobachtete sie mit zusammengezogenen Brauen, während sie sich die eigene Nase zuhielt, so sicher war sie, dass durch den Raum hindurch wie von einem Kohlenfeuer verbrannte Luft zu Hattie hinübergeweht wurde. Schwarz wie ihr Herz.

Hattie war erschöpft, weil sie den Tag mit Telefonaten verbracht hatte, in denen sie versuchte, sich selbst, ihren Ruf und ihr Business zu rehabilitieren. Es hatte nur einer heftigen Ohrfeige bedurft, um Grace klarzumachen, dass es für sie das

Beste war, sich unten in den Keller zu kauern. So weit weg wie nur möglich, während ihre Tante argumentierte, flehte, versprach und ihre Schuld an dem Chaos leugnete, das Dales Mutter ihr beschert hatte. Doch egal, wie Hattie es auch drehte und wendete, die Wahrheit in der ganzen Geschichte genügte denjenigen, die mit dem Finger auf sie zeigten, nicht. Langsam begann es Hattie zu dämmern, dass bereits Allianzen geschlossen worden waren und dass Wiedergutmachung vor dem Gericht der öffentlichen Meinung schwer zu erreichen wäre. Daraufhin fing sie an, ihr Heil auf dem Boden einer Flasche Bourbon zu suchen. Nachdem sie die zu Dreivierteln geleert hatte, wurde aus der Zuflucht ein Beruhigungsmittel, das Grace die Chance bot, die sie brauchte, um sich fortzustehlen und Trost in Dales Armen zu finden. Grace hatte Angst – Angst, dass ihre Tante aufwachen und ihr Verschwinden bemerken würde. Sie fürchtete auch, in die Unruhen draußen zu geraten, die fast so schnell wieder aufgeflammt waren, wie die Sonne untergegangen war. Doch nichts wog so schwer wie die Sehnsucht nach ihrem Dale, den sie brauchte wie die Luft zum Atmen. Nachdem sie sich also davon überzeugt hatte, dass ihre Tante tief schlummerte, stibitzte Grace einen leichten Pullover aus Tante Hatties Schrank und schlich die Treppe hinunter und versuchte jedes Knarzen der Stufen zu vermeiden. Schließlich öffnete sie leise die Hintertür zum kleinen Garten auf der Rückseite des Hauses und trat ins Freie.

Beinah sofort bemerkte Grace die Gestalt, die sich in der Dunkelheit gegen die Ziegelmauer presste. Ihren Schrei hätte die Tante vielleicht nicht gehört, aber mit Sicherheit hätten es die Millers getan. Die standen draußen und unterhielten sich über den Zaun hinweg mit ihren Nachbarn über den schrecklichen Lärm und den Rauch, der sich in Brooklyn ausbreitete und sie an Krieg erinnerte. Doch die Gestalt presste sofort eine Handfläche auf Graces Mund. Die Furcht ließ bittere Galle in Graces Kehle hochsteigen, doch als die Gestalt flüsterte, »Schsch, Gracie, ich bin's nur, sei ruhig«, da konnte sie wieder atmen.

»Hör zu, Gracie. Ist schon gut, dir passiert ja nichts«, fuhr Dale rasch fort. »Ich bin hergekommen, um dich abzuholen, weil ich nicht wollte, dass du allein zu James' Haus gehst. Es ist gefährlich hier draußen.«

»Ich glaube nicht, dass wir da hingehen sollten«, antwortete sie, sobald er seine Hand weggenommen hatte. »Was, wenn die Polizei uns schnappt? Was, wenn meine Auntie aufwacht? Wenn die uns nicht umbringen, dann wird sie es tun.«

Dale griff nach ihren Fingern. »Grace, vertraust du mir?«

Das tat sie mehr als alles andere in ihrem Leben. Grace nickte.

»Wo ist deine Auntie?«

»Sie liegt schlafend auf der Couch. Betrunken.«

»Gut. Gut. Dann vertrau mir weiter. Ich weiß, wie wir dorthin kommen, ohne gesehen zu werden. Und ich bringe dich zurück, lange bevor deine Tante merkt, dass du weg bist«, sagte er.

Die beiden sprachen kein einziges Wort, während Dale sie durch Gässchen, Gärten und Nebenstraßen führte, die aufgrund der Vernachlässigung durch die Stadtverwaltung im Dunkeln lagen. Trotz wiederholter Anfragen, sich um die Straßenlaternen in den hauptsächlich Schwarzen Vierteln zu kümmern, war die zuständige Behörde von New York City viel zu beschäftigt damit, sich um die Bedürfnisse derjenigen zu kümmern, die in der wirklich wohlhabenden Gegend Brooklyn Heights, gerade mal vier Meilen entfernt, wohnten. An jedem anderen Abend hätte Dale einen halbstündigen Monolog über die erwähnte Vernachlässigung gehalten. Schließlich waren seine Gesinnungsgenossen nur ein paar Blocks entfernt, wo sie Steine warfen und von Hunden gebissen oder mit Schlagstöcken verprügelt wurden. Doch heute Abend schien er sich ausschließlich darauf zu konzentrieren, sich und Grace in Sicherheit zu bringen.

Nach einer Weile kletterten sie durch eine kleine Lücke zwischen Buchsbäumen, die die Gärten hinter zwei bescheidenen Stadthäusern voneinander trennten. Dale sah sich um, bevor er zu einem kleinen Blumentopf auf der hinteren Veranda lief. Schnell holte er einen Schlüssel darunter hervor, um damit ins Haus zu gelangen. Das lag komplett im Dunkeln bis auf die Küche, wo die Bewohner das Licht angelassen hatten, damit man in der Nachbarschaft glauben sollte, sie wären zu Hause und nicht siebenhundert Meilen entfernt in Orangeburg, South Carolina. Grace wagte kaum, sich zu regen, bis Dale um mehrere Ecken gespäht und sich vergewissert hatte, dass sie tatsächlich allein waren.

»Komm her«, sagte er und schloss Grace in die Arme. »Wir haben's geschafft, wie ich es dir gesagt habe.«

So standen sie da, atmeten einander ein und wiegten sich in einem Rhythmus, der zwar unhörbar, aber deutlich zu spüren war. »Warte! Ich hab was für dich!«, sagte Dale plötzlich und löste sich aus der Umarmung. Er griff in seine Jackentasche und zog eine bunte Kette aus Bonbons hervor. Grace spürte, wie sie übers ganze Gesicht strahlte.

»Ich liebe es, dich lächeln zu sehen«, sagte er und hob ihr Kinn an. Dann strich er mit den Fingerspitzen über ihr blaues

Auge. Sie zuckte zusammen, aber er berührte sie trotzdem. Behutsam. Und dann küsste er sie. Behutsam.

Sie nahm ihm die Kette aus der Hand und zog sie sich über den Kopf. »Danke«, sagte sie schlicht.

»Hey, wir sollten in den Keller gehen. Man weiß ja nie, wer durch die Fenster reinschaut. Und ich will nicht, dass James' neugierige Nachbarn denken, hier wären Einbrecher. Würde uns noch fehlen, dass jemand anklopft.« Grace konnte ihr Unbehagen nicht verbergen. »Keine Angst«, sagte Dale, als würde er ihre Körpersprache verstehen. »Es ist nett da unten, und sicher. Keiner wird wissen, dass wir da sind.«

Das war nur ein Punkt auf Graces Liste mit den größten Bedenken, aber das sprach sie nicht laut aus. Stattdessen ließ sie sich bei der Hand nehmen und folgte ihm ins Untergeschoss.

Der Raum dort war bescheiden, aber hübscher als alles, was Grace von zu Hause kannte. Wo sie oft genug bei anderen Leuten geputzt und auf Kinder aufgepasst hatte. Alle Wände waren mit Holz verkleidet und in der entferntesten Ecke stand eine Bar. Mehrere rautenförmige Spiegel bildeten an der Wand dahinter ein imposantes Muster. Darin spiegelten sich die braunen Barhocker, ein plüschiges limettengrünes Sofa, ein Cocktailtisch mit Aschenbechern und einem Stapel Brettspiele darauf sowie zwei Teenager, die dort nicht hingehörten und deshalb einigermaßen nervös waren. Grace spielte mit ihrer Bonbonkette, während sie erst den Raum betrachtete, dann sich selbst und schließlich Dale, der sie dabei beobachtete. »Hübsch, was?«, meinte er. »James und ich sind oft mit unseren Freunden hier unten. Seine Eltern nehmen das gelassen, solange wir nichts kaputt machen. Einmal fing Ellison an, mit Tommy zu boxen, und beide krachten dort gegen die

Wand«, er zeigte nach rechts. »Dann fielen sie auf einen der Barhocker, von dem ein Bein glatt abbrach. Keine Ahnung, wie wir das geschafft haben, aber jemand besorgte Klebstoff und wir klebten es wieder an. Alles war gut, bis James' großer Bruder sich draufsetzte. Da krachte das Ding zusammen. Ihre Eltern glauben immer noch, dass er das war.« Dale schüttelte den Kopf und musste bei der Erinnerung lachen. Grace blickte auf ihre Schuhe. »Wie auch immer«, sagte Dale, als versuche er, die Stimmung in dem gedämpften Raum aufzulockern. »Hast du Lust auf ein Spiel?«

Schnell trat er an den Cocktailtisch und zählte die Möglichkeiten auf: »Lass mal sehen, sie haben Monopoly, Spiel des Lebens, Dame.« Er lachte laut auf. »Oooh! Sie haben Twister!«

»Was für ein Spiel ist das?«, fragte Grace und kam zu ihm, um sich den Karton anzusehen.

»Da muss man den Pfeil drehen, und auf welcher Farbe er landet, dahin musst du deine Hände und Füße stellen.« Grace merkte selbst, was für ein verwirrtes Gesicht sie machte. »Klingt komisch, aber es macht richtig Spaß. Du wirst schon sehen.«

In kürzester Zeit kicherten Dale und Grace über ihre verdrehten Arme und Beine, die über das Plastik rutschten. Sie streiften einander, sein Hemd und ihr Rock rutschten hoch und legten ihre Haut frei. Aus Verlegenheit wurde irgendwann Verlangen, das sich so schnell steigerte, wie der Plastikpfeil auf dem Kartonkreis rotierte. Irgendwann landeten sie auf einem Haufen. Ihr Bauch rutschte über die Plastikunterlage, sie landete auf ihm, seine Lippen auf ihren, ihre Zunge berührte seine, seine Hand rieb an ihrem Schenkel, ihre Hand streichelte seine kräftige Brust, seine Finger waren an ihrer rosafarbenen Unterhose. Er atmete schwer an ihrem Hals, sein Unterleib presst sich gegen ihren. Ihr Schrei wurde von seinem Hals gedämpft. Sein Schweiß tropfte auf ihre Stirn, ihre Wange, ihren Hals. Ihr Inneres überwand den scharfen Schmerz. Sein Stöhnen klang in ihren Ohren alarmierend, und ihr Blut floss an der Stelle, wo sie lagen. Sie sah Sterne, Raum und Zeit – einen Schwall von Energie, der ein göttliches … perfektes … Licht auf sie herabregnen ließ.

Da wusste sie es.

Grace wusste, was sie und Dale zusammen erschaffen hatten, war Liebe.

9

Man könnte es einfach einen dummen Zufall nennen, dass Grace beim ersten Sex schwanger wurde. Als sie es nicht darauf anlegte oder überhaupt wusste, wie ein unschuldiges Spiel mit Dale dafür sorgen konnte, dass sie auf dem Weg war, jemandes Mama zu werden. Hattie würde es jedenfalls einfach nur dumm nennen. Schließlich waren ihr, als Grace das erste Mal vor ihrer Tür stand, gleich Drohungen und Warnungen über die Lippen gekommen. »Hier zu sein ist eine Chance«, hatte sie gesagt und eher wütend als wohlwollend geklungen. »Danach verhältst du dich besser auch. Halt den Kopf gesenkt und die Beine geschlossen. Andauernd kreuzen hier törichte Landpomeranzen auf, mit großen Augen und schwupps – neun Monate später sitzen sie wieder im selben Dreck, aus dem sie rauskommen wollten. Die einzige Person, die Babys in dieses Haus bringt, bin ich, verstanden?«

Doch für Grace waren die Vermählung von Samen und Eizelle, die Reise in die Gebärmutter und das Heranwachsen im Bauch – zu einem Baby, zu Leben – ein Wunder. So viel hatte sie schon begriffen, indem sie Maw Maw bei der Arbeit zugesehen hatte. Aber auch dadurch, dass Maw Maw ihr nach und nach erklärt hatte, wie das alles funktionierte – Sex und neues Leben. Grace war ungefähr sieben oder acht gewesen, als sie unerwartet reingestolpert war, während Ben Charles draußen in der Holzhütte Bassey besuchte. Es war die Art von Besuch, die nicht für Kinderaugen gedacht war. Die Art, die unweigerlich eine Erklärung verlangte.

Mit der Aussicht auf ein Stück von Maw Maws noch warmem Shoofly Pie zum Nachtisch hatte Grace sich mit ihren häuslichen Pflichten vor dem Abendessen beeilt. Deshalb war sie auch zur Holzhütte gelaufen, um ein paar Scheite für den Ofen zu holen. Dort war sie auf ihre Mutter gestoßen, die über den Holzstoß gebeugt stand und ihr Kleid bis zur Taille hochgeschoben hatte. Dazu schrie sie, als würde Mr Charles ihr auf den Popo hauen, aber anstatt mit dem Gürtel, machte er das mit seiner Hüfte. Der hatte seine Hose um die Knöchel, und der Gürtel war noch in den Schlaufen. Grace versuchte, sich einen Reim auf das zu machen, was sie da sah. Es war Bassey, die Grace zuerst erblickte, als sie gerade in einem Anflug von Leidenschaft den Kopf verdrehte und nach Bens Hintern griff.

»*Get yo lil' fast ass on!*«, schrie sie die Tochter an.

Überrascht ging auch Bens Blick dorthin, wo Basseys war. Er runzelte die Stirn, aber sein Körper machte weiter, als würde dieser Teil von ihm nicht mitkriegen, dass es falsch war, so etwas vor einem kleinen Mädchen zu tun. Bei Bassey schien überhaupt kein Teil ihres Körpers in Erwägung zu ziehen, dass sie damit aufhörte. Grace hatte gesehen, was sie gesehen hatte, aber kleine Mädchen, die im tiefen Süden aufwuchsen, sahen viele Dinge, die für ihr Alter noch nichts waren, und sie lernten, auch darüber hinwegzukommen. Und zwar schnell.

Grace war losgerannt. Sie fürchtete eher um die Sicherheit ihrer Mutter als deren Zorn. Und so suchte sie Schutz in Maw Maws Armen.

»Wo hast du dir wehgetan, *Gal*?«, fragte die und schob Grace ein Stück von sich weg, um sie von Kopf bis Fuß auf Verletzungen, blaue Flecken oder Blut abzusuchen.

»Der Mann da draußen haut Mama«, sagte Grace. Ihr ganzes Gesicht, von der Stirn bis zu den vollen, rosigen Lippen spiegelte Entsetzen.

»Welcher Mann?«, fragte Maw Maw. Sie schnappte sich ihr Gewehr und war damit schon an der Tür, bevor sie die Frage beendet hatte. Aber sie blieb genauso rasch wieder stehen, als sie zwei Gestalten neben der Holzhütte sah – eine strich ihr Kleid glatt, die andere schloss gerade ihren Gürtel. Beide kicherten, wischten sich den Schweiß ab und atmeten sichtlich schwer. Als Bassey endlich aufblickte und ihre Mutter mit dem Gewehr in der Tür stehen sah, packte sie Ben beim Arm und zog ihn schnell in die andere Richtung. Zurück auf die Straße. Dorthin, wo er hergekommen war.

Maw Maw holte tief Luft und drehte sich langsam zu ihrer Enkelin um. Wahrhaftigkeit, wie schmerzhaft oder peinlich sie auch sein mochte, war ihre Tugend. Sie hätte zwar nicht erwartet, diese Wahrheit ausgerechnet einer Achtjährigen erzählen zu müssen, aber das tat sie jetzt eben.

»Er hat deiner Mama nicht wehgetan, Baby«, sagte sie schlicht und hängte das Gewehr an seinen Platz zurück. »Sie haben nur gemacht, was erwachsene Leute machen.«

»Das versteh ich nicht, Maw Maw«, sagte Grace.

»Tja, wenn ein Mann und eine Frau sich zeigen wollen, wie gern sie einander haben, dann küssen und umarmen sie sich.«

»So wie du mich und Mama küsst und umarmst?«, fragte Grace.

»Es ist ein bisschen anders, Baby«, sagte Maw Maw und zog Grace zu sich heran. »Setz dich hin und lass Maw Maw dir einen Zauber erklären.«

Augen so groß wie Untertassen. Stirnrunzeln. Händeringen. Poom-Pooms und Pippis. Öffnungen und Hineindrängen. Samen und Eier und kleine Babys, aus denen in Bäuchen große werden. Von wo aus sie in Maw Maws Hände fallen, groß und stark werden, jemand suchen, den sie lieben und der sie zurückliebt, und dann mit Poom-Pooms und Pippis neue Babys machen. So wie Bienen andere Blüten hervorbringen. Die Erklärung dauerte fünf Minuten, erstreckte sich aber über das Terrain eines stundenlangen Vortrags.

Nachdem schließlich alles gesagt war und es beklemmend still wurde, stellte Grace die naheliegende Frage: »Und liebt Mama diesen Mann?«

Maw Maw konnte vieles, aber Sex und Lust außerhalb des Kontexts der Ehe einer Achtjährigen zu erklären, das überstieg sogar ihre Fähigkeiten. »Jetzt gehst du mal raus Holz holen, ja?«, sagte sie zu Grace und stand vom Stuhl auf. »Das Abendessen ist bald fertig, und du wirst doch nicht in kaltem Wasser baden wollen, oder?«

»No, Ma'am«, antwortete Grace.

»Na, dann holst du jetzt am besten das Holz fürs Wasser.«

Als Bassey erfuhr, dass Maw Maw ihrer Tochter das mit den Vögeln, Bienen und allem erklärt hatte, war sie empört. »Du hattest kein Recht, dem Baby das zu sagen! Das hätte sie noch nicht alles wissen müssen!«

»Sie hätte es auch nicht sehen müssen, aber so ist es jetzt eben«, gab Maw Maw zurück, unbeeindruckt vom Ton ihrer Tochter.

»Ich hab auch Bedürfnisse, Mama.« Mehr konnte Bassey dagegen nicht vorbringen.

Sie konnte auch nicht wissen, welche Wirkung die ganze Sache sieben Jahre später auf Grace haben sollte. Dass Maw Maws Worte über Babys als Beweis für die Liebe zwischen einem Mann und einer Frau in den Tagen nach ihrem Treffen mit Dale einen Jig in ihrem Kopf tanzen würden. Sie wachte mitten in der Nacht und gegen Morgen aus feuchten Träumen auf. Wenn die Vögel zu singen begannen und Marienkäfer die Blütenbüschel der Hortensien kitzelten, die an das Fenster stießen. Grace rieb sich an Kissen und der Armlehne von Hatties Couch. Dabei wurde ihr Höschen feucht von Vorfreude, Erinnerung und Verlangen. Den Teil – das Verlangen – hatte Maw Maw nicht erwähnt. Aber es war so real wie die Übelkeit, die sich rasch unterhalb ihrer Rippen ausbreitete. So greifbar wie das subtile Rumoren hinter ihrem Bauchnabel, genau an der Stelle, wo ihr Bauch sich anfühlte wie zu Thanksgiving, nachdem sie den Teller weggeschoben hatte, von dem sie Bohnen, Reis, Maisbrot und eine Extraportion Schweinshaxe gierig weggeputzt hatte. Dieses Völlegefühl, der Beweis für den Beweis, stellte sich sofort ein. Grace kannte ihren Körper. Sie kannte ihr Herz. Sie wusste, dass sie Dale und sein Baby wollte – dass sie beide mit der gleichen Inbrunst lieben würde wie Maw Maw und Bassey. Mit einem Gefühl wie Erde unter ihren nackten Füßen und wie Regenbögen, die um die Sonne tanzten.

Grace wollte es ihm sagen – sie wusste nur nicht, wie. Dale war fort – das wusste sie, nachdem sie ein paarmal an seinem Haus vorbeigegangen war. In der Hoffnung, ihn zu sehen oder von ihm gesehen zu werden. Doch es gelang ihr nur, bei der letzten dieser Gelegenheiten Dales Eltern zu sehen, wie sie ihn und seine Koffer in einen hellblauen Buick mit dem Autokennzeichen Georgias schoben. Sie waren zu beschäftigt mit ihrem tränenreichen Abschied, um Grace zu bemerken. In Graces Augen wiederum standen zu viele Tränen, um zu merken, dass jemand – Miss Ada Mae – an sie herangetreten war. Grace roch sie zuerst: den Duft von Gardenien, wie zu

Hause. Sie griff nach Graces Arm, und das Mädchen zuckte zusammen.

»Psst … sag nichts«, flüsterte Miss Ada Mae. »Komm mit«, fügte sie leise hinzu und zog Grace behutsam in eine schmale Gasse zwischen einer leeren Bar und einem Möbelgeschäft mit vernagelter Front, die bei den Unruhen zerstört worden war.

»Ich muss nach Hause«, sagte Grace und machte ihren Arm los. »Ich krieg nur noch mehr Ärger, wenn ich hier draußen bleibe.«

»Zerbrich dir dein hübsches Köpfchen nicht, denn ich will dich nicht lang aufhalten«, sagte Miss Ada Mae. »Dieser Junge ist mir nachgelaufen, und ich musste versprechen, dass ich dir das hier gebe«, fügte sie hinzu, während sie Grace einen Briefumschlag in die Hand drückte. Dann legte sie ihre eigenen Hände auf Graces und zog sie an sich. Dabei glitt ihr Blick über all die Striemen und Blutergüsse in Graces Gesicht, dann über Hals, Brust und Bauch, bevor sie ihr wieder in die Augen sah. Und dann wusste sie es auch. Wo eben noch Sorge ihre Lippen umspielt hatte, war jetzt Freude. »Oh, Simbe tanzt!«, sagte sie und legte ihre Hände auf Graces Bauch. »Oh, du süßes, süßes Mädchen. Das ist ein Segen!«

Miss Ada Mae zog Grace an ihren Busen und umarmte sie so, wie Grace es, seit sie die Grenze des Bundesstaats New York überschritten hatte, kein einziges Mal mehr erlebt hatte. Dabei hatte sie sich nach dieser speziellen Zuneigung, dieser Familienliebe, so lange gesehnt. Doch in Hatties kaltem Zuhause war sie nicht zu bekommen, und so begann sie langsam zu verblassen, zu verschwinden. Sogar aus ihren Träumen. Bis da nichts mehr war außer Leere, wo die Liebe einst so selbstverständlich, so rein gewesen war, dass man sie nicht einmal denken musste. Sie existierte einfach.

Zuerst wehrte Grace sich gegen das, was sie nicht mehr erinnerte. Doch das Gedächtnis der Muskeln ist stark und schnell. Kapitulation trat an die Stelle von Widerstand. Grace ergab sich und ihre Tränen Miss Ada Mae.

»Jetzt hör mir mal gut zu, ja?«, sagte die. »Das wird bestimmt kein Spaziergang. Aber du bist nicht allein. Erinner dich daran, was du schon weißt. Du hast alles, was du brauchst, in dir. Ruf in Gedanken deine Leute an, dir beizustehen, Baby. Die kennen gar nichts anderes, als dir gegenüber gut zu sein, Baby.« Sie schob Grace von ihrer Brust weg und sah ihr, während sie beide Hände auf die Schultern des Mädchens legte, eindringlich in die Augen, in die Seele. »Vertrau mit allem, was du in dir hast, darauf, verstanden?«

»*Yes'm*«, war alles, was Grace herausbrachte.

»Dann geh jetzt.« Sie streichelte Grace ein letztes Mal zärtlich die Wange. Danach würde Grace sich später am Abend sehnen. In einer Atempause von Hatties Zorn hatte sie sich ins Kellergeschoss zurückgezogen, um Dales simple, kurze Nachricht zu lesen: »Ich bin auf dem Weg nach Morehouse, Grace. Tut mir leid, dass wir nicht mehr Zeit hatten.« Die Worte bohrten sich wie ein Pfeil in ihr Herz.

Und dann war Grace wieder allein. Doch diesmal war es anders. Ein Baby – ihr Baby – war unterwegs. Grace wusste, dass ihr kleines Baby und all die Liebe, die dieses Kind in das Leben seiner Mama bringen würde, ihre Rettung wären.

***

Es fiel Grace leicht, ihren wachsenden Bauch vor Hattie und jedem anderen zu verbergen. Sie wuchs einfach zu einer dieser typischen kräftigen Schönheiten vom Land heran – kräftiges Hinterteil, dicke Schenkel und überall etwas Wackelndes. Da passte der Bauch zu einer Sechzehnjährigen aus dem tiefen Süden. Hattie bemerkte es, tat es aber mit ihren üblichen Kränkungen und ihrer barschen Art ab: »Man sieht dir deine Gier an. Vielleicht solltest du dir hin und wieder den Teller nicht so vollmachen«, sagte sie eines Abends, als Grace die Arme hob und ihr Hemd verrutschte, sodass ihr Bauch zu sehen war. Aus dem Augenwinkel sah Hattie die Wölbung und starrte auf die Portion, die Grace auf ihren Teller gehäuft hatte. »Du isst hier, als würdest du Schwerstarbeit verrichten.«

Die Übelkeit, die pulsierenden, schmerzenden Brüste, die aus ihrem abgetragenen BH quollen, das Schmetterlingsflattern, aus dem inzwischen kleine Fersen, Fäuste und ein Po geworden waren, die in ihrer Gebärmutter herumzappelten und gegen ihren Magen, ihre Rippen stießen. Das alles zu verstecken war eine andere Herausforderung. Grace gab sich große Mühe zu erinnern, was Maw Maw für Schwangere bereitgehalten hatte, denen ihre Babys Magenschmerzen gemacht hatten. Wenn es ihr gelang, ohne dass Hattie es merkte, verschaffte sie sich so manches davon. Ein paar Minzblättchen in der Tasche, um darauf zu kauen, wenn sie meinte, sich gleich übergeben zu müssen. Ein-, zweimal kräftig mit den Fingernägeln über eine Zitrone fahren, damit das Aroma unter ihren Fingernägeln blieb. Hin und wieder daran zu schnuppern, das half. Doch Grace wusste, es würde die Zeit kommen, wenn sie es nicht mehr verbergen konnte. Wenn sie nur noch aus Bauch und Fülle bestand. Und aus diesem unbekannten Schmerz, der Mrs Brodersen dazu gebracht hatte, ihren Gott anzurufen und sich so fest an die Seitenwände ihres Betts zu klammern, dass ihre Knöchel weiß wie Baumwolle wurden. Das wäre ihr Schicksal, und es machte ihr Angst. Nicht der

Schmerz, aber die Aufdeckung. Die Reaktion. Die Verurteilung, die gewiss kommen würde. Das Geflüster und die gesenkten Augen, die trotzdem ein heißes Loch in ihren Bauch starren würden. Die Leute würden das Wunder nicht begreifen und auch nicht, dass an einem in Liebe gezeugten Baby nur Gutes war.

In der Zwischenzeit wusste Grace, was sie zu tun hatte. Knapp zwei Monate, bevor sie ihr und Dales Kind gebären würde und mit fast keinerlei Besitz oder Autonomie über ihren eigenen Körper wurde Graces Mutterinstinkt aktiv. Sie hockte sich hin, suchte Zuflucht und rief sich immer wieder ins Gedächtnis, was Miss Ada Mae ihr gesagt hatte. Sie betete auf die Art, die sie kannte. Und sie brauchte nicht lange, um zusammenzutragen, was sie benötigte. Da war ein verblichenes Schwarz-Weiß-Foto von Hattie und Bassey, das Grace in einer Schachtel gefunden hatte, die Hattie im Keller versteckt hatte. Maw Maws Pfeife, gefüllt mit Tabak, den Grace aus den Kippen gesammelt hatte, die ihre Tante in Aschenbechern im ganzen Haus ausdrückte. Das Taschentuch mit Blumenmuster, in das Mr Aaron die Pfeife gewickelt hatte, bevor er sie in den Brotbeutel legte, den er Grace für ihre Reise nach Norden gab. Ein Glas Wasser. Ein kleines Stück Maisbrot. Gebete, Gebete. Gebete und Geheimnisse, geflüstert in der Ecke des Schranks für Lumpen, wo Spinnen und alle Erinnerungen Hatties zum Sterben hinkamen, wo aber auch Grace das Leben ihres Kindes verhandelte. Sie erbat Rat und Wohlwollen von ihren Ahnen. Genau wie Maw Maw es sie gelehrt hatte, als sie noch ganz klein war. »Zuerst stellst du dein Essen hin, siehst du?«, hatte Maw Maw liebevoll erklärt, während sie einen Blechteller mit Bohnen und ein paar Löffeln Reis auf das Stück glatte Erde stellte, die die schlichte Kiste aus

Fichtenholz bedeckte, in der der Leichnam ihrer Mutter lag. »Und dann nimmst du etwas Besonderes – etwas, das dazu dient, sie zu dir zu rufen, und das dich an denjenigen erinnert, den du vermisst. Das legst du hin, und dann stellst du dein Wasser daneben. Siehst du, wie Maw Maw das macht?«

»Yes'm«, hatte Grace gesagt. Sie spielte aufgeregt mit ihrem Rock, während Maw Maw alles wie ein Bukett auf dem Grab arrangierte.

»Jetzt dankst du ihnen dafür, dass sie über dich wachen und deine Schritte lenken. Sie meinen es gut mit dir. Du musst sie nur wissen lassen, dass du es weißt und es dir ernst ist, verstehst du?«

»Ja, Maw Maw«, antwortete Grace und konnte den Blick nicht von der Pfeife lassen, die zwischen den Lippen ihrer Großmutter hing.

»Das hier ist eine Unterhaltung«, hatte Maw Maw erklärt. Die Worte schienen mit dem Rauch aus ihrem Mund und ihrer Nase fortzuschweben. »Sprich mit deinen Toten. Mach es laut. Deine Leute werden dir antworten und dich zum Licht führen.«

Mit der Zeit und durch Übung lernte Grace, dass weder der Tag noch die Uhrzeit eine Rolle für diese Gespräche spielten. Man musste nicht auf Sonntage, Kirchenbänke oder Zelte bei den Erweckungsversammlungen im Sommer warten. Pfeifen wurden dienstags bei Sonnenaufgang entzündet, oder um Mitternacht, wenn gebrochene Herzen Heilung brauchten. Wenn Geburtstage anstanden, gab man Gemüsesud mit einem Stück Brot in Becher. Und es war nie vergebens, sondern immer der richtige Zeitpunkt, um mit den Toten zu sprechen. Allerdings hatte Maw Maw gewarnt, dass manchmal die Gesellschaft, die man hatte, einem vorschrieb, wann man solche Momente ausleben konnte. Gottesfürchtige Christen konnten einfach nicht sehen, wie heuchlerisch es war, wenn sie auf die Knie fielen und zu einem toten weißen Mann beteten, der nur auf den Seiten eines staubigen alten Buchs existierte, während sie sich gleichzeitig über diejenigen mokierten, die zu den Geistern sprachen, nach denen ihre Herzen sich sehnten. Das machte es zu einer einsamen Angelegenheit, sich um die Toten zu kümmern, und sie um Hilfe zu bitten zu einem stillen, persönlichen Vorhaben. Um also den Zorn von Hattie und allen anderen, die Jesus ihren eigenen Blutsverwandten vorzogen, nicht über sich zu bringen, tat Grace, was sie gelernt hatte: Sie erzählte ihre Geheimnisse nur in stillen Winkeln.

Sorgsam legte Grace ihre Opfergaben zurecht, dann riss sie ein Streichholz an und inhalierte tief. Sie zog an der Pfeife, wie Maw Maw es getan hatte, wenn sie Gräber aufsuchte und mit der Erde, dem Wasser und den Bäumen sprach. Die Hitze des Tabakrauchs brannte in Graces Brust und zwang sie zum Husten, das sie schnell zu unterdrücken versuchte, damit sie Hattie nicht weckte. Die Tante schlief betrunken auf dem Boden direkt über Graces Kopf. Und sie hatte ja schon gesagt, welche Regeln in dieser Hinsicht bei ihr galten: »Glaub ja nicht, dass du dieses Zeug in mein Haus bringst, verstanden?!« Das hatte sie gesagt, als sie erstmals einen Teller mit einem Haufen Sonnenhutblüten und einem Rest Maisfladen auf einem Tischchen im Kellergeschoss entdeckt hatte. Hattie kannte sich aus. Sie wusste außerdem genau, dass die alten Traditionen des Südens keinen Platz in ihrer neuen Ordnung des Nordens hatten. Also hatte sie den Teller samt allem, was darauf lag, in die Abfalltonne aus Metall gleich neben der Hintertür geworfen. Dann war sie zurück ins Haus gestapft und die Treppen hinauf. Grace war weinend zurückgeblieben.

Doch jetzt war das Bedürfnis der schwangeren Grace nach vertrauter Kommunikation größer als ihre Furcht vor der Tante. Ihr Auftrag lautete, Bassey und Urgroßmutter Lizbeth und all die anderen Ahnen anzurufen, die sich um ihr spirituelles Wohlergehen sorgten. Sie hatte vor, ihnen für das Wunder und ihre Gunst zu danken. Für sie selbst. Für ihr Kind – dieses Wunder, das tückisches Terrain überwunden hatte, das eigentlich nicht hätte überleben sollen, aber jegliches physisches Hindernis und einen Berg aus emotionalem Leid überwunden hatte, um zu werden. Um Graces jemand zu werden. Sie hatte nur ein einziges, schlichtes Anliegen: dass ihrem Baby die Freude zuteilwürde, die Grace einst hatte. Danach sehnte sie sich. Nach der Familie, dem Zuhause, das sie brauchte wie die Luft zum Atmen.

In dem Moment, als sie die Bitte vortrug, begann vor ihrem inneren Auge, grobkörnig, dunkel, mit Störungen durchsetzt, ein Film. Grace hatte zunächst Mühe, etwas zu erkennen, und dann war da Bassey. Sie lächelte so hübsch wie eh und je, in ihrem Lieblingskleid, dem weißen mit den Blumen. Sie hielt ihren Bauch mit einer Hand und zeigte mit der anderen auf Graces. Bassey strahlte vor Stolz. Grace konnte das spüren – dieses Kribbeln in ihren Fingerspitzen, den geschwollenen Brustwarzen und den Zehen. Ihr kleines Baby spürte es auch. Es begann in Graces Bauch zu zappeln, als wolle es durch Raum und Zeit rückwärtsschwimmen, um seiner Großmutter ins Gesicht zu sehen. Bassey warf den Kopf zurück und lachte ihr schallendes Lachen – tief aus der Brust.

»Mama«, sagte Grace mit süßer Stimme, »wo ist Maw Maw?«

Bassey Lachen war eine Blume, die wuchs und sich der Morgensonne entgegenstreckte. Ihre Schultern wackelten davon. Sie sagte kein Wort, aber das Glitzern in ihren Augen war wie ein Band präziser Nachrichten, die zu hören Grace jahrelang gewartet hatte: *Sie ist stark. Die Ahnen stehen hinter ihr. Mach dir keine Sorgen. Mach dir keine Sorgen. Mach dir keine Sorgen. Konzentrier dich auf deine Freude.*

Während sie sich bemühte, der Anweisung ihrer Mutter zu folgen, flog Grace in der zweiunddreißigsten Woche ihrer Schwangerschaft schließlich auf. Verraten hatte sie die Babykleidung, die sie aus Stoffresten genäht hatte, die in Hatties Kellerschrank gelegen hatten. Hattie, die sich langsam wieder in die Gemeinschaft zurückarbeitete, die sie im vorangegangenen Sommer ausgeschlossen hatte, wollte sich selbst ein neues Outfit nähen. Sie hatte sich für etwas aus einem Stoff entschieden, den sie bei Woolworth gefunden hatte. Der sah elegant und raffiniert aus. Perfekt, weil sie es sich nicht mehr leisten konnte, Kleidung von der Stange zu kaufen. Es war die bescheidene Rückkehr zu einem Zeitvertreib, von dem Hattie sich abgewandt hatte. Vor langer Zeit hatte sie ihre Nähmaschine und Stoffe ganz hinten in ihren Kellerschrank geworfen – ein notwendiger Schritt, um in die Black Brooklyn Society aufgenommen zu werden. Aber die Zeiten waren hart, und dass man sie mied, schmerzte nicht nur ihren Stolz, sondern auch ihren Geldbeutel. Es würde vorläufig keine Ausflüge mehr in Kaufhäuser geben – kein Geld, das sie für schöne Kleider und Schuhe ausgab, um zu beeindrucken. Sie musste wieder zu dem zurück, was sie kannte. An diesem speziellen Tag war sie aus einem ihrer Räusche aufgewacht und bereit, sich etwas Schönes zu nähen. Etwas, das ihre Figur betonte und knapp saß. Sittsamkeit würde sie des Nachts ja nicht warm halten.

Die Ordnung im Schrank fiel ihr als Erstes auf. Sie war wütend gewesen, als sie das, was sie eigentlich liebte, in dieses Loch geworfen hatte – auf einen großen Haufen mit einem oder zwei Fotoalben, die Beweis für ihr früheres Leben waren. Ein Leben, das sie zurückgelassen und dessen schiere Existenz sie zu leugnen versucht hatte. All das hatte Hattie in den dunklen Schrank geworfen und die Tür zugeknallt. Aber da waren die Stoffe. Alle ordentlich gefaltet, nach Farben sortiert und aufgestapelt. Ganz oben lagen Sachen, die sie nicht genäht hatte. Winzig kleines Zeug, für das sie auch keine Verwendung hatte. Und gleich daneben eine Reihe von Dingen, sorgsam ausgelegt. Ihr Aussehen, ihr Geruch, ihre Ausstrahlung – all das verband Hattie mit … zu Hause.

Hattie strich mit den Fingern über das Blech des Wasserbechers und auch die Pfeife. Als sie sie an ihre Nase hielt und tief einatmete, fühlte sie sich zurückversetzt nach Black Rose. In den Wald, zu den Gräbern und ins kühle Wasser, das ihre Knöchel umspielte, als sie klein war. Damals hatten sie und Bassey sich an den Händen gehalten, während Rubelle mit den Winden sprach und sie um ihre Gunst bat. Die Erinnerung besänftigte sie. Man könnte sogar sagen, dass sie ihre Mundwinkel eine Spur nach oben zwang. Doch das Gefühl war nicht von Dauer. Rasch nahm ihr Gesicht wieder den Ausdruck von ständigem Unmut an, als ihr Blick wieder auf die Babysachen fiel. Sie nahm sie zwischen Daumen und Zeigefinger, als wären sie ranzig – eklig anzufassen. Das Gleiche tat sie mit dem Schwarz-Weiß-Foto von sich und Bassey. Es war genau jenes, das das dickköpfige Mädchen auf ihren Befehl hin hatte wegräumen sollen. Jetzt hatte sie es wieder direkt vor der Nase. Es erinnerte sie daran, was sie in Virginia verloren hatte. Daran, was sie in Brooklyn versucht hatte zu vergessen. Und dann stand Hattie wie unter Strom.

Außer sich packte sie den Stapel Babysachen, die Pfeife und das Foto und rannte damit, immer zwei Stufen auf einmal nehmend, um schneller bei Grace zu sein, die Treppe hinauf. Als sie diese in der Küche fand, in einem weiten Blumenkleid und einer dicken Strickjacke, wie sie gerade ein Spültuch ins heiße Seifenwasser tauchte, da schmiss sie die Sachen mit aller Kraft gegen Graces Rücken. Bevor es auch nur begriff, was da vor sich ging, wirbelte Hattie das Mädchen zu sich herum, riss die Strickjacke auseinander und griff nach ihrem Bauch. Graces Bauch, klein, aber kompakt unter dem Stoff und Hatties Fingern, drückte zurück. So traf eine Kraft auf die andere.

Hattie wich zurück, sah Grace ungerührt in die Augen und schlug ihr Mündel dann so hart mit dem Handrücken ins Gesicht, dass Spucke durch die Luft flog und auf dem Frühstücksgeschirr landete, das die junge werdende Mutter eben abgewaschen hatte.

Wäre sie Herrin ihrer Sinne gewesen, hätte sie den Verstand und die Schlauheit benutzt, auf die sie ihr neues Leben oben im Norden aufgebaut hatte, dann hätte Hattie sich noch einmal überlegt, was sie als Nächstes tat. Aber Wut und Neid sind eine berauschende Mischung, die einen Raffinesse zugunsten eines direkteren Vorgehens vergessen lassen kann. Ohne eine richtige Jacke gegen die einstelligen Minusgrade und mit Hauspantoffeln, die auf dem von einem morgendlichen Regenschauer noch feuchten Gehsteig klapperten, stapfte und schlitterte Hattie die Straße hinunter. Dabei zog sie ihre schwangere Nichte hinter sich her, die sich hütete, Widerstand zu leisten, weil sie fürchtete, was dann als Nächstes passieren würde. Als sie schließlich an der Nostrand um die Ecke bogen und auf das Haus der Spencers zusteuerten, da versuchte Grace doch, wenn auch vergeblich, sich aus Hatties Griff zu befreien. »Nein, nein, nein«, war alles, was ihr einfiel, während sie versuchte, sich aus Hatties Fingern zu winden. Doch es nützte nichts. Das Unheil nahm seinen Lauf.

»Lucinda Spencer!«, brüllte Hattie vom Fuß der Treppe. Grace sah sie beschämt an und versuchte weiter, sich loszumachen. »Lucinda Spencer, ich weiß, dass du mich hören kannst! Komm da raus!«

Es gab eine kleine Bewegung der Vorhänge – geschickt, aber erkennbar. Das ließ Hattie nur noch lauter schreien und Grace sich noch ein bisschen heftiger wehren. Aber die Tante kämpfte sich, ihre kleine Verwandte im Schlepptau, die Stufen hinauf. »Lucinda Spencer, wenn du diese Tür nicht gleich aufmachst, dann wird die ganze Nachbarschaft erfahren, welchen Mist dein ach so guter Sohn angerichtet hat, bevor er sich aus der Stadt davongemacht hat. Also komm jetzt lieber raus!«

Es dauerte noch ein Weilchen, bis die Haustür sich langsam öffnete und Mrs Spencer zum Vorschein kam: ungeschminkt und mit Lockenwicklern, in einem bodenlangen Morgenrock und mit einer Zigarette zwischen ihren zarten, manikürten Fingern. Ohne Hattie aus den Augen zu lassen, nahm sie einen langen Zug aus ihrer Zigarette und blies den Rauch aus Mund und Nase direkt ins Gesicht ihres lauten ungebetenen Gasts. Unerschrocken zog Hattie Grace vor sich und riss ihr die Strickjacke auseinander. Mrs Spencer starrte Hattie eine Ewigkeit lang an, bevor sie schließlich den Blick auf die Stelle senkte, wo ihre Erzfeindin ihn haben wollte. Mrs Spencer starrte, während sie einen weiteren Zug aus ihrer Zigarette nahm, und sie starrte noch weiter, während der Rauch über ihre Zunge rollte und wieder aus ihrer Nase quoll. Langsam ließ sie die Augen über Graces Bauch zu den prallen Brüsten bis hinauf zu ihrem Gesicht, der geblähten Nase und über ihre Gänsehaut wandern, bis sie Grace in die vor Furcht und Trauer geschwollenen Augen sah. Sie schnaubte, schnippte ihre Zigarette weg, tat einen eleganten Schritt rückwärts und knallte Hattie und Grace die Tür vor der Nase zu.

10

Niemand singt Schlaflieder für sechzehnjährige farbige* *Gals* mit Babys im Bauch. Es gibt keine Melodien mit Versprechen, die an Sternen hängen, keine Mondscheinküsse und kein Wort von der Morgendämmerung – davon, dass die Sonne am Morgen aufgehen und auf die Mamas und Kinder herunterstrahlen, strahlen, strahlen wird, die all ihre Kraft zusammennehmen und die Welt stark machen. Sie sind weder Heimat noch Zukunft, sie sind niemandes fröhlich frommer Traum. Ihre Bäuche verraten ihre Unzulänglichkeit. Sie sind wild. Man muss sie zähmen. Um jeden Preis wird man sie bändigen.

Hattie übernahm eiligst diese Pflicht. So lief sie herum und erzählte jedem, der Ohren und eine Sekunde Zeit hatte, ihre beklagenswerte Geschichte: Wie sie aus Loyalität gegenüber der Familie Herz gezeigt hatte, das ihr dann von einer nichtsnutzigen Nichte, die sie kaum kannte, aus dem Leib gerissen und zertrampelt wurde. »Dieses Mädchen kam wie der Baumwollkapselkäfer über mich. Hat einfach meine ganze Ernte ruiniert. Und jetzt muss ich für ihren kleinen Bastard die Verantwortung übernehmen?«, rief sie vom Treppenabsatz einer Bekannten zu, die an Hatties schmiedeeisernem Tor stehen geblieben war, um Klatsch und Tratsch auszutauschen. Hatties Worte machten in der kalten Märzluft die Runde und fanden durch Sprünge und Risse direkt in die Ohren derjenigen, die es genossen, sich zungenschnalzend über diese Jezebel, diese Schlange, auszulassen, die da draußen herumhurte und nun die Sünde austrug.

Keinem von denen war bewusst, dass sie die Trittsteine zu Hatties eigener Rehabilitierung waren. Zwar hatte sie nun die Last, für die sexuellen Neigungen ihrer Nichte Rede und Antwort stehen zu müssen, aber mit der richtigen Mischung aus Luft und Wasser konnte sie das Feuer des Skandals nach Belieben anfachen und dämpfen. Zur Wiederherstellung ihres beschädigten Rufs war das Gold wert. Graces dicker Bauch, der pralle Beweis ihrer ordinären, ganz und gar unanständigen Art, sprach Hattie frei von der öffentlichen Bloßstellung ein paar Monate zuvor. So ein haltloses Flittchen vom Land kriegte man nicht unter Kontrolle, das wusste jeder. Lucinda Spencer, der es ein Anliegen war, ihren Sohn eher als Opfer denn als willigen Beteiligten und werdenden Vater hinzustellen, sorgte genau dafür. »Ach du meine Güte – das Baby könnte ja von jedem sein«, pflegte sie immer wieder zu sagen wie eine Schallplatte mit Kratzer, um die Wichtigkeit ihrer Aussage zu betonen. Dazu wedelte sie unbekümmert abwehrend mit den Händen. »Wer weiß denn schon, mit wem sie sich hingelegt hat, oder mit wie vielen.«

Graces Geschichte umzuschreiben war denkbar einfach. Dazu waren eigentlich weder Lucindas noch Hatties schauspielerische Fähigkeiten nötig. Gott höchstpersönlich hätte mit Grace wie mit Maria verfahren und die Wiederkunft des Herrn bewirken können. Trotzdem wäre Grace eine Ausgestoßene gewesen. Nachbarn, Bekannte, Fremde – niemand hatte auch nur eine Spur Freundlichkeit für sie übrig. Sogar die Schwestern im Krankenhaus, die doch einen Eid darauf abgelegt hatten, sich um die ihnen Anvertrauten mit Freundlichkeit zu kümmern, taten nichts dergleichen, wenn Grace mit ihrem Bauch vor ihnen stand. »Das ist doch bestimmt Ärger ohne Ende, den sie euch allen macht, nicht wahr?«, sagte eine von ihnen zu Hattie und warf das Untersuchungshemd an Hatties ausgestreckten Händen vorbei auf die Untersuchungsliege.

»Ja, in der Tat«, sagte Hattie, die Grace ins Krankenhaus gebracht hatte, damit sie und das Baby durchgecheckt würden. Allerdings nicht, weil sie sich so viel Sorgen um deren Gesundheit machte, sondern weil es ihr eine weitere Chance bot, die Märtyrerin zu spielen. »Sie können sich gar nicht vorstellen, was ich deshalb schon alles durchgemacht habe.«

»Oh, ich weiß«, sagte die Krankenschwester. »All diese jungen Mädchen, die herkommen, keine Moral haben und dann ihre armen Familien mit in die Gosse ziehen. Die wissen noch kaum, wie sie sich selbst den Hintern abputzen sollen, und dann kommen sie mit den Babys daher, um die alle anderen sich kümmern sollen.«

Grace stand da und steckte die verbalen Schläge ein. Ihr Mut versank in dem harten Kunstlederpolster der Untersuchungsliege. Sie hatte Herzklopfen, und ihre Zunge wurde schwer. Sie hütete sich, auch nur ein einziges Wort zu erwidern. Außer *»Yes'm«* und *»No Ma'am«* und den grundlegenden Informationen, die die Schwester abfragte, um sie in ein Formular einzutragen. Ihr Körper verlangte ihr mehr ab. Das Baby verlagerte sein Gewicht, streckte sich und bohrte seiner Mutter die Füße in die Leisten, als könne es jede Anschuldigung hören. Als wäre der Schmerz seiner Mutter sein eigener – ihr Stress war seiner. Beide wanden sich vor Unbehagen.

»Also, jetzt sitz da nicht dumm rum, zieh dich aus und das Untersuchungshemd an«, sagte Hattie. Dann schenkte sie der Schwester ein knappes Lächeln und schüttelte den Kopf. Als sie spürte, wie Grace zögerte, legte sie nach. »Jetzt tu nicht so prüde. Offensichtlich hat's dir ja nichts ausgemacht, dich vor all den Monaten für diesen Jungen auszuziehen.«

Das Baby stieß mit einem Fuß gegen Graces Rippen und drückte seinen Po gegen ihre Bauchwand, sodass sich von außen eine Beule abzeichnete. Graces sanftes Streicheln bewirkte, dass die Beule wieder verschwand, aber es tat trotzdem weh. Sie holte ein paarmal tief Luft und vergaß, wenn auch nur ganz kurz, wie ihr die Erwachsenen Stück für Stück den Mut nahmen.

Die Tür flog in dem Moment auf, als sie versuchte, sich in das Untersuchungshemd zu zwängen. Rasch zog sie den Stoff, so gut es ging, über ihren nackten Körper, während der Arzt das Formular von der Schwester entgegennahm und überflog. Er sah sie an, dann das Blatt Papier und wieder sie. »Und das ist das erste Mal, dass sie in der Schwangerschaft einen Arzt sieht?«, fragte er.

»Ja«, sagte Hattie. »Sie hat sie monatelang vor mir verheimlicht. Sonst hätte ich sie schon früher gebracht.«

»Ganz ehrlich, sie gehört ins Booth Memorial«, sagte er, während er Grace zum Untersuchungstisch schob. Als wäre sie ein lebloses Objekt. Als würde ihr Körper nicht ihr gehören. »Da kümmert man sich um die Mädchen, hilft ihnen zu entbinden. Bringt sie zur Vernunft. Dann kann sie die Vergangenheit hinter sich lassen, und die Babys kriegen die Chance auf eine Zukunft. Ein gutes Leben. Die Schwester kann ihnen im Rausgehen noch ein paar Informationen dazu geben.« Dann an Grace gerichtet: »Stell die Füße in die Halterungen.« Dazu klopfte er auf die kalten Fußstützen aus Metall. Wieder zu Hattie: »Wenn Sie mich jetzt entschuldigen.«

Nachdem Grace die Sammlung von Haken, Messern und

Zangen gesehen hatte, die auf einem kleinen Tisch neben dem Arzt lagen, versuchte sie, das Zittern zu unterdrücken. Sie lag ihm ausgeliefert da, unter seinen Händen und dem toten Blick, und es gelang ihr nicht. Der Arzt erklärte nichts, sagte kein Wort. Unter seiner Hand war ihr Körper ein Brutkasten – eine Maschine. Etwas, das man untersuchte, aber nicht diskutierte. Nicht mit ihr. Auf dem Papier, ja, um den Formalitäten Genüge zu tun. Doch er hatte über ihre Geschichte schon entschieden, bevor er durch die Tür getreten war, bevor er irgendwas über sie wusste. Das konnte Grace spüren. Das war so real wie das Schnalzen der Gummihandschuhe, nachdem er das Latex über seine zappelnden Finger gezogen hatte. Genauso greifbar, so schockierend wie seine Finger in ihr zu spüren. Grace wand sich. Das Baby wand sich. Der Arzt sah ihre Tränen. Es wurde kein Wort gesprochen. So viel zu ihrem Austausch.

Grace umklammerte das Untersuchungshemd und starrte auf das Popcornmuster an der Decke, während der Arzt seine Handschuhe auszog, sich die Hände wusch, die Papiere an sich nahm und hinausging. Sie war sich nicht sicher, ob es weitere Untersuchungen geben würde, also blieb sie einfach liegen, atmete tief durch und streichelte ihren Bauch, um das Baby zu beruhigen. Um sich zu beruhigen. Augenblicke später wurde die Tür aufgerissen, und eine hektische Hattie stürmte herein. Handtasche in der einen, einen Stapel Papiere in der anderen Hand. »Steh schon auf, Girl. Was zum Teufel liegst du da noch herum?«, fauchte sie. »Wir haben was zu besprechen.«

Auf der Fahrt mit der Subway nach Hause sagte Hattie kein Wort. Sie suchte nur sich einen Sitzplatz in dem vollen Waggon, während Grace sich im Stehen an einer Stange festhielt und ihr Bauch bei jeder Erschütterung der Räder wackelte. Sie wusste nicht, was die gekräuselten Lippen ihrer Tante zu bedeuten hatten oder was es zu besprechen gab. Fragen und Vermutungen schossen ihr durch den Kopf: *Ist mein Baby okay? Bin ich okay? Was muss Hattie mit mir besprechen? Seit sie es weiß, hat sie kaum ein Wort mit mir geredet. Alle starren mich an. Da sind überall Augen. Mein Bauch schmerzt.* Grace strich mit der Hand darüber. Die Frau, die neben Hattie saß, starrte auf Graces Bauch, sah ihr dann direkt und hart in die Augen, bevor sie den Kopf schüttelte. Langsam ließ Grace den Blick durch den Waggon schweifen und entdeckte mehr von derselben Sorte: Männer, die ihren Körper lüstern anstarrten, Frauen, die ihre Kinder fest an der Hand hielten und missbilligend mit der Zunge schnalzten. *Come on, li'l baby. It's gon' be okay. We gon' be okay*, das war alles, was sie denken konnte.

Grace hatte es kaum über die Türschwelle geschafft, als Hattie über sie herfiel. »Es ist an der Zeit, dass du dir überlegst, was du mit diesem kleinen Baby machen wirst«, sagte sie und warf ihre Handtasche sowie die Broschüren auf den Cocktailtisch. Dann knöpfte sie ihren Mantel auf. »Das ist eine Last, die zu tragen du nicht bereit bist.«

»Aber ich kann mich darum kümmern, Auntie. Ich hab eine Menge Kleidung und Windeln genäht, und ich hab zu Hause schon auf viele Babys aufgepasst, und Maw Maw, sie …«

»Rubelle ist nicht hier. Aber ich bin da.«

Grace lehnte sich mit dem Rücken gegen die Tür und machte sich klein. Es war so lange her, dass sie jemand den Namen ihrer Großmutter sagen gehört hatte. Nur abends, wenn es still und dunkel war und das Baby in ihrem Bauch zappelte, erlaubte Grace sich überhaupt, an Maw Maw zu denken. So schmerzhaft war ihre Abwesenheit. Wenn sie die Augen fest zukniff und ihre Liebenswürdigkeit heraufbeschwor, dann konnte Grace Maw Maws Finger in ihrem Haar spüren, die Erde im Schweiß am Hals ihrer Großmutter riechen, sehen, wie sie sich auf ihre rechte Hüfte lehnte, wenn sie von der Veranda aus in die Ferne blickte. Monatelang hatte Grace ihre Großmutter angefleht, in ihren Träumen zu ihr zu kommen, ihr Rat zu geben. In der übrigen Zeit gab es nur Stille und Erinnerungen. Ihren richtigen Namen aus dem Mund der wütenden Hattie zu hören, das machte Grace die Realität klar: Es gab nur sie und ihr Baby. Aber sie fragte trotzdem nach. »Ist … ist Maw Maw noch … ist sie noch am Leben?«

»Wir sind hier mittendrin, was Wichtiges, Lebensveränderndes zu besprechen. Warum fängst du jetzt von ihr an?«

Grace senkte den Kopf. »Ich … ich habe mich nur gefragt, wie's ihr geht …«

»Ihr geht's gut, okay. So gut, wie's jedem Negro* mit einer fünfjährigen Strafe im Gefängnis gehen kann«, fauchte Hattie. »Aber das werden wir jetzt nicht diskutieren. Ich hab dir das schon gesagt, als du zum ersten Mal einen Fuß über meine Schwelle gesetzt hast: Bring mir keine Babys ins Haus. Und was machst du, Grace? Was hast du getan? Ich habe dir mein Heim geöffnet, und alles, was du mir dafür zurückgegeben hast, ist Schande.« So fuhr Hattie, ungerührt von Graces Furcht und Trauer, fort. Sie sah, wie Grace die Arme um ihren Bauch schlang, und schüttelte den Kopf. »Ich sage dir was: Morgen werden wir da hingehen.« Sie wedelte mit der Broschüre herum, die sie auf dem Heimweg so fest umklammert hatte. »Und dann werden wir zusehen, dass du da bleiben kannst, bis das Kind kommt. Die werden dir helfen, wieder auf die Beine zu kommen, ein schönes Zuhause für das Baby besorgen …«

Ein scharfer Schmerz fuhr durch Graces Gebärmutter wie ein Sägemesser durch die Schale einer Wassermelone. Grace griff nach ihrem Bauch und krümmte sich. »Tante Hattie, bitte schick mich nicht fort. Ich will dieses Baby. Ich werde es richtig versorgen, das schwöre ich«, sagte Grace mit zusammengebissenen Zähnen, während der Schmerz anhielt.

»Ach ja? Schau dich doch an. Du weißt nicht, wie man ein Kind kriegt und verdammt noch mal schon gar nicht, wie man es großzieht. Und bei mir wirst du es auch nicht lernen. Ich hab mir diesen Mist hier nicht ausgesucht.«

»Aber ich kann das«, beharrte Grace. »Ich … ich kann mir eine Arbeit suchen, irgendwas und …«

»Einen Job? Wo willst du denn arbeiten mit einem Baby auf dem Rücken und ohne Ausbildung?«, fragte Hattie. Sie grinste. »In Brooklyn gibt's keine Felder.«

»Ich … ich habe gehofft, dass du …«

»Ich rate dir, sofort davon aufzuhören«, höhnte Hattie. »Es gibt hier keine Hoffnung für eine unverheiratete, minderjährige Mutter. Krieg das in deinen Dickkopf.« Es rührte sie weder Graces Weinen noch ihr Schmerz, den Grace versuchte wegzuatmen. »Morgen. Morgen gehen wir da hin«, sagte sie und tippte auf die Broschüre. »Jetzt geh runter und pack deine Sachen, damit wir gleich morgen früh aufbrechen können. Die Schwester meinte, es gäbe da ein paar freie Betten. Und ich habe vor, dich bis zur Mittagszeit in einem davon zu haben.«

Damit knallte Hattie die Broschüre wieder auf den Cocktailtisch und verschwand ohne ein weiteres Wort in ihr Zimmer.

Grace krümmte sich immer noch wegen der verbleibenden Schmerzen und dem Strampeln des Babys. Gleichzeitig starrte sie auf die Broschüre, als wäre sie eine der Schlangen im Garten ihrer Großmutter. Sie musste sich zwingen, sie anzufassen, den Text zu lesen, damit sie verstand, was dieses »Hospital« und Hattie vorhatten. Doch die Angst kam ganz von allein.

***

Das Blut machte Grace nichts aus. Maw Maw Rubelle hatte sie früh daran gewöhnt. Als sie sie bei der ersten Geburt sich um den Herd kümmern ließ. Als ihr zum ersten Mal Blut den Schenkel hinunterrann. Wie lange das her war. Jetzt floss zunächst das Fruchtwasser auf die Badezimmerfliesen. Es lief in die Sprünge und Löcher rund um Waschbecken und Toilette, die Hattie schon lange nicht hatte ausbessern lassen. Dann kam das Blut, karmesinrot auf dem schneeweißen Toilettenpapier und der hellen Seite von Graces Fingerspitzen. Sie betrachtete das Blut, das ihren Schenkel entlanglief, dick und fruchtbar und voll von dem Leben, das sich streckte und rumorte und auf diese Weise sein Kommen ankündigte. Grace hielt nur einen Moment lang inne, legte den Kopf schräg und starrte staunend auf das Blut, bevor der Schmerz sie auf die Knie zwang. *Atme*, flüsterte Maw Maw ihr ins Ohr. Und das tat Grace, durch die Nase ein und den Mund aus, ein und aus, dann aus dem Bauch, in kurzen Stößen, durch die Lippen. Und dann kam ein neuer Schmerz, und noch einer, so scharf, so brennend, dass ihr die Luft wegblieb und sie nur mit aufeinandergepressten Zähnen und zusammengezogenen Brauen einen langen, gutturalen Ton ausstoßen konnte.

Graces Fingergelenke hielten kaum der Kraft stand, mit der sie sich an die Kommode und ans Waschbecken klammerte. Nur diese beiden Sachen schienen sie davor zu bewahren, mit dem Gesicht nach vorn in die Pfütze aus Fruchtwasser und Blut zu ihren Füßen zu fallen. Der Schmerz wollte nicht nachlassen. *Atme*, sagte Maw Maw wieder, also machte Grace das. Als sie ein bisschen zu Atem gekommen war, schloss sie die Augen und sah ihre Maw Maw so deutlich wie den hellen Tag vor sich, wie sie ihre Hände schrubbte und um sich schaute … Grace rief, so laut sie konnte, nach Hattie, aber das nützte nichts. Es war viel zu leise, um aus dem Bad durch die Tür unten im Kellergeschoss, die Treppe hinauf, durch die geschlossene Tür oben, um die Ecke, an der Küche vorbei und durch eine weitere geschlossene Tür zu dringen. Hinter der letzten saß Hattie gerade an ihrem Schminktisch, verteilte Noxzema-Reinigungscreme auf ihrer Haut und summte zu Billie Holidays *Good Morning Heartache* mit. Grace und ihr Baby, sie blieben auf sich allein gestellt.

Grace ließ das Waschbecken los und drehte sich mit dem ganzen Körper zur Badewanne. Dann konzentrierte sie sich auf das ordentlich gefaltete Handtuch, das auf dem Rand lag. Sie griff danach, als die nächste Wehe sie erfasste. Diesmal so heftig und atemberaubend, dass sie mit beiden Händen in die Pfütze aus Fruchtwasser und Blut schlug und nach allen rief, die sie liebte, allen, die sie je gehabt hatte: »Maw Maw. Mama. Bitte. Bitte.«

Press.

Der Druck auf ihren Intimbereich war kaum zu ertragen. Grace gab die Kontrolle darüber auf und tat, was natürlich, wunderschön und ein Wunder allen Lebens ist: Sie nahm ihre Kraft zusammen und drückte nach unten.

Press, sagte Maw Maw.

Graces Poom-Poom fühlte sich an wie Feuer. Flüssigkeit schoss heraus, die Haut dehnte sich in jede erdenkliche Richtung und riss ein. Als sie zwischen ihre Beine griff, rutschten ihre Finger über die blutige Wölbung, die sich ans Licht kämpfte, sich befreien wollte. Noch eine Presswehe, und dann wurden aus der Wölbung geschlossene Augen, Nase, Mund, Wangen und klatschnasses lockiges Haar. Grace richtete sich in die Hocke auf und presste, während sie den Inhalt ihres Bauchs in Händen hielt, ein weiteres Mal mit aller Kraft. So fing sie den kleinen Körper auf. Der schlüpfte aus seinem Kokon voller Wärme und Sicherheit in eine Welt, die versuchen würde, ihr beides zu stehlen, kaum dass klar war, dass das Mädchen atmete.

Schluchzend und keuchend saß Grace am Boden, griff nach dem Handtuch auf der Badewanne und wickelte es um ihr Baby. Sie küsste den Kopf der Kleinen, die an den Brüsten ihrer Mutter weinte. Grace wischte ihr Blut und Schmiere aus dem Gesicht und saugte ihre Nase frei, damit die Tochter zwischen Schreien und Schlucken Luft holen konnte. »Ich liebe dich so sehr, kleines Baby«, sagte sie und hielt sie ganz fest, als wäre es keine Option, sie jemals herzugeben.

»Mach die Lichter da unten aus!«, schrie Hattie hinter der Tür oben an der Kellertreppe. Sie hatte keine Ahnung davon, dass sie soeben Graces Wunder beherbergte. Fixiert auf den Streifen Licht, der unter der Tür zu sehen war und hinter dem sie Graces Desinteresse an der Höhe ihrer, Hatties, Stromrechnung vermutete, schrie sie weiter. Irgendwann riss sie die Tür auf und kam die Stufen herunter. »Hörst du mich nicht, *Gal*?«, polterte sie. »Oder bist du einfach nur so taub wie ein hoffnungsloser Fall?«

Hattie kam genau in dem Moment um die Ecke zum Badezimmer, als Grace auf allen vieren die Plazenta auffing, die gerade aus ihrem Körper glitt. Auf dem Boden lag neben ihr, blutig und in Hatties gutes weißes Handtuch gewickelt, das Baby. »Mein Gott, Herr Jesus, du hast das Baby schon gekriegt?«, fragte sie, obwohl die Antwort ja offenbar in einer Blutlache auf dem Badezimmerboden lag. »Warum hast du mich denn nicht gerufen? Und wie hast du das alleine geschafft?«

Grace konnte nicht sprechen. Wollte es auch nicht. Sie legte die völlig unversehrte Plazenta auf den Boden und hob ihr Baby auf. Ehrfürchtig beobachtete sie, wie das Kind den Kopf zu ihrer Brust drehte, an sie andockte und zu saugen begann.

»Mein Gott, bleib genau hier. Rühr dich nicht von der Stelle! Ich gehe ein paar Handtücher holen und helf dir rüber ins Bett. Bleib da, ja?«

Grace nickte.

In den Momenten danach war auch Hattie wie neu. Sie behandelte Grace freundlich und fürsorglich, während sie ihr half, sich zu waschen und einen frischen Pyjama anzuziehen. Sie schaukelte auch das Baby in ihren Armen, gurrte ihm etwas vor und inspizierte es vom lockigen Schopf und den prallen Wangen bis zu den winzigen Fingern und Zehen. »Du geh und leg dich ins Bett«, sagte Hattie sanft. Diese Stimme hatte Grace von ihr nie zu hören bekommen. Kein einziges Mal in den zwei Jahren, die sie nun schon in Brooklyn war. Außer in ihren Träumen. Hatties Freundlichkeit verblüffte sie so, dass sie Mühe hatte, die Worte zu verstehen. »Komm jetzt, lass mich dir helfen. Das Baby hat getrunken, sie ist satt. Putz dir die Zähne und dann geh, leg dich hin und ruh dich aus. Ich passe auf sie auf, solange du schläfst.«

»Aber was, wenn sie …«

»Ich bin doch da, also mach dir kein Sorgen«, sagte Hattie und schaukelte das Baby in ihren Armen. »Sie ist gut aufgehoben. Ich werde sie sauber machen und warm einpacken. Wenn sie Hunger hat, bringe ich sie wieder. So wie es hier aussieht, hast du alles hinter dir. Lass mich dir helfen.«

Grace strich mit dem Handrücken über den Kopf und die Wange ihres Babys und drückte ihm einen Kuss auf die Stirn. Sie sagte kein weiteres Wort, behielt aber den Blick auf ihr Kind gerichtet, während sie sich hinlegte. Hattie ging die Stufen hinauf, und sie sah nur noch ihren Rücken und wie sich die Tür hinter ihr schloss. Grace starrte auf den Türrahmen, bis ihre Lider schwer wurden und sie nicht mehr gegen den Schlaf ankämpfen konnte.

Die Sonne ging gerade auf, als Grace die Augen aufriss und sich ruckartig in ihrem Bett aufsetzte. Sie meinte, ein lautes Klatschen über ihrem Kopf gehört zu haben. Doch als sie endlich scharf sah, stellte sie fest, dass sie allein im Raum war. Als würde Nebel langsam von einem Scheinwerfer durchdrungen, kehrten die Ereignisse, die erst wenige Stunden zurücklagen, der Schmerz, das Blut, das Stöhnen und Pressen in ihr Bewusstsein zurück. Maw Maws Stimme. Ihre Tochter. Grace versuchte, rasch aus dem Bett aufzustehen, aber ihr Körper wollte von solchem Unfug nichts wissen. Also ächzte sie und war so langsam wie eine Frau eben ist, die einen halben Tag zuvor ein menschliches Wesen aus ihrem Schoß gepresst hatte.

Während des Aufstehens bemerkte sie, wie ordentlich alles war – kahl. Bei näherem Hinsehen wurde klar, dass alles weg war: ihr Kamm, die Haube, Lotion, Pullover, Schuhe. Es gab nur noch ein Kleid und ein Paar Stiefel – die Sachen, in denen sie bei Hattie angekommen war. Ordentlich hing das Kleid über dem Stuhl vor dem Bett. Verwirrt ging Grace ins Badezimmer. Wusch sich und zog das Kleid an, das jemand ihr zurechtgelegt hatte. Dann merkte sie, dass auch ihre Zahnbürste und die Zahnpasta fehlten. Sie taumelte aus dem Bad und starrte zur Tür oben an der Treppe hinauf.

Grace brauchte einige Zeit, um sich die Stufen hinaufzuschleppen. Um die Tür zu öffnen und in das offene Wohnzimmer zu gelangen. Dort fiel ihr Blick auf die Tasche, mit der Mr Aaron sie aus Virginia hergeschickt hatte. Jetzt stand sie neben der Haustür. Hattie saß auf dem Sofa in der Ecke und blies seelenruhig auf die Flüssigkeit in ihrer Teetasse. Grace schaute ihr in die Augen und sah Tod. Panisch humpelte sie in die Küche, dann in das kleine Speisezimmer und ins Bad, den Flur hinunter in Hatties Zimmer. »Wo ist sie? Wo ist mein Baby? Was hast du mit ihr gemacht?«, kreischte sie.

Hattie nippte an ihrem Tee.

»Mein Baby! Bitte! Wo ist sie?«

Behutsam stellte Hattie die Tasse auf die Untertasse, die auf dem Beistelltisch stand, und stützte das Kinn in ihre Hand. »Weißt du, eines Tages wirst du es verstehen. Und dann wirst du mir dafür danken, dein Leben gerettet zu haben.«

Das Entsetzen erfasste Graces Gesichtszüge genauso schnell, wie die Luft aus ihren Lungen wich und ihr Herz brach.

»Na, na, kein Grund zur Sorge. Sie ist in guten Händen, dafür habe ich selbst gesorgt«, sagte Hattie leise und seelenruhig. Sie griff wieder nach ihrer Tasse, pustete und nahm einen weiteren vorsichtigen Schluck. »Ich habe sogar eine kleine Beigabe für sie zusammengestellt, wie man das früher zu Hause gemacht hat. Daran musst du dich doch erinnern, oder? Ich bin mir sicher, Rubelle hat dir gezeigt, wie das geht. Da steckt man immer kleine Sachen in Beutelchen und so.«

Grace stand wie erstarrt da. So stumm wie ein Kind, das hart geschlagen wurde und nun derart geschockt ist, dass es nicht atmen kann und all die lebenswichtigen Organe stillstehen, stillstehen, stillstehen, bis die Zehen kribbeln, die Brust brennt und der Mensch meint, so müsse der Tod sich ankündigen, bevor alles dunkel wird.

»Ich hab den Beutel benutzt, den der alte Aaron dir mitgegeben hat. Und die Hasenpfote. Das Taschentuch deiner Großmutter. Ich hatte dir gesagt, du sollst das wegwerfen, aber du hörst ja nicht«, fuhr Hattie fort. Pusten, vorsichtiges Nippen. »Aber ist egal. Jetzt kamen die Sachen gelegen. Dein Baby hat ein kleines bisschen von dir bei sich. Sie wird ein schönes, behütetes, wohlhabendes Leben führen. Das habe ich in der Petitionsbeigabe für sie gewünscht. In deinem Namen natürlich, aber ich wünsche ihr dasselbe. Ich hab auch über ihr gebetet, aber auf die alte Art, was ja nicht schaden kann, denke ich.«

Endlich stieß Grace die Luft aus, die von panischen Worten und Schreien begleitet wurde. »Wo ist mein Baby?«, sagte sie immer wieder, während Hattie sich von der Couch erhob. Sie griff nach Graces Jacke und Tasche, packte sie an der Schulter und öffnete die Haustür. Dann zeigte sie auf einen verbeulten blauen Chevrolet, der direkt vor dem Eingangstor stand. »Nein, nein, nein, nein, wo ist mein Baby? Du musst mir mein Baby zurückgeben!«, rief Grace, als Hattie sie zur Tür rausschob.

Hattie knallte Grace Tasche und Jacke vor die Brust. Dazu sagte sie leise und emotionslos etwas, das ihre Nichte nie vergessen sollte: »Ich muss einen Scheiß, außer Schwarz bleiben und sterben. Sie wird ein gutes Leben haben. Ich schlage vor, du tust das Gleiche.«

Damit trat Hattie um Grace herum, schob sie aus ihrem Vorzimmer und schloss mit der Unbekümmertheit einer Person, die die Zeitung holt und dann zu seinem Frühstück ins Haus zurückkehrt, die Tür hinter sich zu.

DAS BUCH DELORES

1967–1999

11

Es war höllisch heiß in der Right Church of God and Fellowship, und LoLo juckte es fürchterlich an der Stelle, wo ihre Strümpfe in den oberen Teil ihrer Oberschenkel schnitten. Kein Herumrutschen oder Wedeln mit dem abgenutzten Pappfächer des Beerdigungsinstituts vor ihrem Gesicht und Hals verschaffte ihr Erleichterung. Das, so dachte sie, geschah ihr recht. Gott missfiel ihre besondere Form von Hässlichkeit. Er wollte, dass sie sich unbehaglich fühlte. Schließlich hatte sie ihren Tommy belogen – den einzigen Menschen, der sich ihr gegenüber anständig verhalten hatte, der sie liebte, der sagte, er würde alles auf dieser Welt für sie tun. Er war derjenige gewesen, für den sie auf die Knie gefallen und um den sie zu Emmanuel gebetet und um den sie gebeten hatte, wenn die Sonne in den Himmel stieg und wenn der Mond das Gleiche tat und so viele Male dazwischen. Die Gebete, sie waren bescheiden gewesen, aber spezifisch. Und von den Lippen eines Menschen gekommen, der eine Frau und Schwarz, daher also arm, machtlos und ohne Optionen war: *Lord, ich weiß, du bist ein guter Gott, ein großzügiger Gott, der mich im Land der Lebenden beließ, als ich dachte, ich würde sicher sterben und das auch wollte. Ich komme zu dir, so bescheiden, wie ich es vermag, und bitte dich, mir einen Mann zu schicken. Einen guten, fleißigen, der mich vor allem Schmerz, vor Kummer und Gefahr schützt. Und der bereit ist, mich einige dieser Bürden hier ablegen zu lassen. Im Namen des süßen Jesuskinds.* LoLo hatte so treu an diesem Ritual festgehalten, diesem Flehen zu Jesus, damit er ihr einen guten Mann bringen sollte, dass sie ihre lädierten Knie mit Vaseline hatte einschmieren müssen, damit sie nicht hart und schwarz wurden. Denn der Linoleumboden in ihrer winzigen Kammer im Keller einer guten, aber strengen christlichen Frau, die LoLo nach ihrer Flucht nach New York aufgenommen hatte, war schon ganz abgetreten. Die Gebete – das, worum sie bat – sollten verhindern, dass auch ihr Herz schwarz und hart würde. Dann hatte Er ein Einsehen.

Auf einmal hatte Thomas Lawrence vor ihr gestanden, mit seinem Ring, den regelmäßigen Lohnzetteln und seiner Liebe. Seinem Schutz. Er versprach ihr, dass sie bei ihm nie mehr Hunger leiden und sich nie mehr sorgen müsse, wohin sie ihren Kopf zum Schlafen betten sollte. Tommy versprach LoLo für immer, und sie glaubte ihm. Und danach, was tat sie? *Was tat sie da?* Keine sechs Monate später hatte sie gesagt: »Bis dass der Tod uns scheidet.«

LoLo hatte Tommy, ihrer Liebe, ihrem Ehemann direkt ins Gesicht gesehen und ihm Lügen erzählt. Dann stand sie am nächsten Morgen auf und ließ ihren Hintern auf die Kirchenbank plumpsen. So saß sie dann im Haus des Herrn, als hätte sie nicht die Saat des Teufels in ihren Knochen. Ein Vergehen und eine Schande.

LoLo strich sich mit dem Handrücken über die Stirn, wischte die Schweißperlen weg und starrte den weißen Jesus an, der auf die Schriftrolle an der Wand hinter der Kanzel gemalt war. Seine Hände waren ausgestreckt, und die blauen Augen bohrten sich direkt in ihre eigenen. Sie schaukelte und fächelte, schaukelte und fächelte, wischte sich die Stirn ab und starrte Jesus an. *Nicht weinen, kleines Baby*, sagte sie zu sich selbst. *Nicht weinen. Verzeih mir, Lordy.*

LoLo hatte ihre Gründe gehabt zu lügen. Gute Gründe. Sie musste Tommy halten. Schließlich hatte sie schon ihren Anteil an Beziehungskatastrophen hinter sich. Eine Reihe von Männern, die rasch ihre Zuneigung erklärt hatten und genauso rasch zu Zerrbildern geworden waren – Ausschneidepuppen von Männern mit kleinen Herzen, großen Fäusten, hübschen Gesichtern, hässlichem Charakter, schicken Anzügen, bei denen allerdings Geiz in die Taschen genäht war. Die null Verlangen hatten, Männer zu sein. Sich an den Deal zu halten, den Geschlechterrollen über Tausende von Jahren gemäß ihren Genitalien an die Fesseln der Menschen gekettet hatten: Er verdient, sie behütet. Wie sehr sie sich auch verbogen hatte, um ihrem Ideal sorgsam zu entsprechen – zu kochen, zu putzen, zu organisieren, zu arrangieren, zu bemuttern, das Ein und Alles zu sein –, keiner von ihnen war so beschaffen, um sich selbst als perfektes Kunstwerk in LoLos Rahmen einzufügen. Sie hatten ihr nicht mehr zu bieten als Lektionen: Männer nahmen gern, aber man konnte nicht drauf vertrauen, dass sie auch gaben, konnte nicht drauf zählen, dass sie ihren Teil des Handels einhielten. Am nächsten gewesen war sie der Chance, es aus jener ärmlichen Ein-Zimmer-Wohnung zu schaffen, in der sie nach Luft rang, seit sie aus dem Haus ihres Onkels geflohen und sich heimlich nach Norden gestohlen hatte, als sie »Ja« zu Sharpe Williams Antrag gesagt hatte. Doch selbst er, der Beste unter den vielen Männern, die sie auf der Suche nach ihrem Retter durchgegangen war, brachte es nicht über sich, sie von dem einzigen Aspekt dieser Abmachung freizustellen, den sie nicht erfüllen konnte.

»Wie meinst du das, dass du keine Babys bekommen kannst?«, hatte er sie gefragt und von seinem Schoß geschubst, als sie ihm die Nachricht zwanglos mitteilte.

»Ich … kann's einfach nicht.«

»Woher weißt du das? Und warum erzählst du mir das erst jetzt?«, verlangte er zu erfahren. »Wir sollen in weniger als zwei Wochen heiraten, und du dachtest nicht, dass das etwas wäre, das ich im Vorhinein erfahren sollte?«

Dieses Gespräch – oder eher, diese Erklärung – hatte wie ein Gewicht über jeder ihrer Beziehungen gehangen. Es fühlte sich an, als würden ihre Liebsten es ihr auf den Kopf krachen lassen. Ihre Unfähigkeit, deren Samen zu pflanzen, deren Blumen zum Blühen zu bringen, wog zu schwer, als dass sie sie hätten ertragen können. Es war zu viel für ihre Männlichkeit, die ihren Körper – ihre Gebärmutter – verlangte, um eine Hinterlassenschaft zu garantieren.

»Baby, ich dachte einfach, das wäre keine allzu große Sache, weißt du? Du bist während des Kriegs so viel gereist und hast all die schönen Gegenden gesehen, die die meisten von uns im Leben nicht zu Gesicht bekommen.« LoLo hatte immer schneller gesprochen und sich zurück an die Stelle geschoben, von der er sie weggeschubst hatte. Ihr süßer Atem traf sein Gesicht. Sie senkte die Augen und klimperte langsam mit ihren Wimpern. Sie hoffte, ihn auf diese Weise dazu zu bringen, dass er sich allmählich damit abfand, anstatt schnell zu verschwinden, wie sie es all die anderen Male zuvor als Reaktion erlebt hatte. Sie wollte Sharpe nicht verlieren. Das konnte sie nicht. »Verstehst du denn nicht? Das ist ein Segen! Wir könnten zusammen an all diese und noch viel mehr Orte reisen. Wir werden uns nicht um Babys, Familie und Verpflichtungen sorgen müssen. Keine Kinder zu haben, das verleiht uns Flügel.«

»Du hast also vor mir gestanden, hast die ganze Zeit gelogen, obwohl du wusstest, dass du keine Babys kriegen kannst?«

»Ich … ich hab nicht gelogen, Honey, ich habe nur … diese Sache für mich behalten, das ist alles. Ich wollte es dir immer sagen, Sharpe. Das schwöre ich dir, Honey.«

»Aber du weißt, was Kinder für einen Mann bedeuten. Für mich. Du weißt, dass ich eine Familie will.«

»Ich bin deine Familie«, sagte LoLo. Sie richtete sich groß auf und nahm die Schultern zurück. »Bin ich etwa nicht genug?«

»Was zum Teufel redest du da, Weib?« Sie hatte Sharpes weiche Seite erlebt – seine Liebenswürdigkeit und seine Achtung vor allen, die er liebte. LoLo war auch schon Zeugin seines Zorns gewesen – hatte ihn gegen Wände schlagen, Tische und Bänke über den Haufen rennen gesehen, um sich diejenigen vorzuknöpfen, die sich auch nur die geringste Respektlosigkeit erlaubt hatten. Seine ohnehin schwarzen, stechenden Augen kriegten dann etwas Mitternächtliches – eine Düsterkeit. Sie sah es in seiner Iris lauern, während sie ihre Sache vorbrachte. Wachsam sträubten sich die feinen Härchen an ihren Unterarmen. Sie dachte, er würde sie schlagen. Er tat es nicht. Stattdessen verschwand er.

Kein Jahr danach hatte sie ihn zur Tür des Ladens an der Ecke eilen sehen. Die Hand auf dem unteren Rücken einer anderen Frau. – Hübsch und rund und strahlend watschelte sie über die Schwelle, während die Sonne ihren Ehering beiläufig aufblitzen ließ.

LoLo hatte sich geschworen, dass sie mit Tommy denselben Fehler nicht noch einmal machen würde. Er war ein Ladykiller, aber auch ein Gauner – verlässlich, schnell. Witzig. Anspruchsvoll. Letzteres konnte gelegentlich viel Mühe machen, aber es störte sie nicht, ihm genau das zu geben, was er wollte – eine warme Mahlzeit, saubere Unterhosen, sogar das Versprechen auf Sex. Denn relativ früh hatte sie ihm beigebracht sicherzustellen, dass sie immer bekam, was sie wollte: Einen Mann, der für sie sorgte und sie in einer Welt beschützte, die eine Schwarze Frau eher ans Kreuz schlagen würde, als sie in die Lage zu versetzen, dass sie selbst sich ernähren, eine Wohnung suchen, kleiden und anderweitig versorgen konnte. Es ging hier weniger um das Glück des anderen. Vielmehr war es die geltende Ordnung: verdienen und behüten. Das hatte LoLo Tommy schon klargemacht, als er sie das erste Mal enttäuschte. Damals war sie in sein Haus gestürmt, ohne sich auch nur im Geringsten darum zu kümmern, wer gerade bei ihm war. Dann machte sie ihn zur Schnecke, weil er sie versetzt hatte.

»Ich weiß ja nicht, für wen zur Hölle du dich hältst, aber eins kann ich dir sagen: Du bist nicht so besonders, wie du denkst«, hatte sie noch auf der Türschwelle gerufen, als die halb aus Metall, halb aus Fliegengitter bestehende Tür gegen ihren Hintern schlug. Aber sie hatte gar nicht die Absicht, sein kleines Haus zu betreten, also gab es keinen Grund, die Tür zuzumachen. Sie war fuchsteufelswild und hatte, noch bevor sie die Stufen am Eingang hinaufgestapft war, beschlossen, ihm die Meinung zu sagen und die Sache dann abzuhaken.

»Whoa, whoa, whoa!«, hatte Tommy gesagt. Das Herz schlug ihm bis zum Hals. Erstens weil das plötzliche Auftauchen eines Eindringlings ihn erschreckt hatte. Und zweitens vor Erregung, weil er sie da in seinem Haus stehen sah, diese große, hübsche, gesunde, zärtliche Frau, die er erst vor ein paar Tagen angequatscht hatte. Er war auf dem Weg zu The Corner gewesen, um fünfzig Cents auf 976 zu setzen – die Zahl, die er immer spielte, nachdem er vom Tod geträumt hatte. Er hatte gepfiffen, sie gelächelt. Er war stehen geblieben, sie auch. Er hatte etwas gesagt und sie zum Kichern gebracht. Kichernd hatte sie ihn mit diesen Augen angesehen. Er hatte sie um eine Verabredung gebeten. Sie war einverstanden. Er hatte versprochen, sie am Freitagabend um sieben abzuholen, damit sie es zum Halb-Acht-Zug in die Stadt schafften, wo sie sich eine Show ansehen wollten. Sie saß bis neun Uhr in ihrem die Hüfte betonenden schwarzen Kleid herum, das sie sich extra für den Anlass genäht hatte. Die Strumpfhose kratzte an ihren langen Beinen. Ihre Füße hatte sie, obwohl sie sonst Größe 42 trug, in 41er Pumps gequetscht, sodass ihre Ballen schmerzten. Von Minute zu Minute regte sie sich mehr darüber auf, dass dieser kleine Mann sie versetzt hatte. Anscheinend weil er sich für so toll und wichtig hielt, dass er sich eine Verabredung mit zwei Frauen leisten konnte, zwischen denen er dann aussuchte.

»Komm mir nicht mit Whoa! Lana hat mir erzählt, dass du ein Doppel-Date mit ihr, ihrem Mann und irgendeiner anderen Braut vorhast. Aber ich sag dir was«, hatte LoLo erklärt und dabei den Hals und ihren Zeigefinger gereckt, »so wahr ich Delores Whitney heiße, du wirst nicht in diesem Viertel rumlaufen und mich zum Narren halten! Du bist nichts Besonderes«, fauchte sie, während sie ihn von seinen bestrumpften Füßen über die Boxershorts und seine breite nackte Brust bis zu seinem markanten braunen Gesicht hinauf musterte.

»*Naw, naw*, lass mich's erklären«, hatte Tommy insistiert.

»Du brauchst mir nicht irgendwelchen Mist erklären. Ich brauche einen Mann, der tut, was er gesagt hat. Den ganzen anderen Mist kannst du für dich behalten.«

»Ist schon abgemacht.«

»Boy, was ist abgemacht?«, hatte sie gefragt und die Arme verschränkt, was gut zu ihrer gerunzelten Stirn passte. Sie wollte ihm böse sein, aber er war so hübsch. Hübscher als sie ihn von dem Moment in Erinnerung hatte, als er gepfiffen und sie ihm Beachtung geschenkt hatte. Ihr Verstand beharrte darauf, dass sie sich auf seine Unverschämtheit konzentrierte, aber ihr Herz lachte.

»Du und ich.«

»Wie soll das mit dir und mir was werden, wenn du nicht mal deine Mädchen und einzelne Tage auseinanderhalten kannst? Ich bin nicht irgendeine Schlampe, die du dir nebenher warmhalten kannst, bis du mit der nächsten Braut fertig bist. Da bist du an die Falsche geraten.«

»*Naw*, du bist die Richtige«, hatte Tommy mit glänzenden Augen gesagt. Ihr Temperament gefiel ihm. Es verdrängte jedes Interesse, das er an all den anderen Frauen hatte, die ihn umschwirrten wie Bienen eine Honigwabe. Von nun an war alles, was an seinem Himmel strahlte, LoLo.

LoLo hatte an ihren Nägeln gezupft und die Lippen verzogen, während Tommy ganz schnell alles Mögliche erzählte, um sie in sein Auto zu kriegen. Die City kam nicht mehr infrage. Es war zu spät, um noch einen Platz in dem Jazzclub zu bekommen, wo er ursprünglich mit ihr hingewollt hatte. Und ihm war klar, dass die Hausparty nicht infrage kam, zu der er eigentlich gleich hatte aufbrechen wollen. Er brauchte jetzt nicht Billy und seiner vorlauten Freundin Lana begegnen, damit die sich in seine Angelegenheiten einmischte. »Wie wär's, wenn wir ein bisschen rumfahren, nur du und ich?«, fragte er.

LoLo hatte gefallen, wie er »nur du und ich« sagte. Wie eine Bitte. Sie gab nach. Und an jenem warmen Abend, bei diesem absolut perfekten Ausflug nach Long Island, hielten sie in einer Nebenstraße, wo Moskitos und Glühwürmchen sich die Flügel an den Straßenlaternen versengten und die Grillen ihre Lieder zirpten. Sie gönnten sich Honey Buns, Coca-Cola und Kool-Zigaretten, erzählten sich ihre traurigen Geschichten und bedauerten ihr Schicksal.

»Meine Mama, sie hatte wirklich wunderschönes Haar, weil sie zum Teil indianisch war, weißt du. Ich kam mit der Bürste zu ihr gelaufen, und dann setzte sie sich auf den Boden, damit ich drankam und ihre Haare vom Ansatz bis zum Rücken hinunter bürsten konnte.« So hatte LoLo erzählt und dabei mit dem Finger über den Rand der Colaflasche gestrichen. Das war die Erinnerung, die sie auf Lager hatte für all jene, die ein bisschen Würze zu ihrer bewusst nüchternen Herkunftsgeschichte brauchten. Zu den Einzelheiten, warum sie South Carolina verlassen und wie sie es bis nach New York geschafft hatte. *Mama starb, Verwandte nahmen mich auf. Wollte schon immer nach New York. Bei der Right Church haben sie im Keller Platz für mich gemacht – mich meinen Lebensunterhalt abarbeiten lassen. Hab auf ein eigenes Zimmer gespart. Ich bin Schneiderin. Kann für mich sorgen.* Den Rest wollte sie nicht erzählen. Sie brachte es einfach nicht über sich. Geheimnisse, Scham – beides schnürte ihr mit einem festen Knoten die Kehle zu, so wie bei fast jedem anderen, dessen Augen und Körper das Unaussprechliche mitbezeugt hatten. Die Knoten hielten sie alle davon ab, es zu erzählen, noch mal zu durchleben und ein Risiko einzugehen.

Doch Tommy wollte mehr. Das konnte LoLo in seinen Augen sehen. Und daran, wie er ihr seinen ganzen Körper zuwandte und auf ihre Lippen schaute, wenn sie sprach. Als wäre sie ein Film, den er analysierte, weil ihn die Entscheidungen und Motivation der Schauspielerin interessierten. Ihr gefiel, dass er ihr wirklich zuhörte. Er grabschte nicht nach ihren weichen Stellen oder erzwang, wozu sie noch nicht bereit war, sondern er war ehrlich neugierig. Wo bisher Stahl in LoLo gewesen war, flatterten jetzt Schmetterlinge. LoLo breitete ihre Flügel aus – so flog sie für Tommy zurück in ihre Vergangenheit. An ein paar Plätze, zu denen sie nie zuvor einen anderen Mann mitgenommen hatte. »Mama starb, als ich sechs war, gleich nachdem mein kleiner Bruder Freddy geboren war. Mein Daddy, der war eigentlich kein Vater für mich. Tatsächlich für keinen von uns. Als Mama starb, ließ er uns einfach in dem Haus zurück. Ließ uns zum Sterben zurück. Meine drei großen Brüder, die taten, was sie konnten, aber sie waren noch Kids, verstehst du? Sie fanden sich irgendwelche Orte, wo sie unterkamen, aber ich und Freddy, wir blieben nach Mamas Beerdigung lange in dem Haus, kam mir vor. Mein Daddy, er hatte ein bisschen was zu essen, etwas Milchpulver für das Baby dagelassen. Aber die Tage, die wir allein dort verbrachten? Die schienen bis in alle Ewigkeit zu dauern, wenn Freddy anfing zu weinen. Ich vermute, dass meine Brüder die beste Freundin meiner Mama auftrieben. Sie war fast wie Familie für uns. Sie erfuhr, dass ich und Freddy ganz allein in dem Haus waren, und kam uns holen. Später wurde Freddy zu Verwandten irgendwo in Blacksburg, South Carolina, geschickt und ich schließlich zu irgendeinem Onkel in Columbia.« Rasch biss LoLo sich auf die Lippen, damit sie aufhörten zu zittern. Aber sie konnte es nicht verbergen. Nicht vor Tommy. Er griff nach ihrer Hand. Sie ließ es zu.

»Nachdem meine Mama gestorben war, machte mein Daddy das Gleiche wie deiner«, hatte Tommy erzählt. »Er schickte die Kleinen weg, aber uns Ältere behielt er da. Er schlug uns. Ließ uns alle Arbeit verrichten – das Dach reparieren, Holz hacken, seinen Truck fahren, für Lieferungen und so was. Zwang mich, die Schule abzubrechen und alles. Er war irgendwie kein Vater für mich.«

»Dein Daddy war nicht scheiße. Meiner auch nicht. Aber jetzt stehen wir eben da, was?«, sagte LoLo. Sie hatten den Knoten wieder fest zugezogen. »Aber immerhin stehen wir noch.« LoLo stieß mit ihrer inzwischen lauwarmen Cola an seine Flasche und nahm einen Schluck.

»Wir stehen noch«, hatte er bestätigt und an seiner eigenen Flasche genippt. Und dann leiser hinzugefügt: »Ich will mit meiner Sippe besser umgehen. Meine Brüder, die haben Kinder – zumindest die älteren. Und eine meiner kleinen Schwestern hat auch Kinder. Das will ich. Ich will eine eigene Familie. Eine Frau und ein paar Babys. Ich hab mir vorgenommen, der Vater und Ehemann zu sein, der mein Daddy nie sein konnte.«

»Du magst Kinder richtig gern, was?«, fragte LoLo zaghaft. Tommy schien LoLos Unbehagen nicht zu merken, während sie sich auf ihrem Sitz zurechtrückte.

»Liebe sie«, antwortete er rasch.

»Ist das dein Traum? Der Daddy von jemand sein?«

»Ich hab eine Menge Träume«, sagte er. »Aber keiner davon spielt 'ne Rolle, wenn ich ihn nicht mit Menschen teilen kann, die ich liebe.«

»Was bringt dich dazu zu glauben, dass du's besser kannst? Denn ich denke, meine Mama und deine Mama dachten auch, sie hätten gute Männer gefunden. Und alles, was sie für ihre Mühe bekamen, waren ein Haufen Kinder und ein Ticket für einen frühen Tod.«

»Ich bin nicht mein Vater«, gab Tommy schroff zurück. Wie er LoLo dabei ansah, als könne er direkt in ihre Seele blicken, das ließ sie ein bisschen unruhig werden. Er meinte es so, das spürte sie. »Ich werd mich meiner Familie gegenüber anständig verhalten. Mich um meine Kinder kümmern. Es wie die weißen Leute machen, alles dafür tun, dass meine Frau und Kinder keine Not kennen. Das ist das Leben, das ich dir verspreche. Und ich halte meine Versprechen.«

»Ach? Deshalb hab ich dich in Unterhose angetroffen, während du deinen Anzug für das nächste Mädchen aufgebügelt hast?«

»Es gibt kein anderes Mädchen. Nur dich.«

Und so war es von da an. LoLo wusste zu schätzen, dass Tommy nicht so war wie andere. Er schlug sie nicht wie Cindys Mann das tat. Er gab ihr keinen Grund, wie Lana Mädchen aufzulauern, nachdem ihr Mann sie vor aller Augen betrogen hatte, was bewirkte, dass es dieses Negro*-Theater an Straßenecken und in Vorgärten überall in Amityville gab. Er brachte ihr den Müll raus, kaufte Milch und Zigaretten für sie. Als er sie in sein neues Zuhause führte, ließ er sie sich die Augen zuhalten und erst wieder öffnen, um ihr das kalte Stück Metall in die Hand zu schieben. Einen Schlüssel. Seinen Schlüssel. LoLo konzentrierte sich darauf, langsam zu atmen, damit ihr das Herz nicht bis in den Hals schlug und gleich auf ihrer Zunge landete. Ihr hatte er die Welt versprochen, sie den weiten Weg bis nach Midtown gebracht, um einen Ehering auszusuchen. Sie vertraute darauf, dass Tommy ein Mann war, dem es ernst damit war, sich ihr gegenüber anständig zu verhalten. Daher hatte sie vor, ihn mit aller Macht zu halten.

»Ich will, dass du morgen zur Arbeit gehst und direkt zu

deinem Boss marschierst. Und dann sagst du ihm, dass er dich am Arsch lecken kann«, hatte er gesagt. »Sag ihm, dass ab jetzt dein Mann für dich sorgt. Sag ihm das einfach.« Und so machte sie es. Beim Friedensrichter war sie rausgeputzt mit einem figurbetonten Kleid erschienen, das sie sich nur für den Anlass genäht hatte – es war so eins wie Dorothy Dandridge sie zu tragen pflegte, wie eine Umarmung aus Satin für ihre Mahagonihaut. Dann hatte LoLo »Ja, ich will« gesagt und dabei so breit gestrahlt, dass noch die Sachbearbeiterin am Ende des Flurs ihre Backenzähne sehen konnte. Sie würden ein gutes Leben haben. Er versprach es. Sie glaubte es.

Im Gegenzug erlaubte LoLo Tommy, laut zu träumen. Und sie neckte ihn, wenn er sein Ziel etwas aus den Augen verlor. Er mochte das – ihre Unterstützung. Ihre Loyalität – und Hingabe. Oft versicherte er ihr, sie sei der Schlag seines Herzens. »Ohne eine gute Pumpe kannst du nix schaffen«, pflegte er zu sagen. Und so nannte er sie manchmal, Tick, nach *ticker*. LoLo fand, das war ein kleiner Preis für das, was Tommy zu bieten hatte.

Sie hatte nicht vor, diesen guten Mann an irgendwen zu verlieren – nicht an Lanas Freundin, die mit dem Hintern wackelte, und auch an keine andere Frau, nicht an die Straße oder an die miesen weißen Cops, die farbige* Männer aus Spaß hinter Gitter brachten. Aber vor allem wollte sie ihn nicht an ihren leeren Unterleib verlieren. Ihn auf Trab halten, aber ihm seinen Willen lassen – seiner Männlichkeit schmeicheln, das sollte ihre Strategie sein. Und zwar von dem Augenblick an, als dieser weiße Mann in der City Hall gesagt hatte: »Ich erkläre euch zu Mann und Frau«, bis zu ihrem letzten Atemzug.

Aber das hatte ihre Lüge erfordert. Es erforderte, dass sie

sich ihm wieder und wieder hingab, Monat für Monat, und so tat, als würde ihr Körper diesmal empfangen. Dass endlich ein kleines Baby, sein Baby in ihrem Bauch entstehen und wachsen würde. Es war unerlässlich, dass sie vorgab, vom Ergebnis überrascht zu sein, das, was er nicht wusste, immer das gleiche sein würde. Immer das Gegenteil dessen, was er sich so verzweifelt wünschte. Ihr Bauch und er würden leer ausgehen. Es war ihr Blut, ihre monatliche Regel, die sie ihm als Beweis dafür präsentierte, dass er das Problem war, nicht sie.

»Woher weißt du das so sicher, LoLo? Woher weißt du, dass wir vielleicht einfach nicht genug versuchen, ein Baby zu machen?«, fragte er mit schwankender Stimme. Sie saßen in ihrem Wohnzimmer nebeneinander auf ihrem dreibeinigen erbsengrünen Plüschsofa. Das hatten sie zwei Blocks entfernt ergattert, weil sie den Müllmännern zuvorgekommen waren. Ein kleiner Schwarz-Weiß-Fernseher, der auf drei Milchkisten stand und dessen Antennen doppelt so lang waren wie das Ding selbst, lief auf voller Lautstärke direkt vor ihnen. Gerade war ein Werbespot zu sehen, in dem ein kleines weißes Mädchen in einer Wanne voller Badeschaum planschte und sich mit einem Waschlappen über ihre molligen Arme fuhr. Dazu erklärte eine Stimme, dass diese spezielle Seife auf Wasser schwamm und einen so cremigen Schaum produzierte, der sich sogar für Babyhaut eignete.

LoLo spielte mit den Händen in ihrem Schoß, den Blick auf die Falten in ihren Handflächen gerichtet. Diesen Part hatte sie geübt, aber sie konnte Tommy, diesem Mann der sich so verzweifelt Kinder wünschte, nicht in die Augen schauen, wenn sie es sagte. Sonst würde sie einknicken und ihre Liebe für immer verlieren. »Ich kriege meine Monatsblutung«, sagte sie leise. »Was ja bedeutet, dass mein Körper ganz normal funktioniert.« Und danach sagte sie kein einziges Wort mehr.

Tommy, dem es an brauchbaren Kenntnissen in Biologie und deren Einzelheiten fehlte, stützte den Kopf in die Hände. Er rieb sich die Augenbrauen, dann die Schläfen. Schließlich hatte er gemurmelt: »Tut mir leid, Tick. Es ist meine Schuld. Ich hab diesen Fluch zu tragen, und jetzt hab ich dich da mit reingezogen. Welcher Mann kann sich denn nicht darauf verlassen, dass Gott seine Frau mit einem Baby segnet? Was für ein …«

Tommy machte sich nicht die Mühe, den Satz zu beenden. Er sprang so rasch von dem Stuhl auf, auf den er sich eben erst hingesetzt hatte, dass der krachend auf den Holzboden umfiel. LoLo wäre am liebsten aus der Haut gefahren. Tommy war zur Wohnungstür hinausgestürmt. LoLo hatte ihn gelassen.

* * *

LoLo war dermaßen damit beschäftigt, den weißen Jesus hinter dem Pastor und seiner Kanzel anzustarren, dass sie beinah ihren Segen verpasst hätte. Sie wurde aufmerksam, als eine Frau, die in der Bank direkt hinter ihr saß, zum Lobpreis ihr Tamburin schüttelte. Die Mini-Zimbeln klirrten genau hinter LoLos rechtem Ohr. Sie setzte sich in ihrer eigenen Bank zurecht und wedelte noch wilder mit ihrem Fächer. Dabei spähte sie in alle Richtungen, um zu sehen, ob irgendwer aus der Gemeinde etwas von ihrem Stress mitbekommen hatte.

»Oh, wie die kleinen Kinder leiden!«, rief Pastor Wright, und seine Stimme klang in LoLos Ohren wie das Echo in einem Tunnel. Er lehnte sich vom Mikrofon zurück und genoss die geschüttelten Tamburine sowie die *»Yassuhs!«* und *»Preach, preachers!«*, die an seine schäbige, wackelige Kanzel brandeten. LoLo merkte auf. »Gott hat seine Liebe zu Kindern und unsere Christenpflicht ihnen gegenüber so klar geäußert«, fuhr der Pastor fort. »Buch der Sprüche, Kapitel 14, Vers 31: Derjenige, der die Armen unterdrückt, zeigt Verachtung … hör mich an, Kirche!«, rief er. »Ich sagte, derjenige, der die Armen unterdrückt, zeigt Verachtung … für seinen Schöpfer … aber … aber … alle, die guuuut zu den Bedürftigen sind … ehrt GOTT!«

LoLos Rücken prickelte. Sie richtete sich kerzengerade auf, was das labile Gleichgewicht aus ihrer Bibel, der Handtasche und dem Gebetstuch in Gefahr brachte, denn sie hatte alles auf ihren Knien und ihrem Schoß balanciert. Jetzt griff sie schnell mit ihren verschwitzten Händen nach den Sachen und lehnte sich, ihr linkes, gutes Ohr voraus, Richtung Kanzel. Nur um sicherzugehen, dass sie richtig hörte. Sie dachte, das ist bestimmt kein Zufall. Gerade als sie Sweet Jesus um Verzeihung dafür bat, dass sie ihren Mann angelogen und ihm verheimlicht hatte, dass sie nicht schwanger werden konnte, da kam Pastor Wright und benutzte Gottes heiliges Evangelium, um seine Herde zu ermutigen, dass sie Babys adoptieren sollte. LoLos Magen schlug einen Purzelbaum. *»Gloray!«*, schrie sie und balancierte ihr Hinterteil auf der Kante der Kirchenbank.

LoLo fasste die Predigt als eine Botschaft von Gott persönlich auf. Sie eilte aus dem Gottesdienst, ihre Kirchenschuhe mit den Absätzen in der Hand, und lief sich ein Loch in die Strümpfe, als sie mit ihrer ach so göttlichen Idee zurück zum Penny Drive 333 rannte. »Baby«, sagte sie, während sie sich schwer atmend behutsam auf der Couch niederließ. Sie sah ihren Mann an, der wiederum den Mets im Fernsehen zusah, wie sie einen »4 zu 0«-Vorsprung gegen die Astros vergeigten.

Der Fernseher und sein Bier. Die beiden waren Tommys einziger Trost tagein, tagaus, seit er sich selbst eine Realität eingebrockt hatte, der er nicht bereit war, sich zu stellen, und erst recht nicht bereit, darüber zu sprechen – nicht einmal mit seiner Frau. Er nippte weiter am einen und starrte auf den anderen.

»Baby, hör mich an«, hatte LoLo ihn beschworen, diesmal mit ihrer Hand auf seinem Knie. »Sieh mich an, bitte.«

Schließlich hatte Tommy seinen Blick losgerissen, tot und leer, und sich langsam umgedreht. Er sah jetzt seiner Frau in die Augen. Das war etwas, das er ab dem Moment vermieden hatte, als er endlich akzeptierte, dass sie nie ein eigenes Baby haben würden und wahrscheinlich er schuld daran war. Tommy schüttelte den Kopf und musterte LoLo aus leicht zusammengekniffenen Augen. »Was?«, fragte er tonlos.

»Lass mich dir von der Negro Children's Society erzählen«, sagte sie und nahm seine freie Hand, die nicht sein drittes warmes Bier hielt, in ihre eigenen Hände.

Mit vor Aufregung großen Augen und ein bisschen Spucke auf ihren rauen Lippen, die von der heißen Luft auf dem eiligen Rückweg zu ihrem Mann trocken und rissig geworden waren, ließ LoLo all die treffenden Worte durch ihre Zahnlücke purzeln. Die Aussagen folgten so rasch aufeinander, dass sie an den leisen Stellen dazwischen regelrecht pfiff. Tommy hörte all die Schlüsselbegriffe wie *vom Schicksal weniger begünstigt* und *Segen* und *Gottes Wille* und *Familie ist Familie, Blutsverwandtschaft spielt keine Rolle*. Aber er war noch nicht bereit, sich die Idee anzueignen, auch wenn sie durchaus richtig klang. Welcher virile Mann mit Respekt vor sich selbst konnte kein Baby zeugen? Was für ein Mann konnte er überhaupt sein, wenn er unfähig war, seiner Frau ein Kind zu machen? Welcher Mann vermochte den Fluch zu ertragen, das sein eigenes Vermächtnis an der eigenen Türschwelle welkte und abstarb? Tommy war kein Mann des Gebets, aber das hier war ihm bei Gott wichtig. Doch all die Male, wenn Tommy Gott versprochen hatte, ein besserer Mann zu sein als sein eigener und LoLos Daddy, all die Male, wenn er dem Himmel seine Absicht erzählt hatte, ihr Haus mit Kindern zu füllen und diese mit der Leitung und Liebe großzuziehen, die er und seine Frau selbst nie erfahren hatten, dann war das vergebens gewesen. Dieser Gott hatte nicht mehr zu bieten als LoLos leeren Bauch und sein eigenes gebrochenes Herz. Das Argument dieses Schlangenölvertreters auf der Kanzel? Wollte er nicht hören.

Seine Verdrossenheit konnte es weder mit LoLos Begeisterung noch mit ihrer Überzeugungskraft aufnehmen. Sie bekam fast alles von ihrem Mann, und gerade das hier würde keine Ausnahme darstellen. Sie brauchten dieses Baby. Es würde kommen.

Einige Sonntage sollten vergehen, bevor Tommy bezüglich der Idee, zu adoptieren, einlenkte. LoLos Worte waren logisch gewesen, aber erst im Haus ihrer Freundin Sarah verlor er endgültig sein Herz. Pastor Wright war dort: in neuem Anzug, mit Schweiß auf der Stirn und die Brusttasche voller Geld dank des Sozialhilfeschecks, den er vom Child and Family Service erhalten hatte. Ein Sohn. »Ja, das hier ist mein Sohn Samuel«, sagte Pastor Wright. Er hatte ein Taschentuch aus der Tasche mit dem Geld gezogen und sich damit die Oberlippe abgewischt, während er zusah, wie sein vier Monate altes Kind von Arm zu Arm wanderte. »Ist schon etwas anderes, so einen neuen kleinen Segen im Haus zu haben. Gerade jetzt, wo meine Älteren praktisch schon mit einem Bein aus dem Haus sind.«

»Sind das ihre eigenen Kinder?«, hatte Tommy gefragt, als er sah, wie Sarah dem Baby auf die Wangen tippte und leise zu ihm sprach.

Der Pastor runzelte die Stirn. »Nun, meine Frau und ich haben zusammen zwei Söhne, und wir haben die Tochter ihrer Schwester aufgenommen, als diese verstarb. Samuel hier ist unser viertes Kind.«

»Dann sind also die beiden Älteren Ihr eigen Fleisch und Blut«, stellte Tommy fest.

LoLo, die sich gerade zu dem Baby beugte und seine Decke ein Stückchen wegzog, um sein Engelsgesicht besser sehen zu können, warf Tommy einen strengen Blick zu. Doch ihr Mann war zu beschäftigt damit, eine klare Antwort aus dem Pastor zu bekommen, um das Unbehagen seiner Frau zu bemerken.

»Die beiden Älteren habe ich selbst zur Welt gebracht, ja. Aber Samuel ist deshalb nicht weniger mein Kind«, erklärte die First Lady Wright. »Alle Babys sind ein Segen von Gott. Da spielt es nicht wirklich eine Rolle, auf welchem Weg sie in unsere Arme kommen.«

LoLo, die instinktiv spürte, dass Tommy gleich etwas Scharfes erwidern würde, griff nach dem Baby, bevor ihr Mann eine Anzüglichkeit von sich geben konnte. Sie bettete es in ihre linke Armbeuge und schaukelte es sanft, während sie seinen kleinen Po klopfte. So hatte sie es vor einem Lebensalter gelernt, als das Beruhigen und Trösten von Babys ihr die eigene Haut gerettet hatte. »WeristeinsüßesBaby? WeristeinsüßerBabyboy?«, gurrte sie und drückte ihre Nase an die

Babywange. Sie schloss die Augen und atmete tief ein. Ja, dachte sie, ein Baby wie dieses hier, ein Sohn, den Tommy mit der Zeit seinen eigenen nennen konnte, der würde alles zwischen ihr und ihrem Mann in Ordnung bringen. So würden sie es bis in alle Ewigkeit schaffen. Sie würde ihn schon dazu bringen.

Später würde Tommy ihr sagen, es hätte etwas mit LoLos zierlichen Fingern zu tun gehabt. Damit, wie ihre durch die harte Arbeit auf den Baumwollfeldern als Kind etwas verformten Hände das Baby sanft an ihre Brust gedrückt hatten. Tommy sah, wie sie das Baby in ihren Armen wiegte, und war tatsächlich überzeugt.

12

»Was ist da unten?«, fragte Tommy und zeigte auf eine schmale Treppe, an der er und LoLo vorbeigelaufen waren, als er aufgeregt der Sozialarbeiterin folgte. LoLos klamme Hand rieb an Tommys trockenen, schwieligen Handflächen. Sie blieb ein Stückchen hinter den beiden zurück und machte viel kleinere Schritte, als ihre langen Beine erlaubt hätten. Hätte sich jemand die Mühe gemacht, die Szene zu beobachten, dann wäre der Eindruck gewesen, dass man sie eher über die Flure der Negro Children's Society zog, als dass sie freiwillig dort gegangen wäre. Mit der freien Hand massierte sie sich die rechte Schläfe. Das Klackern der Kitten Heels der Sozialarbeiterin auf dem Fliesenboden hallte von den leeren, grauen Wänden wider. Und es hallte auch in LoLos Kopf wider, wo es dumpfe Kopfschmerzen verursachte, die mit jedem Schritt schlimmer wurden. Sie gab sich größte Mühe, die Tränen zurückzuhalten. Kam sie doch schon mit dem einen Baby kaum zurecht. Wollte es kaum. Was sollte sie mit zweien anfangen? Mit einem Mädchen, das sie bestimmt ins Grab bringen würde?

Nun stand LoLo in einem Waisenhaus und unterdrückte ihre Schreie. Beim ersten Baby, das sie bekommen hatten, dem Jungen, war all das nicht nötig gewesen. Unter der Leitung von Pastor Wright war die Right Church of God and Fellowship ein bevorzugter Partner der Society geworden. Diese setzte auf die Güte Schwarzer Kirchen, kleine Seelen zu retten, die ein gutes christliches Zuhause brauchten. Anfangs hatte Pastor Wright unterschätzt, wie schwer es sein würde, seine Gemeindemitglieder zu überreden, Kinder aufzunehmen, die von den Schlägen sie misshandelnder Eltern gezeichnet, von drogenabhängigen Müttern im Stich gelassen oder von Familien verstoßen worden waren, die sich dafür schämten, dass die Töchter die Beine breit gemacht hatten. Als er dann jedoch die fragwürdigen Praktiken der Society beleuchtete – dass die Institution den Kindern Schlafplätze, Essen und Kleidung bot und im Austausch für diese Gütigkeit die Jugendlichen als Schuldknechte vermietete, die ihren Unterhalt verdienen, ein Handwerk lernen und sich nützlich machen mussten – da war es plötzlich leicht, seine Herde davon zu überzeugen, dass man diese armen Seelen aufziehen und adoptieren sollte. Konnte doch niemand mehr nachts ruhig schlafen, wenn er wusste, gleich in ihrem eigenen Hinterhof wurde eine Gruppe unschuldiger Negros* in moderne Sklaverei gezwungen. Der Bonus an der Sache: Mit jedem der Kinder kam ein kleines monatliches Gehalt ins Haus, was seiner Herde aus armen Negros*, für die dauerhafte Arbeitsverhältnisse immer noch relativ schwer erreichbar waren, gelegen kam. Letzteres blieb auch Pastor Wright nicht verborgen. Der Eintreiber und Verwalter des Zehnten bekam seinen Anteil. Für diejenigen, die klar motiviert waren, fiel es ziemlich leicht, ein Baby von der Society zu beschaffen: Tommy und LoLo trafen sich mit einem halben Dutzend anderer Familien an einem Dienstagabend in der Kirche. Abwechselnd blätterten sie in einem Katalog mit den Namen und Daten der verfügbaren Kinder und suchten sich eines aus. Etwa einen Monat später verließen sie nach weniger als drei Stunden, also schneller als Tommy brauchte, um den Fließbandmotor unten in der Kuchenfabrik zu montieren, mit ihrem neuen Baby, ihrem Sohn, die Society. Er hieß John und wurde von ihnen rechtzeitig zur Ausstellung seiner Geburtsurkunde in Tommy Junior, abgekürzt TJ, umbenannt. Tommy war glücklich. Das gefiel LoLo. Eine Mutter zu sein dagegen nicht. Nur zwei Jahre später ein zweites Kind, diesmal ein Mädchen, zu bekommen, also das war ein närrischer Vorschlag, der LoLo wieder zurück auf die Knie trieb. *Herr, gib mir die Kraft,* hatte LoLo an dem Abend gebetet, als Tommy zu ihr kam und ihr einen Katalog mit lauter kleinen Wesen in die Hand drückte, die man aus dem System rausholen musste. »Ich glaube, es ist an der Zeit, dass TJ ein großer Bruder wird«, hatte er gesagt. »Wir können immer noch die Familie gründen, die wir immer wollten, stimmt's? Wir können ein ganzes Haus voller Kinder haben, wenn wir wollen.«

LoLo schaukelte den kleinen TJ auf ihrer Hüfte. Sie hatte ihn gefüttert, gebadet, ihn in den warmen Pyjama gesteckt und gewiegt, sie hatte ihm Milch gegeben, und immer noch wollte er keine Ruhe geben. Er hörte nicht auf zu quengeln und nach ihr zu fassen. Dabei wollte sie nichts anderes, als das Geschirr vom Abendessen spülen und sich irgendwo hinsetzen. Vor lauter Nervosität schaukelte sie ihn weiter. Aus Furcht, was passieren würde, wenn sie Tommy die Wahrheit sagte: dass sie nicht die Kraft besaß, ihren Teil der Vereinbarung als Hausfrau und Mutter zu erbringen, vor allem nicht, wenn ein Mädchen dazukäme. LoLo war überzeugt davon, dass es nicht genug Schatten, ausreichend dunkle Ecken und Verstecke gab, wo sie ein Mädchen vor den Schwierigkeiten dieser Welt verstecken könnte. Da dieses nicht genug Muskelkraft, nicht genug Tapferkeit besäße, es mit Männern aufzunehmen.

Ich weiß, worum ich dich gebeten habe, Herr, betete LoLo stumm. Sie sah Tommy an und zwang ein Lächeln auf ihre Lippen, schaukelte das Baby. *Ich rufe dich bei deinem starken Namen, Jesus.*

Wie es schien, war Gott eher auf Tommys Seite. Der hatte beschlossen, dass er noch eins wollte – diesmal ein Mädchen –, und so würde man ein Mädchen bekommen. Und sechs Monate bis zur nächsten Adoptionsrunde der Kirche zu warten, das war einfach keine Option. Also schleppte er LoLo morgens zum 7-Uhr-Zug nach Manhattan, damit sie rechtzeitig am Eingangstor dieses kalten, sterilen Relikts von Vorkriegsinstitutionen standen. Dort, so war er überzeugt, würde er ein weiteres Baby finden – eine Tochter. So kam es, dass LoLo durch die Society trippelte, sich selbst zuflüsterte »nicht weinen, kleines Baby« und dunkle Ecken mied. Sie bekam Herzrasen, als sie an geschlossenen Türen und Kindern mit leerem Blick vorbeikamen. Sie lief steifbeinig, was Tommy nicht auffiel. Ihm fiel so einiges nicht auf.

»Oh, da unten sind noch mehr Babys«, erklärte die Sozialarbeiterin Tommy, als der zu der Türöffnung zurückkehrte und die dunklen Stufen hinunterspähte. »Sie und Mrs Lawrence haben Glück! Um den letzten Monat herum haben wir einige Kinder hereinbekommen. Wir haben es uns ausgerechnet – sieht so aus, als wären die alle nach der Ermordung von Bobby Kennedy ins Backrohr geschoben worden. Das geht wie ein Uhrwerk. Irgendwas Traumatisches passiert, und neun Monate später haben wir die Bescherung«, sagte sie achselzuckend und mit einem Grinsen im Gesicht.

LoLo wollte mit dem Kellergeschoss nichts zu schaffen haben. »Ich werde nach draußen gehen und mir die Kinder auf dem Spielplatz noch mal ansehen«, sagte sie, machte auf dem Absatz kehrt und rannte mehr, als dass sie ging, den Flur hinunter. So hatte Tommy keine Gelegenheit mehr, ihr zu widersprechen.

Tommy schenkte dem keinerlei Beachtung. »Haben Sie was dagegen, wenn ich einen Blick hinunterwerfe?«, fragte er die Sozialarbeiterin und war schon auf den Stufen, bevor diese auch nur antworten konnte. Allerdings verzog sie das Gesicht, als sie ihn verschwinden sah.

»Wissen Sie, normalerweise sind die Ehefrauen enthusiastischer«, rief sie LoLo nach, die inzwischen schon den halben Flur durchquert hatte.

LoLo blieb stehen, zögerte und drehte sich langsam zu der Sozialarbeiterin um. »Tja, er kommt aus einer großen Familie, und er hat sich immer eine eigene große Familie gewünscht«, sagte sie unverblümt.

»Ja nun, das ist eine wunderbare Einstellung. Eine Schande, dass Sie keine eigenen Babys bekommen können«, sagte die Frau, völlig ohne Gespür für ihre Taktlosigkeit.

»Wer hat gesagt, dass ich diejenige bin, die keine Kinder kriegen kann?«, meinte LoLo schnippisch. Und sofort fügte sie in sanfterem Ton hinzu: »Können Sie mir sagen, wo die Toilette ist?«

Die Sozialarbeiterin bekam schmale Augen. »Ihre ist den Flur hinunter, um die Ecke, rechts hinter der Besenkammer.«

»Danke«, sagte LoLo schroff und beeilte sich in Richtung des Schilds mit der Aufschrift *»Coloreds Only«*. Dann stand sie in der winzigen Kammer, die kaum groß genug für eine Toilette und ein Waschbecken war, und wollte eigentlich auf und ab gehen. Doch der Platz genügte nur, um sich im Kreis zu drehen. *Wein nicht, kleines Baby. Bitte wein nicht.* Diese Worte gingen LoLo durch den Kopf. Sie wiederholte sie langsam, ließ sie die Sticheleien der Sozialarbeiterin wegwaschen. Doch den Schmutz von Wahrheit, Erinnerung und Narben konnten sie nicht entfernen.

***

1953

LoLo lernte im zarten Alter von sechs Jahren an genau so einem Ort wie der Society Babys zu versorgen, noch bevor sie sich ihre Schuhe binden konnte. Sogar bevor sie ein eigenes gutes Paar davon besaß. Die Frauen, die in jenem Kinderheim arbeiteten, erzwangen das. Sie nannten sich selbst *The Mothers,* und diese sogenannten Mütter waren speziell – mochten weder Lärm noch die Kinder. Diese seelenlosen kleinen Nigger*, geboren von denen, die vögelten wie die Wildschweine und ihren Wurf im Stich ließen, sodass andere sich darum kümmern mussten. Was *The Mothers* einem zuteilwerden ließen, orientierte sich an der Bibel: Das fünfte Buch Mose äußerte sich klar zur Verantwortung für die Vaterlosen. Und so stellten sie sicher, dass die Bastarde Essen und einen Platz zum Schlafen hatten. Doch der Vers aus der Bibel, den sie favorisierten, sprach nicht von Liebe oder fürsorglicher Pflege. Und so hatten sie keine Zärtlichkeit zu geben – nur Anforderungen, so lang und hart wie die Ruten, die sie nicht schonten. LoLo lernte das praktisch schon an der Eingangstür. Dorthin war sie gehüpft und hatte dabei den Lutscher, mit dem Auntie Bessie sie aus dem Haus gelockt hatte, an ihren grinsenden Lippen kleben. Ihr war nicht im geringsten bewusst, dass eine weitere Erwachsene, der sie vertraute, im

Begriff war, sie zu verlassen. LoLo stand schweigend da, die Finger salzig vom Schweiß, und pulte sich das klebrige Zuckerzeug von den Backenzähnen. Denn es schien ihr angemessen, diese seltene, großartige Nascherei zu beißen statt zu lutschen. Doch langsam begann sie zuzuhören und dann das Gespräch zwischen Auntie Bessie und den Frauen zu verstehen. Es war kein freundlicher Besuch, sondern eine Ankunft für sie und ihren neugeborenen Bruder. Ein Abschied von der einzigen Erwachsenen, die es für nötig gehalten hatte, nach ihr und Freddy zu sehen, als sonst keiner – nicht ihr Daddy, nicht ihre älteren Brüder – das in der Woche nach der Beerdigung ihrer Mama getan hatte.

Die bisher verschwommene Realität kam ihr voll zu Bewusstsein, und LoLo wand sich aus Auntie Bessies festem Griff. Sie wich zurück, und ihre Brust hob und senkte sich heftig mit jedem unsicheren Schritt. Dann stolperte sie noch dazu über einen Stein so groß wie ihr Fuß. Dabei sah sie ihren angebissenen Lolli in den feinen Schotter fallen, der sich auch in ihre Handflächen und Knie bohrte und die Haut blutig aufschrammte. Wo eben noch der süße Geschmack auf ihrer Zunge gewesen war, schmeckte sie jetzt Wut und das Salz ihrer Tränen. »Bitte, Auntie Bessie«, flehte sie und schüttelte dabei heftig den Kopf. Sie zerfiel fast unter der Last des Schocks, der in ihrem Bauch pulsierte und bis in ihre nackten Füße fuhr. »Bitte lass mich nicht hier.«

»Ich weiß, Chile, heute ist ein trauriger Tag. Aber deine Tante Bessie hat getan, was sie konnte«, hatte sie zu LoLo gesagt, während sie das Neugeborene, LoLos kleinen Bruder, einer der Frauen, die zerknittert und grau aussah, aushändigte. Dann half sie dem kleinen Mädchen beim Aufstehen.

LoLo klammerte sich mit aller Kraft an die Falten des Rocks ihrer Auntie und überlegte fieberhaft. In ihrem Gedächtnis blitzten Momente aus den letzten paar Tagen auf, in denen sie sich vielleicht nicht von ihrer besten Seite gezeigt hatte. Jetzt presste sie sich an den Körper der für sie Verantwortlichen und schnitt eine freundliche Grimasse, obwohl der Schmerz der aufgeschrammten Knie und Handflächen sie durchzuckte. Mit glasigen Augen starrte sie in die ihrer Tante und ließ ihre Zähne strahlen – in dem Versuch, hübsch und süß auszusehen. So wie sie es in der Kirche getan hatte, als Mama noch auf und nicht unter der Erde war. Da hatte Auntie Bessie sie immer in die Wangen gezwickt, sie aufgefordert, schön lieb zu lachen, und gesagt: »*Whew, you's a pretty little thang*. Was für ein strahlendes Lächeln.« LoLos Gedanken rasten. *Was hab ich falsch gemacht? Sie ist böse auf mich! Freddy weint zu viel. Nein, nein. Ich hätte die Finger von dem Speckfett lassen sollen. Sie ist böse, weil ich nicht gefragt hab, bevor ich es auf mein Biscuit getan habe, wie Mama es immer gemacht hat.*

Tatsächlich hatte die kleine LoLo einzelne nicht so nette Worte aufgeschnappt, die der Mann von Auntie Bessie erst am Vorabend gebrüllt hatte. Als Freddy schrie und LoLo in der Ecke saß, wo sie gleichzeitig ihren kleinen Bruder zu trösten versuchte und sich Krümel der salzigen Biscuits aus den Zähnen puhlte. Auntie Bessies eigene Kinder – ein etwa neunjähriger Junge und ein Mädchen in LoLos Alter – saßen starr auf der anderen Seite des Zimmers. Sie gaben keinen Laut von sich. »Was sollen wir denn machen, Bessie? Erwartest du von mir, dass ich mich verdammt noch mal genauso um irgendwelche Kinder schere, die nicht meine sind, wie um unsere beiden eigenen? Unsere eigenen *Chillens*?«

»Was verlangst du von mir, Georgie? Ich kann sie doch nicht einfach auf die Straße setzen. Sie sind die Babys meiner besten Freundin …«, sagte Auntie Bessie.

George wollte davon nichts hören. »Das stimmt, sie sind die Kinder von Lila Mae und Ford Whitney, nicht unsere. Lass ihren Daddy sie ernähren. Wo steckt der überhaupt, hm? Sein eigen Fleisch und Blut zum Sterben zurücklassen. Das tut doch kein Mann seiner eigenen Familie an.«

»Er … er arbeitet. Es ist nur vorübergehend, das hab ich dir doch gesagt.«

»*Shole is*. Das ist genau das richtige Wort: vorübergehend«, sagte George und stieß es durch die Zähne wie einen Zahnstocher. »Das geht jetzt schon zwei Wochen so, dass ich das bisschen Geld ins Haus bringe, um Kinder durchzufüttern, deren eigener Daddy sie im Stich gelassen hat, damit andere für sie sorgen. Ist nicht meine Verantwortung. Die Zeit ist um. Ich will, dass die Kinder im Waisenhaus sind, bevor ich morgen nach der Arbeit in dieses Haus komme. Mehr gibt's dazu nicht zu sagen.«

LoLo hatte das Wort Waisenhaus gehört, aber nicht so richtig begriffen, was es bedeutete, bis sie vor dem schmutzigweißen Gebäude stand, wo sie und Freddy in die Hände von Fremden gegeben werden sollten. Wie aufgetragene Sachen – etwas, das man aussortiert, weggeworfen hatte. Panik überkam sie. »Bitte, Auntie Bessie«, flehte sie, »ich werde kein Speckfett mehr auf meine Biscuits tun. Es tut mir leid. Ich will's nicht wieder tun, das verspreche ich. Bitte …«

Die zweite Frau, jünger und das füllige Haar zu zwei straffen Knoten aufgesteckt, die an ihren Schläfen zu ziehen schienen, packte das kleine Mädchen mit festem Griff bei den Schultern, damit es zu zappeln aufhörte. Seufzend wischte

Bessie sich die Tränen ab, die ihr übers Gesicht liefen. Dann sagte sie zu den *Mothers*: »Ich hab sie so lange behalten, wie ich konnte, aber ihre Mama ist tot. Ein paar Tage nach der Geburt von ihm hier gestorben. Die Älteren, die können sich allein durchschlagen, aber diese beiden Kleinen … Ihr Daddy … er arbeitet. Ein Mann hat keine Zeit, sich um einen Job und Babys zu kümmern, das versteh ich schon, aber wir können es ihm nicht abnehmen. Lila Mae war meine beste Freundin. Sie hat Familie drüben in Blacksburg und vielleicht auch in Columbia, glaube ich. Ich werd sie ausfindig machen und ihnen sagen, wo die Kinder sind. Ich weiß, sie werden dann gleich kommen. Ich würd sie ja selbst hinbringen, wenn ich wüsste, wo genau sie sind, und eine Möglichkeit hätte hinzukommen. Aber wenn Sie sie in der Zwischenzeit nehmen könnten. Nehmen Sie sie und seien Sie gut zu ihnen, bis ihre Verwandten sie holen kommen.«

Weil Bessie, die sich das Weinen verbiss, kein weiteres Wort mehr rausbekam, beugte sie sich herab und küsste die sich wehrende LoLo auf beide Wangen. Dann richtete sie sich auf und strich Freddy mit dem Handrücken über die Schläfe. Danach eilte sie über die Veranda, die Stufen hinunter und auf die Straße, wobei ihr Rock in der feuchtkalten Märzluft raschelte. Sechzehn Jahre später, als sie auf dem Sterbebett lag, weil der Krebs endlich genug von ihren Innereien hatte, da hörte Bessie in der Erinnerung immer noch LoLos Kreischen und Flehen. Da suchte sie in ihrem Herzen nach Worten, mit denen sie ihrer besten Freundin im Himmel erklären würde, warum sie deren Babys im Beacon Baptist Home for Orphans zurückgelassen hatte.

LoLo war erst sechs, und obwohl sie in einem Haushalt auf dem Land gelebt hatte, wo man Kinder sehen, aber nicht hören wollte, beherrschte sie noch nicht die Kunst, ihre Gefühle im Zaum zu halten. Also halfen ihr die *Mothers* dabei. Die Ältere hatte genug Anstand, um wenigstens zu warten, bis Bessie die unbefestigte Straße erreicht hatte, bevor sie auf LoLos Gefühlsausbruch vor der Tür reagierte. Doch die Jüngere machte sich nicht einmal die Mühe, so zu tun, als kümmere es sie, ob Bessie ihre Reaktion auf das Benehmen des kleinen Mädchens mitbekam. Mit einer einzigen fließenden Bewegung riss sie das Kind zu sich herum und schlug ihm dann mit dem Rücken ihrer fleischigen rechten Hand auf Ohr und Wange. Das Ganze passierte so plötzlich, rasch und brutal, dass es LoLo den Atem verschlug. Verzweifelt wollte sie nach Luft ringen, den Schrei in ihrer Kehle ausstoßen und das Dröhnen in den Ohren beenden. Verzweifelt wünschte sie sich, zu dem Erdhügel zu rennen, unter dem ihre Mutter lag, mit den Händen die Erde wegzuschaufeln, Mama wachzurütteln und den Kopf in ihren Schoß zu legen, damit alles wieder so wäre wie vor Freddys Geburt. Doch stattdessen hatte LoLo sich in ein zitterndes Häufchen auf dem Holzboden verwandelt. Die jüngere »Mutter« duldete das nicht. Sie riss LoLo am Arm in die Höhe und hielt sie so fest, während sie mit zusammengebissenen Zähnen schnarrte: »Halt den Mund! Du … hältst … jetzt … deinen Mund!« Erschrocken verbiss LoLo sich ihr Heulen, so gut sie konnte.

»Nachdem wir jetzt deine Aufmerksamkeit haben, lass uns Folgendes gleich klarstellen«, sagte die Grauhaarige leise, fast freundlich. »Ich bin *Mother*, und sie ist auch *Mother*. So wirst du uns ansprechen. Du wirst aufhören zu heulen, weil ich Lärm nicht dulde. Du wirst deine Sachen ordentlich aufräumen, weil ich Dreck nicht dulde. Und du wirst tun, was man dir sagt, weil Gott genau das von seinen Kindern verlangt: Gehorsam.«

LoLo hatte dagestanden und gezittert, obwohl die Mittagssonne die Vaseline von ihr herunterbriet, mit der Auntie Bessie ihre Haut eingerieben hatte, damit sie schön glänzte. Sie riskierte einen Blick auf das kleine weiße Holzgebäude, das drohend hinter den Schultern der Frau aufragte. Dann schluckte sie ihr Weinen hinunter, während sie die ältere Frau dabei beobachtete, wie sie einen Blick auf das Baby warf und es leicht schaukelte, weil es zu quengeln begann. *Quengel weiter, Freddy*, dachte LoLo, und aufblitzende Wut verdrängte ihre Furcht. *Mama ist wegen ihm gestorben, und jetzt sind wir hier, weil Auntie Bessie und Mr George sein Geschrei auch nicht hören wollen.*

»Na, na«, tröstete die ältere *Mother* und lockerte die Decke um Freddys Kopf und Nacken. Grinsend und ohne den Blick vom Gesicht des Babys zu nehmen, fuhr sie fort: »Ist das nicht erstaunlich, wie süß sie sind, wenn sie noch so klein sind? Sieht aus wie ein kleines Affenbaby. Wo ist das Affenbaby? Wo ist das kleine Affenbaby?« Und immer noch ohne den Blick von Freddy zu lassen: »Du wirst diesen kleinen Affen übernehmen und dafür sorgen, dass er still ist. Du bist verwandt mit ihm, also kümmerst du dich um ihn.«

Mit diesen Worten drückte die ältere *Mother* das Baby der schniefenden LoLo in die Arme und lief den kurzen Flur hinunter. Das magere, zierliche Mädchen trat, eingeschüchtert von dem Schwung, mit dem ihr das Baby vor die Brust gestoßen worden war, schnell einen Schritt nach hinten, um nicht zu stolpern. Schwerer fiel ihr, den zappelnden kleinen Bruder mit ihren Kinderarmen festzuhalten, in denen er sofort schwer wurde. Dennoch gab sie sich Mühe, nicht zu trödeln, und folgte der Frau rasch. Der Schmerz der Ohrfeige brannte noch auf ihren tränennassen Wangen.

Mother führte sie in einen kleinen Raum mit drei Reihen

Pritschen. Ein Drittel davon war von Kindern verschiedenen Alters und unterschiedlicher Statur belegt. Als sie hereinkamen, sprang jedes der Kinder – die spielenden, die sich unterhaltenden und die stillen – eilig auf und stellte sich mit gesenktem Kopf, gefalteten Händen und geschlossenen Füßen neben die nächste Pritsche. LoLo wäre fast gegen die Beine der *Mother* geprallt, weil sie so beschäftigt damit war, sich den Raum anzusehen, und kaum bemerkt hatte, dass die Frau stehen geblieben war.

»Kinder, das sind Delores Whitney und ihr Bruder Fredrick Whitney«, hatte die ältere *Mother* in demselben gleichförmigen Ton gesagt wie vorhin an der Haustür. »Ich erwarte, dass ihr sie die Regeln und Konsequenzen lehrt, sonst leiden die kleinen Kinder.« Und dann an LoLo gewandt: »Du und dein kleiner Affe, ihr schlaft da hinten.« Dabei zeigte sie auf eine leere Pritsche in der hintersten Ecke des Raums.

Mit dem Gewicht ihres kleinen Bruders kämpfend lief LoLo, so schnell sie konnte, zu der Pritsche. Sie sah gehetzt zu den anderen Kindern, um zu schauen, wie sie sich hinzustellen hatte. Freddy zappelte in ihren Armen und wollte schon wieder zu schreien beginnen. Doch dann beruhigte er sich, als LoLo ihn schaukelte, wie sie es bei Mama gesehen hatte, an den ersten Tagen seiner Geburt und bis zu dem, an dem sie ihren letzten Atemzug tat. Sie hatte ihn geschaukelt, wenn er quengelig wurde und den Kopf an Mamas Brust drückte, wo er nach ihrer Ninny suchte. Rasch blickte LoLo an sich runter – sie fragte sich, ob sie ihm Ninny geben konnte. Aber das würde wohl nicht funktionieren. Ob die *Mothers* mit Essen geizen würden? *Wie sollte Freddy versorgt werden?,* fragte sie sich und ließ sich von der Frage, sogar unter diesen Umständen, ablenken.

Die ältere *Mother* hatte kein weiteres Wort verloren. Sie machte einfach auf dem Absatz kehrt und verschwand wieder auf dem Flur, woraufhin alle Kinder die angehaltene Luft ausatmeten. Freddy schien die veränderte Atmosphäre zu spüren und steigerte sich in ein Geschrei hinein – eines, das er diesmal offensichtlich durchhalten wollte. Kaum hatte er damit angefangen, tauchte ein Mädchen von etwa zwölf Jahren an LoLos Seite auf. »Gib mir das Baby«, sagte sie und versuchte, Freddy aus den Armen seiner Schwester zu nehmen. LoLo weigerte sich – sie drückte ihn an sich und drehte der anderen den Rücken zu, um ihn von der fremden Person fernzuhalten.

»Hör mir zu«, flüsterte das Mädchen eindringlich, während ihr Blick hin und her ging. »Du kannst das Baby hier nicht schreien lassen, weil wir es sonst alle kriegen. Weißt du, wie man ein Baby am Schreien hindert? Seinen Po sauber macht? Es füttert?«

LoLo schüttelte den Kopf, schaukelte Freddy aber weiter, um ihn ruhigzuhalten.

»Tja, dann lernst du's besser mal, weil keiner von uns *Mother* hier drin haben will«, sagte sie. »Und jetzt gib mir das Baby.«

LoLo hatte schnell begriffen, aber es fiel ihr nicht leicht. Freddy führte sich wie ein Wilder auf, und das Einzige, wonach sie sich sehnte, war, unter die kleine Pritsche zu kriechen und sich in der Dunkelheit ganz klein zu machen und zu verstecken. Das Mädchen riss sie aus ihrer Trance.

»Ich heiße Florence. Als ich herkam, musste ich mich genauso um meinen Bruder kümmern«, hatte das Mädchen gesagt, als sie Freddy auf die Pritsche legte. LoLo, die die Hände endlich frei hatte, benutzte den Saum ihres Hemdchens, um sich Tränen und Rotz abzuwischen, die beinah schon auf ihrem Gesicht eingetrocknet waren. Ihre Haut spannte und juckte. »Wann hat er das letzte Mal was gegessen? Vielleicht ist er hungrig. Ich hoffe nicht, weil jetzt keiner Mutter nach Milch fragen will, wo sie sowieso schon genervt ist. Hoffen wir, dass er nur nass ist und eine frische Windel braucht.« So redete das Mädchen, wobei die Wörter so schnell aus ihrem Mund purzelten, dass LoLo kaum mitbekam, was sie sagte, und schon gar nicht, was sie machte. So stand sie nur da und beobachtete, sich im Gesicht kratzend, wie das Mädchen Freddys Kittelchen hochschob und seine Windel löste. »Yep, genau wie ich's mir gedacht habe. Schau hier«, sagte Florence und machte einen Schritt zur Seite, damit LoLo ihn ungehindert sehen konnte. »Er ist nass.«

LoLo beugte sich vor und warf das erste Mal einen gründlichen Blick auf die Geschlechtsteile ihres kleinen Bruders. Sie beobachtete, wie sein Peepee und der kleine Knubbel darunter, faltig und schwarz, wackelten, während Freddy mit seinen Armen und Beinen ruderte. In seiner Kehle stieg ein Schrei auf, den er wohl gleich loslassen wollte, egal wie trocken sein Po wäre. LoLo kam es nicht richtig vor, seinen Ding-a-ling anzustarren. Ihre Brüder und ihr Vater hatten sie sich immer umdrehen lassen, wenn sie in die Zinkwanne stiegen, um sich zu waschen. Und sie hatte nie geguckt, kein einziges Mal. Und Freddys wollte sie auch nicht sehen.

»Jetzt beeil dich und mach seinen kleinen Hintern sauber, hörst du? Sonst pieselt er dir direkt ins Gesicht, und dann musst du euch beide waschen, und das willst du Mutter auch nicht erklären«, hatte Florence gesagt, die schnell zugange war, wobei Freddys Privatsphäre ihre geringste Sorge zu sein schien. »Geh da rüber zu der Waschschüssel und mach einen von den Lumpen nass, damit wir ihn abwischen können. Bring auch eine von den Windeln mit.«

LoLo folgte mit dem Blick Florences ausgestrecktem Zeigefinger zu einem kleinen Bord in der gegenüberliegenden Ecke und lief dorthin. Dabei spürte sie die Blicke der Kinder überall auf ihrem Körper – auf den Haaren, die zu vier großen Puffs zusammengebunden waren, auf ihrem fleckigen Kleid und den staubigen, nackten Füßen –, und sie schämte sich. Außerdem fühlte sie sich klein. Aber das war nichts gegen die große Angst davor, dass Mutter wegen Freddys Gequengel zurück in den Raum kam. Hastig goss sie Wasser auf einen Lappen und brachte ihn zusammen mit einer schäbigen, aber sauberen weißen Stoffwindel zurück zu ihrer Pritsche.

»Du musst ihm sagen, dass er nicht weinen soll«, sagte Florence, während sie ihn abwischte. »Na los, sag's ihm so, dass er's versteht.«

LoLo richtete den Blick auf ihren Bruder und beugte sich zu ihm. »Schsch … Baby. Nicht weinen. Nicht weinen, kleines Baby.« Gleichzeitig drückte sie die Pritsche nach unten, damit sie gegen ihre Handflächen und seinen Rücken zurückfederte.

»Das ist es, so machst du es«, sagte Florence, die gerade die eine Windel unter seinem Hinterteil wegzog und die andere darunterschob. »Ihn beruhigen, ihn trockenlegen. So kriegen wir alle keinen Ärger.«

Nach einer Woche wickelte LoLo Freddy souverän – sie fütterte ihn auch und ließ ihn aufstoßen. Quengelte er, brachte sie ihn schnell wieder zur Ruhe. Sie beherrschte es auch, ihn dazu zu bringen, dass er dahin abdriftete, wo auch immer Babys hinkamen, wenn sie schnell einschliefen. Diese Fähigkeit war weder angeboren noch erlernt. Sie war einfach pure Notwendigkeit. Doch nie tat sie etwas davon mit Freude. Dafür sorgten die Schlagpaddel und Riemen der *Mo-*

thers. »Kinder … müssen … gehorsam … sein«, pflegte die ältere *Mother* mit ihrer monotonen Stimme zu sagen, wobei jedes ihrer Worte ein Stakkato zum Pfeifen des langen schwarzen Lederriemens war, der durch die Luft sauste, bevor er auf LoLos Schenkel, Arm, Wange oder Knie landete. LoLos markerschütternder Schrei wuchs tief in ihrem Inneren, quoll wie Lava hinauf durch Brust und Kehle, vorbei an Zunge und Zähnen, und hallte von den Wänden des überbelegten, aber asketischen Wohnhauses wieder, das zwei Jahre lang ihres und Freddys Zuhause sein sollte. Bis Verwandte sie wegholten, um ihr ein Schicksal zu bieten, das mit noch mehr Trauer und Gefahr befrachtet war. Das passierte, als sie das erste Mal geschlagen wurde – und das zweite, schließlich das fünfte Mal. Beim sechsten Mal stand LoLo neben der Pritsche. Die kratzige graue Uniform wollte kaum an ihrem immer dünner werdenden Leib halten. Freddy lag auf dem Bett, wand sich und quengelte, ohne dass sie gewusst hätte, warum. Sie hatte ihn gefüttert, gewickelt, aufstoßen lassen und gewiegt, doch er wollte keine Ruhe geben. – *Als ob er möchte, dass ich geschlagen werde,* dachte sie, während sie die ältere *Mother* ihren dicken, drallen Körper zwischen den Pritschen durchschieben sah. Die Kinder stoben auseinander, pressten sich an Wände und beteten mit gesenkten Köpfen, dass sie nicht wegen ihnen, sondern wegen jemand anderem gekommen war. Dann blieb die ältere Mother mit ihren schweren Füßen vor LoLo stehen und bohrte mit ihrem wütenden Blick ein Loch in ihre Stirn. Im Takt der Worte wurde der Riemen geschwungen. LoLo schob sich ein bisschen näher an die Pritsche, auf der Freddy lag, machte sich gegen die Schläge steif und hielt ihr Gesicht so reglos wie nur möglich. Insgeheim hoffte sie, dass das Leder nur ein bisschen aus der Hand der älteren *Mother* rutschen und vielleicht das Baby treffen würde. Schließlich hatte es ihre Mama umgebracht, ihren Daddy und Auntie Bessie vertrieben, noch dazu machte es dauernd die *Mothers* wütend, und sie auch.

Denn um die Wahrheit zu sagen, sollte LoLo jemals so eine Art angeborene Liebe zu ihrem kleinen Bruder besessen haben, eine intrinsische Fähigkeit, sich um dieses Kind zu sorgen, in dessen Adern auch ihr Blut floss, dann hatte diese nicht die geringste Chance aufzublühen. Denn so leicht bei einer Sechsjährigen Liebe auch wachsen konnte – Freddy war aufgetaucht und hatte ihre Mutter getötet. Damit waren die Wurzeln der Liebe verrottet. In LoLos Garten gab es keine Blumen mehr, nur Steine – für Miss Bessie, ihren Daddy und die beiden älteren Brüder, die irgendwo Zuflucht gefunden hatten, wo kleine Mädchen nicht willkommen waren. Unter dem Schlag des Riemens dahinwelkend, sobald Mutter Freddy greinen hörte, und unter der Last ihres Schicksals wurde dieses mutterlose Kind mit dem Herzen voller Steine zur Mama ihres kleinen Bruders. Diese Rolle und diesen Titel genoss sie weder noch wollte sie sie. Das änderte sich erst viel später, als sie herausfand, dass sie den Titel – Mutter – nicht auf die Weise erwerben konnte, wie Gott das vorgesehen hatte. Das alles legte sie direkt Freddy zu Füßen – machte ihn verantwortlich für den Tod ihrer Mutter und die nachfolgenden katastrophalen Ereignisse, die ihr ganzes Dasein prägen sollten. Daran hielt sie ungebrochen fest, bis sie beide alt waren, sogar als er versuchte, wieder Kontakt aufzunehmen und Wiedergutmachung zu leisten. Und sogar als sie den Mut hätte aufbringen sollen, den wahren Ursprung all der Wut und des Schmerzes auszugraben. Heraus aus den dicken, verhärteten Stellen, bis sie zum Kern gewisser Freude vorgestoßen wäre. »Schsch … nicht weinen, kleines Baby. Bitte nicht weinen«, sagte sie, aber nicht mehr zu ihrem kleinen Bruder, sondern zu sich selbst.

***

Es gab keine Papier- oder anderen Tücher, um sich die Hände abzutrocknen. Schließlich war es eine *»Coloreds Only«*-Einrichtung, was bedeutete, man musste mit dem zurechtkommen, was das Establishment einem gewährte. Also wickelte LoLo sich Klopapier fünfmal um die Hand, riss es von der Rolle und ließ ein bisschen kaltes Wasser darauf laufen. Dann tupfte sie damit ihr Gesicht ab, passte aber auf, dass keine Papierfitzel an ihren Wangen und Augen hängen blieben. Dann nahm sie noch ihre Puderdose heraus und betrachtete ihr Gesicht sicherheitshalber noch von allen Seiten in dem kleinen Spiegel. Am Ende sah sie sich selbst in die Augen. *Nicht weinen, kleines Baby. Bitte nicht weinen.*

Sie war gerade erst mit der Spitze ihrer ausgetretenen Pumps über die Schwelle der Toilettentür getreten, als Tommy auch schon direkt vor ihr stand.

»Ich hab sie gefunden«, sagte er und verzog seine untere Gesichtshälfte zu einem breiten Lächeln mit Zähnen und Zahnfleisch. »Ich habe unsere Tochter gefunden. Sie ist unten im Kellergeschoss. Komm sie kennenlernen.«

LoLo zeigte lächelnd ihre Zähne, aber da war kein Leuchten in ihren Augen. »Okay, Baby. Dann lass uns da runtergehen.«

13

Tommys Ford Mustang war wertvoll, weil hübsch anzusehen und von Tommy eigenhändig aus verschrotteten Einzelteilen zusammengebaut. Er rumpelte schon den Penny Drive hinunter, als das Baby sich rührte. Es war eine lange Nacht gewesen. TJ hatte ins Bett gemacht und ein frischer Pyjama und frische Bettwäsche gebraucht. LoLo war noch nicht bereit aufzustehen und schon gar nicht, sich um das weinende Baby zu kümmern, aber Ehemänner hatten ihren Kaffee vor der Arbeit gerne heiß und dazu ihre Leberwurst zwischen zwei Scheiben Weißbrot. Die Kinder, nun ja, sie wussten noch nichts von genussvollem Schlaf oder davon, die Augen zuzulassen, vor allem wenn das Tageslicht durch einen Spalt im Vorhang fiel, bevor es für sie an der Zeit war, wach zu werden. Also musste LoLo damit klarkommen, ob sie dazu bereit war oder nicht. Sie sprach kein Wort, als sie TJ, ein Gebilde aus gelbbrauner Haut und Knochen, mit dicken Lippen und großen alten Augen, auf einen Stapel Telefonbücher setzte, die einen wackeligen Turm auf dem Küchenstuhl bildeten. Sie schob seinen Körper bis an die Tischkante und gab ihm einen Klaps auf die Hand, als er nach dem Löffel griff, ohne ein Dankgebet gesprochen zu haben. »Du weißt es besser«, sagte sie und faltete seine Hände. »Sprich dein Dankgebet, wie ich es dir beigebracht habe.«

»Godis greaaaaat, godis goooood, let us thank him for our food. Aaaa-men«, sang TJ mit seiner Kleinkindstimme, die dann doch ein Lächeln auf LoLos Gesicht zwang. Das dau-

erte eine Weile – bis LoLo ihren Sohn betrachtete und eher die Freude als die Last in ihm sah. Ihre Titties waren knochentrocken – sie hatte nicht einen Tropfen Ninny für ihn, aber trotzdem – aber trotzdem – klammerte er sich von Beginn an an sie, und das ertrug LoLo nicht. Das ganze Gequengel und Festklammern an ihren Beinen. Wie er den Kopf in ihrem Schoß, ihren Brüsten vergrub. Sie konnte nicht pinkeln gehen, ohne dass der Junge ihr auf die Toilette folgte. Konnte keine Milch aus dem Träger draußen auf der Veranda nehmen, ohne dass er greinte. »Hoch! Hoch!« Er reckte die Arme in die Luft, damit sie ihn auf ihre Hüfte setzte, während sie die leeren Flaschen abstellte und die frischen hineintrug. Das erinnerte sie an Freddy, und sie wusste, das war ein unfairer Vergleich, aber trotzdem, die Abhängigkeit ihres kleinen Bruders, sein Gequengel, das kostete sie mehr, weit mehr als sie zu geben hatte während der knapp zwei Jahre, die sie unter Aufsicht der *Mothers* verbrachten. Und das machte LoLo knausrig. Sie hielt die bescheidene Menge Zuneigung, die sie überhaupt aufbringen konnte, zurück, während sie darum kämpfte, all das in den Tiefen ihrer Erinnerungen zu vergraben, was sie wegen ihm bezahlen musste. Und so gab es zu Beginn dieses Gezerre – TJ kämpfte um Aufmerksamkeit, LoLo enthielt sie ihm vor. »Du kannst dich, verdammt noch mal, nicht überallhin tragen lassen!«, brüllte sie und ließ ihn einfach so mitten auf dem Boden stehen, mit seinen durch die Luft wedelnden Händen, die wie Hummerscheren aussahen, während er sie anbettelte. Es war wie ein Tauziehen. TJ voller Energie, torkelnd und warm – LoLo ein Eisklotz.

So blieb es, bis der Tag kam, als LoLo meinte, ihn gebrochen zu haben, und eine hartnäckige Furcht dafür sorgte, dass ihr Herz schmolz, obwohl dort vorher nur bittere Kälte gewesen war. Eigentlich sollte TJ schlafen, doch kaum zehn Minuten nachdem sie ihn hingelegt hatte, war er schon da. »Mama«, jammerte er. LoLo stöhnte und hörte nur seine Stimme, nicht was er sagte, während sie Erdnussbutter vom Resopal kratzte. Sie hob die Augen zur Decke und lauschte. Stand regungslos da. Dann herrschte wieder Stille. *Gut, er ist wieder eingeschlafen*, sagte sie sich. Sie schrubbte die klebrige Masse weg und zerbrach sich dann den Kopf darüber, welche Tricks zum Entfernen von Flecken aus feinem Stoff sie kannte. Denn natürlich war da, wo es Erdnussbutter gab, auch Gelee. War es Backpulver? Essig? *Hab ich nicht mal jemand Club Soda auf einen Teppich mit verschüttetem Rotwein tupfen sehen?*, fragte sie sich, während sie schrubbte. *Ich schwöre, dass ich nicht weiß, wie zum Teufel dieser Junge Traubengelee auf die Tapete und das Sofa schmieren konnte.* LoLo schnalzte mit der Zunge, und ein Stirnrunzeln folgte. *Zum Kuckuck mit dieser Rennerei durchs Haus, als wäre sie ein Tasmanischer Teufel.*

»Mama!«

Die kleine Stimme war jetzt lauter, und kleine Füße tappten über den Holzboden. LoLo seufzte tief und formte mit den Lippen einen stummen Fluch, als sie den Lappen im Waschbecken unters warme Wasser hielt und auswrang. Sie beklagte laut die Tatsache, dass ihr Plan, sich hinzusetzen und einfach mal nichts zu tun, sich soeben in Nichts aufgelöst hatte. »Junge, du sollst schlafen!«, sagte sie, als TJ um die Ecke und in die Küche kam.

»Mama«, wimmerte er.

»Junge, wenn du nicht gleich zurück in dein Be …«

LoLos Augen kamen auf TJ zu ruhen. Schon erschütterte ihr Schrei die Luft. TJ trippelte wie gewohnt auf den Zehenspitzen vor ihr herum. – Eine Angewohnheit, die ihm als Sechstklässler den Spitznamen »Trippel« einbringen sollte, weil er immer noch auf Zehenspitzen auf dem heißen Beton um das öffentliche Schwimmbad herumtrippelte. Diesmal allerdings tropfte rote Flüssigkeit aus seinem Mund, lief den Hals hinunter und auf sein blaues Shirt mit Supermans weißem markantem Gesicht. Sogar das »S« auf dessen Brust war besudelt.

»TJ!«, brüllte LoLo, eilte zu dem Jungen und zog ihn an sich. Panisch hob sie sein Kinn an. *Vielleicht hat er ein Messer in die Finger bekommen und sich geschnitten!* Sie untersuchte seinen ganzen Kopf. *Vielleicht ist er aus dem Bett gefallen und mit dem Schädel auf irgendwas Scharfkantiges geknallt.* Dann besah sie seine Lippen und Zähne. *Hat der Junge sich seine Zähne herausgerissen?* Als schließlich aus TJs Weinen ein Heulen wurde und er den Mund weit aufriss, da sah sie es: Seine Zunge schien von der kleinen rosafarbenen Höhle losgerissen zu sein. »Sweet Jesus, Lawd!«, kreischte sie, was TJ natürlich nur noch lauter schreien ließ. Und dann waren sie beide panisch – er versuchte, sich an sie zu klammern, sie, ihn von sich fernzuhalten.

»Mama!«, heulte er, den Mund voller Blut. So viel Blut.

LoLo schnappte sich das Kleinkind und rannte zur Haustür. Mit Schlappen, die bei jedem Schritt über die gekieste Einfahrt an ihre Fersen schlugen, und kreischend lief sie zum Nachbarn. »Skip! Skip!«, brüllte sie. TJ hielt sie mit einem Arm und benutzte die andere Hand, um gegen die Fliegengittertür aus Alu zu schlagen. Das war laut genug, um ihren Nachbarn zu wecken, der sich nach Ende seiner Schicht gerade hingelegt hatte. »Skip!«, schrie sie.

»Ich … ich … ich weiß auch nicht, was passiert ist. Er hat

schon geschlafen, und dann fing er an zu schreien, und als ich ihn sah, da war er schon so!«, rief LoLo, nachdem der Nachbar die Haustür einen Spaltbreit geöffnet hatte und durch die Gittertür lugte.

»Ganz ruhig, ganz ruhig, wie hat er sich denn wehgetan?«, fragte Skip, während er, Entsetzen im Gesicht, die Tür aufschloss.

»Ich weiß nicht, ich weiß nicht, ich weiß nicht«, klagte LoLo, als wäre das ein einziges, langes Wort.

»Okay, okay, versuch, dich zu beruhigen«, meinte Skip. »Lass mich nur meinen Autoschlüssel holen. Geh schon nach draußen. Ich fahr euch sofort in die Ambulanz.«

Ein paar Stunden später war LoLo wieder zu Hause. Langsam wiegte sie TJ auf seinem Bett, wobei sie seinen Kopf an ihre Brust drückte und eine geflüsterte Version von *Hush Little Baby* krächzte. Beide hatten sich endlich beruhigt. Tommy kam nichtsahnend und später als sonst ins Haus geschlendert.

»Hallo-o!«, rief er und schloss behutsam die Tür. Dann sah er sich um, hatte eigentlich mit einer Begrüßung gerechnet. Doch da war niemand. »LoLo? TJ?« Immer noch nichts. Tommy lauschte. »Wo ist meine Frau? Meine Familie?«

»Hier drin«, rief LoLo.

Sie schaukelte und sang weiter, liebkoste ihren Sohn zwischen ihrer Halsbeuge und ihrer Brust. Ihre Fingerspitzen waren von der Kälte des Eisbeutel, den sie an seine Zunge presste, schon beinah gefühllos. Aber sie ignorierte das und sang einfach weiter.

Tommy erschien im Türrahmen und spähte herein. »Was ist passiert? Ist er wieder hingefallen? Hat sich die Lippe aufgeschlagen?«, fragte er. TJ zappelte ein bisschen. So eng, wo er sich an LoLos Haut schmiegte, war schwer zu sagen, wo einer von ihnen aufhörte und der andere anfing.

»Sein Zungenbändchen war zu kurz, Tommy«, sagte LoLo endlich. »Er hat es irgendwie abgerissen. Noch nie in meinem Leben hab ich so viel Blut gesehen.« LoLo wiegte TJ weiter. »Ich hab versucht, dich in der Fabrik anzurufen, aber ich konnte sie nicht dazu bringen, dich an den Apparat zu holen.« Mit dem Kopf deutete sie auf das Häufchen aus blutiger Kleidung am Boden. »Er bekam Eis drauf und wurde mit zwei Stichen genäht, damit es aufhörte zu bluten.«

»Was?«, rief Tommy. »O Mann! Wo hast du ihn hingebracht? Ins Krankenhaus?«

»Nein, Skip hat mich in seinem Taxi zur Ambulanz gefahren. Es wird alles wieder gut. Jetzt tut es nur noch weh, und er fürchtet sich.«

Tommy beugte sich herunter, um TJ auf den Arm zu nehmen, doch der Junge entwand sich seinem Griff. Wimmernd schmiegte er sich noch enger an LoLos Hals und Busen.

»Weißt du, er hat mich heute ›Mama‹ genannt«, erzählte sie, während sie ihn weiter wiegte. Sie blickte zu TJ hinunter und drückte einen Kuss auf seine Stirn. »Das erste Mal, dass er das gesagt hat.«

»Oh, dann bist du jetzt ein Mamakind, was?«, meinte Tommy mit einem kleinen Grinsen. Er streckte die Hand aus und versuchte, das Kind mit einem Kitzeln am Arm zu necken. TJ schüttelte ihn ab. »Ach, dann willst du mich jetzt nicht mehr, was?«, fügte Tommy hinzu. Er richtete sich wieder auf und verschränkte die muskulösen Arme, während er zum Spaß die Stirn runzelte. »Das war's dann zwischen dir und mir, *lil man*?«

TJ jammerte wieder, drückte sich eng an sie. So gut er

konnte, schlang er seine kurzen Ärmchen um LoLos Körper. Sie zog ihn fester an sich, küsste noch mal seine Stirn und sang ihr Schlaflied. Ihr Sohn, ihr Baby, wollte niemand außer ihr. Und endlich wollte auch LoLo ihr Baby.

***

»Brav, so ist es brav, Baby«, sagte LoLo und legte ihre Hände auf TJs. Sie drückte einen Kuss auf seine Fingerchen. »Und jetzt iss deine Haferflocken, damit du groß und stark wirst!« Plötzlich wurde ihre Stimme rau: »Und du fasst die Milch nicht an, bis du aufgegessen hast. Eigentlich sollte ich dir gar nichts zu trinken geben. Wo du letzte Nacht schon wieder ins Bett gemacht hast.«

TJ löffelte Haferbrei, so gut er konnte, in seinen Mund. Die eine Hälfte landete dort, die andere auf seiner Wange. LoLo ließ ihn machen und wandte ihre Aufmerksamkeit der kleinen Rae zu, die in ihrem Hochstuhl quengelte, weil sie ihr Rührei und Fläschchen haben wollte. »Schon gut, schon gut, es kommt ja schon.« Mit einer Gabel schob sie die Eimasse auf dem Teller auseinander und pustete zum Abkühlen darauf. Babygirl war kein Fan von Haferbrei. Die paar Male, als LoLo es damit probiert hatte, saß sie mit zusammengepressten Lippen in ihrem Stühlchen. Und das sogar, nachdem sie den Brei mit ein bisschen Zimt und Milch vermischt hatte. Aber das Mädchen wollte nur eins, und das waren Eier. Als weiches Rührei, und zwar nicht mit der Gabel, sondern von LoLos Fingern gefüttert. Sie war ein dickköpfiges kleines Ding.

»Okay, okay, hier kommt es schon. Ich muss es nur ein bisschen abkühlen lassen. Du möchtest dir doch nicht den Mund verbrennen, oder?«, sagte LoLo, während sie auf den kleinen gelben Hügel auf dem Teller pustete. Das Baby schmatzte als Antwort geräuschvoll, sabberte und machte »bah, bah, bah«. Endlich nahm LoLo ein bisschen Rührei zwischen die Finger, blies ein letztes Mal darauf und hielt es dem Baby an seine Lippen. Die Kleine lehnte sich ihr entgegen, riss den Mund weit auf und saugte dann, bis LoLos Finger sauber und ihr kleiner Mund voller Ei war. Vor lauter Zustimmung, Befriedigung oder Aufregung – wahrscheinlich eine Mischung aus allem – ruderte sie mit den Armen. LoLo bescherte diese einfache, liebevolle Aktion immense Freude. Sie fühlte sich dabei nicht nur mit diesem kleinen Mädchen verbunden, das sie jetzt ihr eigen nannte, sondern auch mit ihrer Mutter, von der sie erinnerte, dass sie LoLo auf die gleiche Weise gefüttert hatte. Das war eine der ganz wenigen Erinnerungen an ihre Mutter. Hin und wieder, wenn sie sich ganz dem Bemuttern ihrer Kinder widmete und sich stark genug für den Schmerz der Erinnerung fühlte – was nicht oft passierte –, setzte LoLo sich hin, schloss die Augen und überlegte, wie ihre Mama ausgesehen hatte. Doch wie sehr sie sich auch anstrengte und selbst wenn ihr dabei die Tränen kamen, gelang es ihr nicht, die Augen, Wangenknochen, das Lächeln oder das Haar ihrer Mama vor sich zu sehen. Nur ihre langen Finger, geschickt und voller Schwielen, wie sie in das Rührei griffen und sich dann zu LoLos Mund bewegten. Solche Zärtlichkeit hatte sie seit dem Tod der Mutter nie mehr erfahren. Das war die bedeutsamste Zärtlichkeit, die sie diesem neuen Baby zu schenken vermochte. Das war so viel abhängiger von ihnen, als TJ es je gewesen war, nachdem LoLo und Tommy ihn im Alter von zwei Jahren zu sich geholt hatten.

»Das schmeckt gut, was, Baby?«, sagte LoLo lächelnd,

während die jetzt achtzehn Monate alte Rae schmatzte und schluckte. »Magst du das? Magst du das, Rae?«

Der Name, wie auch das ganze Kind, fingen gerade erst an, LoLo ans Herz zu wachsen. Beinah ein ganzes Jahr war LoLo das alles suspekt gewesen – nicht nur eines, sondern zwei Kinder aufzunehmen, mit den Problemen des Jungen umzugehen. Er klammerte, machte ins Bett und war aggressiv. Dieses Kind einer drogensüchtigen Mutter, der ihre Nadeln wichtiger waren als ihr Baby. Jetzt wartete LoLo darauf, was bei dem kleinen Mädchen zutage treten würde. Das Unbekannte. Denn Raes Herkunft war, nach Auskunft des Waisenhauses, ein bisschen dramatischer als die der typischen Mündel. Eine Krankenschwester auf dem Weg zu ihrer Arbeit in einem Heim für unverheiratete werdende Mütter hatte sie auf den Stufen des Gebäudes entdeckt. Dort, in der bitteren Kälte, hatte auf einem Stapel Decken ein verpieseltes, frierendes, aber ansonsten gesundes Baby gelegen. Bei sich einen kleinen Beutel mit seltsamen Dingen – einer Hasenpfote, einem kleinen Büschel krauser Haare, einer Pfeife, einem Taschentuch, das aussah wie in Blut getunkt, und eine gefaltete braune Papiertüte. Auf Letztere stand dreimal nacheinander »dieses Baby« geschrieben und dann im Halbkreis um diese Zeilen »ein schönes, behütetes, wohlhabendes Leben«. Das Kind steckte in einer Tüte vom Kaufhaus Nordstrom wie an der Straße abgelegter Müll. Ohne einen Hinweis darauf, wer das Baby war oder wo es herkam, unternahm das Krankenhaus ein paar halbherzige Versuche, in der Nachbarschaft zu erfahren, ob jemand ein Kind geboren und es jemand anderem anvertraut hatte. Doch man rechnete nicht damit, irgendetwas herauszubekommen. Mit Blick auf die Pflege- und Adoptionsgebühren, die sie dem Waisenhaus in Rechnung stellen konnten, wenn sie dort ein gesundes, hübsches Neugeborenes ablieferten, war ihnen das auch ganz recht. Niemand wusste also, woher sie kam oder von wem sie abstammte – was in ihrem Blut und ihren Knochen steckte. Doch wer auch immer ihre Mama war, sie musste unbedingt vom Land sein. Rootworker, Wurzelwerkerin, nannte man so was zu Hause in South Carolina. Die Leute von Bluffton wandten sich an sie, wenn sie medizinische Hilfe brauchten, es aber nicht zu dem einzigen Negro*-Doctor schafften, der mindestens fünf Orte weiter nach Norden, Süden, Osten oder Westen die Schwarzen Leute behandelte. Oder wenn sie nicht das Geld dafür hatten. LoLo erinnerte sich, Angst vor ihnen gehabt zu haben, nachdem *The Mothers* ihren Mündeln eingeschärft hatten, sie wären das pure Böse – »eine Sünde gegen den lebendigen Gott«. Und das, obwohl sie deren Dienste in Anspruch nahmen, wenn die Kinder des Beacon Baptist Home for Orphans erkrankten. Dann kamen sie und holten kleine Säckchen hervor, die mit Baumrinde, Blättern, Kräutern und Pulvern für irgendwelche Auflagen gefüllt waren, mit Münzen und kleinen Zetteln, auf die Wünsche für die Genesung der Kinder gekritzelt waren. Und dann spielte es keine Rolle, dass diejenigen, denen sie helfen sollten, eher das Gegenteil glaubten. LoLo änderte ihre Meinung erst, als sie die Zärtlichkeit einer der Herbeigerufenen erfuhr, die Freddys Fieber kurieren sollte. »Komm mal her, Kleines«, hatte die Frau namens Lena sie zu sich gerufen und dann LoLos beide Hände in ihre genommen. Sie beugte sich zu ihr, strich ihr über Nacken und Schultern und versuchte, LoLos Blick einzufangen. Schließlich fügte sich LoLo – sie hörte auf, den Kopf hin und her zu werfen und hob den gesenkten Blick lange genug, damit die Frau wusste, sie hörte zu, aber nur so kurz, dass deren Flüche nicht in ihre Augäpfel schlüpfen konnten, wovor *The Mothers* gewarnt hatten. »Bist du in Ordnung, Süße?«, fragte die Frau. »Wie steht's um dein Herz?« LoLo sagte nichts, obwohl ihre hin und her schießenden Augen ihre Furcht verrieten. Furcht davor, was *The Mothers*, was die anderen Kinder von einer Verbindung zwischen ihnen denken würden. »Ist schon gut, Kind. Es wird nicht leicht, aber du wirst es schaffen. Denk nur daran. Du wirst es schaffen und für jemand anderen ein helles Licht sein.« LoLo verstand nichts davon, und sie machte sich auch nicht viele Gedanken über die Worte der Wurzelwerkerin, bis sie Raes kleinen Beutel zum ersten Mal in der Hand hielt und ihn anschließend sicherheitshalber aufbewahrte. Vielleicht hatte die Person, die ihn gefüllt hatte, ihn mit einem Zauber belegt, der jedem schaden würde, der es wagte, ihn wegzuwerfen, anstatt für das Baby aufzuheben. Oder vielleicht wollte die Mama des Babys, dass es ihn eines Tages bekam. Wie auch immer, The Society steckte ihn in einen Umschlag und gab ihn LoLo, die ihn wiederum sicher verwahrte. Hin und wieder holte sie das Säckchen hervor, setzte sich dann hin, betrachtete das Mädchen und stellte sich selbst Fragen. Wie sollte sie dieses kleine Mädchen in einer Welt beschützen, in der kleinen Mädchen nichts als Schmerz und Kummer drohten? Das machte LoLo nervös. Die Vorstellung, Rae großzuziehen.

Als Tommy sie das erste Mal erblickte, hatte er nichts anderes als Sonnenschein gesehen. Freude. »Lass sie uns Rae nennen«, hatte er eines Abends insistiert, Wochen nachdem sie sie aus dem Waisenhaus geholt hatten.

»Das klingt für mich wie ein Jungenname«, hatte LoLo gesagt. Sie hatte überlegt, sie vielleicht Lila Mae, nach ihrer Mama, oder Bettye, nach ihrer Großmutter, zu nennen. Aber sie musste wissen, wer diese kleine Person überhaupt werden wollte. Ob sie dieser Namen würdig wäre. Doch dann kam Tommy ihr zuvor.

»Rae klingt wie die Sonne«, sagte Tommy, nahm das Baby aus seinem Bettchen und ließ es in seinen Armen hüpfen. Das Baby gähnte und streckte sich ein bisschen, beschwerte sich aber nicht. Es sah nur eindringlich in Tommys Augen, während er gurrte und zum Radio summte. Stevie Wonder sang gerade *A Place in the Sun*, als hätte er den Song extra für diesen Moment geschrieben. »Sie ist ein kleiner Sonnenschein.«

Tommy den Namen fürs Baby aussuchen zu lassen fiel nicht schwer. Mit Rae konnte sie leben.

»Bah bah bah bah«, sagte das Baby, sabberte und streckte sich nach dem letzten Rest Rührei zwischen LoLos Fingern. Dann schmatzte Rae und lächelte mit nassem Mund.

LoLo nahm den Teller weg, wischte ihr das Gesicht ab und verschwand. Im Kopf ging sie schon die Dinge durch, die sie noch zu erledigen hatte, bevor sie am Abend ihren Kopf wieder aufs Kissen betten konnte. Bevor Tommy an ihrem Nachthemd zupfen, seine Lippen an ihren Hals und die Finger an ihre intimen Stellen pressen würde. »Nein« war noch keine Option – für ihn jedenfalls nicht. Für sie auch noch nicht. Er war sanft, zärtlich, und wenn sie die Augen offen ließ, seine Hände, Lippen, Augen, seine Schultern, so rund wie Kanonen, betrachtete und sich an ihm festhielt, dann konnte sie ihn beinah genießen.

Doch es erforderte echte Mühe. Ruhe. Und gegenwärtig, mit zwei kleinen Kindern und einem Haus zu versorgen, da war Ruhe nicht leicht zu finden. Eine Doppelschicht in dem feuchtkalten Betonkeller der Nähfabrik während der Weihnachtszeit war unendlich viel leichter als mitten in der Nacht verkackte Popos abzuputzen und vollgepinkelte Bettwäsche zu wechseln, Haare zu kämmen, das Haus in Ordnung zu halten, weinende Kinder zu beruhigen, sie zu baden und anzuziehen, Frühstück, Mittag- und Abendessen zu machen, Lebensmittel für die Woche einzukaufen, das Tischgebet zu sprechen und dankbar für dieses neue Leben zu sein, das Tommy versprochen und wahrgemacht hatte.

LoLo zog sich ihren Hausmantel enger um die Brust, ließ den Teller ins Spülbecken fallen, das schon voller Geschirr war. Dann trat sie an den Kühlschrank und nahm einen Krug mit Gemüsesuppe heraus. Die hatte sie von einem großen Topf Gemüse aufgehoben, das sie am Vorabend gekocht hatte. Sie goss etwas von der Flüssigkeit in einen kleinen Topf und zündete den Gasherd an. Zuerst stellte sie die Flamme klein, um das Erhitzen der Flüssigkeit besser unter Kontrolle zu haben. Aber sie stellte es vor Schreck groß, als das Baby mit den Händen auf den Hochstuhl aus Plastik schlug. »Bah bah bah«, schrie sie, holte tief Luft und verzog das Gesicht, um gleich loszuheulen.

»Schon gut, schon gut«, sagte LoLo, griff nach einer kleinen Glasflasche und dem dazugehörigen Sauger. »Es kommt schon. Dein Bah-Bah kommt schon.«

Und dann knallte es. Überall tropfte Milch herunter – von dem kleinen Klapptisch, der gegen die Wand der kleinen Küche geschoben war. Von den Sitzflächen der Stühle und die Stuhlbeine herab. Sie lief über den Boden und sammelte sich auf dem Laminat. Ein bisschen rann Richtung Holzboden im Wohnzimmer. »TJ!«, brüllte LoLo, als ihr Blick den Weg zurück zur Ursache des Verschüttens nahm. Ihre Hand knallte gegen den Kopf des Jungen, den Tommy am Vorabend frisch geschoren hatte. Sie packte ihn am Arm, riss ihn von seinem

Stuhl und schlug ihm auf den Hintern, bevor sie ihn aus der Küche schmiss. »Was machst du für eine verdammte Unordnung? Raus hier«, brüllte sie ihm nach, als er ins Wohnzimmer taumelte. Sein Heulen erschreckte Rae. Ihr kleiner Körper erstarrte, und sie riss die Augen auf, als hätte sie gerade unseligen Horror erblickt. Und dann heulte sie auch los.

LoLo schnappte sich das Glas vom Tisch und knallte es zusammen mit TJs Löffel und dem leeren Breischüsselchen ins Spülbecken. Die Hände aufgestützt beugte sie sich vor und zurück, um den Rücken zu strecken. Sie atmete tief durch die Nase und schluckte selbst einen Schrei hinunter. Die Suppe begann zu kochen.

Es war noch nicht einmal acht Uhr morgens.

14

Sommer 1970

LoLo hatte kein Problem mit Pat Cleveland. Sie mochte sie sogar, fand aber die Beachtung ihrer Schönheit zu offensichtlich. Groß, dünn, hübsches Haar. Aber nichts davon unterschied sie von irgendeiner anderen Hellerhäutigen, nach der die Leute sich den Hals verrenkten, nur weil sie nicht wie eine stinknormale farbige* Frau aussah.

Luna dagegen war LoLos Girl. Sie hatte diese riesengroßen alten Augen, mit denen sie aussah wie eine Eule, die sich vor der Dunkelheit fürchtete. Ihre Arme und Beine erinnerten an die Äste einer dürren Eiche im Winter. Sie hatte ein bisschen mehr Farbe, aber keine nennenswerten Titties, Hüften oder einen Hintern wie die Mädchen auf der mittleren Doppelseite der Zeitschrift *Jet*. Jede Woche leckten farbige* Männer sich die Finger und hinterließen ihre Spucke an den Ecken der Hochglanzseiten. Sie überblätterten rasch die Anzeigen für Zigaretten und die kurzen Storys über Neuigkeiten von Negros*, auf der Suche nach diesen Fotos der halb nackten Marilyn, die gern schwimmt und liest, und Eloise, mit ihren Maßen neunzig-sechzig-neunzig, hinter einem Sekretärinnenschreibtisch an irgendeinem Negro*-College unten im Süden. Schwarze Männer wollten diese Mädchen – echte Frauen mit weichen, üppigen Körpern zum Festhalten. Luna war nichts für sie, und gerade das mochte LoLo an ihr. Es gab ihr ein gutes Gefühl hinsichtlich ihres eigenen ranken und schlanken, verlegenen Körpers, der nicht den Klischees dessen entsprach, wie der Körper einer Negro* Woman aussehen sollte. Was die Männer wollten. LoLo war außerweltlich, eine hübsche Marsianerin, genau wie ihr Idol. Heimlich liebte sie es, wie all ihre Freunde sich sogar angewöhnten, sie Little Luna zu nennen, weil auch sie ein *skinny ol' thang* war, genau wie das Supermodel, das es geschafft hatte, die Prominente der weißen Modeindustrie zu werden, obwohl sie ein Negro* war. »Ihr habt sogar dieselben riesengroßen alten Augen«, hatte Cindy eines Nachmittags während ihrer Mittagpause in der Schneiderei gesagt. LoLo saß da und kaute an ihrem Sandwich mit Dosenfleisch, während sie durch eine Ausgabe der britischen *Vogue* blätterte, die sie im Stapel der Modemagazine versteckt hatte, die ihr Chef als »Inspiration« zur Hand hatte. Dabei war das in Wirklichkeit nur eine unverfängliche Bezeichnung dafür, dass er europäische Mode als seine eigenen »Original«-Kreationen an die wohlhabende, aber deshalb nicht schlauere weiße Klientel weitergab. Sie alle glaubten, überteuerte, maßgeschneiderte Kleider eines persönlichen Designers würden sie unendlich modischer machen. Wie die Damen auf den Gesellschaftsseiten der *New York Times* und des *New Yorker*. Und so klaute er weiter Entwürfe, um mitzuhalten. Lunas Ausgabe – die, bei der sie es erstmals auf die Titelseite geschafft hatte – hatte er allerdings weggeworfen. Er sah wohl nichts, das es wert war, von Lunas Körper gestohlen zu werden. Doch Para Lee hatte die Zeitschrift für LoLo aus dem Müll gerettet. Und Mr Deerfield, der wurde nicht schlau daraus.

»Denkst du, ich sehe wirklich wie sie aus?«, hatte LoLo gefragt. Sie hatte den Kopf schräg gelegt, die Augen leicht zusammengekniffen und ihr eigenes Gesicht in Lunas gesucht.

Nur einen Moment lang stellte sie sich vor, nicht in diesem Keller, in Amityville, in New York und den Vereinigten Staaten zu sein, sondern wie Luna auf allen vieren über einen Laufsteg zu kriechen oder über ihren Augen das Fingerzeichen für Avedons Kamera zu machen. Vielleicht auch Mick Jagger auf seine dicken Lippen zu küssen und ihn dazu zu bringen, seine Liebe wieder und wieder zu gestehen.

»Hmm, sie ist hübsch, aber das kann doch kein Leben sein«, sagte Para Lee.

»Wie meinst du das?«, fragte LoLo, endlich von den Seiten der Zeitschrift aufblickend.

»Leute lieben es zu sehen, wie dieses Mädchen sich zum Narren macht und durch die Straßen läuft, als hätte sie keinen Funken Verstand«, erklärte Para Lee und zupfte eine unsichtbare Fussel von ihrem perfekt gestärkten, sittsamen Kleid. »Aber sie lieben sie nicht. Das macht einen Unterschied.«

»Tja, für jemand, der nicht geliebt wird, sieht sie aber schon aus wie jemand, der eine gute Zeit hat«, sagte Cindy, die über LoLos Schulter auf die inzwischen schon abgegriffenen Seiten mit den Bildern des Models spähte. »Eines weiß ich: Die Männer, mit denen sie es zu tun hat, sind keine Spießer.«

»Uah, welche Frau sollte denn schon wollen, dass dieser seltsame Andy Warhol ihr schräge Blicke zuwirft? Der behandelt sie, als wäre sie sein Haustier.«

»Bei der Asche, die der hat, wäre seine Peitsche vielleicht gar nicht so schlimm, stimmt's, Little Luna?«, sagte Cindy kichernd.

LoLo schnitt eine Grimasse, und ihr Magen rebellierte beim Gedanken an eine Peitsche – oder eine körperliche Fessel – zur Kontrolle über Lunas Körper. Ihren Körper. Das war eine der Lieblingsbeschäftigungen ihres Onkels Bear, wenn seine Frau zu Besorgungen weg und das Haus still war. LoLo wusste, dass er sie finden würde, egal wo sie versuchte, sich zu verstecken, egal wie sehr sie sich in irgendwelche Winkel drückte. Er kontrollierte sie mit seinen Händen, einem Gürtel. Nach einer Weile brauchte er dafür nur noch sein Kommando. »Komm her«, sagte er zu LoLo mit einer Stimme, so dunkel wie seine Augen. Langsam näherte sie sich ihm und blieb vor dem Mann stehen. Ihr langer Körper mit seinen knapp ein Meter dreiundsiebzig und in bestrumpften Füßen machte sich vor seiner kleinen, aber muskulös gedrungenen Gestalt unterwürfig klein. Immer versuchte er, mit ihr zu spielen – sie da stehen zu lassen, wartend, ängstlich, wachsam. Nie war sie gefasst auf das, was als Nächstes kam. Und es spielte keine Rolle, dass es wieder … und wieder … und wieder passierte. Nie war sie darauf gefasst.

»Ich bin nicht dran interessiert, das Haustier von irgendwem zu sein«, hatte LoLo gesagt, abrupt die Zeitschrift zugeschlagen und sich wieder an ihre Nähmaschine gesetzt.

Aber heute Abend beabsichtigte sie, die Gazelle in dem Zirkus zu geben, den Tommy in ihrem neuen Haus veranstaltete – eine epische Housewarming Party, um die Trophäen seines Kriegs zu präsentieren. Er wollte, dass alle, die ihn kannten, seine Kinder sahen, das neue Haus, das er angeschafft hatte, damit sie darin herumstreunen konnten, den hübschen Wagen, der davor geparkt stand. Nur zu gern nahm LoLo die Rolle der pflichtbewussten Ehefrau ein, die Fisch frittieren und die besten Makkaroni mit Käse diesseits von Long Island zubereiten konnte, während sie die ganze Zeit über wie Luna aussah und ihr Mann seinen Arm um ihre Taille schlang. Sie hatte sich etwas genäht, das einer Modezeitschrift würdig gewesen wäre: eine kniefreie Version des golden schimmernden Kleids von Paco Rabanne, das in ihrem Shooting von David Bailey für die *Vogue* Lunas Körper praktisch umfloss. Das Material und ein simples Schnittmuster hatte sie bei Woolworth entdeckt. Dann wirkte sie den Zauber, den sie zwei Jahre lang in ihrem Job bei Deerfield's Tailoring and Design gewirkt hatte. Dazu legte sie die ausklappbaren Seiten, die sie vorsichtig aus der Zeitschrift getrennt hatte, auf ihren Nähtisch und machte sich ans Werk. Natürlich passte das Resultat wie ein Handschuh. Und natürlich schlüpfte sie, während Tommy bei der Arbeit war und die Kinder Mittagsschlaf hielten, in ihre Kreation und schlich damit durchs Haus. Sie setzte sich anmutig auf die grüne Plüschcouch: den Rücken gerade, die Schultern zurück und die langen Beine von sich gestreckt, dazu streckte sie ihre Füße mit Größe 42 so, dass ihr Körper dreißig Zentimeter länger wirkte. Sie lachte gekünstelt, wedelte mit ihrer Zigarette und warf sich in Positur für die Kamera, bis sie genug hatte. Bis sie die Sehnsucht, aus ihrem neuen Zuhause und von ihren hübschen Babys und dem hart arbeitenden Ehemann wegzulaufen, ausreichend gestillt hatte. Wie Luna, die darauf beharrte, vom Mars zu stammen, wollte auch sie nicht von dieser Welt sein, keine normale Ehefrau, die das normale Leben einer normal-farbigen* Frau führte und nicht wagte, daran zu denken, was hinter den Sternen möglich und was größer als der Mond wäre.

* * *

»Ich hab nicht gesagt, dass mir das Kleid nicht gefällt. Es ist fantastisch«, meinte Tommy, als er im Kreis um LoLo herumging, die in ihrem golden glitzernden Kleid vor ihm stand. Beim ersten Anziehen hatte sie sich darin wie Venus gefühlt. Jetzt war sie Pluto. Klein, unbedeutend. »Ich kenne nur keine Frau, die sich wie ein Filmstar anzieht, um Fisch für eine Party mit Kartenspielen zu braten.«

Dabei war es doch genau das, was Tommy angeblich an LoLo fasziniert hatte, als er versuchte, ihr Herz zu erobern. Für LoLo war es eine Kleinigkeit, sich an ihre Nähmaschine zu setzen und extravagante Sachen herbeizuzaubern. Damit brachte sie Tommy dazu, sich aufzuplustern, wenn sie beide einen Raum betraten: Er klein und dunkel, mit der Statur eines Weltergewichts und Schultern, die sich wie Kanonenkugeln unter der Anzugjacke wölbten; sie wie ein Model, mit ihren Absätzen eine Handbreit größer und eine Erscheinung wie die Freundin eines Rockstars. Sie trug Etuikleider mit Handschuhen und passenden Kitten Heels, um bei A&P Brot und Zigaretten zu kaufen, als würde sie zum Jazzhören ins Minton's gehen. Immer eine Show. Schließlich hatte sie schon genug Zeit damit verbracht, durchschnittlich zu sein. Und damit, sich sagen zu lassen, wer und was sie nicht sein konnte. Aber oben im Norden, in den Straßen von New York, da war sie ihre eigene Erfindung. Und die hatte Tommy sich ausgesucht. Es gefiel ihr, der Preis zu sein. Sein Preis. In einer Welt, die ihr Schutz verweigerte, war sie ein Juwel, das er begehrte – und in seinen Armen sicher.

Natürlich hatte er für sie Abstriche gemacht. Ihre körperliche Erscheinung, ihre eher festen als weichen Brüste, die eher kantigen als kurvigen Hüften – nichts davon entsprach seinem Ideal. Aber sie war sexy, verführerisch. Die Sorte Frau, nach der Leute die Köpfe drehten, selbst wenn sie es nicht darauf anlegte, aber vor allem wenn sie es tat. Tommy gefiel diese Aufmerksamkeit. Er führte sie gern an seinem Arm. Damals hatte er mit ihr größer gewirkt, stärker. Wenn jemand ihr Avancen machte, war er schnell zur Stelle. »Sie hat's nicht nötig, dass du ihr Drinks ausgibst«, hatte er einmal einen potenziellen Verehrer angeknurrt. Der hatte LoLo einen Drink bringen lassen, als sie an der Bar stand, sich zu *Where Did Our Love Go* von den Supremes wiegte und mit den Fingern schnippte, während sie wartete, dass Tommy von der Toilette zurückkam. Der hatte ihr den Drink, einen ordentlichen Bourbon, sofort aus der Hand geschnappt und ihn dem Kerl vor die Brust gedrückt, der eben mit ausgestreckter Hand ankam, um das Mädchen zu begrüßen, das ihm aufgefallen war. LoLo beeindruckte nicht, wie Tommy den Mann umstieß oder wie bereitwillig er sich schlug, um sich ihrer würdig zu erweisen. Viel besser gefiel ihr, wie er eine Hand auf ihre Hüfte legte und sie hinter sich schob. Als wäre er eine schützende Mauer gegen alles, was ihr drohen mochte. Zwar hatte er das Chaos ausgelöst, aber ihr darin ein Gefühl von Sicherheit vermittelt. Schnell wurde er ihr Superheld, ihr Beschützer.

Aber jetzt, für seine Freunde, in dem Zuhause – dem Leben –, das er geschaffen hatte, da wirkte er größer, wenn sein Fisch gut frittiert und das Bier kalt war. LoLo hatte sich noch nicht wirklich daran gewöhnt, ihre Schnitte zu ändern und sich vernünftigere Stücke auf den Leib zu schneidern. Aber das sollte sie tun, nicht wahr? So sollte sie werden, oder? Jemandes Frau, jemandes Mutter, jemandes Ruhepol. Die Frau, die es wert war, beschützt zu werden.

Also machte sie den Schnitt.

Nur Stunden später hatte sie das Kleid und dessen Grandeur komplett vergessen. Sie schob ihre rechte Hüfte vor und ließ neue Stückchen von mit Maismehl paniertem Barsch ins blubbernde Fett fallen. »Nehmt euch alle mal ein kaltes Bier aus dem Cooler«, rief sie und lächelte strahlend, als Cindy mit ihrem Mann Roosevelt reinkamen und Tommys Bruder Theddo sie auf die Wange küsste. »Ich hab keine Ahnung, wo Tommy gerade steckt. Vielleicht ist er draußen auf der …«

»Ich bin schon hier, Frau«, sagte Tommy und gab ihr scherzhaft einen Klaps auf den Po, der jetzt in einem grün-gelb-braun karierten Minirock steckte. Er liebkoste seine Frau ein bisschen und griff dann um sie herum nach einem frisch frittierten Stückchen Fisch, das zum Abtropfen auf einem Stapel Küchenpapier lag. LoLo schlug ihm auf die Hand.

»Ah-ah! Sonst verbrennst du dir die Zunge«, sagte sie. »Und was soll ich dann mit einem Mann anfangen, der seine Zunge nicht benutzen kann?«

Der ganze Raum brach in »Ohoo« und »hört, hört« aus. Tommy lachte glucksend, dann beugte er sich mit offenem Mund und Zunge in Bereitschaft zu einem Kuss vor. LoLo sah ihn eindringlich an, streckte ihre eigene raus und nahm seine in ihren Mund. »Mhmmm«, machte Tommy anschließend. »Ich hab mir eine sexy Frau genommen, das kann ich euch sagen.« Dann schnappte er sich ein Stückchen Fisch und stopfte es sich in den Mund, bevor LoLo ihn daran hindern konnte. »Und kochen kann sie auch!«

»Jetzt aber raus aus meiner Küche, Mann!«, rief LoLo mit gespieltem Zorn und wich einem weiteren Klaps auf ihren Po aus. »Wenn ich mit dir hier rummache, wird kein Fisch mehr übrig bleiben.« Ihr Lachen kam tief aus dem Bauch und war ehrlich.

Und genau so ging der Abend weiter – locker und unverfälscht. LoLo kümmerte sich um den Fisch, einen Topf voller Rübengemüse mit Schweinshaxe und eine Auflaufform mit ihren geliebten mit Käse überbackenen Makkaroni. Cindy kümmerte sich darum, dass immer genug Bier in der Kühlbox war, und gab sich alle Mühe, Roosevelt von der Brandyflasche fernzuhalten. Sarah tanzte zusammen mit LoLo durch die Küche und drehte mit der Handkurbel Portionen von frischer Vanille- und Erdbeercreme aus der Eismaschine, während sie zu dritt herumalberten und zu Marvin Gaye und den Temptations shaketen.

»Woooo, dieser Marvin hat eine Stimme, die wie ein heißes Messer durch süße Sahne geht, das kann ich euch sagen«, meinte Cindy, als sie die Hüften zu *How Sweet It Is To Be Loved By You* schwang, das aus dem Plattenspieler dröhnte. »*That man smooth.*«

»Hmmm, ich steh auf Eddie Kendricks«, sagte Sarah, während sie an der Kurbel drehte und drehte und drehte, sodass ihr Bizeps im Rhythmus tanzte. »Der müsste nur in meine Richtung knurren, und schon würde ich aus diesen Hot Pants springen.«

Tommy knallte seinen Joker so fest auf den Tisch, das der unter dem Gewicht seiner Hand wackelte. *»Run 'em, muthafuckas!«*, brüllte er dazu, und das Haus wackelte vor Gelächter. Es erfasste die Frauen in der Küche, die Männer mit breit gespreizten Beinen, Zigaretten zwischen den Lippen und vom Rauch und Alkohol blutunterlaufenen Augen am Tisch und die Paare, die sich im roten Licht, in das die Wände getaucht schienen, zur Musik lasziv aneinanderrieben.

Über die Musik und die lauten Gespräche hinweg konnte LoLo schwach das hohe Geräusch eines weinenden Babys hören. Ein Wimmern, aus dem jeden Moment echtes Gebrüll werden würde. Die Kinder waren schon vor Stunden ins Bett gebracht worden und hatten bereits tief geschlafen, als die ersten Gäste eintrafen. Allerdings hatte LoLo sich keine Gedanken darüber gemacht, wie sie angesichts der ausgelassenen Stimmung in Ruhe weiterschlafen könnten. Jetzt steckte sie den Kopf aus der Küche und richtete lauschend den Blick auf die Türen, hinter der die Kinder schlafen sollten.

»Den Kindern geht's gut«, sagte Tommy und richtete beim Kartenmischen den Blick auf LoLo, die die Türen nicht aus den Augen ließ. »Lass sie einfach.«

»Ich dachte, ich hätte eins von ihnen gehört«, sagte LoLo.

»TJ dreht sich bloß um, das ist alles. Der beruhigt sich schon wieder. Geh du dich wieder um den Fisch kümmern, bevor er verbrennt. Und sieh zu, dass du fertig wirst, damit ich mit meinem scharfen Weib einen Slow Drag tanzen kann.«

LoLo kicherte und warf Tommy einen Blick zu, von dem sie wusste, er würde danach am liebsten Fisch, Bier, Kartentisch und alle Leute rausschmeißen, um ihre Beine um seine Taille zu schlingen, während sie unter ihm lag.

Der Türknauf von TJs Zimmer wackelte, und aus Raes Greinen wurde Geheul. Tommy und LoLo verbissen sich ihr Verlangen und stöhnten im Chor auf. »Ich muss den Fisch umdrehen«, sagte LoLo schnell und wedelte wie zum Beweis mit ihren bemehlten Fingern.

»Komm schon, Baby«, sagte Tommy. »Ich hab gerade ein Blatt, mit dem ich gewinne. Cindy kann auf den Fisch schauen.«

»Ah, nah, lass Cindy nich' an 'en Fisch«, lallte Roosevelt und sortierte die Karten in seiner Hand. »Sie versaut ihn bloß. Außer ihr mögt ihn fad und verbrannt.« Roosevelt hatte schon drei Gläser Brandy und ein paar Biere intus. Genau die richtige Mischung, um seine Streitlust zu wecken. Die fand, einmal losgelassen, irgendwie immer ihren Weg zu Cindy. Entweder in Form von ein, zwei Beleidigungen, irgendwelchem Geschrei und manchmal einem Klaps. Wenn Roosevelt erst loslegte, wussten alle, wie heikel die Situation war. »Das Einzige, wozu sie taugt, ist, sich um das Eis in der Kühlbox zu kümmern. Verdammt, wenn ich so drüber nachdenke, kann sie nicht mal das. Mein letztes Bier, das sie mir gebracht hat, war warm.« Und dann zu Cindy: »Hey, bring mir diesmal ein kaltes, verdammt.«

»Hör mal, du musst nicht so mit ihr reden«, sagte Sarah leise. Dabei stellte sie sich vor Cindy. Die war schon so lange ihre Freundin, dass sie ihre Geheimnisse kannte und ihre Wunden versorgte, wenn sie tief und frisch waren.

»Was denkst du, mit wem du redest, Bi …«

»Whoa, whoa, wohoa«, machte Tommy, um das Feuer auszudämpfen, bevor es noch mehr Sauerstoff bekam. Den Blick auf Roosevelt gerichtet, sagte er zu LoLo: »Ich kümmer mich um das Kind. Geh du und mach noch eine Portion von dem Fisch, ja? Man soll nichts unterbrechen, was perfekt läuft. Ich seh nach ihm.«

Unbehaglich und verunsichert griff LoLo nach Cindys Hand und zog sie zurück in die Küche – außer Sichtweite von Roosevelt. Sie wusste, wie das sonst lief. Sarah wusste es auch. Genau wie Tommy, auch wenn es dem ein echtes Anliegen war, sich nicht in die Angelegenheiten eines anderen Mannes einzumischen. Vor allem nicht, wenn's um Geld und Frauen ging. Oft schon hatte er LoLo geraten, es »einfach auf sich beruhen zu lassen«, wenn sie erzählte, dass Cindy mit einem blauen Auge oder blauen Flecken im Gesicht zur Arbeit gekommen war. »Das ist ihre Sache«, pflegte er zu sagen. »Wenn's ihr nicht gefällt, wird sie schon gehen.«

»Denkst du, einer Frau gefällt es, von ihrem Mann geschlagen zu werden?«, sagte LoLo an einem Abend zu ihm, als sie bereits viel zu lang über die Angelegenheiten eines anderen Paars gestritten hatten. »Dann musst du verrückt sein!«

»Ich sage ja nicht, dass es ihr gefällt«, hatte Tommy deutlich gemacht und LoLo mit Handgesten zu beschwichtigen versucht. »Ich sage nur, wenn eine Frau die Nase voll hat, wird sie nicht mehr versuchen, die Sache am Laufen zu halten.«

Als sie so zusammen in der jetzt stillen Küche waren, während das Fett brutzelte und Sarahs Kurbel rhythmisch an der Metallschüssel der Eismaschine schabte, da fragte LoLo sich, wann Cindy ihre Versuche aufgeben und anfangen würde, etwas für sich selbst zu tun. Doch sie wussten alle, dass das keine leichte Sache war. Frauen wussten das.

Ein Chor aus »Awww«- und *»Hey Little Man!«*-Rufen im Wohnzimmer riss sie alle aus ihren Gedanken. »Mmmmhmmm«, machte Sarah und gönnte sich eine Pause vom Kurbeln, in der sie kurz um die Ecke spähte. »Da habt ihr euch wirklich hübsche Babys ausgesucht.«

Cindy schlich zu ihr, um selbst einen Blick zu riskieren. »Sie hat sich auch einen guten Mann ausgesucht. Schaut euch mal Tommy mit den beiden an. Da weiß man, er liebt die Kids.« Und dann an LoLo gerichtet: »Du bist ein Lucky Girl. Du hast einen Mann, der dich liebt und für dich und diese Kinder sorgt, die nicht mal seine sind.«

»Es sind seine«, verbesserte LoLo sie schnell.

Sarah warf Cindy einen tadelnden Blick zu. »Ja, das sind

sie«, sagte sie, ohne den Blick von der Übeltäterin zu nehmen. »Eine große, glückliche Familie, das ist es, was wir alle verdienen.«

LoLo wischte sich das Maismehl von den Fingern und ging hinüber, um selbst nachzusehen. Tommy hatte sich in einen kleinen Sessel auf der anderen Seite des Raums gesetzt und hielt TJ und Rae links und rechts im Arm. Rae versteckte ihr Gesicht an seiner Brust. Ihr kleiner Afro, schief und zerdrückt, war praktisch das Einzige, was außer ihrem weißen Strampler und ihrer dicken Stoffwindel noch zu sehen war. TJ saß stoisch da und rieb sich gähnend die Augen. Die Blicke, die Musik, der Geruch von Zigaretten und Joints und verschwitzten Körpern vom Tanzen und Lachen schienen ihm nichts auszumachen. Nicht einmal der Blitz einer Polaroidkamera störte ihn. Monate später sollte TJ seine Mutter in eben diesem Sessel sitzen sehen, während sie das Foto lächelnd betrachtete. Er würde natürlich nicht wissen, dass der Blick von LoLo der war, mit dem sie ihre Familie betrachtete. Diese Einheit, die sie selbst erschaffen hatte und in die sie sich endlich so richtig verliebte. Zum ersten Mal sah sie etwas, von dem sie lange geglaubt hatte, sie würde es nie bekommen. Schutz. Liebe. Eine eigene Familie, die ihre Liebe erwiderte.

* * *

Später am Abend, als die Kinder wieder fest schlummerten, die letzten Gäste nach halbstündigen Verabschiedungen und *Alright nahs* gegangen waren und Sarah LoLo geholfen hatte, die Teller und Gläser abzuräumen und die Spuren von Bier und Zigarettenasche wegzuwischen, die Gäste lachend und zu Marvin Gaye tanzend hinterlassen hatten, da wusch LoLo sich das Gesicht, schälte sich aus ihrem Minirock und trat mit dem Tuch, das sie nachts um ihre Haare band, in der Hand ans Bett. Sie war noch zu benommen von Joints und Brandy, um sich Locken einzudrehen, und hatte dazu sowieso keine Lust. Dass sie das getragene, schäbige Tuch, das von Haarfett und Schweiß noch leicht feucht war, auf den Nachttisch warf, war ein Signal. Sie wollte Tommy. Und der würde sich ihr gerne beugen.

LoLo sagte ihrem Ehemann nie ausdrücklich, dass sie Sex wollte, weil sie wusste, so gefiel es ihm. Wie jeder andere Mann erwartete auch er, dass seine Frau unverfälscht ins Ehebett kam. Bereit, ihm in der Dunkelheit wie auch im Licht des Morgens die Führung zu überlassen. Da mochten die Hippies »freie Liebe« und »Revolution« schreien – die Ehefrauen wussten Bescheid. Die Männer hatten das Sagen. Ihr Haartuch auf den Nachttisch zu legen, das war das Maximum an körperlicher Selbstbestimmung, das LoLo in ihren dreiundzwanzig Jahren auf dieser Erde erreicht hatte.

Der Mond warf bläuliches Licht auf Tommys nackte Brust und eins seiner muskulösen Beine. Wie das Bild von einem Mann lag er auf den weißen Laken. LoLo konzentrierte sich auf das Weiße in seinen Augen, als er seinen Körper in ihre Richtung verlagerte, um besser sehen zu können, wie sie ihr Nachthemd aufknöpfte und zu Boden gleiten ließ. Joints und Brandy zogen ihre Marionettenfäden. So legten sie ihren Körper mit gespreizten Armen und Beinen hin, ließen ihn auf der quietschenden Matratze schaukeln und kapitulieren und federn. *Stöhn*, sagten sie, also tat sie es. Mach deinen Mund weit auf, sagten sie, also tat sie es. *Beug den Hals und streich mit deinen Fingernägeln über seinen Schwarzen Rücken, stöhn wieder*, sagten sie. Und so tat sie es. Joints und Brandy wussten immer genau, was zu tun war. Joints und Brandy waren laut und wild – was Tommy am liebsten mochte. Joints und Brandy entspannten die Muskeln, erstickten und ertränkten die Erinnerungen. Ließen Abgestorbenes wieder atmen. Sie sorgten dafür, dass Tommy bei heruntergekurbelten Fenstern schnell fahren konnte. Mit heißem, rumpelndem Motor. Sorgten dafür, dass LoLo einfach mitfahren konnte.

Beide lagen am Ende als verschwitzter Haufen aus verdrehten Körpern zwischen Laken und Kissen. Und sie schliefen so tief, dass keiner von ihnen merkte, wie TJ neben ihrem Bett stand. Mit großen Augen starrte er in die Dunkelheit und versuchte, sich einen Reim auf die nackte Haut und alle möglichen Körperteile zu machen. In der rechten Hand hielt er seine nassgepinkelte Pyjamahose, während der nass gesabberte Daumen seiner Linken ihn beruhigte. TJ schaute auf den Penis seines Vaters, dann auf seinen eigenen, auf die Nippel seiner Mutter und anschließend auf seine eigenen. Normalerweise hätte einer von ihnen beim Geräusch seiner sich öffnenden Tür reagiert, aber momentan waren seine Eltern wie tot. Als er seine Mutter an der Schulter anstupste, wurde sie ruckartig lebendig. Ihr Aufschrei und die plötzliche Bewegung ließen auch Tommy wiederauferstehen.

»Mein Gott, Junge, was fehlt dir denn?!«, rief LoLo und blinzelte. Das Weiß seiner Pyjamahose erkannte sie als Erstes scharf, dann seinen untenherum nackten Körper.

Tommy schaute auch, schüttelte den Kopf und ließ sich wieder zurück aufs Bett fallen.

»TJ, Junge, hast du wieder ins Bett gemacht?«

Langsam schüttelte der den Kopf. »Ja.«

LoLo rieb sich den Kopf und ließ ihn noch mal aufs Kissen sinken. Ihre Stirn und ihre Schläfen hatten einen eigenen Pulsschlag. Sie machte die Augen wieder zu. Vielleicht war es nur ein Traum. Ja, ein Traum. Sie würde wieder einschlafen und normal aufwachen. Wie jeder andere Mensch auch. Ausgeruht und in dem Bewusstsein, dass mit der Welt alles in Ordnung war.

Tommy stupste sie an. »LoLo, bring den Jungen aus dem Zimmer. Er riecht nach Pisse.«

Seine Stimme schlug wie ein Hammer gegen ihre Stirn. »Ich kann mich nicht … rühren«, sagte sie und hatte Mühe, die Worte rauszupressen.

Beide Eltern schliefen, betrunken und noch halb bekifft, wieder ein. Die Geräusche der Nacht – Grillen und Zikaden – ließen sie wegdämmern. Da nahm TJ den Daumen aus dem Mund und drückte damit gegen den Arm seiner Mutter.

»TJ! Was?!«

»LoLo, geh den Jungen umziehen. Ich versuche zu schlafen, verdammt!«

LoLo setzte sich rasch auf und sagte in ihrem Kopf all die Dinge, die sie am liebsten laut ausgesprochen hätte: *Ich auch, verdammt. Hast du irgendwas mit deinen Händen? Sind die zu gut, um kleine verpinkelte Pos abzuwischen? Ich hab den Fisch frittiert, die Küche aufgeräumt, die Böden geputzt, dich gevögelt. Und du kannst diese eine Sache nicht machen?* Dann schwang sie die Füße aus dem Bett, zog das Laken mit sich, um ihre Brüste zu bedecken, als sie nach ihrem Bademantel griff. Gleichzeitig konzentrierte sie sich darauf, die Galle, die in ihr hochstieg, in Schach zu halten. TJ stand da und beobachtete, wie LoLo sich in das Kleidungsstück zwängte. Sie fixierten einander mit ihren Blicken und wechselten kein Wort. Auch nicht, als LoLo den Gürtel zuknotete. Sie stand einfach da und schlug dann dem Jungen ohne Vorwarnung mit dem Handrücken ins Gesicht.

Sein Heulen schallte wie eine Sirene durch den Raum, sodass Tommy sich kerzengerade aufrichtete. »LoLo, *what the fuck*! Warum schlägst du ihn denn?«

LoLo packte den Jungen am Arm und zischte mit zusammengebissenen Zähnen: »Weil er lernen muss, seinen Daddy nicht zu wecken.« Dann zog sie ihn hinter sich her aus dem Schlafzimmer, über den Flur und in sein Zimmer, wo es nach Urin und Angst roch.

15

Die Sonne sollte im Juli zwar heiß scheinen, aber an diesem einen Tag stand sie hoch am wolkenlosen Himmel und hatte sich anscheinend vorgenommen, die grünen Blätter der Buschbohnen, die violetten Blüten der Hortensien und alles andere zu verbrennen, das LoLos Welt erhellte. Daher war LoLo entschlossen, sich durch nichts von der Gartenarbeit abbringen zu lassen. Die Stangenbohnen, der Grünkohl, die frischen Zwiebeln und der Kürbis würden ungefähr ab nächstem Monat gute Sonntagsessen ergeben. Doch dafür brauchten sie Schutz – Wasser und sonstige Pflege. Genau die wollte sie ihnen geben.

So konnte sie das Baby gar nicht schnell genug zum Mittagsschlaf hinlegen. Rae quengelte noch ein bisschen, als LoLo ihr Haar schon mit einem von Tommys Bandanas zusammenband und in den Garten hinter dem Haus schlüpfte. Ohne Schuhe, aber dafür mit Hacke, Rechen und Schlauch in der Hand sowie TJ dicht auf ihren Fersen. Das Baby würde schon bald zur Ruhe kommen. Und LoLo im Garten auch. Sie stand auf dem Rasenfleck neben ihrem Beet, hob das Gesicht ins Licht des hellsten Sterns und bohrte die Zehen und Fußballen in das dichte Gras bis hinunter zur Erde. TJ schaute auf die Füße seiner Mutter, dann auf seine eigenen und machte es genauso. Dabei wackelten seine kleinen Zehen so heftig, dass er davon umgefallen wäre, hätte seine Mutter ihn nicht am Arm festgehalten. »Fühlt sich gut an, was?«, sagte sie mit einem aufrichtigen Lachen. Und als würde sie ihre Anwesenheit – ihre Erdung – wohlwollend zur Kenntnis nehmen, schickte Mutter Erde eine leichte Brise, die ihre Wangen mit einer leichten Kühle küsste. LoLo schloss die Augen und holte tief Luft. Heute, beschloss sie, würde ein guter Tag sein.

»Mama!«, rief TJ ihr zu. Schnell wie ein Wimpernschlag hatte er es zur untersten Stufe des Aufgangs zur hinteren Veranda geschafft. »Schau!«, rief er. Während LoLo die Hände hob, aber noch bevor sie ein »Nein« herausbringen konnte, war TJ in die Knie gegangen, hatte die Arme nach vorne geschwungen und war losgesprungen. Er stürzte ganz knapp vor dem Beton hart aufs Gras. Kichernd stand er wieder auf. Da musste LoLo auch kichern. Normalerweise verschloss sie ihr Herz davor, das Leben des kleinen Jungen direkt vor ihren eigenen Augen aufblitzen zu sehen. Anfangs hatte sie vergessen, wie hart im Nehmen kleine Jungen sein konnten – wie schnell sie rannten und hinfielen, wie sie tobten und mit der Genauigkeit einer Rakete die schmutzigsten, chaotischsten Dinge aufstöberten. Matschpfützen. Mülltonnen. Würmer und Ameisenlöcher tief in der Erde. In TJs Welt waren das Seen, in denen er mit seinem Boot paddelte – Fischgründe voller Barsche und Weißfische, die man mit imaginären Angelruten fing. LoLo lernte rasch, ihrem Anflug von Jungenhaftigkeit freien Lauf zu lassen. Den hatte sie auf den Feldern und in den Wäldern hinter dem Waisenhaus ausgelebt, wo sie fern von den Blicken der *Mothers* wild und frei herumrennen konnten. Wenn sie es sich selbst erlaubte, genoss sie TJ. Mit Rae war das anders.

»Whoa, das war ein guter Sprung!«, rief LoLo TJ mit einem breiten, echten Lächeln zu. »Bist du heute Superman? Wohin fliegst du denn? Kann ich mit?«

»Komm, Mama! Lass uns zum Mond fliegen!«

TJ rannte los und flatterte wild mit den Armen, während er, so schnell seine Beinchen ihn trugen, im Kreis durch den Garten rannte. LoLo ging mit ihren langen Beinen ein Stück in die Knie und lief, ebenfalls mit den Armen flatternd, in kleinen Schritten hinter ihm her. So taten sie beide, als würden sie durchs Weltall fliegen. Die Guten auf einem ihrer großen Abenteuer. So machten sie immer weiter, flogen am Mond vorbei zu Saturn und Venus und Mars.

»Okay, okay«, sagte LoLo schließlich außer Atem und besorgt, ihr ursprüngliches Vorhaben nicht zu schaffen. »Das reicht, *lil' man*. Jetzt geh da rüber, nimm dir deinen Ball und spiel, während Mama sich um diesen Garten kümmert. Bevor deine Schwester wieder aufwacht.«

Gehorsam holte TJ sich seinen blau marmorierten Gummiball und schoss damit überall im Garten herum. LoLo begutachtete unterdessen die ordentlichen Reihen von Gemüse, das sie aus Samen gezogen hatte, die zu Setzlingen und schließlich Pflanzen herangewachsen waren. Um ihren Bauch und ihr Herz zu nähren. An jedem einzelnen Tag freute sie sich auf diese besonderen Augenblicke – auf das Summen der Bienen, während sie Unkraut zupfte, auf den Geruch von Hühnermist oder Pferdeäpfeln in der frischen Luft, je nachdem was sie bekommen konnte, um zu düngen. Das erinnerte sie an das wenige Gute, das sie dem Heranwachsen in South Carolina hatte abgewinnen können. Die Baumwollfelder unter der Sonne Carolinas waren brutal gewesen. Und ihren Onkel, der sie aus dem Waisenhaus gerettet und in einer anderen Hölle angekettet hatte, verheizten sie dort draußen. Sie arbeiteten alle hart – das lag in der Natur des Pächterdaseins. Daher hatte niemand dort ein glamouröses Leben, doch die mühsamsten Pflichten sparten Bear, der Cousin ihres Vaters, und dessen Frau Clarette für LoLo auf. So kroch sie an vielen Abenden mit Schmerzen am ganzen Leib in ihr Bett, mit Blasen an den Füßen und sonnenverbrannter Haut. Auf der Erde kniend musste sie zwischen den langen Reihen der Pflanzen Steine aufklauben oder mit bloßen Händen Erde auf die Samen häufen. Am schlimmsten war, im Hühnerstall die zementharte dicke Kruste aus Federn, Spinnweben und Kot auszumisten. Dabei gab es dort drin kaum Luft, und Licht fiel nur durch die Ritzen zwischen den Brettern. Trotzdem ihre morgendliche Ration Haferbrei bei sich zu behalten – an großzügigen Tagen vielleicht auch ein Biscuit mit einer Scheibe gesalzenem Schweinefleisch –, das war eine genauso große Herausforderung wie einen weiteren Tag auf dem Land zu überleben. Aber genau das tat sie. Irgendwann genoss sie es – die Ruhe, die Verbindung zur Erde. Die Flucht aus Bears Händen. Denn die waren jetzt statt mit LoLos Körper voll mit den Gaben der Erde beschäftigt. Sie hatte die Landwirtschaft im Blut. Die Gartenarbeit berührte sie.

LoLo beugte sich vor zu dem Strahl kühlen Wassers, das aus dem Gartenschlauch schoss, und nahm einen Schluck davon. Dann presste sie den Daumen auf die Öffnung, um einen Sprühregen zu erzeugen. Das Wasser schimmerte in den Sonnenstrahlen und erzeugte einen Regenbogen. Lächelnd begann LoLo einen ihrer Lieblingssongs zu summen. Links von ihr kickte TJ seinen Ball und rannte ihm nach, als wäre das sein Job. Da schlug hinter ihr das Tor neben der Einfahrt zu. LoLo schaute in die Richtung: Cindy schnippte mit den Fingern und tänzelte ein wenig umher, während sie mitzusingen begann. »*Another Saturday night and I ain't got nobody* … Yeah, das ist doch von Sam Cooke«, sagte Cindy, als sie neben

LoLo trat und ihr beim Wässern zusah. »Der Mann wusste, dass er gut aussah. Und ich wette mit dir, dass er samstags die volle Auswahl hatte, mmmhmm!«

LoLo lachte, hielt aber den Blick weiter auf ihre Pflanzen gerichtet. »Du spinnst!«

»Aber hab ich nicht recht?«

»Ich schätze schon. Wahrscheinlich konnte er aus einer ganzen Traube aussuchen«, sagte LoLo fröhlich lachend. Bis sie sich umdrehte und in Cindys Gesicht sah. Die schmetterlingsförmige Brille ihrer Freundin verbarg etwas von der Prellung, aber nicht alles. LoLo wässerte weiter, aber das Lächeln verschwand aus ihrem Gesicht. »Was ist los, Cindy? Was bringt dich an diesem Nachmittag hierher?«

»Ich weiß nicht«, sagte Cindy leise und trat von einem Fuß auf den anderen. »Ich bin vorbeigefahren. Wusste, dass ich dich hier draußen bei diesen Stangenbohnen finde.« Sie richtete den Blick auf die beiden riesigen Hortensienbüsche am Zaun. »*Whew wee*, die Hortensien hat Tommy aber gut hingekriegt. Er hat sie für dich so dunkelviolett gefärbt, was?«, sagte sie und schirmte ihre Augen gegen die Sonne ab.

LoLo schwieg. Ihr war nicht danach, über blühende Büsche von irgendwem zu reden. »Sieht aus, als wäre Tommy nicht der Einzige, der Sachen violett färbt.«

Cindy berührte ihre linke Wange, aber die Worte schienen ihr im Hals stecken geblieben zu sein. Nach einem langen Schweigen kam LoLo ihr zu Hilfe. »Bereitet Roosevelt schon irgendwo seine Entschuldigungen vor?«

»Keine Ahnung, wo er steckt«, meinte Cindy kurz angebunden. »Ist mir auch egal.«

LoLo bewässerte weiter den Garten, wobei das kalte Wasser ihren Daumen taub werden ließ. Als sie das Gefühl hatte, ihr

Gemüse und die Blumen hätten genug abbekommen, und als Cindys Schultern sich ein wenig entspannten, während Vogelgezwitscher ihre traurigen Gedanken begleitete, da nahm LoLo endlich den Daumen weg. Daraufhin lief das Wasser auf ihre nackten Füße.

»Gib mir einen Schluck davon«, sagte Cindy.

LoLo hielt den Schlauch höher und sah Cindy zu, die sich vorbeugte und den Wasserstrahl mit den Lippen berührte. Nach ein paar schnellen Schlucken richtete sie sich wieder auf und holte eine Packung Kool-Zigaretten und ein Streichholzbriefchen heraus. Sie bot LoLo eine an. Dann standen beide da, inhalierten das Nikotin und bliesen mit zurückgelegten Köpfen Rauchkringel in den wolkenlosen Himmel, während das Wasser ihre Füße umspülte.

»Ich bin schwanger«, sagte Cindy irgendwann.

LoLo warf einen Blick auf den Bauch der Freundin und nahm einen weiteren Zug, sagte jedoch kein Wort. Dann ging sie an die Seite des Hauses, drehte den Wasserhahn zu und nahm noch ein paar Züge, bevor sie wieder zu ihrer Freundin zurückstapfte. Sie hatte Mühe, die richtigen Worte zu finden.

»Meine Periode ist ungefähr sechs Wochen überfällig, und mein Bauch fühlt sich … seltsam an. Als würde sich da drin irgendwas multiplizieren und teilen – fest werden und gleichzeitig wachsen.« Cindy nahm wieder einen Zug und ließ dann die Hand mit der Zigarette sinken. Da wurden die Tränen sichtbar, die begonnen hatten, ihr über die Wangen zu laufen. »Ich kann das nicht.«

LoLo ging in die Hocke, um ihre Zigarette in einer kleinen Pfütze auszudämpfen, die sich in der Erde rund um die Bohnenstangen gebildet hatte. »Nicht mit ihm, das kannst du nicht. Da bin ich ganz deiner Meinung. Wir müssen für dich einen Ort finden, an dem du untertauchen kannst, um dir zu überlegen, wie es mit dem Baby weitergehen …«

»Ich werde es nicht behalten«, schnitt Cindy ihr das Wort ab.

LoLo runzelte die Stirn. »Was meinst du mit nicht behalten?«

Cindy schwieg.

»Cynthia Clayton«, fauchte LoLo. Ihre Worte ließen die Freundin zusammenzucken. »Tut mir leid, tut mir leid – es tut mir leid«, sagte LoLo rasch, weil sie begriff, dass ihre laute Stimme die ohnehin angeschlagene Freundin erschreckt hatte. Sie versuchte, Cindy zu umarmen, doch deren Körper blieb starr.

»Ich habe mich entschieden. Ich kann mit dem Mann kein Baby auf diese Welt bringen. Wenn ich sehe, wie er mit mir umgeht, kann ich nicht sicher sein, ob er das auch mit unserem Kind machen würde.«

»Aber ich verstehe nicht«, sagte LoLo. »Du hast doch eine Wahl. Du kannst dich statt für diesen Mann für das Baby entscheiden.«

Cindy schnaubte. »Und was machen? Ein Baby alleine großziehen?«, fragte sie. »Hast du vergessen, wie hart es hier draußen für uns ist? Wie hart es verdammt noch mal ist, uns selbst durchzubringen, ganz zu schweigen von diesen Kindern? Dass die ganze Welt dich nur für eine billige Nigger*nutte halten wird, wenn du hier mit einem Haufen rotznasiger Kinder rumläufst und nicht die Rede von einem Daddy ist? Nicht alle haben einen Tommy, der bereit ist, da rauszugehen und wie er zu arbeiten, um euch alle zu ernähren.«

»Was kümmert's dich, was andere Leute über dein Baby denken?«

»Mich kümmert es, am Leben zu bleiben«, sagte Cindy. »Mit einem Baby schaffe ich das nicht.«

»Aber mit Roosevelt schaffst du es?«, fragte LoLo. Sie griff nach Cindys Kinn und blickte ihr in die Augen. »Der Mann wird dich umbringen.«

Cindy zog ihren Kopf mit einem Ruck weg. »Ich werde mit ihm fertig. Aber ich schaff es nicht, allein zu sein. Das kann ich einfach nicht.« Sie wischte sich die Tränen ab, die weiter über ihre Wangen liefen. »Und ich bin nicht hergekommen, um mich verurteilen zu lassen, LoLo. Ich bin gekommen, weil ich deine Hilfe brauche.« Sie hob den Blick und sah ihrer Freundin in die Augen. Dann legte sie eine Hand auf ihren Bauch und bedeutete LoLo, ihn sich anzusehen.

LoLo schüttelte langsam den Kopf. »Nein, nein, nein, nein, nein – das kannst du nicht tun«, flüsterte sie. »Tu das nicht, Cindy – bitte.«

»Ich habe keine andere Wahl, verstehst du das nicht?«

»Wenn du das machst, werden sie dir jede Wahlmöglichkeit nehmen, verstehst du das nicht?«, flehte LoLo. Sie griff mit einer Hand nach Cindys Bauch und legte die andere auf ihren eigenen. »Ich weiß das. Ich weiß es einfach. Das willst du nicht, das willst du nicht, das willst du nicht«, sagte sie, während sie den Kopf schüttelte und Tränen auf ihrer Haut glitzerten.

***

Herbst 1963

Die meisten Menschen – Negros* sowieso – erinnern sich an die Einzelheiten des 15. September 1963 wie ein Maler, der seine Pinselstriche macht: Die Sonne schien von einem wolkenlosen blauen Himmel und die Fische in Mill's Creek, draußen in den Bergen Virginias, sprangen praktisch nach Zacharias Wilsons Angelschnur, und Diakonin Bunche, diejenige mit der tiefen Stimme am frühen Sonntagmorgen und den Buttertoffees ganz unten in ihrer Handtasche, rief in der ersten Bankreihe einer Kirche drüben in Texas gerade die Engel direkt vom Himmel herunter, als sich die Nachricht von Ost nach West nach Norden und Süden verbreitete. Die Nachricht, dass vier kleine Lämmchen durch die Hand eines elenden Crackers im heiligsten Moment der Woche ermordet worden waren. Zu Beginn der Sonntagsschule, wo Kinder in ihrem schönsten Kirchengewand von den Eltern hingeschickt werden, um das Wort Gottes zu lernen. Lynchmorde waren alle grauenvoll – verdrehte, geschundene und sogar zerstückelte Leichen, verzerrte Gesichter, erstarrt in dem letzten Moment, als Genicke brachen und letzte Atemzüge die Körper verließen. Wenn die Opfer, die armen Opfer, unschuldig, definitiv verängstigt und sicherlich unvorbereitet auf das Ende alle Augenblicke ihres Lebens noch einmal aufblitzen sahen und dann in das Licht blickten, das Vorfahren, die sie nach Hause riefen, für sie leuchten ließen. Es ist entsetzlich, sie so zu sehen. Doch der Gedanke, dass vier kleine Mädchen, mit frisch geglättetem Haar, hübschen Baumwollkleidchen bis zu den Knien, in Mary Janes, die mit Vaseline und vielleicht ein bisschen Spucke auf Hochglanz poliert waren, einfach … tot sind. Eine derartige Tragödie? Ein so monströses

Verbrechen? Das brennt sich ins Gedächtnis. Die neue Nachricht vom Mord an vier kleinen Mädchen lässt sich genauso wenig abschütteln, wie man die Schwärze von der Haut eines Negros* abschrubben kann.

Aber LoLo erinnerte sich an das Datum noch aus anderen Gründen als dem Lynchmord an diesen Kindern. Tatsächlich erinnerte sie sich an den 15. September 1963, weil es der Tag war, an dem ihre eigenen Kinder gelyncht wurden.

Das Baby in ihrem Bauch war von Bear. Es war nicht aus Liebe entstanden. Sein Herz schlug noch keine zwei Wochen, und es hatte schon Feinde. Clarette war mit einem Ehemann gestraft, der darauf stand, seine Teenager-Nichte zu schlagen und zu vögeln. Sie ertrug die Vorstellung nicht, dass LoLo ein Kind ins Haus brachte, nachdem sie und ihr Mann vier Kinder begraben hatten, die vor der Zeit aus ihrem Bauch gekommen waren. Sie wollte LoLos Baby tot sehen. Die Oberschwester im Krankenhaus »nur für Weiße« – die im Besitz des Schlüssels für den Raum mit medizinischem Gerät war und oft genug auf der Station für Frauenheilkunde assistiert hatte, um zu wissen, wie man unerwünschte Babys aus Bäuchen holte –, auch sie wollte LoLos Baby tot sehen. Tatsächlich hatte Schwester Betsy Mills allen, die es hören wollten – ob Kolleginnen, den Teilnehmern ihrer Bibelstunde jeden Mittwochabend oder den Gästen an ihrem Tisch zu Thanksgiving –, unmissverständlich klargemacht, dass in ihren Augen nur ein totes Nigger*baby ein gutes Nigger*baby war. Und so tat sie, was sie konnte, Wünsche in dieser Hinsicht zu erfüllen. Nämlich die Wünsche der Frauen, die sie für Abtreibungen im Keller aufsuchten. Genau wie die Wünsche derjenigen aus der weißen Community, die lieber die Innenseite jeder Nigger*frau, die sie auf den OP-Tisch bringen konnten, ausgeschabt sahen, als mit ihren hartverdienten Steuergeldern für Ernährung, Kleidung und sonstige Unterstützung der Folgen von pathologischem Verhalten des Negros* aufzukommen – Schwachsinn und reproduktives Ungeschick.

LoLo legte sich sogar selbst auf den Tisch von Schwester Mills und spreizte ihre Beine, weil sie keinen anderen Ausweg aus ihrem Schmerz sah. Weil sie an ein Baby gefesselt wäre, das großzuziehen sie nicht ertragen würde, und an den Vergewaltiger, der es ihr gemacht hatte. Clarette hatte sich berufen gefühlt, LoLo zu dieser Entscheidung zu bringen. Doch als gebrochener, verängstigter Teenager hätte sie auch selbst dorthin gefunden. Nicht zuletzt wegen der Albträume, die sie im Schlaf überwältigten. Alle von gleicher Art und allesamt schrecklich: Bear würde LoLo vom Feld rufen und in die Scheue stoßen, wo sie neben seiner wertvollen schwangeren Zuchtsau knien musste. »Hol es raus!«, verlangte er, während er seinen Gürtel löste und die Knöpfe seines Overalls öffnete. »Ich sagte, rausholen!« LoLo, die neben dem Schwein kniete, das aufgeschwollen und keuchend auf der Seite lag, musste dann mit ihren bloßen, blutigen Händen die winzigen Ferkel aus dem Bauch der Sau holen. Eins nach dem anderen, eins nach dem anderen, bis es sieben Stück waren – zwei Schwarze mit weißen Flecken, ein paar Dunkelbraune mit kleinen weißen Flecken, zwei so rosafarben wie ihre Mutter. Das letzte, ein Haarloses, hatte rötlich braune Haut, die genau der Farbe von LoLos zitternden Händen glich. Als sie sein Gesicht zu ihr drehte, um seine Schnauze zu betrachten, schrie es wie ein menschliches Baby.

»Fütter es!«, verlangte Bear.

LoLo würde Anstalten machen, das schreiende Ferkel der Sau anzulegen, doch da schrie Bear nur noch lauter: »Du fütterst es!« Dann sah LoLo an sich herab und merkte, dass Blut und irgendeine Flüssigkeit aus ihren Brüsten austraten. Dahinter zappelte und schrie dieses Ferkel in ihren Händen und suchte mit der Schnauze nach LoLos blutiger Ninny.

Was sich da in ihrem Bauch befand, war nicht natürlich. Nicht recht. LoLo wusste das so gut, wie sie den Grund dafür kannte, dass ihre Monatsblutung im Juli und dann im August ausgeblieben war. Clarette sollte schnell zu dem gleichen Schluss kommen. Das war keine zehn Minuten nachdem sie die Sechzehnjährige hinten in der vierten Reihe der Baumwollpflanzen entdeckt hatte, wo sie ihr Frühstück aus Maisbrot und Buttermilch erbrach, das sie zu sich genommen hatte, als die Sonne rosa-gelb über den Horizont gestiegen war.

»Was fehlt dir, *Gal*?«, hatte Clarette gerufen, während sie besorgt über den Boden zu ihr gestampft war und eine tiefe Spur hinterlassen hatte.

LoLo gab sich solche Mühe, ihren Magen daran zu hindern, dass er sich zusammenzog. Doch es fühlte sich an, als würde jemand einen nassen Waschlappen auswringen. Der scharfe Gestank des Düngers und dazu der Geruch nach Schweiß und Moschus, der von der Baumwolle ausging – all das machte es noch schlimmer. »Es … es … tut mir lei …«, setzte LoLo an, bevor sie erneut würgte und die Flüssigkeit mit irgendwelchen Bröckchen aus Mund und Nase schoss. Es spritzte weit genug, sodass ein paar Tropfen Clarettes Schuhe trafen. »Es hört einfach nicht auf«, brachte LoLo schließlich heraus.

Clarette stand da und starrte auf die scheußliche Szene, die sich vor ihr abspielte. Mit verzogenem Gesicht, zugehaltener Nase und kerzengerade aufgerichtet beobachtete sie, wie

LoLo sich würgend über die Baumwollstängel beugte und immer wieder an ihren Bauch griff. Clarette zählte sofort eins uns eins zusammen.

»Wann hattest du deine letzte Blutung?«, fragte sie in gleichmütigem Ton. Doch ihre Augen wurden dabei zu schmalen Schlitzen.

»Ich … ich kann mich nicht mehr erinnern«, keuchte LoLo.

»Komm mit«, befahl Clarette, packte LoLo am Arm und führte sie zum Plumpsklo.

LoLo hielt sich den schmerzenden Bauch, während Clarette die klapprige Holztür aufriss und nach dem Korb griff, in dem die Stücke aus Sackleinen lagen, die sie beide benutzten, wenn sie ihre Blutung hatten. Clarette hatte bis zu diesem Moment überhaupt nicht darauf geachtet, aber die Einzige, die diese Lappen in den letzten Monaten benutzt hatte, war sie selbst gewesen. Das und LoLos Erbrechen auf dem Feld waren Beweise genug, die nur einen Schluss zuließen.

LoLo starrte sie an, während Clarette den Korb zögernd zurückstellte. Sie schaffte es nicht, der Frau ihres Onkels in die Augen zu sehen, denn sie wusste, was als Nächstes käme. Sie würde allein die ganze Schuld und Schande auf sich nehmen müssen. Denn Clarette würde niemals in der Lage sein, über ihren eigenen Schmerz hinauszublicken und den eigentlich Schuldigen zur Rede zu stellen. Sie würde der Sechzehnjährigen, der es selbst gerade mal gelungen war, ihr Martyrium zu überleben, keine Hilfe sein.

Doch Clarette tat etwas Unerwartetes: Sie wandte sich mit allersüßester Stimme an LoLo. »Ich weiß, du wolltest nicht, dass das passiert«, sagte sie, um dann gleich zur Sache zu kommen. »Ich kenne jemand, der dir helfen kann.« Und honigsüß: »Ich werde dich nicht allein lassen, wenn du es loswirst.«

Clarette war eine Expertin für süße Worte, weil das einfach ihrer Natur entsprach: lieb und gut sein. Sie war eine Frau der Sorte, die sich in den ersten Jungen verliebte, der für sie am Straßenrand Sonnenblumen pflückte, und hatte schon »Ja« gesagt, bevor der die Worte »heirate mich« auch nur zu Ende gestottert hatte. Und sie war eine Frau, die an diesem Mann und dieser Ehe festhielt, weil es auch war, was sie wollte und was von einer gottesfürchtigen Frau verlangt wurde. Gehorsam. Bear erklärte ihr, so stände es in der Bibel, und der Prediger sagte es doch auch, oder nicht? Und so hatte Clarette, als sie Bear das erste Mal auf LoLo sah, wie er sie vergewaltigte, gespürt, wie das Blut sich an all ihren Druckpunkten sammelte – Ohren, Nase, Augen, Füßen, Handgelenken, Knöcheln und Schläfen –, doch sie hatte keinen Ton gesagt. Sie beobachtete nur, wie LoLo die Augen zukniff und ihr Schreien unterdrückte, während Bear grunzte, drohte und befahl. »Halt deine verdammte Fresse und nimm deine Medizin, du dreckige Schlampe«, hatte er zwischen seinen Zahnlücken herausgepresst.

Stumm war Clarette aus der Tür zur Scheune zurückgewichen und draußen auf der Wiese auf die Knie gefallen. Sie betete schnell, während ihre Gedanken sich überschlugen. Es würde nur eine Frage der Zeit sein, bis das junge Mädchen, groß und hübsch, hervorbrächte, wozu sie selbst nicht in der Lage war. Gott sprach, »Lass es geschehen«, so klar wie Glockenklang, klar wie ihr Gebet und der Himmel, unter dem sie es sprach, also tat sie das. Sie ließ von allem ab. Von ihrem Zorn, ihrem Ekel. Mit Liebe. Und liebevoll vergab sie ihrem Mann und dem kleinen Luder, das er in ihr gemeinsames

Heim gebracht hatte. Liebevoll lieferte sie LoLo bei Schwester Mills ab, die das Böse aus dem Bauch des Mädchens holen würde und auch alles weitere Böse, das da noch kommen könnte. An jenem Sonntag, als eine Kirche explodierte und Flammen diese vier Kinder töteten, in ihren süßen, knielangen Kleidchen und Mary Janes, mit ihren Zöpfen, da kratzte Schwester Mills all das Böse direkt aus LoLos Körper und machte sie neu. Das machte das Leben für alle leichter, redete Clarette sich ein – für LoLo, für Bear und für Clarette Loretta Franklin, die den Herrn und ihren Ehemann liebte und die nicht zulassen würde, dass irgendwer auseinanderriss, was Gott zusammengefügt hatte.

LoLo wusste, dass sie an diesem Tag Bears Baby loswürde.

Diese Entscheidung hatte sie bereitwillig getroffen. Wovon sie nichts ahnte, als sie die Augen schloss und rückwärts von hundert runterzählte, war das stillschweigende Übereinkommen zwischen ihrer Verwandten und der Schwester, sobald LoLo ungefähr bei dreiundneunzig war und in die stille Dunkelheit glitt. Ein Übereinkommen, das für immer all jene anderen Entscheidungen verändern würde, die LoLo für den Rest ihres Lebens zu treffen hatte.

»Machen Sie es«, hatte Clarette höhnisch zu Schwester Mills gesagt, als sie sah, wie die Geliebte ihres Mannes in den medikamentös bewirkten Tiefschlaf fiel, »und so, dass sie nie mehr gegen Gott sündigen kann.«

Bear sah die Dinge anders. Die Wahrheit kam ans Licht, als er später am selben Abend in LoLos Zimmer tappte. Auf der Suche nach seinem Vergnügen stolperte er jedoch in einen von Schmerz geschwängerten Raum. LoLo lag im Bett, mitleiderregend, aber sie gab sich alle Mühe, ihr Stöhnen zu unterdrücken. Und da war Clarette, die pflichtbewusst die

Verbände auf den drei Schnitten in LoLos Leiste wechselte. Einmal verheilt würden davon dicke schwarze Narben zurückbleiben. – Ein Denkmal für den Tag, an dem ihr all ihre Babys genommen wurden, und später ein intimes Wappen für all die Lügen, die sie den Männern erzählte, mit denen sie schlief. Deren Augen würden erst prüfend schmal und manche würden die Hand ausstrecken, um sie zu berühren, doch LoLo würde einen Weg finden, sie davon abzuhalten, bevor sie ihnen eine ihrer Unwahrheiten auftischte: »Als ich klein war, bin ich von einem Pferd gefallen und in eine alte Rolle Stacheldraht gestürzt« oder »eine Schlampe behauptete fälschlicherweise, ich hätte ihrem Mann schöne Augen gemacht, und ist mit dem Messer auf mich losgegangen. Aber du solltest mal *ihre* Narben sehen« oder »Fürchterlicher Unfall mit Giftefeu – ich hab mich unglaublich gekratzt, und die Narben sind nicht mehr weggegangen«. Und dann gab es da noch die eine Version, die sie am Ende Tommy erzählte: »Ich bin an einer Stelle in einem Flüsschen schwimmen gegangen, wo es scharfkantige Steine gab – ganz dicht unter der Oberfläche. Über die bin ich drüber geschwommen und hab mich übel aufgeschnitten. Da wäre ich beinah gestorben.« Alle glaubten ihr. Glaubten ihr alles. Vor allem wenn sie ihre Lügen noch mit der Beteuerung unterstrich, dass unter all dem knubbelig schwarzen Narbengewebe, an der Stelle, wo sie ihren Samen pflanzten, immer noch Blumen blühen konnten.

Doch für Bear waren die Wunden – LoLos und Clarettes – noch frisch, also gab es nur die Wahrheit. Bear stolperte über seine fetten Füße, während er zu begreifen versuchte, was seine Augen sahen. Rasch wich er zur Tür zurück. »Was zum Teufel ist hier los? Wie kann sie sich da geschnitten haben? Wie ist das passiert?«, platzten die Fragen aus ihm heraus.

LoLo, beschämt und eingeschüchtert, zuckte unter Clarettes Berührung und dem Geräusch von Bears Stimme zusammen. Clarette schüttete mehr Jod auf den Lappen und betupfte damit LoLos zitternden Bauch.

»Ich hab gefragt, was hier los ist? Hörst du nicht, Frau?«, sagte Bear, diesmal lauter, aber immer noch ohne sich zu rühren. Er wirkte wie angewurzelt.

Clarette drehte sich langsam zu ihrem Mann um und ließ der Wahrheit ihren Lauf. »Ich bringe deine Schweinerei in Ordnung, Joe Nathan«, flüsterte sie und starrte zuerst auf seine Füße und dann direkt in seine Augen.

»Wa-was meinst du mit ›meiner Schweinerei‹?«, fragte er pampig, aber nicht mehr so selbstbewusst wie vorhin zurück.

Clarette ließ sich Zeit, damit ihr Mann sie klar und deutlich hören konnte. »Hebräer 13, Vers 4«, sagte sie langsam, während sie die Augen zu schmalen Schlitzen zusammenkniff. »Die Ehe soll ehrlich gehalten werden bei allen und das Ehebett unbefleckt; die Hurer aber und die Ehebrecher wird Gott richten.«

»Frau, was redest du da?«, fragte Bear Clarette, die den Blick jetzt zögernd auf LoLo richtete. LoLo schlug die Augen nieder und rang nach Luft. Doch es half nichts. Panik erfasste ihren ganzen Körper, stieg vom Magen in ihre Kehle hinauf. Verzweifelt kämpfte sie gegen den Brechreiz an, wobei das Keuchen sie an den Stellen schmerzte, wo nur Stunden vorher das Skalpell von Schwester Mills gewesen war. LoLo schrie vor Schmerzen.

Clarette blieb von all dem ungerührt und setzte ihren Vortrag fort. »Darum wird ein Mann Vater und Mutter verlassen und an seinem Weibe hangen, und sie werden sein ein Fleisch. Genesis 2:24«, flüsterte sie mit zusammengebissenen

Zähnen. »Sprüche 5, 18 und 19: ›Dein Born sei gesegnet, und freue dich des Weibes deiner Jugend. Ergötze dich allewege in *ihrer* Liebe.‹«

»Okay, Predigerin, sind wir hier in der Sonntagsschule? Was hat das alles damit zu tun, was hier oben los ist?«

»Es hat alles damit zu tun, was hier los ist!«, schrie Clarette. »Du hast diesem Mädchen gegeben, was für uns bestimmt war – was Gott für einen Mann und sein Weib vorgesehen hat.« Sie bohrte ihren Zeigefinger in LoLos Bauch. Die zuckte vor der plötzlichen Bewegung zusammen und schrie auf, als ihr Bauch mit einem stechenden Schmerz reagierte, den sie bis in die Zehenspitzen fühlte.

»Ich versteh nicht …«

»Du verstehst ganz genau, wovon ich rede, Joe Nathan«, schrie Clarette mit einer Stimme wie eine Sirene. Sie war außer seiner Mama und weißen Leuten die Einzige, die Bear je mit seinem richtigen Vornamen ansprach. Dann fügte sie mit gekräuselten Lippen noch hinzu: »Mach dir keine Sorgen. Ich hab mich darum gekümmert.«

Bear machte große Augen: »Was meinst du damit? Um was hast du dich gekümmert?«

»Wird keine kleinen Bastarde in diesem Haus geben, Joe Nathan«, schrie Clarette und stieß jede Silbe so deutlich aus, als müsse sie ein kompliziertes Wort buchstabieren. »Joe Nathan« zog sie dagegen melodisch in die Länge wie bei einem Lied. »Baby weg, und es wird auch keins mehr kommen.«

»Was …«, setzte Bear an, verstummte aber. Er verzog das Gesicht, als sein Blick von LoLos Wunden zu ihrem Gesicht wanderte.

»Ich hab's geregelt«, sagte Clarette und tupfte noch mehr Jod auf LoLos Bauch.

LoLo schüttelte den Kopf, erst langsam, dann immer schneller. Begleitet von einem Crescendo aus Neins und Anrufungen des Herrn. »OgottoGottoGottoGott nein nein nein nein!«, brüllte sie.

»Bist du wohl still!«, herrschte Clarette sie an. »Lieg hier bloß nicht, nach allem, was du getan hast, und führ den Namen des Herrn unnütz im Mund. Er hat mit deiner Sünde nichts zu schaffen. Und jetzt wird keiner von euch in der Lage sein, diese Sünde noch einmal zu begehen. Mein Gott ist ein verzeihender Gott, aber er übt auch seine Vergeltung.«

»Clarette, wie konntest du dem Mädchen das antun? Was hat dir das Recht dazu gegeben?«, brüllte Bear.

»Was hat dir denn das Recht gegeben …«, brüllte Clarette zurück.

Und so ging es weiter, das Geschrei der beiden über LoLo und ihre Wunden. Vorwürfe prasselten wie Schrot, das Leugnen und die Wut waren so brennend wie kochend heißer Tee auf Lippen und Zunge. Beide waren sich der Verheerung, die sie einem sechzehnjährigen Mädchen zugefügt hatten, höchst bewusst und doch zugleich blind dafür. LoLo lag währenddessen gedemütigt, beschämt, zerstört da, mit Löchern in ihrer Erde, wo Samen gesät aber niemals Blumen erblühen würden. Ihre Trauer würde ein Meer quer durch ihre Kontinente sein, Wellen des Kummers an ihren Küsten bis zu dem Tag, wenn sie ihren letzten Atemzug tat.

Und nun stand Cindy vor ihr. Im Bauch eine reifende Frucht und mit dem Vorsatz, ihren Körper dem gleichen Schicksal auszuliefern. »Cindy, tu das nicht. Wenn farbige* Frauen auf diese Tische kommen, landet ihr ganzes Inneres am Boden.«

»Was weißt du denn darüber, LoLo? Mmh?«, fragte Cindy

und wischte sich verärgert eine Träne von der Wange. »Was weißt du davon, wenn die Verzweiflung so groß ist, dass man diese Chance nutzt?«

Ein Stück hinter ihnen, in LoLos und Tommys winzigem Haus mit den zwei Schlafzimmern, hinter dem Fenster zum Garten, das immer oben stecken blieb, wenn die Feuchtigkeit der heißesten Sommertage das Holz aufquellen ließ, begann Rae sich zu rühren. Sie war noch so winzig – mit einem Gesicht wie eine Putte, aber spindeldürren Armen und Beinen –, doch ihr Weinen, vor allem wenn es der Prolog zu ihrem gewaltigen Geschrei war, fiel bereits ins Gewicht. LoLo sah über Cindys Schulter zum Fenster und dann wieder in die Augen ihrer Freundin. Die Trauer und die Dunkelheit darin waren so tief wie ein Ozean.

»Aber du hast uns erzählt, dass Tommy derjenige wäre, der keine Babys machen kann.«

»Was glaubst du, hätte er getan, wenn er erfahren hätte, dass es die ganze Zeit über an mir lag? Was glaubst du, hätte er gemacht, wenn er gewusst hätte, dass sie mir die Gebärmutter rausgenommen haben?«

»Der Mann liebt dein dreckiges Badewasser. Der würde nirgends hingehen.«

»Das weißt du nicht, Cindy«, gab LoLo rasch zurück. »Männer – vor allem unsere Männer – messen ihre Schwänze danach, wie viele Babys sie damit machen können. Sie wollen wissen, dass sie ein paar Samen auf dieser Erde gepflanzt haben, bevor sie das Zeitliche segnen. Tommy ist da nicht anders. Er ist ein guter Mann. Aber er ist auch nicht anders. Er hat danach gesucht, diese Blumen zu pflanzen.«

»Du lässt ihn ja klingen wie einen dieser Black Power Niggas*«, sagte Cindy und unterstrich ihre Worte mit einem

Schnaufen. »Als wollte er Babys machen, um die *Race* zu erhalten oder solchen Scheiß.«

»Tommy läuft nicht mit gereckter Faust durch die Gegend, das weißt du. Mein Mann ist ein ruhiger Typ. Aber er hat trotzdem seinen Stolz.«

»Wie hast du ihn dann davon überzeugen können, dass mit seiner Männlichkeit was nicht stimmt? Wie kann es sein, dass er nicht rausgekriegt hat, dass es an dir lag?«

LoLo schwieg. Dafür wurde Rae immer unruhiger und schien sich für ein Geschrei bereit zu machen, dass der Gartenzeit sicher ein Ende machen würde.

»Die meisten Männer wollen nichts von Monatsblutungen hören«, meinte LoLo zögernd und den Blick auf das offene Fenster gerichtet. »Und schon gar nicht wollen sie sie sehen.«

»Dann hast du immer noch deine Periode, nachdem … nach, äh …«

LoLo schlug die Augen nieder. Ihr Herz raste. Es gab nicht viel, was sie ihren besten Freundinnen verheimlicht hatte, aber das – die geheime Scham lastete schwer auf ihr. Wie ein Anker zog sie sie in die Tiefe. Vorbei an den Wellen und dem Getier, das dort lebte, unter die Strömungen, fort vom ringförmigen Licht, hinab in die tiefsten Höhlen, wo keine Luft war. Nur Schwärze und Furcht und kein Ende. Da unten konnte LoLo nicht atmen.

»Schon gut, du musst darüber nicht sprechen, wenn es zu schwer für dich ist …«, sagte Cindy.

Rae quengelte noch lauter.

»Er denkt, dass ich meine Blutung noch bekomme«, sagte LoLo. »Ich habe ihm erklärt, dass es an mir nicht liegen kann, weil eine Frau, die ihre Blutung hat, noch Babys bekommen kann, und das hat er mir geglaubt. Ich habe eine Entscheidung getroffen, und jemand hat all die anderen Entscheidungen, die ich danach noch hätte treffen können, ausradiert«, fuhr LoLo fort. »Aber die Entscheidung zu lieben konnten sie mir nicht nehmen. Die hatte ich noch. Und eine andere Person besann sich eines Besseren, als auf so einen Tisch zu steigen. Und ihre Entscheidung, wie auch immer sie zustande kam, ermöglichte, dass Tommy und ich immer noch Mama und Daddy werden konnten.« LoLos Blick ging dorthin, von wo das Geheul ihrer Tochter kam. Sie suchte nach TJ, der kichernd und selbstvergessen hinter seinem Ball herlief. »Es ist schwer, das will ich nicht bestreiten«, fügte LoLo hinzu. »Aber das ist unsere Familie. Es ist mein Leben.«

Cindy trat nah an LoLo heran und legte die Hände an ihr Gesicht. So standen sie da: Stirn an Stirn, Brust an Brust, mit einem Gewirr aus Armen und Tränen, in der Augustsonne schwankend. Im Verlauf ihrer Freundschaft, die noch vier Jahrzehnte andauern sollte, würden LoLo und Cindy nie mehr von LoLos Gebärmutter sprechen.

Schließlich lösten sie sich voneinander, strichen ihre Kleidung glatt und richteten sich gerade auf. LoLo war bereit, sich wieder ihrem Garten und ihren Kindern zu widmen, Cindy, sich um ihre bevorstehenden Angelegenheiten zu kümmern. Die Freundin beobachtete LoLo dabei, wie sie ein Unkraut zwischen den Stangenbohnen ausriss und kleine Steine, die zu nah bei den Wurzeln ihrer Pflanzen lagen, zum Zaun warf. Auch damit sie nicht in Tommys Mäher gerieten, wenn er das Gras schnitt.

»Ich werde das trotzdem tun«, sagte Cindy. »Ich liebe Roosevelt, aber ich habe nicht den Platz, in dem Haus mit ihm ein Kind großzuziehen. Nicht jetzt. Und ich kann das, was dir widerfahren ist, genauso wenig über meine Entscheidung bestimmen lassen, wie ich bereit bin, es Roosevelt zuzubilligen. Das ist etwas, was ich für mich tun muss.«

LoLo riss ein weiteres Unkraut aus, schleuderte noch einen Stein weg.

»Bete einfach für mich, LoLo«, sagte Cindy. »Kannst du das für deine alte Freundin tun?«

Endlich stieß Rae den Schrei aus, auf den sie schon die ganze Zeit hingearbeitet hatte. »Lass mich mal reingehen und nach diesem kleinen Mädchen sehen«, sagte LoLo und sammelte ihre Gartenwerkzeuge ein. »TJ, komm, Baby. Deine Schwester ist wach. Leg den Ball weg und lass uns mal nach ihr schauen.«

LoLo warf Cindy einen letzten Blick zu, dann machte sie sich auf den Weg ins Haus – zu ihren Kindern.

16

Frühling 1971

Tommy war keiner, der von sich reden machte. Er hatte sich geweigert, sich dem geltenden Narrativ zu unterwerfen, das mit dem Blut all der Niggers* geschrieben war, die vor ihm da gewesen waren und nach ihm kommen sollten. Dessen Autoren reimten sich regelmäßig und mit geradezu religiösem Eifer fantastische Märchen von bösen Schwarzen Männern zusammen, deren Faulheit, Unfähigkeit und kriminelle Neigungen Schrecken über die guten und rechtschaffenen Bürger von Gottes Amerika bringen würden. Und zwar indem sie ihnen die wertvollsten Besitztümer raubten: ihre tugendhaften Frauen, ihr Geld, ihr Eigentum, ihre Lebensgrundlagen. Ja ihr Leben selbst. Diese Behauptung wurde so oft aufgestellt, so sorgsam zwischen die Stoffe gepackt, aus denen das Dasein Schwarzer Männer besteht, dass sogar einige der Farbigen* selbst tatsächlich glaubten, es sei da etwas dran. Tommys Pa war einer von denen. Ab dem Moment, als seine Frau die Söhne aus ihrem Bauch zog und Pa beim Anblick der zwischen den Beinen seiner neugeborenen Söhne baumelnden Körperteile in die Hände klatschte, erwartete – und verlangte – er harte Arbeit. Den Beweis dafür, dass seine Söhne, dass er, aus anderem Holz geschnitzt waren. Tough. Hart arbeitend. Stark mit der Macht des größten, schwärzesten Männchens auf der Weide. Tommy hasste seinen Vater dafür, aber er fand trotzdem Gefallen an dieser Charakterisierung.

Er mochte es, dass er als Draufgänger galt – einer, bei dem man darauf vertrauen konnte, dass er beim Überlebenskampf immer, immer gewinnen würde. Dass er seinen Besitz verteidigen würde.

LoLo wusste das aus eigener Erfahrung und sicherte sich entsprechend ab – in unerschütterlichem Vertrauen darauf, dass Tommy war, was er von sich behauptete. Ihre Worte hätten das auch in diesem Moment bekräftigt. Doch sie wusste, dass ihre Augen Furcht und Unsicherheit verrieten, als Tommy zögerlich die Haustür aufdrückte, nachdem er vor nicht einmal ein paar Stunden erst zur Arbeit aufgebrochen war. Leise erklärte er ihr, warum er so früh an einem Dienstag schon wieder zu Hause war. »Die haben uns rein gar nichts gesagt, Tick. Kein Wort. Wir kommen zur Arbeit, und da haben sie diesen riesigen alten Zaun um das ganze Gebäude gezogen. Dichtgemacht. Die ganze Fabrik war geschlossen«, sagte Tommy und ließ seine Lunchbox auf den kleinen Cocktailtisch aus Holz fallen. Dann setzte er sich langsam aufs Sofa und vergrub den Kopf in den Händen. »Die sind nicht mal rausgekommen, um uns zu sagen, was passiert ist. Haben nur den Sicherheitsdienst hingeschickt, um uns zu erklären, wir sollen uns gefälligst von dem Zaun fernhalten, und dass sie uns den Scheck über den letzten Lohn mit der Post schicken.«

LoLo wusste nicht, was sie dazu sagen sollte, dass Tommys Lohn, der wegen des Abzugs für Farbige* sowieso schon knapp gewesen war, jetzt ganz wegfallen würde. Sie richtete den Blick auf Rae, die nackt mitten auf dem bunten, gewebten Wollteppich saß und ihre Puppe an den Haaren zog. Sie sagte nichts.

Tommys Blick folgte ihrem, und er runzelte verwirrt die Stirn. »Warum ist das Baby nackt?«

Seine Worte rissen LoLo aus ihrer Trance. Rasch sprang sie von der Couch und schnappte sich eine Decke, in die sie ihre Tochter wickelte. Zumindest bedeckte sie alle entscheidenden Stellen, von denen sie nicht wollte, dass ein Mann darauf starrte. Nicht einmal Tommy. Rae beschwerte sich, als LoLo sie aufhob, beruhigte sich aber schnell wieder, als LoLo sich noch einmal bückte und ihr die Babypuppe in ihre winzigen Patschhändchen gab. »Ich mache gerade Sauberkeitserziehung mit ihr«, sagte LoLo.

Tommy runzelte weiter die Stirn. »Mitten auf dem Wohnzimmerboden? Und ohne Kleider?«

LoLo grinste, während sie Rae in ihren Armen schaukelte und ihr auf den Po klopfte, damit sie aufhörte zu zappeln. »Ich war gerade beim Aufhängen der Windeln auf die Leine draußen, als Skip von nebenan zum Zaun kam, um Guten Morgen zu sagen. Er meinte, wenn ich sie ein bisschen ohne Kleider im Haus herumlaufen lasse, dann würde sie wissen, dass sie mir Bescheid sagen soll, wenn sie aufs Klo muss.«

Tommy sah zwischen Rae und LoLo hin und her. »Ich schätze mal, Skip kennt sich da aus, wo er doch fünf Kinder hat, was?«, sagte er schließlich. »Funktioniert's?«

»Ich weiß es noch nicht«, sagte LoLo, gab dem Baby einen Kuss und zupfte die Decke wieder zurecht. »Immerhin hat sie bisher noch nicht auf den Boden gepinkelt oder gekackt. Also könnte an seinem Tipp was dran sein.«

»Und was treibt TJ gerade?«

»Spielt nebenan. Skip meinte, er könne rüberkommen und mit den anderen Kindern spielen.«

»Hmm.«

LoLo trug Rae in ihr Zimmer und setzte sie in ihr Bettchen. Als sie anfing zu quengeln, gab sie ihr wieder die Puppe.

Tommy tauchte im Türrahmen auf, als LoLo gerade ein Kleidchen aus der Schublade der kleinen Kommode nahm. Er musterte die beiden Girls seines Lebens – er hatte sich und seinem Gott geschworen, sie immer zu beschützen. Oder bei dem Versuch zu sterben,

»Hör mal, du weißt, ich bin dein Mann. Ausgeschlossen, dass ich dich und die Kinder hängenlassen würde. Ich finde einen anderen Job. So werde ich's machen, das weißt du. Ich arbeite hart, werde dafür bezahlt und bringe den Verdienst zu dir nach Hause. Daran wird sich nie etwas ändern.« Tommy ließ die Worte auf seiner Zunge tänzeln wie einen Preisboxer im Ring. Er sagte sie im Brustton der Überzeugung.

»Was tun wir in der Zwischenzeit, Tommy?«, sagte LoLo, schloss die Schublade und sah ihm endlich in die Augen. »Wir haben noch genug für Lebensmittel und so was, aber die Hypothekenrate wird in ein paar Monaten fällig. Die Versicherung. Was machen wir dann?«

»Wir werden tun, was wir müssen, damit es reicht«, sagte er schlicht. »Schau, ich hab schon von einem Job erfahren, bei dem man Banken putzt. Da verdiene ich nicht so viel wie in der Fabrik, und ich muss abends arbeiten, aber es muss langen, bis ich was anderes finde.«

»Wird es denn reichen? Wie viel bezahlen die in der Bank einem Reinigungsmann?«

Tommy ließ den Kopf hängen, während LoLo das Kleidchen über Raes weichen, gelockten Afro zog. Er musste es nicht laut aussprechen. LoLo hatte von Anfang an gesagt, dass es für einen Farbigen* und dessen Frau verrückt wäre, bei den Kindern zu Hause zu bleiben, während nur ihr Mann arbeiten ging. Und dass es nur eine Frage der Zeit wäre, bevor sie tun müsste, was alle um sie herum taten: ihren Lebensunterhalt verdienen. Tommys Vorstellung, für sie zu sorgen, war nobel, aber LoLo wusste, dass sie sich für diesen Einsatz bereithalten musste.

»Weißt du, Mr Deerfield aus dem Schneideratelier, der mochte meine Arbeit wirklich, und er meinte, wenn ich jemals zurückkommen wollte, sollte ich einfach vorbeischauen.«

»Ich will nicht, dass du arbeitest, Tick. Ich habe dir versprochen …«

»Wir haben uns beide Dinge versprochen, aber das wichtigste Versprechen, das wir einhalten müssen, ist, diese Kinder zu versorgen. Die Konten, die wir für sie eröffnet haben, die müssen unangetastet bleiben. Dieses Geld dürfen wir nicht ausgeben. Wir haben etwas damit vor, und davon Milch und Gemüse zu kaufen ist nicht das, was wir geplant hatten.«

»Meine Frau arbeiten zu schicken, das ist nicht das, was ich geplant hatte«, sagte Tommy leise.

»Ich weiß«, sagte LoLo und drehte sich zu ihrem Mann um. Sie streckte auffordernd die Arme aus – eine Geste der Zuneigung, die selten von ihr ausging. Doch jetzt kam sie ihr angemessen vor. Froh schloss Tommy seine Frau in die Arme. »Es wird nicht für lange sein, nicht wahr? Ich werde tagsüber arbeiten, und du kannst bei den Kindern sein. Dann übernehme ich, während du abends arbeitest. Wir schaffen das. Und weißt du, Freddy hat diesen Job bei der Firma bekommen, die Flugzeugteile produziert. Vielleicht könnte ich ihn nach einer Stelle für dich fragen.«

»Dein Bruder ist gerade erst in die Stadt gezogen – und hat eben erst diesen Job bekommen. Da wird er nicht gleich losziehen, um sich für mich einzusetzen. Außerdem habt ihr beiden ja nicht gerade ein herzliches Verhältnis.«

»Das spielt keine Rolle. Er schuldet mir was«, sagte LoLo. Ihre Augen wurden schmal.

»Nein, das kann ich nicht. Ich lasse mir was einfallen«, sagte Tommy und fuhr sich mit den Händen über seinen Afro, wie um sich die Sorge aus dem Kopf zu wischen.

LoLo war immer davon ausgegangen, dass es einmal so kommen würde, weil sie sich den Luxus, etwas anderes zu erwarten, nicht leistete. Schließlich hatte sie gewusst, dass diese Vorstellung, die ihr Mann sich erträumt hatte – diese Fantasie à la *Ozzie & Harriet*, live und in Technicolor, von einem gut bezahlten Job, der für Essen im Kühlschrank, Schuhe an den Füßen der Kinder und Zeit für seine Frau, damit sie sich um Mann und Haushalt kümmern konnte, eine Täuschung war. Es gab nicht viele farbige* Familien, die das hinkriegten, egal wie viele Niggers* ihre Augen fest zukniffen, die Hacken zusammenschlugen und sich vorstellten, wie sie den gelben Ziegelsteinweg in dieses besondere Utopia hinunterspazierten. Die Crackas brauchten Leute, die ihnen die harte Arbeit erledigten, und es war ihnen egal, ob diese Leute Pimmel oder Poom Pooms hatten, solange die Arbeit gemacht wurde und sie sich darauf konzentrieren konnten, Ozzie und Harriet zu spielen.

LoLo, der harte Arbeit vertraut war, kannte diese Rolle. Aber ihre Babys in der Zeit jemand anderem anzuvertrauen – darauf war sie noch nicht vorbereitet.

* * *

»Hallo?«, rief LoLo schon, bevor sie ganz durch die Tür war. Es war ein Donnerstag – Zahltag –, und so hatte sie mit der Last der Lebensmittel zu kämpfen, die sie im Supermarkt besorgt hatte, wo sie ihren Scheck gleich eingelöst hatte. Die Äpfel, ganz oben in der Papiertüte in ihrem rechten Arm, gerieten in Bewegung, als sie die Schuhe abstreifte. Normalerweise würde Tommy im Halbschlaf auf der Couch liegen, die Kinder in der Nähe, herumflatternd wie kleine Schmetterlinge auf dem Weg von einer Blüte zur nächsten. Beschäftigt. Alle würden sich freuen, sie zu sehen. Rae würde darum betteln, dass sie sie hochnahm, TJ, den Daumen im Mund, würde sich an eins ihrer Beine klammern. Tommy würde seiner Frau die Einkäufe abnehmen und sie auf den Mund küssen. Erleichtert, weil er jetzt abgelöst würde. Diesen Tanz führten sie nun seit fast einem Jahr auf. Aber an diesem Tag herrschte Stille. Unheimliche, einem den Magen zusammenziehende Stille. Irgendwas … stimmte nicht.

LoLo trug die Einkäufe in die Küche und spähte durchs Fenster. Vielleicht waren Tommy und die Kids hinterm Haus, um ein bisschen Luft zu schnappen, doch auch dort war nichts von ihnen zu sehen. Sie lief direkt ins Kinderzimmer – nichts. Ebenso im Badezimmer. Schließlich fand sie Tommy in ihrem Bett, im Tiefschlaf und so laut schnarchend, dass es ein Wunder war, dass er dabei nicht seine Nasenscheidewand verschluckte. Die Kinder nirgends zu sehen.

»Tommy!«, schrie LoLo in Panik. Sie beugte sich übers Bett und rüttelte an seiner Schulter. Er schoss in die Höhe, packte LoLo mit einer Hand am Kragen und holte mit der anderen, zur Faust geballten, aus. »Ich bin's! Ich bin's!«, rief sie schnell, um nicht von ihrem noch halb schlafenden Mann niedergeschlagen zu werden.

»Oh. LoLo, hey«, sagte Tommy, ließ sie los und rieb sich die Augen. »Eine Sekunde lang hab ich dich nicht erkannt.«

»Tommy, wo sind die Kinder?«

»Was?«, meinte er gähnend und offenbar immer noch nicht ganz wach.

»Die Kinder! Wo sind die Kinder? Wie kannst du einfach so schlafen? Sweet Jesus!« LoLo rannte Richtung Haustür und jedes erdenkliche Schreckensszenario lief wie ein Film vor ihrem inneren Auge ab: *Sie sind aus dem Haus gelaufen, und jemand hat sie mitgenommen; sie sind aus dem Haus, haben irgendwie das Gartentor aufbekommen und wurden von einem Auto überfahren; die Haustür war unverschlossen, was irgendwer spitzgekriegt und sie entführt hat; sie haben allein im Garten gespielt, und jemand kam vorbei, um sie zu entführen, tötete TJ, um ihn zum Schweigen zu bringen und … und … und … Rae …*

»Tick, den Kindern geht's prima«, rief Tommy ihr lässig nach.

LoLo, außer sich vor Angst und mit dem Geschmack von Galle auf der Zunge, bekam seine Worte nicht zu fassen.

»LoLo«, rief er ein bisschen lauter. Sie war schon die Eingangsstufen hinuntergelaufen und ging mit schnellen Schritten auf den Maschendrahtzaun zu, der ihren kleinen Vorgarten umgab. Da kam Tommy ans Fenster und rief durch das Mückengitter: »Delores! Den Kindern geht's gut. Sie sind bei Skip.«

LoLo machte auf dem Absatz kehrt und schaute in die Richtung von Tommys Stimme. »Was?«

»Komm wieder rein, Baby. Ihnen geht's gut.«

»Was meinst du mit, sie sind bei Skip?«, fragte sie, als sie rasch wieder auf die Haustür zulief. Tommy erwartete sie an der Türschwelle.

»Ich brauchte ein kurzes Nickerchen, also hab ich sie zu Skip rübergebracht. Er passt zusammen mit den anderen Kindern auf sie auf.«

LoLos Augen verrieten ihr Entsetzen, aber ihre Worte waren scharf wie Schwerter. »Was zum Teufel meinst du mit, Skip passt auf sie auf?«

»Sie sind zum Spielen drüben«, sagte Tommy, der bis auf seine Boxershorts nackt im Flur stand.

»Du hast die Kinder ins Haus eines Mannes geschickt? Unser Babygirl? Allein?«

»Sie sind doch nicht allein«, sagte Tommy schleppend, und seine noch leicht geschwollenen, verschlafenen Augen blickten verwirrt. »Skip ist doch bei ihnen.« Seine Worte klangen wie ein Stakkato.

»Aber sie ist ein Baby. Drei Jahre alt. Wie soll sie sich gegen einen erwachsenen Mann wehren? Wer soll ihn daran hindern, ihr etwas anzutun?«

Tommy wich ein Stückchen zurück. »Wovon redest du, LoLo? Niemand wird dem Mädchen was antun.«

»Das kannst du nicht wissen!«, schrie LoLo an der Grenze zur Hysterie zurück.

»Das weiß ich, weil Skip und ich seit Jahren befreundet sind. Er schaut auf unsere Kinder genauso wie auf seine eigenen.«

LoLo sah Tommy noch irritierter an. »Wie meinst du das, er schaut auf sie? Hast du sie etwa schon öfter bei ihm gelassen?«

»Yeah«, meinte Tommy achselzuckend. »Ich versteh nicht, warum du dich so aufregst. Ihm macht das nichts aus. Was stören ihn zwei Kinder mehr im Haus? Seine Älteste, Yolanda, ist zwölf. Sie hilft mit, und ich hab ein bisschen Zeit für mich, bevor ich zur Arbeit muss.«

»So läuft das bei dir hier? Zeit für dich selbst, schlafen und irgendwelchen Scheiß, während unsere Babys Gott weiß was machen?«

»Ich hab's dir doch schon gesagt, LoLo, sie sind zum Spielen drüben«, erklärte Tommy aufgebracht. »Ich versteh nicht, warum du so außer dir bist. Es ist alles unter Kontrolle.«

Aber genau darum ging's. LoLo kam es überhaupt nicht unter Kontrolle vor. Sie wusste sehr genau, was kleinen Mädchen in leeren Zimmern und dunklen Ecken zustoßen konnte, wo Raubtiere mit den Zähnen knirschten und einem ihre Klauen in die Haut schlugen. Sie warf Tommy einen letzten Blick zu, zwängte ihre Füße wieder in die Schuhe und eilte in die kühle Abendluft hinaus. Sie lief durch das Tor, über den Gehweg mit seinen Rissen, losen Kieseln und Zigarettenkippen bis vor Skips Tür. Dort klopfte sie, wartete aber nicht, bis irgendwer sich rührte. Sie drückte einfach gegen die Fliegengittertür, die zu ihrem Missfallen und zugleich ihrer Erleichterung nicht abgeschlossen war. Dann eilte sie, Raes Namen rufend, in Richtung Wohnzimmer. Zu ihrer schrillen Stimme passte das laute Klappern ihrer Absätze auf dem Dielenboden der Küche. Schweigen und große Augen erwarteten sie. Rae saß auf Yolandas Schoß, mitten auf dem Fußboden, und zauste einer Puppe das Haar, während sie sich offenbar neugierig fragte, was die ganze Aufregung bedeutete. TJ saß, den Daumen im Mund, auf der Couch. Er schaute abwechselnd zum Fernseher und auf ein Set von Baseballkarten, das zwei von Skips jüngeren Söhnen vor ihm auf dem Cocktailtisch ausbreiteten.

»Mommeeee!«, schrien beide und beeilten sich von ihren jeweiligen Plätzen aufzuspringen und sich gegen ihre Beine zu werfen. Sie hatten was von Verteidigern beim Football an sich. Mit ihrem Schwung hauten sie LoLo beinahe um.

»Oh, hey, Mrs Lawrence«, sagte Yolanda und stand auch vom Boden auf.

LoLo spähte im Raum umher. Skip war nirgends zu sehen. »Wo ist dein Daddy?«, fragte sie und bemühte sich, nicht aggressiv zu klingen.

»Oh, er ist oben und repariert den Plattenspieler«, sagte Yolanda. »Soll ich ihn holen gehen?«

LoLo sah sich noch ein bisschen um und suchte nach Details, die ihr bewiesen, dass ihren Kindern tatsächlich nichts zugestoßen war. Als sie damit zufrieden war, nahm sie Rae auf den Arm, nahm TJ bei der Hand und meinte: »Nein. Das passt schon. Sag ihm nur, dass ich mich dafür bedanke, dass er auf die Kids aufgepasst hat.«

»*Yes, Ma'am*«, sagte Yolanda.

Tommy trug schon seinen grauen Hausmeister-Overall, hatte das Brot aus der Einkaufstüte genommen und suchte gerade nach Erdnussbutter und Gelee, als LoLo mit den Kindern wieder ins Haus marschiert kam. Sie schäumte immer noch, obwohl es allem Anschein nach bei Skip so gewesen war, wie Tommy es gesagt hatte.

LoLo stand in der Küche, schaukelte Rae auf dem Arm und beobachtete TJ, der sich an das Bein seines Vaters klammerte. Am liebsten hätte sie geschrien – irgendwas zerschlagen bei dem Gedanken an die Verletzlichkeit ihrer Tochter, wenn sie sich außerhalb ihres wachsamen Blicks befand, bei dem Gedanken, wie machtlos sie sich als Mutter fühlte, dieses kleine Mädchen zu beschützen. Und wenn sie daran dachte, wie stumm sie war – sein musste –, um sich auf dem Hochseil aus Geheimnissen zu halten, das über ihrer Ehe, über Tommys Kopf hing. Stattdessen wiegte und küsste sie nur ihre Tochter.

»Hey, sag mal, wie wäre das denn«, sagte Tommy. »Warum

machst du nicht ein paar Sandwiches für mich, dich und die Kids, und ihr kommt heute Abend mit mir zur Arbeit.«

»Was meinst du mit ›mit dir zur Arbeit kommen‹?«

»Ihr könnt doch zusammen im Auto sitzen und essen, während ich erledige, was ich zu tun habe. Und hey, TJ kann mir mit dem Müll helfen und so, während du auf Rae aufpasst. Das ist zwar nicht aufregend, aber wenigstens wären wir zusammen.«

»Ich weiß nicht, Tommy, die Kinder müssen bald ins Bett. Willst du sie wirklich um diese Uhrzeit mit auf die Straße nehmen?«

»Erstens ist die Sonne eben erst untergegangen, und du weißt, dass Rae sowieso im Auto einschläft. Und TJ sollte mal sehen, dass sein Vater auf ehrliche Weise Geld verdient. Vielleicht kann er dabei sogar das eine oder andere lernen«, meinte Tommy. Dann ging er zu LoLo und zog sie an der Taille zu sich heran. Er küsste zuerst seine Tochter auf die Wange, anschließend seine Frau ausgiebig auf den Mund. »Ich mag es, wenn meine Familie bei mir ist. Weil ich euch alle vermisse, wenn ich weg bin. Ich möchte euch bei mir haben. Selbst wenn es nur auf der Fahrt von einer Bank zur nächsten ist.«

Dagegen gab es nichts zu sagen. Tommy wollte, was er wollte, und LoLo wollte das auch. Diese kleinen Momente des Zusammenseins, die vollkommen unvollkommen waren, aber kleine Kostbarkeiten, die in Summe trotzdem einen Schatz ergaben. Wie sie so mit der Kleinen auf dem Schoß Tommy beim Autofahren zusah. Oder wie er TJs Hand nahm und mit ihm, den großen runden Schlüsselring in der Hand, auf die Banken zuging. Wie er ihr durch die großen Schaufenster zulächelte, während er von innen die Fingerabdrücke wegwischte. Oder wie er über TJ lachte, der beim Ausleeren des Mülls in die Eimer so ein breites, grenzenloses Grinsen im Gesicht hatte. – All diese Dinge freuten sie ungemein. Und sie beruhigten sie. Wenn er dann zum Auto zurückkam, die Hand voller Lutscher, die er aus dem Vorrat der Bank stibitzt hatte, sich dicht zu Rae beugte und sagte: »Gib mir was Süßes, dann geb ich dir was Süßes«, dann schaffte LoLo es, den Teil von sich zu verdrängen, der nur das Bedrohliche aus so einem Satz heraushörte. Sie betrachtete es als das, was es war: Ein Vater, der die Bindung zu seiner Tochter pflegte, und Süße in ihr Leben brachte, wie LoLo es selbst nie erlebt hatte. – So hatte sie es sich immer erträumt, wenn Bear über sie hergefallen war. Nur in solchen Momenten konnte LoLo sich erlauben, es zu genießen.

Rae zog die Nase kraus und kicherte. »Daddy! Das kitzelt«, sagte sie und zeigte auf Tommys Schnurbart. Sie legte beide Hände an die Wangen ihres Vaters und drückte ihm einen Kuss auf die Nase. Dann wandte sie sich ab und wiederholte das Ganze mit LoLos Gesicht. »Kissy!«, sagte das kleine Mädchen. Als ihre Eltern sich nicht rührten, forderte Rae es schreiend noch mal ein: »Kissy!« Dazu legte sie eine Hand an Tommys, eine an LoLos Wange.

Nachdem sie verstanden hatten, was sie tun sollten, gaben die beiden einander einen Schmatzer auf die Lippen, während Rae dazwischen alles beobachtete. Anschließend brachen alle drei in Gelächter aus. LoLo sah erst Tommy in die Augen, dann Rae. Da schmiegte die Kleine ihren Kopf in LoLos Halsbeuge, und LoLo drückte sie so eng an sich, dass sie nicht mehr hätte sagen können, zu wem welcher Herzschlag gehörte.

Nur ein paar Tage später brachte LoLo die Kinder in einen

Kindergarten in der Nachbarschaft. Yolanda hin oder her, wenn Tommy sich nicht um sie kümmern konnte oder wollte, solange sie bei der Arbeit war, dann sollten sie an einem Ort sein, wo sie ständig gesehen würden. Tommy versuchte zuerst, es zu verhindern. »Wir haben nicht genug Geld, um es für Babysitting zu verschwenden«, argumentierte er. »Nicht wenn Skip bereit ist, uns auszuhelfen.«

»Und was, wenn ihnen da drüben etwas zustößt?«, fragte LoLo. »Yolanda ist doch selbst noch ein Kind. Wie soll sie da unsere Kinder beschützen?«

»Sie vor was beschützen? Das ist ein Haus voller Kinder.«

»Und Skip.«

»Der nicht irgendein nachlässiger Nigga* ist, der sich nicht um seine eigenen Kinder kümmert. Ich verstehe nicht, was da das Problem ist, LoLo.«

Aber schließlich lenkte Tommy ein und ging sogar noch einen Schritt weiter. Er brachte die Empfehlung für eine Einrichtung mit, die die kleine Rae halbtags besuchen konnte, während LoLo arbeitete und damit Tommy ein bisschen Freizeit hatte, bevor er sich auf den Weg zu den Banken machte. »Es heißt das Black Children Rise Daycare Center«, meinte er, bevor er sich eine Ladung Pintobohnen in den Mund schob. LoLo hatte sie genau so zubereitet, wie Tommy sie mochte: mit einem kleinen Stück Speck und Zwiebeln, etwas braunem Zucker, Senf und viel schwarzem Pfeffer. Einen großen Topf davon hatte sie nebenbei gekocht, dazu eine Pfanne Maisfladen. Beides passte gut zu den beiden Hühnchen, die Skip an diesem warmen, herbstlichen Samstagnachmittag grillte und zu denen er LoLo und Tommy spontan eingeladen hatte. Er meinte, er wolle einfach seine Hühnchen teilen, aber seine neue Flamme war auch da, und eigentlich wollte er sie vorzeigen.

»Wo ist das?«, fragte LoLo, während sie auf einen Löffel voller Bohnen pustete und ihn ihrer Tochter in den aufgesperrten Mund schob. Rae hielt sich an den Knien ihrer Mutter fest und wartete auf Nachschub. Sobald sie die süßen Bohnen, die auch als Dessert durchgehen konnten, auf der Zunge hatte, vollführte sie ein kleines Tänzchen.

»Das schmeckt gut, was Baby?«, fragte Tommy, der sich über die zappelnde Rae amüsierte.

»Hör auf mit dem Zirkus«, sagte LoLo und gab Rae einen Klaps auf ihren kurzen, speckigen Oberschenkel. »Hier so mit deinem kleinen Hintern zu wackeln, dass jeder es sehen kann.«

Rae verzog das Gesicht und heulte los. Das tat sie wie eine Sirene, die relativ leise beginnt und dann auf volle Lautstärke aufdrehte. Dann verschluckte sie sich, und Bohnen flogen in alle Richtungen.

Tommy schüttelte den Kopf, sagte aber nichts. LoLo war dafür zuständig, diese Kinder großzuziehen. Sein Job war es, sie dabei zu unterstützen. Selbst wenn er, was ihre Vorstellungen von Disziplin anging, nicht ihrer Meinung war oder auch nur verstand, warum ein Kleinkind eigentlich nicht tanzen sollte.

»Das ist ein guter Ort – sauber, und die Betreuerinnen lassen die Kinder zählen und das ABC ordentlich aufsagen.«

Skip hustete heftig, als hätte er sich an dem Stück Fleisch verschluckt, das er sich in seinen ohnehin schon vollen Mund geschoben hatte. »Sorry«, sagte er mit Blick auf Tommy. »Hab das Hühnchen in den falschen Hals gekriegt.«

Tommy runzelte die Stirn und sah ihn besorgt an. LoLo pustete auf einen weiteren Löffel Bohnen. Diesmal stand Rae ganz still. »Ich kann Rae nachmittags für ein paar Stunden hinbringen, und du holst sie auf dem Heimweg von der Arbeit wieder ab.«

Skip räusperte sich erneut. »'tschuldigung allerseits«, sagte er kopfschüttelnd. »Schmeckt so gut, dass ich den Hals anscheinend nicht vollkriegen konnte, schätze ich. Hehehe.« Dann sah er Tommy noch mal stirnrunzelnd an – diesmal deutlich genug, sodass LoLo es merkte. Ihre Augen wurden schmal, aber sie schluckte ihre Fragen hinunter. »Wisst ihr, ich kann euch behilflich sein, wenn Not am Mann ist«, sagte Skip und brach damit die verlegene Stille. »Ich könnte Rae abholen und mit nach Hause nehmen, damit du dir keine Sorgen machen musst, rechtzeitig dort zu sein, bevor sie schließen«, sagte er.

»Kennst du die Einrichtung auch?«, fragte LoLo.

Skip war ein sogenannter Numbers Runner, der nebenbei als Taxifahrer arbeitete. Hauptsächlich um seine inoffiziellen Geschäfte zu tarnen. Er kümmerte sich in der ganzen Stadt um Wetten. Sogar für die Betreuerinnen in der Black Children Rise Daycare, die ihm ihre Träume ins Ohr flüsterten und gleichzeitig zerknitterte Dollarscheine in die Hand drückten, weil sie auf ihr großes Stück vom Kuchen hofften. Er kannte die Einrichtung also gut. »Hab noch nichts Schlechtes drüber gehört, wenn du das meinst«, sagte Skip. »Die Damen dort kommen mir nett vor.«

LoLo sagte weiter nichts dazu. Es war abgemacht. Sie würde Rae am kommenden Montag auf ihrem Weg zur Arbeit dort abliefern, und Tommy sollte TJ zur Schule bringen. Wenn sie dann heimkäme, wäre da ihre schön aufgestellte Familie, bereit, schön aufgestellte Familiendinge zu machen. So würde es laufen.

Und das tat es dann für Wochen. Genau wie bei so vielen anderen Familien, die machten, was gemacht werden musste, damit es Cornflakes im Vorratsschrank und ein kleines bisschen Speck auf dem Herd und etwas zusätzliches Kleingeld für den Milchmann gab, damit der brachte, was sie zum Runterspülen brauchten. LoLo gefiel die Einrichtung ganz gut, und schon bald vertraute sie darauf, dass ihr Kind dort auch in guten Händen war. Sie konnte sehen, wie sie sich entwickelte – nicht nur körperlich, sondern auch mental. Regelmäßig unterhielt sie LoLo mit dem Aufsagen ihrer Zahlen und Buchstaben. Die Erzieherinnen sagten, Rae sei still, aber lernbegierig. »Sie ist ein gutes Kind«, sagten sie, wenn sie sie morgens von LoLos Arm entgegennahmen.

Doch dann kam ein frischer Tag im Spätherbst, als jemand dort entschied, dass Rae tatsächlich kein braves Kind war. Es war Skip, der ihr von der Erzieherin mit der goldenen Perücke und dem prallen Babybauch erzählte, die sich an ihrer Dreijährigen vergriffen und sie für eine Regelübertretung zur Mittagessenszeit mit einem Lineal geschlagen hatte. Raes Vergehen: Sie hatte vor der Erbsensuppe ihr Sandwich mit Schinken gegessen.

»Ich … ich hasse das, dass ich derjenige sein muss, der es dir erzählt, aber es käm mir nicht richtig vor, dir nichts zu sagen«, meinte er. Es war Freitagabend, und Skip stand vor LoLos Tür. Er spielte nervös mit seiner Mütze und ließ den Blick zwischen LoLo und den Kindern, die im Wohnzimmer auf dem Boden spielten, hin und her gehen.

»Mir was zu sagen, Skip?«, fragte sie. »Komm schon, ich hab Felderbsen auf dem Herd und muss noch den Reis aufsetzen. Also spuck's aus.« Was immer er zu sagen hatte – LoLo war nicht darauf gefasst, dass es sie erschüttern würde. Sie war abgelenkt und hatte sich vor weniger als fünf Minuten erst mit einem Kuss von Tommy verabschiedet. Ihre Babys waren gleich hier auf dem Boden. Das war ihre Welt. Das war's. Nichts sonst spielte wirklich eine Rolle.

»Ich war heute drüben bei der Daycare, um sie wie immer einzusammeln, und, also, ich kam rein und sah, wie eine der Betreuerinnen, Miss Betina …« Er verschränkte die Arme und sah seine Nachbarin eigenartig an. Er schluckte. »Ich hab gesehen, wie Miss Betina Rae schlug.«

LoLo wich mit dem Kopf ein Stück zurück. »Miss Betina? Wie sie Rae schlug?«

»Yeah, das war Miss Betina, ja«, sagte er und massierte sich die Augenbrauen.

»Moment mal: Sie hat mein Baby geschlagen?«

»Mit dem Lineal. Ganz sicher.«

LoLo kratzte sich am Hals und zog ihr Shirt zurecht. Dann sah sie Rae an, die gerade das Haar ihrer kleinen Puppe scheitelte und so tat, als würde sie deren Kopfhaut einfetten. »Rae, Baby, komm her«, sagte sie. »Komm zu Mama.«

Rae ließ gehorsam Puppe und Kamm fallen und kam pflichtbewusst wie ein kleiner Soldat zu ihrer Mutter marschiert. LoLo tastete sie ab, inspizierte jeden Zentimeter ihres Körpers, den sie sehen konnte – unter den Ärmeln und ihrem Shirt, vorne wie hinten. Auch an den Beinen, so weit sie die Hosenbeine der kleinen grünen Cordhose hochschieben konnte. Ihr Gesicht, den Hals und die Hände. Eindeutig waren da Striemen auf ihren beiden Handflächen. »Sie hat mein Baby auf die Hände geschlagen?«, fragte sie und drehte Raes Handflächen so, dass Skip sie sehen konnte.

»Das stimmt. Sie ist eine Pedantin, was Ordnung angeht, weißt du. Also, hör mal«, fuhr er fort und holte tief Luft. »Du willst nicht wirklich, dass die Kinder in ihrer Nähe bleiben. Sie ist nicht …« Er zögerte wieder: »Sie ist für deine Kinder nicht gut.«

LoLo hörte nicht, was er noch zu sagen hatte. Kein weiteres Wort. In ihrem Kopf war sie schon längst im Black Children Rise und sorgte dafür, dass dort die Hölle losbrach. Skip ging und schloss leise die Tür hinter sich. Seine Nachbarin starrte geistesabwesend in die Farbe Rot.

***

Natürlich riet Tommy LoLo, keinen Aufstand zu machen. Natürlich hörte LoLo nicht auf ihn. Natürlich gab es auch sonst nichts und niemand, der etwas sagen oder tun konnte, um sie aufzuhalten. Nicht einmal Tommy, der bei der Kleinen bleiben musste, während seine Frau sich extra Zeit nahm, um an diesem frischen Morgen mit einer Frau zu reden, die Kindern wegen Essen Striemen auf die Hände schlug.

»Morgen, Delores«, grüßte Mrs Nesbit, die Leiterin der Einrichtung, als LoLo an ihr vorbeirauschte. LoLo war nicht hier, um Nettigkeiten auszutauschen, also hielt sie sich nicht mit Begrüßungen auf. Sie marschierte durch die überschaubaren Räumlichkeiten – die Leseecke, den Bereich fürs Mittagessen, bis dahin, wo die Legosteine und Bauklötze darauf warteten, dass klebrige Finger prächtige Städte aus ihnen errichteten. Dann erst fragte sie: »Wo ist das Girl, das sich rausnimmt, mein Kind zu schlagen?«

LoLo, die die Antwort kaum erwarten konnte, merkte nicht, wie nervöse Blicke durch den Raum zuckten, auf der Suche nach anderen geweiteten, besorgten Augen. Sie hatten schon gewusst, dass es dazu kommen würde. Immer kam es dazu.

»Delores, lass uns im Empfangsbereich darüber reden«, sagte Mrs Nesbit und fasste LoLo sanft am Ellbogen, um sie von den anderen Müttern wegzulotsen, die gerade ihre Kinder für den Tag verabschiedeten.

LoLo riss sich los. »Fassen Sie mich nicht an. Ist das hier die Sorte Etablissement, die Sie führen? Schlagt ihr hier alle Kinder?«

»Ich weiß nicht, wovon Sie reden«, erwiderte Mrs Nesbit so ruhig sie konnte. »Können wir bitte in den Empfangsbereich gehen und …«

»Ich werde nicht in den verdammten Empfangsbereich gehen!«, schrie LoLo schrill genug, sodass alle – Mütter, Betreuerinnen und Kinder – erstarrten. Nur draußen bewegte die Welt sich weiter. »Und jetzt«, knurrte sie mit zusammengebissenen Zähnen, »werde ich mich nicht von dieser Stelle bewegen, bis jemand mir erklärt, warum diese fette Kuh meine Tochter geschlagen hat und ihr alle rundherum gestanden und nur zugeschaut habt.«

Das Quietschen der Klotür zerriss die Stille wie einen Luftballon. Alle drehte sich zu dem Geräusch um und betrachteten Betina voll Sorge. Ohne sich des Dramas bewusst zu sein, das gerade auf sie zu rauschte, zog sie ihre Strickjacke zurecht und zupfte eine Fussel von ihrem Umstandskleid, bevor sie sich über den Bauch strich.

»Lass mich dich etwas fragen«, sagte LoLo sanft, als sie endlich die Aufmerksamkeit der Frau auf sich gezogen hatte. Betina blickte sich um, als könne sie die Lage noch rasch erfassen. Als ihr das gesammelte Schweigen und die großen Augen ringsum auffielen, da begriff sie zwei Dinge eindeutig: Es lag Ärger in der Luft, und sie würde die Zielscheibe davon sein. »Wie kannst du die Frechheit besitzen, handgreiflich gegen ein Baby zu werden, das eine Mama und einen Daddy hat, die es lieben? Du musst doch irgendwie bekloppt sein zu glauben, dass du mit so einem Scheiß davonkommst!«

Betina machte den Mund auf und gleich wieder zu.

»Was? Hast du nichts dazu zu sagen? Du kannst Babys schlagen, aber eine Erklärung für eine erwachsene Frau hast du nicht?«

Betina starrte sie nur an.

»Hast du vor, dein Baby auch zu schlagen so wie meins?«, brüllte LoLo und zeigte ungeniert auf den Bauch der Frau. »Antworte mir!«

»Was ich mit meinem Baby mache, geht keinen was an. Sie schon gar nicht, jedenfalls noch nicht«, meinte sie schnippisch. »Aber machen Sie ruhig so weiter hier. Führen Sie sich auf wegen ihrer lächerlichen gekränkten Gefühle …«

»Okay, okay, okay«, rief Mrs Nesbit und machte damit Betinas wütendem Monolog ein abruptes Ende. Sie schüttelte den Kopf in ihre Richtung, und Betina verstummte. Doch nun war es zu spät. LoLo wollte sich auf Betina stürzen.

Mrs Nesbit bewegte sich schneller als ihre Hängebacken und die graue Perücke vermuten ließen. Sie packte LoLo am Arm. »Also, das wollen Sie jetzt nicht wirklich tun«, sagte sie. »Ich muss sie auffordern, diese Einrichtung sofort zu verlassen«, insistierte Mrs Nesbit, während sie LoLo Richtung Glastür schob und diese öffnete.

Auf der anderen Seite der Glastür, wo die Welt sich geschäftig weiterdrehte, stand LoLo wie gelähmt da. Es gab nur ihre Schreie, die in ihrer Vorstellung von Wänden in dunklen Ecken abprallten, wo kleine Mädchen machtlos waren und sich nicht nennenswert verteidigen konnten. Dort gab es nichts außer Pein – und ihre Peiniger.

LoLo fuhr wie in Zeitlupe zum Penny Drive zurück. Durch ihre Tränen sah sie Gebäude, Wohnhäuser, Bäume und Straßen wie verschwommen. Sie war so fokussiert auf ihre Wut und Trauer, dass sie vergessen hatte, dass sie überhaupt am Steuer saß. Ihr Unterbewusstsein und ein bisschen von Gottes Gnade brachten sie nach Hause. LoLo drückte energisch die Fahrertür auf und knallte sie hinter sich wieder zu. Mit langen Schritten lief sie über die Einfahrt, das Gras und zwei Stufen auf einmal nehmend ins Haus. Ihr Blick ging hektisch von den Stühlen zum Sofa und auf den Boden, während sie an Tommy und den Kindern vorbei ins Schlafzimmer stürmte. Dort drehte sie sich ein paarmal im Kreis und fächelte sich keuchend Luft zu. Als sie endlich stehen blieb, fiel ihr die Kommode ins Auge. Mit zwei Schritten stand sie direkt davor. Ihre Brust hob und senkte sich deutlich. Sie riss die oberste Schublade auf und wühlte zwischen den ordentlichen Stapeln aus Unterhosen, ihren beiden guten BHs, Socken und Pyjamas, bis ganz unten ihre Fingerspitzen berührten, wonach sie suchte: Raes Beutel. Mit dem Daumen strich LoLo über den weißen Stoff. Nachdem noch ein paar Tränen ihre Wangen hinabgelaufen waren, zog sie den Beutel auf, um sich seinen Inhalt zu besehen. Das machte sie selten. Tommy fand es nicht gut, irgendwelche Beweise vom früheren Leben seiner Kinder aufzuheben. »Das sind unser Sohn und unsere Tochter«, hatte er dem Anwalt erklärt, der sich um die Adoption der Kinder gekümmert hatte. »Wir sind eine Familie. Alles, was passiert ist, bevor sie zu uns kamen, spielt keine Rolle.« Doch dieser Beutel, der spielte eine Rolle. Denn sein Inhalt war nicht bloß eine Verbindung zwischen Rae und der Person, die sie genug geliebt hatte, um für sie zu bitten, sondern auch eine Bitte an die neue Mama des Babys.

LoLo nahm vorsichtig die Papiertüte heraus und faltete sie auseinander – die Lippen bewegend las sie ihn stumm. *Ein schönes, behütetes, wohlhabendes Leben.*

LoLo fuhr zusammen, als sie hörte, wie der Türknauf sich drehte. Rasch schob sie den Beutel und die Nachricht auf der Papiertüte unter ihre Socken und knallte die Schublade zu.

»Äh, alles in Ordnung?«, fragte Tommy mit zaghafter Stimme, während er um die Tür herum ins Zimmer blickte. »Was ist bei der Daycare passiert?«

»Es spielt keine Rolle«, sagte LoLo. »Rae wird da nicht mehr hingehen.«

»Wie meinst du das? Wo soll sie denn dann hin, Tick? Du lässt Skip nicht auf sie aufpassen, und jetzt auch die Daycare nicht?«

»Findest du es etwa okay, wenn sie unser Baby schlagen?«, fragte LoLo ungläubig.

»Du hast ja auch kein Problem damit, diese Kinder zu Hause zu schlagen …«, sagte Tommy und unterbrach sich dann selbst, weil er schon wusste, was sie als Nächstes sagen würde.

»Es sind *unsere*. Wir ziehen sie groß. Wir erziehen sie. Wir sind dafür verantwortlich, ihnen Disziplin beizubringen. Nicht irgendwelche fremden Leute ohne Selbstbeherrschung, die sie ohne guten Grund schlagen!«, rief LoLo.

Sie war so aufgebracht, dass sie bis jetzt nicht bemerkt hatte, dass Rae an Tommys Bein hing. Das kleine Mädchen lächelte, als ihr Vater mit den Fingerspitzen über ihre Locken strich, doch ihr Mund wurde wieder zu einem neutralen Strich, als sie ihre Mutter ansah.

LoLo lächelte. »Komm her, Rae«, lockte sie und winkte sie zu sich. »Komm her, Baby.«

Rae lief zu ihrer Mutter, presste ihr Gesicht gegen LoLos Knie und umarmte ihre Beine. LoLo nahm sie bei den Armen und zog sie hoch. Den Körper ihres Kindes an die eigene Brust gepresst wich sie langsam zurück, um sich aufs Bett zu setzen. Schließlich nahm sie Raes Hände in ihre, untersuchte die Striemen auf ihren Handflächen, beugte sich dann herab und küsste jede.

»Mein süßes Mädchen«, sagte LoLo lächelnd. »Diese Frau wird dich niemals mehr schlagen, okay? Mommy wird dich beschützen. Immer.«

Rae drückte ihr Gesicht gegen LoLos Brust, schlang die Arme um die Taille ihrer Mutter. Ihre Finger fühlten sich an wie Schmetterlinge und veränderten für immer die Form von LoLos Herz.

***

LoLo hätte sich nicht vorstellen können, dass das Ende dieses Tages noch schlimmer sein würde als sein Anfang, doch so war es. Sie massierte die Krämpfe aus ihren bestrumpften Füßen, mit denen sie bei der Arbeit ständig die Pedale der Nähmaschine gedrückt hatte. Gleichzeitig versuchte sie zu begreifen, was Tommy vorschlug. Oder besser gesagt: Worüber er sie informierte. Die Worte stürzten aus seinem Mund wie Felsen, die an einer Klippe dem Druck nachgaben. Der Natur.

»Ich habe schon angefangen, da draußen nach Häusern zu suchen. Also, mein Bruder Sam hilft, aber ich glaube, ich hab schon eins am Haken«, sagte Tommy. »Ich kann dieses hier auf den Markt bringen, und dann haben wir das Geld für die Anzahlung für das neue Haus. Und dir und den Kids wird es an nichts fehlen. Das ist ein guter Job. Ein guter Schachzug.«

LoLo massierte weiter ihre Füße und widmete sich vor allem dem rechten Ballenzeh. Der pochte und schmerzte wie Zahnweh. Wie ihr wehes Herz.

Schließlich hob sie den Kopf und sah ihren Ehemann an. Die Entscheidung war eigentlich schon getroffen. Einzelheiten spielten keine Rolle. Sie konzentrierte sich bereits aufs Trauern.

»Wo, hast du gesagt, ziehen wir hin?«, fragte sie, begleitet von einem tiefen Atemzug.

»Jersey. Wir ziehen nach New Jersey.«

17

Winter 1973

Da waren überall weiße Leute. Tommy hatte ihr das schon gesagt, als er hingefahren war, um eine Anzahlung auf das bescheidene Haus mit drei Schlafzimmern in der Kleinstadt im Süden New Jerseys zu leisten. Aber trotzdem, sie im Lebensmittelladen, in der Mall, auf den Verandas vor ihren Häusern zu sehen und ihre besorgten Blicke, die die Beunruhigung darüber verrieten, farbige* Leute zu erblicken, die wie normale Menschen ihrem Alltagsleben nachgingen – all das war ein Schock für LoLo. Schließlich hatte sie ihr bisheriges Leben abgeschottet in Vierteln verbracht, die zwar von Ungleichheit und Vernachlässigung gezeichnet waren, aber immer ein Gumbo aus Schwarzsein, eingedickt mit Afrika und gewürzt mit dem Süden. Sättigend und aromatisch, durchsetzt von Wurzeln, die sich nicht leicht ausrotten ließen. Willingboro war dagegen geschmacklos und fad. Und das war ganz bewusst geschehen, als man es gerade mal fünfzehn Jahre, bevor Tommy und LoLo an den Burlington Drive zogen, errichtet hatte. Damals hatten die Hauseigentümer, die sich in die neue Siedlung einkaufen wollten, einen symbolischen Blutschwur unterzeichnen müssen. Den hatte sich der Architekt der Philadelphia Bedroom Community ausgedacht, um Nigger* davon abzuhalten, Nachbarn zu werden. Man wollte die Vorstadt und alles, was dazu gehörte – neue Schulen, blitzblanke Geschäfte, lange gewundene Straßen mit geräumigen neuen

Bungalows samt Staketenzäunen und ausgedehnten Rasenflächen für Babys, Barbecues und nachbarschaftliche Neckereien – makellos und ordentlich halten. Weiß. Das war kein Ort für die Farbigen*. Und so hatte man es niedergeschrieben und gesagt.

Das Blut Martin Luther Kings löste die Tinte auf solchen Schwüren auf. Es gab Negros* die Salbe, die sie brauchten, um wenigstens ein paar der Wunden zu heilen, die Jim Crow in jeden Quadratzentimeter ihres kollektiven Körpers geschlagen hatte. Doch viele wussten auch, dass Salbe kein Heilmittel gegen die eigentliche Seuche war, die unter weißen Leuten grassierte, seit ihre ersten Sklavenschiffe die Küsten erreicht hatten. Und auch der Civil Rights Act würde nicht heilen, woran die kaltherzigen Weißen mit ihren kalten Herzen und bläulichen Adern litten. »Lass mich dir eines sagen: Crackas scheren sich einen Dreck um die verdammte Verfassung, wenn es um uns geht«, hatte Tommys Bruder Spencer erklärt, als die beiden sich mit eiskalten Dosen Schlitz-Bier in den Händen über eine Karte von New Jersey beugten. Sie hatten darauf Städte ausfindig gemacht, wo eine Schwarze Familie sich niederlassen konnte, ohne fürchten zu müssen, dass weiße Nachbarn ihnen den Boden vergifteten. Das war eine Herkulesaufgabe. »Die verkaufen, an wen sie wollen, und du kannst hinter Woolworth mit deinen Kids drauf warten, dass die Verfassung wirkt, damit du dein Geld für ein Haus neben ihnen ausgeben darfst.«

Tommy malte mit dem Finger einen Kreis rund um Willingboro und nahm einen Schluck. Er war ein Southern Boy, was bedeutete, dass er sehr gut wusste, er könnte sich niemals klein genug machen, um dem Zorn der Weißen zu entgehen. Insofern war er zu dem Schluss gekommen, dass es sich ohnehin nicht lohnte, das zu versuchen. Trotzdem wollte – musste – er sich darauf konzentrieren, was für ihn, für seine Familie funktionierte. Und Willingboro wäre der Ort dafür. Das Viertel lag nur zwanzig Minuten von seinem neuen Job in einer Kunststofffabrik entfernt. Dort würde er leitender Mechaniker in der Abteilung für Wandverkleidungen. Vierzig Autominuten nach Süden und er, LoLo und die Kids könnten die Füße unter Spencers Küchentisch ausstrecken, um den köstlichen Duft der selbst gebackenen Hefebrötchen seiner Schwägerin einzuatmen, zu lachen und den Rhythmus zu Marvin Gaye zu klopfen. Und drei Stunden nach Norden auf der I-95, dann könnte LoLo Cindy, Sarah, Para Lee und ihre anderen Freundinnen aus der ersten Bank ihrer Heimatkirche umarmen. Diese Verbindung war seiner Frau wichtig. Aber letztlich waren es die »For Sale«-Schilder, die Tommy überzeugten. Sie schossen wie Büsche von Himmelsblumen aus den Rasenflächen vor all den Häusern, unter denen seine Frau aussuchen konnte. Das war wichtig. Schließlich hatte LoLo zugestimmt, nach Jersey zu ziehen, wenn auch erzwungenermaßen. Denn sie wusste, dass sich fortan alles, was sie kennen und lieben gelernt hatte, drei Autostunden nördlich von diesem seltsamen Ort befinden würde, von dem farbige* Menschen zuerst verbannt worden waren und dann nicht mehr. Natürlich kam Tommy nicht in den Sinn, warum all diese Häuser zu verkaufen waren. Warum die Weißen sich praktisch gegenseitig überrannten, um aus der Kleinstadt zu fliehen. Wie ein blondes, blauäugiges All-American Girl, das in einem Horrorfilm die Flucht vor einem Axtmörder mit schwerem Schritt ergreift. Hätte er sich die Mühe gemacht, nach den Gründen zu fragen, dann wäre er vielleicht auf die Gründe für die Implosion der Gegend gestoßen. Wie die Baufirmen und Makler sich zusammentaten, um die weißen Bewohner mit Gerüchten über erzwungene Integration, den Wertverfall ihrer Immobilien und den Diebstahl der Zukunft ihrer Familien zu überhäufen. Um ihre Lügengeschichten zu untermauern, ließen sie farbige* Familien einziehen und erzählten den Weißen, Niggers* würden demnächst ihre Straßen besudeln. Dann lehnten sie sich zurück und sahen zu, wie all die Weißen in Panik an Bauträger verkauften, die zu deutlich erhöhten Preisen an Farbige* weiterverkauften oder vermieteten. Der Plan war teuflisch. Tommy und LoLo wurden, ohne es zu wissen, zum Gift auf dem Pfeil der Bauträger.

Weder Tommy noch LoLo wussten davon auch nur das Geringste. Tommy hätte es trotzdem nicht gekümmert. Er wollte, was er wollte, und war vollauf damit beschäftigt, mit seinem neuen Job anzugeben. Darin würde er mehr verdienen als je zuvor in seinen neunundzwanzig Jahren. LoLo wusste, dass er fest entschlossen war, es dafür zu verwenden, dass sie sich ganz ihm und den Kindern widmen konnte. Und LoLo? Sie würde vorläufig mit diesem neuen Leben klarkommen. Eingeigelt in die hübschen vier Wände, die sie vor neugierigen Blicken schützen würden. Vor urteilenden Blicken. Sie hatte lange mich sich selbst darum gerungen und dann entschieden. Entschieden, dass das funktionieren würde. So, als hätte sie tatsächlich eine Wahl.

LoLo hatte also ihren Frieden damit gemacht und empfand sogar ein bisschen Freude, als sie ihren Kindern zusah, wie sie am Umzugstag in das neue Haus rannten und sich in ihren neuen Zimmern fröhlich um sich selbst drehten. »Mommy, ihr habt ein Badezimmer in eurem Zimmer!«, rief TJ. Die Worte purzelten um den nassen Daumen herum aus seinem Mund. Rae trottete hinter ihrem Bruder her und hielt sich dabei an seinem Evel-Knievel-T-Shirt fest. Das Fenster zog sie magisch an. Dort fehlten noch die marineblauen Vorhänge, die LoLo erst ein paar Tage zuvor genäht hatte, bevor sie all ihren Besitz in einen kleinen Umzugslaster geladen hatten. LoLo musste lächeln, als ihre Tochter die Nase an die Scheibe drückte und den Blick über das üppige Kentucky Bluegrass streifen ließ, das sich bis in die Unendlichkeit zu erstrecken schien. Rae beugte sich kichernd über die Fensterbank.

»Was ist denn so lustig, *Lil' Girl?*«, fragte LoLo im Näherkommen.

Rae schien fasziniert und antwortete nicht. Sie kicherte nur weiter. LoLo kam näher, um zu sehen, was die Aufmerksamkeit von Babygirl erregt hatte. Sie holte scharf Luft, als sie endlich entdeckte, was das war: ein Schwarm orangefarbener Marienkäfer, vielleicht ein Dutzend davon, krabbelte auf der Fensterbank, dem Rahmen und der Glasscheibe herum. Rae ließ zwei davon auf die dicke kleine Spitze ihres Zeigefingers krabbeln.

»Wo kommen die wohl alle her?«, fragte LoLo und inspizierte das Fenster. Sie war sich sicher, ein Loch oder einen Spalt zu finden, durch den sie reingekommen waren. Vielleicht etwas, das der Hausinspektor übersehen hatte. Doch da war nichts. Nur jede Menge Marienkäfer.

»Schau, Mommy!«, rief Rae, als drei der Tierchen auf ihre Handfläche krabbelten, die sie auf die Fensterbank gelegt hatte. TJ kam angelaufen, um einen Blick zu erhaschen, und zog sich gleich den Turnschuh vom Fuß, um die Insekten zu erschlagen.

»Nein, nein! Was machst du da, Junge? Marienkäfer darf

man nicht umbringen. Sie sind Glücksbringer!«, sagte LoLo. Und dann zu sich selbst: »Vielleicht ist das hier der Ort, an dem wir sein sollen.«

»Jetzt kommt mal mit«, sagte sie und nahm ihre Kinder bei den Händen. »Wir werden Daddy bitten, dass er sie rausbringt. Aber ich will euch was zeigen.«

LoLo konnte die Kinder kaum noch zurückhalten, nachdem sie die hintere Fliegengittertür zum Garten aufgestoßen hatte, und sie machte auch keinen ernsthaften Versuch, nachdem ihre Turnschuhe den Rasen berührt hatten. TJ rannte los, schlug ein Rad und einen Purzelbaum, bevor er sich ins Gras fallen ließ und darin herumrollte. Erde, Gras, Ameisen und alles Mögliche verfing sich dabei in seinem kurzen, asymmetrischen Afro. Rae hüpfte ein bisschen herum, drehte dann einige ausgelassene Runden und begann entsetzt zu kreischen, als eine Hummel träge in ihrer Nähe herumbrummte. LoLo lachte. »Was hast du denn, *Gal*? Die Hummel will doch nichts von dir!«, rief sie und ging mit ausgebreiteten Armen in die Knie, damit ihre Tochter zu ihr laufen sollte. Rae brachte sich sofort in Sicherheit und schmiegte sich eng an ihre Mutter. »Ich mag keine Hummeln.«

TJ rannte in die entgegengesetzte Richtung – ans Ende des Gartens, wo ein kleiner, steiniger Bach ihr Grundstück von einem hübschen, aber bedrohlichen Wald trennte.

»TJ! *Tee! Jay!*«, brüllte LoLo, während ihr Sohn in vollem Tempo auf das Wasser zu flitzte. Das kräuselte sich unter einem kleinen Abhang, der für Erwachsene ideal war, um in den Bach zu steigen. Für ein Kind war er allerdings hoch und steil genug, um sich wehzutun, wenn es nicht aufpasste. »Bleib sofort stehen!«

TJ kam schlitternd zum Stehen. So dicht am Abhang, dass

er selbst ein bisschen darüber erschrak, wie kurz davor er gewesen war runterzufallen.

Mit Rae auf der Hüfte kam LoLo in schnellen Schritten herbeigeeilt und packte ihn am Arm. »Jetzt hört ihr mir gut zu: Lasst euch nicht dabei erwischen, dass ihr in dieses Wasser steigt, sonst hau ich euch den Hintern voll, verstanden? Und das gilt für euch beide!« Dabei drückte sie TJs Handgelenk, um ihre Worte zu unterstreichen. »Wenn ihr in das Wasser geht, dann wird euch was beißen! Und wenn ihr in den Wald lauft, wird noch was Schlimmeres passieren, wenn ich es nicht rechtzeitig mitkriege! Habt ihr gehört? Also lasst mich euch bloß nicht hier hinten erwischen!«

»*Yes, Ma'am*«, sagte TJ.

LoLo war so beschäftigt damit, die Kinder zu schimpfen und den Hügel zum Haus wieder hinaufzuziehen, dass sie sie zunächst gar nicht bemerkte. Eine weiße Frau. In ihrem Garten. Die sie anstarrte. Korpulent und grauhaarig und mit eisigen Augen. Sie erinnerte LoLo an die Krankenschwester, die ihr Inneres ausgekratzt und ihr jede Chance auf ein eigenes Baby, darauf, ihr eigenes Blut in die Zukunft fließen zu lassen, genommen hatte. In LoLos Vorstellung war das alles, was Weiße machten – sie nahmen dir die Luft zum Atmen, schnürten dir das Blut ab, verweigerten dir deine Menschlichkeit und drehten es so, dass sie alles hatten und du, du mit deiner Schwarzen Haut, nur ganz wenig. Abfälle, Reste. Und selbst die wollten sie auch noch. *Was will diese weiße Frau von mir?*

LoLo blieb abrupt stehen, als sie Blickkontakt mit den Eisaugen der Frau aufnahm. Instinktiv griff sie wieder nach TJs Handgelenk. Ihre Arme, Beine, Zehen, Nase, Zunge – alles begann zu kribbeln, während sie mit großen Augen dastand und Galle ihr die Kehle hochstieg. Wo ist Tommy? Spencer? Wozu ist diese weiße Lady imstande?

Schließlich winkte die Frau ihr. »Hi! Ich bin Daisy. Ich wohne nebenan«, rief sie und zeigte auf das Ranchhaus aus Ziegeln rechts von Tommys und LoLos Grundstück.

LoLo wartete und sagte nichts.

»Ich hab den Umzugswagen gesehen«, meinte die Frau und schirmte ihre Augen gegen die Sonne ab.

LoLo wartete und sagte nichts.

»Ich, äh, ich wollte nur vorbeikommen, um mich vorzustellen und euch in der Nachbarschaft willkommen zu heißen«, sagte sie, immer noch enthusiastisch, obwohl sie keinerlei Reaktion bekam.

LoLo wartete und sagte nichts. Erst als die Frau Anstalten machte, weiter in den Garten zu kommen, mit ihren schimmernden Zähnen, die Fältchen um die Augenwinkel in die gleiche Richtung zeigend wie ihre Mundwinkel, da schien LoLos Körper abzuschütteln, was sie bis dahin gelähmt hatte. Rae zog mit ihrem ganzen Gewicht am Körper ihrer Mutter und drückte gegen die Hüfte, die diese vorgeschoben hatte, um das Kind besser auf dem Arm halten zu können. Jetzt rutschte sie an der Seite ihrer Mutter runter und wollte schon auf die Frau zulaufen. Doch mit einem Griff an ihre Schulter brachte die Mutter sie schnell wieder zum Stehen. TJ, der, abgesehen vom Fernseher, noch nie eine weiße Frau von so nah gesehen hatte, musste nicht aufgehalten werden. Er wich einen Schritt zurück und dann noch einen zur Seite, sodass er genau hinter der Erwachsenen im Garten stand, vor der er sich nicht fürchtete und der er nicht misstraute.

»Hallo«, sagte LoLo nur, als die Frau, immer noch grinsend, vor ihr stehen blieb.

»Es ist so nett, Sie kennenzulernen«, sagte sie und streckte zur Begrüßung die Hand aus. »Wie schon gesagt, ich bin Daisy. Eure Nachbarin. Was sagten Sie doch gleich, wie Ihr Name ist, Liebes?«

»Delores«, murmelte LoLo und gestattete ihren Fingern nur einen schwachen Händedruck. »Es ist, äh, auch nett, Sie kennenzulernen.«

»Von wo seid ihr hergezogen?«, fragte sie ganz lässig. Als hätte sie ein Recht darauf, etwas über LoLos Angelegenheiten zu erfahren. Als hätte sie ein Recht auf die Antwort. Nachdem LoLo in den sechsundzwanzig Jahren ihres Lebens meist zweifelhafte – wenn nicht sogar feindselige – Erfahrungen mit Weißen gemacht hatte, die ihren Umgang mit ihnen bestimmten, wusste sie, dass diese Frau es zu ihrem Recht machen konnte, die Antwort zu erfahren. So einfach, wie sie nach der Information gefragt hatte. Und dass, obwohl sie in diesem Moment auf LoLos Rasen stand, in ihrem Garten, hinter dem Haus, das ihr Ehemann für sie und ihre gemeinsamen Kinder gekauft hatte.

»Long Island. New York.«

»Oh, Long Island. Das ist bestimmt ein feiner Ort, nicht wahr? Ich war noch nie dort, aber nach dem zu urteilen, was ich so höre, muss es ein schöner Fleck sein. Ich dachte, dass Leute da zum Urlaubmachen hinfahren. Mir ist noch gar nicht in den Sinn gekommen, dass Leute da auch das ganze Jahr über wohnen. Und was hat euch dazu gebracht, dieses Paradies gegen das kleine alte Willingboro einzutauschen?«

LoLo zögerte und zog die Kinder noch ein bisschen näher zu sich heran. *Paradies?* »Arbeit«, sagte sie krächzend und räusperte sich. »Entschuldigung, mein Mund ist ein bisschen trocken. Mein Mann hat in Camden einen neuen Job bekommen. Wir sind hier, damit er dort arbeiten kann.«

»Oh, das sieht mir danach aus, als hättet ihr einen goldrichtigen Ort gefunden! Camden ist nur einen Katzensprung von hier entfernt. Mein Mann Steve hatte dort viel zu tun, solange er bei der Armee war. Man könnte sogar sagen, dass wir auch wegen dem Job meines Mannes hergezogen sind. Es ist wohl ein guter Ort, um eine Familie großzuziehen. Wir haben fünf Kinder. Das letzte macht nächstes Jahr den Highschool-Abschluss. Dann werden wir Empty-Nesters sein!«, sagte sie fröhlich und wedelte dazu mit den Händen, als wären es Pompons.

LoLo wartete und sagte nichts.

»Also«, meinte Daisy, räusperte sich und richtete ihre Eisaugen auf Rae und TJ, »wen haben wir denn hier? Seid ihr beiden nicht die Süßesten?« Dazu bückte sie sich und fasste Rae am Kinn. Die sah erst kichernd in die Augen der Frau und fokussierte dann ihre Haare. Verzaubert von der Neuartigkeit streckte Rae vorsichtig eine Hand nach der Mähne der Frau aus. Dabei strichen ihre Fingerchen über die kurzgeschnittenen Wellen, die sich stellenweise fein und weich, aber an anderen, wo aus Pechschwarz verschiedene Grautöne geworden waren, drahtig anfühlten. LoLo schlug ihr die Hand weg.

»Ah-ah, nicht anfassen!«, schimpfte LoLo und packte nach den Handgelenken ihrer kleinen Tochter. »Das tut mir so leid. Sie ist erst vier. Da weiß sie noch nicht, dass man nicht alles anfassen darf. Es tut mir so leid. Wird nicht wieder vor …«

Daisy fiel ihr ins Wort: »Ach, du meine Güte! Machen Sie sich bloß keine Sorgen. Ist doch alles gut.« Und dann an Rae gewandt: »Wie schön, so eine Kleine hier unter uns zu haben! Ich hatte auch ein kleines Mädchen, aber das ist jetzt schon erwachsen. Meine Älteste, Julie. Sie ist achtundzwanzig und verheiratet. Ich warte jetzt schon auf meine Enkelkinder, aber bis dahin wirst du der perfekte Ersatz sein, nicht wahr, Sweetie?« Sie tätschelte Raes Kopf. »Du bist so ein hübsches Kind.«

LoLo räusperte sich noch mal. Diesmal aber nicht aus Verlegenheit, sondern weil sie wollte, dass diese weiße, fremde Frau, die sie nicht kannte, die Finger von ihrem Kind nahm. Daisy, die die Rassendynamik in der Atmosphäre zwischen ihnen bis zu diesem Moment gar nicht bemerkt hatte, verstand den Wink. Sie richtete sich wieder auf und holte tief Luft. LoLos Familie würde das vierte Haus voller Farbiger* in ihrer Straße sein, die nur knappe drei Meilen von der Tankstelle an der Ecke vor dem Highway bis zur Schule und dem öffentlichen Schwimmbad an der anderen reichte. Sie begann, sich an deren Reaktionen auf sie zu gewöhnen. Aber die Furcht, die sie ausstrahlten, schockierte Daisy nach wie vor.

»Also, dann werde ich mal wieder nach Hause gehen und das Abendessen aufsetzen. Ich hoffe, ihr mögt Hühnchen mit Klößen …«, setzte Daisy an. LoLo runzelte die Stirn und musste den Impuls unterdrücken, den Kopf zu schütteln. Und zwar nicht, weil sie so etwas nicht gerne aßen, sondern weil sie wusste, was die Frau gleich sagen würde. »Ich habe all die Jahre für eine siebenköpfige Familie gekocht, und da fällt es mir schwer, das jetzt nur noch für drei zu tun. Deshalb koche ich immer so viel mehr, als ich sollte. Ich werde meinen Sohn Mark mit etwas davon rüberschicken. Ich kann mir vorstellen, dass es bei der ganzen Auspackerei mühsam wäre, zwischendurch die Töpfe und Pfannen zu suchen, es rüber zum Laden zu schaffen, um einzukaufen, und sich dann noch zu überlegen, was man heute Abend kochen könnte. Alle lieben mein Hühnchen mit Klößen.« Und dann mit verstellter Stimme, wie manche sie Kindern gegenüber benutzen, an Rae und TJ gerichtet: »Das wird euch richtig gut schmecken. Da bin ich mir sicher.« Sie tätschelte Raes Kopf ein letztes Mal und verschwand dann zurück in ihren Garten, die Stufen ihrer Veranda hinauf und durch die Hintertür. LoLo und die Kinder standen da und starrten dieser energiegeladenen, gesprächigen weißen Frau hinterher, die aus keinem anderen Grund so liebenswürdig gewesen war, als dass sich das unter Nachbarn so gehörte.

LoLo, die die ganze Angelegenheit abgeschreckt hatte, wusste schon, wie das heute Abend ausgehen würde: Relativ problemlos würde sie ihre Töpfe finden, weil sie tatsächlich nicht so viel Zeug besaßen und sie daher nicht in allzu vielen Kartons danach suchen musste. Sie würde ihren Lieblingstopf herausholen, den mit dem schweren Boden, der außen schon etwas geschwärzt war. Das waren Spuren der Mahlzeiten, die sie darin seit dem Tag gekocht hatte, als sie ihn bei Woolworth gekauft hatte. Zufällig genau derselbe Tag, an dem sie und Tommy »Ja, ich will« gesagt hatten und sie mit nichts außer einem Koffer, ihrer Nähmaschine und einer Papiertüte voller Stoffe und Schnittmuster in sein Haus eingezogen war. Diesen Lieblingstopf würde sie mit Wasser füllen, eine halbe Packung Frankfurter hineingeben, die ordentlich heiß machen, in Stückchen schneiden und mit einer Dose Pork'n Beans mischen. Dazu eine Prise braunen Zucker, etwas Salz, Pfeffer und Zwiebel. Und wenn dann dieser weiße Junge mit dem Huhn und den Klößen vor der Haustür stand, die Daisy eigenhändig zubereitet hatte, würde sie sich lächelnd bedanken, weil man das unter Nachbarn so machte. Danach würde sie die Tür schließen, mit dem Topf direkt in die Küche marschieren, den Deckel vom Plastikmülleimer nehmen und alles reinwerfen.

Weil da überall weiße Menschen waren, LoLo sich nicht sicher fühlte und tun musste, was in ihrer Macht stand, um sie zu beschützen, fiel LoLo jeden Abend auf die Knie und bat Gott, sie und ihre Familie und das Haus am Burlington Drive 283 mit dem Blute Jesu zu umgeben. Denn abgesehen von Niggern* wusste nur Er, wie präzise weiße Leute in ihrer Grausamkeit zuschlagen konnten. Vor allem wenn sie sich freundlich gaben.

So verging das Jahr und dann das nächste und ein paar weitere. Die Tage und Nächte gingen ineinander über, während LoLo, ein Krümel Pfeffer in dieser Schüssel voller Salz, Daisys Essen wegwarf und an heißen wie an kalten Tagen sowie an allen anderen dazwischen im Haus saß. Sie gönnte sich Stärke der Marke Argo, Diät-Pepsi, dazu die Serien *General Hospital* und *Jung und leidenschaftlich – Wie das Leben so spielt.* Sie sah die Kinder die Straße entlang zur Schule laufen und Tommy auf dem Weg zur Arbeit aus der Einfahrt fahren. Dann suchte LoLo, ganz allein, nach etwas, irgendetwas, um sich zu beschäftigen. Damit sie sich nicht so allein fühlte oder Angst davor hatte, was die Weißen ihr vielleicht antun würden, wenn sie ihre Anwesenheit bemerkten. Und um keine Angst davor zu haben, was sie sich selbst vielleicht antun würde, wenn sie sich ihrer Einsamkeit überließ. Das war beileibe keine leichte Aufgabe.

Und dann tauchte Suzette Charles mit ihren vier Kindern und ohne Mann auf und zerrte das »For Sale«-Schild aus dem Rasen des Hauses gegenüber. Das war 1977. LoLo konnte ihre ausladende Chaka-Khan-Frisur erkennen. Und zwar von Raes Fenster aus, wo sie durch die Vorhänge spähte, um zu sehen, wer da alles in das Haus der weißen Familie einzog, die zuletzt die Flucht ergriffen hatte. Sie sah auch Suzettes

Pobacken, die unter ihren Shorts hervorlugten, die genauso eng und knapp saßen wie ihr Oberteil. Ein Mann war nirgends zu sehen. Mit großen Augen beobachtete LoLo, während sie geistesabwesend ihrem Tick nachgab und löffelweise Maisstärke in sich reinstopfte. Sie bildete sich ein Urteil über diese Frau, die mit der Zigarette wie mit einem Zauberstab herumfuchtelte. So leitete sie ihre Söhne – drei insgesamt, zwei Teenager und den jüngsten, der zehnjährige Zwilling des kleinen Mädchens – an, Möbel und Kartons aus dem kleinen Laster zu laden, den sie schief in der Einfahrt geparkt hatte. Suzette war faszinierend. Schlank, aber vollbusig, wie eines dieser Mädchen aus der Show *Soul Train* – glamourös sogar. Und laut. LoLo konnte ihre »Dankeschöns« und ihre Herkunftsgeschichte und die Namen ihrer Kinder hören, während sie mit Daisy plauderte. Die war schon mit einer Schüssel voller irgendwas angeschlichen gekommen, bevor die Frau auch nur mit dem Ausladen des Lasters fertig war. »Hmpf«, machte LoLo laut, und ein kleines Wölkchen Stärke stieg vor ihren Lippen auf, während sie die Augen verdrehte. Sie duckte sich schnell vom Fenster weg, als Daisy sich umdrehte und über die Straße auf ihr Haus zeigte. Suzette folgte mit den Augen ihrem ausgestreckten Finger. »Sie hat eine Tochter ungefähr in dem Alter von Ihrer!«, hörte LoLo Daisy ausrufen. »Die Dame des Hauses ist ein bisschen schüchtern, wissen Sie, aber Sie beide sollten sich richtig gut verstehen.«

»Ach ja?«, meinte Suzette.

»Aber ja, natürlich.«

»Und warum sollte das so sein?«, fragte Suzette nach.

Daisy lachte verlegen und wusste nicht, wohin schauen. Dann wischte sie sich mit dem Handrücken den Schweiß von der Stirn. »Nun, weil sie eine wirklich nette Negro*dame mit zwei reizenden Kindern ist«, sagte sie nervös.

»Dann werden wir uns also gut verstehen, weil sie Schwarz ist?«, fragte Suzette.

Daisy räusperte sich. »Also, ich habe ein paar Cookies gebacken und dachte, Ihre Kleinen mögen vielleicht welche. Sie arbeiten so fleißig. Ich bin mir sicher, das macht einen guten Appetit.«

Suzette lächelte, sagte aber nichts.

»Na gut, dann also ... es war nett, Sie kennenzulernen ...«

LoLo schob sich einen weiteren Löffel Argo-Maisstärke in den Mund und kicherte. Noch bevor die Woche zu Ende wäre, würde sie sich dieser Frau vorstellen.

***

Die Kinder und Tommy waren schon aus dem Haus, und LoLo blieb noch eine Stunde, bevor ihre Serien anfingen. Also ging sie in den Garten hinaus und pflückte ihr schönstes Gemüse – die rundesten, rotesten Tomaten, die festesten, grünsten Paprikas, ein paar makellose Gurken – und legte alles in eine Papiertüte. Dann strich sie ihre Jeans glatt, band die Schleife an ihrer Bluse neu und machte sich auf den Weg über die Straße, um diese faszinierende Frau mit der schnellen Zunge und der Chaka-Khan-Frisur kennenzulernen. Als sie vor der Tür stand, schlug ihr Herz ein bisschen schneller. Es war lange her, seit LoLo eine neue Freundin gefunden hatte. Cindy, Sarah und Para Lee waren ihre engsten Freundinnen, die sie seit gut zwölf Jahren kannte. Sie hatten sich gemeinsam zu Frauen entwickelt. Das war natürlich. Aber vor der Tür einer Fremden zu stehen, durch die Fliegengittertür zu spähen und zu versuchen, sich vorzustellen, was sie dort drinnen erwartete, das kam LoLo nicht natürlich vor – eher extrem quälend.

LoLo sah Suzette durch ihre Küche wirbeln und klopfte, um nicht wie irgendeine gestörte Person zu wirken, die in ein Haus starrte, das nicht ihr eigenes war. Da drehte Suzette sich zur Tür um. Sie lächelte, als sie ihre Nachbarin dort stehen sah, in ihren anständigen Klamotten einer Schwarzen Dame und ordentlich frisiert.

»Na, hallo, Nachbarin!«, sagte Suzette und strahlte über das ganzes Gesicht mit den Grübchen. Zwischen den Fingern hielt sie lässig eine Zigarette. »Ich wollte dieses Wochenende vorbeikommen, um mich vorzustellen, aber jetzt bist du mir zuvorgekommen! Hereinspaziert!«, rief sie, stieß die Gittertür noch weiter auf und trat einen Schritt beiseite.

Ihr Haus roch nach Räucherkerzen und Moschus – wie Afrika und alte Sachen und kleine Jungs, die sich nur gelegentlich waschen, definitiv erst dann, wenn man droht, ihnen den Hintern vollzuhauen. Der Geruch passte also. Es gab alte Plüschsessel und -sofas, abgenutzt von den vielen Hinterteilen, die es sich schon mit Alkohol und Bongs darauf gemütlich gemacht hatten. Dann hatte man irgendwelchen Scheiß geredet und Revolutionen geplant, die nie stattfanden. An den Wänden hingen schwülstige Fotos von nackten Paaren mit Afros, darunter kleine Tische mit afrikanischen Statuen und Black-Power-Fäusten aus Holz, was Suzettes politische Ansichten lauter kundtat, als jedes Megafon es hätte tun können.

»Das ist für dich«, sagte LoLo und hielt ihr die Tüte mit dem Gemüse hin.

»Was haben wir denn da?«, fragte Suzette und steckte sich

die Zigarette zwischen die Lippen, damit sie die Tüte nehmen und reinschauen konnte. »Hey, Gemüse. Das ist nett. Das ist echt nett.«

»Das stammt aus meinem Garten«, erklärte LoLo nervös.

»Tja, also dann, ich bin Suzette«, sagte die Frau und schien sich an LoLos Unbehagen nicht zu stören. »Ich versteh rein gar nichts vom Gärtnern, aber ich mag Tomaten und Gurken. Wirklich total nett von dir, sie vorbeizubringen.«

»Gern geschehen«, sagte LoLo leise und ließ den Blick durch den Raum schweifen. Sie konnte einfach nicht anders.

»Ich hatte ja vor, rüberzukommen und mich vorzustellen, sobald wir uns ein bisschen eingerichtet haben, aber jetzt ist es genauso gut wie zu jeder anderen Zeit. Wie heißt du noch mal? Und kann ich dir irgendwas zu trinken anbieten?«

»Oh, ähm, nein danke. Ich … ich habe gerade was gegessen und eine Pepsi getrunken, bevor ich rübergekommen bin. Ich heiße Delores. Meine Leute nennen mich LoLo.«

»Also, LoLo, dann vielleicht später einen Drink, vielleicht keine Pepsi«, meinte sie lächelnd. »Komm, setz dich. Erzähl mir, worauf ich mich eingelassen habe, als ich in dieses Haus gezogen bin.«

»Also«, sagte Lolo und strich ihre Jeans glatt, nachdem sie sich auf die Couch gesetzt hatte. »Ich und Tommy, das ist mein Mann, wir sind jetzt seit fast fünf Jahren hier. Wir haben zwei Kinder. Tommy Junior, den wir TJ nennen, und mein Babygirl Rae. Sie ist jetzt neun, TJ zwölf, fast dreizehn. Heute Morgen habe ich deine Babys zur Schule gehen sehen, ungefähr zur gleichen Zeit wie meine.«

»Ja, das sind Reggie, David, Malachi und Felicia, meine Herzschläge«, sagte sie. »Mal und Felicia, sie sind Zwillinge, so alt wie deine Rae. Reggie und David, das sind meine kleinen Männer, fünfzehn und sechzehn.«

LoLo nickte. »Und dein Mann? Ich glaube, ich hab ihn noch nicht gesehen.«

Suzette nahm einen tiefen Zug aus ihrer Zigarette und blies den Rauch aus. Dann zeigte sie auf ein Foto auf dem Kaminsims. Ein Mann in Armeeuniform starrte stoisch zurück. »Das ist mein Frank«, sagte sie leise. »Er ist äh. Er ist verstorben.«

»Ach du meine Güte, das tut mir so leid. Ich wusste ja nicht …«, stammelte LoLo. »Ich meine, ich hätte es nicht angesprochen, wenn …«

»Das konntest du ja nicht wissen. Ist schon gut«, sagte Suzette und nahm einen weiteren Zug. Dann legte sie den Kopf in den Nacken und blies Rauchringe in die Luft. »Mein Mann hätte es beinah rausgeschafft. Diese Bastarde standen Anfang März 1975 vor meiner Tür, mit langen Gesichtern und gespielter Anteilnahme. Erzählten mir, er wäre auf eine Landmine getreten, als er Säcke mit Kartoffeln zum Basiscamp schleppte. Ist das nicht ein Scheiß? Gestorben, als er verdammte Kartoffeln für weiße Männer in ihrem Krieg weißer Männer schleppte. Es ging nur um einen Monat. Den einen Monat hatte er noch, dann hätte er zu mir und den Kids nach Hause gekonnt. Und dann war er tot. Einfach … tot.«

»Es … es tut mir so leid«, sagte LoLo und ergriff Suzettes Hand. »So leid.«

Suzette wischte sich eine Träne ab und nahm einen neuen Zug. »Und die haben den Nerv, mir die Beihilfen zu kürzen. Redeten davon, er hätte meine großen Jungs nicht offiziell adoptiert, und so kriege ich nur ein bisschen was für die Zwillinge. Als wäre er nicht Daddy von allen gewesen.«

LoLo wusste, dass Suzette das loswerden musste. Sie kannte das, wenn man niemand hatte außer seinen vier Wänden und Gott, um seine Sorgen auszusprechen.

»Ich bin herumgesprungen, hab nach Arbeit gesucht. Versucht, für ein Dach über unseren Köpfen und was zu essen in unseren Bäuchen zu sorgen. Mich für die Kids wieder zu fangen, verstehst du? Ich halte mich aufrecht. Bleibt mir nichts anderes übrig.«

»Ja«, sagte LoLo und strich Suzette übers Knie. »Das verstehe ich. Wir tun, was wir tun müssen, nicht wahr?«

»Kann man wohl sagen«, erwiderte Suzette. Sie schob die Zigarette zwischen ihre Lippen und tätschelte LoLos Hand. Dann stand sie auf. »Also, jetzt biete ich dir was zu trinken an, aber kein Pepsi. Komm und nimm einen kleinen Schluck mit einem *ol' Girl.*«

»Ich, äh … es ist noch ziemlich früh, oder?«, sagte LoLo und sah sich nach einer Uhr um. Nach ihrer Schätzung musste es etwa eins sein. Sie hatte sich reichlich Zeit eingeplant, um Hallo zu sagen und wieder zurück über die Straße zu kommen. Aber Suzette schlug einen Drink wie für einen Abend am Wochenende vor, nur kurz nach Mittag an einem Schultag.

»Oh Honey! Für unseren Freund Brandy ist es nie zu früh!«, sagte sie und griff in einen Küchenschrank. LoLo saß nervös da und suchte nach einem Ausweg, einem Vorwand, als sie auch schon die Flüssigkeit in zwei Kaffeebecher fließen hörte.

Suzette gab ihr einen davon und stieß mit ihrem dagegen. »Auf Franklin Holder. Einen guten Mann. Einen guten Daddy.« Sie trank auf einen Zug aus, und das tat LoLo auch. Suzette lachte laut und herzlich, als LoLo den Becher sinken ließ und das Gesicht verzog. Sie klatschte sich auf den nackten Oberschenkel und lachte noch mehr. »Wooooweeee!«, rief sie. »Nur das gute Zeug für meinen Frankie. Komm, lass uns noch einen nehmen.«

»Ich glaube nicht, dass das eine gute Idee ist. Ich muss wieder zurück nach Hause …«

»*Girl*, einen Scheiß musst du. Ich seh dich doch da draußen im Garten, wo du rumtrödelst. In deinem Haus, in dem Sessel am Fenster, und in den Fernseher starrst. Die Kids sind in der Schule, dein Mann ist bei der Arbeit. Relax! Ich bring dich schon sicher nach Hause.«

Und damit drückte Suzette LoLo sanft wieder zurück auf die Couch. LoLo redete sich selbst gut zu, während sie wieder den Brandy plätschern hörte, diesmal länger als beim ersten Mal. Sie starrte in die braune Flüssigkeit, als Suzette eine Platte aus der Hülle nahm und auf den Plattenteller legte. *Best of My Love* von den Emotions dröhnte aus den Boxen, während Suzette mit den Fingern schnippte, sich in eine Pose warf, die Hände in der Luft ihre Hüfte zu einer Seite und den Hintern rausstreckte. »Owww! Oh Oh!«, sang sie zum explosiven Intro des Songs. Den hatte LoLo am Morgen im Radio gehört, als sie die Kinder für die Schule fertig machte. Die Platte gehörte nicht zu ihrer Plattensammlung, die hauptsächlich aus Gospeln und ein, zwei Alben von Stevie Wonder bestand.

Als Suzette sie da hatte, wo sie wollte, war LoLo stockbesoffen und tanzte eng umschlungen mit einer fremden Frau, die einen Haufen Kinder und einen toten Mann hatte. Dessen Versorgungsleistungen reichten seiner Frau kaum, um Miete und Essen zu bezahlen, wurden aber so weit gestreckt, dass es auch noch für einige Flaschen Brandy und ein bisschen Gras reichte. LoLo war sich nicht mal sicher, was sie da tat, ihren Körper an den dieser Frau geschmiegt und *Footsteps in the Dark* von den Isley Brothers krächzend.

»Ich muss gehen«, sagte LoLo schließlich, als der Song endete und die Nadel auf dem Papier kratzte. Sie schälte Suzettes Hände von ihrer Taille und schob sie sanft von sich weg.

»Ooooh, bleib noch!«, bettelte Suzette. »Die Kids sind ja noch nicht zu Hause. Lass uns deine Tomaten und Gurken aufschneiden und uns was zu essen machen!«

»Nein, nein … ich muss gehen«, sagte LoLo, sah sich um und versuchte, die Haustür zu finden und sich darauf zu konzentrieren. »Abendessen. Ich muss anfangen, Abendessen zu machen, bevor Tommy und die Kinder da sind.« Sie lief zur Fliegengittertür, stolperte hindurch und die Stufen runter, wobei sie sich ans Geländer klammerte, während ihr Körper sich vorwärtsbewegte. Schwindelig spürte sie ihren Magen rumoren, der sich bestimmt seines Inhalts entledigen würde. LoLo schaute auf ihr Haus und dann wieder zurück auf die Erde. Sie riet sich selbst, sich am Auto und den Sträuchern festzuhalten, überlegte sogar, auf allen vieren zu krabbeln. Dann setzte sie einen Fuß vor den anderen und versuchte, einigermaßen aufrecht zu gehen, obwohl ihre Knie immer wieder nachgeben. An die Tatsache, dass es erst 13 Uhr 34 war und sie so betrunken wie noch nie in all ihren dreißig Jahren, wollte sie gar nicht denken.

Den restlichen Nachmittag verbrachte sie damit, über ihr ganzes Leben und ihre Entscheidungen an diesem Tag nachzudenken. Außerdem bemühte sie sich, sich zusammenzureißen, bevor die Kinder mit ihren Fragen, Hausaufgaben und Bedürfnissen ins Haus poltern würden. Was sollte sie ihnen sagen? Wie konnte sie ihre Trunkenheit am helllichten Tag verbergen? Wie konnte sie Suzette und ihrer tiefen – ansteckenden – Traurigkeit entgehen? Ihren gierigen Händen?

LoLo hatte auf nichts davon eine Antwort. Was sie jedoch besaß, nachdem sie sich in die Toilette übergeben, den Kopf gegen die kalte Keramik gelehnt hatte und anschließend vor *General Hospital* in ihren Fernsehsessel geplumpst war, das war die klare Erkenntnis dieser einen Wahrheit: Sie würde zutiefst einsam bleiben, obwohl eine Schwarze Frau mit Chaka-Khan-Frisur direkt gegenüber wohnte, und diese Einsamkeit, gepaart mit dieser alten Unfreiheit, der sie nicht entfliehen konnte, brachte sie langsam um.

18

Sommer 1981

LoLo war nicht besonders gut darin, Cornrows zu flechten. Tatsächlich war das ein Running Gag unter ihren Freundinnen, die nicht begreifen konnten, wie eine Frau, die auf den Feldern im Süden gearbeitet hatte, nicht einmal die einfachsten Zöpfe auf dem Kopf ihres Babygirls hinkriegen konnte. Schließlich war das Wissen, wie man Cornrows flechtet, praktisch ein Geburtsrecht. Man unterwarf sich dem Vorgang, während man auf dem Schoß der Mutter oder ungelenk eingeklemmt zwischen ihren Knien oder denen der großen Schwester hockte und einem beneidenswert komplizierte Muster auf den Kopf geflochten wurden. Irgendwie, durch kinetische Energie oder sonst was, das von den Fingerspitzen der Vorfahren in die eigenen gelangte, machte man dann das Gleiche bei seinem eigenen Babygirl, das es wiederum bei seinem eigenen machte und immer so weiter. Diese besondere Frisur war eine geniale Erfindung – ungefähr so wichtig wie die des Rads fürs Transportwesen oder die Baumwollentkörnungsmaschine für die Tasche der weißen amerikanischen Männer. Diese Flechtfrisur war nicht nur von historischer Bedeutung. Mamas konnten ihre Töchter, deren dickes, krauses, wolliges Haar sich in einer Minute Richtung Wolken zu streckte und sich in der nächsten fest zusammengedrückt an die Kopfhaut legte, morgens ohne viel Aufhebens aus dem Haus schicken. Es machte einen heißen, sonnigen, schweißtreibenden Nachmittag weniger quälend. Denn ohne die Vorzüge von Cornrows konnte es passieren, dass die Tochter nachmittags durch die Tür taumelte und total derangiert aussah. Außerdem schützte es beide vor Schimpf und Schande anderer Schwarzer Frauen, die einen unfrisierten Kopf für ein sicheres Zeichen mütterlicher Vernachlässigung hielten.

LoLo war dankbar für Sarah, die sich, wenn sie alle zwei Wochen zurück in Long Island waren, Rae gerne »auslieh« und innerhalb von ein paar Stunden eine Reihe kleiner dreisträhniger Zöpfe in Frisuren verwandelte, die eines Geschichtsbuchs über afrikanische Prinzessinnen oder eines Covers der *Essence* würdig gewesen wären. Doch Sarah war dort, und LoLo war hier, also musste sie auf Raes Kopf selbst bewirken, was eben möglich war.

»Halt jetzt still und rühr keinen Finger«, sagte sie zu Rae, während das kleine Mädchen ihren Körper zwischen den Knien ihrer Mutter zu einem »C« bog. Rae überließ ihr krauses Nackenhaar dem uneingeschränkten Zugriff ihrer Mutter und dem Glättkamm. Sie versuchte sich einzureden, sie wäre eine Statue, zitterte aber trotzdem. LoLo sah zu, wie die Flammen des Ofens an dem metallenen Werkzeug leckten. Sie nahm den Kamm irgendeiner Intuition folgend weg, als sie meinte, er wäre heiß genug und presste ihn gegen ein gefaltetes Stück Küchenrolle. Als ihr schien, er würde das Papier nicht mehr verbrennen, beugte sie sich über Raes Körper und blies langsam eine Lunge voll Luft auf den Nacken des Kindes, während sie mit dem Kamm über die Enden der Haare fuhr. Mit einem heißen Glättkamm konnte LoLo genauso umgehen wie mit einem Lockenstab. Und alle zwei Wochen schrubbte sie Raes Haar im Küchenwaschbecken, kämmte es mit ihrem besten Afro Pick aus und föhnte es, bevor sie die dichte, krause Mähne des Mädchens glättete und bändigte. Das Haar des Kindes war gerade mal lang genug für ein paar kurze Zöpfe und ein paar Ponyfransen, aber an den ersten Tagen nach dem Waschen kriegte LoLo Raes Aussehen gut hin.

»Mommy?«, fragte Rae vorsichtig und rückte sich auf dem Stapel dicker, gelber Telefonbücher zurecht, während sie beide darauf warteten, dass der metallene Kamm in den Flammen wieder orangerot glühte.

»Mhmm«, machte LoLo, die sich auf den Ofen konzentrierte.

»Ich hatte einen Tagtraum«, sagte Rae.

»Ach ja?«

»Ja.«

»Wieder einen Tagtraum? Keinen Nachttraum?«, meinte LoLo und zupfte mit den Fingerspitzen an Raes festen, kurzen Locken.

»Ja, einen Tagtraum, während ich im Keller die Wäsche zusammengelegt habe.«

»Ja? Hast du deshalb mit der letzten Waschladung so lange gebraucht? Weil du herumstandst und vor dich hin geträumt hast?«

»Nein, ich hab gefaltet, während ich den Tagtraum hatte.«

»Hmm«, machte LoLo und richtete den Blick wieder auf Glättkamm und Ofen. Sie hatte sich schon so lange nicht mehr erlaubt, vor sich hin zu träumen, dass sie sich kaum noch an Luna, Hotpants, Warhol und ihre langen Beine in schwingenden Miniröcken erinnerte, die sie selbst genäht hatte. Ein derart unrealistisches Leben war ungefähr so greifbar wie ein Flug in einer Rakete nach Xanadu – sogar in den Winkeln ihrer Fantasie. An manchen Tagen war LoLo versucht, Rae die Augen zu öffnen und klarzumachen, wie sinnlos all diese zufälligen Tagträume waren, von denen sie immer wieder erzählte. Dass es eigentlich nur Filmchen mit Anfang, Mitte und Ende waren, ohne jede Spur von Realität. An besseren Tagen hegte LoLo große Hoffnungen für ihre Tochter. Dann dachte sie, dass es ihr vielleicht gelingen würde zu entkommen und ein paar dieser Tagträume zu verwirklichen, mit denen sie ihrer Mama dauernd in den Ohren lag.

»Darin ging es um dich. Du bist durch den Bach gelaufen, aber anstatt im Wasser zu schwimmen, sah es aus, als würdest du versuchen, dich reinzulegen.«

»War das so?«, fragte LoLo. Sie blickte aus dem Fenster auf das Gras draußen, dachte an den Bach, das Wasser und den heißen Kamm.

»Kannst du schwimmen, Mommy?«

»Nein«, sagte LoLo. »Ich kann nicht schwimmen.«

Rae schwieg kurz und meinte dann zaghaft: »Felicia hat Schwimmunterricht im Gemeindezentrum.«

LoLo, die mit ihren Gedanken bei der Flamme war und nur mit halbem Ohr zuhörte, verstand nicht sofort, worauf Rae mit dem Übergang von ihrem Tagtraum zu dieser Bekanntmachung hinauswollte.

»Da lernt sie, unter Wasser die Luft anzuhalten, und wie sie die Beine bewegen muss, um im Wasser voranzukommen, und so was.«

»Ach ja?«, sagte LoLo und rieb den Glättkamm mit dem Papiertuch ab.

»Mhmm. Und in ein paar Wochen, wenn sie dann schon richtig gut schwimmen kann, dann bringen sie ihr noch bei, wie man vom Sprungbrett springt.«

LoLo beugte sich vor, blies auf Raes Schläfe und fuhr dann

mit dem heißen Kamm durch ihre Haare. Das Afro Sheen Haarfett, mit dem sie die Locken zuvor behandelt hatte, zischte, als das heiße Metall an den winzigen Strähnen am Rand der Kopfhaut entlangfuhr. Rae zuckte zusammen.

»Halt still, dann verbrenn ich dich nicht«, sagte LoLo.

Schweigen.

»Mommy?«, sagte Rae und bewegte sich ein bisschen unter der Hand ihrer Mutter.

»Was denn, Rae?«

»Kann ich auch Schwimmunterricht bekommen?«

LoLo richtete sich auf ihrem Stuhl gerade auf und legte den Kamm zurück auf die Flammen, damit sie dem Kind ihre ganze Aufmerksamkeit widmen konnte. Dann faltete sie stirnrunzelnd die Augenbrauen quasi ineinander. »Ach, also weil Felicia da im Schwimmbad ist, denkst du, da musst du auch hin?«

»Ich – ich würde einfach gerne schwimmen lernen«, sagte Rae. »Wenn ich im Schwimmbad bin, kann ich nichts anderes machen, als am Rand sitzen und die Füße ins Wasser halten.«

»Und? Dann bist du doch im Schwimmbad, oder nicht? Mit deinen Freundinnen.«

»Aber ich würde gerne mit meinen Freundinnen ins Schwimmbecken können«, sagte Rae leise.

»Du kannst froh sein, dass du da überhaupt hindarfst.«

In Wahrheit war es LoLo nicht besonders recht, wenn eins ihrer Kinder ins öffentliche Schwimmbad ging – nicht in diesem Viertel. Nicht mit diesen Leuten. Ein mit Wasser gefülltes Loch und lauter Crackers, die Mischung machte LoLo Angst, und zwar zu Recht. Sie hatte schon genug darüber gelesen oder aus erster Hand gehört von dem blanken Terror, den weiße Leute auf Schwarze Kinder ausgeübt hatten, die es wagten, sich auszuziehen und ihre braune Haut in diese »Community«-Pools zu tauchen. Bilder von wütenden Bademeistern, die Säure ins Wasser von Schwimmbecken kippten, wo Schwarze Kinder fröhlich planschten, kriegte sie praktisch nicht mehr aus dem Kopf. Genauso wie die Horrorshow weißer Mütter, die Schachteln mit Reißnägeln in ihre Picknickkörbe packten, um sie dort ins Wasser zu werfen, wo braune Füße herumsprangen. Oder die Vorstellung von Tommy, der durchdrehte und die Straße runterraste, um den ersten Cracker zu verprügeln, der ihm unterkam und der etwas mit der schlechten Behandlung ihrer Kinder zu tun hatte. Zu welchen Racheakten das führen konnte: vielleicht zu einem Kreuz auf dem Rasen oder einem durchs Fenster geworfenen Brandsatz. Jemand könnte angeschossen, verstümmelt oder ermordet werden – und dieser Jemand wäre dann ihr Tommy.

Doch es waren nicht in erster Linie die möglichen sehr realen Gefahren und was irgendein fremder Weißer ihr antun könnte, die LoLo um ihre Tochter bangen ließen. Vielmehr waren es die inneren Feinde, die LoLo Rae eng an sich binden ließ. LoLo erinnerte sich daran, wie sie das erste Mal schwimmen war. In einem Wasserloch, das Bear und Clarette ihr eigen nannten. Es lag am Ende eines kleinen Wegs auf ihrem Land. Eigentlich war es mehr Morast als See, aber wenn es genug geregnet hatte, konnten die Erwachsenen darin herumwaten und Kinder, je nach Größe, sich darin treiben lassen. Bevor sie ein Kind aufgebürdet bekamen, das keiner von ihnen haben wollte, sie aber verpflichtet waren aufzunehmen, hatten Bear und Clarette sich immer wieder zu dem Wasserloch gestohlen, um zu tun, was zwischen einem Mann und seiner Frau ganz natürlich war, aber eben in freier Natur. Er nannte den Akt »Genesis«, wegen Adam und Eva, die sich in Gottes Schöpfung kennengelernt hatten. Er fand es passend, dass er und seine Frau taten, was die Bibel verheirateten Paaren zuschrieb, nur draußen an einem Ort, wo er sich gleichermaßen frei und ein bisschen sündhaft fühlen konnte. Als LoLo in ihrer Unterhose und einem von Bears ärmellosen weißen T-Shirts zu dem Wasserloch kam, wurde aus dem Akt in freier Natur etwas, das nur noch niederträchtig war.

»Du musst überhaupt nicht in dieses Schwimmbecken, absolut nicht«, sagte LoLo, die gerade den Herd ausschaltete. Dann griff sie in das kleine Glas Afro Sheen, nahm eine Portion von dem bläulichen Haarfett und verteilte es zwischen ihren Handflächen, bevor sie es in Raes frisch geglättetes Haar einarbeitete. »All die Zeit, die ich aufwende, damit dein Haar hübsch aussieht. Und dann willst du dahin, um was zu tun? Nass zu werden und dann aus dem Wasser zu steigen mit einem wilden krausen *Schopf*?«

»Felicias Mutter flechtet ihre Haare ...«

»Ich nehme mir all die Zeit, um dein Haar zu glätten und zu locken, damit es hübsch aussieht. Felicias Mama kümmert sich nicht drum, wie ihr Kind aussieht. Eindeutig. Denn in jeder Sekunde des Tages, an der sie es herumlaufen lässt, sieht es aus wie ein kleiner Hobo Tramp. Das dürre, aschige kleine Ding.«

LoLo sah, wie Rae die Schultern sinken ließ, aber sie setzte ihren Angriff trotzdem fort. Sie würde ihren Standpunkt klar- und deutlich machen.

»Ich bin nicht Felicias Mama, und du bist verdammt sicher nicht Felicia«, fuhr LoLo fort. »Außerdem kann sie ruhig ins Wasser gehen, und das Chlor und all das Zeug machen ihr nichts aus. Sie ist hell genug, sodass man den Ascheton nicht sieht, und ein bisschen Sonne kann sie auch vertragen. Aber du«, dabei beugte sie sich zu ihrer Tochter und drehte deren

Kopf zu sich um, damit sie ihr in die Augen sehen konnte, »dich werden das Chlor und die Sonne schwarz machen. Und das willst du doch nicht, oder?«

Rae wurde auf dem Stapel aus Telefonbüchern noch kleiner. *»No, Ma'am«*, sagte sie kläglich.

»Ganz recht«, sagte LoLo. *»No, Ma'am.* Du bleibst dabei, deine Füße im Wasser abzukühlen. Und halt dich dabei bedeckt, damit die Sonne dich nicht knusprig brät.«

»Wer ist hier knusprig?«, fragte Tommy, der gerade zum Kühlschrank schlenderte. Er machte die Tür auf und nahm sich ein Michelob Light raus. »Du redest doch wohl nicht von meiner hübschen Tochter, Baby?«, sagte er und bückte sich, um Rae in die Wange zu zwicken.

»Das Girl will mich überreden, dass es Schwimmunterricht bekommt.«

»Was ist denn falsch an Schwimmunterricht?«, fragte Tommy, der LoLos Befürchtungen offenbar nicht teilte. Hauptsächlich weil sie nie darüber gesprochen hatten, aber auch weil die Koordination der außerschulischen Aktivitäten – und was die Kids mit ihrer Zeit im und außer Haus anfingen – nicht in seine Zuständigkeit fiel. Für solche Dinge war LoLo verantwortlich.

»Tja, wenn du vier Stunden mit Waschen, Trocknen, Glätten und Locken der Haare deines Kinds verbracht hättest, dann würde dir die Frage nicht so schnell über die Lippen kommen, oder, Thomas Lawrence?«, sagte LoLo und schob Raes Kopf aggressiv nach vorne. Rae wurde unter der Berührung ihrer Mutter kleiner. LoLo zog einen Scheitel an Raes Nacken und zerrte den Glättkamm durch ihr Haar, während sie darauf wartete, dass der Lockenstab aus Metall in der Herdflamme heiß wurde.

Tommy riss seine Bierdose auf und saugte den Schaum, der oben herausquoll mit den Lippen auf. Anschließend nahm er gleich einen ordentlichen Schluck und streckte seine freie Hand in die Luft. »Hey, hör auf deine Mutter«, sagte er. »Sie weiß es am besten.« Und dann an LoLo gewandt: »Babe, Theddo kommt in ein paar Stunden vorbei, um sich mit mir das Spiel anzusehen. Meinst du, du könntest ein bisschen Fisch in die Pfanne werfen, wenn du hier fertig bist?«

LoLo nahm den Lockenstab aus der Flamme und strich damit über das weiße Papiertuch, um die Hitze zu prüfen. Sie sagte nichts. Als sie meinte, es wäre wieder ausreichend abgekühlt, berührte sie damit ihr Handgelenk. Aber sie sagte immer noch nichts. Mit einer geschickten Bewegung ihrer Finger und des Handgelenks wickelte sie eine kleine Partie von Raes Haar um das Gerät, bis aus den Strähnen eine ordentliche Reihe perfekter Locken geworden war. LoLo lag nicht besonders viel an Theddo. Vor allem nicht mehr, seit er seine fast zwanzigjährige Ehe hatte scheitern lassen. Der Mann musste unter jeden Rock, den er sah, und hatte das oft genug getan, um Beweise für seine Liebschaften zu produzieren. Die hießen Darius und Joy – zwei Kindern von zwei verschiedenen Frauen, und mit keiner davon war er verheiratet. LoLo wusste, dass Tommy auch nicht blind war. Und bestimmt gab es genug Frauen, die bereit wären, all ihre Moral ohne viel Federlesen abzulegen. Nur waren in ihrer Vorstellung Ehebrecher wie Wölfe – sie traten rudelweise auf. Deshalb wollte sie ihren Mann nicht in der Nähe eines anderen haben, der Frau und Kinder verließ, damit er sich mit irgendeiner anderen vergnügen wollte, die bereit war, für ihn die Beine breit zu machen.

LoLo hätte am liebsten gesagt – oder noch lieber: geschrien –, dass sie müde war und sich einfach nur irgendwo hinsetzen wollte. Gerne würde sie ein, zwei Zigaretten rauchen, sich von der Küche fernhalten und Sarah oder Cindy anrufen. Damit sie an diesem Tag zumindest ein bisschen Zeit hätte, um sich, wenn auch nur für ein paar Minuten, vorzumachen, ihr Körper würde nicht immer tiefer in eine Dunkelheit gezogen, die sie kaum abschütteln konnte. Denn sie verschmolz einfach mit den Tapeten und den Linoleumböden. Und auf ihre Bedürfnisse wurde ungefähr so eingegangen wie von einem Hundebesitzer, der sein Tier an einen Maschendrahtzaun band, also praktisch gar nicht.

»Yeah, Tommy, ich kann Fisch braten«, sagte LoLo schließlich. Tommy merkte nicht, wie ihre Pupillen groß und dunkel wurden. Sie ließ die Schultern hängen wie Rae vorhin. »Aber du musst zum Laden fahren und ihn besorgen.«

Tommy nahm noch einen Schluck von seinem Bier und rülpste leise. »Das kann ich machen. Was willst du – Weißfisch? Brasse? Barsch?«

»Was immer sie frisch dahaben«, sagte LoLo und blies zum Abkühlen auf den Lockenstab. »Ohne Kopf, ausgenommen.«

»Na gut, ohne Kopf, ausgenommen«, sagte er und nahm noch einen Schluck Bier. Er schlurfte mit seinen Arbeitsschuhen über die Fliesen des Küchenbodens, als er zu Rae ging und sich bückte, um ihr in die Augen zu sehen. »Deine Haare sehen hübsch aus«, sagte er.

»Danke, Daddy«, sagte Rae und lächelte zum ersten Mal wieder, seit ihre Mutter die Sache mit dem Schwimmunterricht abgelehnt hatte. Es gab viel in der Art zwischen Tommy und Rae, diese Lockerheit und das stille Verständnis, das Rae bereitwillig annahm, als hätte sie aufgegeben zu versuchen, solches Verständnis bei ihrer Mutter zu finden. Diese Eigenschaften von Rae, das Anschmiegsame, Stille im Gegensatz zur Schnoddrigkeit und kraftstrotzenden Art ihres Bruders, waren neu – erst ein paar Wochen alt. LoLo wusste, dass sie das nur sich selbst zuzuschreiben hatte. Sie hatte aufgehört, die Kinder nach der Schule an der Haustür zu begrüßen. Sie mussten ihre Hallos stattdessen durch die dicke Holztür rufen, die LoLo sich angewöhnt hatte, nachmittags fest zuzumachen. Es war für sie die einzige Möglichkeit, Zeit zu gewinnen, damit sie sich die Tränen trocknen und wieder von den Wänden herunterkommen konnte, die sie hochgegangen war, weil das Herzrasen ihr in den Stunden, bevor die Kinder aus der Schule zurückkehrten, den Atem geraubt hatte. Danach musste LoLo wieder springen: Essen bereitstellen, reden, Sorge und Fürsorge zeigen, kochen, hinter allen her putzen und für Tommy die Beine breit machen. Und all das, während sie Wege suchen musste, um das Waisenhaus, Bear, die Krankenschwester, die Zange, die Ausschabung und all das zu vergessen, was kaputtgegangen war. Niemand sah diese Schäden, und schon gar nicht kümmerte sich jemand darum.

»Mommy?«, hatte Rae an jenem Tag gerufen, als sie und TJ auf der anderen Seite der verschlossenen Haustür standen. Zuerst hatte LoLo Rae leise klopfen und mit ihrer lieben Stimme fragen gehört, als LoLo nicht in angemessener Zeit reagierte, hatte sie mit ihrer Schulhofstimme gerufen. TJ, der nicht die Geduld seiner Schwester besaß, hatte dagegen die Hand zur Faust geballt und so heftig gegen die Tür gehämmert, dass LoLo überzeugt war, seine Hand würde direkt durch das Holz brechen. Und dann würde sie ihn wieder schlagen müssen. Ihm diesmal vielleicht ein blaues Auge verpassen und ein noch schlechteres Gewissen haben als damals, als sie ihm die Schulter geprellt und Alkohol auf die klaffende Wunde an seinem Oberschenkel getupft hatte. Da hatte sie auf die Wunde gepustet, damit die Flüssigkeit weniger brannte. Ganz sanft gepustet, damit er sah, dass sie ihn liebte und umsorgte. Sie musste ihn doch nur dazu bringen, dass er sich richtig verhielt und endlich Ruhe gab, damit seine Mutter in der Stille versinken konnte.

»TJ, lass das!«, hörte LoLo Rae eindringlich flüstern. »Sonst wird sie wütend!«

»Na und?«, sagte TJ und schlug weiter gegen die Tür. »Sie ist sowieso immer wütend.«

Aus dem Fenster in Raes Zimmer spähend hatte LoLo beobachtet, wie ihre Tochter dem Bruder zusah, als er gegen die Tür schlug. Mit schmalen Augen hatte sie seine Hand, sein Handgelenk und seinen sehnigen Arm gemustert. Neben seinem Bizeps war eine frische schwarz-blaue Prellung – die hatte ihm LoLo zugefügt, als sie ihn ein paar Tage vorher erwischte, wie er Erdnussbutter direkt aus dem Glas aß. TJ wusste gar nicht, was daran so schlimm war. LoLo aß sowieso keine Erdnussbutter – eigentlich auch sonst nichts –, und Rae mochte sie auch nicht …

LoLo sah, wie Rae, die wahrscheinlich auch fürchtete, TJ würde die Tür einschlagen, mit ihrer Schultasche rund ums Haus lief. Bestimmt, um zu sehen, ob die Mutter diesmal vielleicht die Hintertür offen gelassen hatte. Die Mühe hatte LoLo sich nicht gemacht. Sie hatte allerdings die Vorhänge ihres Schlafzimmers fast komplett zugezogen. Rae presste die Nase gegen das Glas und spähte durch den Spalt in den schweren Vorhängen, die LoLo schon Stunden vorher zugezogen hatte, um sich auf das gemachte Bett zu legen. Komplett angezogen in einem Sonntagsstaat wie für die Kirche, inklusive Strumpfhose und Schuhen mit Absätzen, die Hände über der Brust gefaltet. So stellte sie sich vor, dass ein Bestatter sie arrangieren würde, wenn sie in einem prächtigen, mit weißem Satin ausgeschlagenen Sarg läge. Diese Pose nahm sie jetzt wieder ein. Zu mehr war sie nicht imstande. Aus den Augenwinkeln konnte LoLo sehen, wie Rae rasch das Gesicht vom Fenster zurückzog. Denn sie hatte gesehen, wie die Wimperntusche der Mutter, schwarze Spuren in ihrem Gesicht hinterlassend, auf das weiße gestärkte Kopfkissen geflossen war. Von dem Anblick entsetzt war Rae so rasch zurückgewichen, dass sie stolperte und in den Hortensienbusch ihrer Mutter fiel, wobei sie sich ein winziges Loch in ihre gute Hose für die Schule riss. Rae sprang so rasch auf, wie sie gefallen war, und sah an sich herunter. Sie wusste, es würde unmöglich sein, LoLo das Loch zu erklären. Es gab ohnehin nie irgendeine Erklärung.

Rae rannte los, in Richtung von Daisys Haus. LoLo vermutete, dass sie dieser weißen Frau in die Arme fallen und deren Snacks aufessen würde. Vielleicht sogar wieder ihr Haar anfasste. Rae hatte ihr davon erzählt. Als ob es besser wäre als das ihrer eigenen Familie. Rae blieb lange genug dort drüben, um ihrer Mutter etwas Zeit zu geben. Zeit, bis ihr Vater nach Hause käme und dafür sorgte, dass ihre Mutter sich wieder normal benahm.

»Mach dir keine Sorgen übers Schwimmen«, sagte Tommy jetzt zu Rae. »Wenn du weiterhin so gute Noten schreibst, dann wirst du später reich und kaufst dir vier Swimmingpools. Und zu jedem eine Friseurin, die dir die Haare wieder schön macht, wenn du aus dem Wasser kommst. Okay?«

»Okay, Daddy«, sagte Rae und kicherte, als Tommy sie am Kinn kitzelte.

* * *

Ein paar Stunden später war Theodore Lawrence da – den alle Theddo nannten, weil Schwarze Zungen seinen Namen so verballhornten. Er hatte die Füße auf LoLos Couch. In einer Hand ein Bier aus dem Kühlschrank, in der anderen die Fernbedienung vom Fernseher. So saß er herum und wartete aufs Essen, als wäre er King Tut. Er bezeichnete sich selbst als Muslim, weil das auch der Rest seiner Familie in Philadelphia war. Dabei hatte er nie auch nur die Schwelle einer Moschee betreten, rauchte, trank und vergnügte sich mit Frauen aller Art, auch mit weißen. LoLo glaubte ihm seine Ablehnung von Schweinefleisch nicht und respektierte sie nicht. In die Kuhbohnen tat sie trotzdem ein bisschen Speck. Sie würde das handhaben wie immer, wenn er sich seinen Teller gefüllt hatte und dann über die geräucherte, salzige Köstlichkeit maulte, mit der LoLo ihr Gemüse würzte. Nämlich wie es jede andere Köchin aus dem Süden mit Respekt vor sich selbst machte, wenn sie mit Herz einen Topf Soulfood zubereitete. »Dann tu dir doch kein Fleisch auf den Teller«, sagte sie in liebenswürdigem Ton, obwohl sie tief in ihrem Inneren wie ein Grizzly knurrte.

LoLo stand über den Fisch gebeugt und kratzte die Schuppen ab. Die putzten die Brassen nie zu ihrer Zufriedenheit. Daher hatte sie immer ihr Messer parat, wenn sie sie unter einem kalten Wasserstrahl im Spülbecken aus dem braunen Papier auswickelte. Diesmal war es genauso. Schuppen flogen in alle Richtungen – ins Spülbecken aus Metall, auf die Resopalflächen, ein paar sogar in ihre Haare. Diese rituelle Reinigung erfolgte methodisch, akribisch. Nie gelangte irgendwas in LoLos Töpfe ohne die besondere Sorgfalt, die sie aufwendete, um sicherzustellen, dass alles, was in die Bäuche ihrer Familie kam, so rein war, wie sie es bewerkstelligen konnte.

Hühnchen wurde in einer Lösung aus Essig und frischem Zitronensaft gebadet, Baumkohl eingeweicht, gewaschen, eingeweicht, gewaschen, eingeweicht und gewaschen, um den Sand zu entfernen, Kuhbohnen verlesen. Die ritualisierte Reinigung – von Essen, Wäsche, jedem Winkel des Hauses und von Körpern – war sicher auf ihre Kindheit zurückzuführen. Damals war von ihr schon als kleines Mädchen erwartet worden, dass sie jeden Ort, wo sie Platz für sich beanspruchte, sauber hielt. Früher war das beruhigend, eine Möglichkeit, den Kopf klar zu bekommen, Stress abzubauen. Aber nach und nach begann sie, sich über diese Routine zu ärgern. LoLo fing an, sich davor zu fürchten. Vor diesen Klötzen an ihren Beinen. Sie versteckte sich davor – unter der Bettdecke, im Schrank oder hinter der verschlossenen Badezimmertür. So machte sie es, wenn niemand zusah, so machte sie es, wenn die Kinder guckten, und so machte sie es, als sie langsam begann, vor ihren eigenen Augen zu verschwinden.

Als sie die flachen Fischstücke mit Salz bestreute, gingen ihre Gedanken in den Garten – genauer gesagt zu den Maispflanzen, die sie erst vor ein paar Stunden inspiziert hatte. Die trugen bereits Kolben, jeweils zwei oder drei, und die bräunlichen Grannen signalisierten, dass die milchweißen Körner bereit für LoLos Kochtopf waren. Frittierter Mais, dachte sie, mit dem Messerrücken vom Kolben gestreift. Das wäre genau der richtige süße Nektar, um ihr Essen zu etwas Besonderem zu machen. Und perfekt zum Fisch. Vielleicht könnte das sogar ihre Stimmung ein bisschen aufhellen.

»Rae!«, rief LoLo. Sie musste sich um den Fisch kümmern und hatte ohnehin keine Lust, in den Garten zu gehen. Rae, der LoLo die Feinheiten des Haushalts, Kochen und Gärtnern beibrachte, wusste, welche Kolben reif und zur Ernte bereit waren. Den ungeschickten und destruktiven TJ ließ sie nicht in die Nähe ihres Gemüses. Sie warf einen Blick zu Tommy, gerade als er von der Couch aufsprang und den Fernseher anschrie. »Komm schon, Baby! *Let's go,* Baby! Hast du den Spielzug gesehen?«, rief er dem genauso aufgeregten Theddo zu und klatschte dabei in die Hände. Die beiden packten einander bei den Händen, als hätten sie den Wurf soeben vollbracht. LoLo verdrehte die Augen. Tommy würde bestimmt nicht rausgehen. Also musste Rae es machen.

Das Mädchen antwortete nicht.

»Rae!«, rief LoLo schon ein bisschen dringlicher. Nachdem auch darauf keine Reaktion kam, fragte sie sich: *Was macht das Mädchen?*

Also drehte LoLo das Wasser ab und drehte sich zur Tür um, halb damit rechnend, dass das Mädchen gerade dort auftauchte. Nichts. LoLo wischte sich die Hände an der Schürze trocken, ohne die Küchentür aus den Augen zu lassen. Sie merkte, wie ihre vor Ärger gerunzelte Stirn heiß wurde.

»Rae!«, schrie sie noch mal. Tommy und Theddo ignorierten LoLos wachsenden Zorn und waren wieder von ihren Plätzen aufgesprungen. Sie jubelten, während irgendein Basketballspieler eine Ehrenrunde um den Court lief. Dabei klatschte er seine Mannschaftskollegen ab und machte sich wohl im Kopf eine Notiz, seinen Triumph noch mal auszukosten, wenn er in den Abendnachrichten beim Zusammenschnitt der Highlights aus dem Sport erneut gezeigt würde.

LoLo hatte genug von einem liederlichen Kind, das beim Klang der mütterlichen Stimme nicht reagierte, und stampfte aus der Küche den Flur hinunter. Sie wollte wissen, was für ihre Tochter so viel dringender war, als auf das Rufen ihrer Mutter zu reagieren. Also platzte sie ins Zimmer des Mädchens wie die Polizei bei einer Razzia. »Hast du mich nicht rufen gehört, *Gal*?«, fragte sie dabei.

Doch da war keine Rae.

Rasch suchte LoLo noch in TJs Zimmer und in dem Bad, das die beiden sich teilten. Immer noch keine Rae. Da begann ihr Puls zu rasen. Jedes erdenkliche Worst-Case-Szenario durchdrang wie eine Art Krebs jede Zelle ihres Körpers. Nachdem sie noch mit eiligen Schritten unter die Betten und in jeden Schrank geschaut hatte, rannte sie schließlich im Vollsprint in ihr eigenes Schlafzimmer. Der letzte Ort, an dem sie gesucht hätte. Dort war Rae. Sie stand vor dem Spiegel im elterlichen Bad und fuchtelte mit den Armen, während sie ihrem Spiegelbild irgendeine seltsame Beschwörung aufsagte.

»*I must … I must … I must increase my bust! I will … I will … I will increase my …*«

»Was zum Teufel machst du da?«

Rae fuhr zusammen und ließ sofort die Arme sinken. Ihre Augen waren so groß wie die Teller des guten Porzellans.

»Was treibst du hier drin?«, brüllte LoLo. »Hast du gehört, dass ich dich gerufen hab?«

Offenbar verblüfft über das Auftauchen ihrer Mutter und deren Kreuzfeuer aus Fragen sagte Rae gar nichts. LoLo ließ den Blick über den Körper des Mädchens gehen – und bemerkte das leichte Zittern von Raes Schultern.

»Ich – ich hab ein Buch gelesen.«

»Du stehst hier und lügst mir ins Gesicht? Du hast kein verdammtes Buch gelesen!«

»Doch, hab ich, Mommy, ich schwör's dir!«

LoLo hob ihre Hand bis hinter ihren eigenen Kopf und ließ sie dann mit maximaler Geschwindigkeit und voller

Wucht auf Raes rundliche Wange knallen. Fassungslos von der Wucht des Schlags verzog Rae das Gesicht zu einem stummen Schrei, während sie versuchte, nach Luft zu schnappen.

»Was hab ich dir übers Schwören gesagt?«, brüllte LoLo.

Rae hatte endlich genug Luft und schrie über den Schmerz des Schlags auf. Sekunden später tauchte Tommy mit fragendem Gesicht hinter LoLo auf. »Was ist denn hier los?« Mehr fiel ihm dazu nicht ein, dass LoLo wie ein Preisboxer, der auf das Auszählen des Schiedsrichters wartete, über ihrer Tochter aufragte.

»Ich rufe ihren Namen, und sie stolziert und posiert hier drin vor dem Spiegel und lügt mich auch noch an, als ich frage, was sie treibt«, antwortete LoLo vor Wut schwer atmend. »Und dann hat sie geschworen!«

»Was hast du denn hier drin gemacht?«, fragte Tommy freundlicher, um den Zusammenhang zu verstehen.

Rae blickte immer noch furchtsam, aber sie antwortete ihrem Vater trotzdem. »Ich hab das Buch gelesen«, sagte Rae.

»Was für ein Buch, Rae?«, verlangte LoLo zu erfahren. »Hier ist kein verdammtes Buch.«

»Das hier«, erwiderte Rae und legte die Hand auf das Taschenbuch direkt auf der Ablage, das LoLo übersehen hatte.

»Ist das das Buch, das dein Onkel dir geschenkt hat?«, fragte Tommy und streckte die Hand danach aus.

»Yes Sir«, sagte Rae, immer noch schniefend und zitternd.

LoLo warf ihr einen wütenden Blick zu, schnappte sich das Buch und las den Titel. »Was hat das mit deinen Beschwörungen vor dem Spiegel zu tun?«, stellte sie Rae zur Rede. Und an Tommy gewandt: »Sie war hier drin mit offener Bluse und hat irgendeinen Zauberspruch oder so was aufgesagt.«

Rae schüttelte heftig den Kopf.

»Was hast du dann gemacht?«, fragte LoLo und ließ das Buch los, das Tommy an sich nahm.

Rae gab bis auf ihr Schniefen keinen Laut von sich.

»Antworte mir!«, sagte LoLo so aggressiv, dass Rae zusammenzuckte.

»In dem Buch, da macht Margaret eine Übung, damit ihre Brust größer wird«, nuschelte sie.

»Damit was an dir größer wird?«, fragte LoLo.

Die verlegene Rae flüsterte es nur noch: »Die Brust.«

Lachend lehnte Tommy sich an LoLo vorbei, um Rae besser sehen zu können. Er schaute auf ihre Brust. »Und, funktioniert's?«

»Das ist nicht lustig«,sagte LoLo. »Was für ein verdammtes Buch erklärt Mädchen, wie ihre Brüste größer werden?«

Tommy seufzte. »Es ist nur ein Buch, Tick, mehr nicht«, sagte er. Dann schaute er auf das Cover und schlug es auf, um nach der Altersempfehlung zu suchen.

»So was bringt dein Bruder in mein Haus? Bücher darüber, wie junge Mädchen ihre Boobs größer machen können?«

Tommy schüttelte den Kopf und seufzte wieder. »Er hat ihr ein Buch gekauft, weil er weiß, dass sie gern liest. LoLo. Jetzt mach keine große Sache draus.«

»Ich weiß nichts über dieses Buch, und irgendwas sagt mir, dass es bei ihm genauso ist. Bringt unsere Tochter dazu, dass sie hier Beschwörungen murmelt und vor dem Spiegel posiert. Darauf fixiert, ihre Brust größer zu machen«, zischte sie. Und dann an Rae gerichtet: »Sieh gefälligst zu, dass du hier rauskommst, und hol mir Mais aus dem Garten! Sofort!«

Rae stürzte an ihren Eltern vorbei aus dem Badezimmer und fiel dabei fast über ihre eigenen Füße. Sie rannte durch den Flur und die Küche zur Hintertür hinaus in den Garten, wo die Glühwürmchen begonnen hatten herumzuschwirren und die Maispflanzen wie Soldaten strammstanden.

LoLo waren die kleinen Knospen unter Raes T-Shirts schon aufgefallen. Wie Kerne von Steinobst drückten sie sich durch den Stoff, wenn sie morgens aus dem Haus und in die Schule lief. Brüste entwickelten sich, und ihr kleiner Po wurde auch runder. Bald würden ihre Hüften und Oberschenkel mehr Form annehmen. Dann käme die Periode. Und mit ihr Fragen, die sie nicht bereit war zu beantworten, und Komplikationen, mit denen sie nicht umgehen konnte. Wie sollte sie denn mit einer Zwölfjährigen – also mit einem Baby – übers Kinderkriegen reden? Denn dazu führten Perioden: zu Babys. Beim bloßen Gedanken schmerzte LoLos Bauch. Menstruation, Sex – sie konnte kaum mit Tommy über solche Sachen sprechen, erst recht nicht mit einem Kind. Das war unangemessen. LoLo musste auch alle Gefühle unterdrücken, die mit dieser Diskussion aufkamen – ihre Erinnerungen an Blutung, an Vergewaltigung und daran, nicht zu wissen, was das alles bedeutete. Inklusive der Folgen und der Entscheidungen, die man für sie traf. Entscheidungen, die alles in ihr, auch ihr Herz, in Stücke rissen. Schlimm genug, dass sie nach ihrer ersten Blutung gezwungen gewesen war, damit zu rechnen. Sie wollte nicht, dass ihre Tochter nach der ersten Blutung damit rechnen musste. Kleine Mädchen mussten kleine Mädchen bleiben, um jeden Preis.

Es wäre LoLo nicht in den Sinn gekommen, dass genau dieser Moment der Anlass für das Schweigen ihrer Tochter war, als es drauf angekommen wäre, mit ihrer Mutter zu sprechen. Als sie sie gebraucht hätte, um ihr die Sorge zu nehmen und zu erklären, was da wirklich in ihrem Körper passierte. Besser als die geflüsterten Unterhaltungen mit ihren Freundinnen über Menstruation und Blut. Keine zwei Wochen nach dem Tag, als LoLo Rae ertappt hatte, wie sie sich mit ihrer Brust beschäftigte, sollte Rae ihre Periode bekommen. Und zwar ausgerechnet als LoLo endlich nachgegeben und erlaubt hatte, dass Freddy die Kids abholte und übers Wochenende mit zu sich nach Hause nahm. Rae behielt es als Geheimnis für sich. LoLo sollte es erst rausfinden, weil sie damit zu tun hatte, ihr eigenes langjähriges Geheimnis um ihre Periode zu bewahren. Sie hatte dagestanden und hatte in die Schachtel mit den Kotex-Binden gestarrt, die sie im Zuge ihrer geschickten, jahrzehntelangen Täuschung im Schrank aufbewahrte. Sie strich mit den Fingern über jede der Binden und zählte stumm – zwei, vier, sechs, sieben. Was war mit den anderen drei passiert? LoLo schüttelte den Karton, als könnte das die fehlenden Binden zum Vorschein bringen. Rasch steckte sie den Kopf in den Wäscheschrank und kaum hatten ihre Augen sich an die Dunkelheit gewöhnt, suchte sie das hintere Ende des Regalbretts ab. Dann traf die Erkenntnis sie wie ein Schock. Sie ging zum Mülleimer und fand dort drei mit Toilettenpapier umwickelte Päckchen. Aus einem davon war ein bisschen Blut gesickert. Da wusste LoLo es. Sie wusste es.

Anschließend flog sie beinah zum Telefon und steckte den Finger so planlos in die drehbare Wählscheibe, dass sie den Hörer dreimal wieder auf die Gabel knallen musste, bis sie Freddys Nummer korrekt gewählt hatte. Endlich hörte sie den Ruf durch die Leitung gehen, dann Freddys fröhliche, aber knappe Begrüßung: »Yeah, Freddy hier.« Ihre Antwort darauf war keine Begrüßung, sondern eher wie scharfe Klingen und Messerspitzen. Sie beschuldigte ihren Bruder, der trotz aller Kratzbürstigkeit und stiller Wut seiner Schwester auf diese Geschwisterbeziehung bestanden hatte, absichtlich verheimlicht zu haben, dass Rae während des Wochenendbesuchs bei ihm ihre Periode bekommen hatte.

»Ich dachte, sie würde es dir selbst erzählen«, sagte er. Das Timbre seiner Stimme war sanft, aber er verzog dabei ungläubig das Gesicht. Er hatte keine Lust zu streiten, nicht nachdem er ein langes Wochenende mit seiner Nichte und seinem Neffen verbracht hatte, die rumgenörgelt und die ganze Zeit Raubkopien von Filmen auf seinem Videorecorder angesehen hatten. Der einzige Grund, warum er wusste, dass Rae ihre Periode bekommen hatte, war, dass sie das Klo verstopft hatte. Mit den blutigen Papiertüchern, die sie sich das ganze Wochenende über in ihre Unterhose gestopft hatte. Das sah dann aus wie in einem Horrorfilm. Er hatte sich Mühe gegeben, nicht wütend zu reagieren. Das Mädchen war sowieso schon verlegen und nervös. Sie hatte das ganze Haus nach Aspirin gegen ihr Bauchweh abgesucht. Trotzdem hatte Freddy noch nie so viel mit Monatsblutungen zu tun gehabt, und würde das auch nie wieder, wenn es nach ihm ging. Das waren Sachen, um die Frauen sich kümmern sollten. »Normalerweise renne ich nicht rum und mische mich in Frauensachen ein«, erklärte er LoLo unumwunden.

»Sie ist keine Frau, sie ist ein kleines Mädchen«, fauchte LoLo.

»Du hast mir immer noch nicht erklärt, was das mit mir zu tun hat.«

»Bist du zu beschäftigt mit all diesen Flittchen, dass du dich nicht ordentlich um deine zwölfjährige Nichte kümmern kannst? Sie ist noch ein Kind. Wenn solche Sachen passieren, sagt man das ihrer Mutter!«

»Erstens hast du kein Recht darüber zu urteilen, was zum Teufel ich in meinem Haus mache. Soweit ich weiß, bezahlst du hier nicht die Rechnungen.«

»Du bist ein erwachsener Mann. Da würde ich erwarten, dass du in der Lage bist, deine Rechnungen selbst zu bezahlen.«

»Das weiß ich schon, dass du das erwartest. Und du schickst mir diese undankbaren Kinder, die die Hand aufhalten und die gleichen Vorstellungen haben. Ich war zu beschäftigt damit, ihnen Essen und irgendwelchen Scheiß zu kaufen. Da hatte ich keine Zeit, dich wegen irgendwelchen Frauensachen anzurufen, Delores.«

Bei der Mühe, die sie und Tommy sich gaben, um ihre Kinder zu versorgen, war LoLo nicht bereit, sich für ihren Unterhalt beschimpfen zu lassen. Für die Behauptung, sie wäre auf andere angewiesen, die sich um die beiden kümmerten, hatte sie nur Hohn übrig. Es war ihr egal, wenn sie nie mehr miteinander reden würden. Er war ebenso stur und sah das genauso. Es war nur ein kleiner Vorfall, so gänzlich unbedeutend vor dem Hintergrund ihrer ganzen gemeinsamen Geschichte – die Trennung, LoLos Missbrauch, dass er als Erwachsener eine Beziehung zu ihrem Vater aufgebaut hatte. Und zwar nachdem ihr Daddy noch mal geheiratet und ein weiteres Baby bekommen hatte, obwohl er die fünf, die er mit der Mama von LoLo und Freddy hatte, so leichtfertig fortgeschickt hatte. Freddy konnte das gut – all den Schmerz, all die Enttäuschung, die ganze Geschichte tief in sich begraben. Das war der Grund dafür, warum er sich auf die Suche nach LoLo gemacht und auf den Kontakt bestanden hatte. Was ihn zurück zu ihrem Vater geführt hatte. Die Familie war der Nutznießer seiner Nachsicht und Großzügigkeit, sogar gegenüber den gemeinsten Menschen. »Das ist Familie. Blut ist dicker als Wasser«, pflegte er zu sagen, als ob es LoLo etwas bedeuten sollte. Als ob sie vergessen sollte. Das konnte sie nicht. Ihr Frust angesichts der Auseinandersetzung mit Freddy über Raes Menstruation war wie ein kleiner Knoten in einer Brust. Tief vergraben im Fettgewebe, fürs bloße Auge unsichtbar, aber schmerzempfindlich gegen Berührung. Krebsartig. Und ohne medizinische Intervention tödlich. Keiner von beiden verfügte über die emotionale Fähigkeit, diese Krankheit in ihrem Blut zu überwinden. Sie würden sich über Rae und ihre Periode nicht mehr einig werden.

LoLo nahm den Hörer vom Ohr weg und hielt sich die Sprechmuschel direkt an die Lippen. »Vergiss meine Nummer«, knurrte sie mit zusammengebissenen Zähnen, bevor sie den Hörer aufknallte. Vor Aufregung keuchend eilte sie zurück ins Badezimmer und besah sich die Päckchen aus Toilettenpapier noch mal. So sehr sie sich auch bemühte, ihr fiel nicht ein, was sie Rae zu dieser Sache sagen sollte. Daher sagte sie an jenem Tag überhaupt nichts.

Doch an dem Tag mit dem ungeplanten frittierten Fisch, da sagte sie Theddo die Meinung. Voll und ganz. LoLo kam ins Fernsehzimmer gestapft und wedelte mit dem Buch in ihrer Hand. Dann warf sie es mit voller Wucht nach ihrem Schwager, der von dem gerade im Inneren des Hauses stattgefundenen Drama gar nichts mitbekommen hatte. Er sprang von der Couch, halb erstaunt, halb wütend. »LoLo! *What the hell?*«

»Gib meinem Kind ja nicht noch mal irgendwas, bevor du es mit mir geklärt hast, verstanden?«, fauchte sie.

»Wovon redest du, Frau?«, sagte er und rieb sich die schmerzende Stelle an der Brust, wo das Buch ihn getroffen hatte.

»Du hast mich gut gehört«, zischte LoLo mit zusammengebissenen Zähnen. »Mach es noch mal, und du wirst schon sehen.«

»Jetzt komm schon, Tick, er hat ihr nur ein Buch geschenkt. Das war doch eine nette Geste«, argumentierte Tommy.

»Ach? Du findest es also nett, unserer Tochter ein Buch darüber zu schenken, wie ihre Titties größer werden können?«, schrie LoLo. »Was muss in einen erwachsenen Mann gefahren sein, dass er einem Kind so ein Buch schenkt?«

»Ich – ich hab ihr … das ist gerade ein echt bekanntes Buch«, sagte Theddo und machte ein total verwirrtes Gesicht. »Meine Freundin hat es ihre Tochter lesen lassen, und alle Freundinnen von der lesen es auch.«

»Deine Freundin, ja?«, sagte LoLo. »Die, die mit verheirateten Männern vögelt? Von der kriegst du Empfehlungen für Kinderbücher?«

»Komm schon, Delores«, meinte Tommy. »Jetzt krieg dich wieder ein.«

»Ich erwarte, dass du hinter mir stehst, Tommy. Das ist deine Tochter. Wenn du hier keine weiteren Babys willst, dann möchtest du besser auch nicht, dass solches Männervolk sie als erwachsene Frau betrachtet. Da passt du mal lieber auf«, giftete LoLo.

Und dann stampfte sie zurück in die Küche und ließ Wasser ins Spülbecken laufen. Sie tat Salz auf den Fisch, Pfeffer und je eine Prise Cayennepfeffer und Paprika in das Maismehl, in dem sie den Fisch wenden würde. Durchs Fenster beobachtete sie ihre Tochter, die auf den Zehenspitzen stand, um einen Maiskolben von einer großen Pflanze zu pflücken. Der Schatten fiel auf den Korb, den Rae sich genommen hatte, um das Gemüse zu sammeln. Ihre Bewegungen waren bedächtig und umsichtig. LoLo vertraute darauf, dass das Mädchen mit der absolut perfekten Ernte zurückkäme. Sie erzog Rae dazu, die perfekte Ehefrau zu sein. Die perfekte Sklavin. Sie konnte einfach nicht anders. Weil sie nicht wusste, wie sie ihrem Babygirl helfen sollte.

Ihr Herz, das vor Stolz hätte anschwellen müssen, zerbrach und hinterließ Trauer in all den Bruchstücken.

19

Sommer 1959

LoLo war zwölf, als sie das erste Mal beseelt wurde. Gleich dort, wo die gewundene Uferlinie des Windlow River auf den Altwassertümpel traf und das Rascheln der Blätter in der Brise des Südens für die Gläubigen klang, als flüstere Gott ihnen etwas ins Ohr. Pastor Charles und Diakon Claytor hielten LoLo an den Armen und warnten sie, vorsichtig aufzutreten, während sie ins Wasser wateten, das immer kühl blieb, obwohl die Sonne es beschien. Schon viele hatten sich vor ihr die Zehen an den Stümpfen der Zypressen gestoßen. Die waren Jahrzehnte zuvor von einer Sträflingskolonne gefällt worden, um dem Fluss Platz zu machen. Diese Baumreste unter Wasser waren Geister, die unaussprechliche Wahrheiten darüber festhielten, was hier zu Land geschehen war, noch bevor die Barsche sich darin tummelten: unnachgiebig hartherzige und besonders grausame Dinge. Erinnerungen, über die die Alten nicht sprechen wollten. Die guten und rechtschaffenen Gläubigen der Mount Nebo Church of God in Christ of Nazareth waren überzeugt, dass man, in der morgendlichen Stille und wenn man ganz genau lauschte, noch das Klirren der Ketten hörte, mit denen menschliche Körper – die Haut blutig aufgerissen, die Knochen gebrochen, Gliedmaßen zur Strafe für was für einen Affront oder aus welcher Laune heraus abgehackt oder abgesägt – einst an diese Bäume gefesselt waren. Das machte diese spezielle Stelle im Wasser heilig. Zu einem Ort, an dem der Name Gottes einem wie von selbst über die Lippen kam. Wo jenen, die glaubten, selbst in ihrer dunkelsten Stunde Gnade verheißen wurde. An den Tauftagen pflegte die Gemeinde in ihren frischgewaschenen weißen Gewändern am Ufer zu stehen und ihre Blecheimer unter lautem Gesang der Lieder vom Glauben an die Dreieinigkeit aneinanderzuschlagen. Um die Wassermokassinottern zu vertreiben, aber auch um die Geister zum Schweigen zu bringen. CLANG Take me to the water / Take me to the water BANG CLANG. Take me to the water / to be baptized BANG CLANG CLANG.

LoLo hatte sich an den Armen des Reverends und des Diakons festgeklammert. Trotz ihrer Furcht vor den Baumstümpfen, Geistern und sogar den Wasserschlangen wollte LoLo in diesen Fluss – um darin gekreuzigt und begraben zu werden und wiederaufzuerstehen. Um erneuert wieder aufzutauchen. Diakon Clayton hatte in LoLos Unterricht in der Sonntagsschule erklärt, wie all das funktionierte. Und Pastor Charles hatte oft genug darüber gepredigt, sodass LoLo die Bedeutung erkannte und begriff, selbst wenn Bears Zynismus unfassbar war und der Pastor die Vorzüge der Taufe eigentlich nur pries, um neue Mitglieder für seine Gemeinde und letztlich neue Zahler des Kirchenbeitrags zu gewinnen. Mit ihren zwölf Jahren und obwohl sehr erwachsene, sehr weltliche Probleme sie jeden Tag ihres elenden Lebens verfolgten, war LoLo immer noch jung genug, um zu hoffen und um an das Versprechen des Pastors zu glauben, dass ihr Untertauchen in diesem Wasser Dinge verändern könnte und würde. Dass Gott, Jesus und der Heilige Geist sie vom Bösen erlösen und mit Güte und Gnade ihre Hand halten, sie aus der Dunkelheit ins Licht führen würden.

»Es ist alles gut, Delores, wir werden dich nicht ins Wasser fallen lassen«, hatte Pastor Charles gesagt, als er und Diakon Claytor LoLo tiefer in den Fluss führten. Das Wasser schaukelte sie sanft, während sie sich den Händen der Männer anvertraute. Ihr langes, weißes Taufgewand sah aus wie Engelsflügel, die direkt unter der Wasseroberfläche flatterten. Sie schienen LoLo zu bestätigen, warum sie hier war. *Nur die Rechtschaffenen / werden Gott schauen.* BANG CLANG CLANG. »Vertrau uns«, sagte Diakon Claytor. »Vertrau auf Gott.«

Als sie an ihrer bevorzugten Stelle im Fluss angekommen waren, hoben die Männer LoLo behutsam auf einen der höheren Baumstümpfe unter der Wasseroberfläche – sodass ihr Kopf und ihre Schultern bequem aus dem Wasser ragten. Dann drehten sie sie so, dass sie sehen konnte, wie die Gemeinde singend und sich wiegend den Heiligen Geist herabbeschwor. Da war auch Bear, der seine Eimer zusammenschlug, und Clarette, die Hände zum Gebet erhoben, während sie die höchsten Noten des Chorals sang.

Pastor Charles hob die Hände, und sofort hörten Gesang und Eimerschlagen auf. »Dieses Wasser hat schon viele Sünder gesehen«, begann er.

»*Yassuh*«, flüsterte Diakon Claytor.

»Viele Seelen, die mit Gott ins Reine kommen mussten«, sagte Pastor Charles und sprach die letzten vier Worte in einem Stakkato.

»*Yassuh*«, erwiderte der Diakon wieder, aber diesmal lauter.

»Aber wenn du IHM dein Herz offenbarst, dich dem ›Ich-bin-da‹ ergibst«, sagte der Pastor, »dann wirst du, du, du neu werden.«

»*New! Yassuh*«, sagte Diakon Claytor, und Begeisterung schwang bei seinen knappen Worten mit.

»Du schenkst dem Herrn deinen Körper und deine Seele, und er wird dich segnen, o ja, das wird er!«, rief Pastor Charles.

»Yassuh! Oh, bless His holy name!«

»Tauche rein wie Schnee aus diesem Wasser auf!«

LoLo hatte ins Nichts gestarrt, während der Prediger predigte, und seine Worte aufgenommen, die sich nicht wirklich von dem unterschieden, was er an den meisten Sonntagen sagte. Doch an diesem speziellen Tag, als das Wasser um ihr Gewand wirbelte und ihre Zehen sich in das aufgeweichte Holz pressten, da ließen seine Worte – die Versprechen von Wiedergutmachung und Befreiung – den Schmerz in ihrem Intimbereich verschwinden. Sie ließen sie so leicht wie Luft werden. Verwandelten Bear in ein Lamm, das sie nicht mehr fürchten musste, denn wenn sie in diesem Wasser untertauchte, würde sie wieder neu. Und Gott, ER würde den Ort an ihrer Seite einnehmen, weil sie SEIN Kind war und ER ihr Erlöser, der Allmächtige, Emmanuel, ihr Heiler, ihr Versorger. Ihr Beschützer. Der Pastor sagte es, und so würde es sein. Keine Verletzungen mehr. Kein Schmerz. Keine Schatten und finsteren Winkel. Nur Licht.

»Little sister«, sagte der Pastor und presste seine nasse Hand an LoLos Stirn. »Erkennst du Jesus als deinen Herrn und Retter an?«

»Ja«, flüsterte LoLo und starrte dabei Bear an.

»Erkennst du ihn an als den einen wahren Gott und versprichst du, IHM zu gehorchen bis ans Ende deiner Tage?«

»Ja«, flüsterte LoLo und schloss die Augen, um sich auf das Lamm konzentrieren zu können statt auf Bear.

»Dann sag es dem Herrn, dann – rufe es laut!«, rief der Pastor.

»I love Jesus«, sagte LoLo.

»Oh, das kannst du besser, sag es deinem Erlöser!«

»I love you, Jesus!«, rief LoLo.

»Noch mal! Lass es IHN hören, über die Meere bis nach Jerusalem!«

»I love you, Jesus!«, schrie LoLo wieder und wieder, während eine Brise durch die Blätter fuhr und Gott ihr ins Ohr flüsterte. Zuerst spürte sie das Vibrieren in ihren Zehen. Dann breitete es sich über ihre Beine bis in den Magen aus – es brannte in ihrem Herzen und steckte ihr Inneres in Brand. Sie wiegte sich und tat einen kleinen Sprung – noch einen, höher diesmal, und noch einen. *»I love you, Jesus!«*, rief sie aus voller Kehle in den Himmel, die Arme zum Hosianna erhoben.

»Lob sei Gott!«, schrie der Pastor, bevor er und Diakon Claytor LoLo noch fester bei den Schultern packten und sie rücklings ins Wasser zogen.

Unter Wasser war der Schmerz fort. Unter Wasser war nichts.

Unter Wasser war LoLo frei.

So blieb ihre Beziehung zur Kirche, wenn sie in ihren besten Sachen, die extra für den Anlass genäht waren, den Mittelgang entlangtrippelte, damenhaft in der Kirchenbank ihre guten Sonntagsschuhe kreuzte, den *Prayer Cloth* über den Knien, das Tamburin neben sich. Die Fingerspitzen auf der Bibel. Diese Verse, die Gebete – sie waren der Schlüssel zu ihrer Erlösung, als sie noch ein Teenager war und um einen Weg zur Befreiung von Bears Tyrannei kämpfte. Es waren diese frühen Sonntagmorgen, wenn die ganze Stadt, Bear eingeschlossen, sich kollektiv um ihr Seelenheil bemühte, an denen sie sicher war. Dann war er ein Engel – ein Mann Gottes, zu beschäftigt damit, den Rechtschaffenen zu spielen, um Falsches zu tun. Barmherzig sogar. »Das hier ist meine kleine Nichte«, pflegte er den Rechtschaffenen von Mt. Nebo zu erklären. »Armes Ding hatte keinen außer Gott, der auf sie geschaut hätte, bis wir sie gefunden und hergebracht haben. Haben ihr das Leben gerettet. Jetzt bringen wir sie hierher, um ihre Seele zu retten.«

»Amen«, sagten die Leute, salbten LoLo Schultern und Stirn und riefen ihr *»Ain't God Good«*.

Suffer the little children. Lasset die Kinder zu mir kommen. Die Kirche konnte LoLo nicht vor Bear oder vor dem Ausschaben retten, aber als sie ungefähr sechzehn war, ordnete der Pastor an, einen Kollekte-Teller kreisen zu lassen. Bear und Clarette hatten den Plan bekanntgegeben, LoLo nach Norden zu schicken, in ein Haus auf Long Island, das der Kirche gehörte und von einer Freundin der Familie geführt wurde. Der Einfachheit halber hatte das Paar verschwiegen, dass Clarette von Bear verlangt hatte, LoLo verdammt noch mal aus dem Haus zu schaffen. Das passierte keine zwei Tage vorher, als sie Bear im Hühnerstall auf LoLo gefunden hatte.

»Warum brauchst du denn so lange, um die Eier zu holen?«, hatte Clarette verärgert gemurmelt, bevor sie selbst zum Hühnerstall geeilt war. Untätig hatte sie vor einer Schüssel mit Mehl und Zucker in der Küche gestanden und auf die fehlende Zutat gewartet. Zu einer Erweckungsfeier am Samstagabend wollte sie einen White Cake beisteuern. Weder Bear noch LoLo hatten sie gehört, als sie durch die Stalltür stürmte. – Er wetzte geschäftig grunzend und schwitzend auf ihr herum, LoLo lag nur mit totem Blick da und dachte an Wasser und Zypressen, in denen Gott flüsterte. Als ihr Verstand begriff, was ihre Augen da sahen, blieb Clarette abrupt stehen und fuhr zurück, als wäre sie gegen eine Mauer geprallt. Ihren Schatten bemerkte LoLo als Erstes. Langsam suchten ihre Augen, bis sie Clarettes fanden. Sie hielten einander in einer Art Ringshout aus Wut, Ekel und tiefer Traurigkeit fest. Nichtsahnend kletterte Bear von seiner kleinen Nichte runter, deren Körper immer noch von der Ausschabung schmerzte und heilen musste. Da brüllte seine Frau: »Entweder du schaffst sie von hier weg, oder ich packe mein Zeug und lass euch beide hier zurück!«

Frühling 1964

Die Kirche war Ultimatum und Drohung zugleich im Haus von Miss Ella, LoLos erster Station in New York. »Du kommst hier rein und bringst deine Sachen runter in den Keller«, hatte sie gesagt, als sie die Haustür aufmachte und noch bevor LoLo auch nur eine große Zehe über die Schwelle des einstöckigen Hauses mit zwei Schlafzimmern gesetzt hatte, das genauso pedantisch rein und makellos war wie die Frau, die hier das Regiment führte. »Hier wirst du vor Sonnenaufgang aufstehen, deinen Platz in Ordnung halten, deinen Lebensunterhalt verdienen, und der Sonntag ist für den Herrn. Wenn du dich an diese Regeln hältst, werden wir gut miteinander auskommen. Wenn nicht, bricht in der Stadt die Hölle los, verstanden?«

»Yes'm«, erwiderte LoLo rasch. Aber nicht um Miss Ella zu gefallen, sondern weil ihre Forderungen überhaupt keine Forderungen waren. Sie machten es LoLo sogar leicht, der Inbegriff dessen zu sein, was sie damals war. Wonach sie sich verzweifelt gesehnt hatte. Frei zu sein.

***

Frühherbst 1981

»Ja, Baby, so macht man das. Beweg den Käse auf der Reibe hin und her, als würdest du ihn schrubben«, wies LoLo Rae freundlich an, während sie kurze Makkaroni in einen großen Topf mit kochendem Wasser schüttete. »Jetzt musst du dich beeilen. Sie werden bald hier sein, und es bleibt uns gerade noch genug Zeit, um die Makkaroni mit dem Käse in den Ofen zu bringen, bevor deine Aunties hier sind.«

LoLo war dankbar dafür, dass Rae ihr half, das Abendessen für Sarah, Para Lee und Cindy vorzubereiten, die zu einem seltenen Besuch nach New Jersey kamen, um LoLo zu sehen. Es war erst der zweite Besuch, seit ihre geliebte Freundin drei Autostunden von ihren Freundinnen, ihrer Wahlheimat, ihrem Job, ihrer Kirche und allem, was ihr außer dem Ehemann und den Kindern wichtig war, weggezogen war. Aber es war tatsächlich sowieso an der Zeit, dass das Mädchen ein paar Grundlagen übers Kochen lernte. – Zumindest fand LoLo das. Zum Teufel, sie selbst hatte Hühnern den Hals umgedreht und Fische ausgenommen, bevor sie ihre Regel bekam. Und sie hatte nicht vor, eine Tochter großzuziehen, die sich in der Küche nicht auskannte. LoLo wischte sich die Hände an einem Küchentuch ab und stellte sich neben Rae, die den Käse zaghafter, als ihre Mutter es gern gesehen hätte, über die Reibe aus Metall schob. »Jetzt komm! Tu nicht, als hättest du Angst, dir den Käse vorzunehmen«, rief sie, sodass Rae erschrak und ein bisschen schneller rieb. »Die Reibe schneidet dich, wenn du Angst davor hast. Denk gar nicht drüber nach, sondern reib einfach.«

Wenig später bewunderten die beiden ihr Werk und schlugen Tommy und TJ auf die Finger, damit sie nichts von den

Leckereien auf dem Tisch naschten: Makkaroni mit Käse, frittiertes Hühnchen, grüne Bohnen, Kartoffeln und ein Southern Lemon Pound Cake. LoLo sah aus wie ein Filmstar, mit Rouge auf den Wangen und in Minirock und Bluse, wie frisch aus dem Katalog von Sears. Alles musste perfekt sein. Einfach alles.

Tommy gab LoLo einen Klaps auf den Po und meinte: »Mhmm, wir müssen öfter Gäste haben.« Dazu umkreiste er sie wie ein Jäger seine Beute.

»Ach, lass das, bevor die Kinder es sehen!«, kicherte LoLo und reckte ihm den Po gleich noch mal hin. Tommy reagierte entsprechend. Ihr so seltenes Lachen klang ungezwungen.

»Sie sind da, Mommy!«, rief Rae, die sich gerade in die Vorhänge im Wohnzimmer wickelte.

»Geh raus aus meinen Vorhängen, bevor du sie noch runterreißt!«, schrie LoLo, aber eher aus Vorfreude auf ihre Freundinnen als aus Sorge um die Vorhänge oder das Verhalten ihrer Tochter. Sie eilte zum Plattenspieler und blätterte durch die Alben im Fach unter der Konsole. *Songs in the Key of Life* von Stevie Wonder würde für die richtige Atmosphäre sorgen. Sie pustete auf die Platte, ließ sie kurz kreiseln und legte sie auf den Plattenteller. Gerade als sie vorsichtig die Nadel auf die Rille von *As* setzte, wurde an die Haustür geklopft.

»*Who dat at my do'!*«, rief LoLo mit verstellter tiefer Stimme durch die Holztür.

»Chile, wenn du nicht gleich die Tür aufmachst! Da sind wir so weit hergefahren, und ich muss mal *tee-tee*!« schrie Sarah, von Gekicher unterbrochen, zurück.

LoLo riss die Tür auf. »Tu bloß nicht so, als wärst du den ganzen Weg hierher ohne einen Nachttopf in diesem alten Schlachtross von einem Station Wagon gefahren, Sarah Johnson. Du wohnst in New York, aber ich weiß, dass du noch nicht vergessen hast, wie man in Alabama reist!«

»Ich? In einen Eimer pieseln? In diesem Kleid?«, sagte Sarah, während sie LoLo in die Arme fiel. *»No Ma'am!«*

»Außerdem hatten wir Gesellschaft«, sagte Para Lee und deutete mit dem Kinn über ihre rechte Schulter. Direkt hinter ihr stand Cindy und – ein Mann. Ein Mann, der nicht Roosevelt war.

»Heeeeey«, sagte Cindy und winkte, während sie LoLo zuzwinkerte. »Das hier ist Leo.«

LoLo trat beiseite, um Sarah und Para Lee vorbeizulassen, aber dann blockierte sie die Tür, als Cindy versuchte, die Schwelle zu überqueren. »Tja«, sagte sie, Para Lee und Sarah hinter sich. Sarah trat von einem Fuß auf den anderen, weil sie die Show nicht verpassen wollte. »Und wer ist dieser Typ vor meiner Tür? Mir hat niemand was von einem Extra-Gast gesagt!«

»Er ist eine Überraschung«, meinte Cindy frech.

»Für mich?«, fragte LoLo und griff nach dem Goldkreuz um ihren Hals. »Aber nein, Sir, ich fürchte, ich bin schon vergeben. Ich hab schon einen Mann.«

»Jetzt lasst den Mann mal alle in Frieden!«, sagte Tommy, umarmte Sarah und Para Lee von hinten und schob sich dann zu dem Gentleman durch, der vor seiner Tür stand. »Komm einfach rein, Brother. Diese Ladies kommandieren dich noch bis nächste Woche rum, wenn man sie lässt«, sagte Tommy, während er Leos Hand schüttelte und Cindy und ihren neuen Mann hereinwinkte.

»Mmmmmpf!«, machte LoLo und musterte Cindy von oben bis unten. Als sie schließlich an ihr vorbeiging, lachte sie dreckig.

Und einfach so, so einfach, war LoLo wieder ganz. Gestärkt durch die Anwesenheit der drei Frauen, die ihr … Luft zum Atmen schenkten. Bis sie an ihrem Esstisch saßen, sich die Teller mit LoLos Soulfood füllten – ihrem Liebesbrief an sie alle –, war LoLo gar nicht aufgefallen, wie lange sie die Luft angehalten hatte. Wie erstickt sie sich gefühlt hatte, vor lauter Sehnsucht nach den Menschen, den Dingen, die sie so geliebt hatte.

»Oh, das mach ich schon – lass mich das abräumen«, sagte Leo und schob seinen Stuhl zurück, als LoLo nach den Tellern greifen wollte, um Platz für den Nachtisch zu machen.

»Ach, das musst du nicht, ich erledige das schon«, meinte LoLo und versuchte, ihm die Teller höflich wieder abzunehmen.

»Ich bestehe drauf«, sagte er hartnäckig. »Ist ja das Mindeste, was ich tun kann, die paar Teller abspülen, nachdem du so herrlich gekocht hast.«

LoLo warf Tommy einen Blick zu. Der runzelte vor Staunen die Stirn, während er Leo nachsah, der das Geschirr zur Spüle trug. Seine Augenbrauen berührten praktisch seine Nasenspitze, als er sich wieder dem Tisch zuwandte. Dort saßen alle Frauen mit schräg gelegten Köpfen und großen Augen. Sie betrachteten Leo, der Spülmittel auf das schmutzige Geschirr spritzte und Wasser ins Becken laufen ließ.

»*Welp*, das Spiel läuft schon«, meinte Tommy schließlich. »Und es guckt sich ja nicht von selbst. Ladies«, verabschiedete er sich mit einem Kopfnicken, stand vom Tisch auf und steuerte seinen verstellbaren Sessel an – was exakt niemanden überraschte.

»Mmmmmhmmmm, I'mma need me some details, Missy«, flüsterte LoLo zu Cindy gebeugt, kaum dass Tommy außer

Hörweite war. »Wo hast du Roosevelt verscharrt? Denn ich weiß, der Nigga* ist nicht einfach beiseite getreten und hat Platz für Mr Perfect hier gemacht.«

Sarah und Para Lee drehten sich demonstrativ in Cindys Richtung und warteten darauf, dass sie die pikanten Details auspackte.

»Ich hab ihn mitgebracht, weil ich fand, du solltest mich auch mal glücklich sehen«, fing Cindy an. Sie warf einen Blick auf ihren Mann und seufzte.

»Sie hat ihn mitgebracht, weil sie in der Sache mit ihr und diesem Nichtsnutz Roosevelt endlich etwas richtig gemacht hat«, sagte Sarah und hob ihre Hand zu einem High-Five. Para Lee klatschte sie ab.

Cindy beschwichtigte die Frauen, damit sie nicht Leos Aufmerksamkeit erregten, aber der tauchte selbstvergessen die Hände ins Seifenwasser und schrubbte die Teller, wobei er zwischendurch immer wieder über die Frühstücksbar spähte, um etwas von dem Basketballspiel im Fernsehen mitzubekommen. Als Tommy aus seinem Sessel aufsprang, um irgendwas zu bejubeln, was die Mannschaft, auf deren Seite er war, vollbracht hatte, rief er: »Aaaaye! Na endlich!«

»Sie hat sich von Roosevelt getrennt, weil er ihr endlich einen Grund gegeben hat, hinter den sie gekommen ist«, sagte Para Lee trocken. »Erzähl ihr von der anderen.«

»Und von dem Baby, das unterwegs ist«, sagte Sarah.

»Und vergiss nicht die Sache, dass er versucht hat, dich zu überreden, bei ihm zu bleiben und das Baby mit diesem anderen Girl aufzuziehen.«

Para Lee und Sarah lachten lauthals, doch LoLo sah die Falten in Cindys Augenwinkeln. Und wie ihre Brust sich sichtbar hob und senkte, weil ihr das Atmen schwerfiel.

»Ich hab Roosevelt verlassen«, sagte sie leise, »weil er gesagt hat, er würde mich nicht mehr schlagen, und letztlich ist mir klar geworden, dass er nichts anderes als ein Lügner ist. Er hat ein Baby hinter meinem Rücken bekommen. Hab ich deshalb meine Sachen ein bisschen schneller gepackt? Yeah. Aber ich bin nicht vor Roosevelt weggelaufen. Ich hab mich frei gemacht, damit ich bereit für einen Mann war, der gut zu mir ist. Und da tauchte Leo auf.« Sie schaute zu ihrem Freund rüber, der gerade einen Packen frisch gespültes Besteck aufs Abtropfgitter legte. »Dieser Mann will nichts von mir, außer meine Liebe. Und er gibt mir viel davon zurück. Und nichts da dran tut weh.«

LoLo ergriff Cindys Hand und streichelte sie.

»Ihr versteht alle nicht, wie das ist, weil ihr alle glücklich verheiratet seid – mit guten Männern«, sagte Cindy an Para Lee und Sarah gewandt, deren fröhliches Schmunzeln vom Kummer ihrer Freundin gedämpft wurde. Die hatten ihren Kummer leichthin abgetan, nachdem sie jahrelang mitangesehen hatten, wie ihre Freundin Roosevelts Jähzorn über sich ergehen ließ. »Alles, was ich je wollte, war, geliebt zu werden. Dass einem Mann so viel an mir lag, wie mir an ihm. Hab einen Moment gebraucht, um zu kapieren, dass Roosevelt nicht so ein Herz besaß. Und es hat mich noch ein paar Momente mehr gekostet, um zu kapieren, dass meins noch schlug.«

Cindy schaute zu Leo, der wohl spürte, dass vom Esstisch Energie in seine Richtung floss. Er sah seine Freundin an und lächelte strahlend. »Brauchst du irgendwas, Baby?«, fragte er lässig.

Cindy rieb sich die Nässe von den Wangen und schüttelte den Kopf. »Nein.«

»Dann werd ich mir mal den Rest von dem Spiel gönnen«, sagte er und legte das Spültuch gefaltet auf den Rand des Beckens.

»Danke, dass du den Abwasch gemacht hast!«, rief Lolo ihm nach.

»Keine Sache«, sagte er, winkte und verschwand Richtung Couch.

»Seht ihr? Da hab ich mir einen guten gefunden«, meinte Cindy breit lächelnd. »Er ist genau wie Tommy, LoLo.«

»Wie wer?«, fragte LoLo. Sie verschränkte die Arme, sah Cindy fragend an und lachte kurz auf.

»Jetzt tu nicht so, als ob du keinen guten Mann hättest«, sagte Sarah und lehnte sich zurück.

»Aber wirklich«, sagte Cindy. »Stell ihn nicht so hin!«

»Jetzt kriegt euch mal wieder ein, ich hab ja nicht gesagt, dass er schlecht ist. Er ist ein guter Mann, und ich liebe ihn dafür, dass er mir und unserer Familie dieses gute Leben ermöglicht«, relativierte LoLo. »Aber keiner hier ist perfekt, auch Tommy Lawrence Senior nicht.«

Para Lee, Sarah und Cindy stimmten ihr stumm zu.

»Kommt schon, Para Lee und Sarah. Tut nicht, als wüsstet ihr nicht, was eine Ehe ist. Wir haben doch schließlich schon – wie viel? – fast zwei Jahrzehnte davon hinter uns. Lasst uns diesem Girl doch auf Teufel komm raus die Wahrheit sagen.«

»Hmm, es ist nicht leicht, das weiß ich«, sagte Para Lee.

»Das stimmt, es ist nicht leicht«, schloss LoLo sich an.

»Also, was ist denn das Schwere daran?«, fragte Cindy. »Ich meine, kommt schon. Eure Männer sind gute Männer. Sie schlagen euch nicht, sie ernähren euch und eure Babys. Sie machen keine Babys mit anderen Frauen. LoLo, du hast dieses tolle große alte Haus in Jersey, wo du wohnst wie eine feine Miss Anne.«

»Das denkst du? Dass ich hier draußen Bonbons esse und das Leben genieße?«, meinte LoLo scharf. »Ich hocke hier im Nirgendwo, sitze an den meisten Tagen alleine rum, nur ich und Gott, bis die Kids über den Rasen gestapft kommen. Ihr denkt, Tommy wäre so ein guter Mann? Was macht der gute Mann denn, wenn er mit dem Abendessen fertig ist?«

LoLos Freundinnen sagten keinen Ton.

»Ich muss es euch nicht mal sagen. Ihr habt es selbst gesehen. Dein Mann hat sich die Teller geschnappt. Meiner hat seinen einfach stehen gelassen, ist ins andere Zimmer gegangen und hat die Füße hochgelegt, als gäb's hier Zimmerservice.«

»Shit, meiner macht's genauso«, sagte Sarah. »Und ich weiß, dass Judge auch nicht mit Spülmittel hantiert, oder, Para?«

»Naw«, sagte sie. »Ich glaube, er weiß nicht mal, wo das Zeug steht.« Sie blickte zum Spülbecken. »Du hast Leo trainiert, was? Dass er einfach rübergegangen ist und den Abwasch erledigt hat.«

»Sie hat sich ein neues Modell Mann gesucht«, meinte LoLo lachend.

»Also was willst du uns damit sagen, LoLo? Stimmt mit deinem Modell was nicht? Denn aus meiner Perspektive wirkt Tommy schon wie ein guter Mann.«

LoLo wägte ihre Worte. »Ich hab nicht gesagt, dass er das nicht ist«, sagte sie zögernd. »Tommy Lawrence ist ein guter Mann. Einer der besten, die's gibt. Leo scheint das ja auch zu sein. Dass er gleich vom Tisch aufspringt, den Abwasch macht und so. Er erhebt nicht die Hand gegen dich. Ist auch ein gut aussehender Typ. Aber zwischen einem Mann und einer Ehe ist schon ein Unterschied.«

»Hmm, da bin ich ganz deiner Meinung«, sagte Sarah beinah flüsternd.

»Erzähl's ihr, LoLo!« Para Lee klatschte in die Hände und nickte zustimmend. »Das muss mal jemand laut aussprechen.«

»Ich meine nur, Liebe ist Liebe. Eine schöne Sache. Wie Sonnenschein. Wenn du Glück hast, ist sie genau wie Stevie singt, *hotter than the fourth of July.*« Während LoLo das sagte, wiegte sie sich auf ihrem Stuhl von einer Seite zur anderen. »Aber die Ehe? Shit, das ist wie eine Ameisenstraße über dein Picknick. Die futtern dir den Zucker aus deiner Wassermelone, schwimmen in deinem Bier. Tagtäglich musst du dein Picknick auf der Decke auspacken und dann gegen diese verdammten Ameisen ankämpfen. Hoffen, dass sie das Picknick nicht ruinieren. An manchen Tagen schaffen sie's. An vielen sogar. Du musst dich an jedem einzelnen Tag entscheiden, an dem du die Augen aufschlägst, ob du ein neues Picknick veranstalten willst. Hoffen, dass die Sonne rauskommt und die Ameisen heute verdammt noch mal in ihrem Loch bleiben. Das ist eine Entscheidung. Eine harte. Das ist alles, was ich dir zu erklären versuche.«

»Aye, LoLo!«, rief Tommy von nebenan. »Wann schneidest du den Kuchen an?« Dann hörte man ihn zu Leo sagen: »Mann, meine Frau hat heute Morgen dafür gesorgt, dass es hier wie Weihnachten roch. Möchtest du Kuchen? Hey, LoLo, warum schneidest du den Kuchen nicht an? Ich nehme meinen mit ein bisschen Eis.«

LoLo hielt den Blick auf Cindy gerichtet, während sie sich Tommys dezente Befehle anhörte. Sie reckte den Kopf Richtung Wohnzimmer, hielt aber Blickkontakt mit ihren Freundinnen. »Willst du Schokolade oder Vanille dazu?«, rief sie zu Tommy hinüber.

Die Lautstärke ihrer Stimme ließ Cindy ein klein wenig zusammenzucken.

***

LoLo zog die Falttüren des Schranks in ihrem Schlafzimmer auf und stemmte die Hände in die Hüften. Dann starrte sie auf die Vielzahl der Kleider, die sie sich ausschließlich für den Sonntagsgottesdienst genäht hatte. Damals in Long Island den Mittelgang der Right Church of God and Fellowship entlangzuschreiten, mit ihren breitkrempigen Hüten, die ihre Augen beschatteten, und in langen Röcken, die rauschten wie Laken in einer Sommerbrise – das hatte ihr das Gefühl gegeben, jemand zu sein. Nicht nur irgendeine Näherin, die den Großteil ihrer Tage in einem schäbigen, formlosen grauen Kittel zubringt und Roben näht, die sie sich weder leisten noch zu irgendeinem eleganten Anlass tragen könnte. An manchen Sonntagen stolzierte sie über den roten Teppich der Kirche, erhobenen Hauptes und den Blick auf den weißen Jesus gerichtet, der an der Wand hinter der Kanzel die Arme ausbreitete. Das sah aus, als winke er ihr, damit sie sich an den Saum seines langen, weißen Gewands setzte. An anderen Sonntagen nickte sie vielleicht anderen Gemeindemitgliedern zu – nur den Frauen allerdings, denn einige der Diakone waren gut aussehend und der Rest verheiratet. Auf solche atmosphärischen Störungen konnte LoLo verzichten. Immer quetschte sie sich irgendwo zwischen Para Lee und Sarah, manchmal auch neben Cindy, falls die nicht zu ihrem

Zweitjob musste oder Roosevelt seine Sonntagsstrafen austeilte und sie es tatsächlich in die Kirche schaffte. Mit Pfefferminzbonbons auf der Zunge leckten sie sich die Finger an und blätterten durch die dünnen Seiten ihrer Bibeln zu den Stellen, die der Pastor ausrief, während sie nickend »Amen« sagten. Oder sie deuteten mit den Köpfen in die Richtung von wem auch immer, der für welche Verfehlung auch immer das Missfallen der Freundinnengruppe auf sich zog. »*Loo-loo-loo-look.* Nach rechts«, pflegte Para Lee vernehmlich zu flüstern, und alle drehten langsam die Köpfe in die Richtung, um zu sehen, welche Narretei auch immer sich dort zutrug. Sarah war diejenige mit der Singstimme. LoLo hätte eine Note nicht mal dann halten können, wenn man sie ihr in Geschenkpapier gewickelt überreicht hätte, aber liebte die Stimme ihrer Freundin. Sie genoss es, wenn der Organist die ersten Töne von *Jesus on the Mainline* anstimmte. Dann sprang Sarah auf und übernahm die Stimmführung – ihr rauer, schwerer Alt war stärker als der Zusammenklang der ganzen Gemeinde. Para hantierte mit dem Tamburin, und zusammen riefen sie den Heiligen Geist herab. LoLo kam in Fahrt und wurde von ihm erfüllt. »*Hah, Gloray!*«, rief sie zuerst, dann zog sich ihr Körper zusammen, während sie einen Arm reckte und mit den Füßen einen Rhythmus, immer auf den zweiten und den vierten Schlag, stampfte. Para pflegte die Arme auszubreiten, als müsse sie den Verkehr regeln, um ihre Freundin zu beschützen – und auch ihre Banknachbarn, falls das Heiden waren, die reglos dasaßen. Sarah sang quasi die Mauern des Altarraums nieder. Nach der Kirche lachten sie ganz viel und sprachen über die Güte des Herrn.

LoLo nahm ihren Lieblingshut vom obersten Regalbrett und drehte ihn in ihren Händen. Er hatte so lange unbehelligt dort oben gelegen, dass der Filz ganz staubig war. Eine passende, um nicht zu sagen, tragische Erinnerung daran, wie lange es schon her war, dass sie den Mittelgang einer Kirche entlangstolziert war. Auf der Suche nach ihren Freundinnen und dem *Good Word*. Auf der Suche nach Gott. Ein Kirchenbesuch in der Nähe war überhaupt keine Option. LoLo würde ihren Kopf an diesem Sonntagmorgen eher noch eine Stunde länger auf ihr Kopfkissen drücken, als den Hut aufzusetzen und sich in die Bank einer biederen weißen Kirche zu hocken, wo man altbackene Choräle sang und ein Prediger nicht wusste, wie man das Feuer in ihren Knochen entzündete. Und Tommys Verwandte in Philly waren Muslime. LoLo blieb also nur die Sehnsucht – nach ihren Freundinnen und ihrem Gott.

Tommy rührte sich im Bett und drehte auf der Suche nach einer kühlen Stelle sein Kissen um. Er tastete mit der Hand nach LoLo, doch da war nur das leere Laken. Also öffnete er erst ein Auge, dann das andere. »Der Hut hat dir immer gut gestanden«, sagte er, bevor er herzhaft gähnte.

LoLo rieb den Staub ab und nahm den Hut genauer in Augenschein. »Ich vermisse es, ihn zu tragen«, sagte sie schließlich. »Ich will in die Kirche gehen.«

»In die Kirche, was?«, sagte Tommy und schob eine Hand unter seinen Kopf. Er seufzte. »Vielleicht fährst du dann besser nach Philly. Da gibt's eine Menge Kirchen, auch solche *Holy Roller Churches*, wie du sie magst.«

»Ich will aber nicht in Philly in die Kirche.«

»Lieber hier? Ich weiß nicht, ob die in Willingboro haben, was du suchst …«

»Ich will in Long Island in die Kirche. In die Right Church – mit Para Lee und Sarah.«

Tommy setzte sich auf. »Das sind drei Autostunden. Wenn du jetzt losfährst, kommst du ein bisschen zu spät, oder?«, meinte er und lachte glucksend.

»Ich will den Sonntagmorgen nicht hier damit verbringen, auf meinen Kirchenhut zu starren. Ich will ihn in der Kirche tragen. In meiner Kirche. In Long Island.«

Tommy runzelte die Stirn und schwieg einen Augenblick. »Was soll das alles?«, fragte er dann. »Ist das wegen dem Besuch deiner Freundinnen gestern? Hast du Heimweh oder was?«

»Ich vermisse meine Freundinnen«, sagte LoLo und legte den Hut zurück in den Schrank. »Ich vermisse die Dinge, die wir gemacht haben, als wir noch dort wohnten – Bowling und samstagabends zu Para Lee zum Barbecue und Bier gehen, Sarah am First Sunday singen hören …«

»Sei nicht so. Du tust ja, als hätten wir hier kein gutes Leben«, sagte Tommy. Die Worte kamen schnell und undeutlich aus seinem Mund. »Deine Freundinnen kommen zu Besuch, und jetzt ist dein Leben einen Dreck wert?«

»Das habe ich nicht gesagt«, erwiderte LoLo rasch. »Dreh mir nicht das Wort im Mund herum.«

»Wenn hier irgendwas verdreht ist, dann deine Vorstellung, dir würde was fehlen. Mach ich dich etwa nicht glücklich?«

LoLo machte dicht. Das tat sie immer, wenn Tommy mehr auf seine eigenen Antworten gab als auf die Worte – Bitten – seiner Frau.

»Ich gehe mit dir und den Kindern zur Ponderosa, und wir essen schick zu Abend, wir haben meine Familie in der Nähe und die behandelt dich wie Ihresgleichen, den Kindern fehlt es an nichts, du wohnst in diesem hübschen Haus, machst was immer du willst«, fuhr er fort. »Was ist das Problem?«

LoLo strich noch ein letztes Mal über den Hut, bevor sie ihn zurück aufs Regal legte. Sie konnte seine Frage nicht so beantworten, dass er damit zufrieden gewesen wäre. Außerdem besaß sie gar nicht die Kraft dazu. Am liebsten hätte sie sich wieder hingelegt. Mit gerade ausgestreckten Beinen, die Arme über der Brust gekreuzt, Kinn nach oben, Augen geschlossen. Diesmal vielleicht für immer. »Die Kinder sind auf«, sagte sie und schloss die Schranktüren. »Ich geh mich ums Frühstück kümmern.«

LoLo spürte, wie sein Blick ihr folgte, als sie das Zimmer verließ, den Flur hinunter Richtung Küche. Obwohl sie seine Aufmerksamkeit erregt hatte, wusste sie, die würde nicht länger währen, als sie ein Glühwürmchen in ihren Händen halten konnte. Das Leuchten war faszinierend, hübsch, aber trotzdem war es eigentlich nur ein ekliges Insekt, das gegen ihre Handflächen anflog, bis sie genug davon hatte – und es fliegen ließ.

Am restlichen Vormittag sagten die beiden nicht mehr viel. Sie kauten ihren Fatback-Speck und Lachsfrikadellen, während das Roastbeef und die Yamswurzeln, die LoLo für das sonntägliche Abendessen vorbereitete, im Ofen waren. Die Kids schienen von der Anspannung und miesen Stimmung, die über dem kleinen Holztisch hing, nichts zu merken.

»TJ, wenn wir mit Essen fertig sind, gehst du raus in den Schuppen, holst den Mäher und das Benzin raus, damit wir uns ans Rasenmähen machen können«, ordnete Tommy an.

»*Yessir*«, antwortete TJ schnell.

»Wenn wir damit fertig sind, fahr ich mit euch beiden zur Dairy Farm raus, damit eure Mama sich ein bisschen ausruhen kann.«

In Raes und TJs Gesichtern ging die Sonne auf, während

LoLos immer noch einem bewölkten Himmel glich. Tommy schien das nicht zu kümmern.

***

Tommy nahm Butter Pecan in einer Waffel, TJ Schokolade. Rae aß nur Erdbeereis, und selbst mit ihren zwölf Jahren hatte sie noch Probleme, die cremige Süßigkeit so zu essen, dass das Eis nicht an den Seiten herunterlief, bevor sie es aufschlecken konnte. Deshalb war das blaue T-Shirt, auf dem ihr Name in regenbogenbunten Buchstaben stand, dermaßen verkleckert, dass ihr Vater sie gleich zum Umziehen schickte, als sie das Haus betraten. Immer tat Rae, was man ihr sagte, und so war sie zu beschäftigt, um das Durcheinander im Garten hinter dem Haus zu bemerken. Das war auch besser, denn LoLo hatte schließlich nicht bedacht, wie ihre Tochter es verkraften würde, wenn sie den Leichnam ihrer Mutter fände, der auf dem Grund des Baches auf einem Bett aus Steinen lag, zugedeckt mit einem Laken aus Wasser. Das Einzige, woran LoLo gedacht hatte, war, unter Wasser zu gelangen und dort zu bleiben. An dem einzigen Ort, von dem sie wusste, hier konnte sie frei sein.

TJ hörte das Rufen zwar, hielt es aber für Kampfgeschrei von Daisys jüngstem Sohn Mark und dessen Freunden, die wahrscheinlich Football spielten. Einmal hatte TJ versucht mitzuspielen, doch danach fand er schnell eine Unzahl von Ausreden, warum er das nicht mehr konnte. Und zwar passierte es in der Sekunde, als zwei von Marks Freunden ihn jeweils von einer Seite attackierten und zischten »*Stay down,* Nigger*«, während sie sich mit ihrem ganzen Gewicht gegen seinen mageren, zerknautschten Körper warfen. Als er jetzt das Geschrei hörte, folgte er rasch Rae ins Haus.

Tommy dagegen hörte und entschlüsselte die Schreie, die hinter dem Haus erklangen, sofort. Das war kein Footballspiel oder irgendeine lustige Balgerei. Daisy war da draußen und rief um Hilfe. Er schlug die Autotür zu und klimperte mit den Schlüsseln, während er den Blick zur vorderen Veranda der Daleys schweifen ließ. Er wollte sehen, ob die Nachbarn ihre übliche Position eingenommen hatten: in ihren Schaukelstühlen sitzend, während sie sich in die Angelegenheiten der Nachbarschaft einmischten. Doch die Veranda war leer. Die Schreie wurden panischer.

Tommy schlich um die Ecke seines Hauses, den Blick immer noch auf die Veranda der Daleys gerichtet, aber den Rufen folgend. Jemand schrie: »Mein Gott, so hilf mir doch wer! Ich krieg sie nicht hoch! Steve, irgendwer, zu Hilfe! Bitte, hört mich jemand?«

Endlich beschleunigte Tommy seine Schritte. Er konnte nur einen hektisch zuckenden Kopf erkennen, aber das glatte graue Haar war eindeutig: Daisy stand unten im Bach und schrie irgendwas. Als sie ihn entdeckte und seinen Namen rief, rannte Tommy los. »Daisy, was ist passiert? Was ist denn los?«, rief er und wäre fast hingefallen, während er den Hügel hinunter zum Wasser stürzte. Dort fand er Daisy, die an Armen und Beinen zog, flehte und bettelte. »Delores, Honey, bitte! Setz dich auf! Du wirst sonst im Wasser ertrinken!«

Geschickt sprang Tommy ins Wasser und arbeitete sich über Felsen hinweg so schnell vor, wie er konnte. »LoLo! Baby, setz dich auf! Steh auf! Was machst du da?«, brüllte er. »Daisy, was ist passiert? Daisy!«

Daisys Worte überschlugen sich, während Tommy LoLo aufhob. Ihr Körper war schlaff, eine leblose Last. »Ich habe gewunken und ihren Namen gerufen, aber sie hat nicht reagiert. Sie lief einfach weiter, als könnte sie übers Wasser gehen.«

Tommy schlug seiner Frau ins Gesicht und schüttelte sie. »Baby! Baby! Komm schon, atme. Komm schon!«

LoLo hustete und fixierte erst Daisy, dann Tommy. »Warum habt ihr das getan?«, japste sie und versuchte, sich aus dem Griff ihres Mannes zu winden. »Warum hast du das getan, Tommy? Gott ist da unten. Er wollte mich gerade befreien.«

Tommy wiegte LoLo, während sie sich weiter wehrte.

»Ich will frei sein.«

Diesmal sagte Tommy nichts. Diesmal hörte er zu.

20

Sommer 1983

Tommy schüttete Essig in den Eimer voller Wasser und rührte die Flüssigkeit mit dem Finger um, während er LoLo anlächelte. »Das riecht richtig gut, Baby«, sagte er, während seine Frau einen Küchenpinsel in ein Schälchen mit selbst gemachter Barbecue-Sauce tauchte und damit Hühnchenteile und Burger bestrich. Die brutzelten auf einem gemauerten Grill, den Tommy extra für sie gebaut hatte. »Mach nur so weiter, dann wird sogar diese rassistische Cracka-Frau von gegenüber einen Grund finden, mit einem Teller in der Hand vorbeizukommen.«

»Pah, das soll sie versuchen«, sagte LoLo und verzog den Mund. »Die könnte was erleben. Außerdem wüsste sie mit all dem Geschmack sowieso nichts anzufangen.«

Tommy schaute von seinem Eimer hoch und kniff die Augen ein bisschen zusammen. Dann leckte er sich die Unterlippe. »Da hast du recht. Du hast definitiv 'ne Menge für den Geschmack, aber ich hab nicht vor, den mit irgendwem zu teilen.«

LoLo rümpfte die Nase. »Pscht! Bevor noch eins von den Kindern rauskommt und dich hört«, schimpfte sie und pinselte weiter. »Du bist so verdorben!«

Genau in dem Moment kam Rae mit dem Korb fürs Gemüse aus dem Haus spaziert. Sie trug einen dicken Jogginganzug, der eigentlich für den tiefsten Winter gedacht war, nicht für die gut dreißig Grad an diesem Sonntag, als die Familie sich spontan zum Grillen entschlossen hatte. LoLos breites Lächeln machte einem erstaunten Ausdruck Platz, als sie das Outfit ihrer Tochter in Augenschein nahm. »Ist dir nicht heiß damit?«, fragte sie und deutete mit dem Grillpinsel in Raes Richtung.

»Da drüben gibt's Tiere«, sagte Rae und deutete mit dem Kinn zum Gemüsegarten ihrer Mutter. Dabei schwang sie den Korb in ihrer Hand. Ihr Beitrag zum Essen bestand darin, die grünen Bohnen und ein paar von den weißen Kartoffeln zu ernten, aber sie war immer noch traumatisiert von dem Getier, dem sie bei der Ernte in der Vorwoche begegnet war. Unter anderem zwei große Käfer, die sich an dem Stielkohl satt fraßen, den sie gerade geerntet hatte, und eine kleine grüne Schlange, von der das Mädchen felsenfest behauptete, sie hätte nach ihren Knöcheln geschnappt, als es zwischen den Paprika- und Tomatenpflanzen Unkraut zupfte. Das Geschrei konnten noch die Nachbarn drei Häuser weiter hören, aber natürlich kam keiner nachsehen, denn von dieser Sorte Weißer, hauptsächlich Immigranten, die den gleichen American Dream träumten wie die Lawrences, konnte man nicht erwarten, dass sie ihre Vorurteile überwanden und Schwarzen auch nur die Hand gaben. Tatsächlich hatte LoLo ein stilles *»Thank you, Lawdy«* gesprochen, weil keiner die Cops zu ihnen gerufen hatte. Das war schon mindestens ein halbes Dutzend mal passiert, seit Tommy und LoLo mit ihrer Familie aus New Jersey in eine ruhige, rein weiße Gegend gezogen waren. Die lag in Gehweite zu einem der größten Arbeitgeber der Region: einer Backwarenfabrik, die ihre Produkte an Supermärkte im ganzen Land verkaufte. Tommy arbeitete dort schon seit zwei Jahren als Mechaniker für die Fließbänder. Es war von einer

Beförderung zum Chefmechaniker die Rede, weil er seine Sache so gut machte. Doch für die Nachbarn, von denen viele auch in der Großbäckerei arbeiteten und wussten, wie er sich dort machte, bedeutete das keinen Unterschied. Nigger* blieben Nigger*, und zwar ausnahmslos. Sogar im Jahr 1983.

LoLo schüttelte grinsend den Kopf. »Keins von den Insekten und keine Schlange interessiert sich für dich, *Girl.* Hier draußen ist es zu heiß für so dicke Klamotten und solches Drama. Also Schluss mit dem Unfug, hörst du?«

»Lass sie in Frieden, Tick«, meinte Tommy lachend. »Mein Baby mag eben keine Insekten und Schlangen, und das muss sie auch nicht. Stimmt's, Baby?«

Rae kicherte und zupfte an der Jogginghose, die über ihren Oberschenkeln und ihrem Po spannte. Quasi entsetzt hatte LoLo mitansehen müssen, wie sich diese Körperpartie rundete und an die untere Hälfte einer Colaflasche erinnerte, kaum dass Rae ihre Periode bekommen hatte. Sie war richtig prall geworden.

»Hast du heute schon deine Übungen gemacht?«, fragte LoLo ihre Tochter und musterte sie von oben bis unten, was dem Mädchen sichtlich unangenehm war. In irgendeiner Modezeitschrift hatte sie gelesen, dass man sich einen flachen Po antrainieren konnte, indem man sich auf dem Boden liegend rückwärts bewegte. Eine nützliche Info, denn der Artikel behauptete, das würde Frauen helfen, in die schicken Jeans von Jordache zu passen, nach denen alle verrückt waren. LoLo hatte die Übung aufgegriffen, um gegen die weiblichen Kurven zu kämpfen, die ihrer Tochter Aufmerksamkeit von der Sorte bescherten, für die sie nicht bereit war. – Aufmerksamkeit, die eine Vierzehnjährige massiv in Schwierigkeiten bringen konnten.

»Hab ich gerade gemacht«, sagte Rae und trat von einem Fuß auf den anderen.

»Gut, dann geh mir die Erbsen pflücken. Die müssen bald in den Topf, wenn sie zum Essen fertig sein sollen.«

»Yes Ma'am«, erwiderte Rae.

»Nope«, mischte Tommy sich ein und stand neben den riesigen Hortensiensträuchern, an denen er sich zu schaffen gemacht hatte, vom Boden auf. »Erst bin ich mal dran. Deine Mama hatte dich den ganzen Tag in der Kirche für sich.«

Raes kräftige Lippen verzogen sich wie Schmetterlingsflügel. Und schon flog sie in die ausgebreiteten Arme ihres Vaters. »Das ist mein Mädchen«, sagte er, während er sie umarmte und auf die Stirn küsste. LoLo widmete sich schmunzelnd wieder ihrem Fleisch.

»Veränderst du die Farben der Hortensien, Daddy?«, fragte Rae mit Blick in den Eimer und dann auf die beiden großen Sträucher, die voller riesiger runder Blüten in verschiedenen Schattierungen von Blau, Violett und Dunkelrot waren.

»Yep. Ich werd einen von diesen Bad Boys pink färben – als Geschenk für deine Mama«, sagte er und zwinkerte LoLo zu. »Du magst Pink doch auch, oder?«

»Yeah, ich mag Pink. Und die dunkelroten.«

»Tja, dann ist es doch gut, dass wir hier auch dunkelrote haben. Für meine beiden Girls«, sagte er. »Jetzt geh die Erbsen pflücken. Dein Daddy hat Hunger, und wir wollen deine Mama nicht warten lassen.«

Rae grinste, sodass man ihre Zähne sah und hüpfte Richtung Gemüsebeete. An deren Rand blieb sie stehen und hielt Ausschau nach Insekten und Schlangen.

Für das hier hatte LoLo sich in den Bach gelegt. Für etwas, das sich wie Freiheit anfühlte: ein Zuhause, in dem sie sich wohlfühlte, mit ihren Freundinnen und ihrer Kirche – ihrer Community – in der Nähe. Das half ein bisschen. Seit sie vor einiger Zeit zurück nach Long Island gezogen waren, hatte LoLo die Umgebung und die nötigen Werkzeuge, um den Eindruck zu gewinnen, sie hätte eine gewisse Kontrolle über ihr eigenes Leben. Als wäre sie nicht mehr zu gleichen Teilen exotisches Accessoire und potenzielle Bedrohung, wenn sie in ihrem eigenen Garten, ihrem eigenen Schlafzimmer stand.

Natürlich brachte der Umzug in diesen Teil von Long Island zunächst seine eigenen Herausforderungen mit sich. LoLo liebte das Haus, genau wie Tommy das tat, und es machte ihnen keine Sorge, die Rassentrennung im Viertel aufzuheben, nachdem sie das in Willingboro schon überlebt hatten. Außerdem war Long Island vertraut. Heimat. Trotzdem holte Tommy sein Gewehr und die Pistole vom Dachboden. Ersteres stellte er in den Schlafzimmerschrank, Letztere kam in die oberste Schublade seines Nachtkästchens. Das passierte, nachdem er morgens von der Nachtschicht gekommen und einen halben Meter langen Brandfleck auf seinem geschätzten Rasen im Vorgarten entdeckt hatte. »Was meinst du mit, ihr hättet da draußen nur rumgespielt und es wäre ein Versehen gewesen?«, hatte er TJ angeherrscht. Der Sohn hatte letztendlich zugegeben, dass er dabei gewesen war, als das Süßgras, keine drei Meter von ihrem neuen Zuhause entfernt, angekokelt wurde.

»Die haben nur Knallfrösche gezündet, und da ist das Gras ein bisschen angebrannt«, murmelte der inzwischen Siebzehnjährige, als er mit seinen Eltern neben dem verkohlten Rasenstück stand. Einer der drei sah den Vorfall schrecklich nüchtern. Doch die beiden anderen, die aus nächster Nähe den Schrecken mitangesehen hatten, den Weiße mit ein bisschen Holz, Benzin und Streichhölzern unter Schwarzen verbreiten konnten, mussten nicht lange überlegen, um Feuer auf Long Island mit solchen im Süden in Verbindung zu bringen. Daher konnten sie darin gar nichts anderes als eine Drohung sehen. Erst recht nicht, nachdem die Nachbarin von gegenüber rasch einen knapp zweieinhalb Meter hohen Zaun um ihr ganzes Grundstück errichten ließ, keine Woche nachdem der Möbelwagen der Lawrences in die neue Einfahrt gerollt war. Auch keine Woche nachdem er in die neue Schule gekommen war, geriet TJ in eine Rauferei mit einem weißen Jungen. Der hielt es für eine gute Idee, in der Mensa einem Tisch voller Schwarzer Jungs zu erklären, er hätte das Recht, das Wort Nigger* zu benutzen, weil es nicht NIGGER* bedeute, sondern »dumm«.

»Lass mich bloß keinen von diesen *fuckin' white boys* jemals in der Nähe meines Hauses erwischen, verstanden?«, drohte Tommy. Alle wussten, wenn Tommy, der eigentlich nicht zum Fluchen neigte, das F-Wort in den Mund mit seinen Goldkronen nahm, dann war es ernst. Die Waffen wurden jedenfalls noch am selben Abend geputzt und geladen.

Abgesehen davon fühlte LoLo sich wohl – in einer Routine, die Balsam für ihre Seele war. Para Lee hatte ihr geholfen, einen Job in einer großen Kosmetikfirma zu bekommen. Dort arbeitete sie am Fließband: Sie musste Lippenstifte vom Band nehmen und das bunte Wachs unter eine Art Bunsenbrenner halten. Eine schnelle, gezielte Drehung von LoLos Handgelenk sorgte dafür, dass reiche Frauen aus den Hamptons oder Hongkong die Packung ihres Vierundzwanzig-Dollar-Lippenstifts öffneten und das überteuerte farbige Wachs makellos schimmern sahen, bevor sie ihre Lippen damit nachzogen. Die stundenlange Plackerei ließ LoLos Handgelenke schmerzen. Sie hatte der Gewerkschaft zu verdanken, dass sie zwei fünfzehnminütige Rauchpausen machen konnte und eine halbe Stunde, um ihr Sandwich mit Dosenfleisch und Tomate mit einer Diet Pepsi runterzuspülen. Doch LoLo genoss die Zeit außer Haus und das kontinuierliche Einkommen, das Tommy sie komplett behalten ließ. Und dann war da noch die Ausbeute von Make-up und Parfüm, das sie von Zeit zu Zeit als Anreiz des Unternehmens für seine Mitarbeiterinnen gratis bekam. Nicht dass sie die Kosmetika gebraucht hätte. An den meisten Tagen trug sie ohnehin nur Lippenstift. Außer sonntags, da tuschte sie sich manchmal die Wimpern, bevor sie ihren Hut für den Kirchenbesuch aufsetzte. Ansonsten war ihr die Body Lotion von Fashion Fair, die nach braunem Zucker und Moschus duftete, lieber als jedes überteuerte Parfüm, das sie bei der Arbeit bekam. Aber das waren gute Geschenke. Fünf Tage die Woche sah LoLos Leben so aus: aufstehen um 5 Uhr, Gesicht waschen, Zähne putzen, anziehen, sich ein Mittagessen machen, Fleisch aus dem Tiefkühler ins Spülbecken legen, damit Rae daraus ein Abendessen kochen konnte, sich ihren Kittel schnappen, um 6:15 Uhr bei der Arbeit sein, sich auf einen Kaffee und Plausch mit Para Lee und ein paar anderen Frauen, die sie nicht interessierten, hinsetzen, um 7 Uhr am Band stehen, um 16 Uhr wieder im Auto sitzen, um 17:30 Uhr zu Abend essen, um 19 Uhr in die Badewanne gehen und um 20:30 Uhr ins Bett, schlafen ab 21 Uhr. Die Freitagabende waren für die Kinder und Tommy reserviert. (Dessen Nachtschichten bedeuteten, dass er das Haus verließ, bevor LoLo von der Arbeit nach Hause kam, und erst zurückkehrte, wenn sie schon gegangen war.) Die Samstage waren fürs Bibelstudium und Bowling mit Leuten aus der Kirche gedacht, und die Sonntage, nun, die gehörten erst einmal Gott, dann wurden sie zur Vorbereitung für die kommende Woche und zum Ausruhen genutzt. Es gab wenig Abweichungen, bis auf den Sex, den LoLo Tommy manchmal am Freitagabend gewährte, und Samstage, wenn sich Freunde im Anschluss ans Bowling spontan bei irgendwem zu Hause trafen. Gelegentlich lud LoLo zu ihnen nach Hause ein. Am meisten liebte sie es allerdings, wenn sie sich in dem Terrassenhaus aus den 1940ern trafen, das einer gewissen George Ragland gehörte. Die kleine, draufgängerische Dame aus Alabama war nach ihrem Vater und Großvater benannt. Und zwar weil sie die letzte von sieben Töchtern war und ihr Daddy sich wünschte, dass ein Kind nach ihm benannt würde.

»Ich hoffe, ihr habt alle eure Pokeno-Pennys zusammen – ich bin heut in Stimmung, sie euch alle abzuknöpfen«, rief jemand, während sie ihre maßgefertigten Bowlingkugeln und Schuhe in die Bowlingtaschen packten und damit angaben, wer den perfekten 300 Punkten am nächsten gekommen war.

»Pscht, nicht so laut. Sonst könnte Sister Shane dich hören«, meinte LoLo kichernd. »Ihr wisst doch, dass Rags sie nicht an ihrem Tisch haben will.«

»Logisch nicht«, pflegte Sarah zu bemerken.

»Ich möchte heute Abend meine Chitterlings genießen, verdammt. Was bringt ihr denn so mit?«

»Mein Geld, damit ich dir deins abknöpfen kann.«

Und so lief das. LoLo hatte sich mit einer lockeren Gruppe von Freundinnen umgeben, die wie sie ihre Wurzeln genommen und in die fruchtbare Erde der Vorstädte von New York verpflanzt hatten. So entstand ein Ökosystem aus Südstaatentradition, Gastlichkeit und Familie. Liebe. So saßen sie dann alle in Rags Küche und warteten darauf, dass sie ihren großen alten Topf voller Chitterlings auftischte. Den Schweinedarm hatte sie sorgsam geputzt und in einem Bad aus Zwiebeln, Salz, Pfeffer und Chiliflocken gedämpft.

»Wheeew, Rags, wann reißt du dich von deinen Töpfen los und lässt uns kosten, was du da zusammenkochst?«, rief Sarah von dem kleinen Küchentisch, der für vier Leute gedacht war, wo sich allerdings sie, Para Lee, Cindy, LoLo und deren Freundinnen Tina, Lori und Annette zusammenquetschten. Alle nippten an Limodosen von Pathmark. Rags hatte schon zwei Schüsseln Popcorn aufgetischt, das sie in dem riesigen Topf geschüttelt und gesalzen hatte, in dem sie sonst ihr Gemüse kochte. Alle Ehemänner hockten im Wohnzimmer und schüttelten ihre Erdnusspackungen von Planters, als wären es Würfel, während sie ein Basketballspiel in dem kleinen Fernsehgerät auf der Konsole laut schreiend kommentierten. Aber wenn die Chitterlings auf dem Herd kochten, konnten weder Erdnüsse noch Popcorn einen knurrenden Magen besänftigen.

»Ihr wollt eure Chitterlings doch, wie es gehört, oder?«, rief Rags ihnen über die Schulter zu, während sie den Deckel abnahm. Dampf wallte heraus und ihr direkt ins Gesicht. Sie rührte und schnupperte, nahm ein kleines Stück Fleisch auf ihre Handfläche. Schmatzend probierte sie es und fügte dann noch ein paar Chiliflocken sowie einen Schuss Essig hinzu. »Oooh weee! Dauert nicht mehr lang«, sagte sie und setzte den Deckel behutsam wieder auf den Topf.

»Wir haben dich heute Morgen in der Bibelstunde vermisst«, sagte Para Lee. Geistesabwesend mischte sie ein Kartenspiel, das sie später fürs Pokeno benutzen würden, und nippte dann an ihrer Orangenlimo.

»Yeah, also, ich hatte heute ein paar Besorgungen zu erledigen«, sagte Rags. Sie wischte sich die Hände an einem Geschirrtuch ab, bevor sie sich mit ihrem gedrungenen Körper und ausgestreckten Fingerspitzen zum zweiten Bord ihres Küchenschranks reckte, um an die Schüssel zu kommen. So, als ob sie sie diesmal erreichen könnte. Sie schaffte es nicht. »Kent!«, rief sie nach ihrem Enkel. Sie drehte sich zur Kellertür und lauschte auf seine Schritte. Unzufrieden, weil er nicht schon zwei Sekunden, nachdem sie ihn gerufen hatte, die Treppe heraufkam, rief sie noch mal. »Kent! Komm mal rauf, Junge!«

Kent, ein sehr gut aussehender Fünfzehnjähriger mit markantem Kinn und langen Beinen hatte seine Großmutter beim ersten Mal nicht gehört, weil Rae und Medina aus voller Kehle bei Stacey Lattisaws *Let Me Be Your Angel* mitgesungen hatten. Aber in der Sekunde, als er sie hörte, nahm er immer drei Stufen auf einmal. Die Mädchen folgten ihm dicht auf den Fersen. Allen dreien war sehr bewusst, dass sie den Bibeltreuen da oben keinen Anlass geben sollten, sich zu fragen, was sie eigentlich im Keller anstellten. Denn auch sie genossen die Lockerheit des Samstagabends – wenn die Erwachsenen ihre Schultern lockerten, ein bisschen lachten und ihren Kindern nicht dauernd im Nacken saßen. Dieses kleine bisschen Freiheit wollten sie keinesfalls aufs Spiel setzen. »Ja, Grandma?«, sagte Kent, kaum dass er in der Tür auftauchte.

»Gib mir mal die Schüssel da runter«, sagte Rags und zeigte auf das Bord, das für sie unerreichbar war, sich für ihren Enkel dagegen auf Brusthöhe befand.

»Wie viele, Grandma?«, fragte er.

»Esst ihr alle was?«, erkundigte sich Rags, die an ihrem Enkel vorbei die beiden Mädchen ansah, die soeben in der Küche erschienen waren.

»Nein, danke«, sagte Medina und rümpfte die Nase.

»Willst du die Chitterlings immer noch nicht probieren, *Gal*?«, fragte Rags. Kopfschüttelnd drehte sie sich zu ihren Freundinnen um. »Wer erzieht denn diese Kinder dazu, dass sie über so gutes Essen, so eine Delikatesse die Nase rümpfen?«, sagte sie an niemand bestimmten gerichtet. Die Frage löste einen Chor aus: »Chile, die haben keine Ahnung«, »ich ess ihre Portion«, »das ist ja Frevel und Schande!«.

»Ich nehme etwas, Miss Rags«, meldete Rae sich zu Wort. Sie stand links neben Rags und ließ ihren Blick über den Herd schweifen.

»Weißt du denn, was Chitterlings sind, *Gal*?«, fragte Rags, während sie einen Schöpfer voll in eine der Schüsseln füllte, die Kent auf die Arbeitsplatte gestellt hatte.

Rae hielt sich die Schale unter die Nase und inspizierte deren Inhalt genau. *»No, Ma'am«*, sagte sie und nahm die Plastikgabel, die Rags ihr hinhielt. Dann probierte sie.

Rags sah ihre Freundinnen an, die am Tisch lachten und genossen, was sich da vor ihnen abspielte. Dann grinste sie ironisch: »Schweinedarm. Das, wo sie ihr Booboo durchschieben. Willst du es trotzdem noch?«

Rae schaute in ihr Schälchen, dann zu Miss Rags und schließlich zu ihrer Mutter, die mit verschränkten Armen am Tisch saß und sich offenbar amüsierte. Das Mädchen zuckte mit den Achseln und fuhr wieder mit der Gabel in die Masse. Ohne Zögern. »Kann ich was von der scharfen Sauce haben?«, fragte sie und hob eine Gabel des dampfenden Fleischs an ihre Lippen.

»Das ist mein Baby, ganz recht!«, rief LoLo. Die Freundinnen klopften ihr auf die Schulter und lachten weiter, während Rae verputzte, worüber so viele die Nase rümpften. »Sie weiß, was gut ist.«

»Das Mädchen ist richtig erzogen!«, verkündete Rags aus vollem Herzen. »Da hast du, Baby«, meinte sie und schüttelte etwas von der roten Flüssigkeit in Raes Schüssel. »Geh damit wieder nach unten. Hier oben haben die Erwachsenen was zu bereden.«

Und dann aßen sie rasch, lachten laut und erzählten sich die unglaublichen Geschichten aus ihrer Gemeinschaft. LoLo ging von all dem das Herz über. Sie dachte nicht an das Wasser, nicht an die acht Jahre, in der sie in dieser hübschen Hölle festgesessen hatte, und daran, was es sie gekostet hatte, von dort wegzukommen. Ihre Freundinnen beschützten sie großteils vor diesen Erinnerungen, denn dazu hat man ja Freundinnen. Nur manchmal wurde irgendwas gesagt oder getan, sodass sich eine düstere Stimmung wie ein Leichentuch über die ausgelassene Gesellschaft legte. Heute war einer dieser Abende.

»Was hab ich denn in der Bibelstunde heute verpasst?«, fragte Rags, nachdem sie ihre sieben Zehn-Cent-Münzen in die Tischmitte gelegt und ihre Pokeno-Karten vor sich hatte.

»Oh! Heute ging es um Samson – Buch der Richter 13 bis 16«, sagte Sarah.

»Es gab auch eine gute Diskussion«, meldete Para Lee sich zu Wort, bevor sie ihr Geld in den Pott warf. »Der alte Samson hat Gott nicht gehorcht und bekam seine gerechte Strafe, was? Geschah ihm recht, nachdem er so vor den Frauen angegeben hat. Vor allem vor dieser Delilah.«

»Wir haben auch richtig gut darüber diskutiert, was es für Samson bedeutete, die Säulen umzustoßen und alle zu töten, sich selbst eingeschlossen«, warf Sarah ein. »Ich muss mal Diakon Claytor drauf ansprechen, weil ich mir nicht sicher bin, ob Samson trotzdem in den Himmel konnte, nachdem er sich doch absichtlich getötet hat.«

Im Raum wurde es still. Alle anderen Frauen rutschten unbehaglich auf ihren Stühlen herum, drehten Münzen zwischen ihren Fingern, rückten Spielkarten zurecht, rieben sich die Stirn und warfen Sarah vielsagende Blicke zu. Doch die schien die veränderte Atmosphäre gar nicht zu bemerken,

»Ich habe gelernt, wenn man Selbstmord begeht, kommt man nicht in den Himmel, weil man gegen Gottes Gebot, du sollst nicht töten, verstoßen hat, was sich auch auf einen selbst bezieht. Wenn du schon tot bist, kannst du ja nicht mehr um Vergebung bitten, stimmt's? Aber Samson hat sich selbst getötet, als er die Säulen umstieß, selbst wenn es im Dienste Gottes und der Israeliten war. Also kam er in den Himmel oder …«

»Sarah!«, rief Cindy. Sie schüttelte den Kopf und deutete dann verlegen mit dem Kinn auf LoLo. Im Nebenzimmer schrien die Männer auf und ließen ein Konzert aus High-Fives hören. Unten kreisten die Kids wie Michael Jackson mit den Hüften und zuckten mit den Schultern zu *You Are My Lovely One* von den Jackson 5. LoLo wollte sich schon in sich selbst zurückziehen, doch dann überlegte sie es sich anders. Sie richtete sich kerzengerade auf, sodass ihre Nase perfekt parallel zur Erdoberfläche war.

»Ist schon gut, Leute«, sagte LoLo schließlich. »Wir sprechen hier über die Bibel, ja? Darüber, was Gott von uns will.« Ihre Freundinnen blieben reglos wie Statuen. »Ich glaube, vielleicht sollten wir die Erklärung zu Samson Diakon Claytor morgen überlassen, weil keine von uns wirklich die Antworten darauf weiß, nicht wahr? Es gibt eine Menge Dinge, auf die wir keine Antwort haben, stimmt's?« Para Lee nahm LoLos Hand in ihre und streichelte sie, während LoLo nach Worten rang. Cindy hielt den Blick starr auf Sarah gerichtet, um sie stumm anzuschreien: Schau, was du angerichtet hast! »Ich habe keine Erklärung für das, was in Jersey passiert ist, das kann ich euch sagen. Ich war im Irrtum, und dafür schäme ich mich, wirklich.«

»Kommt nicht infrage«, sagte Cindy. »Sitz jetzt bloß nicht hier und mach dich deswegen fertig. Wir sind einfach froh, dass es dir jetzt gut geht.«

LoLo senkte lächelnd den Blick. »Ich auch. Gott hielt es für angebracht, mich zu retten, nicht wahr? Dank der Gnade Gottes mache ich weiter.«

»Amen«, sagten die Freundinnen.

21

Frühling 1999

LoLo sagte zu Rae, sie solle den Mann nicht heiraten. Als das Mädchen sie von einem Münztelefon im hinteren Bereich eines Restaurants anrief, wo er ihr den Antrag gemacht hatte, da wusste sie schon, dass Rae ihn nicht wirklich wollte. Sie hörte es ihrer Stimme an – da war dieses leichte Zittern in ihrer Kehle, als würde sie sich ein heilsames Weinen verkneifen.

Es war die gleiche Stimmlage wie damals, als irgendein Junge, den sie auf dem College datete, übers Telefon mit ihr Schluss machte. LoLo schaute vor dem Schlafengehen noch ihre Serien und war nur eine halbe Stunde davon entfernt, Jesus auf Knien für SEINEN perfekten Frieden zu danken, als das Klingeln des Telefons sie aus ihrer Entspannung gerissen hatte. Auf einen Schlag war sie Zuschauerin irgendeines Dramas voller vergeudeter Gefühle geworden. Sie hatte Rae auf dem Boden hocken und sich ans Telefon klammern sehen. Ihre Pupillen waren vor Schreck geweitet, und ihre Augen schwammen in Tränen wie bei einer Comicfigur. Sie hatte eine Erklärung verlangt, wollte wissen, was *sie* falsch gemacht hätte. LoLo beobachtete sie – lauschte mit schmalen Augen und zusammengepressten Lippen. Endlich legte Rae den Hörer auf. LoLo verpasste ihr einen präzisen Schlag. »Ich weiß, dass du da nicht gerade auf meinem Teppich hockst und wegen irgendeinem Jungen heulst«, spottete sie.

»I-ich … ver … steh … nicht … was … ich … falsch … gem-m-macht hab«, brachte Rae zwischen Schluchzern heraus, während ihr Tränen über Wangen und Lippen liefen.

»Was du falsch gemacht hast?«, schnauzte LoLo und versuchte, sich aus den zahlreichen Kissen aufzusetzen. Ihre Handgelenke, die schmerzhaft geschwollen waren, weil sie wegen des Weihnachtsansturms eine Extra-Schicht eingelegt hatte, reagierten noch nicht auf den Entzündungshemmer, den sie sich zur vollen Stunde ohne Wasser eingeworfen hatte. Der Schmerz ließ LoLos Worte besonders schneidend klingen, aber sie wollte ohnehin sichergehen, dass sie auch gehört wurden. Verarbeitet. Gemerkt. »Lass mich dich bloß nicht noch mal Tränen über irgendeinen Kerl vergießen sehen, der nicht genug Verstand hat, um zu kapieren, dass er mit dir das große Los gezogen hätte. Bist du noch ganz bei Trost?«

»Aber … er …«

»Mir ist scheißegal, was er da eben ins Telefon gesagt oder was er gemacht hat. Dass du jetzt hier Rotz und Wasser heulst, ändert doch nicht das Geringste, oder?«

Rae wischte sich mit dem Kragen ihres Bademantels übers Gesicht und schien sich zu bemühen, ihre Tränen runterzuschlucken.

»Es ist sein Schaden. Mehr gibt's dazu nicht zu sagen. Bringt nichts, darüber zu weinen.«

LoLo hatte später bedauert, dass sie ihrer Tochter nicht mehr Ratschläge in puncto Beziehungen gegeben hatte. Weder das noch ihre Forderung, dass Rae ihr keine Babys ins Haus bringen sollte, bis sie nicht ihren Collegeabschluss und einen Ring am Finger hätte, bewahrte ihre Tochter vor der Entscheidung, die sie traf, als sie mit »Ja« antwortete, nachdem Roman Lister um ihre Hand angehalten hatte. LoLo hörte das Zögern in ihrer Stimme. Sie erkannte das Zittern, als Rae ihr die Neuigkeit mitteilte. »Ich weiß nicht, Mommy«, sagte sie. »Der Ring ist hübsch, es ist nur … ich habe nicht jetzt damit gerechnet. Ich weiß nicht …«

»Was weißt du nicht, Rae?«

Weil Rae schwieg, konnte LoLo die Geräusche des Restaurants im Hintergrund hören – lautes Frauenlachen, das Quietschen sich öffnender Türen, Geraschel.

»Du musst nicht Ja sagen«, hatte LoLo gesagt. »Und du musst nichts erklären. Nein ist ein vollständiger Satz.«

Noch mehr Geraschel.

Endlich hatte Rae wieder etwas zu ihrer Mutter gesagt: »Ich muss Schluss machen, Mommy. Er wartet.«

Jetzt saß ihre Tochter, kein Jahr nach der Hochzeit, mit dickem Bauch auf LoLos guter Couch. Kleine Hände und Füße stemmten sich von innen so stark gegen ihren Bauch, dass man sie durch ihr enges Schwangerschafts-Top aus dünnem Stoff sah. Kichernd riss Rae Geschenkpapier von Babyfonen, Stapeln von Neugeborenenwindeln und mehr Decken, als ein einziges Baby jemals benutzen konnte. Auf alle im Raum wirkte Rae glücklich. Mehr als bereit für den 11. Juni 1999, ihren voraussichtlichen Entbindungstermin. Aber LoLo kannte ihre Tochter. Sie kannte auch Roman, diesen Mann mit seinem Charme und schicken Referenzen. Auf dem Papier war er eindrucksvoll – hatte eines dieser noblen Colleges oben im Norden besucht, verdiente anständig. Er wirkte auch ganz nett. Aber er war vier Jahre älter als Rae. Geschieden. Und seine Hände waren weich. LoLo hatte es gespürt, als sich ihre Haut zum ersten Mal berührte. Schon damals wusste sie es. Sein Griff war beträchtlich weniger fest, was bei LoLo sofort die Frage aufwarf, aus was für einer Familie er wohl stammte – und was aus der geworden war, die er mit seiner ersten Frau hatte gründen wollen. Was hatte sein Vater noch versäumt, ihm über Männlichkeit beizubringen. Abgesehen von der Tatsache, dass ein lascher Händedruck und weiche Hände totsicher verrieten, dass ihr Besitzer ein Schwächling war. Jemand, der dazu neigte, einem anderen all die Arbeit zu überlassen.

Rae beschloss, diese Anzeichen zu ignorieren, aber für LoLo waren es deutliche, blinkende Neonsignale. Welcher Mann kündigt seinen Job keine drei Monate bevor seine Frau ihr erstes gemeinsames Kind zur Welt bringen soll? Welche Frau lässt ihn das tun? Wenn Tommy und LoLo Rae irgendetwas beigebracht hatten, und sei es nur durch ihr Vorbild, dann dass die solidesten Ehen auf einem sehr spezifischen Fundament ruhten. An erster Stelle darauf, dass ein Ehemann hart arbeitete, um sicherzustellen, dass er seine Familie ernähren konnte. Seine Babys. Bei der Vorstellung, dass ihr Enkelkind auf diese Welt käme, um von einem Daddy versorgt zu werden, der bereitwillig ein sicheres Einkommen aufgab, während seine Frau schwanger war, wurde es LoLo schlecht. Es wurde ihr richtig kotzübel.

Rae nippte an ihrem Eiswasser und strich sich über den Bauch, während LoLos Freundinnen entzückt von den Geschenken der Baby Shower schwärmten. Da kam LoLo mit einer prächtigen Torte aus der Küche, die Para Lee extra für den Anlass gebacken hatte. Mit jeder Menge pinkfarbener Pfingstrosen und Rosen, die anzeigten, was ein Ultraschall schon vor ein paar Monaten ergeben hatte: LoLos Enkelkind würde ein Mädchen sein. Ihr Herz hatte dreimal so schnell geschlagen wie sonst, als Rae sie wegen der Neuigkeit angerufen hatte. Als Rae dann am selben Abend noch mit einem

Ultraschallbild und einer Tonaufnahme vom Besuch bei ihrer Gynäkologin vorbeigekommen war, da konnte LoLo kaum atmen, während sie den Mini-Kassettenrecorder an ihr Ohr hielt und dem Herzschlag ihres Enkelkinds lauschte. »Dieses Baby wird rundherum gelungen sein«, hatte LoLo gesagt, als sie das Bild in Händen hielt und sich leicht vor und zurück wiegte, als könne sie kaum an sich halten. LoLo glaubte das mit jeder Faser ihres Wesens – so wie sie an die Bibel und die Auferstehung glaubte.

»Cake Time!«, rief sie jetzt, als sie die pinkfarbene Süßigkeit auf den Esszimmertisch stellte. »Kommt alle her und holt euch was von dieser Torte, die Para Lee extra für mein Grandbaby gebacken hat.«

»Und für mich!«, sagte Rae und machte winkend auf sich aufmerksam.

»Aw, Girl, du kannst jetzt schon vergessen, dass dir irgendwer Aufmerksamkeit schenkt«, sagte Sarah lachend und schaute zu, wie LoLo die Torte anschnitt. »Wenn das Baby einmal hier ist, wird deine Mama vergessen, dass du je existiert hast.«

»Mhmm«, stimmte Para Lee ihr zu. »Mach dich auf massive Veränderungen gefasst.«

»Da kannst du dir sicher sein. Stell mir das Baby einfach vor die Tür«, meinte LoLo lachend. »Jetzt wirst du mal sehen, wie das ist, wenn du und dein Daddy hier rumtobt, als würde ich nicht existieren.«

»Seht ihr's? Wie sie schon plant, mir eins auszuwischen?«, sagte Rae lachend und drückte sich von der Couch hoch. Dann rieb sie sich den Bauch und verzog ein wenig das Gesicht. »Wir können ja nichts dafür, wenn du Boxen nicht magst und nicht gern Händchen hältst und kuschelst!«

»Mhmmm«, machte LoLo und verzog die Lippen. »Warte nur.«

»Puuh«, sagte Rae. Sie griff an die Unterseite ihres Bauchs und massierte mit beiden Händen die Stelle, wo ihr Baby sich mit dem Hinterteil gegen die Bauchdecke seiner Mutter stemmte. »Dieses Baby trampelt gerade auf meiner Blase herum. Entschuldigt mich, ich muss mal eben.«

Die Frauen lachten alle, schnalzten mit den Zungen und sahen Rae nach, die den Flur Richtung Toilette hinunter eilte. LoLo schüttelte den Kopf und ließ das nächste Stück Torte auf einen Kuchenteller plumpsen. »Sie wird nicht wissen, wie ihr geschieht, sobald das Baby da ist«, seufzte sie. Ein Chor aus Zustimmung erhob sich, versetzt mit einer Spur Verärgerung. »Diese jungen Mütter sind nicht aus demselben Holz wie wir.«

»Stimmt's?«, sagte Para Lee. »Wir hatten doch nur Ninny und eine Wäscheleine, um da die Windeln aufzuhängen. Und jetzt schaut euch all diese Sachen an.« Sie zeigte auf Raes Ausbeute von der Babyparty. »Teure Kinderwägen und genügend Wegwerfwindeln, um eine ganze Deponie damit zu füllen. Die haben keine Ahnung davon, wie es ist, ein Baby an deiner Titty hängen zu haben, während du dreckige Windeln wäschst und später drauf wartest, dass sie an der Leine trocknen.«

»Oder davon, Kinder großzuziehen, gleichzeitig einen Haushalt zu führen und arbeiten zu gehen, als wäre man so eine Art Superwoman-Roboter«, sagte Sarah.

»Und einen Mann, der dir bei nichts davon hilft«, meldete Cindy sich zwischen zwei Bissen Torte zu Wort.

»Tja, immerhin hat sie einen Mann, der den Teil richtig machen wird«, sagte Para Lee. »Einen, der sich im Haus nützlich macht und bei den Kindern hilft. So machen die das heutzutage. Die Männer heutzutage helfen tatsächlich.«

»Von was für einem Mann redet ihr da?«, fragte LoLo grinsend. »Etwa von dem liederlichen Kerl, der nicht mal einen Job hat? Ihr glaubt, der wird ihr mit dem Baby helfen? Hmm. Das möchte ich sehen.«

Wie durchchoreografiert drehten alle Frauen die Köpfe, um sicherzugehen, dass Rae noch nicht wieder aus dem Bad zurückkam. Das war kein Gespräch für Kinderohren. Nicht mal wenn diese Kinder schon groß genug waren, um eigene Babys zu bekommen.

So war das bei LoLo und ihren Freundinnen: Sie lebten ihr Leben im Geheimen, und das war auch nötig, wenn sie sich ihre Würde bewahren wollten.

Nachdem sie sich selbst davon überzeugt hatte, dass ihre Tochter noch im Bad war, beugte LoLo sich näher zum Kreis ihrer Freundinnen. »Ihr wisst doch alle, dass er seinen Job hingeschmissen hat«, flüsterte sie verschwörerisch. »Welcher faule Sack lebt denn von den Ersparnissen seiner Frau, lässt sie wieder arbeiten gehen und findet dann plötzlich in seinen faulen Knochen den Antrieb, ihr mit dem Baby zu helfen? Er ist immer noch ein Mann – und mir ist egal, was in diesen ganzen Talkshows dahergeredet wird, die ihr euch alle auf Video aufnehmt.«

»Denkst du, er wird ihr nicht mit dem Baby helfen?«, fragte Para Lee. LoLo sog Luft durch die Zähne ein. Sarah kratzte pinkfarbenen Zuckerguss von ihrem Stück Torte und schmierte ihn auf die Kuchenplatte aus Kristall, die LoLo nur zu ganz besonderen Anlässen benutzte.

»Sie wird es früh genug erfahren«, sagte Sarah.

»Sie steckt mit dem Kopf so tief in seinem eingebildeten

Arsch, dass sie diese Lektion auf die harte Tour lernen wird«, sagte LoLo.

»Dann würde es ihr auch nicht anders ergehen als uns allen«, erwiderte Sarah sarkastisch.

»Wo sie recht hat, hat sie recht«, stimmte Para Lee zu.

»Ich kann euch nur eines sagen«, verkündete Sarah. »Es spielt keine Rolle, in welcher Zeit man lebt, welchen Abschluss er hat, wie viel Geld er in der Tasche hat oder wie viele Stunden er in seinen Job steckt: Männer bleiben immer Männer. Sie werden sich jedes Mal wie Männer benehmen. Die schauen zuerst auf sich selbst und erst danach vielleicht auf diejenigen, von denen sie behaupten, sie würden ihnen am Herzen liegen. Immer in dieser Reihenfolge. Die Frage ist«, fuhr sie fort, »wann wird sie seinen Mist leid sein und ein bisschen Freude für sich selbst finden.«

»Freude?«, echote Para Lee scharf. »Oh, die wird sie so schnell nicht erleben. Nicht, solange sie einen Haufen Kinder zwischen den Füßen hat, die dauernd irgendwas von ihr wollen.«

»So muss es nicht sein«, gab Sarah zu Bedenken. Sie lehnte sich auf ihrem Stuhl zurück und ließ den Sorbet-Drink in seinem Becher kreisen. Das neongrüne Eis schmolz schäumend in der orangefarbenen Flüssigkeit. Sie nahm einen Schluck davon.

»Also, Sarah, fang jetzt nicht mit deinem Mist an«, warnte LoLo sie.

»Hört mal, ihr kennt doch meinen Standpunkt. Es gibt keinen Grund, sich von diesen Männern früh ins Grab bringen zu lassen. Frauen würde es nicht schaden, sich ein bisschen von dieser typischen Männerdenke anzueignen. Damit sie sich auch ein bisschen Glück verschaffen.«

»Deinen Ehemann zu betrügen verschafft dir Glück, Sarah?«

»Dem Irrsinn bei mir zu Hause, einem nörgelnden Kerl von einem Ehemann und all den krassen Enkelkindern zu entgehen, das macht mich glücklich, LoLo«, echauffierte sich Sarah. »Und Reverend Greenwood? Also der macht mich mehr als zufrieden.«

Der Aspekt interessierte LoLo nicht. Es war nicht das erste Mal, dass die Freundinnen über Sarahs Untreue sprachen. Die vergnügte sich jetzt schon seit Jahren mit dem Pastor der Friendship Baptist Church in Christ. Das hatte lange bevor ihre Kinder selbstständig waren angefangen. Lange bevor irgendeine ihrer Freundinnen sich darauf besann, dass sie alle vor ihren Kindern, vor ihren Ehemännern, bevor sie ihre Bedürfnisse und Wünsche eingepackt und tief unter Bibeln, Geboten und ohne ihre Zustimmung erlassenen Regeln begraben hatten, Frauen waren. Pastor Greenwood hatte den Ruf eines Genussmenschen, und obwohl ihre Affäre nun schon sieben Jahre dauerte, konnte Sarah sich nicht sicher sein, ob er seine Schwäche für Church Ladies und deren *Sweet Sweet* inzwischen im Griff hatte. Aber das kümmerte sie nicht. Sie nahm, was sie kriegen konnte, und über den Rest mochten andere sich aufregen. Sarah konnte das gut trennen.

LoLo konnte das nicht. Ihr zog sich der Magen jedes Mal zusammen, wenn Sarah und ihr Liebhaber zur Sprache kamen. Sie wollte nicht in dieses Geheimnis eingeweiht sein – in den Ehebruch. Sie wollte einfach nichts damit zu tun haben. Immer wieder hatte sie Sarah gesagt, sie solle sie mit solchen Gesprächen verschonen, aber hin und wieder wurde das Thema angeschnitten. Immer im Zusammenhang damit, was jede von ihnen tun sollte, um sich ein Stück vom Glück zu sichern. Sarah glaubte, es wäre etwas, nachdem man auf die Suche ging und das man sich besorgte, wie ein Kleid aus einem Katalog oder ein Paar Schuhe im Ausverkauf bei Macy's. LoLo war da grundlegend anderer Ansicht. Glück, Enttäuschung, Wut, Zufriedenheit, das köchelte in einem großen Eintopf auf dem Herd. Man rührte um und nahm einen Bissen. Immer in dem Wissen, dass in jedem Löffel voll etwas anderes steckte. Vielleicht etwas, das man nicht so gern mochte wie anderes, aber der Eintopf war trotzdem gut. Wenn er Liebe enthielt, dann war er gut.

Aber von dem, was in Sarahs Schüssel herumschwappte, wollte LoLo nichts.

»Nicht jeder denkt, dass der einzige Weg zum Glück darin besteht, den eigenen Ehemann zu hintergehen«, flüsterte LoLo und spähte um die Ecke, um sicher zu sein, dass Rae nicht schon auf dem Weg zurück ins Esszimmer war. »Wünsch das meiner Tochter nicht an den Hals, Sarah.«

»Ich wünsche ihr ein kleines bisschen Glück«, sagte Sarah. »So wie es klingt, wird sie es brauchen können.«

»Nein, weißt du, was sie brauchen wird, ist Respekt davor, was sie diesem Mann vor Gott und dir und mir und allen, die sie liebt, versprochen hat. Bis das der Tod uns scheidet. Manchen von uns bedeutet das etwas«, sagte LoLo.

»Irgendwann muss man sich selbst auch etwas bedeuten«, höhnte Sarah.

»Also, weißt du, ich werde mir doch nicht in meinem eigenen Haus …«

»Okay, schon gut«, unterbrach Para Lee und stach damit in den Ballon, der sich so rasch mit heißer Luft gefüllt hatte. »Wie wäre es denn, wenn du und Cynthia den Tisch abräumen würdet, Sarah, während LoLo und ich mal all diese Geschenke zusammenpacken. Raes Mann wird wahrscheinlich bald hier sein, um sie abzuholen. Sie braucht ihre Ruhe.« Und speziell an Sarah gerichtet: »LoLo, unsere liebenswürdige Gastgeberin braucht nach der hitzigen Debatte wahrscheinlich auch ihre Ruhe, was?«

»Na gut«, sagte Sarah schlicht. Ohne ein weiteres Wort stand sie vom Tisch auf und begab sich in die Küche.

Para Lee schüttelte den Kopf, holte tief Luft und hakte sich bei LoLo unter, bevor sie zu dem Haufen Geschenke gingen und überlegten, was alles wie einzupacken war. »Lass es einfach auf sich beruhen«, sagte sie zu LoLo. »Du weißt doch, wie sie ist. Lass es einfach.«

***

LoLo war so dankbar für die Ruhe gewesen. Sie hatte gern Gäste, aber wohler – glücklich – fühlte sie sich in der Ruhe ihres Zuhauses. In ihrer Abgeschiedenheit. Auf ihre alten Tage hatten sie und Tommy sich darauf verständigt, dass sie nicht dauernd aufeinander hocken mussten, um sich zu beweisen, dass sie nach all den Jahren weiter zusammenbleiben wollten. Den größten Liebesbeweis, den er ihr erbringen konnte, war tatsächlich, dass er sich ins Untergeschoss zurückzog und sich seine Sportübertragungen und Western auf dem großen Fernseher aus seinem bequemen, gut eingesessenen Sessel ansah. Dann konnte sie in Ruhe ihre Romane von Terry McMillan lesen und ihre Serien schauen. Sie war ein Fan von *20/20* und *Law & Order: SVU*. Die sah sie gerne am Samstagabend auf dem Videorecorder, ohne Werbeunterbrechungen. Und wenn nicht das verdammte Telefongeklingel ihre Ruhe gestört hätte, dann wäre sie inzwischen vielleicht schon eingeschlafen.

Doch es sollte nicht sein. Das Telefon hatte an diesem Abend schon dreimal geklingelt. Jedes Mal war nach LoLos freundlichem »Hallo?« nur Schweigen gewesen, dann ein Klick und das Freizeichen. Schon klingelte es wieder. Wäre Tommy nicht gerade aufgebrochen, um seinen Bruder zu besuchen, hätte sie ihm gehörig die Meinung zu diesen Telefonstreichen gesagt. Sie hätte ihm wieder mal erklärt, dass er einfach rauskriegen musste, wer ihn in seinem Job dermaßen hasste, dass er sich vorgenommen hatte, Tommys Familie zu quälen. Schon vor Jahren hatte er LoLo, TJ und Rae gesagt, sie sollten die Anrufe ignorieren. »Da ist nur jemand dran, der sich über meine leitende Position ärgert«, hatte er ihnen versichert, wenn sie sich bei ihm beklagten. »Legt einfach auf.« Normalerweise nahm LoLo es einfach hin. Aber an Abenden wie diesem, wenn sie sich verzweifelt nach Ruhe und Frieden sehnte, da fiel ihr ein, dass sie ja nicht verpflichtet war, freundlich mit dieser Sache umzugehen.

»Hör mir mal zu, wenn du nicht aufhörst, diese Nummer anzurufen, dann schwör ich, dass ich dir die Cops wegen Nötigung auf den Hals hetze!«, brüllte LoLo in den Hörer.

»He, he, he – Moment mal. Nötigung?«, fragte die Stimme am anderen Ende der Leitung. »Du würdest deinem eigenen Bruder die Polizei auf den Hals schicken, weil er deine Nummer gewählt hat?«

LoLo machte den Mund mehrmals auf und zu, brachte aber keinen Ton raus.

»Hallo? Delores? Bist du noch da?«, fragte die tiefe Stimme. »Hier ist Freddy. Dein Bruder.«

»He-hey, Freddy«, sagte LoLo zaghaft. »Ich bin's, LoLo.«

Das Schweigen zwischen ihnen war dicht und von den Missverständnissen, der Wut, dem Verlust, der Trauer und

Vernachlässigung vieler, vieler Jahre verkrustet. Jeder Streit endete damit, dass sie sich an die Gurgel gingen wie wilde Tiere angesichts frischer Beute. Und nach all den Jahren blutete die Wunde immer noch, als würde darunter das Herz der erbeuteten Gazelle weiterschlagen.

Freddy saß an seinem Küchentisch, den er erst vor Sekunden stumm verflucht hatte, weil er unter seinen rauen, schwieligen Händen wackelte. Eigentlich hatte er ein Papiertuch zusammenfalten und in das Loch kleben wollen, wo sich ein Bein gelockert hatte. Das Holzmöbel mit Platz für vier hatte jemand bei Goodwill just an dem Tag gespendet, als er sich dort nach irgendeinem Ersatz für die Milchträger umgesehen hatte, auf denen er sich bisher sein Abendessen serviert hatte. Doch nachdem er in seinem Job an der Archie Street Elementary School Klimaanlagen und Schultische repariert, Kotze, Pisse und alle anderen Arten von Körperflüssigkeiten aufgewischt hatte und den ganzen Tag lang rumkommandiert worden war, wollte er, wenn er nach Hause kam, keine einzige verdammte Sache mehr reparieren. Eigentlich wollte er nur noch sein Bier – und ein bisschen Ruhe, während er sich seine Serien ansah. Er hatte eine Vorliebe für Wiederholungen von *Martin*, vor allem für die kleine Freundin der Hauptfigur mit dem runden Schädel und mit der hellen Haut. Sie war hübsch. Richtig hübsch. Und sensibel. Freddy mochte, wie Martin redete – all die verrückten Redewendungen halfen ihm, das Geschrei der Kinder auf den Schulfluren auszuhalten, wenn er sich die Mühe machte hinzuhören. Meistens jedoch reagierte er auf die Unterhaltungen der Schüler mit derselben Energie, die sie ausstrahlten, wenn sie sich auf gemeinsamem Terrain begegneten: Er war der Hausmeister und deshalb unsichtbar; sie waren ein Haufen frecher Kinder, die er ignorierte, wie das jeder respektable Erwachsene tun sollte. Und zwar selbst wenn sie, aus voller Kehle »*Wazzup!*« schreiend, durch die Gänge rannten.

Highlander war für Freddy das Größte. Er besaß eine ganze Schublade voller Videocassetten der Serie, die er sich wie ein Gebet ansah. Die Vorstellung von Unsterblichkeit faszinierte ihn – all die Arten, auf die man sich unter Normalsterblichen durch die Welt bewegen konnte, mit selbstbewussten Entscheidungen und in der Gewissheit, dass weder Fehler noch Waghalsigkeit noch falsche Entscheidungen oder einfach Pech einem zum Verhängnis werden konnten. Das wäre ein Leben. Und das hatte er sich nicht mehr wirklich gegönnt, seit er ein paar Jahre zuvor bei Grumman rausgeflogen war. Er vermisste die Gehaltsschecks. Mit denen konnte er sich kaufen, was er wollte, wohnen, wo er wollte, anziehen, was er wollte. Gott, sogar flachlegen, wen er wollte. Damals war er ein Schwarzer Mann, der an Flugzeugmotoren arbeitete, für das Gehalt eines Mechanikers. Dieses Geld sorgte dafür, dass der kleine, staubige, mutterlose Junge aus dem tiefsten South Carolina, der unter der Last seiner armseligen Welt eigentlich hätte sterben sollen, sich allmächtig fühlte. So, als würde er ewig leben. Doch ein Schuss Bourbon in seinen Kaffee – ein kleiner Schuss, den sein Vorgesetzter aber an seinem Atem riechen konnte – und schon wurde er einen Kopf kürzer gemacht. Der Kollege, der ihn verpfiff, hatte unter Freddy gearbeitet und war einfach nicht drüber weggekommen, dass er tagtäglich irgendeinem Nigger* Rede und Antwort stehen musste. Am Ende hatte der ein Ausrufezeichen hinter die eine wahre Sache gesetzt: Freddy war doch nur ein sterblicher Schwarzer Mann!

An diesem Abend hatte die Sterblichkeit ihn zu fassen gekriegt. Freddy war mit dem Stuhl nach hinten gekippelt, während er mit dem Daumen über die Nummer seiner Schwester fuhr. Früher hatte er sie auswendig gewusst, aber inzwischen waren gut zehn Jahre vergangen, seit er sie das letzte Mal angerufen hatte. Doch nach ihrem großen Streit wegen Rae war nichts mehr gewesen wie vorher. Er versuchte, es seiner Schwester recht zu machen. Doch LoLo nahm es ihm nicht ab. Aber diesmal, als ihr Vater gestorben war, musste er der Vernünftigere sein, beschloss Freddy.

»LoLo«, sagte er schließlich, »Daddy ist tot.«

»Oh«, erwiderte LoLo nur. Emotionslos. »Was ist passiert?«

»Er, ähm, hatte einen Herzinfarkt«, sagte Freddie. »Er starb zu Hause im Wohnzimmer. Brenda hat ihn gefunden.«

»Dann starb er allein, was?«

»Yeah. Brenda und die anderen kümmern sich jetzt um die Beerdigung.«

»Das ist gut«, sagte LoLo.

Stille.

»Du fährst also hin, oder?«

»Wohin?«

»Zur Beerdigung unseres Vaters.«

Schweigen.

»Das wäre nur recht und billig, LoLo. Du musst ihm deinen Respekt erweisen.«

»Ich muss verdammt noch mal gar nichts, außer Schwarz bleiben und sterben«, fauchte LoLo. Sie würde sich kein schlechtes Gewissen machen lassen, damit sie die Beerdigung des Mannes besuchte, der sie zum Sterben zurückgelassen und dann in den Fängen ihres Missbrauchstäters hatte verrotten lassen.

»Sieh mal«, sagte Freddy sanft. »Ich versteh dich. Das weißt du. Das tun wir alle. Aber er war trotzdem der Mann, der uns gezeugt hat. Wir sind blutsverwandt.«

Stille.

»Hör mal, du wärst doch die Erste, die mit einer Bibel nach jemand werfen würde, der sich weigerte, Gottes Gebot zu befolgen und zu verzeihen«, sagte Freddy ernst. »Ich glaube, in Momenten wie diesen erwartet ER von uns, dass wir das praktizieren.«

»Du berufst dich jetzt auf die Bibel?«, fragte LoLo.

»Ich versteh nicht viel von der Bibel, da gebe ich dir recht. Aber ich weiß, ich würde mich nicht gut dabei fühlen, hier in Long Island zu sitzen, während unser Vater in South Carolina beerdigt wird. Und dir würde es genauso gehen.«

Schweigen.

»Wir können zusammen hinfliegen. Wir beide.«

»Lass mich ein bisschen darüber nachdenken, okay, Freddy?«, meinte LoLo am Ende. »Ich werde nicht lange brauchen. Versprochen.«

»Na gut.«

LoLo saß geschockt mit dem Telefonhörer in der Hand da. Noch lange nachdem das Freizeichen begonnen hatte zu ertönen. Sie legte den Hörer erst wieder auf die Gabel, als der aggressive Warnton, der signalisierte, dass man auflegen sollte, gegen ihr Trommelfell dröhnte. Sie hatte jahrelang nicht mit ihrem Vater gesprochen. Und damals, als es sie bekümmerte, als er über Freddy Kontakt zu ihr gesucht hatte und Freddy LoLo an den Inhalt des fünften Gebots erinnert hatte, da hatte sie widerstrebend den Anruf ihres Vaters entgegengenommen, Das Gespräch war oberflächlich und knapp gewesen: *Hey, geht's dir gut?... Deine Frau gesund?... Die Kinder müssen schon groß sein ... Mir geht's so mittelmäßig, aber meine*

Arthritis macht mir zu schaffen … Schweigen … Also dann, war schön, von dir zu hören … Mach's gut … Mehr war da nicht gewesen, bevor sie beide aufgaben. Es war offen gestanden alles, wozu LoLo imstande war. Er machte keine Anstalten, sich zu entschuldigen. Schien das nicht mal in Erwägung zu ziehen. Sie spürte das tief in ihrem Inneren. Dort, wo ihre Wut am heißesten brannte. Sie trug Glut in ihrem Schoß. Allein das Geräusch seiner Stimme wirkte wie ein Schürhaken. Als würde er damit herumstochern, die schweren Holzscheite und altes Zeitungspapier, das in die Ritzen gestopft war, bewegen und eine brüllende Flamme provozieren. Hätte er damit weitergemacht, wäre sie sicherlich zu Asche verbrannt.

Damals wünschte sie ihm den Tod. Sie empfand auch jetzt kein Bedauern, nachdem er tatsächlich gestorben war.

Keine zwei Minuten nachdem LoLo aufgelegt hatte, klingelte das Telefon wieder. Diesmal meldete sie sich höflich, denn sie dachte, es wäre noch mal Freddy.

»Hi, ich würde gern mit meinem Vater sprechen«, sagte die Stimme am anderen Ende. Sie klang jung.

»Mit wem?«

»Meinem Vater, Thomas Lawrence.«

»Rae? Bist du das?«, rätselte LoLo.

»Hier ist nicht Rae, aber ich bin Thomas Lawrences Tochter und würde gerne mit ihm sprechen.«

LoLo nahm den Hörer von ihrem Ohr und starrte ihn an, als könne sie dann sehen, wer zum Teufel ihr da einen Streich spielte.

»Hallo?«, sagte die Stimme mit einer Spur Gereiztheit.

»Ich bin noch dran, aber ich verstehe nicht, was los ist. Wer sind Sie wirklich?«

»Das habe ich Ihnen gerade schon gesagt. Ich bin Thomas

Lawrences Tochter. Er ist mein Vater. Mein Bruder ist sein Sohn. Er kam uns heute besuchen, aber wir waren nicht darauf vorbereitet, dass er gleich wieder gegangen ist.«

Schweigen.

»Hallo?«, sagte das Mädchen. Diesmal definitiv gereizt. LoLo konnte es an ihrer Stimme hören. Und das gab ihr den Rest. Sie sah nur noch Schwarz.

»Und da dachten Sie sich, heute wäre der richtige Tag, um bei ihm zu Hause anzurufen und mit ihm zu reden?«, fragte LoLo.

»Er ist mein Vater, und ich rufe dauernd bei ihm zu Hause an, um mit ihm zu reden …«

»Jetzt sag ich dir eines«, unterbrach LoLo sie. Ihre Zunge, die innerhalb von fünf Minuten an einem eigentlich friedlichen Samstagabend Tod, Trauer, Wut und Verrat geschmeckt hatte, war scharf wie eine Axt. Wie ein frisch geschliffenes Beil. »Mir ist egal, ob Tommy dein Vater ist oder nicht. Aber du wirst nie sein, was Rae Lawrence, seine Tochter, für ihn ist. Er hat eine Familie. Dessen bin ich mir ganz sicher, und er ist es auch. Es wäre das Beste, du würdest das in deinen dicken … kleinen … Schädel kriegen. Wer auch immer du sein magst. Und jetzt«, fuhr LoLo in auf einmal freundlichem Ton fort, »entschuldigst du mich bitte. Ich hatte einen höllischen Tag. Ruf nicht mehr unter meiner Nummer und in meinem Haus an. Was immer du zu sagen hast, sparst du dir am besten für Tommy auf.«

22

Sie kniff die Augen zu und stellte sich vor, bei jemand anderem zu sein – diesen Trick hatte sie schon als Kind angewendet, wenn ihr Geschrei und Widerstand Bear nur zum Lachen brachten und er sie mit seinem schieren Gewicht niederdrückte, während er in sie hineinstieß. Schneller, härter, sodass sein Schweiß auf ihre Haut, ihr Haar und die Erde, auf der sie lagen, tropfte. Damals sah sie erst das Schwarz auf den Innenseiten ihrer Augenlider, dann »blätterte« sie Bilder durch, die ihren Körper taub werden ließen: kleine Wellen auf der Wasseroberfläche eines Sees; Booger, den unleidlichen Nachbarshund, der vorbeifahrenden Autos nachbellte; Bibelstellen, die Versprechen gaben, deren Einlösung sie von Gott erwartete. Diese Bilder, die wie Fotos in einem Skizzenbuch waren, dienten ihr als Rüstung. Als sie dann mit Tommy zusammen war, wurden ihre inneren Bilder zum einen kreativer und verknüpften sich zum anderen mit Vorstellungen, die besser zur vorliegenden Aufgabe passten: Sie malte sich aus, Pam Grier zu sein, die rittlings auf Richard Roundtree saß, oder ein weiblicher Fan in der ersten Reihe, während Mick Jagger seinen Mikroständer streichelte und nur für sie sang. Irgendwann lernte sie, sich mit Tommy zu synchronisieren, den Moment mit ihm zusammen zu erleben. Sie konnte sich nicht mehr erinnern, wann genau das passiert war. Aber ab dann verstand sie die Tiefe von Tommys Liebe und war in der Lage, sie auf gleiche Weise zu erwidern. Er war der Klebstoff, der ihre Familie zusammenhielt, die aus vier verschiedenen

Strömungen auf dem Meer menschlicher Trauer bestand. Er war ein guter Mann. Er war Liebe. Ihre Liebe. Und im Gegenzug für diese Liebe verschenkte sie sich ganz und gar. Sie schenkte sich ihrem Ehemann. Niemand sonst. Nicht einmal in ihrer Fantasie. Nicht mal in ihren Träumen. Und jetzt war da dieses Mädchen, das bei ihr zu Hause angerufen und den Betrug verkündet hatte. Ihre Blutsverwandtschaft verkündet hatte.

Keine zehn Minuten nachdem sie Tommys Tochter den Hörer aufgelegt hatte, ertönte das Rasseln der Kette am Garagentor. Wie der Glockenschlag zur ersten Runde. LoLos Herz war Jackie Joyner-Kersey, während sie durch das Zimmer fegte, Shirts, Jeans und BHs in ihren Koffer warf. Sie hörte Tommys schwere Schritte, als er, immer zwei Stufen auf einmal nehmend, die Treppe hinaufstapfte. Mit dem Gesicht zum Schrank schob sie hektisch Kleider auf der Stange zur Seite, weil sie ihr bestes schwarzes Kleid suchte, als Tommy ins Schlafzimmer stürmte. Er blieb so abrupt stehen, als wäre er gegen eine Wand gelaufen. Mit den Händen rieb er sich immer wieder die frisch geschorene Kopfhaut. »Ich hab ihr gesagt, sie soll nicht mehr hier anrufen«, sagte er. »Ich hab ihr gesagt, dass ich es dir selber sagen muss.«

Lolo schob weiter Kleider hin und her und wandte auch den Kopf nicht. Sie konnte Tommy nicht ansehen. »Tja, schlimm von ihr, was? Dass sie nicht auf dich gehört hat? Das war wirklich falsch von ihr, nicht wahr?«

»Yeah. Ich meine, es ist meine Story …«, begann er nervös. Und fuhr dann leiser fort: »Meine Story, die ich zu erzählen habe.«

»Also? Was ist passiert? Hat's dir die Sprache verschlagen?«, fragte LoLo und erntete nur Schweigen. »Wie alt ist sie, Tommy? Sie klang erwachsen. Klang wie ein großes Mädchen an meinem Telefon. Unserem Telefon.«

»Siebenundzwanzig«, flüsterte Tommy.

Endlich kam LoLo aus dem begehbaren Schrank und verschränkte die Arme. »Was hast du gesagt? Red lauter – ich kann sonst diese Story, die du zu erzählen hast, nicht hören. Wie alt?«

»Sie ist siebenundzwanzig Jahre alt«, sagte Tommy eine Spur lauter.

»Und ihr Bruder?«

»Sechsundzwanzig.«

LoLo nahm ein paar Kleider aus dem Schrank und warf sie aufs Bett. »Ich bin keine Mathematikerin, aber wenn ich richtig gerechnet habe, dann muss sie ungefähr zu der Zeit geboren sein, als du mich gezwungen hast, unsere Zelte abzubrechen und nach Jersey zu ziehen.«

»Ich hab dich nicht gezwungen«, sagte Tommy mit einer Spur Entrüstung in seiner Stimme.

»Oh, ich hatte also eine Wahl?«, sagte LoLo. »Das ist mir neu. Und definitiv nicht das, woran ich mich erinnere.«

»Wir sind nach New Jersey gezogen, weil ich da Arbeit hatte.«

»Und hier offensichtlich ein Baby«, sagte LoLo, während sie ein Kleid vom Bügel riss und zusammenknüllte, bevor sie es in ihren Koffer stopfte.

»Whoa, whoa, was wird das denn?«, fragte Tommy, der erst jetzt den Koffer auf dem Bett bemerkt hatte.

Schweigen.

»LoLo, du kannst nicht gehen. Geh nicht, Baby.«

»Tommy, die Zeiten, in denen du mir gesagt hast, was ich kann oder nicht kann, sind vorbei.«

»Ich versuche ja gar nicht, dir zu sagen, was du tun sollst! Ich sage nur, dass das nicht wert ist, unsere Familie zu zerstören.«

»Familie?«, fragte LoLo. »Welche denn? Gibt es noch weitere, von denen ich wissen sollte? Wie viele Familien hast du denn genau?«

Tommy machte den Mund auf und wieder zu. Noch mal auf und wieder zu. Dann sagte er schließlich: »Du hast mich angelogen, LoLo.« Seine Stimme war fast nur noch ein Flüstern.

»Inwiefern hab ich dich angelogen, Tommy? Und welche Lüge könnte schwerer wiegen, als dass du zwei Babys mit einer anderen hattest, während wir verheiratet waren?«

»Du hast mir eingeredet, ich wäre derjenige, der keine Babys machen könne. Die ganze Zeit bist du rumgelaufen und hast rausposaunt, dass es an dir ja nicht liegen kann, weil du deine Periode kriegst und das beweist, dass du Kinder kriegen könntest und ich das Problem wäre. Aber es lag nicht an mir. Ich kann Kinder zeugen.«

»Also hast du aus Trotz nicht nur eins, sondern zwei Babys gezeugt?«

»Willst du einfach übergehen, was ich gerade gesagt habe?«

LoLo hörte auf, in den Kleidern im Schrank herumzuwühlen, und hielt sich an der Kleiderstange fest. In ihrem Kopf rauschte das Blut, sodass es in ihren Schläfen pochte und sie in der Nase kitzelte. Sie wollte nicht weinen – damit ihr Mann das nicht als ihre körperliche Reaktion auf sein »hab ich dich erwischt« oder selbst auf seine Untreue interpretierte. Denn so war es nicht. Sie musste Halt suchen, um die tiefsitzende Reaktion ihres Körpers auf die Erinnerung auszuhalten. Dieses Zurückversetzt-Werden in den Moment, in die vielen

Momente, in denen sie unter Bears Gewicht kämpfte, und in die Momente, als sie sich nicht wehrte, sondern nur dalag und Gott bat, die Erde unter ihnen, unter den zwei Körpern, möge sich auftun. Wie sie sich so an die Kleiderstange klammerte, wurde sie daran erinnert, dass sie keine Kinder hatte bekommen können und warum das so war, da wollte sie sterben. Ihr Körper wollte einfach aufgeben und tot sein.

»Ich wurde vergewaltigt«, sagte LoLo endlich, wobei ihre Worte gegen die Rückwand des Kleiderschranks prallten.

»Was hast du da gerade gesagt?«, fragte Tommy.

»Ich konnte keine Babys kriegen, weil mein Onkel mich vergewaltigt hat.«

Tommy erstarrte.

»Er hatte mir ein Kind gemacht, das seine Frau abtreiben ließ. Und sie ließ mich sterilisieren, damit er mich nicht noch mal schwängern konnte«, sagte LoLo und drehte sich zu ihrem Mann um. »Deshalb konnte ich keine Babys bekommen.«

Die beiden standen da. Wie durch ein Meer getrennt. Keiner wusste, was er sagen sollte. Keiner emotional dazu in der Lage zu sagen, was gesagt werden musste. Als sie das Gefühl hatte, ihre Beine würden nicht mehr nachgeben, drehte LoLo sich zurück zum Schrank und holte noch mehr Kleidung heraus: eine Bluse, zwei Jeans, eine Kostümjacke – lauter Dinge, von denen sie meinte, sie zu brauchen, wenn sie ins Flugzeug stieg. Und zwar um zum Begräbnis des Mannes zu reisen, der ihr das Leben geschenkt und sich ihrer dann entledigt hatte, als wäre sie ein Stück Kautabak, das er nicht länger im Mund haben wollte.

»Geh nicht, LoLo. Ich liebe dich. Wir können das wieder hinkriegen«, sagte Tommy am Ende, während er seiner Frau dabei zusah, wie sie Kleidung in ihren Koffer warf. Er packte sie an den Handgelenken – wie um ihre volle Aufmerksamkeit zu haben. »Ich will das in Ordnung bringen. Ich will nicht sie. Ich will dich. Es ging immer um dich. Ich habe einen Fehler gemacht, aber es ist mir immer um dich gegangen.«

LoLo befreite ihre Hände aus Tommys Griff und richtete sich auf, um ihm ins Gesicht zu sehen. Ihre Augen betrachteten seine – die schwarzen Flecken in seinen dunkelbraunen Pupillen und rote Äderchen im Weiß, die seinen Schmerz, seine Furcht verrieten. In den Augenwinkeln begannen sich Fältchen zu bilden. Und darunter waren wie Schatten Schwellungen zu sehen. Die schienen inzwischen immer da zu sein, egal ob er müde oder munter, wütend oder ganz mit sich im Reinen war. Aber insgesamt sah er für sie aus wie derselbe Tommy. Doch er war es nicht mehr. Nichts zwischen ihnen ließe sich jemals wiederherstellen, so wie es zu Anfang war. Dafür hatten sie sich zu weit voneinander entfernt.

»Mein Vater ist gestorben«, sagte LoLo nüchtern. Dann knallte sie den Koffer zu. »Ich fahre nach South Carolina.«

***

LoLo sank auf die alte Couch. Der Schonbezug aus Plastik quietschte, als sie ihre langen Beine in den schmalen Raum zwischen der Polsterkante und dem Couchtisch aus Glas und Holz schob. Ihr Kopf pochte vor Schmerz im Rhythmus der Klimaanlage, die, obwohl voll aufgedreht, wenig Kühle im Raum erzeugte. Feuchtigkeit und Trauer hingen wie eine dunkle Rauchwolke schwer in der Luft. LoLos Blick war starr auf das kleine Stück aus dunkelblauem Flauschteppich gerichtet, der vor einem ramponierten Fernsehsessel mit kariertem Überzug lag. Darin hatte ihr Vater anscheinend die meiste Zeit gesessen. Dort auf dem Teppich hatte er seine letzten Atemzüge getan, nachdem er aus dem Sessel gestürzt war. Wie in irgendeinem Hollywoodfilm hatte er sich an die Brust gegriffen und noch versucht, ans Telefon zu kommen, um Hilfe zu rufen.

»Er ist genau da gestorben«, sagte LoLos Halbschwester Brenda und zeigte auf die Stelle, wo sie ihren Vater gefunden hatte. Mit den Innenseiten ihrer Handgelenke wischte sie sich die Tränen aus den Augen. Ein Stück weiter weg von dort, wo sie hinzeigte, näher an der Haustür, gab es einen großen Fleck, heller als der restliche Teppich. Der kam von Brendas Reaktion, nachdem sie mit zwei großen Bechern Kaffee bei ihm vorbeigekommen war. Mit Milch und deutlich zu viel Zucker, wenn man bedachte, dass sie und ihr Daddy beide Diabetes hatten. Sie hatte ihn gefunden. Er lag dort, die Augen an die Decke gerichtet, aber ohne etwas zu sehen. Brenda ließ an Ort und Stelle den Kaffee fallen, rannte schreiend zu ihm, schüttelte ihn, schlug ihm ins Gesicht, flehte ihn an aufzuwachen. Doch da war er bereits tot. Die Sanitäter waren noch nicht wieder aus der Einfahrt gerollt, als Brenda sich schon mit einem kleinen Schälchen Essig und Bleichmittel auf den Knien daranmachte, den Geruch von Milchkaffee aus dem Teppich zu bringen. In der drückenden Sommerhitze stank es immer noch danach. Auch wenn seit seinem Tod schon drei Tage vergangen waren, sie viel Gesellschaft und Schmorgerichte aus der Nachbarschaft bekommen hatte und sie sich in die Einzelheiten der Beerdigung ihres Vaters vertieft hatte – nichts half gegen ihr wehes Herz, das beträchtlich schwerer war als Freddys oder LoLos. Brenda, das Ergebnis der zweiten Ehe ihres Vaters, hatte einen anderen Daddy gekannt – eine liebevolle und zärtliche Version. Er war präsent gewesen. Einfache Dinge – dass er ihr morgens einen Kuss gegeben hatte, sonntags mit ihr in die Kirche gegangen war, bei ihrer Schulabschlussfeier dabei war, ein bisschen für ihre Collegeausbildung gespart hatte – all das legte sich wie ein Cape über seine Vergangenheit. Alles, was Brenda kannte – alles, was sie sehen wollte –, war ein liebevoller Ehemann, ein hingebungsvoller Vater, ein aufrechter baptistischer Diakon, fleißiger Arbeiter und schließlich ein Rentner gewesen. LoLo bemühte sich, ihr das zu lassen. Sie hatte ihre ganze Wut runtergeschluckt, als eine schluchzende Brenda ihr an der Haustür in die Arme gefallen war. Doch jetzt meinte LoLo, gleich zu ersticken.

»Mir, äh … ist nicht gut. Kann ich mir in der Küche ein Glas Wasser nehmen?«, fragte sie, während sie sich mühsam von der Couch erhob. Ihre Handflächen waren feucht und rutschten auf dem Plastiküberzug immer wieder weg.

»Oh, natürlich, natürlich«, sagte Brenda. »*Sister*, da musst du doch nicht fragen. Es ist doch genauso dein Haus wie das von irgendeinem von uns.«

LoLo nickte und rang sich ein halbes Lächeln ab. Ihr Blick glitt über die Wände, die Möbel, die Familienfotos, die Glück an einem Ort und zu einer Zeit festgehalten hatten, die sie vergessen hatte. Glück, das ihr nicht vergönnt gewesen war. Sie wollte über all das wütend sein – über Brendas Collegediplom an der Wand zwischen Küche und Wohnzimmer, die im Kaufhaus aufgenommenen Schwarz-Weiß-Fotos von ihr und ihren Eltern, deren Hände liebevoll auf Brendas Schultern lagen. Aber vor allem war LoLo traurig. Das hätte ihr Leben sein sollen, das da auf den blassgelben Wänden abgebildet war. Was hätte aus ihr werden können, hätte sie die Chance bekommen, aufs College zu gehen? Wenn sie, statt misshandelt zu werden, großgezogen und geliebt worden wäre?

LoLo nahm sich einen Kaffeebecher vom frisch gespülten Geschirr auf dem Abtropfgitter neben der Spüle und füllte ihn randvoll mit Wasser aus dem Hahn. Die Hälfte schüttete sie sofort in sich hinein und füllte den Becher dann noch mal, bevor sie damit ins Wohnzimmer zurückkehrte. In ihrer Brust stieg ein Rülpser auf, doch sie unterdrückte ihn. Sie wollte nicht unhöflich sein. Nicht an diesem Ort. Nicht vor Brenda und Freddy.

»Alles in Ordnung, Sis?«, fragte Freddy, der gerade von der Toilette ins Wohnzimmer zurückkam. LoLo rieb sich das Brustbein.

»Mir geht's gut«, sagte LoLo knapp. Und dann zu Brenda: »Wer kommt sonst noch? Von den Kindern, meine ich.«

»Also, Charles hat gesagt, er kann sich den Flug von Texas nicht leisten, also wird er nicht da sein. Und Franklin und Lindon haben erklärt, dass sie nicht kommen.« Sie schnalzte missbilligend mit der Zunge, schüttelte den Kopf und seufzte.

»Sie haben ihre Gründe, Brenda«, blaffte LoLo sie an. »Es ist nicht an dir, über sie zu richten.«

»Oh, oh, okay – jetzt kommt das also. Da haben wir's«, sagte Brenda und verzog den Mund.

»Also bitte, lasst uns das nicht tun!«, mischte Freddy sich ein und wedelte vor ihnen mit den Händen durch die Luft. »Das ist nicht der Zeitpunkt …«

»Wann genau wäre denn der Zeitpunkt dafür, Freddy?«, fragte LoLo. »Sag's mir! Denn so wie *Little Sis* hier sitzt und sich ein Urteil über andere erlaubt, klingt es absolut danach, als sollte das jetzt auf den Tisch und als wäre es keine Sekunde zu früh!«

»Hör zu, ich will nicht streiten …«

»Ach?«, unterbrach LoLo sie. »Was denn? Du dachtest, du könntest hier sitzen und über meine Brüder seufzen, weil sie nicht zum Begräbnis dieses Versagers von einem Vater kommen? Und damit willst du keinen Streit anfangen? Hast du irgendeine Vorstellung davon, warum sie vielleicht nicht hier sein wollen? Hat dein Daddy dir erzählt, was für ein Daddy er für uns war?« LoLo räusperte sich. Ein paar Schweißperlen bildeten sich auf ihrer Stirn und Nase. »Hat er dir von all den Nächten erzählt, als er uns hier in diesem Haus hungrig und durstig zurückgelassen hat? Dass Freddy so schlimm nach der Ninny seiner Mama geschrien und geschrien hat, dass wir dachten, er kommt nicht durch? Oh, Moment, er konnte dir ja gar nichts davon erzählen, weil er nicht hier war, um es mitanzusehen. Er hat uns im Stich gelassen, Brenda. Damit wir verrecken sollten. Genau hier in diesem Haus, in dem er gestorben ist.«

»Ich will nicht so tun, als wüsste ich, was ihr alle durchgemacht habt …«

»Gut, dann lass es!«, sagte LoLo und versuchte, zu Atem zu kommen. Die Luft war dicker geworden. Sie kratzte sich an der Brust und versuchte, ihren schnellen Atem zu beruhigen.

»O mein Gott, was ist los?«, schrie Brenda, sprang auf und kam zum Sofa geeilt. Gerade rechtzeitig, um LoLo aufzufangen, als ihr Körper nach hinten kippte und ganz steif wurde. LoLo rang nach Atem. Es wollte ihr nicht gelingen.

»Ruf einen Krankenwagen!«, schrie Freddy, der sich neben seiner großen Schwester auf die Couch warf und ihr Gesicht zu sich heranzog. »LoLo, Baby, was ist los? Red mit mir. Was ist los? Atme, Sis. Atme!«

Sie wollte ihm sagen, dass es nicht ging. Sie wollte Freddy

sagen, dass sie wütend war. Sie wollte den beiden sagen, dass sie ihren Mann und ihre Kinder liebte, aber dass sie nicht die Ehefrau und Mutter gewesen war, die sie hätte sein können. Sie wollte ihnen sagen, woran das lag. Sie wollte ihnen sagen, dass sie ihre Mama und ihren Daddy brauchte. Sie wollte ihnen sagen, dass Bear ihr wehgetan hatte. Sie wollte ihnen sagen, dass ihr Inneres leer war – dass sie dieser Welt nichts zu geben hatte. Sie wollte ihnen sagen, dass sie es trotzdem versucht hatte.

Sie wollte ihnen sagen, dass ihr Herz gebrochen war.

DAS BUCH RAE

1999–2004

23

Rae hatte nicht die DNA ihrer Eltern, und das war ihr ungefähr so unwichtig wie die Farbe der Flüssigkeit in ihren Adern. Blut war rot, und Delores Lawrence war ihre Mutter, Thomas Lawrence ihr Vater. Und diese drei Dinge waren für sie unanfechtbar. Sie hatten sie gekleidet und ernährt. Hatten dafür gesorgt, dass sie eine gute Ausbildung bekam. An den meisten Sonntagen hatten die beiden sie in die Kirche mitgenommen und hatten sie Gottesfurcht gelehrt. Sie geliebt. Sie hatte ein eigenes Zimmer, das ihr Daddy pinkfarben gestrichen hatte, weil er meinte, Mädchen würden das mögen. Und Rae mochte es auch. Nicht weil sie ein Mädchen war, sondern weil sie auf dem Beifahrersitz des Eldorado ihres Vaters mit ihm zu dem Laden gefahren und dort über all die rechteckigen Farbproben in jedem erdenklichen Pink gestaunt hatte. Sie suchte nach der traumhaftesten Farbe, und es störte sie kein bisschen, dass am Ende zu viel Rot darin war, sodass es eher an Pepto Bismol erinnerte als an Bazooka-Kaugummi. Ihr Daddy hatte es extra für sie ausgesucht, und es war perfekt, genau wie er. Diese Papiere, sie änderten nichts daran. Konnten sie nicht. Würden sie nicht. Die Worte schrien die Wahrheit hinaus – *Hiermit wird beglaubigt, dass ein Adoptionsansuchen durch das Vormundschaftsgericht am 6. Mai 1971 ordnungsgemäß bewilligt wird. Dem Antrag von Thomas Lawrence und dessen Ehefrau, Delores Whitney Lawrence, auf Adoption des Kindes namens Rae Lawrence wird hiermit stattgegeben.* Rae las die Worte und weinte ganz allein große Tränen, die auf den Teppich ihrer Eltern fielen. Währenddessen lag der Inhalt der geheimen Kiste aus Metall, die sie unter ihrem Bett versteckt hatten, auf ihren spillerigen, aschbraunen Knien verteilt. Nachdem der erste Schreck über das alles in ihrem damals zwölfjährigen Inneren verebbt war, nachdem sie mit dem Schnüffeln in den Papieren ihrer Eltern fertig war, nachdem sie ihre Eltern nicht mehr auf der Suche nach Hinweisen über ihr wahres Wesen betrachtet hatte und im Spiegel nicht mehr zu erkennen versuchte, wer sie selbst war, nachdem sie alle Fotoalben der Familie durchgeblättert hatte, um bestätigt zu finden, dass ihre Mutter tatsächlich darin abgebildet war, für alle Zeiten festgehalten, in einem Boot und mit einem Bauch so flach wie das Deck, auf dem sie stand, obwohl sie zwei Monate später eine Tochter bekommen sollte – nach all dem ging es Rae gut. Es machte ihr nichts aus, dass sie adoptiert war oder dass ihre Eltern ihr das nicht gesagt hatten. Ihre Adoption war LoLos und Tommys Geheimnis, und sie würde es bewahren. Wenn es ihren Eltern so viel bedeutete, würde sie es bewahren.

Tasheera hatte nicht solche Prinzipien. Sie stand im Flur oben an der Treppe und sah die Trauergäste in das Haus von Tommy und LoLo strömen. Mit ihren Friedenslilien, Schüsseln voller verkochtem Hühnchenauflauf, ihren von Trauer erfüllten Blicken und in ihren schwarzen Outfits, die verkündeten, zu welchem Zweck sie gekommen waren. Manche sagten »Hallo«, dann nickte sie. Andere umarmten sie, als gehöre sie zur Familie, als sollte sie hier sein. Dann versteifte sie sich. Sie hatte keine Liebenswürdigkeit zu geben – nur Wahrheit. Ihre Wahrheit. Das Haus, in dem sie stand – dieses hübsche zweistöckige Zuhause mit all den hübschen Sachen, die sich darin stapelten, würde das bescheidene Apartment, in dem sie mit ihrer Mutter und ihrem Bruder aufgewachsen war, wie der Schatten eines Berges überragen. Es belegte die Notwendigkeit. Diese Leute mit ihren freundlichen Worten und unerwünschten Umarmungen verdienten zu erfahren, wer genau Tommy gewesen war. Heute würde sie, quasi über seiner Leiche verkünden, dass sie, Tasheera La'Nae Brown Tommys *little Girl* war. Das echte.

Rae hatte sie erstmals in der Kirche gesehen, wo sie sie angestarrt hatte. TJ, ihre Mama und auch sie. Eine Kirche voller Menschen, die sie schon fast ihr ganzes Leben lang kannte. Dieser kleine Kreis von Freundinnen, die LoLo im Laufe der Jahrzehnte ihrer Ehe gesammelt hatte und die ihren Tommy auch liebten. Und da war dieses eine Mädchen gewesen, das Rae nicht kannte und der TJ schüchtern zuwinkte, während sie Rae beobachtete. Rae war das eigentlich gewohnt. Leute neigten dazu, Promis zu mustern, egal wie hell oder schwach deren Stern gerade strahlte. Und Rae, nun, sie galt im Kreis ihrer Eltern sicherlich als prominent. Sie waren stolz auf eine von ihnen, auf dieses Mädchen, das die Gemeinde hervorgebracht und in die Welt geschickt hatte, um Großes zu vollbringen. Sie arbeitete als Produzentin einer beliebten Sendung auf MTV. Trotzdem dachte heute, an diesem Tag, weil sie Rae wirklich kannten und LoLo liebten, kein Mensch an MTV oder daran, welchen Promis Rae schon in ihrem gut bezahlten Job persönlich begegnet war. Die Leute litten mit Rae, LoLo und TJ, während sie nacheinander Tommy ein letztes Mal auf die Stirn küssten, bevor die Diakone den Sargdeckel langsam schlossen und mit einem bescheidenen Bukett aus pinkfarbenen Hortensien schmückten. Die hatte LoLo aus den Büschen gepflückt, die Tommy nur für sie gehegt und gepflegt hatte. Als Sarah aufstand, um *Their Eyes*

Are on the Sparrows zu singen, und Rae weinte, da weinten diese Menschen auch um dieses vaterlose Kind, das für immer von der absoluten Liebe ihres Lebens Abschied nahm: ihrem Daddy. Die Menschen, denen etwas an Rae lag, konzentrierten sich aufs Trauern. Alle bis auf dieses Mädchen.

Und jetzt war sie hier, spazierte durch Raes Elternhaus, stand herum und alles an ihr strahlte aus, dass sie Ärger machen würde. Rae war im siebten Monat schwanger und einfach erschöpft von der Trauer und dem plötzlichen Tod ihres Vaters. Alle meinten, ihr Daddy sei jetzt an einem besseren Ort. Doch ihr war nichts geblieben, rein gar nichts. Und deshalb hatte sie die Absicht, ihrer Mutter noch einen Kuss zu geben, ihren Bruder zu umarmen, die kleine Schachtel mit dem Schmuck ihres Vaters, den ihre Mutter für sie beiseite getan hatte, in die Handtasche zu stecken und alles andere hinter sich zu lassen.

Aber irgendwie fühlte Rae sich verpflichtet, diese Person im Auge zu behalten.

Im Küchenschrank suchte Rae nach einem Plastikbehälter mit passendem Deckel und machte sich dann auf den Weg zu den mitgebrachten Speisen, die Freundinnen ihrer Mutter und Frauen aus der Gemeinde zubereitet hatten. Durch die Frühstückstheke, die ihr Vater mit eigenen Händen zwischen Küche und Esszimmer gebaut hatte, sah sie das Mädchen, das nur ein, zwei Jahre jünger wirkte als sie selbst, von einem Gast zum anderen gehen. Sie schüttelte Hände, wechselte ein paar Worte und zog dann weiter, wobei sie vor Staunen offene Münder und Getuschel hinterließ.

»Okay, das Auto ist fertig gepackt«, sagte Roman und strich Rae über die Schultern. Doch Rae war so auf diese junge Frau konzentriert, dass sie ihren Ehemann kaum hörte. Sie fuhr mit dem Vorleglöffel in eine Schüssel Makkaroni mit Käse, die am Rand des ausgezogenen massiven Esstischs stand. Fast hätte sie mit dem vollen Löffel Pasta nicht in den Plastikbehälter getroffen. »Äh, ich dachte, du magst kein *Mac and Cheese* von anderen Leuten«, sagte Roman und runzelte die Stirn, während er seine Frau mit dem Essen hantieren sah.

»Was?«, fragte Rae, die weiter löffelte und beobachtete. Ihre Äußerung war jedoch eher ein Platzhalter als eine Bitte um Klarstellung. Sie stand da wie eine Statue – den Löffel in der einen, den Behälter in der anderen Hand, als das Mädchen schon auf die nächsten Freundinnen ihrer Mutter zusteuerte: Sarah und Cindy, die sich zusammen in dem extrabreiten Sessel niedergelassen hatten, auf dem Rae am liebsten Mittagsschlaf hielt, wenn sie früher aus dem College zu Besuch nach Hause kam. Vorher hatte LoLo der Familie verboten, es sich in ihrem guten Wohnzimmer gemütlich zu machen. Die Sofas, der breite Sessel, der Cocktailtisch aus Glas und die Etagere mit Souvenirs an LoLos und Tommys gemeinsames Leben – all das war wie von einem unsichtbaren Schleier bedeckt und tabu gewesen. Außer zum Saubermachen oder für LoLos ganz besondere Gäste. Rae verdiente sich mit ihrem Hochschulstudium – sie war die erste in ihrer Familie – einen Platz auf diesem Sessel. Dort lernte und las sie, schlief sich vom Stress des College-Alltags aus. Nach den Mienen von Sarah und Cindy zu schließen, war dieser Ort des Friedens jetzt alles andere als das.

Gerade als das Mädchen anhob zu sprechen, kam TJ zu ihr geeilt, packte sie am Oberarm und führte sie von den beiden Frauen weg. Raus aus dem Wohnzimmer, die Stufen am Eingang runter und raus in die wärmende Sonne. Raes Augen bohrten Löcher in ihren Rücken, bis sie sie nicht mehr sehen konnte. Dann stand sie da, die Hände voll, den Mund vor Staunen offen, unsicher, was genau sie da gerade beobachtet hatte. Jedenfalls war ihr klar, dass sie der Sache auf den Grund gehen musste. Alle Augen im Raum waren entweder niedergeschlagen, oder sie wichen verlegen ihrem Blick aus. Das war eine persönliche Sache. Das war schlecht.

»Babe, ich dachte, du wolltest gehen«, sagte Roman, eine Spur weinerlich, als Rae den Löffel und den Behälter auf den Tisch sinken ließ und sich auf den Weg zu den Eingangsstufen machte. Roman war kein Fan von Begräbnissen oder dem anschließenden Theater, aber noch viel mehr nervte es ihn, im beengten Rahmen der Familie Lawrence und ihres Dunstkreises zu sein. In dieser Gruppe religiöser einfacher Leute aus den Südstaaten, zu denen er keinen Zugang fand. An der hinteren Wand im Arbeitszimmer seines Vater hingen die Collegeabschlüsse von Familienangehörigen, die drei Generationen zurückreichten und von den Ambitionen der Familie Lister kündeten: Howard, Anwalt; Howard, Ingenieur; Xavier University, Krankenschwester; UPenn, Doktorarbeit. Und trotzdem musterte Mrs Lawrence Roman von oben herab, genau wie ihr Mann, Friede seiner Seele. Als hätte Roman die Vorgabe irgendeines Standards nicht erfüllt, den sie für ihre Tochter im Sinn gehabt hatten. Als wären seine weichen Hände, die frei von Schwielen waren, irgendein Maßstab seiner Männlichkeit – seiner Fähigkeit, Rae ein Zuhause zu bieten und ihre junge, wachsende Familie zu versorgen. Normalerweise begegnete er ihrem Missfallen, das sie ihm durch steife Umarmungen und oberflächliche Gespräche zu verstehen gaben, mit einer Schicht Gleichgültigkeit. Er mied ihre ausgelassenen Pokeno-Spiele und lärmenden gemeinschaftlichen Erinnerungen an »die guten alten Zeiten«, als Country Niggas* noch nichts mit Büchern und Stiften anzufangen wussten und sich stattdessen darauf konzentrierten, was zu schießen, schwere Lasten zu schleppen und mit Mühe sechs, sieben oder acht hungrige Mäuler auf einem Stück Land zu stopfen, das ihnen entweder gehörte oder für das sie sich ihr Leben lang abrackerten. Mit so einem Kampf konnte Roman nichts anfangen. Und er hatte auch nicht das Bedürfnis, sich in diese Lebenssituation hineinzuversetzen. Normalerweise hockte er sich einfach in irgendeine Ecke und las, bis eine angemessene Zeitspanne vergangen war, sodass er aufstehen, sich strecken, gähnen und sagen konnte: »Na schön, ich glaube, es ist an der Zeit, dass wir uns auf den Rückweg nach Brooklyn machen.« Rae war nie bereit für den Aufbruch. Aber heute, nachdem ihre weiße Rose und eine Handvoll Erde dem Sarg ihres Vaters unter die Erde gefolgt waren, da hatte sie sich gerade lange genug von der Schulter ihrer Mutter gelöst, um zu flüstern: »Wir bleiben nicht lange beim Leichenschmaus. Du musst mich von da wegbringen, so früh du kannst.« Das war die vernünftigste Bitte, die Rae den ganzen Tag über geäußert hatte.

Und jetzt machte sie es ihrem Bruder schwer.

Rae, die Romans Unbehagen sonst kaum einmal übersah, scherte sich in diesem Moment nicht um seine Bedürfnisse. Sie würde nicht gehen, bis sie verstanden hatte, welches Leichentuch sich über den Raum gelegt hatte und was das seltsame Mädchen damit zu tun hatte. Rae lief an den niedergeschlagenen Augen vorbei und beschleunigte ihre Schritte die Stufen hinunter, durch die Fliegengittertür, vorbei am Kräuselmyrtenbaum, den ihre Mutter aus einem Zweig gezogen hatte, den sie Jahre zuvor von einem Besuch in South Carolina mitgebracht hatte. Von dort ging es weitere Stufen hinunter bis zur Garage, wo der Rest ihrer Kernfamilie stand, von einem Fuß auf den anderen trat und aufgeregt mit den Händen in der Luft herumfuchtelte, obwohl ihre Stimmen ziemlich gedämpft klangen. Als Erstes fing Rae Uncle Theddos Blick auf, der als Reaktion sofort aufhörte, im Flüsterton zu streiten. Das signalisierte natürlich allen anderen, die ihn angeschaut hatten, während er sprach, dass sie sich umdrehen sollten, um zu erfahren, was er sah.

»Oh, hey Darlin'«, sagte Uncle Theddo und klang nervös. »Komm mal her und umarme einen alten Mann.«

LoLo und TJ starrten auf ihre Füße und spähten nur verstohlen zu Rae und dem Mädchen, während Uncle Theddo die Arme nach ihr ausstreckte.

»Hey, Uncle Theddo«, sagte Rae zögernd. Sie ließ sich von ihm fest umarmen, behielt aber ihr Ziel vor Augen. »Ich mach mich bald auf den Weg, Mommy«, sagte sie zu LoLo, sah dabei aber das Mädchen an.

»Yeah, Baby, ist gut. Es war ein langer Tag«, sagte LoLo eilig. »Wahrscheinlich ist es das Beste …«

Weiter kam sie nicht, bevor das Mädchen sie unterbrach.

»Hi«, sagte es rasch und streckte Rae die Hand hin. »Ich bin Tasheera.«

»Oh, hey, nett dich kennenzulernen«, sagte Rae. Als sie gerade fragen wollte, woher sie ihren Vater gekannt hatte, mischte TJ sich ein.

»Yeah, äh, wir wollten euch beide gerade einander vorstellen. Das hier ist Uncle Theddos Tochter«, platzte er dazwischen.

Rae merkte, wie Tasheera ruckartig den Kopf in TJs Richtung drehte, als er das sagte. Und sie sah, wie LoLo von einem Fuß auf den anderen trat und ihre Augen schmal wurden.

Wie Uncle Theddo die Schultern und den Kopf hängen ließ, bevor er sich räusperte. Tasheera entzog Rae ihre Hand und räusperte sich auch.

»Uncle Theddos Tochter?«, fragte Rae.

Rae war neugierig, und so gab es nicht viel, was die Erwachsenen vor ihren großen Ohren verheimlichen konnten, als sie noch jünger war. Doch erst als sie älter wurde, verstand sie wirklich, was da gesagt wurde und warum. Sobald sie ihr erwachsenes Verständnis von Dingen benutzte, ergaben die abstrakten Unterhaltungen, die sie als Kind zu begreifen versucht hatte, einen Sinn. Erst da erkannte sie, wie kaputt die Erwachsenen um sie herum eigentlich waren. Uncle Theddo, der neben seiner ersten Ehe noch genügend »zusätzliche« Kinder hatte, um damit eine Sportmannschaft aufzustellen, war wahrscheinlich der Schlimmste von allen. Dass da jetzt eine erwachsene junge Frau als Cousine ersten Grades vorgestellt wurde, von der bis zum heutigen Tag keiner gewusst hatte, kam Rae kein bisschen seltsam vor. Nicht anders zu erwarten, obwohl sie sich schon fragte, was Uncle Theddos eheliche Kinder von diesem neu entdeckten Geschwister halten mochten – falls sie einander überhaupt schon vorgestellt worden waren.

»Mmmhmmm«, machte Uncle Theddo und nickte, wobei er den Blick nie so richtig von seinen schwarzen Stacy Adams Budapestern nahm. Die hatte er so poliert, als versuchte er, bei einem Begräbnis einen respektablen Eindruck zu machen oder die Aufmerksamkeit einer Frau zu erregen.

»Hey, nett, äh, dich kennenzulernen, Cousine«, sagte Rae.

»Yeah, ähm, ich kann das nicht«, sagte das Mädchen.

»Hey, hey, nicht hier – nicht jetzt«, schaltete LoLo sich ein und griff nach Tasheeras Arm.

»Was meinen Sie mit, nicht jetzt?«, fauchte sie und riss ihren Arm los. »Wenn ihr mich fragt, gibt es keinen besseren Zeitpunkt als gerade jetzt!«

Rae wich ein Stück zurück. »He, sieh dich vor«, sagte sie mit Blick auf die Hand ihrer Mutter und den Arm des Mädchens. »Das ist meine Mutter.« Ihre Stimme, normalerweise silbrig und hell, war jetzt ein dröhnender Bass. »Zeitpunkt für was?«

»Nicht jetzt«, wiederholte LoLo, diesmal mit verkniffenem Mund und Nachdruck.

Tasheera kniff die Augen ein wenig zusammen, sagte aber nichts. Stattdessen griff sie in ihre Handtasche und zog ein kleines Stück Papier heraus – die Lasche eines Briefumschlags – und hielt es Rae hin. »Ich, äh, hab das für dich aufgeschrieben«, sagte sie. »Ich fand, du solltest sie haben.«

Rae nahm den Zettel und hielt ihn sich näher vor die Augen. Darauf standen, mit rotem Stift hingekritzelt, zwei Namen, jeweils gefolgt von einer Telefonnummer.

»Die obere Nummer ist meine, die untere die von meinem Bruder«, sagte sie. »Ich dachte, es ist vielleicht an der Zeit, dass du deine Geschwister kennenlernst.«

Das Papier fühlte sich an wie Feuer in Raes Händen. Namen und Nummern tanzten wie Flammen auf dem Papier. Sie sah erst LoLo an, dann TJ, der den Kopf schüttelte und in Richtung Himmel murmelte: »Da irrst du dich.«

»Geschwister?«, sagte Rae, legte den Kopf schräg und musterte die junge Frau von Kopf bis Fuß. »Was meinst du mit Geschwister?«, fragte sie dann mit mehr Arroganz als Neugier zwischen den Worten.

»Ich meine genau das, was ich gesagt habe. Mein Bruder Mikey und ich, wir haben denselben Daddy wie du.«

»Welchen Daddy?«, fragte Rae, immer noch verärgert, aber auch verwirrt.

»Thomas Lawrence war auch unser Vater«, sagte Tasheera schlicht und ergreifend.

LoLo, die sich immer noch von dem Herzanfall erholte, den sie erlitten hatte, als sie zum Begräbnis ihres Vaters nach South Carolina gereist war, rieb sich über die Brust, die sich merklich hob und senkte. Dabei atmete sie in tiefen Zügen die feuchte Luft ein. Rae griff nach dem Arm ihrer Mutter und sah ihren Bruder weggehen. Er warf die Hände in die Luft und fuhr sich dann damit durch seinen kurzen Afro. »O Mann«, sagte er und seufzte. »Ich hab dir gesagt, du sollst sie dazu bringen, dass sie geht! Jetzt schau dir das an«, murmelte er und deutete mit dem Kinn auf Uncle Theddo. Der stand noch da – und sagte kein einziges Wort mehr.

Rae richtete ihre Aufmerksamkeit auf ihren Bruder. »Du wusstest davon?«

Tasheera antwortete an seiner Stelle. »Yeah, er wusste es. Alle wussten es. Deine Onkel, dein Bruder. Hab's auch deiner Mom vor einiger Zeit gesagt. Sorry, dass sie es dir nicht verraten hat, dieses …«

Rae gönnte Tasheera nicht die Genugtuung, das Wort »Geheimnis« auszusprechen. Sie fand, das Mädchen hatte schon genug geredet. – Das Haus ihrer Eltern, ihre Mutter, ihre Familie genug herabgesetzt. Sie würde den Namen ihres Vaters nicht auf der Zunge dieses Mädchens dulden. Nicht hier. Nicht vor dem Haus ihrer Eltern. Nicht an diesem Tag – dem bisher härtesten in ihrem dreißigjährigen Leben –, an dem sie ihren Daddy begraben hatten. Das würde Rae nicht zulassen. Sie würde es einfach nicht zulassen.

Rae war Rechtshänderin, aber sie ballte jetzt die linke zur

Faust. Das war ein Trick, den ihr Daddy ihr an einem Samstagabend beigebracht hatte, als sie noch ein Kind war und neben seinem Fernsehsessel im Kellergeschoss auf dem Boden saß. Er schrie damals den Fernseher an, während irgendein Weltergewichtboxer seinen Gegner vernichtete. Rae liebte es, mit ihrem Vater Boxen zu sehen – und seine New York Mets, die NBA und die NFL. Dabei war das keinerlei Anzeichen dafür, dass Rae ein Sportfan gewesen wäre. Sie mochte Sport eigentlich gar nicht, abgesehen von den Knicks, aber die auch nur, wenn sie John Starks süßes Hinterteil leibhaftig sehen konnte. Aber abgesehen davon ging es ihr, vor allem als Kind, weniger darum, für die Favoriten ihres Vaters zu jubeln, sondern darum, Zeit mit ihrem Dad zu verbringen. Mit ihm zu lachen und einen ganzen Pint Butter-Pecan-Eis von Häagen-Dazs ohne schlechtes Gewissen zu verputzen und aus der sinnvoll verbrachten Zeit Lektionen zu lernen und Liebe zu bekommen.

Und dann war da dieser eine Abend, als sie ihm verraten hatte, dass sie sich vor einem Mädchen namens Laurie fürchtete. Laurie war eine toughe Person und stand im Mittelpunkt der Aufmerksamkeit aller Jungs im Englischkurs ihrer siebten Jahrgangsstufe. Trotzdem war sie eifersüchtig, weil Tony sich wegen einer Hausaufgabe Hilfe suchend an Rae gewandt hatte. Deswegen wollte sie Rae verprügeln. Sie verkündete das im ganzen Jahrgang, an jedem Tisch in der Mittagspause und auch an der Bushaltestelle. Rae war starr vor Angst. Sie wollte weder einen Freund noch eine Schlägerei. Sie war nur eine Streberin, die lauter gute Noten schrieb, und ein Junge hatte sie gefragt, ob sie ihm bei einer Hausarbeit helfen könne. Es machte ihr nichts aus, das zu tun, aber nicht für den Preis, dafür eine Abreibung verpasst zu bekommen.

»Siehst du's? Siehst du's? Schau ihn dir an, Baby. Pass genau auf«, hatte ihr Vater gesagt, mit dem Finger auf den Fernseher gezeigt und sich vorgebeugt. »Er hat ihn in die Seile gebracht, aber Haggler wird gleich seine Linke benutzen und ihm damit einen Hammerschlag verpassen. Schau genau hin.«

Klar, dass der Gegner von Mittelgewicht Marvelous Marvin Haggler es mit dem Linkshänder nicht aufnehmen konnte. »Schau, die rechnen damit, dass er mit der Rechten zuschlägt, weil die meisten Leute Rechtshänder sind«, hatte Tommy erklärt, während er auf der Kante seines Sessels saß und immer näher an die riesige Fernsehkonsole aus Holz rückte, die neben der ebenso großen Stereoanlage auf dem Boden stand. »Die rechnen mit deiner rechten Hand. Richten den Blick auf sie. Das trainieren sie, der auszuweichen und zu kontern. Aber dann holst du mit der Linken aus und boooooyyyy«, meinte er schnaufend und grinsend, »das haben sie nicht kommen sehen.«

Tommy war inzwischen aufgesprungen, hatte die Fäuste geballt und selbst Kampfhaltung angenommen. »Okay, steh mal auf und mach so«, hatte er gesagt. Rae gehorchte. »Also, wenn sie auf dich losgeht, wird sie es so machen«, sagte er und bewegte seine Hand in Zeitlupe auf Raes Gesicht zu. »Anschließend nimmt sie den Arm runter und duckt sich in die Richtung, weil sie erwartet, dass du mit deiner Rechten zurückschlägst. Wenn sie das macht, kommt sie deiner Faust direkt entgegen. Du holst mit der Linken aus, nimmst den Schwung aus deinem rechten Bein und deiner linken Hüfte. Wirfst dich mit dem ganzen Körper in die Bewegung, verstanden? Jetzt nimm deine Hände hoch.«

Rae ließ Tasheera den Satz nicht beenden. Sie schlug dem Mädchen voll in sein dreckiges Gesicht. Und zwar in der Absicht, dass wann immer Tasheera an Delores und Thomas

Lawrence und deren Geheimnisse dachte, sie sich schnell selbst bremste und an etwas – irgendwas – anderes dachte, als die Eltern des Mädchens mit der fiesen Linken, die ihr so heftig auf die linke Schläfe gedroschen hatte, dass sie tatsächlich Sternchen sah. Sie würde in den nächsten vierzehn Tagen eine Menge Abdeckcreme brauchen, um den blauen Fleck zu kaschieren, den Raes Knöchel ihr ins Gesicht gemalt hatten.

Es bedurfte TJs, Uncle Theddos, LoLos, Sarahs und noch einiger weiterer Hände, die Rae weder sah noch erinnerte, um die Angreiferin von dem Mädchen weg und ins Untergeschoss des Hauses auf eine Couch zu bringen. Dort musste man sie festhalten, während sie alle möglichen fiesen Sachen sagte, die die braven Kirchgänger weder gutheißen konnten noch hören wollten. Danach verabschiedeten sich alle rasch mit flüchtigem Winken und gemurmelten Beileidsbekundungen. Ihr Respekt vor dem Zuhause von Tommy und LoLo war dann doch größer als das eventuelle Verlangen, sich dieses Schwarze Theater weiter anzusehen. Dabei lag Tommy unter der Erde und war doch noch nicht einmal ganz kalt. In ihren Augen war das alles eine verdammte Schande.

* * *

So war das üblich. Leben und Geschichten ereigneten sich im Verborgenen und wurden tief vergraben – so tief in den Falten der Erinnerung, im Mark der Gebeine. Wie die meisten Schwarzen, die so manches durchgemacht hatten, waren die Lawrences absolut verschlossen. Sie verheimlichten ihre Geschichten wie löchrige Unterwäsche, die nie ans Tageslicht kommen durfte. Die Wurzeln der Gründe für diese Heimlichtuerei waren Verlegenheit, Scham und Furcht. So sprach keiner über Uncle Jed, dem man seine Geschlechtsteile abgeschnitten und sie unter den Baum geworfen hatte, an dem eine Horde besoffener Peckerwoods ihn an einem Dienstagabend aufgeknüpft hatten, weil ihnen nichts Besseres einfiel. Den Vertretern des Gesetzes waren solche Dinge scheißegal, und dieselben Peckerwoods, die von den Anschuldigungen angepisst waren und schon die Vorstellung empörend fanden, dass ein Nigger* mit dem Finger auf sie zeigte, konnten schließlich immer zurückkommen und dem Bruder oder Sohn, der Mama oder der schwangeren Ehefrau von Uncle Jed Ähnliches antun. Jedem, der auf Vergeltung aus war. Furcht verschloss einem den Mund. Scham funktionierte genauso. Die dreckige Wäsche einer Familie – die Verluste, Fehltritte, Lügen und Geheimnisse – durfte nie ans Tageslicht kommen. Man musste all das zusammen mit dem Sarg begraben. Sechs Fuß tief unter dem übrigen Dreck.

Rae wollte damit nichts zu tun haben. Sie war von Natur aus neugierig und Journalistin obendrein. Daher wusste sie eine gute Story zu schätzen und auch, wie man sie erzählen musste. Noch größer war allerdings ihre Sehnsucht, die Herkunftsgeschichte ihrer Familie zu kennen und zu verstehen. Das Gute, das Hässliche und auch das Komplizierte daran. Wenn schon ihre eigene Herkunft vor ihr verborgen bleiben musste, wenn sie nichts über eine Mutter und einen Vater wissen durfte, die sie weggegeben hatten, denen sie ähnlich sah, deren Blut in ihren Adern floss. Wenn das auf ihrer Geburtsurkunde angegebene Datum vielleicht nicht einmal stimmte, dann war es doch das Wenigste, dass sie all diese Dinge über die Familie wissen sollte, die sie angenommen, großgezogen und zu einem Teil von sich gemacht hatte. Diese Dinge bedeuteten ihr etwas.

Weder Tommy noch LoLo konnten sich so entblößen, wie

Rae es gern gehabt hätte. Sie machte es ihnen auch schwer. Weil sie einfach zu neugierig, zu laut war. Und viel zu sensibel, als dass sie Geheimnisse hätten preisgeben wollen. Wenn irgendetwas Großes passierte, verheimlichten alle es vor Rae, deren erste Reaktion auf schwierige Diskussionen, was sie auch gerne zugab, meist eine sehr emotionale war: Tränen, Geschrei oder brütendes Schweigen. Ihre Mutter ertrug das kaum, wobei es weder LoLo noch Rae in den Sinn kam, dass die Mutter der Auslöser für die Ausbrüche der Tochter war. Ihren Daddy erfüllten sie mit Sorge. Für Rae allerdings gehörte es in den Bereich normaler menschlicher Reaktionen, Fragen zu stellen, Informationen zu prüfen und Gefühle auszudrücken. Man hörte oder erlebte etwas, das einen verletzte oder aufregte, und dann war es absolut natürlich, darauf emotional zu reagieren. Das rauszulassen war in ihren Augen so unerlässlich für die eigene Heilung und die Fähigkeit, das vorliegende Problem anzupacken, wie heiße, feuchte Luft für die Fortbewegung eines Dampfers. Nie schien einem der anderen in den Sinn zu kommen, dass die Verheimlichung von Verletzungen doch niemandem ersparte, den Schmerz der schwärenden Wunden zu spüren. Das beeinträchtigte die Familie auf eine Weise, die sie nicht benennen konnte und wollte. Doch Rae war zu dem Schluss gekommen, dass ihre Tränen und bohrenden Fragen diesen Wunden zu frischer Luft und Licht verhalfen, die für die Heilung nötig waren. Selbst wenn es zunächst wehtat, die Pflaster davon abzureißen.

Trotzdem war diese Verletzlichkeit ihrer Mutter ihrem Vater und ihrem Bruder so unangenehm, dass sie allesamt Meister darin wurden, etwas vor Rae zu verheimlichen. Kleine Dinge, große Dinge, so viele Geheimnisse. Zu Raes Schutz, behaupteten sie. »Na, na, du bist zu vielbeschäftigt, um dich mit so was zu befassen«, pflegte Tommy zu sagen, wann immer Rae auf die Details von irgendwas stieß, das schiefgelaufen war. Zum Beispiel der kaputte Kühlschrank, dessen Reparatur er und ihre Mutter sich gerade nicht leisten konnten, oder dass TJ seine Freundin geschwängert hatte und jetzt die richtigen Worte brauchte, um sie von einer Abtreibung zu überzeugen. Tommy hatte sogar erwogen und rausgezögert, ihr von der Herzattacke ihrer Mama zu erzählen, die sie erlitten hatte, als sie zum Begräbnis ihres Vaters in South Carolina war. Und die Tatsache, dass nur Augenblicke gefehlt hatten, bevor sie ihrem Daddy durch die Tür des Todes gefolgt wäre.

»Hey, Baby, was treibst du so?«, hatte er lässig gemeint, als wäre das ein ganz normaler Sonntagnachmittag im Sommer, warm und friedlich.

Als er anrief, hatte Rae sich gerade seit ungefähr zwanzig Minuten hingelegt. Sie hatte abwechselnd gedöst und sich über eine Kochsendung aufgeregt, in der irgendeine Italienerin sich dauernd die Finger ableckte, während sie ein Lemon Curd für Gäste zubereitete. Rae war froh, dass Roman mit seinem besten Freund irgendwo hingegangen war, um eine Mischung aus Tennis und Handball zu spielen, von der sie noch nie gehört hatte. Das Baby hatte endlich aufgehört, seine Füßchen in die Rippen der werdenden Mutter zu bohren und anscheinend selbst ein Nickerchen eingelegt. Ruhe war für die junge TV-Produzentin eine Seltenheit, vor allem seit sie die Tage bis zu ihrem Mutterschutz zählte. Trotzdem ging Rae dran, als sie die Nummer ihrer Eltern auf dem Display des Telefons sah, und unterdrückte ein Gähnen. »Ich sitze hier nur und schaue fern. Deine Enkelin hat endlich mal mit ihrem Gehampel aufgehört«, meinte Rae und rieb sich leise lachend den Bauch.

»*That's my girl.* Aber sie hampelt nicht, sie ist bloß vielbeschäftigt wie ihre Mama«, sagte Tommy und lachte herzlich. »Das wird noch ein Spaß zuzusehen, wie du versuchen wirst, dieser Miniversion von dir selbst hinterherzukommen.«

»Ich bin schon müde, wenn ich bloß dran denke«, erwiderte Rae.

So scherzten sie bestimmt gute fünfzehn Minuten, bevor Tommy endlich die richtigen Worte und den Mut fand, ihr die Neuigkeit mitzuteilen. »Du weißt doch, dass LoLo in South Carolina ist.«

»Ich weiß, Daddy. Ich hab gestern mit ihr gesprochen. Sie meinte, Auntie Brenda hätte versucht sie zu überreden, dass sie sich die Augenbrauen machen lassen soll. Ich hätte was bezahlt, um bei dem Gespräch dabei zu sein. Du weißt doch, dass Mommy keinen Schmerz mag. Und da wird gezupft.«

»Yeah, also, heute ist sie im Krankenhaus«, sagte Tommy.

»Im Krankenhaus? Wegen der Beerdigung von Grandpa? Ich dachte, er wäre inzwischen schon beim Bestattungsinstitut.«

»Nein, er ist schon im Bestattungsinstitut aufgebahrt. Deine Mutter ist im Krankenhaus, weil sie krank ist.«

»Krank?«, fragte Rae und stützte sich auf ihre Ellbogen hoch, als könnte sie dadurch etwas besser hören und verstehen.

»Sie ist, äh, auf der Intensivstation.«

»Wie meinst du das, Daddy? Was macht sie denn auf der Intensivstation?«

»Sie hatte einen Herzanfall, Sunshine.«

»Was?« Rae griff sich an ihre eigene Brust.

»Die, äh«, Tommys Stimme brach, »die tun für sie, was sie können, Babygirl.«

»Sag das nicht«, erwiderte Rae, und ihre Augen füllten sich mit Tränen.

»Baby …«

»Sag das nicht«, wiederholte sie, nur brach diesmal ihre Stimme.

»Rae, fang jetzt nicht an zu weinen …«

»Sag mir das nicht!«, schrie sie. Ihre Nase brannte, und vor lauter Adrenalin bekam sie hämmernde Kopfschmerzen.

»Rae, hör auf damit! Du kannst nichts tun, und das ganze Weinen wird nichts ändern.«

»Wo ist sie? Ich muss sie sehen! In welchem Krankenhaus liegt sie? Wir müssen da hin – ich muss meine Mutter sehen!«

»Das ist alles nicht nötig«, sagte Tommy tonlos. »Es bringt auch nichts, wenn du im Krankenhaus anrufst. Du kannst jetzt nichts für sie tun. Ich kümmere mich um alles.«

»Aber Daddy …«

»Ich sagte, ich kümmere mich. Wo ist Roman?«

»Was? Roman? Er ist … Tennis spielen oder so …«, antwortete Rae kaum verständlich.

»Am besten sagst du ihm Bescheid. Ich rufe dich heute Abend wieder an.«

Und einfach so legte Tommy seiner Tochter den Hörer auf. Bis Roman erst den C und dann den F Train aus Manhattan zurück nach Brooklyn genommen hatte und dann noch die vier Blocks von der Subway-Haltestelle zu ihrer Wohnung im Stadtteil Fort Greene gelaufen war, da hatte Rae schon mit einer Schwester in dem Krankenhaus gesprochen, in dem ihre Mutter lag. »Oh, Honey«, hatte die Schwester gesagt. »Wir tun alles, was in unserer Macht steht.« Ihre Stimme war wie Pound Cake – süß, aber mächtig. Sachen, von denen Rae überzeugt war, sie würden sie nur umbringen.

Das Leben war hart. Rae war gerade einmal seit zwei Jahren verheiratet, und da war ein Baby, das in ihrem Bauch herumtollte. Aber man musste sich dem Leben stellen, selbst wenn ihr Vater nicht überzeugt davon war, sie könne schon mit allem umgehen. Welche Wahl hatte sie denn? Ihre Mutter, diese Frau, die Rae liebte wie die Luft zum Atmen, aber auch bis in ihr Innerstes fürchtete, hatte sie erst vor ein paar Tagen auf die Wange geküsst und ihren Schwangerschaftsbauch gestreichelt. Dann hatte sie geflüstert: »Grandma liebt dich, Kleines. Komm da raus, damit ich dich sehen kann!« Und gerade jetzt, als ihre Mutter begann, eine Zärtlichkeit an den Tag zu legen, die niemand von ihnen kannte, lag sie in einem anderen Bundesstaat im Krankenhaus. Ihr plötzlich von Licht erfülltes Herz war schwach geworden. Rae brauchte ihre Mutter. Sie brauchte sie stark und zu Hause. Damit sie ihr zeigte, wie sie ihrer eigenen Tochter eine Mutter sein konnte. Und das musste sie ihr sagen.

»Ruf heute Abend wieder an, Sugar«, sagte die Schwester freundlich. »Bis dahin sollten wir einige weitere Infos für dich haben.«

Rae würde keine Gelegenheit mehr zu diesem Anruf finden. Stattdessen erhielt sie nur ein paar Stunden, nachdem sie vom Zustand ihrer Mutter erfahren hatte, einen zweiten Anruf. Diesmal von ihrem Bruder. Im Gegensatz zu Tommy hielt TJ nichts von Subtilität, Behutsamkeit oder Zauderei. »Rae, Daddy hatte einen Autounfall auf dem Weg zum Flughafen, als er zu Mommy fliegen wollte. Er ist tot.«

Nach dieser ganzen Tragödie stand Rae jetzt im Untergeschoss ihres Elternhauses, schaute abwechselnd auf ihre geschwollenen Fußknöchel und die Lippen ihres Bruders. Immer noch versuchte sie, sich einen Reim auf die Information zu machen, die sie eben in der Einfahrt bekommen hatte. Versuchte zu begreifen, wie ihr Vater, dieser liebenswürdige, wundervolle Mann, der seine Familie liebte, insgeheim eine zweite hatte gründen können. Sodass dieses Mädchen jetzt frech in ihrem Zuhause aufkreuzen und versuchen konnte, alles für sich zu beanspruchen, was Rae von ihrem Daddy geblieben war – all das Gute.

»Ich hab ihr gesagt, sie soll nicht herkommen«, sagte TJ.

»Moment. Ich verstehe nicht. Du kennst die Bitch?«

»Sie ist keine Bitch«, sagte TJ. »Aber was sie da eben gemacht hat, das war definitiv bitchy.«

»TJ, spiel keine Spielchen mit mir. Wer ist das Mädchen? Was meint sie damit, dass Daddy ihr Vater ist?«

TJ schluckte schwer. »Also, das ist nicht gelogen. Sie ist Daddys Tochter. Sie hat auch einen kleinen Bruder, und der ist Daddys Sohn.« Rae starrte TJ an, seine dicken Lippen, als könnte sie dadurch die Worte, die aus seinem Mund kamen, besser verstehen. Er sprach weiter: »Sie sind nur ein paar Jahre jünger als wir. Sie ist siebenundzwanzig, er fünfundzwanzig. Sie wohnen mit ihrer Mutter ein paar Blocks von Uncle Samuel entfernt.«

»Woher weißt du das alles?«

TJ schwieg untypisch lange. Schließlich sagte er: »Ich hab Daddy begleitet, wenn er sie besucht hat – um nach ihnen zu sehen, ihnen Geld zu bringen, sicherzustellen, dass es ihnen gut ging.«

Rae verzog ungläubig ihr ganzes Gesicht. »Moment, du hast was? Du wusstest es die ganze Zeit?«

»Yeah«, sagte TJ leise. »Dad erzählte euch immer, wir würden zu Uncle Sam fahren, aber ich wusste schon, wenn wir in den Wagen stiegen, wohin es wirklich ging.«

Raes Brust begann, sich heftig zu heben und zu senken, Tränen traten ihr in die Augen. Das Baby zappelte und trat um sich, sodass Rae unwillkürlich die Hand auf ihren Bauch legte. »Mommy … Mommy wusste es die ganze Zeit?«

»Also, genau das ist die Sache. Tasheera rief immer dann zu Hause an, wenn sie meinte, Dad wäre da. Er sagte ihr, sie sollte auflegen, wenn einer von uns ranging. Aber beim letzten Mal, vor ein paar Wochen, da blieb Tasheera dran. Sie hat Mommy alles gesagt.«

Rae wischte sich wütend die Tränen ab. »Sie hat was?«

»Yeah. Alles.«

»Wann war das?«

»Unmittelbar bevor sie nach South Carolina gereist ist. Am selben Tag, als Grandpa starb.«

»Du willst mir also sagen, dieses Mädchen hat unsere Mutter angerufen und einfach so mit ihr geredet?«

»Yeah.«

»Woher weißt du das?«

»Weil Mommy mich angerufen und es mir gesagt hat.«

»Dich angerufen und dir was gesagt hat?«

TJ holte tief Luft. »Sie hat gesagt, dass Tasheera angerufen und ihr gesagt hat, dass sie Daddys Tochter wäre, einfach so. Und Ma sagte, sie hätte sie in ihre Schranken gewiesen.«

»Was meinst du mit ›in ihre Schranken gewiesen‹?«

»Sie hat ihr erklärt, es kümmere sie nicht, wer ihr Daddy wäre, und wie sehr sie es auch versuchen würde, nie würde sie seine wahre Familie und niemals Daddys *little Girl* sein, weil er schon eines hätte.«

Rae wischte sich neue Tränen von den Wangen und spürte, dass sie gleich laut losheulen würde, als sie hörte, wie die Haustür zugeknallt wurde. Dann lauschte sie auf die unverwechselbaren Schritte ihrer Mutter – schwer und gemächlich – auf den mit dickem Teppich belegten Stufen. Ihre Blicke trafen sich.

»Das habe ich auch so gemeint«, sagte LoLo. »Sie hätte nie deinen Platz einnehmen können.«

Da brach es aus Rae hervor. Ihre Kehle war eine Quelle von Schluchzern. Sie kämpfte damit, während sie ihre rechte Hand ausstreckte, um sich von der Couch hochzudrücken. TJ kam herbeigesprungen, um ihr beim Aufstehen zu helfen. Seine und LoLos Hände waren auf ihren Armen, ihrem Rücken, überall, um sie im Stehen zu stützen. TJ zog sogar ein Taschentuch aus der Brusttasche seiner Anzugjacke und versuchte, damit seiner Schwester die Tränen abzuwischen. Rae drehte ruckartig das Gesicht weg.

»Bin ich nicht ein Glückspilz?«, höhnte sie. »Da habe ich gesehen, wie mein Vater unter die Erde kam, und dann eine Schwester und einen Bruder bekommen. Alles am selben Tag.« Und dann schrie sie, ihrem Bruder immer noch in die Augen starrend: »Roman! Ich bin bereit zum Nachhausefahren!« Ihr Atem war heiß vor Zorn. Nur einen Moment starrte sie TJ noch an, dann schob sie sich, so gut sie konnte, zwischen den beiden durch. Dabei streifte ihr Bauch den ihrer Mutter und ihr Po das Bein ihres Bruders. Sie wusste, dass die beiden ihr nachsahen, wie sie die Treppe hinauf und zur Haustür hinaus verschwand. Ihre Wut, Trauer und Verwirrung waren ein dicker Eintopf, an dem ihre Mutter und ihr Bruder jetzt zu kauen hatten. Deshalb verheimlichten sie Wahrheiten vor ihr. Deshalb hüteten sie ihre Geheimnisse.

24

Die Nadel in ihrem Rückgrat, die Wehen, diese dämliche Maschine, die in einem Rhythmus piepte, der nicht zu Donny Hathaways *A Song for You* passte, der auf Dauerschleife im CD-Player lief – all das löste in Raes Körper einen Schmerz aus. Einen Schmerz, der bis tief in ihre Seele reichte und sie in den Augenblicken, wenn sie tatsächlich Luft holen konnte, dazu brachte, sich zu fragen, was sie sich eigentlich dabei gedacht hatte. Damals als sie Roman viel von dem billigen Weißwein eingeschenkt, ihn geküsst und atemlos gesagt hatte: »Wir sollten ein Baby machen.« Sie wusste schon immer, dass sie Mutter werden wollte. Sogar schon bevor sie auch nur begann zu begreifen, wie eine Frau ganz praktisch eine wurde. Ihre eigene Mutter hätte ihr ja beinah das Schwarze von den Oberschenkeln geschlagen, als sie sie im Alter von acht Jahren erwischte, wie sie mit ihrer »Rub a Dub Dolly«-Puppe unterm Nachthemd durchs Untergeschoss stolzierte – der Mittelpunkt von Raes frühen Schwangerschaftsfantasien. »Sieh zu, dass du frühreifes Girl gefälligst ins Bett kommst!«, hatte LoLo geschrien und gekeucht, während sie Raes Arm in die Höhe riss. So hatte sie ihre Tochter gezwungen, den Schlägen tänzelnd auszuweichen, als wäre sie eine klappernde Marionette an Fäden. Dabei hatte Rae keine Ahnung, was sie falsch gemacht hatte. Auntie Para Lee hatte einen dicken Babybauch, und alle waren ganz aufgeregt, wenn sich da drin was bewegte. Sie strichen darüber und machten *»Coochie Coo«,* während Para Lee fett, vergnügt und kichernd dasaß.

Als Rae Para Lees Neugeborenes zum ersten Mal sah, hielt sie es zunächst für eine Puppe. Beim Schlafengehen am selben Abend musste sie daran denken, wie das Baby ihren kleinen Finger umklammert hatte und wie sein Kopf gerochen hatte, als sie daran geschnüffelt hatte. Rae wollte ein Baby. Das wusste sie von Anfang an. Das Bedürfnis wurde sogar noch stärker, nachdem Rae die Adoptionspapiere gefunden und erstmals begriffen hatte, dass alle Zweige auf allen Stammbäumen, die sie im Laufe der Jahre für Schulprojekte gebastelt hatte, so fake waren wie die Ahornblätter, die sie sorgsam aus grünem Karton ausgeschnitten hatte. Egal, wie unterschiedlich sie sie gestaltete, die Namen der Leute, waren nur dem Namen nach und per amtlichem Erlass Verwandte. Sie wollte auch etwas, das wirklich zu ihr gehörte. Sie liebte ihre Eltern, ihren Bruder, doch sie wünschte sich einen echten Zweig mit eigenen Wurzeln. Ihre Gebärmutter würde der Boden, ihre Glückseligkeit und ihr Wunsch der Dünger sein, damit ihr eigener Stammbaum blühen konnte.

Doch jetzt war dieses Baby, von dem sie geträumt hatte, seit sie selbst beinah noch ein Baby war, im Anmarsch. Nur noch Augenblicke von seinem ersten Atemzug entfernt. – Und nichts war in Ordnung. Rae lag mit gespreizten Beinen in einem Krankenhausbett. Ein Raum voller fremder Menschen starrte auf ihre Genitalien, drückte auf ihren Bauch, ihre Arme und ihre Vagina, während ein komplettes menschliches Wesen sich den Weg aus ihrem Körper herauskämpfte. Daran war kein Gramm Freude. Typisch Rae, hatte sie jedes Buch zum Thema »Wie bekomme ich ein Baby?« gelesen, das ihr in die Finger kam, um sich vorzubereiten. Sie hatte auswendig gelernt, überlegt, geübt und sich auf jede Sekunde davon vorbereitet, was da kommen würde. Braxton-Hicks-

Kontraktionen. Geplatzte Fruchtwasserblase. Eine fertig gepackte Tasche fürs Krankenhaus. Sie hatte einen Plan fürs Krankenhaus parat und sich die Geburtsstation angesehen. Mit jeder Ärztin und jedem Arzt ihrer gynäkologischen Praxis gesprochen. Verstanden, dass es wichtig war, diese Pillen zu schlucken, auch wenn sie so groß waren, als wären sie für Pferde gedacht. Sie wusste, was passieren würde, wenn das Baby auf dem Weg nach draußen war – der Schmerz, das Pressen, die Kacke, der Ring of Fire, der Dammriss, die Plazenta, das Kolostrum, das Bonding durch Hautkontakt, die Blutung und Unbeweglichkeit, nachdem alles passiert ist, alles, was richtig und alles, was falsch laufen kann. Aber keine von diesen Bitches hatte ein Wort darüber verloren, was zu tun ist, wenn dein Daddy, dein Held, seine Ehefrau betrogen, eine komplette Zweitfamilie gegründet und ernährt hat, und dann stirbt, als er versucht, zu der Frau zu reisen, die sich bis auf ihre verdammten Knochen aufgearbeitet hat, um ihn zu versorgen und zu lieben, nur um sich am Ende das Herz von ihm brechen zu lassen.

Rae konnte keine Freude empfinden, weil sie so wütend war. Sie fühlte sich belogen. All die Dinge, die LoLo verlangt und eingefordert hatte, damit sie die perfekte Frau würde – lauter Bullshit. *Bullshit.* Schreib gute Noten, lass keinen an dich ran, besuch ein gutes College, mach Karriere, heirate einen Mann, der so gut ist wie dein Daddy, krieg ein paar Kinder und sei eine gute Ehefrau, Mutter und Hausfrau. Darauf hatte LoLo Rae gedrillt. In Worten und Taten hatte sie ihr eingebläut, was nötig war, um die Tugendhafte, die Erfolgreiche zu sein, diejenige, die ausgewählt und versorgt würde. Damit sie es über die Ziellinie schaffte. Und wie hatte das für ihre Mama funktioniert? Sie hatte sich komplett aufgeopfert, um ihre Kinder großzuziehen, den Haushalt zu führen, zu kochen, zu putzen und zu waschen. Sogar Tommys dreckige Unterhosen waren ihr nahezu heilig gewesen. Und jetzt lag ihr Mann sechs Fuß unter der Erde, und alles, was ihre Mutter für ihre Mühe bekommen hatte, war Demütigung. *Ist es das?,* fragte sich Rae, wenn sie mit ihren Gedanken allein war. Ist das der Preis für die Zuneigung eines Mannes? Sogar für die eines guten?

Rae klammerte sich an die Seiten des Krankenhausbetts und schrie. Es war ein äußerst exquisiter Schmerz – das Pressen eines Menschen durch eine winzige Öffnung am Ende ihres Schoßes. Sie versuchte, ihre Gedanken auf das Baby zu richten, darauf, wie sein Gesicht aussehen würde. Nicht auf das ihres Vaters, als er im Sarg lag, das Haar fettig und platt von all dem Afro Sheen, das der Bestatter auf seinen dünnen, unregelmäßigen Afro geschmiert hatte. Nichts davon, was Rae monatelang in Lamaze-Kursen gelernt hatte – das Anlehnen an Romans Brust und schweres Atmen durch eingebildete Wehen –, ergab irgendwelchen Sinn. Es war wie das lässige Ausreißen der Fußnägel aus dem Nagelbett oder ein langsamer Walzer auf weißglühenden Kohlen, und dann waren da Wehen und Trauer – all das machte keinen Unterschied. Als die nächste Wehe einsetzte, spürte Rae tatsächlich ihre Füße und Knie nicht mehr. »O Gott, o Gott, o Gott!«, brüllte sie, und die Worte stockten in ihrer Kehle, auf ihrer Zunge.

»Lassen Sie das Geschrei!«, sagte die Krankenschwester schroff. »Das bringt das Baby kein bisschen schneller raus. Konzentrieren Sie sich aufs Atmen und Pressen, wenn wir es Ihnen sagen.«

»Ich … kann … nicht … anders … der … Scheiß …

tut … so … weh!«, knurrte Rae zurück, während sie sich vor Schmerzen krümmte.

»Baby, Baby«, sagte Roman, beugte sich vor und strich mit den Händen über Raes Braids, die von all dem Schweiß an der Kopfhaut aufgequollen waren. »Sie versucht nur, dir zu helfen. Komm schon, atme mit mir«, fügte er hinzu und griff nach Raes Hand. »Du schaffst das.«

Darauf konnte Rae sich bei ihrem Mann verlassen – auf eine unerschütterliche Hingabe, um seine Frau in dem Glauben zu stärken, dass sie der Star jeder Story war und dass, so einfach wie die Sonne jeden Morgen aufging, auch sie aufsteigen konnte. Für eine Frau, die darauf programmiert war, jeden ihrer Gedanken, jede Entscheidung in Zweifel zu ziehen, waren solche Sachen wichtig. Roman war der Muskel, der diese Ventile schloss. Mit so einfachen Sätzen wie »Hör nicht auf die, du liegst da richtig« und »Die wünschen sich, sie könnten, wozu du imstande bist«. Das erinnerte seine Frau daran, dass sie nicht die Würdelosigkeit eines Ellbogens im Rückgrat ihrer Tatkraft erleiden musste. Daran, dass ein hochgerecktes Kinn und gerade Schultern die Haltung einer Soldatin waren. »Du bist meine Soldatin«, pflegte er zu sagen. »Du marschierst da durch.« Dafür liebte sie ihn. Dafür liebte sie sich selbst.

Roman stieß drei übertriebene Atemzüge durch seine gespitzten dicken Lippen aus, danach einen lang gezogenen vierten durch die Zähne. Rae nickte und wiederholte das Atemmuster. »Genau so. *That's my girl.*«

Rae musterte sein Gesicht, als er sich zu ihren gespreizten Beinen beugte und unter das Laken spähte, das über ihre Knie gebreitet war. Sie merkte ihm an, dass er sich um eine neutrale Miene bemühte, als würde ihn das, was er da sah, nicht bekümmern. Allerdings war Roman ein miserabler Schauspieler. Sorge, Furcht, Misstrauen, Wut, all diese Emotionen standen ihm ins Gesicht geschrieben, egal welche Worte aus seinem Mund kommen würden.

»Was?«, sagte Rae und atmete schwer, als eine weitere Wehe ihr Crescendo aus Schmerz am unteren Ende ihres pulsierenden Bauchs begann.

Roman täuschte ein Gähnen vor. Ein weiteres verräterisches Anzeichen dafür, dass, was auch immer er jetzt sagte, gelogen wäre. So viel hatte sie in den zwei Jahren Ehe und drei Jahren Zusammenleben gelernt. »Nichts«, behauptete er. »Es ist nichts. Alles ist gut. Alles ist bestens. Alles wird gutgehen.«

Aber das stimmte nicht. Abgesehen vom Tod ihres Vaters und davon, dass sein Betrug aufgeflogen war, gab es da noch die Sache, dass Roman keinen Job hatte und keinen suchte. Von Beruf war er Korrektor, aber er hielt sich für einen Schriftsteller. Das war ein Traum, den er von Kindheit an beschworen und gefördert hatte. Sogar schon, als er noch geglaubt hatte, für die Arbeit in einem Verlag würden Durchschlagpapier, ein paar Kugelschreiber und ein Tacker genügen. Vor ihrer Herzattacke hatte LoLo die Frage gestellt, ob sein Verständnis seither überhaupt gewachsen war. Denn er hatte seinen Brotberuf als Korrektor bei einer im ganzen Land erscheinenden Zeitschrift gekündigt, als Rae schon im sechsten Monat war. Und zwar mit der Begründung, er verspüre keine »Leidenschaft« mehr für seinen Job, wie er es formulierte. Und er könne es sich leisten, dem nachzugehen, was seiner Seele Flügel verlieh, weil Rae genug Geld, Urlaubstage und Mutterschaftsurlaub gespart hatte, sodass die beiden ein Jahr lang bequem davon leben konnten. In LoLos Augen war diese Begründung alles andere als vernünftig. »Was meinst du mit, er hat gekündigt?«, hatte sie Rae quasi angeschrien, als die ihr die Neuigkeit am Telefon mitteilte. Das war nur einen Tag nach einem Besuch im Haus ihrer Eltern. Eigentlich hatte sie da die entsprechenden Pläne verkünden sollen. Doch weil sie schon wusste, wie ihre Mutter reagieren würde, hatte sie sich zu sehr geschämt, um sie zu erwähnen.

»Er will Autor sein, Mommy. So ist er nicht glücklich.«

Und das stimmte zumindest. An ungezählten Morgen war Rae vom schrillen Ton ihres Weckers aufgewacht, der sie aus dem Tiefschlaf riss. Und wenn sie sich dann den Schlaf aus den Augen rieb und langsam scharf sehen konnte, drehte sie den Kopf zur Seite. Da erblickte sie Roman, der sich zwei Kissen in den Rücken gestopft hatte, weil ihr Bett kein Kopfteil hatte. Um ihn herum auf der Matratze und auf seinem Nachttisch lagen bedruckte Seiten und Notizbücher ausgebreitet. Sein Traum, seine Leidenschaft, marschierten in Form von Druckertinte und handgeschriebenen Notizen über die Seiten. An dem Morgen, als er sich für sich selbst und gegen seine Familie entschied, streckte Rae ihre Glieder und gähnte aus vollem Herzen, während sie ihren Mann begrüßte. »Hey du«, flüsterte sie, um seine Konzentration nicht zu stören. Instinktiv tastete sie nach ihrem Bauch. »Guten Morgen, Kleines«, sagte sie und streichelte ihr ungeborenes Kind zur Begrüßung sanft durch ihre Bauchdecke.

»Hey, Babe«, sagte Roman mit einem halben Lächeln und warf nur einen flüchtigen Blick in Raes Richtung. Er bemühte sich, seine letzten Gedanken noch zu Papier zu bringen, bevor er die Blätter wie einen Stapel Spielkarten auf seinem Schoß zusammenschieben und beiseitelegen müsste, bis die Geschichte ihn das nächste Mal aus dem Schlaf reißen würde.

Erst nachdem er seine Arbeit behutsam auf dem Nachttisch platziert und ihr seinen schlanken, aber muskulösen Rumpf zugewandt hatte, sagte Rae mehr.

»Wie du das noch einschiebst. Während der Rest von uns sein Leben verschläft, bist du schon mit den Hühnern auf und fütterst die Tiere.«

Roman lachte. »Früher Vogel fängt den Wurm, oder so«, sagte er und schloss Rae in seine Arme.

»Ich bin wirklich stolz auf dich. Dass du deinen Traum verfolgst. Es gibt ja eine Menge Leute, die erzählen, sie wollen Bücher schreiben, aber sieh dich an, du machst es tatsächlich. Steckst da Arbeit rein.«

Roman drückte Rae fester. »Yeah, ich schätze schon«, sagte er und drückte sein Gesicht in ihre Halsbeuge. So saßen sie in ihrer Zweisamkeit und lauschten auf die Geräusche Brooklyns, das gähnend zum Leben erwachte. Die Müllmänner knallten leere Tonnen auf den Bordstein, während der riesige Truck quietschend den Block entlangrollte.

»Was meinst du mit ›ich schätze schon‹? Du tust es doch. Punktum.«

Roman drückte sie weiter. »Ich wünschte nur, ich hätte mehr Zeit, um es wirklich ernsthaft zu betreiben, verstehst du? Eine Stunde hier, zwei oder drei da, das bringt mich nicht wirklich weiter, um die Arbeit zu produzieren, die ich brauche, um veröffentlicht zu werden. Ich meine, dieser Job ...«

Roman zögerte und schmiegte sein Gesicht noch etwas dichter an Raes Hals.

»Was?«, fragte Rae.

»Diese Stelle«, fing Roman an und verstummte dann wieder. Rae konnte an ihrem Rücken spüren, wie sein Herz schneller schlug. »Das ist so deprimierend, Babe. Die weißen Typen, die steigen kontinuierlich auf, während ich immer noch am selben Schreibtisch hocke, Tippfehler unterringele und sie an das Oxford-Komma erinnere, als wäre das der Anfang und das Ende meiner Schreibkarriere. Und die tummeln sich da draußen und kriegen all den Applaus für Stories, die bestenfalls mittelmäßig sind, verstehst du? Brett Van hat gestern einen Buchvertrag bekommen, auf Basis einer Story, die er vor ein paar Monaten in der Zeitschrift veröffentlicht hat. Ich hab diese Story als Entwurf gesehen. Er ist nicht gut. Aber hier ist er und lebt einfach meinen Traum.«

Rae umfasste ihren Bauch – und schluckte ihren ersten Gedanken wieder hinunter. Das war eine andere Version derselben Geschichte, die er ihr in letzter Zeit zu erzählen begonnen hatte. Der Dreh- und Angelpunkt. Schon ganz zu Anfang hatte er ihr erklärt, sie sei sein Traum – dass Kinder mit ihr zu bekommen und sich ein gemeinsames Leben aufzubauen, das Einzige wäre, was für ihn zählte. Das sollte die Quelle seiner Zufriedenheit und damit auch ihrer sein. Sich ein gemütliches Nest machen und die Arme weit ausbreiten, um neues Leben willkommen zu heißen. Ihre Familie. Doch nach sechs Monaten ihrer Schwangerschaft kam es Rae so vor, als würde Rastlosigkeit die Traumlandschaft verändern, nach der sie beide sich gesehnt hatten. Stolz und Neid waren breite, schlampige schwarze Fahrer auf ihrem süßen, schlichten Himmel. *Aber machen wir dich denn nicht glücklich?*, wollte sie eigentlich zu ihm sagen. *Sind wir nicht dein Traum?* Doch solche Dinge würde sie nie laut aussprechen. Besser runterschlucken, als die Ambitionen eines Mannes ausdämpfen. Das wurde von ihr erwartet. Das kannte sie. Es war die Pawlowsche Reaktion, die von jeder Schwarzen Frau verlangt wurde, die ihren Frieden haben wollte – und ihren Mann behalten.

»Ich habe überlegt«, fuhr Roman fort. »Was, wenn ich die Stelle aufgeben und, weißt du, mich auf dieses Buch konzentrieren würde?«

Rae rückte sich zurecht und löste sich ein klein wenig aus der Umarmung ihres Mannes, beugte sich etwas mehr über ihren Bauch. Den sie streichelte. »Wie meinst du das? Die Stelle aufgeben? Also kündigen?«

»Yeah«, sagte Roman nickend und zog das Wort mehrere Silben lang. »Wir haben doch genug Erspartes für uns beide, um unabhängig zu sein, wenn das Baby da ist. Ich könnte diese Zeit nutzen, um mein Buch fertig zu schreiben. Und bis du wieder zurück zur Arbeit musst, kann ich einen fetten Buchvertrag in den Topf tun. Einen neuen Korrektorenjob kann ich immer finden. Aber das könnte die eine Chance sein, damit diese Sache mit dem Bücherschreiben funktioniert. Kapierst du?«

Rae zögerte. »Mh, äh, ja. Ich schätze, das kö … das könnte funktionieren«, sagte sie. Ihr Gefühl bei der Sache war genauso unsicher, wie ihre gestotterte Antwort klang. Roman bemerkte es nicht. Er bemerkte eine Menge Dinge nicht. Sein Ehrgeiz, den sie zu Anfang so an ihm geliebt hatte. Und den sie mit den Schwielen verglichen hatte, die an den Handflächen ihres eigenen Daddys den Beweis lebenslanger harter Arbeit geliefert hatten. Dieser Ehrgeiz entwickelte sich zu einem Albatros, einem Mühlstein um Romans Hals. Und auch um ihren. Denn sie sollte noch feststellen, dass dieser Ehrgeiz der prägende Ursprung seines Wesens war. Mit der Zeit war das alles, was eine Rolle zu spielen schien. Nicht Rae, nicht das Baby, sondern *sein* Glück und *seine* Zufriedenheit.

LoLo hatte das von Anfang an kommen sehen. Und jetzt stand ihre Tochter da, im sechsten Monat schwanger und mit einem nichtsnutzigen Ehemann, der sich anschickte, ein Schnorrer auf der Couch ihres Babygirls zu werden. Weil die Arbeit seine Gefühle verletzte. »Ja, Shit, wer sagt, dass man glücklich sein muss, wenn man seinen Lebensunterhalt verdient?«, hatte sie erwidert, als Rae ihr von seinem Plan, ein Buch zu schreiben, erzählte. »Was denkt er denn? Dass ihm jeden Tag eine Parade zusteht, wenn er zur Arbeit erscheint? Welcher Mann kündigt denn seinen Job, wenn seine Frau schwanger ist? Und du lässt das einfach so zu? Ich kann nicht glauben …«

Rae hatte den Hörer vom Ohr genommen und ihn gegen ihre geschwollenen, empfindlichen Brüste gepresst. Sie hatte gewusst, dass ihre Mutter so auf die Neuigkeit reagieren würde, denn sie war eine Pedantin, wenn es um die Verantwortung eines Mannes für seine Familie ging. LoLo war zutiefst überzeugt davon, dass wenn irgendwer in einem Haus dafür zuständig war, regelmäßig Geld zu verdienen, es der Mann war. Und tief in ihrem Inneren dachte Rae genauso. Aber sie brauchte keine Predigt. Rae musste sich konzentrieren. Sie musste überlegen, wie sie es hinkriegte, einen Job zu machen, für den sie im Büro sein musste, manchmal auch gute zehn Stunden, während sie ihren Körper und ihr Zuhause auf ein Baby vorbereitete. All das mit einem Mann – einem Schwarzen Mann –, der ihre Unterstützung und Ermutigung brauchte, nicht ihre Skepsis. Obwohl sie ihre eigenen Zweifel und Ängste mit dem Sonntagsessen in sich hineinfuttern musste, damit ihre Ehe und diese Familie, nach der sie sich so sehnte, überhaupt funktionierte.

»Okay, Ma … Mommy … Mama. Ich muss Schluss machen, ich muss wieder an die Arbeit«, hatte Rae LoLos Tirade unterbrochen. »Ich werde heute Abend versuchen, dich noch mal anzurufen, wenn ich zu Hause bin. Falls es nicht zu spät wird«, fügte sie noch hinzu. Obwohl sie ganz genau wusste, dass sie nicht die Absicht hatte, das zu tun. Alles würde gutgehen, redete sie sich ein.

Roman gähnte wieder, nachdem er noch einen Blick riskiert hatte. »Wow, das ist, ähm, puh.« Er drehte sich mit dem ganzen Körper weg von der Show zwischen Raes Beinen und drückte ihre Hand noch ein bisschen fester. »Alles ist okay. Ähm, es ist okay.«

»Was? Was stimmt nicht?«, fragte Rae, alarmiert von Romans Gesichtsausdruck.

»Kommen Sie, konzentrieren Sie sich«, sagte die Schwester und drückte Raes Schulter.

»Was stimmt denn nicht? Ist … ist irgendwas mit dem Baby?«, fragte Rae zwischen zwei keuchenden Atemzügen. Und ihre Stimme wurde immer höher, je mehr sie sich aufregte.

»Alles gut«, sagte Dr. Hazel leise, als sie zwischen Raes Beinen wieder auftauchte. »Das Köpfchen des Babys kommt schon durch. Also sehen Sie mich an.«

Rae drückte Romans Hand, fixierte aber ihre Ärztin.

»Erinnern Sie sich daran, was wir über den Ring of Fire besprochen haben?«

Rae nickte.

»Das Brennen, das Sie gerade spüren. Das ist es.«

Rae versuchte, sich die Tränen zu verbeißen, aber es funktionierte nicht. Ihr ganzer Körper fühlte sich an, als würde er in Stücke gerissen. Sie konnte kaum irgendetwas hören, viel weniger sich auf die Worte aus Dr. Hazels Mund konzentrieren.

»Hören Sie mir zu. Pressen Sie nicht, verstanden? Lassen Sie Ihren Uterus seinen Job machen. Ich werde Ihren Damm massieren, damit das Brennen nachlässt, das Sie gerade spüren, okay? Und wenn die Wehe kommt, dann müssen Sie durch sie hindurch atmen, aber lassen Sie Ihren Körper die Arbeit machen. Pressen Sie nicht.«

So vergingen die nächsten zwanzig Minuten: Rae atmete und weinte, Roman schaute weg und die Schwester mahnte alle zur Ruhe – bis die Ärztin das hübsche kleine Baby auffing. Sie wischte ihm das Blut und die dicke weiße Schmiere von seinem zerknautschten, verquollenen Gesichtchen und den wuscheligen Locken. Anschließend wurde es in eine Ecke getragen, um angestupst, gewogen und gemessen zu werden, bevor es endlich sicher in die Arme seiner Mutter gelegt wurde. Rae starrte das kleine Wesen so geschockt wie ehrfürchtig an. Ihre Furcht war ebenso groß wie ihre Liebe. Sofort war da Hingabe für dieses Kind.

»Hi, little baby«, sagte sie und hatte vor lauter Tränen Mühe, die Worte herauszubringen. »Hi, Skye.«

»Skye?«, fragte die Schwester und kritzelte den Namen auf ein Blatt Papier, das in einem Klemmbrett steckte. »Wie schreiben wir das?«

»S-K-Y-E Tommie, mit ›ie‹«, sagte Roman und drückte Raes Schulter, während er die Vornamen buchstabierte.

»Der zweite Name – das war der Name meines Dads«, sagte Rae. Und diesmal konnte sie ihr Schluchzen nicht unterdrücken. »Er ist vor Kurzem gestorben.«

Die Krankenschwester balancierte den Stift auf dem Klemmbrett und tätschelte Raes anderen Arm. »Er ist immer noch da, Baby«, sagte sie. Dann gab sie Rae ein kleines Blatt Papier mit Skyes Maßen und Gewicht, die unter Abdrücke von ihren Händchen und Füßchen geschrieben waren. »Glauben Sie daran, auch wenn Sie sonst nichts glauben, ja?«

Rae starrte auf die feinen Linien der Abdrücke, die sich in perfekten Mustern kringelten und so wenig Platz auf der Seite einnahmen, in ihren Augen aber so wichtig waren. Dann widmete sie ihre Aufmerksamkeit der kleinen Skye, ihren Wangen, ihrer Nase und den gespitzten Lippen, als sie den Kopf zu Raes Brust drehte und nach der Brustwarze suchte. Sie war so hell – kein bisschen so wie Raes dunkelbrauner Teint. Und nach den Spitzen ihrer Ohren zu schließen, würde sie auch nicht viel dunkler werden. Ein paar Schattierungen vielleicht. Aber bestimmt nicht so wie ihre Mama. Rae wünschte sich, dass sie die Augen öffnete – sie anschaute. Damit sie selbst sehen und sich davon überzeugen konnte, dass dies ihr Kind war – dass ihr *Beautiful Blood,* ihr wunderschönes Blut, auch aussah wie sie selbst. Damit die Welt, wenn sie Skye ansah, auch ein Spiegelbild Raes sah und wusste, dass sie das vollbracht hatte und dass sie auf dieser Erde nicht ganz allein war.

Neue Tränen stiegen ihr in die Augen.

»Ist ja gut, Babe«, sagte Roman und beugte sich herab, um seine beiden Girls auf die Stirn zu küssen. »Sie ist da. Du hast das so gut gemacht, und unsere Tochter ist da.«

Rae streichelte die Wange ihres Babys und wünschte sich, ihre Mutter und ihr Vater wären da, um das Gleiche zu tun.

***

»Entschuldigung, Schwester? Entschuldigen Sie!«, rief Rae der Frau nach, die ständig in diesen Raum rein- und wieder rauslief, der Rae wie eine Art Pferch für frischgebackene Mütter vorkam. Es handelte sich um ein Zimmer mit zehn

Betten, alle belegt von Schwarzen Frauen und Latinas in unterschiedlichen Phasen nach der Entbindung. Manche hielten ihre Neugeborenen in den Armen, andere versuchten zu schlafen, mit einer Hand auf den winzigen Kunststoffbettchen, die an ihren Betten befestigt waren. Wieder andere warteten, eben angekommen, darauf, dass man ihnen ihre Kinder zurückbrachte. Eine Frau saß in dem Bett gleich am Fenster. Mit leeren Händen wischte sie sich immer wieder wütend die Tränen ab, während sie aus dem Fenster blickte und nur gelegentlich einen flüchtigen Blick auf die anderen Frauen mit ihren Kindern warf. Die Wände waren schmutzig gelb und babyblaue, bodenlange Vorhänge grenzten jeweils einen kleinen Bereich für die Frauen ab. Große Blumensticker in verschiedenen Größen waren willkürlich an die Wände geklebt. Ein paar große, ramponierte Poster verkündeten in fetten Lettern »Liebe soll nicht wehtun« und gaben Empfehlungen zu Hilfe bei häuslicher Gewalt. Die Gesamtstimmung war gedrückt, als wäre Freude nur ein Nebenaspekt und nicht der Mittelpunkt.

Das war nicht Teil von Raes Geburtsplan gewesen. Sie hatte die Geburtsstation vorab zweimal besucht – einmal mit Dr. Hazel, als sie erst im vierten Monat war, und ein zweites Mal im sechsten, als sie auch einen Vertrag und einen Scheck unterschrieben hatte. Beides sollte ihr ein Privatzimmer und ein besonderes Abendessen garantieren, mit dem sie und Roman ihre neue Familie feiern wollten. »Und meine Eltern werden mich auch besuchen können, ja? Ohne Einschränkungen?«, hatte Rae gefragt.

»Ja, ja«, hatte die zuständige Mitarbeiterin des Krankenhauses ihr versichert. »In Privatzimmern sind Gäste bis 22 Uhr erlaubt. Das ist eine der besten Besonderheiten, abgesehen vom Dinner mit Hummer und Champagner. Das gibt's auf der Normalstation alles nicht.«

»Na dann, melden Sie mich dafür an!«, hatte Rae begeistert geantwortet.

Rae gab sich alle Mühe, die anderen Frauen nicht anzustarren und schaute stattdessen auf ihre Füße, die immer noch wie fette Würste aussahen. Sie versuchte alles, um sich davon abzulenken, dass sie ihr Baby nicht in den Armen hielt.

»Entschuldigung!«, rief sie noch mal.

Endlich schaute die Schwester, auf dem Weg aus dem Zimmer und eigentlich in ihr Klemmbrett vertieft, in Raes und Romans Richtung. Ihre Augen wurden schmal. »Er darf hier nicht sein«, erklärte sie knapp und deutete mit dem Kinn auf Roman.

»Ich …«, hatte Rae angesetzt, die eigentlich fragen wollte, wo ihr Kind war, aber von der Äußerung der Schwester wie vor den Kopf gestoßen war. »Was meinen Sie damit?«

»Er darf nicht hier sein. Nur Blutsverwandte der Mutter oder des Kinds sind auf der Normalstation erlaubt. Er muss gehen.«

Rae versuchte, durch den Nebel ihrer Erschöpfung zu begreifen, wovon die Frau da sprach. Worauf sie hinauswollte. »Er ist mein Ehemann«, erwiderte sie schlicht. »Können Sie mir sagen, wann ich mein Baby zurückbekomme? Und wann wir in das Privatzimmer verlegt werden?«

»Ha«, machte die Schwester, sah Rae, dann Roman und am Schluss wieder Rae an. Da betrat eine zweite Schwester den Raum und bemerkte die Haltung der ersten. Sie kam näher, um selbst zu sehen, was für ein Theater es heute im von ihnen sogenannten Krankensaal gab. Ohne ihre Kollegin anzusehen oder sich darum zu kümmern, ob die Frau, über die sie sich abfällig äußerte, das mithörte, sagte sie: »Die behauptet, das wäre ihr Ehemann.« Ihre Stimme klang eine Spur belustigt und ungläubig.

»Ehemann?«, wiederholte die zweite Schwester. »Seid ihr verheiratet?«, fragte sie Rae, ohne Roman dabei anzusehen.

Rae sah gute zehn Jahre jünger aus als ihre dreißig. Vor allem mit den feinen, schulterlangen Braids, die unter Jugendlichen gerade beliebt waren und denen Leute wie Janet Jackson und Brandy ihr glamouröses, aber jugendliches Aussehen verdankten. Aber abgesehen davon, wie alt sie gerade wirkte, hätte der strahlende Diamant an ihrem Ringfinger und ihre Äußerung »Hey, er ist mein Ehemann«, genügen müssen, um klarzustellen, dass sie nicht irgendein junges Mädchen war, das ein Baby nach dem anderen kriegte und sich nicht an Regeln hielt.

»Das ist mein Ehemann!«, wiederholte Rae, diesmal eine Oktave höher und ein paar Dezibel lauter, als es für einen Raum voller erschöpfter junger Mütter und Neugeborener angebracht gewesen wäre. Roman drückte ihren Arm.

»Äh, ich glaube, was sie sagen möchte, ist, dass wir schon ein Weilchen darauf warten, unser Baby wiederzusehen, und dass wir uns fragen, ob es vielleicht schon auf dem Privatzimmer ist, für das wir bezahlt haben?«

Die Krankenschwestern sahen sich noch zweifelnder an. »Ihr habt für ein Privatzimmer bezahlt? Das habe ich auf Ihrer Patientenakte nirgends gesehen.«

»Ich – ich weiß nicht, was ich sagen soll. Ich habe das schon vor ein paar Monaten bezahlt. Wenn Sie die brauchen, habe ich die Unterlagen in meiner Tasche.« Und an Roman gewandt: »Babe, kannst du die Mappe aus meiner Tasche nehmen?« Dann wieder zur Schwester: »Ich möchte einfach nur mein Baby zurück und mich eingewöhnen, das ist alles.«

Die zweite Schwester warf einen Blick auf die Unterlagen, die Roman ihr gegeben hatte, und verließ schweigend den Raum. Kurze Zeit später kam sie mit Skye zurück. Rae war nicht bewusst gewesen, dass sie quasi die Luft angehalten hatte. Sie atmete erst richtig auf, als sie ihr Baby wieder in den Armen hielt. Sie drückte Küsse auf Skyes Stirn, beide Wangen, ihre Lippen und die winzigen Finger, die ihre umklammerten. Seufzend betrachtete sie sie genau. Das Gesicht war jetzt nicht mehr so aufgequollen wie direkt nach der Geburt, und endlich hatte sie die Augen geöffnet. Die waren rund und schwarz – und riesig. Erst drei Stunden alt und schon der Mittelpunkt des Universums und all seiner Sterne. Skye sah aus wie ein neuer kleiner Mensch, mit diesen langen, dünnen Armen und entsprechend mageren Beinchen. Rae hielt ihre Hand an die Füßchen. Sie waren nur so lang wie ihr kleiner Finger. Das brachte sie zum Kichern, bis sie es entdeckte.

»Was ist das für eine Einstichstelle an ihrem Fuß?«, fragte Rae und hielt den Fuß ihres Babys näher an ihr Gesicht. Ein Blutstropfen hatte sich unter der Haut an Skyes linkem Fuß gesammelt.

Die Schwester, die noch in den Unterlagen und Quittungen herumblätterte, die Roman ihr ausgehändigt hatte, schaute nur beiläufig kurz auf. »Ach, das ist nichts.«

»Was – was meinen Sie mit nichts? Ich verstehe das nicht. Warum wurde ihr in den Fuß gestochen?«

Die zweite Schwester, die gerade eine Decke in das Gitterbett legte, in dem Skye hereingerollt worden war, hob auch kaum den Kopf. »Das ist vom Drogentest«, sagte sie.

»Was?«, riefen Roman und Rae wie aus einem Mund.

»Ach, das ist nichts. Der ist stichprobenartig angeordnet. Wir brauchen nur eine kleine Menge Blut, um sicherzugehen, dass das Baby keine Drogen im Körper hat, für den Fall, dass die Mutter welche nimmt. Damit wir das Baby entsprechend behandeln können.«

»Wie kommen Sie denn darauf, dass ich Drogen nehmen könnte?«, fragte Rae mit vor Entsetzen verdüsterter Miene.

»Hören Sie, das passiert nach dem Zufallsprinzip, okay? Das ist alles. Wir können doch nicht wissen, wer von denen hier vielleicht Drogen nimmt und wer nicht. Da geht's um die Babys, nicht um Ihre Gefühle«, meinte die erste Krankenschwester schnippisch. »Ich sehe jetzt, dass Ihre Papiere in Ordnung sind. Wenn Sie keine weiteren Fragen haben, gehe ich mal zusehen, dass das Zimmer fertig ist, damit wir Sie dahin verlegen können.«

»Und schauen Sie auch nach dem Abendessen?«, fragte Roman. »Hier ist jemand am Verhungern.«

Die Krankenschwestern sahen einander an und gingen ohne ein weiteres Wort. Als ob Roman gar nicht da wäre und sie seine Worte überhört hätten.

»Das – das glaube ich alles nicht«, sagte Rae.

»Vergiss es«, empfahl Roman ihr. »Ich versteh dich, aber vergiss es.«

»Was gibt denen denn das Recht, so zu sein?«, beharrte Rae. »Wie kann das okay sein? Wie kann irgendwas davon okay sein?«

Rae hielt ihr Kind fest an sich gepresst – ihre Brust an Skyes gepresst, sodass sie ihren Herzschlag spüren konnte. Sie hatte Angst und war wütend. Sie kam sich klein vor. Machtlos. Wissentlich und bewusst würde sie dieses Baby nicht noch einmal aus der Hand geben, nachdem das Krankenhaus sich dazu verschworen hatte, auf ihrem Baby, ihrer Familie herumzutrampeln und sie abzustempeln. Von Anfang an. Sogar in ihrem Privatzimmer hielt Rae ihr Baby fest im Arm, obwohl es da keine neugierigen Blicke oder ausdruckslosen Gesichter mehr gab und die Schwestern sie und ihr Kind vergessen zu haben schienen. Sie kamen nur einmal vorbei, um eine Tüte mit Probepackungen von Milchpulver, Babypuder und einem Stapel Coupons für Babysachen vorbeizubringen, von denen Skyes Zimmer zu Hause in Brooklyn sowieso schon überquoll. Rae sah ihr beim Atmen, Seufzen und Schlafen zu, bis sie selbst die Augen nicht mehr offen halten konnte.

Das ist ein hübsches kleines Baby.

Plötzlich war Tommy da. Er stand vor seinem Kleiderschrank im Haus ihrer Familie und trug einen neuen, eleganten schwarzen Anzug. Neben sich hatte er eine ebenso lässig-elegante schwarze Reisetasche. Er hatte sich zum Reisen immer schick gemacht. Denn er war zutiefst davon überzeugt, dass der Flug mit einem riesigen Vogel durch den Himmel ein Wunder war – ein Luxus, den man der Genialität des Menschen verdankte, zum Vergnügen der Privilegierten, die sich das leisten konnten. Wenn er sein Ticket einem Mitarbeiter der Fluggesellschaft vorlegte und an Bord der Maschine ging, wollte er gesehen werden. Respektiert. Hereingebeten. Und daher zog er sich dem Anlass entsprechend an.

Daddy?

Mir geht's gut, Baby. Das hast du dich doch gefragt, ja? Mir geht's gut.

Wo … wo willst du hin?, fragte Rae, und ihr Blick ging von ihrem Vater zu der Reisetasche und wieder zu ihm zurück.

Hier ist es friedlich.

Wo? Daddy, wo bist du?

Ich bin gleich hier. Meine Enkeltochter – sie wird jemand Besonderes werden. So wie du. Gib ihr Zucker und Grütze mit

Butter. Nimm du dir auch davon. Du wirst es für deine eigene Reise brauchen, hörst du?

Aber ich verstehe nicht.

Das ist okay. Das wirst du noch. Jetzt fütter das Baby.

Tommy zog die Schiebetüren des Schranks zu und griff nach seiner Tasche. Dann warf er seiner Tochter Kusshände zu. Dabei hielt er seine Hand so, dass die Kussgeräusche besonders laut waren.

Geh nicht, Daddy, bitte. Bitte, Daddy. Bitte geh nicht, Daddy. Komm zurück. Komm zurück! Komm zurück!, sagte Rae wieder und wieder, während ihr Tränen über die Wangen liefen.

Die Küsse ihres Vaters wurden lauter, bis sie ihre Bitten übertönten.

Skye wand sich in ihrem Arm und begann zu wimmern. Schnaufend und quengelnd bewegte sie den Kopf hin und her. Rae spürte zuerst die Bewegung, dann ein Prickeln in ihren Brustwarzen. Aber sie brauchte noch ein paar Sekunden, bis sie die Lippen ihrer Mutter an ihrem Gesicht bemerkte. Die küsste sie immer wieder neben das Ohr. – So hatte sie Rae schon mit Küssen überhäuft, seit sie ein kleines Baby war. Schließlich schlug sie die Augen auf und staunte – darüber, wo sie war, was los war, warum ihr Gesicht so nass war, warum ihre Brustwarzen pulsierten und warum ihre Mutter sie küsste, als wäre sie noch sechs Jahre alt.

Rae fuhr erschrocken zusammen.

»Ganz ruhig, ganz ruhig, du hast ein Baby an Bord«, sagte LoLo leise und legte eine Hand auf den Rücken des Babys, um sie an Raes Brust zu besänftigen. »Sei ganz unbesorgt.«

Rae schüttelte den Kopf, blinzelte und versuchte, sich zusammenzunehmen. Zuerst sah sie ihre Mutter und TJ, dann ihr Baby und schließlich Roman. Der saß noch an derselben

Stelle wie ein paar Stunden zuvor, als sie endlich vor Aufregung, Anstrengung und Sorge eingeschlafen war. Langsam kam ihr alles wieder zu Bewusstsein. Sie war jetzt die Mama von jemand. Und ihre Mama war da. Aber ihr Daddy war fort. Die verschiedenen Kräfte in ihrem Herzen ließen Raes Schläfen pulsieren – als würde alles in ihrem Inneren zerbrechen.

Skye weinte, und Rae weinte auch.

»Mommy«, rief sie. Es war das einzige Wort, das sie zwischen ihren Schluchzern herausbrachte.

»Ich bin hier«, sagte LoLo. »Ich bin gleich hier, Kind. Und ich gehe nirgendwohin.«

25

Rae stand mit ihrer elektrischen Milchpumpe vor der Damentoilette im vierten Stock von The Work Room Studios. Das Gerät war mit seinem Motor und den Bestandteilen so groß und sperrig wie ein kleiner, vollgestopfter Carry-on-Koffer. Inzwischen war es gut drei Wochen her, das sie an ihren Arbeitsplatz zurückgekehrt war, und nichts – rein gar nichts daran – fühlte sich richtig an. Täglich küsste sie Roman und Skye zum Abschied und eilte zur Tür hinaus, um die Subway nach Manhattan zu nehmen. Sie trug schwer an der Milchpumpe und ihrem schlechten Gewissen. Mit jedem Schritt Richtung Park und 23rd Street wurde sie niedergeschlagener. Sie brauchte mehr Zeit, um die Beziehung zu Skye zu entwickeln und auszubauen, um sich an dieses neue Leben zu gewöhnen. An die Anforderungen, die in jeder wachen Stunde an sie gestellt wurden. Das ging sogar weiter, wenn sie schlief und nicht über die REM-Phase hinauskam, weil Tiefschlaf völlig unmöglich war, solange jeder einzelne ihrer Sinne im Rhythmus mit Skyes Herzschlag aktiviert war. Wenn sie Hunger hatte und nach der Brust ihrer Mama schrie, war Rae da. Wenn sie ihre Windel vollmachte oder ein kleiner Pups in ihrem Bauch sie quälte, war Rae zur Stelle. Wenn sie sich in ihrem Bettchen bewegte und nur ein bisschen quäkte, während sie sich zurechtlegte, stand Rae schon da, streichelte ihren Rücken, wiegte sie auf dem Arm, schaukelte sie in der Wippe und sang *Ribbon in the Sky*, bis sie wieder fest schlummerte. Bis dreißig Minuten oder mit Glück eine Stunde verging und Rae wieder da war, um zu schaukeln, zu singen, zu füttern, aufstoßen zu lassen, zu beruhigen und »Schsch, na, na, Babygirl, ist ja gut« zu sagen, bis die Nacht vorbei war und der Tag wie ein neuer Berggipfel aufragte, der seinen Schatten dorthin warf, wo eigentlich die Sonne scheinen sollte.

Rae hatte in dieser Angelegenheit keine Wahl. Oder zumindest empfand sie es nicht so. Jeder Cent, den sie gespart und für eine sechsmonatige Babypause vorgesehen hatte, ging für die Beerdigungskosten ihres Vaters drauf. Denn mit diesen Kosten hatte keiner gerechnet. Weil sie die einzige in ihrer Familie war, die ein regelmäßiges Einkommen hatte, nachdem das Baby geboren war, ging Rae wieder zur Arbeit. Dabei hasste sie die ganze Zeit über jede Einzelheit daran: dass sie ihr Baby morgens stillte, nur damit es aufstieß und sie gehen konnte; dass sie am Ende der Woche ihr Scheckbuch zückte, um eine Babysitterin für das zu bezahlen, was sie selbst hätte tun sollen; dass sie vor der Toilette im vierten Stock stand, mit dieser schweren blöden Pumpe, pulsierenden, auslaufenden Brüsten und voller Wut, weil sie die Nahrung ihrer Tochter an einem Ort abpumpen musste, wo andere Leute, pissten, kackten, furzten, kotzten und rauchten; dass sie nach Hause kam, um festzustellen, dass eine andere Frau ihr Baby gebadet, in den Schlaf gewiegt und hingelegt hatte; dass sie nach einem langen Arbeitstag nach Hause kam und es sich anfühlte, als würde sie eine zweite und dritte Schicht beginnen, zwischen Abendessen kochen, aufräumen und sich endlich hinlegen, nur um alle paar Stunden wieder aufzuwachen, weil sie Skye stillen musste.

Rae kämpfte mit den Tränen, während sie erschöpft und tropfend auf dem Flur stand. Gleich gegenüber befand sich das, was ihre Kollegen liebevoll »The Butt Hut« nannten. Ein luxuriöser, gut ausgestatteter Raum mit bequemen Ledersofas und -sesseln, einer Kaffeemaschine und Postern der Gäste ihrer Sendung – lauter weiße Typen und eine weiße Frau. Und natürlich gab es dort genügend Aschenbecher für alle Raucher zwischen den Hamptons und Westchester.

»Schon verflixt, dass es kein Zimmer gibt, um die Milch für dein Baby abzupumpen, aber einen verdammten Riesenraum, damit diese Idioten sich mit ihren Glimmstengeln Krebs holen können«, sagte Raes Kollegin Nimma und strich Rae sanft über den Rücken.

Erschrocken fuhr Rae zusammen, als sie merkte, wer sie berührt hatte, und wischte sich schnell die Tränen ab. Nimma war Senior Producer und im Gegensatz zu Raes vier Jahren schon seit sieben dabei. Obwohl die beiden genaugenommen für verschiedene Bereiche derselben Sendung verantwortlich waren, galt Nimma im Grunde genommen als höhergestellt. Sie war es auch gewesen, die mit Rae das Bewerbungsgespräch für die Stelle geführt hatte. Rae war von einer Mentorin empfohlen worden, die auf sie aufmerksam geworden war, nachdem Rae ihr Talent als Produzentin beim Nachrichtensender ihres Colleges unter Beweis gestellt und mit Ausnahme eines Jahres alljährlich mit dem universitären Äquivalent eines Emmys ausgezeichnet worden war. So war sie an eines der begehrtesten Praktika für Minderheiten, die sich für TV-Produktion interessierten, gekommen. Doch erst als sie vor Nimma saß und mit ihr darüber stritt, ob eine Fernsehsendung mit schwarzer Moderation etwas feiern sollte, was als »weiße« Musik galt, stellte sie fest, dass ihr Praktikum bei den Dale Studios doch nicht so angesehen war.

»Früher haben wir uns über das Dale-Programm immer lustig gemacht«, erklärte Nimma nüchtern. Sie schob irgendwelche Papiere auf dem Schreibtisch zusammen und lehnte sich dann auf ihrem Bürostuhl zurück. »Ich meine, wie gut kann ein Programm sein, dass nur aufgrund eines Antidiskriminierungsverfahrens ins Leben gerufen wurde? Jeder, der von da kam, galt als Einstellung gnadenhalber.« Nimma beugte sich wieder über ihren Schreibtisch und griff nach einem dickeren Blatt Papier – Raes Lebenslauf. »Wobei du schon einiges gemacht hast. Deine Arbeit ist beeindruckend – definitiv aus der Masse herausstechend.«

»Danke«, sagte Rae, die sich trotzdem unsicher war, ob das ein Kompliment oder eine Herabsetzung sein sollte.

»Wir haben also vor, die Szene ein bisschen aufzumischen – eine Schwarze oder Latina Frau als Moderatorin zu engagieren. Sie soll eine neue Sendung machen, die über das hinausgeht, was man von einer Minderheiten-Videojockey erwarten würde. Im Grunde genommen soll ich mithelfen, eine Sendung zu kreieren, die ›the culture‹ feiert«, sagte sie und malte dabei mit den Fingern Anführungszeichen in die Luft, »die sich aber auf mehr als nur Rap und R&B ausrichtet. Ich meine Feiern von, sagen wir, Gwen Stefani und jemand wie Courtney Love, die meiner Ansicht nach genauso Teil dieser Culture sind wie Mary J. Blige oder SWV. Wo siehst du dich selbst bei dieser Mission?«

Rae runzelte die Stirn. »Gar nicht«, blaffte sie. Dabei hatte sie nicht so barsch klingen wollen. Eigentlich besaß Rae mehr Taktgefühl als die meisten ihrer Altersgenossen, die gerne glaubten, provokativ angezogen im Büro zu erscheinen, sich mit Promis zu befreunden und eine gute Party zu schmeißen, die es auf Seite 6 schaffte, käme dem Flug auf einem Zauberteppich in ein Büro in der obersten Etage gleich. So war Rae nicht. Sie arbeitete hart, zog den Kopf ein und vermischte

Arbeit nie mit Vergnügen – zumal sie dafür mit einem Ehemann und einem Baby sowieso keine Zeit gehabt hätte. Sie konnte ein bisschen altbacken wirken, in ihrer zweckmäßigen Kleidung und den bequemen Schuhen. Aber sie ging eben zur Arbeit, nicht in einen Club. Und in ihren Augen sah es so aus: Ihre Fähigkeiten – vor allem ihr laserscharfer Fokus darauf, die Storys und Kulturen marginalisierter Communities zu beleuchten – waren ein Gewinn für jede Organisation, die sie einstellte. Sie wollte sich nicht dafür benutzen lassen, dass die größten Stars des Unterhaltungsuniversums noch ein bisschen heller strahlten.

»Entschuldigung?«, hatte Nimma zurückgefragt. »Dann sehen Sie also keinen Nutzen in einer Show, die Gwen Stefani und solche Größen feiert?«

»Ehrlich gesagt, nein«, hatte Rae schnell geantwortet. »Gwen Stefani und Courtney und ihresgleichen sind cool, und ich verstehe ihren Reiz, aber das machen ja alle anderen auch – in jeder Show des MSK Network. Die sind schon präsent. Reichlich sogar. Ich denke, wenn Sie eine Schwarze Show machen wollen, dann soll es auch eine Schwarze Show sein. Nicht eine weitere Möglichkeit, weiße Künstler zu feiern, die sich unsere Kultur wie einen Mantel umhängen, wenn die Temperaturen sich ändern, und ihn wieder ablegen, wenn sie ihn nicht mehr brauchen.«

Die beiden diskutierten noch zehn Minuten hin und her, bevor Nimma das Bewerbungsgespräch abrupt beendete: »Okay, ähm, also wir möchten die Stelle rasch besetzen. Jemand wird sich bei Ihnen melden, denke ich.«

»Oh … ähm … okay«, hatte Rae erwidert. Sie hatte ihre Sachen genommen und das Büro gesenkten Hauptes verlassen. In der Gewissheit, sich gerade um einen guten Job gebracht zu haben. Doch keine zwei Tage später hatte Nimma sie mit einem Vertragsangebot angerufen. Rae erfuhr erst später, dass ihre Mentorin in die Bresche gesprungen war und den Hebel bei Nimmas Boss angesetzt hatte. Und zwar mit der Warnung, er wäre im Begriff, »die beste junge Produzentin zu verlieren, die er sich mit seinen vollen Taschen kaufen könne«. Der Typ drehte sich um und erklärte Nimma, wenn sie Rae nicht davon überzeugen könne, den Job anzunehmen, wäre sie gefeuert. Einen Monat später fing Rae dort an.

Die Spannung zwischen den beiden verflüchtigte sich so schnell, wie sie entstanden war. So spielte das Leben in einem Büro, wo vier von ungefähr dreißig Leuten Schwarz waren und eine von ihnen die Toiletten schrubbte, während eine andere die Anrufe des Chefproduzenten entgegennahm. Rae und Nimma stellten schnell fest, wie sie miteinander auskommen konnten.

»Los, Rae, bring deine Gedanken ins Spiel«, sagte Arthur, ihr Vorgesetzter bei Raes erstem Pitch Meeting. Seine Stimme war etwas erhoben, während er vor einem riesigen Whiteboard auf und ab marschierte. Darauf kritzelte er mit dunkelblauem Filzstift die Namen von Gästen, die er für wert befand, in der Sendung interviewt zu werden. Die übervorbereitete, verunsicherte Rae hatte fünfzehn Minuten auf dem Damenklo verbracht und ihre Pitches vor dem Spiegel einstudiert, während sie in einem Stapel aus mit farbig sortierten Post-its markierten Exemplaren von *Vibe*, *XXL*, *Source* und *Essence* blätterte. So hatte sie recherchiert, was sie pitchen sollte. Aber sie hatte sich nicht wirklich konzentrieren können. Dauernd sah sie vor ihrem inneren Auge ihren Boss stehen, wie er mit einem Filzstift auf die Buchstaben TLC tippte, die auf ein weißes Blatt Papier geschrieben waren.

Und jetzt stand er vor dem Whiteboard, einen blauen Filzer in der Hand, und schrie sie an. Rae saß mit offenem Mund kurz vor der Mitte des Konferenztischs, der dreißig Stühle tief in den gläsernen Konferenzraum reichte, den alle »das Goldfischglas« nannten. Nimma und sie waren zwei Krümel Pfeffer in einem Blumenkohleintopf. Aller Augen richteten sich auf sie.

Rae räusperte sich und rückte sich auf ihrem Stuhl zurecht. Arthur mochte Brownstone nicht. Schon notiert. Aber wieso waren Jodeci ein Fehltritt, der einen verbalen Klaps verdiente? Und was war falsch an einem gründlichen Blick auf die Hintergründe, nachdem TLC, eine der größten Girl Groups der Geschichte, rumliefen und verkündeten, pleite zu sein? Rae fuhr mit dem Finger ihre Notizen entlang, blätterte in den Zeitschriften und hatte keine Idee. Das Déjà-vu vor ihren Augen befremdete sie immer noch.

»Sonst jemand?«, fragte Arthur grimmig und warf frustriert die Arme in die Luft.

»Ehrlich gesagt glaube ich, dass die TLC-Story was hat«, meldete Nimma sich zu Wort. Sie drehte ihren Stuhl zur Vorderseite des Raums und sah Arthur direkt an, als sie es mit ihm aufnahm. Rae hörte auf, in ihren Papieren zu kramen, und legte den Kopf schräg, während sie ihre Kollegin anstarrte. Innerlich schlug sie Räder und jubelte wie ein Cheerleader mit Pompons, dankbar, dass Nimma den Ball weiterspielte. Äußerlich zog sie ihre Button-down-Bluse straff und spielte mit ihrem Stift. Gleichzeitig fragte sie sich, warum diese Frau sich in ein Schwert warf, das doch eindeutig für eine Frau bestimmt gewesen war, die ihr scheinbar nichts bedeutete. »Eine ganze Generation und nicht nur Black Kids aus den Großstädten lieben sie«, fuhr Nimma fort. »Sie sind hübsch, machen gute Musik, die sich wirklich verkauft. Und sie haben ein paar echte Schwergewichte auf ihrer Seite. Ihr Bankrott ist gerade das Thema in der Branche. Wir können Videos zeigen, ihren Manager und ein paar ihrer prominenten Produzenten dazu kriegen, über die Musik zu reden, ihre persönlichen Beziehungen thematisieren, ihre finanziellen Entscheidungen. Lisa und ihre explosive Art. Ihr wisst, dass ich nicht wirklich R&B höre, aber die Story, TLC ist pleite, hat Potenzial.«

Nimma lächelte Arthur an. Dann drehte sie den Kopf und zwinkerte Rae schnell zu, die mit einem Nicken und kleinem Lächeln reagierte.

»Hey«, rief Rae Nimma zu, als alle knapp zwei Stunden später aus dem Fischglas marschierten. Sie sahen aus, wie eine Lumpentruppe, die mit bloßen Händen erfolgreich in einem Gefecht gekämpft hatte, das eigentlich kaum zu gewinnen gewesen war. »Danke für das vorhin.«

»Kein Ding. Es war ja eine gute Idee«, sagte sie. »Dabei mag ich TLC nicht mal besonders.«

»Was magst du denn dann?«, fragte Rae. »Ich meine, gehörst du wirklich nur zum Team Gwen Stefani und Madonna?«

»Sehe ich etwa nicht so aus, als sollte ich ihre Art von Musik mögen?«, fragte Nimma. Sie folgte Rae auf die Toilette und stellte sich vor den Spiegel, bevor sie einen Scrunchy hervorholte und sich ihre schulterlangen Braids zu einem Messy Bun oben auf ihrem Kopf zusammendrehte. Ihre dunkelbraune Haut mit einem rötlichen Unterton war glatt und hübsch. Erst recht wenn sie lächelte und sich ihre ultraweißen Zähne davon abhoben.

Rae zuckte mit den Schultern und lachte kurz auf.

»*Yo soy Dominicana*«, sagte Nimma. »Geboren in der Domrep, aufgewachsen in der Bronx. Ich steh total auf Merengue, mag Rock, Pop und ein bisschen Jazz. Ich liebe einfach Musik.«

»Nur Schwarze Musik nicht«, sagte Rae.

»Ich mag alle Musik«, sagte Nimma freundlich. »Hör mal«, sagte sie und drehte sich zu Rae um, »ich weiß, dass wir bei deinem Bewerbungsgespräch nicht den besten Start hingelegt haben, aber wir haben hier oben nur uns. Du bist eine gute Produzentin, aber du wirst es hier mit Arthur zu nichts bringen, wenn du dein Spektrum nicht ein bisschen erweiterst. Du kannst ihm ja auch keinen Teller mit Blattkohl servieren, wenn er nur Burger essen will, *tu entiendes*?«

Rae runzelte die Stirn.

Nimma lachte. »Verstehst du?«

»Yeah.« Rae lachte. »Hab's kapiert.«

In ihren vier Jahren bei MSK waren Rae und Nimma eine Art Team geworden. Sie entwickelten Strategien, um das System auszutricksen, damit sie erreichten, was sie wollten. Aber das machten sie auf eine Weise, die sie vor Anschuldigungen schützte, sie würden quasi eine Schwarze Allianz gegen ihre weißen Gegenspieler bilden. Jede diesbezügliche Anspielung wäre lächerlich gewesen und ohne Aussicht auf Erfolg. Sie mochten beide ihre Jobs zu gern, um so etwas zu riskieren. Aber sie passten aufeinander auf.

Genau das tat Nimma, als sie Rae vor der Tür zur Toilette entdeckte. Mit ihrer klobigen Milchpumpe in der Hand schien sie nicht reingehen zu wollen.

»Ist … ist schon okay. Ich muss nur kurz da rein und werde schnell machen. Spikes Drehbuch ist so gut wie fertig. Ich muss nur noch ein paar Kleinigkeiten hinzufügen, aber jetzt, äh …« Rae schaute an sich herab auf das T-Shirt mit Notorious B.I.G. und zog ihre Sweaterjacke von Adidas ein bisschen zurecht. Muttermilch sickerte durch die beiden Stilleinlagen und den gepolsterten Still-BH direkt auf Biggies Stirn.

»Nah, ich versteh schon – du musst dich nicht entschuldigen. Als mein Baby ganz klein war, hab ich im Auto abgepumpt«, sagte Nimma. »Direkt auf der Straße. Alle haben geglotzt, aber ich fand es immer noch besser, als die Milch für den Jungen auf dem muffigen Klo abzupumpen.«

Rae wischte sich noch eine Träne ab und ließ den Kopf hängen. Sie hatte ein schlechtes Gewissen, weil sie da drin abpumpte, anstatt für ihr eigenes Kind den gleichen Einfallsreichtum zu entwickeln.

»Ich weiß einen besseren Ort«, sagte Nimma und strich Rae lächelnd über den Arm. »Komm mal mit.«

Eine kurze Fahrt im Aufzug und ein paar Schritte durch Flure im sechsten Stock brachten sie zu einem leeren Konferenzzimmer mit einem kleinen Nebenraum. Dort standen nur ein alter Projektor, irgendwelche Kartons und zwei Stühle. Es roch nach Gras.

»Ich weiß, es ist nicht schick, aber das war die ›Bud Hutt‹, bis ein paar Jungs aus der Poststelle erwischt wurden, wie sie sich hier in ihrer Pause gekifft haben. Jetzt kommt keiner mehr her. Mach einfach die Tür zu und schieb sicherheitshalber noch ein paar Kartons davor. Sauberer als das Klo ist es allemal.«

»Absolut«, sagte Rae und schaute sich um. Sie zog sich einen Stuhl näher an die Steckdose und wischte mit der Hand über die Sitzfläche.

»Okay, dann will ich dich mal machen lassen«, sagte Nimma, klatschte in die Hände und zog sich zur Tür zurück. »Wir sehen uns dann unten wieder, okay?«

»Nimma«, sagte Rae. »Ich weiß das echt zu schätzen. Danke.«

»Ist schon gut«, sagte die. »Wir Moms müssen zusammenhalten, stimmt's?«

* * *

LoLo hatte Rae beigebracht, wenn man verzweifelt ist, schaut man über das hinweg, was hässlich ist, was repariert gehört, was nicht richtig ist, und konzentriert sich stattdessen aufs Wesentliche: Wie macht man es sich wohnlich, schön, gut? Wie bringt man etwas zum Laufen? LoLo war eine Meisterin in so was – aus nichts etwas machen. Wo Rae nur einen alten Fetzen Stoff sah, sah LoLo die Möglichkeit, einen neuen Kissenüberzug fürs Wohnzimmersofa zu nähen. Wo Rae Tommy die Nase über die Preise für schicke Grills rümpfen sah, wie die Nachbarn sie hatten, entdeckte LoLo in der Bauabteilung Ziegel und entwarf auf der Rückseite eines Briefumschlags, den sie aus ihrer Handtasche zog, ein Monument. Ein Monument für Feuer, Kohle und Grillfleisch, und sie überzeugte Tommy, es selbst bauen zu können. »Wir können unser eigenes Feuer entfachen, Baby«, erklärte sie und pochte mit dem Stift auf ihre Skizze. »Billiger und besser.«

Allerdings ertrug LoLo keine Dummheiten und machte ihnen schnell ein Ende, was Rae gleichermaßen faszinierte, inspirierte und zutiefst beschämte. Zum Beispiel bei Carolyn, diesem Mädchen in der Kirche, das fünfzehn Jahre lang auf der rauen Seite des Berges aufgewachsen war und ihr Missvergnügen darüber an Rae ausließ. Das Mädchen mochte keine Braven und Guten, und Rae war in Carolyns Augen das Paradebeispiel für die Dinge, die sie am meisten kränkten:

gute Noten, schulische Auszeichnungen, verantwortungsvolle Aufgaben in der Schule und der Kirche, Bewunderung der Erwachsenen. Also ließ sie Rae bei jeder sich bietenden Gelegenheit dafür büßen. Sie zwickte sie durchs Gewand der Chorsänger, wenn sie die dunkle Treppe zur Empore hinter der Kanzel hinaufstiegen, stellte ihr mehrmals ein Bein, als sie beim Sommerfest der Kirche ans Hamburger-Büfett gingen, damit sie wie eine Idiotin wirkte vor Len Bethencourt, von dem Rae heimlich fantasierte, wenn sie unten im Keller allein war und Songs von Whitney Houston in die Bratenspritze schmetterte, während sie sich vorstellte, für ihn zu singen. Carolyn kannte Raes Schwächen und nutzte sie voll aus. Sie gab sich erst zufrieden, wenn sie Raes Unterlippe zum Zittern brachte oder, noch besser, ihr Tränen in die Augen getrieben hatte. Ewig lang kam sie mit ihrem Mobbing durch, bis LoLo eines Tages zufällig für die Platzverteilung in der Kirche zuständig war und genau im richtigen Winkel hinter Carolyn stand, um zu sehen, wie sie unter der Kirchenbank wie eine Verrückte gegen Raes Beine trat.

»Carolyn Sheff«, hatte LoLo so laut geflüstert, dass sie zwar die Verlesung der Ankündigungen für die Gemeinde nicht störte, aber alle Leute im Umkreis von zwei Bänken sich komplett in Richtung von LoLos Stimme umdrehten. Ihr Ton machte deutlich, dass da jemand – nämlich Carolyn – in echten Schwierigkeiten steckte. »Komm mal her«, fuhr LoLo fort, und die Wut in ihren Augen passte zur Strenge ihrer Worte. »Rae, du auch«, fügte sie hinzu.

Carolyn sog Luft durch die Zähne und ließ sich Zeit damit, von der Kirchenbank aufzustehen. Das alte Möbelstück knarzte, weil es ungefähr achtzig Jahre zuvor von den dreiundvierzig ursprünglichen Mitgliedern der St. John's Baptist

Church zusammengezimmert worden war. Carolyn schob sich direkt an LoLo vorbei, deren Brust sie sogar noch streifte, als sie mit abfällig verzogenem Mund durch die Doppeltüren in den Vorraum marschierte. Rae erhob sich anmutig, leise. »Entschuldigung … Tut mir leid … Entschuldigung …«, bat sie, während sie über die Füße anderer Gemeindemitglieder zum Seitengang stolperte. Zwar biss sie sich auf die Innenseite ihrer Wange, doch das nützte nichts, um die Tränen zurückzuhalten. Die stiegen ihr beim Gedanken daran, was sie im Untergeschoss erwartete, in die Augen.

LoLo scheuchte beide Mädchen die Stufen hinunter, den Flur entlang, vorbei an der Küche und nach hinten zur Toilette. Gerade dort wollte Rae nicht hin, weil Schwarze Mütter in öffentlichen Toiletten heftig zulangten, und LoLo war da keine Ausnahme: Man konnte von geschürzten Lippen bedroht, gekniffen und so heftig ins Gesicht geschlagen werden, dass das klatschende Geräusch übel von den Kacheln widerhallte. Rae hatte es schon oft genug erlebt, wenn TJ in eine Toilette gezerrt worden war. Damit wollte Rae nichts zu tun haben – vor allem nicht heute, als sie wie eine Delinquentin hinter ihrer Erzfeindin und ihrer wütenden Mutter herlief.

»Lasst mich euch etwas sagen«, meinte LoLo, nachdem sie Rae und Carolyn in den Waschraum mit den drei Klokabinen gescheucht hatte. Es roch dort so stark nach Pine Sole und Bleiche, als hätten zehn Diakoninnen und die Ahnen soeben alles geschrubbt. LoLo wirbelte Rae herum und zeigte auf ihre weißen Strümpfe. An den Waden waren zwei braune Streifen aus Dreck, die wie Bremsspuren in Unterhosen aussahen. Die Farbe passte zu der des Drecks an Carolyns Schuhen. »Was du nie mehr tun wirst, ist, mit deinen Füßen meine Tochter berühren, hast du verstanden? Es ist wichtig, dass du dir die

Worte aus meinem Mund ganz genau durch den Kopf gehen lässt, verstanden? Denn sollte ich dich jemals wieder sehen, wie du Rae trittst, haust, anfasst oder auch nur anschaust, werde ich dich in diese Toilette zerren und dir den Arsch versohlen. Und anschließend werde ich deiner Mama genau erklären, warum ich das getan habe, damit sie sich dich auch vornehmen kann.«

Carolyn stand trotzig da. LoLo war stinksauer, hatte sich aber im Griff. Sie ging ganz nah an das Gesicht des Mädchens heran. »Hab. Ich. Mich. Klar. Ausgedrückt«, sagte sie. Und das war keine Frage.

»Ja«, nuschelte Carolyn.

»Ich hab dich nicht gehört«, schnarrte LoLo.

»Yes, Ma'am«, sagte Carolyn, diesmal lauter und mit gesenktem Blick. Sie sah reumütig aus, aber Rae überzeugte das nicht. Schließlich hatte sie schon seit dem Tag unter dem Mobbing des Mädchens gelitten, als LoLo, voller Freude darüber, wieder in der heimatlichen Kirche zu sein, Rae in den Sunshine Choir geschickt hatte. Sie und Carolyn sangen beide Alt.

»Und jetzt sieh zu, dass du wieder rauf in den Altarraum kommst, und hol dir ein bisschen Jesus«, sagte LoLo und sah Carolyn nach, die durch die Toilettentür hinausflitzte.

Rae stand da und wartete darauf, dass LoLo ihre Aufmerksamkeit auf sie richtete. Halb rechnete sie damit, zumindest dafür angeschrien zu werden, dass sie sich von Carolyn treten und quälen hatte lassen. Doch LoLo, vielleicht weil sie den Geist des Herrn spürte und vielleicht wegen einer Spur schlechten Gewissens, weil sie in SEINEM Haus einem Kind gedroht hatte, gab ihr nur eine Lektion mit auf den Weg.

»Sie ist ein guter Mensch und nur wütend auf die ganze

Welt, weil ihr Daddy nicht zu Hause ist und ihre Mutter mit den vielen Kindern zu kämpfen hat«, erklärte LoLo, während sie an Raes Locken zupfte und den Kragen ihres feinen weißen Pullovers, den sie nur in der Kirche trug, zurechtzog. »Manche Menschen müssen mit Sachen fertigwerden, wegen denen sie sich abreagieren und die aus ihnen andere machen, als sie eigentlich sind. Ich will damit gar nicht sagen, dass du dich mit ihrem Mist abfinden sollst, aber ich denke, Jesus würde wollen, dass wir Platz für die kaputten Teile der Menschen machen.«

Erwachsen, von Jesus geprägt und von LoLo erzogen, kam Rae nach neun langen Stunden Arbeit und einer vierzigminütigen Subway-Fahrt nach Hause. Ihre Brüste waren so voller Milch, dass es sich anfühlte, als würde sie kleine Feldsteine vor der Brust tragen. Sie dachte nicht an die kaputten Teile von Menschen und warum manche brechen und andere sich abreagieren. Rae wollte einfach nur durch die Wohnungstür kommen und die Nase an den Nacken ihres Babys pressen.

Doch da war die Babysitterin. Sie thronte mit verschränkten Armen auf der Couch und starrte mürrisch auf ihren Dreijährigen, der sich auf dem Boden des Wohnzimmers um sich selbst drehte. Skye lag in ihrem Stubenwagen daneben, quengelnd und sich langsam in ein Geschrei hineinsteigernd. Das Geräusch ließ Raes Brüste nachgeben. Die Milch lief in die sowieso schon durchgeweichten Stilleinlagen. Roman war nirgends zu sehen.

»Hör mal, es war ein langer Tag und ich bin gerade emotional durch«, sagte Ronica und tippte dazu ungeduldig mit dem Fuß auf. Sie machte sich weder die Mühe, vom Sofa aufzustehen und noch viel weniger Anstalten, das Baby hochzunehmen, während Rae ihre Sachen abstellte. Die schob im Spülbecken einen Stapel schmutziges Geschirr und eine Packung angetautes Hühnchen zur Seite, um sich die Hände zu waschen.

»Oh?«, mehr brachte Rae nicht heraus, während sie zusah, wie Ronicas wilder kleiner Sohn über den Holzboden tobte. Rae verstand nicht ganz, was der kleine Junge in ihrem Zuhause machte und warum er nicht bei seiner Großmutter war. So wie sie ihn in den vergangenen fünf Wochen gehütet hatte, seit Ronica sich um Skye kümmerte, während seine Mutter arbeitete.

»Hmmmhmm. Ich hab heute erfahren, dass Cordells Daddy sich eine Nebenfreundin angeschafft hat, und – ist das zu fassen? – sie arbeitet auch noch in der Bank gleich die Straße runter«, sagte Ronica und deutete mit der Hand in eine unbestimmte Richtung. »Da habe ich meine Mutter gebeten, mir in meiner Mittagspause Cordell vorbeizubringen, damit ich mal da rübergehen und dem Mädchen Bescheid sagen konnte, dass er schon eine Familie hat, für die er verantwortlich ist. Da hat er keine Zeit mehr dafür, dass sie ihm vor der Nase rumstolziert.«

Rae schaute flüchtig auf das Hühnchen und das schmutzige Geschirr, während sie ihre Bluse aufknöpfte. Skye schrie auf. Raes Brüste verwandelten sich in Milchbrunnen.

»Jetzt wollen wir doch mal sehen, ob sie überlegt, bevor sie das nächste Mal versucht, was mit dem Mann einer anderen, mit einem Daddy anzufangen«, sagte Ronica, stand auf und strich sich die Falten aus ihrem Leinentop.

Rae nahm Skye hoch und drückte ihr Küsse aufs Gesicht, während sie auf den Schaukelstuhl im Babyzimmer zusteuerte. Ronica hob ihren Sohn auf und folgte ihr.

»Äh, weißt du, morgen muss ich ein bisschen später kommen, und dann muss ich auch meinen Sohn mitbringen«, fuhr Ronica fort. Cordell beobachtete, wie Skye jammerte und hungrig nach der Brust ihrer Mutter suchte, bevor sie den Nippel fand und daran andockte. Rae war einfach zu müde und ihre Tochter zu hungrig, als dass sie sich noch eine saubere Stoffwindel über die nackte Brust gelegt hätte. Aber es war ihr trotzdem unangenehm, wie der kleine Junge die ganze Szene fixierte. Rae brauchte eine Minute, um überhaupt zu begreifen, was Ronica gerade gesagt hatte. »Dann ist das okay, ja? Weil ich meine Mutter zu einer Behandlung zum Arzt fahren muss, und dann kann sie nicht auf Cordell aufpassen. Sie wird sich danach ausruhen müssen, und ich habe keinen Plan für Ersatz.«

Nachdem eine Brust sich endlich entlasteter anfühlte, konnte Rae sich endlich auf Ronicas Worte konzentrieren. »Ich, äh … hast du mit Roman darüber gesprochen?«, fragte sie. Und dann: »Moment mal, wo ist Roman überhaupt?«

»Ach, er, äh, ist in den Park oder so zum Schreiben«, sagte sie, als Cordell sich aus ihren Armen wand und an ihrem Bein herunterrutschte. Er zischte zu einem Korb, der oben auf einer Spielzeugtruhe stand, die sich wiederum am Fußende eines breiten Betts befand. Letzteres war das wichtigste Möbelstück dieses Zimmers gewesen, bevor es zum Kinderzimmer umfunktioniert und mit allem gefüllt wurde, was Skyes Welt schön machte: Schwarze Babypuppen, haufenweise Bilderbücher, eine Collage aus Fotos all der Menschen, die sie liebhatten, ein freistehender Schrank voller hübscher Kleidchen, Spitzensöckchen und glänzender Babyschuhe, vieles von LoLo persönlich ausgesucht. Cordell zog den ganzen Korb mit CDs herunter.

»Cordell!«, brüllte Ronica. Ihre schrille Stimme erschreckte Skye dermaßen, dass sie aufhörte zu trinken und zu atmen. Der gellende Schrei des Babys, der rasch folgte, erinnerte an eine Sirene – anfangs leise, dann ein Crescendo. Ronica kümmerte weder Rae noch Skye, sondern sie fokussierte sich laserscharf auf Cordell. Mit ihrer Rechten holte sie weit aus und schlug ihr Kind, sodass es auf den Boden fiel und noch ein Stück über den Holzboden rutschte. »Girl, lass mich hier rauskommen«, meinte sie dann, während sie ihren Sohn am Arm packte und in die Höhe riss. »Wenn du Mr Lister einfach sagen könntest, dass ich später komme. Das wäre toll.«

Alle Hände voll zu tun mit dem schreienden Baby und all der Milch, die aus ihrer noch prallen Brust floss, sagte Rae kein Wort. Sie richtete stattdessen ihre Aufmerksamkeit darauf, die Kleine zu beruhigen und ihre Brust wieder in deren Mund zu bugsieren. Zu ihrer beider Erleichterung. Trotzdem hörte sie natürlich Cordell den ganzen Weg über den Flur schreien. Gerade als sie und das Baby ihren Rhythmus wiedergefunden hatten, knallte der nach Hause kommende Roman die Wohnungstür zu, was Skye und Rae erneut zusammenfahren ließ und zu einem weiteren Schreianfall führte.

»Hey!«, sagte er fröhlich, als er mit seiner Arbeitstasche über der Schulter ins Zimmer geschlendert kam. Er bückte sich und küsste erst Skye auf die Wange, dann Rae. Anschließend stand er einfach da und sah zu, wie die beiden mit Mühe wieder zur Ruhe kamen. Nachdem Rae das Baby an die zweite Brust angelegt hatte, streckte Roman die Hand aus und drückte ihre unbedeckte Brust ein bisschen zusammen.

»Roman, lass das«, meinte Rae ärgerlich, während Skye gierig trank.

»Was denn? Vor ihr haben die beiden mir gehört. Kannst du mir das verübeln? Die machen sich da gerade perfekt.«

»Kannst du dich vielleicht darauf konzentrieren zu helfen? Wie wär's, wenn du mir eine Stoffwindel aus dem Korb unter dem Wickeltisch gibst?«

So war es nicht immer gewesen. Früher musste sie auf ihrem Stuhl herumrutschen, damit sich die Stelle beruhigte, die ihren ganzen Körper vibrieren ließ, kaum dass sie auch nur an Romans Berührung dachte. Er war sexy und selbstbewusst, interessant und interessiert, und Rae war darauf erpicht zu gefallen – und ihr Verlangen zu stillen. Ihr Eifer begegnete der gleichen Leidenschaft, und gemeinsam taten sie sich gütlich, jederzeit und an jedem Ort. So war das mit junger Liebe – sie brachte heiße, frische und süße Lust hervor. Die beiden hungerten ständig danach und aßen immer.

Dann kam das Baby und verputzte die Portionen seiner Eltern. Roman hatte schon begonnen zu hungern, doch Rae hatte keine Nahrung mehr zu vergeben.

»Hallo Roman, wie war dein Tag?« – »Oh, der war gut. Ich war im Park, habe Fortschritte für meinen Buchentwurf gemacht und mir sind zwei Geschichten eingefallen, die ich beim *Time Magazine* einreichen will«, sagte Roman und führte mit sich selbst das Gespräch, das er sich offenbar mit seiner Frau gewünscht oder von ihr erwartet hätte.

Rae schaukelte in dem Stuhl und klopfte Skye auf den Po, während die trank. Ihr fehlte einfach die Kraft, mit diesem Mann zu streiten – jedenfalls heute. Nicht nach dem Tag, den sie hinter sich hatte. Nicht nach dem, den ihr Baby hinter sich hatte. »Freut mich, dass du einen guten Tag zum Schreiben hattest«, sagte sie leise.

»Den hatte ich. Mal aus dem Haus zu kommen und im

Park zu schreiben, das hat einfach was in Gang gebracht, verstehst du? Ich hab mir einfach ein Sandwich und ein paar Dosen Limo mitgenommen und losgelegt.«

»Moment mal, dann warst du gar nicht da, als Ronica ihre Mittagspause gemacht hat?«

»Nee, ich war schreiben«, sagte Roman, der noch in dem Korb nach einer Stoffwindel suchte. »Ich war so eingegroovt. Und ihr macht es nichts aus, die Kleine mit in ihre Mittagspause zu nehmen. Skye hat wahrscheinlich sowieso geschlafen.«

Rae runzelte die Stirn, und vor Staunen stand ihr der Mund offen, als ihr das Ganze vor ihrem inneren Auge langsam deutlich wurde: Während Roman im Park die Natur genoss und sich Notizen machte, hatte Ronica Skye in ihren Schlamassel reingezogen.

»Aber das bedeutet, sie hat mein Baby mit in die Bank genommen!«

Roman kam endlich mit der Windel zu Rae. »Okay«, sagte er gedehnt. »Und …? Sie hatte was zu erledigen und hat das Baby mitgenommen.«

»Das war nicht nur irgendeine Besorgung, Roman! Eben hat sie mir erzählt, dass sie ihr Kind mit in die Bank geschleppt hat, um Streit mit irgendeiner Tussi anzufangen, die Sex mit dem Vater ihres Sohns hatte.«

»Echt jetzt?« Roman lachte. »Wow. Ronica hat Temperament!«

»Das ist alles, was du dazu zu sagen hast? Ronica hat Temperament?«

»Was gibt's dazu denn noch zu sagen, Rae? Sie hatte Pause. Ich kann doch nicht kontrollieren, was sie treibt, während sie ihr Sandwich isst.«

»Aber du kannst kontrollieren, dass du unserem Kind ein Vater bist und auf es aufpasst, während die Nanny Mittagspause macht. Was, wie ich betonen möchte, ihr gutes Recht und Teil unserer Abmachung ist. Anstatt dass du den ganzen Tag im Park abhängst«, schrie Rae. »Und lass mich dich Folgendes fragen: Was wäre gewesen, wenn diese andere in der Bank eine gröbere Auseinandersetzung mit Ronica angefangen hätte? Und unser Baby wäre da mittendrin gewesen? Was, wenn man sie verhaftet hätte, weil sie eine Szene gemacht oder diese Frau bedroht hätte? Dann hätte die Polizei Skye mit aufs Revier genommen oder das Jugendamt verständigt! Warum hast du ihr erlaubt, dass sie unser Kind in so was mit reinzieht?«

»Ich habe gar nichts erlaubt, Rae!«

»Ach, stimmt. Weil du ja im Park warst, um den nächsten großen amerikanischen Roman zu entwerfen. Schon verstanden.«

»Was soll das denn jetzt heißen?«, schrie er.

Rae konnte ihm nicht antworten, weil genau in diesem Moment Skye in ihre Brustwarze biss. Fest. So richtig fest. So machte sie das immer, wenn die Muttermilch über ihre Zunge, durch die Kehle, den Magen und alles floss. Sie bekam dann so einen dämonischen Blick, grunzte und vollbrachte dann eine Art Mini-Vulkanausbruch. Der explodierte nicht nur in die Windel, sondern auch in ihren Strampler, und sogar bis hinauf zu den Löckchen in ihrem Nacken. Und Raes Klamotten kriegten auch was ab.

»Fuck!«, brüllte Rae, während Skye wieder an ihre Brust andockte und unbekümmert weitertrank.

»O wow«, bemerkte Roman, kam näher und betrachtete das Häufchen Kind auf Raes Schoß und die Folgen der Explosion quasi aus der Vogelperspektive.

»Ich finde einfach …«

»Warte, ich bring dir mehr Windeln.«

»Ich brauche nicht mehr Windeln, ich brauche Hilfe!«

»Ich helfe doch«, sagte Roman ganz selbstverständlich.

»Das nennst du helfen, dass du mir eine Windel zum Abwischen gibst?«, rief Rae. Das hatte das Fass zum Überlaufen gebracht. Diese eine Aussage, nüchtern und emotionslos, ohne jedes Verständnis. Das und das schmutzige Geschirr im Spülbecken, das ungekochte Hühnchen daneben, das Durcheinander aus Stofftieren und CDs auf dem Fußboden, die verrückte Nanny, der sie fast vierzig Prozent ihres Einkommens bezahlte, damit sie ihr Baby in Gefahr brachte, damit ihr arbeitsloser Ehemann tun konnte, wonach ihm der Sinn stand, und dann noch die warme Babykacke überall. Rae brach in Tränen aus und griff nach dem, was sie als Erstes zu fassen kriegte – eine kleine Lampe auf dem Tischchen neben dem Schaukelstuhl. Die knallte sie an die Wand. »Fuck!«

»Hast du den Verstand verloren?«, fragte Roman, immer noch mit ruhiger, ausgeglichener Stimme.

Roman war ein anständiger Kerl – klug, einnehmend, gut aussehend, liebevoll, mit Potenzial. Mit guten Anlagen. Rae sah über seine Schwächen hinweg, um zum guten Kern zu gelangen. Und im Verlauf der vier Jahre, die sie inzwischen zusammen waren, hatte sie sich ganz darauf konzentriert. Darauf, diese Teile von ihm zu lieben. Aber seine kaputten Teile – all diese Bruchstücke – wurden ihr langsam zu schwer, zumal sie an ihren eigenen genug zu tragen hatte.

26

Sommer 1979

Es hatte einen kleinen Fernseher auf dem dicken runden Holztisch in der Küche gegeben. Da liefen Zeichentrickfilme zum Frühstück, Spielfilme an den Sommernachmittagen und hauptsächlich Nachrichten und Game Shows zur Abendessenszeit. Das war die Gesellschaft, in der Rae und TJ aufwuchsen: *Transformers*, *General Hospital* und *Live at Five*. Es gab keine Mahlzeiten als Familie, nicht mal sonntags. LoLo kam von der Arbeit, kochte das Abendessen, füllte die Teller, natürlich, aber es entging Rae nicht, dass LoLo, nachdem sie am heißen Herd gestanden und aus Frankfurter Würstchen und Bohnen oder einem kleinen Stückchen Speck mit einem Lachsküchlein oder zwei und Maisgrütze mit Butter etwas gezaubert hatte, sich eine Diet Pepsi mit ganz viel Eis eingoss, ein Stückchen Papier von der Küchenrolle abriss und sich dann mit ihrem Teller wieder in ihr Zimmer zurückzog. Dorthin, wo sie mit ihren Fernsehserien und ihren Gedanken ungestört allein sein konnte. Es gab keine Hilfe bei den Hausaufgaben. Sie löste keine Gleichung mit einer Unbekannten oder fragte die chemischen Elemente ab. Sie las sich kein Referat für Geschichte durch über irgendeinen verstorbenen weißen Mann, der geraubt und geplündert hatte und dafür im Geschichtsbuch gefeiert wurde. Sie kochte, sie aß, sie sah ein bisschen fern, nahm ein heißes Bad, warf sich ein paar Pillen gegen den Schmerz und zum Einschlafen ein, dann wurde um neun Uhr abends die Tür zu- und das Licht ausgemacht. Jeden Abend. Ohne Ausnahme.

Rae nahm das persönlich. Sie wollte ihre Mutter – um bei ihr zu sitzen und mit ihr über alles und nichts zu reden, um sich ihr zu Füßen zu legen und sie nicht nur als die Lady kennenzulernen, die das Essen kochte, jeden Sonntag für Jesus joggte und sich bei den Mahlzeiten ins Hinterzimmer zurückzog, sondern als Person, als Mensch, als Frau. Doch LoLo hütete diesen Teil von sich wie ein Geheimnis. Sie ließ Rae glauben, sie müsse erst eine wackelige Hängebrücke passieren, durch einen Alligatorsumpf schwimmen und einen feuerspuckenden Drachen besiegen, bevor sie ihre Mutter wirklich sehen, wahrhaftig einen Blick auf ihr Herz werfen durfte. Irgendwann – Rae hätte nicht sagen können, wann genau, aber es war relativ früh in ihrer Kindheit – war sie sogar zu dem herzzerreißenden Schluss gekommen, dass ihre Mutter sie nicht wirklich mochte, Kinder an sich nicht wirklich mochte. Für ein Kind war das eine schwer erträgliche Erkenntnis. Und selbst noch für eine Erwachsene, die langsam dahinterkam, welche Herausforderung es bedeutete, Schwarz, eine Frau, Ehefrau, Mutter und all die anderen Dinge zu sein, die einem an die Substanz gingen.

Wenn er nicht arbeitete und zu Hause war, nahm Tommy seinen Teller und eine Dose Schlitz-Bier mit nach unten, wo auf seinem Fernseher irgendein Sport lief. TJ, tja, der senkte den Kopf über seinen Teller und schaufelte in sich rein, was immer darauf lag. Und er hob ihn erst wieder, wenn die schwarz-weiß gemusterte Keramik beinah saubergeleckt war. »Iss wie ein Mensch!«, hatte Tommy TJ angeschrien, als er das Gemetzel einmal zufällig mitbekam. Doch TJ ließ sich nicht beirren. Sein einziges Ziel bestand darin, so viel Essen wie nur möglich in kürzester Zeit in sich reinzustopfen, damit er Zeit für andere Dinge hatte – mit seinem Fahrrad rumkurven oder irgendeinem Mädchen nachsteigen. Er wollte unbedingt vermeiden, dass er noch am Tisch saß, wenn LoLo mit ihrem leeren Teller zurück in die Küche kam. Denn dann befahl sie, wem auch immer, der ihr als Erster in den Blick kam, die Reste wegzuräumen und das Geschirr zu spülen. »Ich habe gekocht«, pflegte sie zu sagen. »Da will ich doch verdammt sein, wenn ich jetzt auch noch die Küche aufräume – nicht mit zwei so verdammt großen Kindern im Haus.« Aber irgendwie traf dieses Los meist Rae.

Manches davon, vor allem als LoLo begann, Rae in den Angelegenheiten der Küche zu unterweisen, machte Rae nichts aus. Etwa wenn sie sich in ihr Zimmer zurückgezogen und die Nase in ein Buch gesteckt hatte, das sie sich von ihren wöchentlichen Beutezügen in der eineinhalb Meilen entfernten Bibliothek mitgebracht hatte. Dann begann LoLo mit den Töpfen zu klappern, und der Duft von frisch gehackten Zwiebeln und Speck auf dem Herd ließ das Haus wie Sonntag und noch viel mehr riechen. Dann spähte Rae um die Ecke in die Küche, um zu sehen, was sich in den Töpfen befand. Und in den Händen ihrer Mutter – etwa ihr großes scharfes Messer und ein paar Yamswurzeln oder eine Packung kurze Makkaroni von Mueller's, die mit einem Spritzer Sonnenblumenöl in einen Topf voll kochendem Wasser kamen. Wenn sie in der Stimmung war – und das war sie meist –, lud sie Rae ein mitzumachen. Aber nicht herrisch, sondern eher im Sinne von »komm und verbring ein bisschen Zeit mit Mommy«. Das machte Rae immer ein wenig kribbelig.

»Na los, hol mal die Käsestücke raus«, sagte LoLo und deutete mit dem Kinn auf den Kühlschrank. Sie lächelte zwar nie, aber Rae spürte trotzdem die Wärme ihrer Mutter. Sie hatte gelernt, LoLos Stimmung am Timbre ihrer Stimme zu erkennen. Und daran, wo ihre Schultern im Verhältnis zu ihren Ohren waren. Eine raue, scharfe LoLo mit Schultern, die ihre so typischen Kreolen-Ohrringe streiften, das war die Mommy, vor der Rae sich duckte – in stille Ecken oder in die Arme ihres Daddys. Eine samtig weiche, helle LoLo mit Schultern, die in gestikulierenden Händen endeten, verriet ihre Begeisterung, den Wunsch, sich gerade in diesem Raum aufzuhalten. Dieser Mommy sah Rae gern zu, weil sie selten war und nur vor ihren Freundinnen, bei Bibellesungen und Hallelujas in den ersten Bankreihen zu sehen. Sie inspirierte die besten Seiten des kleinen Mädchens, das zu seiner Mutter aufschaute. Die ruhige LoLo mit entspannten Schultern war Raes Favoritin. Sie ließ die Tochter an sich heran.

»Schau mal her«, sagte LoLo und holte die Käsereibe aus dem Unterschrank. »Wir machen Makkaroni mit Käse für morgen zum Abendessen. Du hast schon oft zugesehen.« Und dann nahm sie sich eines der Käsestücke – es gab Cheddar scharf, Cheddar extra-scharf und Cheddar mild – und rieb ihn auf der Reibe. Mit ihrem ganzen Gewicht und geschürzten Lippen. Manchmal biss sie sich dabei sogar auf die Unterlippe, weil sie sich so konzentrierte. »Jetzt versuch du es.«

Rae nahm den Käse in ihre Hände, die kleiner und speckiger waren als die knorrig dünnen ihrer Mutter mit den langen harten Nägeln, die kaum einmal abbrachen. Dann versuchte Rae, sie genauso rasch und entschieden zu bewegen. Sie versuchte sogar, den gleichen Mund zu machen wie ihre Mutter. Aber sie schaffte es nie so flott wie LoLo. Aber das machte Rae nichts aus. Und LoLo auch nicht.

»Jetzt komm hier herüber und lass mich dir zeigen, wie

man die Sauce macht«, sagte sie. Als hätte sie es Rae nicht schon tausend Mal gezeigt, aber auch das störte Rae nicht, weil eine lehrende LoLo auch eine freundliche war. »Schlag deine Eier da hinein und verquirl sie ein bisschen, aber nicht zu sehr«, sagte sie und reichte Rae ein Ei nach dem anderen, bis die gelben Dotter den Boden der Schüssel bedeckten. »Jetzt nimmst du die Milch und gießt sie dazu.« Sie beobachtete genau, wie Rae die Flüssigkeit abmaß, die die Basis der cremigen Köstlichkeit zwischen den Makkaroni bildete. »Das genügt. Nur bis hierher, siehst du?«, zeigte LoLo ihr. »Das reicht für diese Auflaufform«, fügte sie hinzu und zeigte auf ihre liebste Keramikform. »Jetzt gibst du noch ordentlich Salz und Pfeffer dazu.«

»Wie kannst du das so gut?«, fragte Rae, während sie mit der Gabel die Masse verrührte, so wie ihre Mutter es ihr diesmal und die vielen Male davor gezeigt hatte. Wenn sie rührte, vermischten sich nie alle Zutaten wie bei ihrer Mutter. Ganze Dotter schwammen noch in der Milch und große Inseln aus Pfeffer.

»Weil ich es schon so lang zubereite«, pflegte LoLo zu sagen und nahm Rae die Gabel aus der Hand, um die Mischung perfekt zu machen. »Wenn du es öfter kochst, wird es so leicht wie Zähneputzen oder ein Handtuch zusammenfalten. Dann wissen deine Hände schon, was zu tun ist.«

»Hat deine Mommy dir das beigebracht?«

LoLos Schweigen versteckte sich hinter dem Klirren der Gabel gegen den Rand der Glasschüssel. Aber auch hinter ihren Schneidezähnen und den Lippen, auf die sie sich biss. Schließlich sagte sie: »Ich habe viele Dinge nicht von meiner Mama gelernt, weil sie starb, als ich noch klein war. Aber ich erinnere mich dran, wie sie ihre Makkaroni mit Käse gemacht hat. Und ihren Lemon Pound Cake – du weißt schon, welchen. Da muss man leise sein, während er backt, damit er nicht zusammenfällt und hart wird. Daran erinnere ich mich.«

»Hat sie auch sonntagsmorgens gekocht, so wie du?«

So ging es weiter mit den Fragen, die Rae ihrer Mutter stellte. Um Informationen zu bekommen. Klarheit. Aber vor allem eine Bindung.

»Meine Mutter hat jeden Tag gekocht. Morgens briet sie gute Eier. Rühreier, manchmal mit ein bisschen Schinken oder gebratenem Speck drin. Die Eier mochte ich am liebsten.«

»Ich mag es, wenn ich sonntagsmorgens von deinem Essen träume«, sagte Rae. »Manchmal träume ich, dass ich mit einem Wolf durch den Wald laufe. Auf der Suche nach Fleisch. Und dann wache ich auf, und du kochst in der Küche Roastbeef. Das rieche ich in meinen Träumen.«

»Das ist ein sehr spezieller Traum«, sagte LoLo.

»Ich träume ganz viel …« Rae zögerte, dann meinte sie: »Die sind alle so. Wie ein Traum, aber auch wirklich.«

»Hmm«, war alles, was LoLo dazu sagte. Sie war abgelenkt und schwebte irgendwo in der Ferne, während sie dieses Orchester aus kochenden Töpfen, dazu gemischten Zutaten und dem Schneiden irgendwelcher Dinge dirigierte. Rae spürte ihren Rückzug, blieb aber dabei stehen, nahm Anweisungen entgegen und führte Aufgaben zu Ende. Sie war dankbar für diese Version ihrer Mutter und für was auch immer diese bereit war, ihr zu geben.

Mit zwölf übernahm Rae vollständig die Verantwortung für das Kochen der Familienmahlzeiten unter der Woche, wenn LoLo arbeitete. »Nimm das Hühnchen aus dem Tiefkühler« wurde quasi zu LoLos Standard-Abschiedsgruß, bevor sie die Treppen hinunterlief, um in die Fabrik zu fahren. Rae hütete sich, es zu vergessen, und sie lernte schnell, dass ihre Mutter erwartete, dass Essen fast fertig auf dem Herd vorzufinden, wenn sie am frühen Abend diese Stufen wieder hinaufstieg.

Nachdem Rae dreizehn geworden war, machte sie auch die Wäsche der Familie – Waschen, Zusammenlegen, Bügeln und alles in die jeweiligen Zimmer tragen. TJ hatte sich eines Freitagabends schlau aus dieser Verantwortung gestohlen, als er damit an der Reihe war, die Arbeitsuniformen seiner Eltern zu bügeln. Die waren ganz frisch und noch warm, weil er gleich nach der Schule eine Ladung Hellbuntes gewaschen hatte. Im Fernsehen war Jimmy »Superfly« Snucka zu sehen, im Ring mit einem Mann zwischen seinen Knien und im Schwitzkasten. Rae hockte auf der Couch und las zum vierten Mal *Sara, die kleine Prinzessin*. Das Buch bezauberte sie noch genauso wie beim ersten Mal. Sie schnupperte und verzog die Nase. Schnupperte noch mal und schaute hoch. Da sah sie, wie TJ das Bügeleisen auf den Kragen von LoLos hellblauem Kittel presste. Genau auf die rechte Seite, wo in eleganter Schreibschrift ihr Name unter den Worten Estee Lauder eingestickt war. Wie zur Erinnerung daran, dass die Firma immer über den Angestellten stand. Aus dem Stoff stieg Dampf auf. Und Rauch.

»Ooooh!«, rief Rae in einem Crescendo, um den Sprecher im Fernsehen zu übertönen, der in sein Mikro schrie, wie Jimmy seinen Gegner vertrimmte. »Du verbrennst Mommys Uniform!«

TJ starrte auf den Fernseher und richtete dann den Blick auf seine Schwester. Das Bügeleisen ließ er auf dem Kragen, während er die Augen schweifen ließ. Das war lange, nachdem Rae ihn gewarnt hatte. Erst dann schaute er auf die Uniform und drückte das Bügeleisen mit all seinem Gewicht auf den verbrannten Stoff. Damit war klar, dass es sich mitnichten um ein Versehen handelte.

Nach den dreizehn kurzen Jahren, die Rae nun schon auf der Welt war, hatte Rae aufgehört, um TJ zu fürchten, wenn ihre Mutter das Zimmer betrat. Früher hatte sie in ihren Träumen gesehen, wie LoLo TJ schlug und einen ranzigen Geruch in der Nase gehabt. – Als sie kleiner war, stellte sie sich vor, dass der Tod so riechen musste. Und wann immer LoLo TJ zu fassen kriegte, litt die kleine Rae unter der Last, Zeugin zu sein. Denn sie dachte, diesmal würde ihr Albtraum sicher wahr werden und nicht nur irgendwas, das in ihrem Traum die Totenglocke geläutet hatte. Dann würde TJ fort sein und ihre Mutter in großen Schwierigkeiten. Die größere Rae dachte sich, TJ habe es sich selbst zuzuschreiben. Als er LoLos Arbeitskittel ruinierte, zuckte sie daher nicht einmal zusammen, als LoLo die Stufen runtergerannt kam, den großen schwarzbraun geflockten Brandfleck auf ihrer Uniform sah und TJ ins Gesicht schlug, dass die Spucke nur so flog.

»Was zum Teufel machst du da, Junge? Ich muss fünfundzwanzig Dollar zahlen, um den zu ersetzen. Hast du den Verstand verloren?«

»Sorry«, murmelte TJ zwischen den Fingern, mit denen er sich die Wange rieb.

»Und warum zum Teufel ist mein blauer Kittel verdammt noch mal fast pink?« Sie riss das Kleidungsstück vom Bügelbrett und wirbelte auf der Suche nach der Waschladung herum, aus der er kam. Auf dem zweiten Sofa, an der Wand unter dem Fenster stand sie. Nachlässig gefaltet. Der Haufen aus gelben, hellblauen, hellgrünen und cremefarbenen Sachen war vollständig mit einem Hauch Pink versehen, was zweifellos von dem roten Pullover kam, den TJ mit in die Waschmaschine gesteckt hatte.

»Boy, lass verdammt noch mal die Finger von meinen Sachen«, sagte Lolo. Sie gab TJ noch einen Klaps auf den Hinterkopf, als er sich an ihr vorbei verdrückte. Sein Grinsen in Raes Richtung war unmissverständlich.

Je älter die beiden wurden, desto weniger kompliziert war das Auseinanderdividieren der Hausarbeit zwischen ihnen. TJs einzige Aufgaben waren das Raustragen des Mülls und Ordnung Halten in seinem Zimmer. Das war's. Rae hatte inzwischen einiges gelernt: Staubwischen, Saugen, Kissen aufschütteln, Wischen und Bad Putzen. Und das alles mit fünfzehn sowie zusätzlich zu ihren bisherigen Zuständigkeiten. Außerdem benutzte ihre Mutter Raes Arbeitsauffassung wie ein Schwert gegen sie. Jedes Wochenende verkündete LoLo, Rae könne nicht zu dieser Party gehen oder mit ihren Freundinnen zur Rollschuhbahn, bis ihre Hausarbeiten nicht erledigt wären. Aber die waren nie erledigt. »Wenn du mit dem Abstauben der Möbel fertig bist, komm und hol dir den Wischmopp«, schrie LoLo aus dem Bett, wo sie mit übereinandergeschlagenen Beinen lag, die Fernbedienung in der Hand und ihre Kissen frisch aufgeschüttelt. »Und wenn du gewischt hast, komm her und räum diese Schubladen auf.«

Auch für diese Hausarbeiten war nie TJ zuständig – genauso wenig wie Tommy. Alles rund ums Haus lastete auf LoLos Schultern und auf Raes, wenn LoLo nicht danach zumute war. Dazu benutzte sie eine einzige, aber wirkungsvolle Botschaft: Das war Frauensache.

Rae stellte das damals nicht infrage. Sie hatte es auch nicht in Frage gestellt, als sie und Roman ihre ersten Dates hatten, und später nicht, als sie zusammenlebten. Tatsächlich war sie sogar stolz darauf, unter ihren Freundinnen die Hausfrau zu sein – diejenige, die sich an den alten Spruch hielt »der schnellste Weg zum Herzen eines Mannes …« und sich einen Typen angelte. Das hatte für LoLo funktioniert. Sie hatte einen tollen Typen gefunden. Oh, wie Rae die Schultern reckte und übers ganze Gesicht strahlte, als sie zum ersten Mal mit einem Arm voller Lebensmittel und einer Flasche Sekt in Romans Wohnung auftauchte und direkt in die Küche marschierte.

»Du setzt dich einfach hin und entspannst dich«, hatte sie gesagt und die Einkaufstüten auf der Arbeitsplatte abgesetzt.

»Was kann ich helfen?«, fragte Roman, nachdem er den Sekt in den Kühlschrank gestellt hatte. »Denn täusch dich nicht, *ya boy* kann prima Pasta mit Muschelsauce kochen.«

»Mmmm … das ist nicht, was ich im Sinn hatte«, meinte Rae kichernd. Sie spitzte die Lippen, presste sie auf Romans und schob ihm die Zunge in den Mund. Dann legte sie noch die Arme um seinen Hals und schmiegte sich an ihn. Ganz fest.

»Whoa, so ein Kochen mag ich!«, rief Roman und nahm den Kopf nur so weit zurück, dass er die Worte aussprechen konnte.

»Mach dir mal keine Sorgen. Ich mag dein Dessert«, sagte Rae und wischte ihm ihren Lippenstift vom Mund. »Aber zuerst«, sagte sie und drehte sich zu ihren Einkäufen um, »gibt's Hühnchen. Muss doch dafür sorgen, dass mein Mann was Ordentliches zu essen kriegt.«

»Na gut. Dagegen habe ich überhaupt nichts einzuwenden. Ich mag Hühnchen.«

»Das weiß ich«, sagte Rae lachend.

Alles, was sie brauchte, um ihr Abendessen aus frittiertem Hühnchen, Reis und grünen Bohnen zuzubereiten, war in den Tüten. Und so war sie in kürzester Zeit dabei, Flügel und Schenkel mit Gewürzsalz, Knoblauchpulver und Mehl einzureiben, die Bohnen abzufädeln und die Stärke aus dem Reis zu waschen. Und als sie das Hühnchen ins heiße Öl gab und es brutzelte und der Duft der sich bräunenden Haut zum Himmel aufstieg, um es, wie Rae das ohne Zweifel empfand, mit Liebe zu füllen, da wusste sie es. Sie wusste es einfach.

»Verdammt, das riecht so gut, Babe«, hatte Roman gesagt und sie auf den Hals geküsst, als sie das Hühnchen umdrehte und ein bisschen Speckfett über die Bohnen goss. »So gut hat's bei mir zu Hause noch nie gerochen. Das ist ja wie Thanksgiving an einem Dienstag! Meine Mutter wird dich lieben.«

»Oh?«, machte Rae und drehte sich von der Pfanne weg, um sich erneut an Romans Brust zu schmiegen. »Habe ich damit etwa eine Einladung bekommen, die liebenswerte Mrs Lister kennenzulernen?«

»Sie wünscht sich eindeutig ein Gesicht zu dem Namen. Ich brauche ihr nicht mehr viel von dir zu erzählen, bis sie sich einen Flug bucht und herkommt, um dich mit eigenen Augen zu sehen«, sagte Roman.

»Du hast ihr schon von mir erzählt?«

Romans Kuss war so weich wie ein Kissen. »Ich erzähle ihr dauernd von dir«, sagte er. »Sie hat einen guten Blick.«

»Du auch?«

»Na klar«, sagte Roman. »Hab ich von Gloria Lister gelernt.«

»Wie meinst du das?«

Roman presste sein Gesicht gegen Raes Hals. »Weißt du, meine Eltern sind seit fast fünfzig Jahren verheiratet«, sagte er und drückte behutsame Küsse auf Raes Haut. »Das heißt, Jim Crow, die Bürgerrechtsbewegung, ein paar Kriege, der Wu Tang Clan. Ihre Ehe hat all das ausgehalten. Sie nehmen ›in guten wie in schlechten Tagen, bis dass der Tod uns scheidet‹ wirklich ernst. Und das bedeutet mir auch was, verstehst du? Meine Mom hält die Sache zusammen. Dad ist ein guter Kerl, aber wenn's drauf ankommt, ist sie diejenige, die die Familie am Laufen hält. Ich respektiere das. Und es ist etwas, wofür ich mich bereit fühle. Ich sehe das in dir.«

»Den Wu Tang Clan?«, fragte Rae und konnte gar nicht mehr aufhören zu lachen.

»Hab ihn«, erzählte sie später ihren Homegirls, Treva und Mal. Die drei unterschieden sich in nichts von anderen Twenty-Somethings: Sie schwelgten in Romanen von Terry McMillan, lebten ihre *Love Jones/Nina Mosley-Fantasien* aus und suchten nach jemand, der all ihre Wünsche erfüllen und der *blues in your left thigh* sein könnte.

»Was meinst du mit, du hast ihn?«, fragte Treva und schaute von ihrer Speisekarte hoch. Sie ließ den Blick über die anderen Tische im The Shark schweifen. Es war das beliebte Lokal, wo sie und jede andere Schwarze Singlefrau mit einer anständigen Karriere und ohrenbetäubend laut tickender biologischer Uhr hinging, um zu sehen und von den begehrtesten Schwarzen Junggesellen der Stadt gesehen zu werden. Üblicherweise waren die Tische voller Freundinnen, und es herrschte Mangel an dem, was sie alle suchten: attraktive Männer, anständig angezogen, mit was zu bieten und auf der Suche nach mehr als einer schlichten, mühelosen sexuellen Begegnung.

»Ich meine, ich hab ihn eingefangen«, sagte Rae und nahm lächelnd einen Schluck Wein.

»Lass mich raten – du hast für ihn gekocht«, sagte Mal und rückte sich auf ihrem Stuhl zurecht.

Rae lachte.

»Du weißt schon, dass sie es getan hat«, meinte Treva lachend. »Was hast du gekocht? Frittiertes Hühnchen, stimmt's? Das macht diese Negros* wehrlos, das kann ich euch sagen. Dann steht sie in der Küche und kocht wie eine Göttin.«

Mal verdrehte die Augen und nahm einen Schluck von ihrem Cosmopolitan. »Das kenne ich. Sie hat schon jeden Negro* zwischen Flushing und der South Bronx bekocht. Und was hat's ihr gebracht, außer einem Berg schmutziges Geschirr?«

»Hey, ich koche eben gern«, verteidigte sich Rae. »Ich bin damit aufgewachsen, dass meine Mutter meinen Daddy bekocht hat, und ich weiß, er schätzt es, dass sie ihn versorgt, und er revanchiert sich damit, dass er sie versorgt. Die beiden sind jetzt seit fast dreißig Jahren verheiratet. Da muss sie doch irgendwas richtig gemacht haben, um so einen guten Mann abzukriegen. Mehr sag ich ja gar nicht. Es ist das frittierte Hühnchen und Mac and Cheese«, meinte sie kichernd. Rae hielt die Hand zum High Five hoch, und Treva klatschte sie ab.

»Ich frage mich nur, was ist das Besondere an diesem Typ, außer dass er dein Essen mag?«, fragte Mal und verschränkte die Arme, während sie auf eine Antwort wartete.

Rae seufzte. »Mein Gott, warum bist du so negativ?«, fragte sie kopfschüttelnd. »Roman ist ein guter Kerl. Er hat einen guten Job, ist gebildet, ist lieb zu mir. Ich meine nur, wenn du einen guten Mann willst, dann ist es doch nicht verkehrt, ihm zu zeigen, was du zu bieten hast. So hat meine Mom ihren Mann behalten, das hab ich mit eigenen Augen gesehen.«

»Dann lass uns mal sehen: Er hat einen guten Job, Bildung und ist nett. Mehr braucht es nicht? Das ist alles, was wir von einem Typen wollen? Klingt für mich wie das absolute Minimum.«

»Was gibt's denn sonst noch?«, fragte Rae und war langsam ein bisschen genervt von dem Gespräch mit ihren Freundinnen. Es kam ihr vor wie eine kaputte Schallplatte. Und verdammt, so hörten sich auch alle anderen an, die allzu besorgt um das Liebesleben Schwarzer Frauen waren.

»Ach, ich weiß nicht, dein eigenes Leben leben?«, sagte Mal. »Zufrieden mit der Tatsache sein, dass du als Frau auf eigenen Beinen stehst? Hast, was du willst und verdienst, ohne an irgendeinen Typen gefesselt zu sein?«

»Irgendeinen Typen? Gefesselt? Darauf reduzieren wir Beziehungen jetzt?«, fragte Rae. Sie sah Treva an und kicherte. »Die Ehe ist kein Ballast, der uns vom Fliegen abhält. Sag's ihr, Tree.«

»Und woher weißt du das so genau?«, fragte Mal und lehnte sich auf ihrem Stuhl zurück.

»Oh, keine Ahnung, aus jeder verdammten Statistik über Paare, die aufblühen, nachdem sie sich festgelegt haben?«, sagte Rae und unterstrich ihre Worte mit einer großen Handbewegung. Dann zählte sie die Punkte der berühmten Liste auf: »Verheiratete Paare haben mehr Chancen, ein Vermögen aufzubauen, sie sind gesünder, ihre Kinder erreichen ein höheres Bildungsniveau. Alles, was unsere Community braucht, ist darin enthalten, wenn Schwarze Männer und Frauen miteinander auskommen und sich ein gemeinsames Leben aufbauen.«

»Auf die Ziele!«, sagte Treva und erhob ihr Weinglas.

»Oh, dann bist du jetzt eine dieser Schwarzen Expertinnen

in Sachen Liebe, was?«, ätzte Mal. »Du klingst wie ein Papagei. Wie einer von diesen Niggas* aus dem Radio, die daherreden, als wären starke Schwarze Familien irgendein Superhero-Shit.«

»Ich will mein Cape!«, sagte Rae lachend. »Shit, ich weiß gar nicht, was du hast. Ich versuche doch nur, zu den dreißig Prozent der Community zu gehören, die Schwarz und verheiratet sind und Kinder haben. Ich versuche, Teil der Lösung zu sein, nicht Teil des Problems.«

»Die ganze Zeit redest du davon, was alle anderen gewinnen, wenn sie heiraten«, sagte Mal. »Aber was springt für dich dabei raus?«

»Liebe!«, rief Rae. »Liebe, Mal. Ich möchte verliebt sein. Ich möchte Babys. Ich möchte so eine Ehe, wie meine Eltern sie hatten. Ich will, dass mein Mann für mich sorgt, wie mein Vater für meine Mutter gesorgt hat. Und das hier ist ein guter Mann dafür.«

»Mr Tommy ist ein guter Typ, das will ich dir lassen«, sagte Mal. Treva nickte heftig dazu.

»Ich versuche nur, meinen Part zu übernehmen. Meinen Mann finden, meine Familie gründen und uns allen gerecht werden. Ich will eine gute Ehefrau und Mom sein. Mich nicht dafür entschuldigen müssen.«

»Dann musst du nur noch schauen, ob er einen Freund für diese störrische Person hat«, sagte Treva kichernd. »Wo du doch die ganze Community rettest.«

»Wie auch immer, Bitch.« Mal lachte. »Ich sag dir nur eines«, sie lehnte sich näher zu Rae rüber, damit die sie deutlich hören konnte, »wann kommen wir dahin, dass wir aufhören, so zu tun, als wären die Männer der Hauptgewinn? Da machst du frittiertes Hühnchen und die guten Mac and

Cheese und versuchst, dir diesen Typen zu angeln. Warum geht's immer darum, was wir tun können, um denen zu beweisen, dass wir gute Ehefrauen wären? Ich glaube, für uns alle wäre es besser, wenn diese Männer uns beweisen würden, dass sie gute Ehemänner wären. Ich schwör euch, lasst euch von diesen Ratgeberbüchern und TV-Therapeuten die Tatsachen nicht verdrehen. Oder wollt ihr nicht mehr als Durchschnitt?«

»Ich will einfach nur glücklich sein. Eine Pfanne mit frittiertem Hühnchen und ein Topf grüne Bohnen sind ein kleiner Preis dafür«, sagte Rae leise.

Herbst 2001

Und nun stand sie da, nach vier Jahren Ehe, mit einer Zweijährigen auf der Hüfte und mit einem Spüllappen in der Hand. Sie überlegte, wie viel sie für dieses Glück bezahlt hatte, das noch nicht mal wirkliches Glück war. Die Erkenntnis traf sie an einem Samstag, nach einer langen Woche mit anspruchsvoller Arbeit im Produktionsstudio und einer Reihe von kleineren und größeren Auseinandersetzungen mit Roman, die bei ihr den Eindruck hinterließen, dass ihre Investition nie einen Gewinn einbringen würde. Sie stand da, versuchte die Kleine zu beruhigen, die verdammt noch mal schläfrig und aufgedreht zugleich war. Roman zog sich seine Socken und dann seine Turnschuhe an. Dabei schien er die Blicke nicht zu spüren, die seine Frau wie Dolche in seinen Nacken schleuderte.

»Ich glaube, es fällt mir schwer zu begreifen, warum vier Stunden Squash spielen an einem Samstagnachmittag Priorität haben, wenn es in der Wohnung so viele Dinge gibt, die vor der Arbeit am Montag erledigt werden müssen«, sagte Rae und schaukelte Skye, während sie im Wohnzimmer auf und ab marschierte.

»Samstag ist der einzige Tag, an dem Rob spielen kann. Ich weiß nicht, warum wir dauernd diese Diskussion haben müssen, Rae«, sagte Roman, drückte sich vom Sofa hoch und strich seine Shorts glatt.

»Was ist damit, dass Samstag der einzige Tag ist, den du mit deinen beiden Girls verbringen kannst?«

»Rae, ein Samstag hat vierundzwanzig Stunden. Du hast dich entschieden, gute vier davon damit zu verbringen, Toiletten zu schrubben und Möbel zu polieren, die völlig in Ordnung aussehen und das überhaupt nicht brauchen.«

»Ich hab mich entschieden zu putzen? Das denkst du?«

»Die Wohnung ist sauber, Rae«, argumentierte Roman. »Schau sie dir doch an. Du hast einen Putzlappen in der Hand, um Sachen zu putzen, die nicht mal schmutzig aussehen. *Come on, man,* warum müssen wir das diskutieren, wenn ich gerade gehe?«

»Weil du gerade gehst!«

Roman machte sich nicht die Mühe, darauf zu antworten. Er griff stattdessen nach seiner Tasche mit Schlägern und Bällen, gab Skye und Rae je einen Kuss auf die Wange und ging zur Tür. Er gähnte. »Wir sehen uns nachmittags wieder.«

Rae schaute Roman nach, wie er die Tür hinter sich zumachte. Sie stand da, schaukelte vor und zurück, vor Wut kochend. Aber sie kam auch zu ein paar harten Einsichten.

Es hatte durchaus Zeiten gegeben, als Rae noch ein kleines Mädchen gewesen war und bevor ihre Mutter ihre »Fähigkeiten« auf die Tochter übertragen hatte, als Tommy sein

Babygirl am Samstagnachmittag auf dem Beifahrersitz seines Cadillac platziert und behauptet hatte, er müsse »Besorgungen machen«. Dann war er zum Drive-Thru-Schalter der Chemical Bank gefahren, um seinen Gehaltsscheck einzulösen, anschließend ging es zu Macy und Sears, um Rechnungen zu bezahlen, vielleicht auch in die Eisenwarenhandlung, um irgendwas für seine Bohrmaschine, einen neuen Hammer oder irgendwas anderes für seinen Werkzeugschuppen zu erstehen. »Ich hätte Lust auf Pizza«, pflegte er dann zu sagen, rollte das Fenster runter und rückte seine Sonnenbrille zurecht. »Nein, lieber ein Eis! Lass uns in die Mall gehen und eine Waffel essen. Welche Sorte möchtest du, Baby?«

»Erdbeer!«, sagte Rae dann und kämpfte mit dem Sicherheitsgurt. Weil sie noch so klein war, schnitt sie der immer in den Hals. Das kratzte, aber sie hätte sich nicht im Traum darüber beschwert. So froh war sie, mit ihrem Vater aus dem Haus zu sein. Froh, dem Polieren des Wohnzimmerschranks und dem Saugen der Treppe entkommen zu sein. Das waren Hausarbeiten, die ihre Mutter ihr schon früh auferlegte. Zur Vorbereitung auf die Übernahme des kompletten Hausputzes.

»Ach, Erdbeer?«, sagte Tommy immer und verzog gespielt angewidert das Gesicht. »Wo Gott doch für die Zuckerwaffeln extra Butter Pecan erschaffen hat?«

»Aber ich mag Erdbeer, Daddy!«, pflegte Rae dann immer kichernd zu antworten.

Tommy seufzte vernehmlich. »Dann versprich mir, dass du wenigstens bunte Streusel dazu nimmst. Ein paar Erdnüsse. Irgendwas. Das Leben ist einfach zu kurz für langweile Waffeln mit Erdbeereis.«

Immer würden sie gerade pünktlich nach Hause kommen,

sodass ihr Vater ein blitzblank sauberes Haus betrat. Dann würde er aus seiner ordentlich aufgeräumten Kommode das frisch gewaschene und gebügelte Bowlinghemd nehmen – es in den Korb mit der Schmutzwäsche zu werfen war sein Beitrag zum Reinigungsprozess gewesen –, nach der Bowlingtasche greifen und damit an den Stufen vor dem Eingang warten. Darauf warten, dass LoLo ihre Putzutensilien weglegte, und sich samt ihrer Bowlingausrüstung zum Auto beeilte. Sie wirkte immer müde, wenn sie dann auf dem Beifahrersitz saß. In sich zusammengesunken starrte sie aus dem Fenster und antwortete nur einsilbig.

Die kleine Rae hatte sich gewünscht, ihre Mutter wäre irgendwie mehr wie Erdbeereis mit Streuseln, die große Rae begriff es besser. LoLo war müde gewesen. Und wütend. Langsam fing sie an zu verstehen, warum ihre Mutter ihren Teller ins hintere Zimmer getragen hatte, warum sie darauf bestanden hatte, sich ein heißes Bad zu gönnen, sich einzuigeln, ihre Serien zu schauen und mit geschlossenen Augen einfach dazuliegen. Allein. Um am Ende ihres langen Tages eine Sekunde zu haben, um – Mensch zu sein.

Rae wusste nicht so recht, wie sie das für sich selbst hinkriegen sollte – nicht mit einem Ehemann, der nichts verdiente, nicht mit einem Kleinkind, das noch nicht so ganz gelernt hatte, sein Kacka in die Toilette zu machen anstatt in die Hose, nicht mit einem Vollzeitjob und einer Wohnung, die sie ganz allein in Ordnung halten musste, weil es für den anderen Erwachsenen, der dort wohnte, passé war, in einer sauberen Wanne zu duschen und in einer Küche zu kochen, die aufgeräumt und geputzt war. Treva und Mal hatten sie beide gewarnt. »Girl, ich weiß nicht, warum du hinter einem erwachsenen Kerl herputzt, wenn ihr jemand dafür bezahlen könnt, das zu erledigen«, hatte Mal ein paar Monate zuvor bei einem Mittagessen gesagt. Das war die einzige Gelegenheit, ihre Freundinnen zu treffen, außer wenn die in die Casa Lister kamen. Doch das passierte selten, weil Treva sich nicht wirklich etwas aus Babys machte, und Mal sich nicht wirklich etwas aus Roman.

»Wer kann sich denn eine verdammte Putzfrau leisten?«, hatte Rae zwischen zwei Bissen Tunfisch-Baguette gefragt. »Neben Rechnungen und dem Babysitter bleibt mir kein Geld, um jemand Fremden zu bezahlen, der ins Haus kommt, um meine Toilette zu putzen. Ich weiß, wie man eine verdammte Toilette putzt.«

Dieses nagende, verzweifelt beunruhigende, dauernd unzufriedene Ich-werde-meinem-Kind-und-meinem-Leben-nicht-gerecht-Gefühl, während sie mit ihrem herausfordernden Wunschjob jonglierte, dazu mit einer jungen Ehe und einem kleinen Kind und all das gleichzeitig, gab Rae den Eindruck, sie würde am tiefen Ende eines Schwimmbeckens Wasser treten. Doch ihre Beine schienen zu schwach, um ihren Kopf über Wasser zu halten. Jetzt stand sie da und starrte mit dem gleichen Blick auf die Wohnungstür, wie LoLo ihn gehabt hatte, wenn sie in dem Eldorado auf dem Beifahrersitz Platz genommen hatte.

Skye zappelte noch ein bisschen heftiger und quengelte. Sie wollte vom Arm ihrer Mutter runter.

»Okay, okay, Baby«, sagte Rae und stellte ihre Tochter auf den Boden. Die rannte los und zwar schnurstracks in ihr Zimmer. Die Kleine lief direkt zu ihrem Schrank, zog die Turnschuhe heraus und ließ sie mitten auf den Boden fallen. Dann versuchte sie, die pink-gelben Glitzerdinger an ihre Füße zu ziehen. Rae lachte. »Wo gehst du denn hin, Baby?«

»Raus!«, sagte Skye.

»Oh! Gehen wir irgendwohin?«, fragte Rae, deren Stimmung sich ein wenig aufhellte. Skye war ein willensstarkes Kind. Rae liebte ihre Direktheit, die sie schon aus dem Mutterleib mitgebracht hatte.

»Raus!«, schrie Skye.

Rae blickte sich im Kinderzimmer um und sah all die Dinge, die darin nicht in Ordnung waren: den überquellenden Wäschekorb; den Korb mit den Windeln, die nachgefüllt werden mussten; die überall herumliegenden Stofftiere und Bücher; das Bettzeug, das frisch überzogen werden musste. Aber ihr Kind wollte raus.

Und Rae auch.

»Okay, Baby«, sagte sie und bückte sich, um Skye die Turnschuhe an den jeweils richtigen Fuß zu ziehen und zuzubinden. »Raus. Lass uns rausgehen.«

* * *

Drei Stunden später und ausgepowert, weil sie erst Skye im Park nachgejagt war, sie dann mit dem Zucker eines Erdbeereises aufgeputscht und schließlich das erschöpfte Kind und den Buggy zwei Treppen zu ihrer Wohnung raufgetragen hatte. Rae stieß die Wohnungstür auf und wurde sofort wieder von dieser Niedergeschlagenheit erfasst – dem Gefühl, alles allein stemmen zu müssen. Roman war immer noch weg und spielte Squash. Skyes Zimmer, und übrigens auch der Rest der Wohnung, waren immer noch ein Chaos. Rae war wieder sauer. Und sie war es leid, wieder sauer zu sein.

Sie legte Skye in ihr kleines Bett und gab ihr einen Kuss. Dann richtete sie sich auf und stemmte die Hände in die Hüften. Sie wollte sich nicht so fühlen – wollte in der wenigen freien Zeit, die sie am Wochenende hatte, nicht mit ihrem Mann streiten. Vor allem nicht, weil sie schon wusste, das Roman diese blasierte Haltung einnehmen würde, mit der er alles abtat, was sie aufregte. Sie hatte keine Kraft mehr zu kämpfen – nicht die nötigen Fähigkeiten, um es auszuhalten, wenn Roman bestimmt wieder versuchte, sie in den Wahnsinn zu treiben. Das machte er bei jedem Gespräch, in dem Rae ihre eigenen Bedürfnisse und seine Defizite aufzählte. Also tat sie, was sie immer machte, um sich zu besänftigen. Zufällig war das auch eine der Sachen, von denen sie sich dringend wünschte, dass Roman sich ihrer bewusst würde. Sie putzte, um sich zu beruhigen.

Rae ging in das winzige Elternbad, das tatsächlich nicht größer war als die Behindertentoilette in der Chefetage bei der Arbeit. Dort betrachtete sie die Ablageflächen, die vollgepackt waren mit Cremes, Romans Utensilien zur Bartpflege, Zahnbürsten, Make-up und diversen anderen Kleinigkeiten, die es beinah unmöglich machten, das Waschbecken zu benutzen. Das weiße Porzellan und die Ablage waren voller kurzer Haare, die ihr Mann nach seiner Morgentoilette hinterlassen hatte. Sie war beim Zähneputzen gewesen, als er seinen Bart trimmte. Dabei hatte sie beobachtet, wie er mit der Handfläche beiläufig die winzigen Haare ins Waschbecken wischte. Mit großen Augen hatte sie sich das und dann ihn und wieder das Waschbecken angesehen, doch er merkte es nicht mal. Er trocknete sich nur die Fingerspitzen ab und ging. Rae seufzte bei der Erinnerung daran und schüttelte den Kopf. Dann richtete sie ihre Aufmerksamkeit auf die Dusche: Die Fliesen schrien geradezu nach einem Anti-Schimmel-Mittel. Der Spiegel war so voller Zahnpastaspritzer, dass er wie die Anfänge eines Kunstwerks im Stil von Roy Lichtenstein aussah.

Rae seufzte noch mal und krempelte sich die Ärmel auf. Sie beschloss, das Schränkchen unter dem Waschbecken aufzuräumen, um Platz für die Sache obendrauf zu schaffen. Ganz einfach. Also kniete sie sich auf den Boden und griff, ohne genau hinzusehen, nach den ersten paar Sachen, die ihr in die Finger kamen: eine Flasche Shampoo, irgendein Haaröl, ihr Reiseföhn, dessen Kabel so verwickelt war, als hätte jemand ihn in großer Eile da hineingeworfen. Alles kam oben auf die Ablage. Sie griff noch mal hinein – wieder ohne hinzusehen: eine Flasche Conditioner, ein Döschen Bobo's, das sie für Skyes Haare benutzte, sowie ein kleiner Kulturbeutel, in dem Roman ihre Kondome verwahrte. Auch das kam alles auf die Ablage.

Als sie das dritte Mal hineingriff, berührte ihre Hand etwas, das sich weiter hinten versteckte – weder eine Flasche noch ein Beutel oder irgendwas, das sich nach Sachen unter einem Waschtisch anfühlte. Rae verzog das Gesicht und lehnte sich ein bisschen gegen die Ablage. Ihre Knie knacksten, als sie ihr Gleichgewicht neu suchte. Die Schulter und eine Gesichtshälfte drückten gegen den Waschtisch, als sie versuchte, das Ding zu fassen zu kriegen. Sie hatte keinen Grund, nicht anzunehmen, es wäre eins von Romans T-Shirts oder ein Durag, den er hier reingeworfen hatte, um schneller im Bad fertig zu sein und sich wieder irgendetwas zu widmen, wozu er mehr Lust hatte. Aber sie war noch jung und hatte noch nicht gelernt, die Folgen gewisser Annahmen zu verstehen. Etwa wie viel mehr es einen verletzte, wenn man nicht aufs Schlimmste gefasst war. Endlich konnte Rae das seidige Ding gut erreichen und zog es zu sich.

Es war ein BH.

Es war nicht ihr BH.

Das wusste Rae, weil sie zweckmäßige Büstenhalter trug – die preiswerten, die es bei Macy's immer im Angebot gab. Gleich neben dem Korb mit fünf Slips für nur fünfundzwanzig Dollar. Ein 34B. Das war die Körbchengröße, die sie erlangt hatte, nachdem Skye fast achtzehn Monate lang gestillt worden war. – Eine Veränderung, die sie mit beträchtlicher Freude erfüllt hatte, nachdem sie ihr Leben lang zu den Heiligen von *Bist du da Gott? Ich bin's, Margaret* darum gebetet hatte, das ein klein wenig sich aus ihrer flachen, Präsidentin-des-itzi-bitzi-Tittie-Kommitees-Brust wölben würde. Bis zu dieser Größenveränderung hatte sie hauptsächlich Sport-BHs getragen, wie die Girls von TLC. Nur dass sie ihren Bauch bedeckt und sich noch einen Pulli um die Taille gebunden hatte. – Ein nutzloser Versuch, ihre dicken Oberschenkel und ihren Booty zu kaschieren, die, weil sie so klein war, nie ordentlich in Hosen passten. Immer schienen die an den Hüften beängstigend zu spannen, während sie um die Taille schlabberten. Rae war damit aufgewachsen, sich für ihre Figur zu schämen – dafür sorgte LoLo. »Bei deinem dicken Hintern brauchst du dich gar nicht drum bemühen, dass deine kleine Brust größer wird«, hatte sie Rae eines Abends erklärt. Damals hatte sie ihre Tochter bei einer Übung ertappt, die helfen sollte, die Brust zu vergrößern – »I must, I must, I must increase my bust«. Das hatte sie aus ihrem damaligen Lieblingsbuch. Raes Herz hatte gerast, weil sie so erschrocken darüber war, bei der Sorge um ihre Brüste erwischt worden zu sein, dass ihr bittere Galle in die Kehle hochstieg. Rasch hatte sie die Arme sinken lassen und die Augen niedergeschlagen. »Von nun an ist die einzige Übung, die du machen musst:

dich auf den Teppich hier setzen und rückwärts rutschen. Das wird helfen, damit dein Hintern nicht so verdammt groß wird.«

LoLo hatte das gesagt, als wäre ein rundes Hinterteil ein Vergehen und eine Schande. So betrachtete Rae es – und ihren ganzen Körper. Als müsste sie ihn verstecken. Das passte zu der Message, die sie ihre ganze Kindheit hindurch gehört hatte. Schließlich stammte sie aus einer Generation, die ihre prägendsten Jahre hindurch – in diesen kritischen Momenten, in denen das Selbstwertgefühl sich zu entwickeln beginnt – erzählt bekam, die Pfannkuchen-Ärsche in der Werbung für Jordache Jeans wären die Norm. Und das Beschimpfen Schwarzer Mädchen mit Bubble Butts als *fat* – nicht zu verwechseln mit *phatt* – war die Norm. Schwimmen in Oversized-T-Shirts über den Badeanzügen und das Umbinden dicker Sweater und Holzfällerhemden um die Taille, damit man seinen Donk versteckte, waren die Norm. Röcke, die hinten hochrutschten und über den Hüften spannten, waren die Norm. Wedgies waren die Norm. Übungen, um abzunehmen, obwohl die Waage schon anzeigte, dass man eigentlich untergewichtig war, waren die Norm. Bubble Booties gehörten versteckt, nicht begehrt – abgearbeitet, statt bearbeitet. Und egal wie viele Sir Mix-a-Lot *Baby Got Back*-Hommages oder anerkennende Klapse auf den Po es von Roman gab, nichts konnte Rae von drei Jahrzehnten Selbsthass befreien.

Also, nein, der sexy BH, den Rae unter dem Waschbecken im Bad hervorgezogen hatte, gehörte nicht ihr.

Wie sich soeben herausgestellt hatte, gehörte auch Roman nicht ihr.

So erfuhr Rae, dass ihr Ehemann sie betrog. Und von da an begann sie, sich von ihm zu entlieben.

27

Da war Rae nun. Sie saß auf der Veranda aus der Kindheit ihres Vaters in einer dieser altmodischen Hollywoodschaukeln – so einer aus Metall, mit Korbgeflecht und Pulverbeschichtung. Sie war hellblau, passend zum Himmel, unter dem sie auch stand. An Sommerabenden, wenn es heiß war und Cumuluswolken sich zeigten, war diese Schaukel der beste Platz für die prächtigsten Sonnenuntergänge. Für solche, wie Tommy sie als Kind gesehen hatte, genau wie seine Mama und davor deren Mama – genau hier auf dem Stück Land, das Tommys Großmutter besessen hatte und auf dem sie ein Haus gebaut hatte, wo sie all ihre kleinen Enkel eigenhändig auf die Welt geholt hatte. Damals hieß das Lawrence Alley, wegen der vielen Lawrences, die dort Land besaßen und bewohnten. Darauf spazierten und es bewirtschafteten. Ihre Kinder darauf großzogen. Betriebe darauf aufbauten. Sich über Generationen davon ernährten. Die Erde, die Bäume und das Gras enthielten die Geschichte der Lawrences – bis in die Wurzeln hinein, denn sie war genauso farbenprächtig und großartig wie die sommerlichen Sonnenuntergänge. Tommy traf seine Tochter dort, wo er sich auskannte. Da, wohin er nach Hause gelaufen war.

Jetzt war Rae hier, die lächelnd zusah, wie ihr Vater Pusteblumen, eine nach der anderen, von der Wiese pflückte und sie seiner Enkelin vors Gesicht hielt. »Wünschen!«, befahl Skye. Tommy schloss die Augen, lächelte und flüsterte etwas, das nur er und die Sommerbrise hören konnten. Dann rief er aus voller Kehle: »Eins, zwei, drei, pusten!« Und das immer und immer wieder, weil Zweijährige zur Fraktion »Mach's noch mal« und Großväter zur Fraktion »Was immer mein Baby möchte« gehören. Deshalb dauerte es auch eine Weile, bis Tommy einen Blick auf Rae warf und die Schatten bemerkte, wo früher Sonne gewesen war. »Okay, Baby, Pop Pop ist müde«, sagte er. Mit einer Hand stützte er sich ins Gras, mit der anderen auf sein gebeugtes Knie, um sich unsicher aufzurichten. »Bist du müde? Ich weiß, dass du das bist.«

»Nein, Pa Pa, puste!«, rief Skye und beeilte sich, eine weitere Pusteblume abzureißen. »Wünschen!«

»Ja, Baby, wünschen«, sagte Tommy. Er schloss die Kleine in seine Arme und drehte sich mit ihr zu seiner Tochter um. »Ich wünsche mir, wieder die Sonne im Gesicht meiner Rae zu sehen«, sagte er lächelnd.

Rae rückte sich auf der Schaukel zurecht – ein loses Ende von dem Drahtgeflecht bohrte sich in die Haut ihres Oberschenkels. Sie zuckte vor Schmerz zusammen. Aber was ihr wehtat, war, dass ihr Vater sie um etwas bat, das sie ihm nicht geben konnte.

»Wie wär's, wenn wir ins Haus gehen und uns ein paar Sandwiches mit Erdnussbutter und Gelee machen. Magst du Peanut Butter and Jelly?«, fragte Tommy Skye.

»Mmmm, Pa pa! Peanut Jelly Sammich?«

»Ja, Peanut Butter and Jelly. Aber dafür musst du jetzt mit ins Haus kommen. Komm mit Pop Pop«, sagte er und hielt ihr seine kräftige Hand hin. Sie legte ihre hinein und kicherte, während sie beide zur Veranda tänzelten. Er hob sie mit Schwung jede Stufe hinauf, bis sie vor Rae standen. Die gab sich größte Mühe, für ihre zwei liebsten Menschen auf der Welt ein fröhliches Gesicht zu machen.

»Komm mit rein, Darlin'. Lass mich uns was zum Mittagessen machen«, sagte Tommy und streckte die Hand aus, um ihr von

der Schaukel zu helfen. Dann öffnete er die Haustür und legte eine Hand an ihren unteren Rücken, als er die beiden umsichtig über die Schwelle schob. Es war nur eine kleine Geste – wie er seine Hände benutzte, um sie behutsam aus der Gefahrenzone zu schieben. Es hatte Rae immer amüsiert, wie ihr Vater Türen aufhielt, Stühle zurechtrückte und als Erster aus einem Aufzug stieg, um sich irgendwelchen Gefahren zu stellen, die hinter der Tür lauern mochten. Oder wie er sie auf dem Gehweg immer weg von der Straßenseite schob, dahin, wo es sicherer war. Wo sie sicherer war. Das war sein altmodischer Charme – ein Gentleman, der wusste, wie man eine Dame behandelte, ja, aber auch ein Gentleman, der begriff, dass Malcolm X recht gehabt hatte, als er Schwarze Frauen als ungeschützt, nicht respektiert und vernachlässigt bezeichnete. Für Tommys Tochter sollte das nicht gelten. Nicht, wenn er auf sie aufpasste. In seiner Gegenwart fühlte Rae sich wertgeschätzt. Unbezahlbar. Grazil und kostbar und wert, dass man eine Kugel für sie abbekam. Genau das brauchte sie heute – dieses Gefühl der Hand eines starken Schwarzen Mannes auf ihrem Rücken. Doch ihr Herz brauchte noch mehr. Die zerbrochenen Stücke waren Scherben, die alles zerschnitten, was sie je gekannt, worauf sie sich bei ihrem Vater, ihrem Ehemann und ihrer Beziehung zu beiden je verlassen hatte.

»Du hast Sonnenschein verdient, Rae«, sagte Tommy, als sie die Schwelle überschritten. Sanft drehte er Rae so, dass sie nach draußen blickte. »Schau sie dir an. Ich weiß, du steckst gerade in einem Gewitter, Baby, aber schau Richtung Sonne. So wirst du frei. So wirst du aufblühen.«

Tommy zeigte auf die Sonne, die an einem wolkenlos blauen Himmel stand. Skyes Blick folgte dem Zeigefinger ihres Großvaters. »Erblühe«, sagte er. Seine Stimme war sanft, aber tief und voll, wie ein leiser Donner. Skye lachte laut aus ihrem kleinen

Bauch heraus. Ihre süße Stimme wurde lauter, während Tommy seine Aufforderung wiederholte. »Erblühe.« Süßes Kleinkindlachen. »Erblühe.« Kinderlachen. »Erblühe!«

Rae öffnete langsam die Augen und bewegte sich auf dem großen gepolsterten Sessel im Wohnzimmer ihrer Eltern. Irgendwann konnte sie wieder scharf sehen. Da war LoLo, die Skye auf der Hüfte trug und mit dem Zeigefinger in die Seite des kleinen Mädchens piekte. Skye wand sich und kicherte wie verrückt. Rae rieb sich die Augen.

»Wie spät ist es?«, fragte sie und streckte sich. »Wie lange hab ich geschlafen?«

»Lange genug, sodass meine Enkelin und ich jetzt ordentlich Hunger haben«, sagte LoLo, während sie an Skye schnüffelte und ihre Nase an der des Kindes rieb. Diese Zärtlichkeit beobachtete Rae mit Neugier, Neid und einer Spur Ungläubigkeit. Zuneigung war Tommys Terrain gewesen, nicht LoLos. »Komm in die Küche und nimm dir was zu essen. Ich habe Sandwiches gemacht.«

Rae rekelte sich und steuerte das Badezimmer an, um sich frisch zu machen. Als sie schließlich in die Küche kam, hatte LoLo auf dem Tisch drei Sandwiches vorbereitet, dazu einen Becher Milch für die Kleine und zwei Limos für die Erwachsenen. Rae war ihr dankbar, aber das Essen fühlte sich wie Sand und Klebstoff in ihrem Mund an. Sie hatte nichts mehr gegessen seit dem Eis, das sie sich am Vortag mit ihrer Tochter geteilt hatte. Bevor sie den BH und die Untreue ihres Mannes entdeckt hatte. Anschließend hatte sie rasch einen Koffer gepackt und war nach Long Island gefahren. Weg von Roman und weg von seinen Lügen. Sie machte sich nicht einmal die Mühe, auf ihn zu warten, um ihm zu sagen, dass sie ginge.

Sie schickte ihm nur eine E-Mail, in der stand, sie hätte das Gefühl, ihre ganze Welt würde zusammenbrechen, und dass sie einfach nicht mehr die Kraft hätte, es weiter zu versuchen.

»Du musst was essen, Rae«, sagte LoLo mit Blick auf den Teller ihrer Tochter. Gedankenverloren wischte Skye sich den Mund an der Serviette ab und verteilte dabei mehr Krümel in ihrem Gesicht, als sie entfernte. Dann zeigte sie auf die Tüte mit den Kartoffelchips. »Chips, Gamma?«

»Aber ja, Baby, hier, da hast du.«

»Nein, nein – keine Chips mehr«, meinte Rae sanft und hob abwehrend die Hand. »Du hattest schon genug. Es ist Zeit für deinen Mittagsschlaf.«

»Neeeeein«, jammerte Skye und schüttelte den Kopf. »Kein Schlaf, Mommy.«

»Skye, es ist Zeit dafür, Sweetie«, erwiderte Rae freundlich.

Das kleine Mädchen rutschte von seinem Stuhl und lief zu seiner Großmutter, während es die ganze Zeit »nein, nein, nein« vor sich hin sang. Dann warf sie sich gegen LoLos Beine und drückte das Gesicht in den Oberschenkel ihrer Gamma. LoLo nahm sie hoch und setzte sie auf ihren Schoß, wobei sie den Kopf der Kleinen an ihre Brust drückte. »Schon gut, Baby«, sagte sie zärtlich. »Bleib noch ein bisschen bei Gamma sitzen.«

»Du wirst auf deine alten Tage ganz schön lässig«, bemerkte Rae.

LoLo grinste. »Ich war früher auch lässig, wenn ihr als Kinder gemacht habt, was ich sagte«, antwortete sie. Lachend drückte sie einen Kuss auf Skyes Kopf. »Ich war nur streng, wenn ich streng sein musste.«

Das war eine simple Behauptung, in der Wahrheit und Lüge steckten. LoLo war tatsächlich die Harte gewesen –

leicht zu kränken, mit lockerer Hand, wo Worte auch genügt hätten. Ihre Hand war Richter, Geschworenenjury und Hammer zugleich bei den Verhandlungen in Raes Kindheit, die innerhalb von Sekunden nach den geringsten Verfehlungen begannen und endeten. Die kleine Rae wollte ihre Mutter lieben und tat das auch, aber ihre Beziehung war getrieben von Furcht. – Einer so großen Furcht, dass Rae sich angewöhnte, in Gegenwart ihrer Mutter nur noch auf Zehenspitzen zu laufen, weil sie überzeugt war, normales Auftreten würde Aufmerksamkeit erregen, danach würde ein Fehler entdeckt und die Wut kommen. »Geh, hol den Gürtel!« »Bring mir eine Rute!« »Hier rein mit dir, sofort!« Solche Kommandos hingen an den Lippen ihrer Mutter wie Zigaretten. Rae musste nur ein- oder zweimal geschlagen werden, um die Regeln und die Folgen ihrer Übertretung zu verstehen. Dass sie tat, was man ihr sagte, und sich ansonsten nach Möglichkeit zurückzog, das war eine Frage des Überlebens und ein Verhaltensmuster.

TJ dagegen war ein gewohnheitsmäßiger Regelbrecher – und deshalb dauernd in Schwierigkeiten. Er schätzte seine Freiheit so viel mehr als seine körperliche Unversehrtheit, dass er die Schläge beinah froh auf sich nahm. Denn er wusste, wenn sie vorbei waren, konnte und würde er einfach wieder genau das tun, wofür man ihn geschlagen hatte. Als sie alt genug war, um das Verhaltensmuster zu verstehen, konnte Rae nicht begreifen, warum LoLo das nicht auch durchschaute. Doch bald kam sie zu dem Schluss, dass ihre Mutter vielleicht eher schlug, um sich selbst zu beruhigen, als um ihren Bruder zu ändern. Diese Erkenntnis entsetzte Rae am meisten. Anschließend litt sie monatelang unter schrecklichen Albträumen, in denen sie mitansehen musste, wie die Mutter ihren Bruder tötete – sie erschlug ihn mit einem Stuhl, stieß ihn eine Treppe hinunter, sodass er unten als Haufen gebrochener Knochen liegen blieb. LoLo ging davon – Genugtuung wie verschmierte Schminke im Gesicht. Eine Ewigkeit lang konnte Rae nicht schlafen. Sie hatte Angst davor.

Tommy schlug seine Kinder meist nicht, verteidigte sie aber auch niemals gegen LoLos Zorn. Raes Wut darüber hielt über seinen Tod hinaus an, so intensiv wie ihr Ekel vor seiner Untreue. Eigentlich wollte sie ihm nicht böse sein, aber sie hatte nun mal das Gefühl, ihr Vater hätte sein unausgesprochenes Versprechen, sie zu beschützen, gebrochen. Sie vor LoLo zu beschützen und vor Tasheera. Ansonsten hatte sie nur ein einziges Mal dieses Gefühl gehabt: als Tommy ihr ins Gesicht geschlagen hatte.

»Erinnerst du dich noch daran, als Daddy mich geschlagen hat?«, fragte Rae, während LoLo ein Viertel des Sandwichs, ohne Rinde, an Skyes Lippen hielt. Die Kleine biss davon ab.

»Du solltest endlich aufhören, diese Unwahrheit zu verbreiten.«

»Das hat er! Erinnerst du dich nicht mehr?«

»Ich erinnere mich, dass wir ein paarmal versucht haben, dich zu hauen, aber du immer davongelaufen bist und geschrien hast, als würde dich jemand umbringen. Das brachte Tommy so zum Lachen, dass er sich wohl überlegt hat, es bleiben zu lassen. So ernst war das alles nicht.« LoLo lachte bei der Erinnerung, Rae nicht.

»Aber es gab dieses eine Mal«, sagte sie.

Sie wohnten damals noch in New Jersey, also war Rae vermutlich noch keine zehn. Aber da war ihr Vater, groß und bullig, mit nacktem Oberkörper und verschlafen, und er stand drohend über ihr. Weder Rae noch TJ wussten, dass er eine Doppelschicht hinter sich hatte, nach der er gegen zwei

Uhr morgens nach Haus gekommen war. Sie wussten nur, dass sie leise sein mussten, solange er schlief. Und sie hofften, das würde lange genug dauern, damit TJ die Burlington Road bis zum 7-Eleven radeln konnte, um ihnen ein paar Süßigkeiten zu kaufen. Rae hatte gar nicht an Süßes gedacht. Sie hockte auf dem Küchenboden und spielte Jacks, genauer gesagt übte sie, vier Jacks auf einmal zu nehmen, bevor der Ball zum zweiten Mal aufsprang. Aber dann tauchte TJ auf und redete von Now & Later-Kaubonbons mit den Geschmacksrichtungen Traube und Kirsche und von Razzles-Kaugummis. »Alles, was du tun musst, ist, deine Klappe halten«, sagte er zu ihr. »Wenn Daddy aufwacht, sag ihm einfach, ich wäre draußen im Schuppen. Wenn du das machst, bring ich dir Süßigkeiten mit, okay?«

Rae stellte keine Fragen. Sie erkundigte sich nicht, woher er das Geld hatte, um Süßigkeiten zu kaufen, oder warum er nicht einfach warten konnte, bis ihr Vater aufwachte oder ihre Mutter aus der Mall zurück war. Es war von Now & Laters die Rede, und mehr musste Rae eigentlich nicht hören, um sich zur Komplizenschaft bereitzuerklären, damit die erwähnten Süßigkeiten beschafft werden konnten. Doch kaum hatte TJ das Haus verlassen, tauchte Tommy mit verquollenen Augen und Fragen aus dem Elternschlafzimmer auf.

»Rae? Komm mal her«, hatte er gesagt. All ihre inneren Organe schienen sich in ihrer Brust versammelt und kollektiv entschieden zu haben, sie als Gruppe über ihre Kehle zu verlassen. Sie sammelte langsam ihre Jacks und den Gummiball ein, schleppte sich aus der Küche, durchs Esszimmer, am Wohnzimmer vorbei und den langen Flur hinunter, der sich plötzlich zur Rollbahn eines Flugzeugs ausgedehnt zu haben schien. Sie wünschte sich, sie könnte davonfliegen.

»Ja, Daddy?«, sagte sie lieb und legte so viel Unschuld wie nur möglich in ihre Stimme.

»Wo ist dein Bruder?«

Rae zögerte nur einen Sekundenbruchteil und stürzte sich dann kopfüber in die Lüge. »Er ist draußen im Schuppen«, sagte sie.

Auf dem langen Weg zu ihrem Vater hatte sie über die möglichen Folgen ihrer Lüge nachgedacht: Er konnte ihr glauben, das wäre der beste Fall; er konnte ein ernstes Wort mit ihr reden, das würde sie als Strafe schmerzen, weil sie es hasste, ihre Eltern zu enttäuschen, aber sie bliebe körperlich unversehrt; er konnte sie richtig bestrafen, indem er vielleicht verbot, dass sie mit ihren Puppen spielte, oder sie ein paar Wochen lang Der *Sechs-Millionen-Dollar-Mann* nicht sehen durfte. Aber nie hätte sie mit der Disziplinierung gerechnet, für die Tommy sich entschied.

Er schlug ihr mit der rechten Handfläche direkt auf den Mund, aus dem die Lüge gekommen war.

»Du stehst hier direkt vor mir und lügst mir ins Gesicht?«, hatte er gebrüllt.

Rae war dermaßen geschockt, dass ihr Vater Gewalt als Strafmaßnahme gewählt hatte, dass sie mit großen Augen stumm dastand. Der Schrei musste sich tief aus ihrem Bauch nach oben arbeiten, blieb irgendwo dort stecken, wo all ihre Organe sich zusammengeballt hatten – gleich neben ihrem Herzen. Doch schließlich schaffte er es durch winzige Spalten ihre Kehle hinauf und über die Zunge aus ihrem Mund heraus. Um schließlich, als sie endlich wieder atmen konnte, hervorzubrechen.

»Das war das eine Mal, dass er mich geschlagen hat. Und er hat mir erklärt, er hat es getan, weil ich gelogen habe«, sagte

Rae. Sie spielte mit ihren Fingern und vermied es, ihre Mutter anzusehen.

»Hmm. Ich kann mich nicht erinnern, dass er dich geschlagen hat, aber ich weiß, er verabscheute Lügner«, sagte LoLo nüchtern.

»Aber er hat dich angelogen, Mommy. Er hat uns angelogen. Über all die Jahre hat er unsere Familie belogen.«

LoLo schwieg. Skye seufzte und schmiegte sich an die Brust ihrer Großmutter. Dann blinzelte sie wieder und wieder und gab sich solche Mühe, ihre Augen offen zu halten. Am Ende siegte der Schlaf. LoLo gab ihr einen Kuss und schlang die Arme noch ein bisschen enger um ihre Enkelin. Aber eher, um sich selbst zu trösten.

»Denkst du, ich weiß das nicht?«, fragte sie schließlich.

»Ich verstehe nicht, wie er Lügen hassen, aber all die Jahre eine Lüge leben konnte. Er hat meiner Mutter das Herz gebrochen.«

»Er hat gelogen, weil er versucht hat, das Herz deiner Mutter zu beschützen«, sagte LoLo rasch.

»Mommy, bei allem Respekt, ich versteh es nicht«, erwiderte Rae ebenso schnell. »Er hatte zwei Kinder mit einer anderen Frau. Inwiefern hat das dein Herz beschützt? Er hat dich betrogen. Du warst die Liebe seines Lebens, und er hat dich betrogen. Ich bin jetzt gerade in deiner Lage. Mein Herz liegt in Stücken, weil die Liebe meines Lebens mich hintergangen hat. Ich weiß, wie sich das anfühlt. Es fühlt sich nicht nach Beschützen an. Es ist kein Beschützen.«

»Hör zu, es gibt vieles, was du nicht weißt oder verstehst, Rae …«, setzte LoLo an.

»Daddys Lüge ist auf seiner Beerdigung aufgetaucht. Und das war keine zwei Wochen, nachdem sie dir erzählt hat, auf wie viele Arten du belogen wurdest. Du wurdest nicht beschützt, und ich auch nicht. Warum zum Teufel verteidigst du ihn?«

Rae machte sich auf eine strenge Reaktion ihrer Mutter auf das Fluchen gefasst, aber zunächst sagte LoLo gar nichts. Sie strich nur dem Enkelkind nachdenklich über den Rücken. Endlich sagte sie, fast flüsternd: »Ich habe deinen Vater zuerst angelogen.«

Rae wich zurück wie an dem Tag, als ihr Vater ihr auf den Mund geschlagen hatte. »Wie meinst du das?«, fragte sie. In ihrem Körper braute sich etwas zusammen – Furcht? Wut? Ekel? Entsetzen? Was auch immer es sein mochte, sie war sich nicht sicher, ob sie sich bereit dazu fühlte, diesen Weg mit ihrer Mutter zu gehen. Ob sie das Privatleben ihrer Eltern so detailliert besprechen wollte. Aber jetzt saß LoLo hier vor ihr, die Hand auf dem Rücken ihrer Tochter, und präsentierte Rae ihre Version der Wahrheit.

»Von Anfang an habe ich deinem Vater eingeredet, er wäre derjenige, der zeugungsunfähig wäre«, sagte sie. »Ich merkte, dass er Angst hatte, aber er ging zu all den Ärzten, ließ sich auf den Kopf stellen und alles. Keiner konnte ihm sagen, warum er keine Kinder machen konnte. Aber ich sagte ihm, ich bekäme meine Regel ganz pünktlich und das würde bedeuten, dass es an mir nicht liegen konnte, sondern an ihm liegen musste. Das glaubte er mir. Und von den Ärzten brachte ihn wohl auch keiner auf die Idee, daran zu zweifeln.«

Rae starrte sie aus großen Augen an. Sie wollte die Geschichte hören und auch wieder nicht.

»Es gab viel Stress. Richtig viel Stress«, fuhr LoLo fort und schüttelte den Kopf, während sie die inzwischen eingeschlafene Skye wiegte. »Er wollte einfach eine Familie, und das wusste ich. Aber ich wollte nur ihn. Ich – ich konnte es ihm nicht sagen«, fuhr LoLo fort. Sie wischte sich eine Träne ab, was Rae zutiefst erschütterte. Außer bei der Beerdigung ihres Vaters hatte sie ihre Mutter noch nie so emotional erlebt. Ohne es überhaupt zu merken, umklammerte Rae die Sitzfläche ihres Stuhls.

»Ihm was sagen?«, fragte sie zögernd.

LoLo holte tief Luft und strich mit dem Daumen über die fest zusammengedrehten Locken ihrer schlafenden Enkelin. Sie drückte die Nase in Skyes Haar – und holte noch tiefer Luft.

»Ich liebe, wie sie riecht, sogar wenn sie aus der frischen Luft kommt«, sagte LoLo. »Für mich riecht sie immer noch wie ein kleines Baby, wie ein Bündel aus Freude und Güte. Das ist sie ja auch.« LoLo schaukelte sie und drückte sie noch ein bisschen fester. »Ich habe nicht gewusst, dass ich einen anderen Menschen so liebhaben könnte. Enkelkinder sind wie ein Geschenk in der hübschesten Verpackung. Dann holt man es hervor und hat genau das, was man sich gewünscht hat. Und auch gebraucht hat. Aber sie lassen dich nicht an Mangel denken. Nur an Freude, groß und rund und voll. Als ich sie das erste Mal im Arm hielt, dachte ich, also das muss Liebe sein. Dieses Baby hat Licht in eine Welt der Dunkelheit gebracht«, meinte LoLo und sah ihrer Tochter endlich in die Augen. »Und damit meine ich noch gar nicht die Dunkelheit nach dem Tod deines Vaters. Sie hat mich nicht nur verstehen lassen, was ich verloren, sondern auch was ich trotzdem gefunden habe.«

»Ich verstehe nicht, Mommy«, sagte Rae. Jetzt standen Tränen in ihren Augen. Sie sah die Sanftheit ihrer Mutter, die sie noch nie erlebt hatte, nur verschwommen.

»Als ich sechzehn war, musste ich eine Abtreibung über mich ergehen lassen. Mein Onkel hatte mich vergewaltigt und mir ein Baby gemacht, das ich nicht behalten konnte«, sagte LoLo schlicht, aber ohne Umschweife, um das Gesagte schnell loszuwerden. »Die Krankenschwester, die das Baby weggemacht hat, hat mir gleich all meine Babys genommen. Sie hat dafür gesorgt, dass ich nie eine Mutter werden konnte.«

Rae schnappte nach Luft und schlug sich beide Hände vor den Mund, als wäre sie eine Figur in einem Horrorfilm, die irgendetwas Schlimmes mitansieht. LoLo sprach weiter, denn die Informationen sprudelten nur so aus ihr heraus.

»Dein Daddy wollte so dringend Kinder. So dringend, Rae. Wenn du damals keine Babys kriegen konntest, dann sahen Männer nicht viel Nutzen in dir. Im Laufe unserer Ehe bin ich dahintergekommen, dass er mich wirklich geliebt und gewollt hat, aber zu Anfang fürchtete ich jahrelang, er würde mich verlassen, wenn er wüsste, dass ich ihm keine Kinder schenken konnte. Deshalb musste ich ihn davon überzeugen, dass es an ihm lag, verstehst du? Und ihm dann zeigen, dass wir auf eine ganz andere Weise eine Familie werden konnten.«

»Und so kam es dazu, dass ihr mich und TJ adoptiert habt«, stellte Rae fest. Sie wischte sich mit den Handgelenken über die Augen und verschränkte die Finger in ihrem Schoß. »Weißt du, ich hab die Unterlagen gefunden, als ich zwölf war. Ihr hattet sie nicht besonders gut versteckt«, sagte sie schlicht. Beinah musste sie lachen. All die Jahre, in denen sie verheimlicht hatte, es zu wissen. Sie hatte ihre Fragen runtergeschluckt, das Geheimnis in den Untiefen ihres Lebens und des Lebens ihrer Eltern versteckt. Doch in Anbetracht der Enthüllung vom heimlichen Leben ihres Vaters war es eine unspektakuläre Entdeckung gewesen. Endlich war hier die Nadel, die den Ballon zum Platzen brachte. Doch es gab kein Geräusch, nur leise entweichende Luft an der Stelle, die die Nadel durchbohrt hatte.

LoLo schüttelte den Kopf und lachte kurz auf. »Yeah, also, so was«, sagte LoLo und musste erst mal damit fertigwerden, dass dieser Teil ihres Geheimnisses gar kein Geheimnis mehr gewesen war. »Und du hast nie ein Wort darüber verloren.«

»Ich hatte Angst, es auch nur zu erwähnen. Ich fürchtete mich davor, was es bedeutete, adoptiert zu sein. Vor allem als ich noch ein Kind war. Ich erinnere mich zum Beispiel, dass ich dachte, wenn du wütend genug wärst, würdest du mich zurückgeben.«

»Rae! Was? Ich hätte niemals …«

»Mommy, du warst immer wütend«, fiel Rae ihr ins Wort. Sie fühlte sich jetzt mutig genug, um ihrer Mutter die Wahrheit zu sagen. Nach all den Jahren, in denen sie diese Gefühle in sich versteckt hatte, unter der Haut, im Blut und im Herzen – sogar in ihrem Gedächtnis –, nur damit sie ein echter Teil des Lawrence-Clans werden konnte. Um sich unentbehrlich zu machen. »Ich habe alles getan, was du verlangt hast. Ich bin auf Zehenspitzen um dich herumgeschlichen und hab mir manchmal sogar gewünscht, unsichtbar zu sein, damit du nicht durchs Zimmer zu mir schauen und mich wegen irgendetwas anschreien konntest. Damit ich nicht das Gefühl hätte, dieses Mal wäre meine Zeit bei euch abgelaufen. Ich erinnere mich«, fügte Rae leise hinzu, »gedacht zu haben, dass du uns vielleicht nicht gewollt hast. Und wenn meine leibliche Mutter mich nicht wollte und du mich nicht wolltest …«

LoLo drückte Skye ein bisschen fester – und sie ließ sich Zeit damit, die richtigen Worte zu finden. Die Wahrheit, das Geheimnis, das sie und Tommy zweiunddreißig Jahre lang gehütet hatten. »Du warst gewollt, Rae. Jemand hatte dich auf den Stufen eines Waisenhauses unten an der Canal Street in der City abgelegt. Wir kamen vier Tage später dorthin, auf der Suche nach einem kleinen Mädchen. Ich war oben im Gebäude, und dein Daddy ging auf der Suche ins Untergeschoss. Er sagte, es wäre da unten so dunkel gewesen, dass er in den Kinderbettchen kaum etwas sehen konnte. Es gab irgendwie kein Licht. Aber dann warst du da, in einem entfernten Winkel. Tommy sagte, du hättest da gelegen und ihn angesehen und Sonnenschein ausgestrahlt. Mit demselben strahlenden Blick, den du heute noch hast. Damals hättest du dir sein Herz geschnappt, und du hast es festgehalten, bis zu dem Tag, als er starb. Er sagte, er hätte in dem Moment, als er dich erblickte, gewusst, dass du seine Tochter warst.«

LoLo streckte die Hand aus, um Rae zu berühren, und streifte nur leicht den Arm ihrer Tochter. Rae zuckte zusammen und merkte erst da, dass sie sich ganz in sich zurückgezogen hatte – die Arme um die Taille geschlungen, Füße über Kreuz, Unter- und Oberschenkel unter dem Stuhl absurd verdreht. LoLo zog die Hand zurück, als hätte sie Feuer berührt.

Rae versuchte, sie aufzuhalten, doch die Tränen liefen ihr trotzdem in langen Bahnen über die Wangen. »Ich weiß, dass er uns geliebt hat, Mommy. Aber was war mit dir?«

»Was mit mir war?« LoLo sah sie ratlos an.

»Hast du mich geliebt? Und TJ?«

»Wie kannst du das fragen?«

»Schau dir doch an, wie du mit Skye umgehst, Mommy«, erwiderte Rae schnell. »Uns hast du nie umarmt oder so geküsst. Manchmal, die meiste Zeit sogar, fühlte es sich an, als wolltest du nicht in unserer Nähe sein.«

»Ich war euch eine gute Mutter«, konterte LoLo. »Vielleicht war ich nicht übermäßig gefühlsbetont oder hab es euch dauernd gesagt, aber ich habe dafür gesorgt, dass ihr zu essen hattet, etwas zum Anziehen und ein Dach über dem Kopf. Wer hat euch gelehrt, Gott zu lieben und zu fürchten? Jetzt sitz nicht hier und tu so, als wäre ich euch keine Mutter gewesen. Ihr hattet alles, was ihr brauchtet, und sogar einiges von den Dingen, die ihr euch gewünscht habt. All das habe ich für dich getan, weil du meine Tochter bist. *Meine Tochter.* Als meine Mama starb, da war mein Daddy kein Vater für mich. Er hat mich einfach zum Sterben dort zurückgelassen. Und in gewisser Weise hab ich das wohl selbst auch getan.« Dann fügte sie noch beinah flüsternd hinzu: »Vielleicht habe ich nicht oft genug ›*I love you*‹ gesagt, aber ich habe dir sicher gezeigt, dass ich dich geliebt habe. Das zählt, Rae. Das ist meine Art von Liebe.«

LoLo küsste Skyes Kopf und streckte dann die Hand nach der ihrer Tochter aus. Ein weiterer Versuch. Um Raes willen. Um ihrer selbst willen. Diesmal ließ Rae zu, dass ihre Mutter eine Hand auf ihre Schulter legte. Diesmal schaute sie ihr in die Augen. Diesmal sah sie eine Frau. Nicht ihre Mutter. Nicht die Ehefrau ihres Vaters. Nicht die gemeine, wütende, misshandelnde Hausfrau, sondern eine Frau, die ein hartes Leben geführt und Opfer gebracht hatte. Eine Frau, die ihre Familie mit einer Grimmigkeit beschützt hatte, die nicht nur ihre Kinder, sondern auch sie selbst verletzt hatte. Rae sah ganz einfach eine Frau, die ein außerordentlich trauriges, kompliziertes Leben überlebt hatte.

28

Vorfrühling 2000

Rae hätte wissen müssen, dass sie LoLo diese Frage nicht stellen sollte – hätte die Antwort erahnen sollen. Schließlich hatte sie inzwischen seit drei Jahren den Beweis dafür, dass LoLo eine andere Art von Mutter geworden war, die auch Rat respektierte und ihren Drang, Rae wie eine Marionette zu behandeln, zügelte. Stattdessen hielt sie sich zurück und ermutigte ihre Tochter, diese Frau, Mutter und Ehefrau, eigene Entscheidungen zu treffen und an ihnen festzuhalten, egal was wer auch immer dazu zu sagen hatte. Als LoLo Raes Entscheidungen erstmals ausdrücklich verteidigte, war Rae vor Staunen verstummt und sich nicht sicher gewesen, ob sie die Worte ihrer Mutter richtig gehört hatte. »Jetzt lasst sie alle mal in Frieden«, hatte LoLo ihren Freundinnen erklärt. Die Aunties Sarah, Cindy und Para Lee hatten sich bei LoLo eingefunden, um sie an ihrem Hochzeitstag zu trösten. – Um LoLo von der Tragödie abzulenken, davon, was sie alles verloren hatte, damit sie sich auf das Gute konzentrierte. Auf ihre schönen Erinnerungen. LoLos Freundinnen waren gut in so etwas – ein Trupp von Schwestern, die alles in ihrer Macht Stehende taten, um aufzuheitern, zu ermutigen, zu raten. Rae hatte das, als sie klein war, nicht realisiert, aber die besten Freundinnen ihrer Mutter hatten sie wertvolle Lektionen gelehrt – Lektionen darüber, wie man sein sollte. Aus ihrer Beobachtung lernte sie den Wert von Freundschaft und wie man sicheren Raum für Kinder und Lachen schuf. Sie lebte für die Umarmungen ihrer Aunties, deren Zustimmung und Wahrhaftigkeit. Und all das schenkten sie ihr im Überfluss. Doch bei dieser Gelegenheit wünschte Rae sich nur, sie würden es sein lassen.

Der Wirbel begann in dem Moment, als Rae sich die Stufen bei LoLo hinaufkämpfte. Ihr damals achtmonatiges zappelndes Baby im linken Arm, dazu eine Wickeltasche, einen Haufen von Skyes Spielsachen und Geschenke für ihre Mutter in der rechten Hand. Skye quengelte und wand sich, krallte sich in die Bluse ihrer Mutter und drückte schmatzend die Lippen an ihre Brust. »Schon gut, schon gut, es kommt gleich, Kleines!«, beruhigte Rae, während sie die Tasche im Flur fallen ließ und direkt auf den gepolsterten Sessel im Wohnzimmer zusteuerte, der gleich neben der Couch stand, wo ihre Mutter und die Aunties saßen. Fotoalben, die zwischen Karton und Plastikfolie Bilder und das Leben, das sie zusammen gelebt hatten, enthielten, lagen überall auf dem quadratischen Cocktailtisch vor ihnen und auf ihren Schößen verteilt. So offen wie ihr Lachen.

»Ooooh! Da ist sie ja, gib mir mein Grandbaby!«, sagte LoLo, streckte die Arme aus und winkte Rae samt Baby in ihre Richtung. Freudige Begrüßungen der Aunties schallten durch den Raum.

»Eine Sekunde, Mommy, sie ist so hungrig, dass sie einen Wutanfall kriegen wird, wenn ich sie nicht jetzt auf der Stelle füttere«, sagte Rae. Schon schob sie ihr T-Shirt hoch und öffnete den Still-BH. Schlagartig wurde es still. Skye gab noch ein paar Quäklaute von sich, während sie nach der Brust ihrer Mutter suchte, sich dann mit Lippen und Zunge an der Brustwarze festsaugte, schlürfte und schwer atmete. Ihre feuchten Augenlider waren erst schwer vor Verlangen, dann vor Zufriedenheit.

Auntie Para Lee meldete sich als Erste zu Wort. »Wie alt ist das Baby?«, fragte sie.

Rae griff nach Skyes Fingern und schaukelte ihr Kind mit dem ganzen Körper, während es trank. »Sie ist gerade acht Monate geworden. Ich kann gar nicht glauben, wie schnell die Zeit vergeht«, sagte sie. »Sie ist schon so groß! Es kommt mir vor, als würde ich jede Woche ein neues Kind sehen.«

Weil sie so mit Stillen beschäftigt war, bemerkte Rae nicht, wie Para Lee erst Cindy und Sarah, dann auch LoLo vielsagende Blicke zuwarf.

»Sie ist fast ein Jahr alt, und du gibst ihr immer noch Ninny?«, fragte Auntie Para Lee mit gerunzelter Stirn. »Dabei hat sie inzwischen genug Zähne, um ein Steak zu essen.«

»Jedenfalls kann sie auf einem Stück Fleisch kauen, das nicht der Busen ihrer Mama ist, so viel ist mal sicher«, mischte Auntie Sarah sich ein.

Raes Lächeln verblasste langsam. Unbehaglich rutschte sie unter den Blicken ihrer Aunties in dem Sessel herum. Im Kopf hatte sie schon eine flammende Rede parat – über die Geschichte des Stillens in der Schwarzen Community und die schädlichen Auswirkungen von Milchpulver auf den empfindlichen Magen von Babys. Sie kannte alle Statistiken dazu, wie stark und gesund gestillte Babys waren und all die Vorteile, die es für sie brachte, sich von der Milch ihrer Mütter zu ernähren. Gerne hätte sie auch gefragt, warum es in Ordnung war, wenn ein Kind Flüssigkeit aus dem Euter einer Kuh schlürfte, aber es sie störte, wenn die Nahrung aus der Mutterbrust kam. Doch laut sagte Rae nichts, sondern presste nur die Lippen zusammen und steckte die verbalen Hiebe ein.

»Ich weiß gar nicht, was ihr alle habt«, meldete sich LoLo zu Wort. »Schaut doch, wie gesund mein Grandbaby ist. Ihre Mama macht also anscheinend was richtig. Viele Dinge richtig, wenn ihr mich fragt.« LoLos Freundinnen hörten auf, missbilligend mit den Zungen zu schnalzen. »Skye kriegt keine Erkältungen und hatte noch keine Ohrenentzündung. Schaut euch doch diese speckigen Beinchen an«, fügte sie hinzu und streckte die Hand aus, um ihre Enkelin liebevoll in den Oberschenkel zu zwicken. »Ihr Haar ist dicht und lockig …«

»Willst du nicht ein paar Spängchen in ihre Haare tun?«, unterbrach Auntie Sarah sie. »Bei den vielen Haaren willst du sie vielleicht mal auskämmen und ein paar Zöpfchen draus machen. Der Afro sieht ziemlich trocken aus …«

»Sarah, es gibt nichts auszusetzen am Kopf von dem Kind!«, echauffierte sich LoLo. »Ihr Afro ist so süß, wie er nur sein kann. Und jetzt lasst ihr alle mal mein Enkelkind in Frieden. Das ist Raes Baby, und sie macht einen tollen Job, so wie sie es großzieht.«

»Sieht ein bisschen kraus aus, wenn ihr mich fragt.«

»Es fragt dich aber keiner«, fauchte Rae, bevor sie sich versah. Aber sie bedauerte es sofort, denn so hatte ihre Mutter sie nicht erzogen. Deshalb bemühte sie sich, ein bisschen kühle Luft in die Atmosphäre zu pusten, die sich dermaßen aufgeheizt hatte. »Ich habe mich nur entschieden, Dinge anders zu machen, das ist alles. Es gibt da all die Vorteile, wenn man ein Baby mindestens ein Jahr lang stillt, und es tut doch niemandem was, wenn ich mein Baby mit der Milch füttere, die die Natur genau für diesen Zweck produziert. Und ich ziehe und zerre nicht an ihren Haaren, weil sie so eine sensible Kopfhaut hat und ich ihren Afro sowieso mag«, erklärte Rae. »Ich finde ihn süß.«

»Ich auch, Rae«, sagte LoLo, streckte den Arm aus und strich ihrer Tochter bestärkend übers Bein. Rae schaute auf die Hand ihrer Mutter, die ebenfalls eine sensible Kopfhaut hatte, dann sah sie ihre Mutter an. Sie hatte große Mühe, ihre Überraschung über all das zu verbergen.

Später, als alle ihre Portionen Essen, Kuchen und Freundschaft gehabt hatten und sich wieder ihrem eigenen Alltag zuwandten, legten LoLo und Rae sich in LoLos Bett, um fernzusehen, während das Kind einschlummerte. Da erklärte LoLo ihrer Tochter den neu entdeckten Standpunkt: »Keiner hat das Recht, dir zu sagen, wie du zu sein hast. Das ist dein Baby. Du ziehst sie groß, wie du es für richtig hältst, hörst du? Nichts, was irgendwer dazu zu sagen hat, spielt eine Rolle, wenn du es nicht willst. Vergiss das nicht.«

Diese LoLo war geradezu schockierend – unaufdringlich, eine Maria voll der Gnade. Wäre Rae wegen ihrer implodierenden Ehe nicht gerade erschüttert gewesen, dann hätte sie sich vielleicht den verständnisvollen Standpunkt ihrer Mutter angeeignet. Den nachsichtigen Umgang mit harten Tatsachen. Aber in diesem Moment brauchte sie eher LoLos Taschenlampe – etwas, das ihr helfen würde, durch diese Dunkelheit zu navigieren und den Weg zurück in eine Normalität zu finden, in der Ehemänner ihren Lebensunterhalt verdienten und Samstage genossen, an denen sie mit ihren Lieblingsgirls kuscheln konnten. Männer, denen die Familie ausdrücklich über alles ging.

Es war eine Woche her, seit Rae ihren Mann verlassen hatte. Und sie wusste immer noch genauso wenig, was sie als Nächstes tun sollte, wie in dem Moment, als sie sich ihr Kind geschnappt und mit allem, was sie in eine Reisetasche stopfen konnte, den Zug der Long Island Railroad genommen hatte, um in ihr Elternhaus zurückzukehren. Jetzt saß sie am Küchentisch: schläfrig, frustriert, traurig, sauer und mit nur wenigen Stunden Schlaf, der immer wieder von Ellbogen auf ihrer Nase und Füßchen im Rücken gestört worden war. Außerdem hatten sie die Erinnerungen daran wach gehalten, wie sie in diesem perfekt in Schuss gehaltenen Zimmer, auf dem perfekt in Schuss gehaltenen Bett als Teenager vor zwanzig Jahren Hausaufgaben gemacht, gelesen und Love Songs von Frankie Crocker auf ihrem kleinen Radiowecker gehört hatte. Damals hatte sie sich gewünscht, ihre Mutter würde aufhören, sie wegzusperren wie eine Schokoladen-Rapunzel, die man vor der bösen Welt beschützen musste. Und nun war sie hier, all die Jahre später, zweiunddreißig, mit einem Baby, aber immer noch in ihrem Turm und ohne klaren Plan, wie sie da herausfinden sollte oder ob der Prinz die Kletterpartie überhaupt wert war.

LoLo wirbelte lässig durch die Küche und rief gelegentlich Antworten auf die Fragen, die Alex Trebek in der aktuellen Folge von *Jeopardy* stellte, während sie ein schnelles Abendessen aus Schweinekoteletts, gedämpftem Brokkoli und Apfelmus zubereitete. Dabei merkte sie Raes zunehmende Gereiztheit nicht, mit der die Tochter am Küchentisch saß, eine schläfrige Skye auf dem Schoß.

»Was soll ich machen, Mommy?«, fragte Rae schließlich.

»In welcher Angelegenheit machen?«, fragte LoLo zurück, während sie zwei gefüllte Teller auf den Tisch stellte. Sie gab Skye einen Kuss und lächelte. »Ooh, ein müdes Baby.«

»Mein Mann betrügt mich. Unsere Familie. Was soll ich tun? Bleibe ich bei einem Mann, der mit einer anderen geschlafen hat? Bleibe ich bei dem Bad Guy, in guten wie in schlechten Zeiten? Mein Daddy war mein Held, aber er war auch ein Bad Guy. Hat seine Untreue daran was geändert? Sollte Romans Untreue was daran ändern, dass ich noch seine Frau sein will? Was soll ich machen?«

»Ich kann dir nicht sagen, was du tun sollst, Rae, und ich werde es auch gar nicht erst versuchen. Es ist deine Ehe, dein Leben. Was dein Vater und ich hatten, das war das, was ich wollte, aber es war nicht perfekt. Es ist nichts, was man auf einen Sockel stellen sollte, um zu sagen: Mach es wie wir. Ich habe versucht zu sein, was die Welt von einer Frau erwartet hat, und es hat mich verdammt noch mal fast umgebracht. Du wirst entscheiden müssen, was für dich richtig ist, egal, was du woanders mitangesehen hast. Es spielt auch keine Rolle, was irgendwer anderer will. Es geht um deine Bedürfnisse. Verstehst du?«

Rae wischte sich die Tränen ab. Nickte. Schaute auf ihr Baby. »Sie ist durch, was?«, sagte Rae und zwang sich zu einem Lächeln.

LoLo schaute auf Skye, die sich an Raes Bauch gekuschelt hatte, als wäre er ihr Kissen. »Yeah, sie ist eingeschlafen«, flüsterte Rae.

»Lass mich sie hinlegen«, sagte LoLo und nahm sie Rae ab. »Ich bin gleich wieder da, okay? Iss du deine Koteletts. Du musst irgendwas essen, um bei Kräften zu bleiben.«

Rae sah ihrer Mutter zu, wie sie ihre Enkelin wegtrug, während die Füße des kleinen Mädchens ihre Oberschenkel streiften. LoLo war jetzt fast fünfundfünfzig Jahre alt, aber immer noch rank und schlank, Sie hatte sich nach Tommy ein gutes Leben eingerichtet – sie war jemand anderes geworden. Sogar das Haus war nicht mehr das Domizil, das die Lawrences in Long Island bezogen hatten. In Raes Kindheit hatte LoLo darauf bestanden, dass die Wände in allen Zimmern weiß waren, denn sie war überzeugt, dass Farbe nur was für Sofakissen, Bettüberwürfe und Kinkerlitzchen auf Etageren war. Außerdem hatte sie die Ansicht vertreten, Wohnzimmermöbel wären für Gäste, nicht für die Patschhändchen von Kindern oder für Erwachsene, die einfach nur rumgammeln wollten. Deshalb hatten sich alle meist in ihre jeweiligen Winkel zurückgezogen, denn es war LoLos Haus nach ihrem Geschmack und ihren Regeln gewesen.

Doch nun waren die Wände in dem Haus, das sie ohne Tommy bewohnte, knallig rot, goldfarben und babyblau. Und das Wohnzimmer, das einst für alle außer Gäste tabu gewesen war, diente jetzt als Treffpunkt, ob für Familie oder Gäste, Freund oder Feind. Dort hielt LoLo Hof: Sie servierte Snacks und Drinks, hielt Bibelstunden ab. Sie hatte sich sogar einen neuen Fernseher gekauft und so aufgestellt, dass sie dort Wäsche zusammenlegen oder ein Nickerchen machen konnte, während ein Thriller oder ein alter Western lief. Sie war die Direktorin ihres Ein-Frauen-Zirkus. Sie hatte ihre eigene Lebensweise gefunden, ihre eigene Form von Geselligkeit, ihre eigene Art zu sein. Ohne Tommy. Das war wunderbar anzusehen.

Rae drehte sich auf dem Stuhl so, dass sie die Küchenwand besser im Blick hatte, an der LoLo all die Familienfotos aufgehängt hatte, die die Familie einst von Glasregalen im Wohnzimmer angestarrt hatten. In der Mitte hing ein altes Foto von Tommy, in kariertem Anzug und grünem Turtleneck-Pullover, und LoLo in einem fast gleichen Kleid mit Bleistiftrock. Beide schauten in die Ferne, wie es die Leute auf diesen altmodischen Fotografien bei Sears gemacht hatten. Vor einem colorierten Hintergrund und mit extra glänzendem Finish. Rae fand LoLo so schön – so wunderschön. Groß und schlank wie ein Model. Sie erinnerte sich, viele Mal in der Umkleide von Kaufhäusern gesessen zu haben, wo LoLo einkaufte. Dann sah sie ihre Mutter in Outfits schlüpfen, die perfekt für ihren schmalen Körper geschnitten zu sein schienen. LoLo bevorzugte lange Kleider mit Gürteln um die Taille und Schulterpolstern, die ihre ohnehin schon breiten Schultern wie einen Kleiderbügel betonten – und ihre schon schmale Taille unglaublich und abnorm dünn erscheinen ließen. Aber sie hasste es, ihre Beine zu zeigen, was Rae überhaupt nicht verstehen konnte, weil sie absolut perfekt waren – lang und wohlgeformt. Kein Vergleich zu den kurzen, dicken Beinen, mit denen Rae sich in Hosen und Röcke pressen musste, die an den Oberschenkeln und am Hintern immer peinlich spannten und dann in der Taille Falten warfen oder zu weit waren. Rae erinnerte sich, auf den Bänken in den Umkleiden von Macy's gesessen und sich gewünscht zu haben, sie hätte weniger die Figur einer Colaflasche und mehr die ihrer Mutter – hübsch und perfekt. So hübsch und perfekt.

Rae spürte es zuerst in der Nase, dann in den Augen. Sie vermisste ihren Daddy, aber es schmerzte sie, was er dieser Frau angetan und wie er ihren Schmerz vergrößert hatte. In der Sekunde, wenn sie in die Küche zurückkäme, beschloss Rae, würde sie ihr sagen, wie hübsch sie gewesen war und wie sehr sie zu ihr aufschaute und wie dankbar sie ihr war. Dankbar, dass sie gekommen und sie geholt und sie zu ihrer eigenen Tochter gemacht hatte. Dass sie nicht verdient hatte, was Tommy ihr und der Familie angetan hatte. Dass sie eigentlich wütend auf ihn sein wollte, aber es zwischen ihrer Wut und der intensiven Liebe für ihren Daddy irgendwie nicht schaffte. Denn diese Liebe kannte keine Grenzen und war sogar noch gewachsen, seit er nicht mehr da war. Sie wollte ihrer Mutter sagen, auch wenn sie deren Schmerz nicht ganz verstand, wusste sie doch, dass sie litt, und Rae würde für sie da sein. Für ihre Mutter, diese Frau, deren Blut sie nicht teilte, aber die sie trotzdem innig liebte.

Und dann roch Rae ihn. Ihren Daddy. So als würde er direkt hier vor ihr stehen, wie in ihrem Traum. Der Duft war unverkennbar. Das Aftershave hatte Tommy praktisch täglich auf seine Wangen, sein Kinn und seinen Hals gespritzt, egal ob er sich rasiert hatte oder nicht. Er liebte den Duft. Nach Neroli und Bergamotte, mit einer Spur Rose und Kaki im Hintergrund und ein wenig Patschuli. Sinnlich und Schwarz. Dieses Spazier-in-einen-Barbershop-Schwarz oder das Badezimmer-eines-Schwarzen-Mannes-an-einem-Samstagnachmittag-Schwarz. An einem weißen Mann würde es stinken.

»Mommy«, rief Rae so leise nach LoLo, dass sie ihre Tochter fast nicht hörte.

Rae wischte sich die Tränen mit ihren Handgelenken ab und drückte sich vom Tisch hoch. In der Sekunde, als LoLo auf die Schwelle zur Küche trat, blieb sie so abrupt stehen, als wäre sie gegen eine unsichtbare Barriere gelaufen. Sie schloss die Augen und holte so tief Luft, dass sie beinah husten musste.

»Riechst du es?«, fragte Rae. »Es ist schon eine Weile her, dass er gekommen ist, aber da ist er wieder. Für dich und die Kleine. Vielleicht auch für mich.«

»Hast du Daddys Aftershave benutzt?« Fragte LoLo und missverstand völlig, was gerade passierte.

»Nein, Mommy«, sagte Rae sanft. »Das ist Daddys Duft.« Rae schaute ihrer Mutter in die Augen. Ihre Pupillen schienen sie zu durchbohren – und sie sagte ihr genau das, was LoLo verstehen musste.

»Er kommt zu dir? Einfach so?«

»Manchmal ist es sein Duft, den ich rieche – das Aftershave«, sagte Rae. »Manchmal kommt er im Traum zu mir. Einmal bin ich sonntagmorgens aufgewacht und habe ganz deutlich Kalbsleber gerochen. Ich sprang aus dem Bett, raste in die Küche, und die war still und leer, alles an seinem Platz. Aber ich roch es, als stünde er am Herd und würde Leber mit dieser Sauce kochen, die ich so mag. Mit Reis. Sein Lieblingsgericht. Ich hab es dir nicht erzählt«, fügte Rae hinzu, »weil ich dachte … ich dachte, du würdest es für etwas Böses halten.«

»Du weißt, dass ich nicht an dieses Hoodoo-Zeug glaube. Davon steht nichts in der Bibel, und Gott sagt uns, wir sollen keine falschen Götzenbilder verehren.«

»Mommy, ich kann das nicht steuern. Ich sehe dauernd Dinge in meinen Träumen – schon seit ich klein war. Ich hab es dir nur nie erzählt. Ich dachte, vielleicht wäre ich böse und würde mich gegen Gott versündigen. Denn in dem Glauben hast du uns erzogen. Aber du riechst ihn ja auch. Wie soll Daddys Anwesenheit etwas Böses sein?«

»Lass mich ausreden, Rae«, sagte LoLo und hob die Hand, um sie zum Schweigen zu bringen. »Ich muss dir etwas zeigen. Lass mich nur erst das Kind hinlegen. Ich bin gleich wieder da.«

LoLo verschwand über den Flur und kam rasch wieder zurück, diesmal mit einem kleinen weißen Beutel in der Hand. Sie strich zögernd mit dem Daumen darüber und stand da, als würden ihre Füße auf dem Linoleum kleben, das Tommy eigenhändig verlegt hatte. Damals war Rae noch klein und hatte hinter der Türschwelle zur Küche herumgetanzt, während sie ihren Vater mit der Nacherzählung ihres Lieblingsbuchs, *Sara, die kleine Prinzessin,* unterhielt.

»Das gehört dir«, sagte LoLo schlicht und drückte Rae den Beutel in die Hand.

Rae schaute das Säckchen fragend an und öffnete es schließlich. Zuerst berührten ihre Finger eine Haarlocke. Als sie sie herausnahm, begann ihr ganzer Körper zu prickeln, als würde sie durch einen Stromstoß wachgerüttelt. Sie legte die Locke auf den Tisch, dann die Hasenpfote daneben und schließlich noch die Pfeife. Als sie das Taschentuch auspackte und die Blutflecke darauf sah, stockte ihr der Atem. Unwillkürlich ließ sie es auf den Tisch fallen. Dabei zitterten ihre Hände und sie legte den Kopf erst zur einen Seite, dann zur anderen, während sie alles mit tränenverschleierten Augen betrachtete.

»Eine Sache ist noch drin«, sagte LoLo leise.

Zögernd griff Rae erneut in den Beutel und zog das gefaltete Stück von einer braunen Papiertüte heraus. Langsam faltete sie es auseinander und las.

»Was … was ist das?«, fragte sie und schaute endlich hoch.

LoLo suchte nach den Worten, die sie – aus Furcht vor Tommys und Gottes Meinung dazu – fast dreiunddreißig Jahre lang nicht ausgesprochen hatte. Wie sie so dastand, angesichts des weit geöffneten Herzens ihrer Tochter, da fand sie den Mund dazu. »Dein Daddy wollte nicht, dass ich dir das zeige, aber …« LoLo verstummte.

»Mommy, was ist das?«, fragte Rae wieder, und ihr Herz raste, während sie das Stück Papier zwischen ihren Fingern drehte und auf die Buchstaben starrte.

Dieses Baby

Dieses Baby
Dieses Baby
ein schönes, behütetes, wohlhabendes Leben

»Das war in der Tasche, in der sie dich vor dem Waisenhaus gefunden haben.« LoLos Worte, die sie vor so langer Zeit runtergeschluckt hatte, sprudelten jetzt nur so aus ihr heraus. »Ich glaube, deine leibliche Mutter hat das für dich hinterlassen. Siehst du, was es ist?« Sie zeigte auf den Kreis aus Wörtern auf dem Papier. »Es ist ein Wunsch, wie ein Gebet. Aber so, wie man das früher aufgeschrieben hat, damals im Süden, als man an Geister und Ahnen und so was glaubte. Es ist eine Petition.«

»Eine – eine was?«

»Eine Petition. Ein Gebet – für dich, Rae. Ich denke, von deiner Mutter, die um Schutz für dich gebeten hat«, sagte LoLo. »Ich glaube, sie wollte, dass der Wortlaut und die Beigaben bei dir bleiben. Ich glaube, dass hat sie für dich erhofft. Schutz. Dein Daddy war dein Beschützer. Er war mein Beschützer«, sagte LoLo. Sie streichelte Raes Schultern, während sie sprach. »Das ist alles, was ich von ihm verlangte, und er hat es getan. Er hat uns beschützt. Er hat dich in diesem Kellergeschoss gefunden, und er war derjenige, der geschaut hat, dass alles mit dir okay war, selbst wenn ich dir wehgetan hatte. Er wollte nicht, dass ich dir das hier gebe, denn in seinen Augen waren wir deine Familie und du wurdest an dem Tag geboren, als wir dich nach Hause brachten. Wir sind deine Eltern. Nichts, was davor war, spielte für ihn eine Rolle. Aber dieses Stück Papier, diese Petition – er hat getan, worum er gebeten worden war. Und seine Anwesenheit jetzt und hier zeigt mir, dass er es immer noch tut.«

Rae war überwältigt von der Vorstellung, dass ihre leibliche Mutter ihr das Beste gewünscht hatte, dass sie jetzt deren Haar und Blut in der Hand hielt. Überwältigt davon, dass ihr toter Vater in dem Zimmer anwesend war, in dem sie und ihre Mutter sich gerade befanden, nur durch den Flur von ihrem schlafenden Baby getrennt. Rae lief los – aus der Küche, den Flur entlang und ins Badezimmer, immer gefolgt von dem Duft. Dann warf sie die Tür zu und ließ sich auf die Badematte fallen, die noch feucht war, weil sie vor weniger als einer Stunde hier ihre Tochter gebadet hatte.

Im Laufe der Jahre hatte Rae ihre Fantasie benutzt, um sich die Geschichte ihrer Geburt farbig, hell und anmutig auszumalen: *Vielleicht war ihre leibliche Mutter jung und verängstigt gewesen und hatte sich nicht vorstellen können, allein ein Kind großzuziehen*, das war einer ihrer ersten Gedanken. Manchmal gab es in der Geschichte auch Bösewichte: *Vielleicht hatte eine Familie, die sich weigerte, sie und ihr Kind zu unterstützen, sie gezwungen, mich auf den Stufen dort abzulegen* oder *Vielleicht war sie durch Missbrauch entstanden, und ihre Mutter fürchtete, dass sie in diese Gewalt mit reingezogen würde*. Die Storys variierten so wie die Bücher, die sie auf dem obersten Bord im Schrank ihrer Kindheit verwahrte. Aber immer stellte Rae sich ihre leibliche Mutter als Heldin vor. Schließlich gab es so viele Arten und Weisen, auf die das Leben für ein kleines, schutzloses Baby hätte schlimm ausgehen können. Doch diese Frau verdiente ihren Platz auf dem Sockel, den Rae in ihrem Herzen hatte. Dort stand sie für immer, reglos, unverrückbar, unschuldig, wie die kleinen Porzellanengel, die LoLo auf ihrer Etagere aus Glas stehen hatte.

Nachdem sie das Blut ihrer Mutter an den Fingerspitzen gehabt hatte und ihr eigenes Baby ein Stück nur den Flur hinunter schlief, da war für Rae diese Frau so viel mehr als ein lebloses Objekt oder eine ausgedachte Märchenfigur, die auf einem Regal Staub ansetzte. Rae begriff ihre Menschlichkeit. Ihre Entscheidung, was Rae betraf, war schön, selbstlos, getränkt von Schmerz, Herzeleid und, ja, Liebe gewesen. Diese Liebe konnte Rae jetzt verstehen, weil auch sie eine Mutter war, die ihr Baby ausgetragen hatte und sich die Kraft, den Mut und die Entschlossenheit nicht vorstellen konnte, die es ihre leibliche Mutter gekostet haben musste, ihr Kind, ihr Fleisch und Blut, den Schlag ihres Herzens, auf irgendwelchen Stufen abzulegen. Damit jemand anderer – LoLo und Tommy, die sie von Herzen liebten – sie haben sollte. In Raes Augen war dies das höchste Opfer. Ein Wunder, das sich nicht vom Wunder der Empfängnis unterschied. Diesem Wunder, wenn Samen- und Eizelle sich trafen, die Eizelle sich in der Gebärmutter einnistete, die wiederum die absolut perfekten Bedingungen für neues Leben bot, bis das den Weg in liebende Arme fand. Der weiße Beutel war der Beweis dafür, dass Rae sich genau dort befand, wo sie sein sollte.

Rae presste das Stück Papier an ihre Brust und inhalierte den Duft ihres Vaters. *»Daddy, I miss you. I love you. I love you. I love you and I miss you and I love you«*, sagte sie.

Und dann weinte sie um ihre Mutter, deren Blut in ihren eigenen Adern floss.

29

Rae kämpfte sich mit Skye auf der Hüfte, Wickeltasche und Handtasche über der Schulter, durch den Gang in der Mitte des Zugs. Beide Taschen waren vollgestopft mit Saftpäckchen, Windelhöschen, Büchern, Spielsachen und allen möglichen Snacks, die LoLo ihr noch eingepackt hatte. »Der ganze Junk muss mit der Kleinen mit, weil ich sonst fett davon werde«, hatte sie gemeint. Skye quengelte, weil sie selbst laufen wollte. Aber Rae hasste den Zug und besonders die Haltestelle Queens, diese eklige Bastion von Bazillen aus allen Ecken New Yorks, die sich in Stoffen, Wänden und sogar in der Luft dieses stinkenden Orts festsetzten. Sie wollte nicht, dass ihr Kind hier irgendetwas anfasste.

»Skye, Baby, lass Mommy dich einfach tragen, Honey«, sagte Rae und rückte das kleine Mädchen wieder auf ihrer Hüfte zurecht. Die Wickeltasche war ihr von der Schulter schon in die Armbeuge runtergerutscht, was ihren Arm und beide Taschen, die so unnötig schwer waren, nach unten zog.

»Laufen, Mommy!«, jammerte Skye, die abwechselnd zappelte, um sich schlug und sich einfach hängen ließ, um sich aus dem Griff ihrer Mutter zu befreien.

»Skye, Baby, bitte, hilf Mommy.«

Rae blieb kurz stehen, um sich zu sammeln – ihr Kind und ihre Sachen zurechtzurücken. Dieser abrupte Stopp kam bei einigen ihrer Mitreisenden nicht so gut an. Sie hatten wohl genug mit sich selbst zu tun, als dass sie dieser Frau mit ihrem Gepäck und dem jammernden Kind geholfen hätten. Und nach ihren lauten Seufzern und dem Augenrollen zu schließen, fanden sie anscheinend sowieso, dass die beiden zu viel Platz brauchten. Da war dieser weiße Mann, der hinter ihnen gesessen hatte, ein bulliger Kerl, so breit wie hoch. Anscheinend war es ihm keine Sekunde in den Sinn gekommen, der kleinen Rae dabei zu helfen, die schweren Taschen über ihren Kopf ins Gepäckfach zu heben, bevor der Zug losfuhr. Dann sah er ihr nur genervt zu, wie sie sich abmühte, sie wieder herunterzuholen, um sich aufs Aussteigen vorzubereiten. Jetzt machte er seinem Unmut über Raes Plackerei Luft.

»*Come on, Lady!*«, rief er und zog die Brauen zusammen.

Verlegen und erschöpft tat Rae ihr Bestes, um Platz zu machen, sich, ihr Kind und ihr Gepäck kleiner zu machen. Sich unterzubringen. Keine Last zu sein. Schließlich hatte sie schon zwei Stunden hinter sich, in denen aller Augen auf sie gerichtet gewesen waren: die des weißen Mannes; die der weißen Frau, die in ihrer Reihe saß, zusammenzuckte und sich mit ihrem ganzen Körper Richtung Gang drehte, als Skye, die sich für die Knöpfe der Polsterung interessierte, versehentlich ihre Hand berührt hatte; und sogar die der jungen, eleganten Schwarzen Frau, die auf der anderen Seite des Gangs eine Reihe weiter saß und immer wieder zu Rae hingesehen hatte, weil Skye sich während der Fahrt gemäß ihres Alters verhalten hatte; ihre Miene war voller – Widerwillen? Verachtung? – gewesen. All das zusammen ließ Raes Kopf pulsieren. Am liebsten hätte sie ihn eingezogen. Dabei war das wohl nur ein kleiner Vorgeschmack auf den Alltag, wenn sie sich allein durchschlagen müsste. Als Mutter mit ihrem Kind, ihrem Gepäck und der ständigen Sorge, alles zusammenzuhalten, während die Welt sie so ansah, kopfschüttelnd und murmelnd, wenn sie sich an den verärgerten Leuten vorbeischob. Als wäre sie, diese Schwarze Frau mit einem Kind und ohne Mann, das Problem. Eine Plage.

Das hielt sie alle drei Nächte wach, die sie im Haus ihrer Eltern verbrachte, während sie über die Worte ihrer Mutter nachdachte und sogar über all die Gründe, aus denen eine Frau bei einem Mann blieb, der fremdging – oder überhaupt bei einem Mann. Sie war sich sicher, dass ihre Mutter ihren Vater und ihre Familie geliebt hatte. Aber nun gab ihre Mutter zu, dass sie ihren Teil der Ehepflichten erfüllt hatte, weil es im Gegenzug etwas gegeben hatte, was ihr und Frauen wie ihr wertvoller erschienen war als Liebe: einen Pakt, bei dem es eher um finanzielle Stabilität, physischen Schutz ging als um irgendein Märchen. Sie fragte sich, ob die Dinge sich stark geändert hatten. Ob die gleiche Logik dafürsprach, dass sie bei ihrem untreuen Ehemann blieb. Der hatte sie lieb gebeten, doch zurückzukommen, hatte immer wieder Bitte gesagt und wiederholt, dass er der Vater ihrer Tochter sei und Töchter ihre Väter im Leben brauchten, was in Raes Augen außer Frage stand. Es war auch der Grund, warum sie sich Romans Bitten – »bitte, komm nach Hause, Baby, ich vermisse dich, ich brauche dich, ich will meine Familie zurück« – überhaupt angehört und sie in ihrem Herzen abgewogen hatte. Und nicht nur dort, sondern auch an der Stelle, wo sie Logik, Statistiken und soziales Kapital verarbeitete. Nachdem sie das alles durchgerechnet hatte, kam sie zu dem Schluss, dass es für sie besser wäre, mit ihrem Kind nach Brooklyn zurückzukehren und die Dinge mit ihrem Mann zu regeln. Besser als sich der Welt als Schwarze alleinerziehende Mutter zu stellen. Und so machte sie es. Was ihr auf dem Weg nach Hause widerfuhr – dass all die Leute rundherum eher missbilligten, wie sie und ihr Kind Platz einnahmen, als Mitgefühl für ihre Plackerei zu zeigen –, bestätigte sie in ihrer Entscheidung.

»Entschuldigen Sie, tut mir leid«, sagte Rae und bemühte sich, Platz zu machen. »Skye! Lass das!«, schrie sie, packte ihre Tochter am Handgelenk und schüttelte sie ein bisschen. Sie machte das in dem Moment, um die Aufmerksamkeit des Kindes zu bekommen. Doch als sie später mit sich allein war und darüber nachdachte, welches Verhältnis sie zu ihrer Tochter hatte, wie sie sie liebte, behandelte, betrachtete, wurde ihr eines klar: Als sie ihr Kleinkind in dem Zug vor diesen Leuten angeschrien hatte, da war es ihr nicht um Skye gegangen. Sie fühlte sich wie ein Judas, weil sie ihr Kind und sich betrogen, die Dornenkrone auf ihr eigenes und das Haupt ihrer Tochter gedrückt hatte.

Ungefähr vierzig Minuten später hatte sie ihre Sachen samt Buggy auf dem Gehweg gestapelt. Rae stand da und kochte. Es nervte sie, dass Roman nicht dran gedacht hatte, so rechtzeitig zu kommen, dass er sie im Bahnhof abholen konnte, um mit Kind und Gepäck zu helfen. Der Typ war Roman nicht – umsichtig, ein Kavalier. Er öffnete keine Autotüren oder ging als Erster durch eine Drehtür oder bestand auch nur darauf, an der Straßenseite zu gehen, um Rae vor dem Verkehr oder was auch immer zu beschützen. Ihm kam auch nur in den Sinn, mit den Einkäufen zu helfen, wenn Rae ihn darum bat. Morgens passierte es, dass er nur seine Seite des Betts machte – also tatsächlich die Kissen ordnete und Decken glatt strich, aber nicht dort, wo Rae geschlafen hatte. Das war Rae schon früh aufgefallen, und sie hatte ein paarmal die Stirn darüber gerunzelt. »Warum machst du nur das halbe Bett?«, hatte sie ihn gefragt. Teils aus Neugier, teils von wegen: *What the fuck?*

Roman hatte nur mit den Schultern gezuckt. »Ist mir gar nicht aufgefallen.«

Ihn drauf hinzuweisen bewirkte nicht, dass er damit aufhörte. Es war seltsam und störte Rae nicht besonders – bis es das dann irgendwann doch tat.

An jenem Tag am Bahnhof begnügte Rae sich damit, am Bordstein auf Roman zu warten. Sie beobachtete die Leute, die andere abholten, und fragte sich, ob überhaupt irgendwer glücklich war. Ob Freude überhaupt existierte. Natürlich wusste sie, dass New Yorker eine gewisse Patina besaßen – eine schroffe Art, die sie grau, abgenutzt und hart wirken ließ und Falten in ihr Äußeres grub. Mit Fremden tauschte man keine Nettigkeiten aus. Zeit war schließlich so knapp wie Geduld, und Interaktionen konnten ebenso leicht entflammen wie Gesinnungen. Deshalb drängten sich Fremde schnaubend und hektisch aneinander vorbei, nicht viel mehr als die Strecke von A nach B im Sinn.

Wenn jemand vom Flughafen abgeholt wurde, mochte die Sache vielleicht etwas anders aussehen. Als ob eine Person, die den New Yorker Verkehr auf sich nahm und den ganzen Weg von wo auch immer zum Bordstein vor dem Bahnhof zurücklegte, das nicht nur aus zwingenden Gründen tat, sondern vielleicht auch aus Liebe zu dem Menschen, der in den Zug gestiegen war und viele Meilen auf Schienen hinter sich gelassen hatte, um zu der Person hier zu gelangen. In deren Arme. Doch für Rae sah es eher anders aus – nach einer Reihe seltsamer Aktionen von einem Haufen Leuten, die hart und kalt waren. Ein Wagen nach dem anderen fädelte sich in die Parkbucht und kam quietschend vor seinen Passagieren zum Stehen. Begrüßt wurde sich mit ungefähr der Gefühligkeit und Aufmerksamkeit eines Taxifahrers, der einen Gast aufpickt. Mütter konnten sich kaum ein gegrunztes Hallo für ihre Kinder abringen, Arme hingen schlaff an den Seiten, anstatt sich um die Sprösslinge zu schlingen. Ehefrauen drückten Ehemännern ihre Koffer in die Hände und nahmen auf Beifahrersitzen Platz, mit verkniffenen Mündern, während die Männer Kofferraumdeckel zuknallten und sich wieder hinters Steuer setzten. So feierlich wie bei einem Begräbniskonvoi, die Begrüßungen eher flüchtig als warm und herzlich. Die Leute sahen einander kaum an, die Hälse stocksteif, die Gesichter geradeaus gerichtet. Bewegung sah man nur, wenn die Autos sich ruckartig wieder in den Verkehr einreihten und ihre Fracht wieder in die jeweiligen Ecken, in ihren Alltag transportierten.

Rae fragte sich erneut, wer von den Leuten – falls überhaupt irgendwer – einfach glücklich war. Oder ob das einfach typisch für Familien war. Dass Männer und Frauen, die sich irgendwann mal zueinander hingezogen gefühlt und vielleicht sogar geliebt hatten, zuließen, dass alles von den harten Wahrheiten verkrustet wurde. Davon, wer sie wirklich in ihrem Inneren waren, wenn der Lack ab war und keiner mehr darauf schaute, was er wollte. Wenn all die anderen Dinge wichtiger waren. Die Kinder. Das Haus. Der Job. Die Bedürfnisse. Die Lebensumstände. Rae fragte sich, ob das jetzt auch ihr Los war. Sie fragte sich, ob sie so stark sein konnte wie ihre Mutter – ob sie aufbringen konnte, was nötig war, um ihre Ehe zu retten.

Endlich entdeckte sie die Motorhaube von Romans rotem Corolla. Er glitt in die Parkbucht, als ein Paar mit versteinerten Gesichtern in einem Ford Jeep davonfuhr. Roman verkündete seine Ankunft mit einem kurzen Hupen. Skye, die sich endlich mit ihrer Decke und dem violetten Stoffhund eingekuschelt hatte, bewegte sich ein bisschen in ihrem Buggy, träumte dann aber weiter, als wäre die Welt nur himmelblau. Rae zwang sich zu einem starren Lächeln.

Roman sprang aus dem Wagen und kam mit ausgebreiteten Armen angelaufen, um seine Frau zu umarmen. »Ayyyye, da sind ja meine Girls«, rief er. Rae blieb in seinen Armen stocksteif. Sie wollte eigentlich nicht von diesen Händen angefasst werden, die vermutlich den BH geöffnet hatten, den Rae gefunden hatte. Und schon gar nicht wollte sie ihm signalisieren, ihre Rückkehr nach Hause würde bedeuten, sie hätten keine Probleme. Die hatten sie nämlich.

»Hey«, sagte Rae knapp und bewegte sich mit der gleichen Kühle und Dringlichkeit wie all die anderen Passagiere, die vor ihr in Autos gestiegen waren. Genau wie ihre Mutter vor all den Jahren ihren Vater, TJ und sie begrüßt hatte.

»Schau sich einer mein Mädchen an – sie ist k.o., was?«, sagte Roman und schob das Verdeck des Buggys zurück, damit er seine Tochter sehen konnte. »Wie war's mit ihr im Zug?«

»Es war in Ordnung. Sie war in Ordnung«, erwiderte Rae kurz angebunden.

»Okay, lass mich den Kindersitz vorbereiten. Willst du sie aus dem Wagen heben?«

Die nächsten paar Minuten waren sie stumm und mit fließenden Bewegungen beschäftigt, alles zu verstauen. Roman befestigte dann den Sitz mit dem Sicherheitsgurt und nahm dann Skye aus den Armen ihrer Mutter entgegen. Kaum hatte ihr Vater sie reingesetzt und den Gurt über den Schultern und zwischen ihren Beinen geschlossen, kuschelte sie sich weiterschlafend in den Sitz. Er trat schnell beiseite, damit Rae sie mit ihrer Lieblingsdecke zudecken konnte, bevor sie rasch auf dem Beifahrersitz Platz nahm. Roman setzte sich hinters Steuer, legte den Gang ein und gab praktisch schon Gas, bevor seine Tür zu war. Keiner sagte ein Wort. Sie fanden nicht die richtigen Worte, und so übernahm die Stereoanlage das. Ella, Billie, Sarah, Abbey – sie alle erzählten Halbwahrheiten und fette Lügen zugunsten von Roman. An sie wandte er sich immer – tauchte in ihre Musik ab –, wenn er ein schweres Herz hatte. Rae kannte das gut. Es war seine Playlist – ein nie endender Strom von CDs mit altem Jazz, die sich neben seiner Stereoanlage zu Hause stapelten –, die er in Dauerschleife gehört hatte, als er und Rae sich kennenlernten. Damals hatte er schwer damit zu tun, die Trennung von seiner ersten Frau zu verwinden.

»Warum hörst du immer diese alte Musik?«, hatte Rae ihn irgendwann gefragt, nachdem sie oft genug mit ihm ausgegangen und ein paarmal bei ihm zu Hause gewesen war. Es gab vieles an ihm, was sie mochte, aber auch manches, an das sie sich gewöhnen musste – und zwar dass er etwas älter war als sie. Vier Jahre, um genau zu sein, was sich für eine Sechsundzwanzigjährige schon sehr erwachsen anfühlte. An der Grenze zu alt. Und er trug mit seiner irgendwie großmütterlichen Musik auch nichts dazu bei, dass sich das änderte.

»Was? Magst du die Jazzgrößen etwa nicht?«, hatte er gefragt. »Ella, Sarah, Miss Abbey Lincoln. Diese Musik ist zeitlos.«

»Sie ist so, so – trostlos. Ihre Stimmen sind schön, versteh mich nicht falsch. Aber niemand klingt glücklich.«

»Sie haben gute Musik gemacht. Mir gefällt sie derzeit einfach, das ist alles. Die Musik passt zu meiner Stimmung.«

»Und was für eine Stimmung ist das?«

Roman hatte eine Weile nach den richtigen Worten gesucht. »Ich dachte, ich würde jetzt glücklich verheiratet sein und eine Familie gründen. Das wünsche ich mir, weißt du? Eine gute Frau an meiner Seite und ein paar Kids. Mein Dad sagt immer, er sei ein besserer Mensch, weil er eine gute Frau gefunden hat. Zwischen meiner Ex und mir ist es aus, und das ist auch gut so. Wir waren nicht gut füreinander. Aber ich schätze, es hängt mir immer noch nach, dass ich nicht habe, was ich wirklich will.«

»Und was wäre das?«, hatte Rae nachgehakt.

»Eine eigene Liebe.«

Rae und Roman hatten schweigend dagesessen, während Abbey Lincoln darüber sang, was hätte sein können. Er war ein bisschen auf dem knarzenden Leder seines Chesterfieldsofas herumgerutscht. Sie hatte reglos und mit geschlossenen Augen, aber mit flatterndem Herzen gelauscht, während sie sich auf ihre Mission einstellte, diesem Mann zu geben, was er sich gewünscht hatte. Was sie gewollt hatte. Nicht lange nach diesem Abend hatte er *»I love you«* gesagt. Und obwohl das schnell gegangen war, weil sie sich noch nicht so lange kannten, hatte Rae ihm das abgenommen. Sie hatte es zurückgesagt und irgendwann auch selbst gemeint.

Roman trat langsam aufs Bremspedal, als rote Rücklichter ein Muster auf allen vier Spuren des Highways bildeten. Als das Auto langsamer wurde, ließ das Geräusch des Fahrtwinds nach und die Musik wirkte lauter, forscher. Rae kannte das Stück, Ella Fitzgeralds Melancholie in *In a Sentimental Mood*. Roman streckte die Hand aus und drehte die Lautstärke leiser.

»Rae, Baby, es tut mir so leid …«

»Lass es«, sagte Rae und hob die Hand. »Nicht im Auto. Nicht vor dem Kind.«

»Sie schläft, Babe. Und wir müssen darüber reden. Du musst dir offensichtlich Sachen von der Seele schaffen.«

»Ich bin hier nicht diejenige, die irgendetwas falsch gemacht hat!«, schrie Rae. Rasch dämpfte sie ihre Stimme. »Ich glaube, was ich in der Sache zu sagen habe, wird keine große Offenbarung sein, und ich bin sowieso nicht diejenige, die in diesem Gespräch die Richtung vorgeben sollte.«

»Deshalb entschuldige ich mich ja«, sagte Roman. »Baby, hör mich an, ich weiß – *I fucked up*.«

»Das Kind«, zischte Rae. »Red vor ihr nicht so.«

Roman holte tief Luft. »Ich hab's vergeigt, okay? Aber das sollte nicht das Ende unserer Familie sein. Es bedeutet nicht, dass ich dich nicht liebe, uns, das hier«, sagte er und wedelte mit dem Zeigefinger durch die Luft. »Uns.«

»Du hast jedenfalls eine seltsame Art, das zu zeigen.«

»Nur für's Protokoll: Ich habe nicht mit ihr geschlafen.«

Rae drehte sich mit dem ganzen Körper zu ihrem Mann, und ihre Augen wurden schmal. »Zu allem Überfluss und in diesem New Yorker Stau sagst du mir jetzt auch noch ins Gesicht, ich wäre blöd?«

»Ich hab nicht gesagt, du wärst blöd.«

»Ich habe einen BH, der nicht mir gehört, in … unserem … Badezimmer gefunden. *Unserem Badezimmer!*«, schrie Rae.

Ihre Stimme übertönte Ellas, füllte den Innenraum des Wagens aus, verband sich mit den Geräuschen von Verkehr und Fahrtwind und fand direkt in Skyes Ohren. Die riss die Augen auf. Und weil sie nicht genau wusste, wo sie war, wo ihre Mama war, was um sie herum passierte und warum die Luft so dick, die Atmosphäre so angespannt war, brach sie in Tränen aus.

»Oh, Baby, Baby, Mommy ist ja da«, rief Rae, drehte sich

auf ihrem Sitz um und legte kurz eine Hand auf das Bein ihrer Tochter. »Ist schon gut, Baby.«

Skye blieb ungerührt. Sie jammerte und holte mit heruntergezogenen Mundwinkeln ein paarmal tief Luft – das Vorspiel zu einem Geschrei in voller Lautstärke.

»Hey, Baby, Daddy ist auch hier, Honey«, sagte Roman und griff mit der rechten Hand nach hinten, um ebenfalls das Bein seiner Tochter zu berühren. »Ist ja gut.«

Skye schaute auf die Hand, die ihren Schuh anfasste, ließ dann ihre Augen über Finger, Arm und schließlich den Hinterkopf ihres Vaters gleiten. Sie lächelte, auch wenn noch Tränen über ihre rundlichen Wangen liefen.

»Wir fahren nach Hause, Kleines«, sagte Roman. »Möchtest du nach Hause?«

»Ja«, sagte Skye mitleiderregend und rieb sich die Augen.

»Okay, wir fahren nach Hause, Honey. Daddy bringt dich nach Hause.«

Rae warf ihrem Mann einen schrägen Blick zu und drehte sich dann so weit zur Tür, wie das überhaupt möglich war, ohne auf der anderen Seite zu landen. So weit weg, wie sie von ihrem Mann kommen konnte, ohne auf den Van Wyck Expressway rauszuspringen. Als sie das Haus ihrer Mutter verlassen hatte, war es ihr sinnvoll erschienen, zu ihrem Mann zurückzukehren. Jetzt war sie sich da nicht mehr so sicher.

***

Es nervte Rae bis zum Erbrechen, dass, wann immer sie das Haus verließ – ob sie sich nur die Nägel machen lassen oder auf Dienstreise gehen wollte –, sie genauso viel Zeit darauf verwenden musste, genaue Anweisungen zu hinterlassen, wie sie brauchte, um sich selbst fertig zu machen. Es bedurfte detaillierter Instruktionen zur Versorgung des Kindes, zu ihrem Zeitplan und dazu, was in der Wohnung zu beachten war. Sie empfand es als extrem anstrengend, nicht nur planen zu müssen, was sie an ihrem jeweiligen Zielort zu erledigen hatte, sondern auch, was passieren musste, während sie weg war. Roman war es nie ein Anliegen, irgendwelche Verantwortung für das zu übernehmen, was er für Kleinigkeiten hielt. Doch genau das war es, worüber Rae beim Kommen und Gehen mit ihm streiten musste. Dass er sich nicht um die Details kümmerte und darum, wie sie zu bewerkstelligen waren, hieß ja nicht, dass sie unwichtig waren, überflüssig, zu vernachlässigen. Und egal, wie sehr sie geschuftet hatte, um die Wohnung sauber, aufgeräumt und wohlgeordnet zu hinterlassen, weil sie hoffte, dadurch das Desaster zu minimieren, das in ihrer Abwesenheit entstehen würde, sie kam immer in das reinste Chaos zurück. So, als hätte Roman Axl Rose und eine lustige Truppe von dessen treuesten Heavy-Metal-Fans zu einer After-Show-Party, die dann völlig aus dem Ruder gelaufen war, zu sich nach Hause eingeladen.

Rae, die wegen des Gesprächs im Auto ohnehin schon auf hundertachtzig war, stand mit dem Kind auf dem Arm hinter Roman, während der am Türschloss nestelte. Sie war erschöpft und angespannt. Nachdem sie die Wohnung betreten hatte, stand sie zunächst wie geschockt, leicht schwankend und erfreulich erleichtert da.

»Ich weiß, dass du immer mit mir schimpfst, weil ich nicht aufräumen würde«, sagte er und ließ die Taschen im Flur fallen. »Aber ich wollte, dass du in eine saubere Wohnung kommst, damit wir uns auf uns konzentrieren können«, fügt er hinzu. Dann nahm er seiner Frau das Kind vom Arm und führte Rae an der Hand in ihr Wohnzimmer. Auf dem Cocktailtisch stand eine große Vase voll mit Callas. Diese Blumen hatte sie vier Jahre zuvor in ihrem Brautstrauß gehabt, als sie »Ja, ich will« gesagt hatte und über den Besen gesprungen war, der jetzt als Erinnerung an ihre Liebe über der Eingangstür hing. »Ich hab dir Blumen gekauft«, sagte er und deutete mit großer Geste wie ein Platzanweiser auf die Blumen. »Warum setzt du dich nicht und entspannst ein bisschen, während ich Skye den Pyjama anziehe. Ich weiß, ihr beiden seid müde. Ich habe auch den Wein gekauft, den du so magst, damit wir davon trinken und reden können. Bin gleich wieder da.«

Rae setzte sich auf die Couch und betrachtete das Spektakel. Sie war nicht beeindruckt. Nachdem sie ein halbes Glas Pinot Grigio getrunken hatte, beschloss sie, ihm genau das zu sagen, sobald er wieder auftauchte. Ohne Kind.

»Wie ist der Wein? Ich hab ihn aus dem kleinen Laden, den du magst. Drüben an der DeKalb«, sagte er, während er sich selbst ein Glas einschenkte. Dann nahm er einen Schluck und gleich noch einen. »Ich weiß, du magst diesen Pinot. Deshalb.«

Rae nickte.

»Also, lass mich doch damit anfangen, dass ich dir sagen will, ich bin froh, dass du zu Hause bist, Baby. Ich hab dich vermisst. Ich habe meine Girls vermisst.«

Rae nickte.

»Wie ich schon sagte, ich weiß, dass ich dich verletzt habe, aber ich will das in Ordnung bringen. Ich will das mit uns in Ordnung bringen.«

Rae nickte.

Roman drehte den Kopf und sah seine Frau aus dem Winkel des linken Auges an. »Also … du hast dazu gar nichts, ähm, zu sagen?«

»Was erwartest du denn, dass ich sage, Roman?«, fragte Rae, wobei ihr Atem den Ärger verriet.

»Ich meine, ich möchte, dass du anerkennst, dass ich mir Mühe gebe.«

»Was erwartest du? Eine Parade?«, fragte Rae.

»Du musst jetzt kein Arschloch sein.«

Rae schüttelte den Kopf und lachte kurz auf. »Dann bin ich also jetzt ein Arschloch? Weil ich für deinen Geschmack nicht beeindruckt genug bin?«

»Ich hab das hier nicht gemacht, um dich zu beeindrucken. Ich habe es gemacht, weil ich dich liebe.«

»Sitz hier nicht und erzähl diese Lüge. Du hast das nicht gemacht, weil du mich liebst. Du hast es gemacht, weil du das Thema wechseln willst. Weil du willst, dass ich nicht mehr sauer auf dich bin.«

»Ich meine, es wäre mir natürlich recht, wenn du meine Entschuldigung annehmen würdest, damit wir weitermachen können.«

»Du denkst, es wäre so einfach? Du bringst ein paar Blumen und Wein und sagst mit sanfter Stimme sorry, und ich vergesse – puff! – einfach, dass du eine Schlampe in unserem Zuhause hattest?«

»Ich sage dir doch, dass hier zu Hause nichts passiert ist«, sagte er. »Das verspreche ich dir, Babe. Schon aus Respekt vor uns.«

»Mit irgendeiner Schlampe zusammen zu sein ist nicht respektlos deiner Frau gegenüber, solange ihr euren Dreck woanders treibt als da, wo deine Frau und dein Kind sich schlafen legen?«

»Hör auf, mir die Worte im Mund zu verdrehen, Rae!«, sagte Roman. Diesmal war er derjenige, der lauter wurde.

Rae presste die Lippen zusammen und sah ihn ausdruckslos an.

»Tut mir leid. Tut mir leid, dass ich geschrien habe«, sagte Roman. Er streckte den Arm aus, um die Hand auf Raes zu legen. Sie zog ihre weg. »Was ich damit sagen will, ist, dass ich denke, wir sollten zu jemand gehen. Zu einer Paartherapie. Bei jemand, der uns helfen kann, das zu bewältigen.«

Das war typisch für Romans Familie, und daher überraschte es Rae auch nicht, dass das Romans große Idee war. Seine Mutter hatte Psychologie studiert, als sie mit seiner älteren Schwester schwanger wurde. Darum hatte sie die Universität verlassen, arbeiten und für das Baby sparen müssen, während ihr Ehemann … tja, Rae wusste noch immer nicht so genau, wovon er damals seinen Lebensunterhalt bestritten hatte, nur dass er nicht wirklich für seine Familie da gewesen war. Letztendlich und mithilfe ihrer eigenen Mutter, die die Kinder hütete, war Romans Mom an die Uni zurückgekehrt, hatte sich dann aber auf Krankenpflege verlegt, weil das schneller ging als Psychotherapie. Aber man konnte nicht behaupten, dass die Frau keine Therapeutin war. Sie mischte sich in die Angelegenheiten sämtlicher Leute ein und belehrte einen oft, dass ein guter Therapeut auf einer Kurzwahlnummer »genauso wichtig ist wie deine Frauenärztin, Honey«. Und vielleicht hätte Rae sich schneller davon überzeugen lassen, wenn Romans Familie nicht ein solches Chaos gewesen wäre. Oder wenn ihre eigene Familie ihr nicht etwas anderes beigebracht hätte: Dass das Lüften der eigenen schmutzigen Wäsche auf offener Straße eine vielsagende Sache war, die eher Schwäche signalisierte, als die echte Chance, unter die Motorhaube zu kriechen und die Dinge in Ordnung zu bringen.

»Einen Therapeuten? Ich brauche keinen verdammten Therapeuten. Was ich brauche, ist, dass du deinen Schwanz in der Hose lässt«, sagte Rae.

»Hör zu, wir haben Probleme …«

»Nein, du hast ein Problem«, fauchte Rae.

»Du bist einfach perfekt, was? Denkst du, du bist die Einzige, die unglücklich ist?«

»Über was zum Teufel musst du denn unglücklich sein?«, fragte Rae.

»Meinst du das jetzt ernst?«, fragte er.

»Todernst, Roman. Jeden Abend kriegst du ein warmes Essen serviert, deine Wohnung ist sauber, all deine Klamotten in all deinen Schubladen sind frisch gewaschen und aufgeräumt, ohne dass du dir auch nur einen Gedanken darüber machen musst«, sagte Rae. Und mit jeder Tätigkeit, die sie aufzählte, wurde ihre Stimme lauter. »Verdammt, du machst nicht das Geringste mit dem Kind, außer ihr morgens und abends einen Kuss zu geben, außer wenn ich dich explizit um irgendwas bitte, und selbst dann kommst du kaum in die Gänge, um es wirklich zu machen. Und das finde ich wirklich seltsam, Roman, weil du noch nicht mal arbeiten gehst.«

»Siehst du? Das ist es. Da haben wir's.«

»Was? Lüge ich etwa?«

»Ich weise dich darauf hin, dass du meine Arbeit nicht respektierst, Rae. Du respektierst mich nicht.«

»Natürlich respektiere ich deine Arbeit, Roman. Warum sonst sollte ich eingewilligt haben, das Geld nach Hause zu bringen, während du dein Buch schreibst oder was auch immer treibst?«

»Das geht nicht, dass du behauptest, du würdest meine Arbeit respektieren, und sie dann so abtust, als würde ich mir keine Mühe geben«, sagte Roman leise. »Das ist genau, was ich meine. Es fühlt sich für mich nicht so an, als würde meine Frau meine Träume unterstützen.«

Rae machte den Mund auf, um etwas zu sagen, schloss ihn dann aber wortlos wieder. Ihre Hände prickelten – von den Fingerspitzen bis zu den Handgelenken. Ihr Kopf fühlte sich leicht an. An dem großen Panoramafenster ihres Brownstone-Hauses, aus dem man täglich die Nachbarschaft, die Sonne und den Mond sehen konnte, raste ein Krankenwagen vorbei. Der Lärm unterbrach das unbehagliche Schweigen mit so durchdringendem Lärm, dass eigentlich beide hätten zusammenzucken müssen. Aber man kann nicht erschüttern, was unverrückbar ist.

Die beiden waren wie zu Eis gefroren. Und sie starrten auf den losen Faden, der langsam ihre Ehe aufribbeln würde.

30

Frühherbst 2004

Es war eine Stelle, direkt über Raes Knöchel, aber noch nicht an der Wade. Bei jedem Schritt fühlte es sich an, als würde eine Zange sich durch ihre Haut, vorbei an Adern und Venen bis in ihren Knochen bohren. Am Vorabend war es nur ein kurzer Krampf gewesen – ein dumpfer Schmerz, der sie zunehmend genervt hatte, während sie Roman beobachtete, der wiederum sie beobachtete. Beobachtete, wie sie eilig frittierten Fisch und Maisgrütze zum Abendessen auf den Tisch brachte, hinterher die Teller abkratzte, Skyes Kopfhaut einfettete, ihr Haar zu flachen Zöpfen drehte und unter eine Haube schob, sie dann in die Badewanne steckte und wieder rausholte, ihr zwei – nein, drei – Bilderbücher vorlas, anschließend unter dem Bett und im Schrank nach diesem Monster schaute, das nur fernblieb, wenn Mommy eine ganz spezielle Drohung aussprach, danach das Kind mindestens drei-, viermal neu zudeckte, nachdem sie Wasser gegen den schlimmen Durst geholt, ihr den Rücken gestreichelt hatte, weil sie sich nicht beruhigen konnte, die Haube gelockert hatte, weil sie sonst Kopfweh machte, und sich dann endlich hingesetzt hatte, um die Sendenotizen für die Aufzeichnung am folgenden Tag durchzugehen.

Es war gar nicht diese zweite Schicht, die sie absolvierte, die an ihren Nerven zerrte. Sondern es war Roman, der wieder direkt in das Muster zurückfiel, das die Paartherapie, zumindest für eine kurze Weile, unterbrochen hatte. »Baby«, flüsterte er, als sie sich endlich hinlegte und sich die Decke über die Schulter zog. Erst rieb er ihren Arm, dann presste er seinen Körper an ihren Rücken, sodass seine Erektion an der rundesten Stelle ihres Hinterns pulsierte. Der Kuss, den er für ihre Wange gedacht hatte, landete auf ihrem Ohr.

»Babe, ich bin erschöpft«, hatte sie gesagt.

Kuss, schmatz. Kuss, schmatz.

»Roman, nicht heute Abend, okay? Ich bin einfach …«

Kuss, schmatz. Kuss, schmatz. Er zog gerade so fest an ihrer Schulter, dass er ihren Körper auf den Rücken drehte. »Du musst überhaupt nichts machen, Baby. Lieg einfach da und entspann dich.«

Als er wieder zurück auf seine Seite des Betts gekippt war – verschwitzt, befriedigt, selbstvergessen – tappte Rae langsam ins Bad, wischte sich ab und massierte die wehe Stelle an ihrem Bein, bis ihre Gedanken endlich Ruhe gaben und der Schlaf zu seinem Recht kam.

Aber dieser gedämpfte Schmerz hatte begonnen, mit scharfer Präzision bei jedem Schritt zu pulsieren, den sie in Richtung von Skyes Vorschule machte. Dieser Gang war nach den ersten paar unsicheren Tagen leichter geworden, erfreulich, ein Sonnenstrahl noch an dem bewölktesten Himmel. Mutter und Tochter genossen schon bald die gemeinsame Zeit. Die Mutter gab der Tochter Binsenweisheiten und Tricks mit – »Du wirst das heute ganz toll machen!« oder »Du bist der Sonnenschein, ich der blaue Himmel, also wird das ein perfekter Tag!«. Und ihre Tochter machte Entdeckungen, die dafür sorgten, dass jeder Tag sich neu anfühlte. Aber heute gab es nur eine zitternde Unterlippe und beinah Tränen. »Ich will nicht hingehen, Mommy«, hatte Skye gesagt.

»Wie meinst du das, Baby? Wo willst du nicht hingehen?«

»Ich will nicht in Miss Careys Klasse.«

»Ach, komm, Skye Boogie, du liebst Miss Carey doch! Sie gibt dir morgens ein High Five und bringt dir Buchstaben bei. Magst du nicht üben, wie du deinen Namen schreibst? Und mit den Buntstiften malen und deine Freunde sehen?«

Skye schwieg und starrte auf ihre dunkelbraunen Mary Janes aus Lackleder. »Ich hab keine Freunde«, sagte sie schließlich.

»Wie, du hast keine Freunde? All die Kinder in deiner Klasse? Das sind sechzehn Freunde, die du jeden Tag siehst!«, sagte Rae und hatte die Verstimmung ihrer Tochter noch immer nicht richtig mitbekommen.

»Die haben mich gestern nicht bei sich sitzen lassen«, sagte sie. »Ich will heute nicht wieder ganz alleine sitzen.«

Jetzt war Rae alarmiert. »Was meinst du mit, du willst nicht wieder ganz alleine sitzen? Wann hast du alleine gesessen, Skye?« Rae verlangsamte ihre Schritte, um genau im gleichen Tempo wie ihre Tochter zu gehen. Erst gerade war ihr aufgefallen, dass sie sie bis dahin praktisch hinter sich hergezogen hatte, während das kleine Mädchen ihr mit schleppenden Schritten folgte.

Babygirl ließ den Kopf hängen und schob die Unterlippe langsam, aber unaufhaltsam über die Oberlippe. »Gestern.«

Rae blieb abrupt stehen, dann nahm sie beide Hände ihrer Tochter in die eigenen und ging auf Augenhöhe vor ihr in die Knie. Diese Stelle an ihrem Bein, die vom Krampf gestern Abend noch empfindlich war, begann dumpf zu pochen. »Erzähl Mommy, was passiert ist, Sweetheart.«

Rae nahm sich zusammen. Sie und Roman waren sich der Hürden für ein Schwarzes Kind in den Händen des amerikanischen Erziehungssystems bewusst. Deshalb hatten sie mit solcher Sorgfalt die richtige Schule und das richtige Klassenzimmer ausgesucht. Skye einfach in die Schule in der Nachbarschaft schicken und darauf vertrauen, dass Erwachsene schon richtig mit dem Kind umgehen würden – diesem hübschen, kleinen chocolate girl mit Wangen wie eine Putte und einem riesigen Afro-Puff oben auf dem Kopf – das war keine Option. Skye kannte schon Zahlen und Buchstaben und las schon von Cerealienpackungen und *Ein Tag im Schnee* oder die Bezeichnungen für einfache Sorten im Eisladen. Rae wollte sich nicht weitgehend aus den Schulangelegenheiten ihrer Tochter raushalten, wie ihre Eltern das getan hatten. Für Tommy und LoLo war die Schule in der Nachbarschaft, in diesem kleinen Stück Utopia im Norden, mehr als prima. Sie selbst hatten nur eine minimale Schulbildung erhalten, waren mit ihrer Arbeit ausgelastet, eingeschüchtert von den kleinen Stühlen und Lehrkräften mit ihren Klemmbrettern. Außerdem vertrauten sie vollkommen auf ein Bildungssystem, das einfach nicht die gleichen Herausforderungen aufwies wie das von Rassentrennung geprägte, mit dem sie zu kämpfen gehabt hatten.

Doch für Rae hatte es tägliche Qual bedeutet. Ständig wurde ihre Intelligenz infrage gestellt, wurde von Lehrern und Schullaufbahn-Beraterinnen herausgefordert, die sich noch an die Zeiten erinnerten, als kleine Nigger* ihren Platz kannten und bescheidenere Ziele hatten – Schreiner, Fabrikarbeiterin, vielleicht einen Job im Postamt. Für nichts davon brauchte man ausgezeichnete Noten, Kurse für Begabte, leitende Positionen in Schulclubs und Ähnliches, was ihnen die Türen zu prestigeträchtigen Colleges weit öffnete. Wozu hätte man einen Platz, der für weiße Schüler vorgesehen war, die Aussicht darauf hatten, es im Leben zu etwas zu bringen, Schwarzen überlassen sollen, die dazu in den Augen von Raes Lehrern und Collegeberaterinnen doch nie in der Lage wären. Es gab nur eine Gelegenheit, an die Rae sich erinnerte, bei der ihre Mutter sie retten kam. Damals weigerte sich die Beratungskraft Mrs McCarthy, für ein Stipendium, um das Rae sich beworben hatte, Raes Zeugnisse freizugeben und die Unterschrift des Direktors einzuholen. Es handelte sich um ein Vollstipendium an einem nahen College, das einen umfassenden Studiengang für TV-Produktion anbot, der auch über vier Jahre Praktika in den Produktionsstudios von NBC beinhaltete. Das würde den Unterschied bedeuten zwischen einem Abschluss und einem guten Job auf diesem Gebiet – oder dem Verpacken von Einkäufen der Kundschaft im Pathmark in der Nachbarschaft. »Deine Noten sind nicht wirklich gut genug, um dieses Stipendium zu gewinnen, Sweetie«, hatte Mrs McCarthy gesagt und auf Raes Bewerbung getippt – dreizehn Seiten handgeschriebener Aufsätze und Antworten auf Fragen nach ihren Kursen und Aktivitäten außerhalb des Lehrplans –, die ganz oben auf ihrem beladenen metallenen Schreibtisch lag. »Ich glaube nicht, dass du oder ich die Zeit des Direktors mit dieser Bewerbung vergeuden sollten. Warum füllst du nicht die Bewerbung fürs Suffolk Community College aus, wenn du schon unbedingt studieren willst? Ich bin mir sicher, da wirst du mit deinen Noten genommen.«

»Aber da möchte ich nicht hin«, hatte Rae gesagt. »Meine Eltern können sich die Studiengebühren ohnehin nicht leisten. Und ich habe ihnen versprochen, mein Bestes zu versuchen, um mir das Studium selbst zu finanzieren.«

»Nun, du bist ein hart arbeitendes Mädchen – tüchtig. Ich

bin mir sicher, da findest du schon einen Weg«, sagte Mrs McCarthy nüchtern und hielt Rae ihre Unterlagen wieder hin.

Rae war verzweifelt aus dem Büro gelaufen. Dass sie sich auf den Schulstoff konzentrierte, worauf LoLo bestanden hatte, dass sie hart arbeitete, um es aufs College zu schaffen, worauf Tommy bestanden hatte, all das schien vergebens gewesen zu sein. Sie kramte ganz unten in ihrer Schultasche nach einem Vierteldollar und steckte ihn in das Münztelefon auf dem Flur gleich neben den Büros der Schulverwaltung. Keine Viertelstunde nach dem tränenreichen Anruf bei ihrer Mutter, die zufällig krankgeschrieben zu Hause war, rauschte LoLo ins Büro des Direktors. Sie erholte sich noch von einer schlimmen Episode ihrer rheumatischen Arthritis und war von den Schmerzmitteln etwas aufgeputscht. »Du bleibst hier sitzen und rührst dich nicht von der Stelle«, hatte sie Rae gesagt, als sie die Tür zum Büro öffnete. Bis zum heutigen Tag war Rae sich nicht sicher, was LoLo da drin gesagt hatte oder wem sie auf die Zehen getreten war. Sie wusste nur, dass LoLo mit Raes unterschriebener Bewerbung und den Zeugniskopien, alles ordentlich in einem vorfrankierten Kuvert von Fed-Ex, unter dem Arm wieder herauskam. »Geh zurück in den Unterricht«, sagte sie und umarmte ihre Tochter. »Ich werfe das nur schnell ein und lege mich dann wieder ins Bett.«

Es war das einzige Mal, an das Rae sich erinnern konnte, dass ihre Mutter in der Schule aufgetaucht, sich für sie starkgemacht und mit wem auch immer von den Verantwortlichen gesprochen hatte. LoLo verstand nichts davon, wie das System funktionierte, und es interessierte sie auch nicht. Aber sie verstand etwas von Geld. Sie verstand etwas von Fairness.

Sie verstand, dass diese Dinge ihrer Tochter zustanden. Alles andere hatte Rae ganz allein für sich regeln müssen.

Rae würde Skye nicht die gleiche Last aufbürden. Das würde sie schlicht nicht tun.

»Miss Carey hat unsere Stühle vertauscht, damit wir neue Freunde finden sollen, und keiner hat mich ausgesucht, damit ich neben ihm sitzen soll. Deshalb habe ich allein am Tisch gesessen«, sagte Skye.

Rae schluckte schwer, blinzelte heftig und hatte Mühe, die Fassung zu bewahren. Damit sie nicht direkt auf der Straße und vor ihrer Tochter losfluchte. »Lass uns zur Schule gehen, Baby«, sagte sie. »Ich rede mit Miss Carey, okay? Du wirst nie mehr alleine sitzen, hörst du?«

Rae wackelte mit ihrem rechten Fuß, ließ ihn kreisen, um die Muskulatur zu lockern, die sich um die Problemstelle verkrampfte. Diese hatte sich zwar ein bisschen beruhigt gehabt, schien aber gerade wieder gähnend zum Leben zu erwachen.

Zehn Minuten später stand sie auf dem Flur Miss Carey gegenüber. Rae sah keine Kinder oder die Lehrkräfte die vorbeigingen. Sie sah nicht all die fröhlichen Farben und Buchstaben und Klebefiguren, die selbst gemalten Blumen, die die Wände schmückten. Sie sah nur das Gesicht von Lorraine Carey – vor allem ihre Lippen. Mit denen versuchte die Lehrerin zu erklären, warum Skye, das einzige kleine Schwarze Mädchen in ihrer Vorschulklasse, ganz allein gesessen hatte, als die Aufgabe lautete, sich mit jemand Neuem anzufreunden.

»Hören Sie«, unterbrach Rae Miss Careys gemurmelte Erklärung, die nicht wirklich eine Erklärung war. »Ich will nicht, dass meine Tochter jemals wieder allein in Ihrem Klassenzimmer sitzt. Offen gestanden, beunruhigt es mich zutiefst, dass die erwachsene Person im Raum die Optik nicht erkannt hat, als sie ein kleines Schwarzes Mädchen ganz allein sitzen ließ, geschweige denn begriffen hat, wie verletzend das für eine Fünfjährige sein musste.«

»Miss Lister, so war das nicht. Es gab an den Tischen keinen Platz mehr, und so saß sie am Ende alleine, weil es sonst nirgends mehr Platz gab«, sagte sie. »Ich – ich kann nicht glauben, dass Sie daraus jetzt so was wie eine rassistische Sache machen«, erwiderte Miss Carey schnell und laut.

»Ich habe daraus keine rassistische Sache gemacht. Es ist eine rassistische Sache, die Sie erzeugt haben, als sie meine Tochter allein sitzen gelassen haben. Mir ist egal, wie die Sitzordnung aussah. Sie hätten einfach Platz für meine Tochter schaffen müssen. Jetzt können wir eine von zwei Sachen tun: Ich kann das hier entweder eskalieren lassen und mich bei der Leitung beschweren, der ich Schulgebühren bezahle, um zu sehen, wie sich das mit den ›kindzentrierten Werten‹ verträgt, für die ich jährlich zwanzigtausend Dollar bezahle. Oder Sie entschuldigen sich bei meiner Tochter und setzen sie in die Mitte zwischen diese neuen Freunde, die sie finden soll, anstatt zuzulassen, dass sie von ihren Mitschülern ignoriert wird. Ich glaube, Letzteres ist nicht zu viel verlangt. Aber ich möchte Sie nur wissen lassen, dass ich auch zu Ersterem mehr als in der Lage bin.«

»Ich – ich verstehe«, sagte Miss Carey. »Es wird nicht wieder vorkommen.«

»Darauf vertraue ich«, sagte Rae. Der Lehrerin immer noch fest in die Augen sehend, rief sie Skyes Namen. Das Kind, das sich lauschend an der Tür herumgedrückt hatte, kam zu seiner Mutter gelaufen.

»Ja, Mommy?«

»Miss Carey wird dir heute deinen neuen Platz zwischen deinen neuen Freundinnen zeigen! Ist das nicht spannend?«

Skye kicherte und schlenkerte aufgeregt mit den Armen.

Rae schaute auf ihre Uhr und zuckte zusammen. Wenn sie das Gebäude in dieser Sekunde verließ und zur Subway rannte, bestand noch die Chance, dass sie den Express-Zug erwischte. Und wenn der wirklich wie ein Express fuhr, gelangte sie schnell zur Crosstown-Linie, die sie fünf Blocks vom Büro entfernt ausspucken würde. Wenn sie dann noch auf ihre tägliche Bestellung – Café und ein Zitronenmuffin mit Mohn drauf – verzichtete, schaffte sie es eventuell gerade noch rechtzeitig an ihren Arbeitsplatz, bevor ihrem Vorgesetzten die Verspätung auffiel. *»Give me some sugar«*, sagte sie und beugte sich zu ihrer Tochter, um ihr einen Kuss auf die Lippen zu drücken. »Mommy hat dich lieb. Und was wirst du heute sein?«

»Fabelhaft!«, sagte Skye.

»Und warum wirst du fabelhaft sein?«

»Weil warum soll ich's nicht sein?«, erwiderte Skye und wiederholte in ihren Worten, wie sie einen Spruch von Marianne Williamson verstanden hatte, den ihre Mutter ihr allmorgendlich aufsagte.

»Ganz genau, Honey. Jetzt lauf rein und sei toll, damit du es mir heute Abend erzählen kannst, okay?«

»Okay, Mommy!«

Und damit rannte Skye in die gezeigte Richtung, und Rae humpelte in die andere.

***

Der kratzige rote Stoff ihres Schreibtischstuhls war noch nicht mal lauwarm geworden, und schon stand Jeremy neben Rae. Er wedelte wie mit einer Fahne mit den Notizen, die sie für die Aufzeichnungen in der nächsten Woche geschrieben hatte, vor ihrem Gesicht herum. »Heeeeey, Rae«, sagte er in diesem schleppenden Singsang, mit dem er seine Worte in die Länge zog. Das machte er, wenn er sich unbehaglich fühlte, was aus irgendeinem Grund immer dann der Fall war, wenn er mit Rae zu tun hatte. Dabei lag es gar nicht in Raes Absicht, bei ihm irgendetwas auszulösen. Eigentlich wollte sie nur ihre Arbeit erledigen, und zwar gut, dafür bezahlt werden und vielleicht ein bisschen Anerkennung bekommen, wenn sie einen besonders bemerkenswerten Job gemacht hatte. Eventuell sogar die Aussicht auf eine Beförderung. Rae fand das nicht zu viel verlangt. Aber hier saß sie jetzt, mit einem Bein, das pulsierte, als hätte es tatsächlich einen eigenen Herzschlag, und musste sich vor diesem White Boy rechtfertigen. Dabei war er fünf Jahre jünger als sie und hatte im Unterschied zu Raes neun Jahren erst ein paar Monate Erfahrung als Produzent. Aber er war für diese Position als ihr Vorgesetzter eingestellt worden. Er würde behaupten, dass er nur seinen Job machte, Drehbücher redigierte und dafür sorgte, dass die Worte, die Storys, die Haltung der Moderatorin locker über die Lippen kamen und via Bildschirm die Zuschauer erreichten. Doch Rae wusste es besser. Diese Verachtung, die Vorurteile, die Überzeugung, dass diese Schwarze Frau eine Stellung einnahm, die einem anderen, würdigeren, männlicheren, weißeren Bewerber zugestanden hätte, das war ein Gestank, der wie Mundgeruch jedes Mal von Jeremy ausging, wenn er das Wort an sie richtete. Und falls er überhaupt irgendetwas checkte, dann ihre Reaktion darauf.

Rae holte tief Luft, atmete aber geräuschlos aus. »Hey, Jeremy, was gibt's?«, fragte sie und zwang sich zu einem Lächeln mit geschlossenen Lippen.

»Ich wollte mit dir nur dein Skript zu Jay-Z durchgehen«, sagte er und wedelte wieder mit den Papieren in seiner Hand. »Macht's dir was aus, zu meinem Schreibtisch rüberzukommen?«

Diesmal ließ Rae sogar ihre Zähne aufblitzen. »Klar, gerne doch«, sagte sie, obwohl es ganz sicher nicht stimmte. Sie humpelte zu seinem Schreibtisch, während der Krampf in ihrem Bein sich anfühlte wie eine geballte Faust, kurz vor dem Zuschlagen. Er tippte auf einen klapprigen Stuhl, den er neben seinen gezogen hatte. Dort musste sie sich hinsetzen, als wäre sie ein Hündchen, dem er gleich einen Klaps mit der Zeitung geben würde, bevor er ihm einen neuen Trick beibrachte.

»Guter Job, dieses Skript – viel guuuuute Infoooos drin. Aber ich glaube, da ist noch ein bisschen was dran zu tuuuuuun«, sagte er. »Jay-Z ist ein faszinierender Typ, und du hast ein bisschen von seiner *Maaaagic* eingefangen, aber es gibt hier eine Menge irrelevanter Informationen, die das ganze versanden lassen. Ääääähm, du musst daran arbeiten, bei den Punkten, die du vermitteln willst, besser auf den Punkt zu kommen. Und diese Punkte umfassender zu machen.«

»Ich, äh, verstehe nicht«, sagte Rae leise, aber freundlich. Das Letzte, was ihr fehlte, war noch eine Bemerkung in ihrer Personalakte, sie könne nicht gut mit Kritik umgehen. Der Krampf setzte ihr mit einer Art Doppelschlag zu.

»Also, wie hier ...«, sagte er und blätterte durch die Seiten, die er mit einem roten Filzstift verbessert hatte. »Da erwähnst du einen Sänger, von dem keiner je gehört hat.«

Rae beugte sich über die Seite und richtete den Blick auf den großen roten Kringel, auf den er zeigte. »Das ist Donny Hathaway«, sagte sie.

»Ich weiß, aaaaaber keiner weiß eigentlich, wer das isssssst.«

Rae legte den Kopf schräg und kniff die Augen ein bisschen zusammen. »Jeder weiß, wer Donny Hathaway ist«, sagte sie langsam.

»Nein, jeder nicht. Ich nicht.«

»A Song for You?, Little Ghetto Boy? Young, To Be Young, Gifted and Black?«

Jeremy schüttelte den Kopf und zuckte mit den Achseln.

»*This Christmas*! Du kennst *This Christmas*!«, sagte sie und schnippte mit den Fingern. Er reagierte nicht. Rae kniff wieder die Augen zusammen. »Komm schon, den Song kennst du, J! ›Hang all the mistletoe, dah dah dah dah dah … thiiisss Christmas …‹. Das ist der Weihnachtssong! Der kommt immer im Radio, und du solltest ihn mal besser auf deiner Liste haben!«, meinte sie und fügte noch ein kleines Lachen hinzu, um die Stimmung aufzulockern.

»Yeaaaah, ich kenne ihn aber niiiiicht«, erwiderte Jeremy achselzuckend. »Das nimmt der Sache die Wirkung. Dein Name-Dropping eines Künstlers, den das Publikum nicht kennen wird. Das hilft nicht dabei, die Story zu erzählen und den Zuschauern das Thema zu vermitteln.«

»Also, Jeremy, das ist eine Musiksendung. Und die musikalischen Einflüsse auf Jay-Z zu kennen ist wichtig für die Story.«

»Hab ich verstanden. Aber wir sollten bei den Einflüssen bleiben, von denen wir wissen, dass sie zählen.«

»Willst du damit sagen, dass Donny Hathaway nicht zählt?«, fragte Rae.

Jeremy lachte. »Ich meine, er ist nicht Jimmy Buffett oder Elvis.«

»Wer ist Jimmy Buffett?«, fragte Rae. Natürlich wusste sie es, aber wenn er respektlosen Mist über den Künstler von sich gab, dessen Stimme durch das Haus ihrer Eltern geschallt war, als sie jung und verliebt gewesen waren und sich bereitwillig von der Musik hatten mitreißen lassen, obwohl ihre Kinder ihnen beim Slowdance zusahen, dann konnte sie genauso gut irgendwelchen respektlosen Mist von sich geben.

»Rae. Jimmy Buffett? Dein Ernst?«

»Mein Ernst.«

»Er ist einer der größten Entertainer, den die Bühne je gesehen hat.«

»Das Gleiche würde ich von Stevie Wonder behaupten, der direkten Einfluss auf Donny Hathaway hatte und umgekehrt. Und definitiv in Elternhäusern wie dem von Jay-Z und mir geschätzt wurde. Und, oh, ich würde sagen, so ziemlich bei jedem, der am Donnerstag einschalten wird, um unser Porträt über seinen Lieblingsrapper zu sehen.«

»Schau, ich will jetzt nicht darüber streiten«, sagte Jeremy. »Du hast deine Ansichten, klar. Aber es ist mein Job zu tun, was das Beste für die Sendung ist. Donny Hathaway kommt raus. Ich hab noch ein paar weitere Anmerkungen ins Skript gemacht. Wäre toll, wenn du sie durchgehen und die Änderungen eingeben würdest. Ich brauche es in einer Stunde zurück.«

Kurzerhand rollte Jeremy seinen Stuhl zurück vor seinen Bildschirm, sodass Rae nur noch seine Rückseite sah. In ihrer Fantasie schnappte Rae sich die Schere von dem chaotischen Haufen auf seinem Schreibtisch und stach ihm damit ins Ohr, um in Ordnung zu bringen, was da drin anscheinend kaputt war. Denn er hatte offenbar keine Ahnung von guter Musik, obwohl er auf dem Posten eines leitenden Produzenten für eine Musiksendung saß. Im echten Leben stemmte Rae sich von dem Stuhl hoch und schleppte sich und ihr wehes Bein zurück an ihren eigenen Schreibtisch. Rasch korrigierte sie jede Spur von Farbe und Licht aus ihrem Skript und schickte es über das interne Computersystem an Jeremy. Jetzt war es eine langweilige Zusammenstellung von Kernpunkten für einen scheißlangweiligen leitenden Produzenten, der Schwarzsein in eine Junkfood-Mahlzeit verwandeln wollte, der es genauso an Salz, Pfeffer, Substanz und Schwung fehlte wie ihm selbst.

Rae hinkte gerade über den Flur Richtung Toilette, um die zwei Advil zu schlucken, die sie auf dem Boden ihrer Handtasche gefunden hatte, als Nimma aus ihrer Seite des Produktionsstudios geeilt kam. Sie verlangsamte ihre Schritte und blieb dann stehen, um auf Raes Bein zu starren. Die trat nur mit einem Fuß auf und zog den anderen nach.

»Whoa, was ist denn mit dir los?«, fragte Nimma und deutete mit dem Kinn auf Raes verkrampftes Bein.

»Oh, hey«, sagte Rae und humpelte weiter. »Nur wieder dieser Krampf, aber das ist nichts.«

»Sieht nicht nach nichts aus«, sagte Nimma und beeilte sich, Rae die Tür aufzuhalten.

»Das wird schon wieder. Ich nehm nur schnell diese Tabletten. Das wird den Krampf hoffentlich lösen.«

Lauf mir nicht hinterher, lauf mir nicht hinterher, lauf mir nicht hinterher, hätte Rae am liebsten geschrien. Sie brauchte eine Minute, um sich wieder zu fangen. Um die Sache mit der Vorschule und die mit Jeremy zu schlucken und um ihren Körper wieder ins Lot zu bringen, damit sie es durch den Rest des Tages schaffen würde.

Nimma folgte ihr.

»Wo genau ist denn der Schmerz in deinem Bein?«, fragte sie mit Blick auf Raes Hosenbein.

Rae zeigte auf die Stelle, zuckte zusammen und lehnte sich an ein Waschbecken.

»Was dagegen, wenn ich mal draufschaue?«

»Wie? Bist du jetzt Ärztin?«

Nimma hob grinsend die Hände. »Es ist deine Sache, Sis. Aber ich will nur sagen, ich hatte eine Cousine, die ist an einem Blutgerinnsel gestorben. Das fing mit einem Schmerz in ihrem Bein an, und im nächsten Moment war sie tot. Einfach so.«

Rae fiel die Kinnlade runter.

»Oh, oh – ich will damit nicht sagen, dass dir das passieren wird«, meinte Nimma. »Verdammt. Sorry. Ich will nur sagen, dass ich echt hellhörig geworden bin, was Beinschmerzen angeht. Du solltest das wirklich anschauen lassen.«

»Dafür hab ich eigentlich keine Zeit«, sagte Rae, drückte die Tabletten aus der Verpackung, drehte das Wasser auf und fing es in ihrer hohlen Hand auf.

»Es gibt hier eine Ärztin gleich um die Ecke – Dr. Wei. Ihre Mutter praktiziert traditionelle chinesische Medizin, das volle Programm, die Tochter westliche Medizin. Sie ist gut. Ich bin einmal notfallmäßig bei ihr gewesen, weil mein Hausarzt nicht verfügbar war und ich schnell jemand in der Nähe gebraucht habe. Dann war sie so gut, dass ich gewechselt habe. Ich kann sie anrufen, wenn du möchtest.«

»Du wirst mir ja sowieso keine Ruhe lassen, stimmt's?«, fragte Rae.

»Nicht wenn du hier rumläufst wie jemand, der eine Amputation braucht«, sagte Nimma. »Außerdem bin ich Gewerkschaftsvertreterin der OSHA und dafür verantwortlich, dass wir Angestellten hier alle eine sichere Arbeitsumgebung haben und Gesundheitsschutz gewährleistet ist. Und persönlich wäre es mir auch lieber, wenn du hingehst und rausfindest, warum es wehtut. Geh los und kümmer dich darum.«

»Na gut«, sagte Rae.

***

Es waren nur drei Blocks bis zur Praxis der Ärztin – eine Kleinigkeit für den Durchschnitts-New-Yorker. Doch für Rae und ihr verkrampftes Bein war es ein schmerzhafter Weg, für den sie doppelt so lange brauchte. Die ganze Strecke über zuckte sie immer wieder zusammen und fragte sich, wie gut diese Ärztin sein konnte, die eine neue Patientin eine halbe Stunde nach einem Cold Call für einen Termin drannahm. Außerdem machte sie sich insgeheim ernsthaft Sorgen, als sie das Haus betrat und mit jeder Menge roter Farbe und Räucherstäbchenduft konfrontiert wurde. Ein riesiges, mit einem Pfeil versehenes Schild und Aufschriften in Englisch und Chinesisch verwies Patienten von Dr. Wei nach oben. Rae stand am Fuß der Treppe und bat Sweet Baby Jesus in der Krippe um die Kraft und den Willen, diese achtzehn Stufen zurückzulegen. Vor allem weil sie nicht überzeugt davon war, dass sie dort oben echte Hilfe erwartete, über eine Ärztin hinaus, die ihr ein paar Schmerzmittel gab und riet, das Bein zu schonen.

Doch sie betrat eine eher traditionelle amerikanische Arztpraxis – sterile weiße Wände, Stühle mit kratziger blauer Sitzfläche, Poster, die die Patienten ermahnten, regelmäßig ihren Blutdruck zu kontrollieren, sich gesünder zu ernähren und zu wissen, wie sie die Rechnungen für medizinische Leistungen bezahlen werden, bevor sie drankommen. Rae hatte nach der Anmeldung kaum Platz genommen, als die Arzthelferin ihren Namen schon aufrief und die Stimme in dem ansonsten leeren Wartezimmer widerhallte.

Sie hatte sich dann auch gerade erst mit Mühe auf die Untersuchungsliege gesetzt, als es so laut an der Tür klopfte, dass sie zusammenzuckte. Eine winzig kleine junge Frau im weißen Arztkittel kam herein. »Hallo, ich bin Dr. Wei«, sagte die Ärztin und überflog das Klemmbrett mit Raes Vitalwerten und ihrer Krankengeschichte. »Also, was bringt Sie heute hierher?«

»Keine große Sache. Nichts, was sich nicht mit ein bisschen Tylenol in Ordnung bringen ließe. Es ist nur ein übler Krampf in meinem Bein«, sagte Rae und bückte sich, um über die wehe Stelle zu streichen. »Meine Kollegin war besorgt und hat darauf bestanden, dass ich vorbeikomme und es ansehen lasse.«

»Mhmm. Wann hat der Schmerz begonnen?«, fragte sie.

»Äh, so seit ein paar Tagen – vielleicht seit Samstag? Aber so richtig weh tut es seit gestern und heute Morgen. Da fing es an mich so einzuschränken, dass ich nicht richtig laufen kann.«

»Aber ihre Kollegin musste sie überreden herzukommen.«

Rae sagte nichts.

»Erzählen Sie mir etwas von Ihrer medizinischen Vorgeschichte«, fuhr die Ärztin fort. »Sie habe keine der Fragen auf dem Formular für die Patientenaufnahme beantwortet.«

»Ich bin adoptiert, deshalb konnte ich da nicht wirklich etwas angeben«, sagte Rae knapp.

»Oh, ich verstehe. Also ich würde gerne ein paar Bluttests vornehmen, um Dinge auszuschließen, während sie hier sind.«

»Ich, äh … Mir geht's gut. Ich habe nur den Schmerz in meinem Bein«, stammelte Rae. Sie hasste Nadeln, ungefähr genauso, wie sie es hasste, erklären zu müssen, warum sie nichts darüber wusste, was in ihrem Blut lauerte. Verwandte, die Fremde für sie waren, mochten ihre Krankheiten in Raes DNA gemischt haben. Sie konnte sich nur Sorgen darüber machen, woran sie letztlich erkranken, was sie dahinraffen würde. Ihre Wut über diesen Mangel an Information war besonders akut, wenn sie beim Kinderarzt stand und immer wieder bestätigen musste, dass auch ihre Tochter nur eine halbe medizinische Familiengeschichte vorweisen konnte – die ihres Vaters. Sie schämte sich dafür, ohne irgendwelche Aufzeichnungen geboren worden zu sein. Sie kam sich deshalb unvollständig und klein vor.

»Ja, ich weiß, aber wenn Sie nun schon mal da sind, können wir Sie doch gut eben durchchecken, um sicherzugehen, dass nichts Ernstes vorliegt. Es ist ohnehin gut, wenn Sie diese Ausgangswerte dann haben.«

Eine gefühlte Ewigkeit, aber in Wirklichkeit wohl nur ein paar Minuten lang drückte, presste, befühlte und betrachtete Dr. Wei Raes Bein. Zusammen mit ihrer Scham trieb das Rae Tränen in die Augen. Die Ärztin lächelte liebenswürdig, als sie sich zu ihrer Patientin beugte und ihre Hand nahm.

»Meine Mutter arbeitet im Erdgeschoss. In der Heimat ist sie eine angesehene Ärztin. Ich bin damit aufgewachsen, ihr zuzusehen und medizinische Traditionen zu lernen, die seit Generationen weitergegeben werden – uralte Praktiken. Es sind Traditionen des Ostens, aber viele davon haben auch den Weg in die westliche Medizin gefunden, obwohl ihre Ursprünge kaum anerkannt sind. Ich bin mir sicher, dass Sie das Gleiche über die Gesundheitspraktiken ihrer eigenen Kultur sagen können.

Der amerikanische Süden war voller Weisheit, die aus uralten afrikanischen Kulturen weitergegeben wurde«, sagte sie, während sie Raes Hand tätschelte. »Alte Hebammen waren beispielsweise für ihre Zeit außerordentliche Heilerinnen, aber das Gesundheitssystem hat ihre Praktiken übergangen.«

Ein plötzlicher kalter Schauer ließ Rae heftig erzittern.

»Also«, fuhr die Ärztin fort, »ich werde Ihnen kein Medikament verschreiben und möchte, dass Sie von rezeptfreien Schmerzmitteln die Finger lassen. Ich werde Ihnen ein paar Übungen zeigen, die den Schmerz lindern und die Muskulatur lockern. Denn ich vermute, der Schmerz ist die Reaktion Ihres Muskels auf Stress.«

»Stress?«, fragte Rae. Eine Träne hing noch in ihrem rechten Augenwinkel. Sie wischte sie weg. »Kann Stress einen solchen Schmerz verursachen?«

»Oh, natürlich. Meine Mutter behandelt so etwas in ihrer Akupunkturpraxis, und ich habe das auch schon gesehen. Erzählen Sie mir, was in Ihrem Leben los ist. Sie haben erwähnt, dass sie in der Nähe arbeiten. In Vollzeit?«, fragte die Ärztin und drückte Rae sanft in Rückenlage, um ihr Bein zu massieren.

»Ja. Ich bin Produzentin einer Musiksendung fürs Fernsehen«, erzählte Rae, die immer wieder zusammenzuckte.

»Stressig?«

Rae schnaubte. »Das kann vorkommen, aber so ist eben der Job.« Sie fuhr erneut zusammen.

»Und was ist mit zu Hause? Haben Sie Kinder?«

Rae lächelte. »Ich habe eine Tochter, Skye. Sie ist fünf.«

»Oh, das kann bestimmt ganz schön anstrengend sein. Verheiratet?«

Rae presste die Lippen zusammen. »Ja.«

Die Ärztin ballte ihre Hand zur Faust und klopfte damit auf Raes Bein. »Ihr Nagellack ist hübsch. Machen Sie das selbst?«

Rae stieß einen Schmerzenslaut aus und verzog das Gesicht. »Nein, ich gehe in ein Nagelstudio nicht weit von hier.«

»Von Nagelsalons sollten Sie sich besser fernhalten. Die sind voller Keime. Vor allen in diesen Becken, in die man seine Füße stellt. Da wimmelt es von Bakterien.«

»Doc, Sie haben mir doch gerade gesagt, dieser Muskelkrampf wäre stressbedingt, oder?«

»Ja, durch Stress.«

»Mir meine Nägel machen zu lassen, das ist ungefähr das Einzige, was ich mir gönne, um Stress abzubauen. Und jetzt erklären Sie mir, das wäre schlecht?«

»Die Salons sind gefährlich. Das Lackieren an sich nicht.«

Rae runzelte die Stirn. Der Schmerz hatte nachgelassen. Die knotige Stelle war kaum noch zu spüren.

»Was ich nur damit sagen will: Sie sind jung, aber als afroamerikanische Frau auch anfällig für Krankheiten, die teilweise von Stress ausgelöst werden. Es ist einerseits eine Äußerlichkeit, aber es wirkt sich auch darauf aus, was in Ihrem Körper geschieht. Deshalb nehmen wir Ihnen heute auch Blut ab. Aber mein ärztlicher Rat für den Moment lautet, dass Sie Dinge tun, die Ihren Stress etwas mindern, und die Übungen machen, die ich Ihnen zeigen werde, damit Ihre Beinmuskeln sich nicht verkrampfen.«

»Das ist alles? Turnen und ein bisschen was für mich selbst tun? Das hindert mein Bein daran, ein einziger großer Knoten zu werden?«

»Stressabbau kann Ihnen im wahrsten Sinne des Wortes das Leben retten.«

31

Rae würde sich bis ins Grab daran erinnern, wie sie zum ersten Mal ihrer Tochter die Haare gewaschen hatte – nachdem sie sie fest in das babyweiche rosa-weiße Badetuch gewickelt und behutsam in Romans große Hände gelegt hatte, während sie darauf wartete, dass das Wasser aus dem Hahn in der Küche warm wurde. Der Boiler im Gebäude war heikel. Deshalb floss das Wasser anfangs immer viel zu kalt und dann, nach einer Weile, glühend heiß. Man musste also geduldig sein und die Fingerspitzen immer wieder kurz darunter halten, bis es nicht zu kalt, nicht zu heiß, sondern genau richtig für die anstehende Aufgabe war – Geschirrspülen, Händewaschen, Haarewaschen und solche Dinge. Als das Wasser lauwarm über ihre Finger lief, schnappte Rae sich die Shampooflasche und nickte Roman zu. Behutsam streckte er die Arme aus und hielt den Mohawk Puff aus weichen Locken oben auf dem Kopf des Babys direkt unter den Wasserstrahl. Rae hatte erwartet, dass Skye weinen würde, sobald das Wasser ihre Kopfhaut berührte. Schließlich hatte sie wie am Spieß geschrien, als die Schwester sie mit einem Schwamm wusch, nachdem sie sich gerade durch den Geburtskanal gewunden hatte. Und das kleine Mädchen schien auch nicht allzu erfreut von den Waschungen, die sie bekommen hatte, seit sie zu Hause waren. Sie quengelte und schlug mit den Armen gegen die Babybadewanne aus Plastik, in der sie sich einfach nicht wohlfühlte. Aber Skye reagierte ganz anders, als der sanfte Wasserstrahl über ihren Kopf zu laufen begann.

Sie blickte direkt in Raes Augen, als die mit ihrer Massage begann, lächelte und liebevoll mit ihrem kleinen Mädchen sprach. »Schau dich mal an, du wunderhübsches Baby. Du bist so perfekt. Fühlt sich das gut an, Honey? Ja, das tut es. Ich weiß, dass es das tut, ja, das weiß ich! Ja, das weiß ich!«, flötete sie. Rae genoss, wie zufrieden Skye aussah. Dieses kleine Wunder, das so im Frieden mit sich selbst war, dass es sich in den großen Händen ihres Vaters entspannte und den Blickkontakt zu ihrer Mutter niemals aufgab.

Skye kämpfte mit aller Kraft gegen den Schlaf, bis sie ihre Augen nicht mehr offen halten konnte. Als wäre sie in einem eleganten Friseursalon. Als wären Raes Fingerspitzen magisch. Als wäre sie in ihre Mama verliebt. So begann es mit Skye. So würde es immer sein. Genauso still und brav war sie später, wenn Rae ihr die Haare machte. Sie liebte es, ihr Haar ausgekämmt, gewaschen, geflochten und frisiert zu bekommen. Und Rae liebte es, das zu tun. Der Beweis war direkt auf Skyes Kopfhaut zu sehen – der Beweis für die Aufmerksamkeit und grenzenlose Liebe ihrer Mutter, gemessen an der Komplexität der Frisur und der Zeit, die es brauchte, um den krausen, lockigen Garten auf dem Kopf des kleinen Mädchens zu pflegen.

In ihrer eigenen Kindheit hatte Rae diese Erfahrung mit ihrer Mutter nicht gemacht. Sie hatte lediglich viele Samstage auf einem Stapel dicker Telefonbücher in einem unangenehmen Winkel zwischen den Knien ihrer Mutter eingeklemmt verbracht. Verzweifelt hatte sie sich bemüht, vor der Hitze des glühend heißen Glättkamms nicht zusammenzuzucken, wenn LoLo ihn an den Rändern von Raes dicker Mähne entlangzog. Die Kühle von LoLos Atem auf ihrem Nacken war nur ein kleiner Trost. Größer war die Furcht, verbrannt zu werden. Und natürlich mit dem riesigen, breitzinkigen Afrokamm geschlagen zu werden, wenn Rae nicht vollkommen still hielt oder vor Schmerz aufschrie, während LoLo versuchte zu glätten, was sie leicht abwertend eine widerspenstige Krause nannte. Rae liebte es, frisch geglättete Locken zu haben, aber der Vorgang, ihre Haare zu machen, fühlte sich nie an wie ein Akt der Liebe zwischen ihr und ihrer Mutter. Es war eine Last, etwas, das wehtat und keinesfalls gemacht wurde, um Raes Schönheit zu erhalten oder zu vergrößern, sondern eher aus praktischen Gründen. Haare wurden schmutzig. Haare mussten gewaschen werden. Das war's. LoLo erlaubte ihrer Tochter nicht, über ihr Aussehen zu reden, und so tat Rae es auch nicht. Wobei sie sich insgeheim wünschte, einmal die Hübsche zu sein – die von den Jungs bemerkt wurde und über die sie tuschelten, wenn sie an ihnen vorbeilief. Aber noch mehr wünschte sie sich, dass ihre Mutter sie nach einer dieser schrecklichen Haarbehandlungen am Samstagabend herumwirbeln und sagen würde: »Schau dich mal an! Und trag deine Locken mit schönem Selbstbewusstsein!« LoLos Schweigen betonte nur, wozu die Welt sich gegenüber kleinen Schwarzen Mädchen verschworen hatte: Dass etwas nicht in Ordnung war mit ihrem krausen Haar, den vollen Lippen, der dunklen Haut und den durchdringenden braunen Augen. Und später genauso wenig in Ordnung mit ihren *Bubble Butts*, kräftigen Oberschenkeln und *Black Girl Goodness*. Rae war einfach nicht stark genug, clever genug, reif genug, um sich vor dem Tsunami aus Zeitschriften, Fernsehsendungen, Radioshows, Kinos und dem Rest der Popkultur zu schützen, die Schwarzen Mädchen und Frauen ankreidete, nicht weiß zu sein. LoLo ließ es geschehen. Rae trug Narben davon. Sogar trotz eines Ehemanns, eines Kinds und trotz Freundinnen, die ihr im wahrsten Sinne des Wortes den Spiegel vorhielten und verlangten, sie solle doch die Schönheit sehen, die sie in ihren Augen, Wangenknochen, den dicken Locken rund um ihr volles Gesicht mit der makellosen Haut, die an poliertes Ebenholz erinnerte, erkannten, trug Rae immer noch Narben.

Doch Rae blickte an diesem ersten Haarewaschtag und an so vielen darauffolgenden in die Augen ihrer Tochter und entdeckte darin … sich selbst. Sie sah ihr eigenes Gesicht, das zurückschaute. Eine hellere Version, aber immer noch mit hohen Wangenknochen, ihre schmale Nase, ihre mandelförmigen Augen – ein Wunder. An manchen Tagen erzählte die Kleine ihrer Mutter nichts Bestimmtes, und ihre Mutter hob den Kopf, warf nur einen flüchtigen Blick auf das Kind und die Schönheit des kleinen Mädchens verschlug ihr buchstäblich den Atem. Es würde noch ein bisschen dauern, aber mit der Zeit hörte Rae auf, an den Krusten zu knibbeln. Sie begann zu überlegen, wie sie diese Narben zum Heilen bringen konnte. Für Romans Geschmack heilten sie allerdings zu schnell.

»Wo gehst du noch mal hin?«, fragte er und lehnte am Türrahmen, während er Rae beobachtete. Die verteilte gerade matte pink-braune Lippenstiftfarbe – den einzigen farbigen Lippenstift, den sie besaß – auf ihren Lippen und Wangen.

»Es ist eine Party zur Veröffentlichung eines Albums, schon vergessen?«, sagte sie. Sie griff nach ihren Ohrringen, blinzelte in den Spiegel und steckte sie in ihre Ohrlöcher.

»Stimmt. Und da gehst du sooo angezogen?«, fragte Roman.

»Wie sooo?«, fragte Rae und trat einen Schritt vom Spiegel zurück, um sich ganz zu betrachten. Mal hatte ihr ein Kleid geliehen – ein kleines Schwarzes, ein bisschen anliegend, ein bisschen kurvenbetont, anders als ihr üblicher Style. »Das ist unser Abend«, hatte Mal gesagt, als sie unerwartet an Raes Arbeitsplatz auftauchte und der Freundin das Outfit in die Hand drückte. »Ich verbiete, dass du bei diesem Event aussiehst wie das lang verschollene vierte Mitglied von TLC.«

»Das Kleid ist, äh …«, setzte Roman an.

»Du siehst richtig hübsch aus, Mommy«, sagte Skye.

»Awww, danke, Baby«, sagte Rae und zog ihre Tochter an sich. »Ich fühl mich auch richtig hübsch. Fast so hübsch wie du!« Dabei tippte sie Skye mit dem Zeigefinger auf die Nase.

»Um welche Zeit wirst du wieder zu Hause sein?«, fragte Roman und sah flüchtig auf seine Uhr.

»Ich weiß nicht genau. Aber definitiv nachdem Skye im Bett ist.« Zu ihrer Tochter meinte sie: »Heute Abend seid das nur du und Daddy, Skye! Ist das nicht lustig? Ein Daddy-Tochter-Abend!«

»Yay!«, rief Skye und hüpfte von einem Fuß auf den anderen. Roman brachte nur ein halbes Lächeln zustande.

»Okay, ich muss los. Treva meinte, sie wäre um Punkt halb sieben unten, um mich abzuholen. Ich will nicht zu spät dran sein, denn der Verkehr nach Manhattan wird höllisch sein.«

Sie gab Roman noch einen flüchtigen Kuss auf den Mund, umarmte Skye und schob sich an den beiden vorbei.

***

»Ich kann gar nicht glauben, dass wir diese Bitch aus dem Haus gekriegt haben!«, rief Mal, streckte dem Barkeeper drei Finger hin und deutete dann mit dem Zeigefinger auf eine Flasche Champagner.

»Aber wirklich! Sie hätte beinah sterben müssen, um aus

dem Haus zu kommen«, sagte Treva und reckte die Hand hoch, um sie von Mal abklatschen zu lassen.

»Wie auch immer«, sagte Rae. »Wer behauptet denn, dass ich sterbe?«

»Na hör mal, bei deinem Arbeitspensum, mit Mann und Kind?«

»Mit zwei Kindern, wenn du mich fragst«, murmelte Mal und verzog den Mund.

»Hey!«, protestierte Rae. »Das hab ich gehört.«

»Was sie damit meint, ist, dass du eine Menge um die Ohren hast und mal eine Pause brauchst«, sagte Treva. Sie schnappte sich zwei Gläser und gab sie den beiden, dann nahm sie das dritte und reckte es in die Höhe. »Aufs Entstressen!«

»Und darauf, dass du diesen Affen von deinem Rücken schüttelst!«, fügte Mal hinzu.

Rae schnaubte. »Affen?«, echote sie, schüttelte lachend den Kopf und nippte an ihrem Champagner. Dann ließ sie den Blick durch das Restaurant in Lower Manhattan schweifen, das die Plattenfirma gemietet hatte, um ihren Künstler den Medien und Trendsettern der Branche zu präsentieren. Rae hasste solche Events – hatte sie ihr ganzes Berufsleben lang gemieden. Sie hatte sich und ihren Vorgesetzten gesagt, sie könne ihren Job auch hervorragend machen, ohne an diesen Werbezirkus-Terminen zum Networking mit Promis teilzunehmen. Alle taten dort so, als verfügten sie über mehr kulturelles Kapital, mehr Macht, als es tatsächlich der Fall war. Raes Superkräfte steckten in ihrem Rolodex. Darin standen die Telefonnummern von einigen der mächtigsten Presseagenten und Produzenten der Musikindustrie. Die hatten die Macht über die Prominenten – konnten sie dazu bringen, pünktlich zum Interview zu erscheinen, oder sie davon überzeugen, in einer Sendung nach der anderen aufzutreten. Sich auf einer Branchenparty betrinken und dann wieder in sein verranztes, kaum leistbares Apartment in Chelsea zurückkehren – so schaffte man es nach Ansicht von Rae nicht an die Spitze. Aber jetzt waren sie hier, in ihren zu engen Kleidern, ihren überteuerten Js, redeten zu laut, lachten zu bereitwillig über die Scherze der anderen, gaben sich solche Mühe, gesehen zu werden und etwas zu verkaufen, was nicht annähernd so viel wert war, wie sie glaubten. Ehrlich gestanden war Rae sich nicht sicher, ob der Besuch dieser Party heute Abend, das Anhören irgendeines künftigen One-Hit-Wonders, das versuchte, sein Debütalbum rauszuhauen, als wäre es das nächste *Ready to Die*, dafür sorgen würde, dass sie sich auch nur im Geringsten weniger gestresst oder freier fühlte. Aber jetzt war sie schon mal hier.

»Hey du! Wen haben wir denn da?«, sagte Nimma, die hinter Rae auftauchte und sie am Arm berührte.

»Oh, hey, Nimma!«

»Ich dachte, du gehst auf keine Branchenpartys. Bist du etwa so ein Fan von Moore Payne?«

Rae lachte. »Äh, nein. Ich bin hier, weil die Ärztin, die du mir empfohlen hast, meint, ich müsste Stress abbauen«, sagte sie und malte mit den Fingern Anführungszeichen in die Luft. »Und meine beiden verrückten Freundinnen hier denken, Champagner auf einer Branchenparty wird mir dabei helfen. Nimma? Das sind meine Freundinnen Mal und Treva. Leute, das ist Nimma. Sie ist leitende Produzentin von The Workroom Studios.«

»Nett, dich kennenzulernen«, sagten Mal und Treva und hielten ihre Gläser in die Höhe.

»Weißt du, sie hat recht«, sagte Nimma.

»Wer hat recht? Was meinst du damit?«, fragte Rae.

»Wenn du dich weiter von anderen Leuten stressen lässt, wird dich das noch umbringen.«

Rae seufzte. »Ich denke, das ist leichter gesagt als getan, oder? Ich muss arbeiten – Jeremy gegenüber Rechenschaft ablegen. Ich muss mich um meinen Mann kümmern, mein Kind, einen Haushalt führen, all die Dinge, die uns mürbemachen. Welche Wahl hab ich da? Welche Wahl hat irgendeine von uns? Willst du mir etwa sagen, du könntest dich einfach irgendwo hinsetzen, zuschauen, wie deine ganze Welt in die Brüche geht, und dann allen erklären, du lässt das geschehen, damit dir nicht das Bein abfällt?«

Nimma lachte. »Ich versteh schon. Ich versteh schon. Aber wann gönnst du dir Momente der Freude?«

»Was meinst du damit, mir Momente der Freude gönnen?«

»Also, was macht dir Freude?«

»Mein Baby, sie macht mir Freude«, sagte Rae ohne Zögern. Ein mildes Lächeln tauchte auf ihren Lippen auf.

»Ich meine, abgesehen von dem, über das alle sagen, es sollte dich glücklich machen. Denk dir mal Ehemann, Karriere und Kinder weg. Das sind die Dinge, von denen die Gesellschaft sagt, sie sollten uns Frauen am glücklichsten machen. Als sollten wir dankbar für steife Schwänze sein, wenn wir nicht in Stimmung sind. Und für den Klaps ins Gesicht mitten in der Nacht, wenn dein Kind kommt, weil es zum dritten Mal in Folge ins Bett gepinkelt hat. Und wenn dein Job dich ein paarmal pro Woche zwei, drei Stunden Extraarbeit kostet, für die du nicht bezahlt wirst, weil du ja ein fixes Gehalt hast und ein Teamplayer bist. *Whew – happy happy joy joy*, was? Aber lass das mal beiseite. Was macht dich wirklich glücklich?«

Rae starrte sie mit offenem Mund an. Um sie herum waren die Leute damit beschäftigt zu trinken, laut zu lachen und sich zur viel zu lauten Musik zu bewegen, die verdammt noch mal beinah jeden Versuch, ein Gespräch zu führen, zu einer enormen Anstrengung machte. War sie genauso *fake* wie die? Gab sie vor, glücklich zu sein und etwas zu tun, was eine Bedeutung, einen Wert hatte?

»Okay, okay, wie wär's damit? – Weißt du, was mir Freude macht? Mich raus auf die Feuerleiter setzen und den Abendhimmel betrachten«, sagte Nimma.

»Wie, du gehst einfach da raus und starrst ins All?«, fragte Rae stirnrunzelnd. »Bist du total verpeilt? Und du hast Zeit, einfach rumzusitzen und in die Sterne zu gucken?«

Nimma schmunzelte. »Ich nehme mir die Zeit«, sagte sie. »Weil es mir Freude bringt. Ich bleibe ja nicht die ganze Nacht da draußen. Ich erwische den Sonnenuntergang. Oder wenn's spät ist und die Sonne schon untergegangen, reicht auch der Mond. Das ist wunderschön. Beruhigend. Solltest du mal versuchen.«

»Den Mond anzustarren?«

»Yeah«, erwiderte Nimma knapp.

»Einfach … den Mond anstarren.«

»Ich weiß noch was Besseres«, sagte Nimma. »Ende dieser Woche ist Vollmond. Nimm dir ein Stück Papier und schreib alles drauf, was du loswerden willst. Egal, was das ist. Geldsorgen, Wut auf deinen Mann, Verlangen nach Jeremy …«

»Oh, Girl, nein. Dieses alte, rotgesichtige, teigige, dickbäuchige Arschloch.«

»Ich mach nur Spaß, mach nur Spaß«, sagte Nimma lachend. »Aber im Ernst, vielleicht schreibst du drauf, ›Ich werde nicht mehr zulassen, dass Jeremy mir das Gefühl gibt, weniger wert zu sein, als ich bin‹. Schreib jedenfalls alles auf ein Stück Papier, leg es in einen Aschenbecher und verbrenn es bei Vollmond.«

»Ich soll auch noch was anzünden?«

Nimma sah Rae eindringlich an, aber jetzt ohne zu lächeln. »Ich mein's ernst. Probier es aus. Der Mond ist auch ein Stern, und es ist okay, sich hin und wieder was von ihm zu wünschen. Er hat die Macht, Meere zu bewegen, der Welt ihren Rhythmus zu geben. Da kann er doch bestimmt auch uns kleinen Erdenmenschen helfen, was? Mach einen Versuch. Freude ist dein gutes Recht. Also hol dir doch welche.

Aber wie auch immer. Ich mache nur eine schnelle Runde und bin dann wieder weg«, fuhr Nimma fort. »Denn um es klar und deutlich zu sagen: Dieser Ort bringt mir keine Freude. Ladies?« Sie hob ihr Glas in Richtung von Mal und Treva.

»War schön, dich kennenzulernen«, sagten die beiden.

Rae sah Nimma nach, wie sie in der Menge verschwand, bis sie sie nicht mehr sehen konnte. Schweigend stellte sie fest, dass ihr ganzer Körper vibrierte – Kopf, Hände, Herz und Kehle. Sie war nicht sie selbst.

»Hmm«, machte Mal und nippte an ihrem Champagner. »Klingt nach irgendeinem Götzenglauben, wenn ihr mich fragt.«

»Als ob du alte Heidin das wissen würdest«, meinte Treva kichernd.

Mal erhob ihr Glas. »Darauf trinken wir. Ist doch nichts auszusetzen an ein bisschen Heidentum hin und wieder.«

»Ihr seid vielleicht Spinner«, sagte Rae und lachte nervös. Sie stellte ihr Glas ab und strich sich mit der Hand übers Dekolleté.

»Siehst du? Die brave Rae kann nicht mal ein Glas Champagner austrinken«, sagte Mal. »Muss immer die Kontrolle behalten.«

»Was meinst du damit? Ich – ich kann ein Glas Champagner austrinken. Es ist nur einfach warm hier drin. Ist euch nicht heiß?«, sagte sie und fächelte sich Luft zu. »Und sich den Mond anschauen, sich bei einer Sternschnuppe was wünschen oder einen schönen Sonnenuntergang genießen, das hat rein gar nichts damit zu tun, ein Heide zu sein«, sagte sie. »Ihr wisst doch, dass ich kein Jesus-Freak bin, aber wenn Gott den Himmel und die Erde geschaffen hat, dann sollte er doch wohl kein Problem damit haben, wenn wir sein Werk bewundern, oder?«

Mal lehnte sich nach rechts und schaute über Raes Schulter. »Jetzt sollte man dem Gott, der das alles erschaffen hat, für seine Güte danken. Lass Gnade walten!«

Ohne zu überlegen drehte Rae sich um, weil sie sehen wollte, wohin ihre Freundin schaute. Und das war gerade in dem Moment, als der Mann – groß, markante Züge, mit einer Haut wie dunkles Eichenholz und genauso massiv – in ihre Richtung blickte. Ihre Blicke trafen sich. Nichts in Raes fünfunddreißig Lebensjahren hätte sie auf die Energie, die Revolution, die er in ihr Leben bringen sollte, vorbereiten können. Auf den Rausch, den seine bloße Existenz auslösen würde. Es würde ihn geben und eine Dornenkrone – ein Kreuz, das es zu tragen galt. Aber dieser Mann sollte ihre Rettung sein.

»Amüsieren Sie sich?«

Rae gelang ein halbes Lächeln, dann zögerte sie. »Ah, yeah. Yeah.«

»Sie klingen nicht ganz überzeugt davon«, sagte er.

»Nein, nein, es ist ein nettes Event. Es ist nur, ähm, ein bisschen warm hier drin.«

Rae merkte, wie er den Blick über ihren ganzen Körper schweifen ließ und dann wieder ihre Augen suchte. »Ihnen ist heiß, was?«, meinte er nickend. »Lassen Sie mich Ihnen etwas Wasser besorgen.« Er hob die Hand, um den Barkeeper auf sich aufmerksam zu machen.

»Nein, nein … ist okay. Mir geht's gut.«

Der Barkeeper beugte sich zu ihm. »Yeah, können Sie der Lady etwas Wasser geben? Ihr ist, äh, heiß.«

»Klare Sache«, sagte der Barkeeper.

»Das ist sie mit Sicherheit«, sagte Mal zweideutig. Dann streckte sie an Rae vorbei ihre Hand aus: »Ich bin Malorie. Das ist meine Freundin Treva«, sagte sie und zeigte hinter sind. »Und das ist Rae. Wir können alle Du sagen, finde ich.«

»Rae. Wie der Sonnenstrahl. Nett, dich kennenzulernen, Rae«, sagte er. Er schüttelte Mals Hand und streckte sie dann derjenigen hin, für die allein er Augen hatte. »Ich bin Diego.«

»Freut mich«, sagte Rae. Sie beobachtete, wie er nach dem Glas Wasser griff und es ihr reichte.

»Du solltest dich beeilen und das austrinken, damit du mit mir tanzen kannst«, sagte er.

»Oh, nein, ähm, ich werde nicht, äh …«

»Was? Magst du Mary J. Blige nicht?«, sagte er und nickte mit dem Kopf zur Musik. *Be Happy* dröhnte aus den Boxen, während eine Menge Gäste dort tanzte, wo man Restauranttische und -stühle beiseite geräumt hatte.

»Sie liebt Mary J. Blige«, sagte Mal, legte den Kopf schräg und sah Rae mit Augen wie die einer Eule an.

Rae drehte Mal ihr Gesicht zu und schaute finster, dann wandte sie sich mit einem aufgesetzten breiten Lächeln wieder zu Diego um. Sie nahm einen Schluck von ihrem Wasser. »Ich mag Mary schon.«

»Na, dann lass uns gehen«, sagte er und ergriff Raes Hand.

Sie schaute noch mal zu ihren Freundinnen zurück, während er sie schon durch die Menge führte, und schüttelte den Kopf, als sie die beiden kichern und miteinander flüstern sah. *Es ist nur ein Tanz*, sagte sie sich. Diesmal glitt ihr Blick über seinen Körper – diesen Prachtkerl, der gute ein Meter neunzig groß sein musste, und danach zu urteilen, wie sein Buttondown-Hemd in der Hose steckte, muskulös und fit. Er sah aus wie ein großes Tyson-Double.

Als sie die improvisierte Tanzfläche erreichten, drehte er sich um, nahm sie an beiden Händen und zog sie dicht an sich. Rae, nervös und vibrierend, ließ es geschehen. Er roch nach Vetiver und Zitronengras. Und nach Erde. Das gefiel ihr – sie liebte es, wenn ein Mann gut roch.

Er beugte sich zu ihr. »Bist du aus New York?«

»Geboren und großgezogen«, sagte sie. »Ich bin in Long Island aufgewachsen.«

»Ist Long Island New York?«

Rae boxte ihm spaßeshalber in den Bauch. Der war fest. Er lachte.

»Ich mach nur Spaß. Ich bin aus der Bronx.«

»Und hast überlebt, um das zu erzählen!«, sagte Rae.

»Ah, die Lady hat Humor!«

Beide lachten ungezwungen, dann verschwand Raes Lächeln. »Die Lady ist auch verheiratet«, sagte sie und hob ihre Hand, um ihm den Ring zu zeigen.

»Hab ich schon gesehen. Vorhin an der Bar.«

»Und trotzdem eine verheiratete Frau zum Tanzen aufgefordert?«

»Ich habe eine schöne Frau aufgefordert, mit mir einen guten Song zu genießen, stimmt's?«

Rae senkte den Blick und sagte nichts. Sie wusste nicht, was sie sagen sollte. Sie hatte noch nie gewusst, was sie zu Männern sagen sollte – hatte mit Flirtversuchen und Komplimenten noch nie umgehen können.

»Vielleicht genießen wir irgendwann mal ein Essen zusammen«, sagte er.

»Verheiratete Frauen genießen normalerweise keine Essen mit Männern, die nicht ihre Ehemänner sind«, sagte sie rasch.

»Man muss jemandem nicht gehören, um seine Gesellschaft zu genießen«, sagte er. »Vielleicht ist es okay, einfach die Hand nach dem Menschen auszustrecken und sich selbst eine kleine Freude zu gönnen. Weißt du – in Form von irgendwas Gutem zu essen.«

Rae drehte ihm den Rücken zu und überließ ihren Körper dem Rhythmus, während Mary aus der Tiefe ihres gebrochenen Herzens sang, enthüllte, wie die schlimmste Art von Liebe sie gelähmt hatte, sodass sie mitten in einer existenziellen Krise landete, die eine Neuausrichtung erforderte – verlangte. Irgendeine Veränderung, die das Überleben ermöglichte. *Be Happy*, das war das Gebet der traurigen Mary – ein Ruf nach etwas Süße, etwas Verheißung in ihrem Leben. Diego presste seinen Körper gegen Raes, und sie leistete keinen Widerstand, während Marys Gebet eindringlicher wurde. Diego legte die Hände auf ihre Hüften, als sie sich wand und an ihm rieb, und sie schob seine Finger nicht weg. Mary stöhnte. Diego verschränkte seine Finger mit Raes, und ihre Brust hob und senkte sich. Mary rief flehend zum *Sweet Lord up above*, und Rae sang aus dem Bauch heraus – sang Marys Freiheitssong. Sie bat auch für sich um ein Stück von dieser Freiheit.

32

Die Tanzfläche erwies sich als der perfekte Ort für Halbwahrheiten und fette Lügen, vor allem wenn man sie vom Alkohol erzählen lässt. Große Geschichten entspinnen sich zwischen den hämmernden Beats, die von den Wänden widerhallen, während Hüften und Lippen locken, sich verbünden. Diego erzählte Rae, sie wäre wunderschön. Rae gab vor, ihm zu glauben. Diego sagte, sie sei faszinierend. Rae blieb bei ihren Storys, verhielt sich weiter so, als sei es ganz normal und Routine, einem Mann zu sagen, was sie wollte. – Und als sei es selbstverständlich, das auch zu bekommen. Ihn törnte das an. Sie war von ihm angetörnt. An diesem Abend, auf ihrer Suche nach Freude, würde Rae forsch genug, mutig genug sein, um die zu sein, die sie sein musste, um zu bekommen, was sie wollte. Um Freude zu erleben. Sie schrie diesem Fremden ihre Telefonnummer ins Ohr und sagte ihm, falls er sie sich merkte und sie vor Ende der Woche anriefe, würde sie sich von ihm ausführen lassen.

Auf der Autofahrt nach Hause kam sie zur Besinnung. Als sie die Wohnung betrat, fand sie Roman im Esszimmer vor einer Zeitschrift masturbierend, während ihre Tochter tief und fest auf dem Sofa schlief. Wieder stritt sie mit Roman. Schließlich war sie wütend auf sich selbst, weil sie überhaupt mehr von ihrem Mann erwartete, obwohl sie wusste, dass das für die Katz' war. Sie ging zu Bett mit der Hoffnung, Diego hätte sich die Nummer gemerkt. Sie war aufgeregt, als das tatsächlich so war. Ging mit ihm mittagessen. Und noch einmal mittagessen. Danach ein weiteres Mal. Dann abendessen.

»Nur damit ich dich richtig verstehe: Du hast nie mit deiner Schwester und deinem Bruder geredet?« Diego hatte gesagt, ihm sei nach einem guten Burger zumute, und den besten gab es seiner Meinung nach in einem versteckten Lokal im Untergeschoss eines luxuriösen Boutiquehotels in Chelsea. Rae war nervös, dass jemand, den sie kannte, sie sehen würde, wie sie so eng beieinandersaßen, aus derselben Bierflasche tranken, sich an den Schultern berührten, während sie sich mehr von diesen Geschichten erzählten. Diesmal mehr Wahrheiten als Lügen. Geschichten, die wie Zauberformeln wirkten. Sie erzeugten eine Energie, die bewirkte, dass Möglichkeiten das Gehirn fluteten. Und die Lenden. Sie steuerten das Verlangen.

»Das sind nicht meine Schwester und mein Bruder«, sagte Rae, während sie ein Kartoffelstück durch einen Klecks vom hausgemachten Ketchup zog, den sie auf ihren Teller gegeben hatte. Sie sagte das in scharfem Ton.

»Aber sie sind Kinder deines Dads, richtig? Und du bist sein Kind, oder? Das macht dich zu ihrer Schwester.«

»Das macht sie zu seinen Kids und nicht meinem Problem«, sagte Rae. »Ich will mit denen nichts zu tun haben.«

Diego nickte und schwieg. Dann meinte er: »Bei allem Respekt, es wirkt so, als würdest du sie für etwas verantwortlich machen, worüber sie keinerlei Kontrolle hatten.«

»Bei allem Respekt, das Girl hat meiner Mutter das Herz gebrochen. Und sie hat keinen Respekt vor meinem Daddy gezeigt, als sie Sachen erzählt hat, die zu erzählen sie kein Recht hatte, und das an dem Tag, als wir ihn beerdigt haben, im Haus meiner Mama«, sagte Rae, und ihre Stimme klang eine Oktave höher als sonst.

»Da hast du recht, da hast du recht. Sie hatte nicht das Recht dazu. Aber sie hat das Recht, anerkannt zu werden, nicht? Ihren Platz in der Familie einzunehmen.«

»Sie ist nicht meine Familie«, sagte Rae. Langsam wurde sie sauer. Sie sah keinen Grund mehr, sich zurückzuhalten, nett zu sein, wie die typische, umgängliche Rae. Diese Rae hatte auf der Tanzfläche entschieden, dass sie sagen würde, was sie fühlte, ohne Rücksicht darauf, was Diego davon halten mochte. Denn er wusste ja nicht, wie sie sonst war, und sie fühlte sich verpflichtet, ihm gegenüber nichts anderes als frei zu sein. »Weißt du, was ich mich frage? Warum ist es dir eigentlich so ein Anliegen, dass ich nett zu diesen Leuten bin?«

»Keine Ahnung. Vielleicht weil ich wie diese Leute bin«, sagte Diego. Er griff nach der Bierflasche und nahm einen langen Zug.

»Das verstehe ich nicht.«

Diego rieb sich seufzend die Stirn. »Mein Vater hat auch zwei Familien. Da gibt's die Familie, um die er sich gekümmert hat, und die Familie, die er in der Dominikanischen Republik zurückgelassen hat.« Diego hob die Hand. »Meine Mom und ich waren die Zurückgelassenen. Die anderen bekamen seine Liebe und Aufmerksamkeit. Wir bekamen den Struggle. Erst in der Dom Rep und später, als wir in die Bronx zogen. Aber sein Geld wollte ich nie. Was ich wirklich gebraucht hätte … Keine Ahnung. Ich hätte meinen Dad gebraucht. Gebraucht, dass wir auch seine Familie waren. Ich will damit nur sagen, deine Schwester …«

»Sie ist nicht meine Schwester«, unterbrach Rae ihn.

»Die Tochter deines Vaters will wahrscheinlich einfach ihre Familie«, sagte er. »Ich weiß nicht, vielleicht ist es keine so schlechte Sache, sich mal zu überlegen, was es bedeuten würde, hier die Selbstlosere zu sein.«

»Bei allem Respekt?«, fauchte Rae und wischte sich die Finger an der Serviette ab. »Ich war mein ganzes Leben lang die Selbstlosere.« Dann seufzte sie aus tiefster Seele. Diego lehnte sich auf seinem Stuhl zurück und streckte die Beine aus. Er sagte nichts, und Rae war dankbar dafür. Dankbar für sein offenes Ohr anstelle eines schnellen Mundwerks. »Dir muss es zu schaffen machen, wie du zu deinem Vater stehst, ja? Und so geht's wohl auch der Tochter von meinem Dad, selbst wenn ich nicht damit einverstanden bin, wie sie das zum Ausdruck gebracht hat. Aber warum soll ich mich hinlegen müssen und alle auf meinen Gefühlen in der Sache rumtrampeln lassen? Als wäre es meine Verantwortung, dass sie sich wohlfühlt und willkommen in meiner Welt? Ich bin adoptiert, Diego. Ich hab mein Leben lang auf die Gefühle aller anderen Rücksicht genommen, und die Welt, in der ich lebe, hat sich immer zerbrechlich angefühlt.«

»Ich … ich kann dir nicht folgen«, sagte Diego. Diesmal beugte er sich vor und lauschte konzentriert auf Raes Worte.

»Meine Eltern haben mir nie erzählt, dass ich adoptiert bin. Ich schätze, weil sie nicht damit umgehen wollten, dass ihr Kind eines Tages verkündet, es würde sich jetzt auf die Suche nach seinen ›echten‹ Eltern machen«, sagte Rae und deutete mit den Fingern Anführungszeichen an. »Ich habe ihr Geheimnis bewahrt. Ich bin ihre größte Lüge. Um diese Lüge aufrechtzuerhalten, musst du deine Überzeugung, dein wahres Wissen auf Eis legen, klar? Wir alle mussten daran glauben, dass wir eine Familie sind, obwohl wir es genau genommen, rein biologisch, nicht sind. Der Preis, den ich an jedem Tag meines Lebens dafür zahlen muss, ist Dankbarkeit. Die ist das Erste, woran jeder Mensch denkt, wenn jemand sagt, ›ich bin adoptiert‹. Was für ein Glück wir haben, wie dankbar wir sein sollten, dass unsere Adoptiveltern uns gefunden und das Opfer gebracht haben, sich für uns aufzuopfern, verstehst du? Ich will nur sagen, ich habe auch Opfer gebracht. Ich habe ihre Lüge mein Leben lang gelebt, um sie – ihre Gefühle – zu beschützen. Sogar an Tagen, wenn ich wirklich einfach …« Rae verstummte. Es fiel ihr schwer, laut auszusprechen, was sie immer wieder runtergeschluckt hatte. Obwohl sie wusste, dass sie davon jedes Mal das Gefühl bekäme, ersticken zu müssen. Als würde sie diesmal nicht überleben, wenn sie noch einen großen Bissen nahm. Sie drehte sich auf ihrem Stuhl, um nach weiteren Servietten zu suchen, und stand schließlich auf, um sich noch eine zu holen. Diego drehte sie den Rücken zu, um sich ihre Tränen abzuwischen. Aber er wusste es. Er wusste es.

»Denkst du an deine leibliche Mutter?«, fragte er schließlich, nachdem Rae, die ihre Fassung wiedergewonnen hatte, sich gesetzt hatte.

»Täglich«, sagte sie ohne Zögern. »Manchmal frage ich mich, wie sie aussieht. An manchen Tagen, wo sie ist. Ob ich einen Bruder oder vielleicht eine Schwester habe. Ob ich ihre Augen, die gleichen runden Wangen habe. Das gleiche Lächeln. Mein Baby hat mein Gesicht. Ich frage mich, ob wir es von meiner leiblichen Mutter haben. Ob sie überhaupt noch lebt. Ob sie jemals an mich denkt. Aber ich darf das nicht laut aussprechen, weißt du, denn das sind die Fragen, die meinen Eltern den Eindruck vermitteln könnten, ich wäre imstande, sie mehr zu lieben als die beiden.«

»Tust du das?«, fragte Diego, als Rae schwieg.

»Liebe ist unendlich. In meinem Herzen ist Platz, um sie

alle gleich zu lieben. Aber ich bin meinen Eltern ergeben. Ich will ihnen niemals wehtun. Um das zu beweisen, habe ich meine Fragen und meine eigenen Gefühle für mich behalten. Um ihnen nicht wehzutun.«

»Obwohl es dir wehtut.«

»Ganz genau. Du hast es verstanden. Deshalb musst du mir verzeihen, dass mich *ihre* Gefühle einen Dreck kümmern.«

»Denkst du, dass du, keine Ahnung, deine Gefühle jemals an die erste Stelle setzt und versuchst rauszukriegen, wer deine echte Mom ist?«

»Meine Mutter ist meine echte Mom.«

»Du weißt, was ich meine.«

»Nein, du musst das verstehen – meine Mom ist meine echte Mom. Die andere Frau, sie ist meine leibliche Mom. Ich bin dankbar dafür, dass sie mich hergegeben hat, sodass ich zu einer Lawrence heranwuchs. Aber es würde mir nichts ausmachen, etwas über meine leibliche Mom zu erfahren. Sie zu kennen würde bedeuten, mich selbst zu kennen. Im Moment ist meine Tochter der einzige Mensch auf diesem Planeten, von dem ich sicher weiß, dass sie mein Blut in sich trägt. Vorläufig muss mir das genügen, weil ich meine Eltern oder genauer gesagt: meine Mom nicht verletzen will.«

»Das kann ich nachfühlen.«

»Kannst du das wirklich?«

Er streckte die Hand aus und ergriff Raes. Seine Hände waren weich, aber stark, groß. »Ja.«

»Also dann keine weiteren Fragen mehr nach der anderen Tochter. Sie geht mich nichts an, ist nicht meine Sorge. Aber wenn sie aufkreuzt, hau ich ihr eine rein. Sobald ich sie sehe.«

»Wen willst du denn verhauen?«, sagte er und stupste Rae gegen die Schulter. »Du Leichtgewicht.«

»Ich hab Hände«, sagte sie und boxte auf seine Schulter. Er tat schwer getroffen, und als wollte er sich rächen, doch er piekte nur in ihre kitzeligen Stellen – am Bauch, unter dem Arm, am Hals, im Ohr. Rae prustete, flüsterte laut, er solle aufhören. Er kitzelte weiter und hielt abwechselnd ihre Hände fest, um ihre Revanche abzuwehren. Dann, innerhalb eines Wimpernschlags, ohne Vorwarnung oder Erlaubnis, zog Rae Diegos Gesicht zu sich und küsste ihn. Es war ein leichter, sanfter, aber bewusster Kuss auf seine dicken Lippen. Er entzog sich ihr nicht. Er kam ihr entgegen. Die Luft war erfüllt von den Geräuschen der Küche, wo Burger gewendet wurden, von Kellnern, die Bestellungen aufnahmen, anderen Gästen, die kauten und sich unterhielten. Keiner bemerkte die Lovestory, die live und in Farbe an Tisch 42 ihren Lauf nahm. Doch Rae hatte sich vorgenommen, gesehen zu werden. Zu fühlen.

»Es ist Dienstagabend, oder? Ich frage mich, ob die oben irgendwelche freien Zimmer haben«, sagte sie. Dabei deutete sie mit dem Kinn Richtung Decke und zwang sich, ihm direkt in die Augen zu sehen. *Nicht blinzeln, Rae. Halt seinen Blick fest.*

***

Rae war nie diejenige, die aussuchte. Immer wurde sie ausgesucht. Und erst jetzt fing sie an, die Folgen und persönlichen Kosten davon zu begreifen – dass die Einschränkung ihrer Wahlfreiheit so ähnlich war, wie ihr den Atem zu nehmen. Roman hatte schon früh kein Problem damit gehabt, die Hand über ihre Nase zu legen. Damals, als sie sich eigentlich Zeit damit hätten lassen sollen, aus dem »mögen« ein

»lieben« zu machen. Er hatte die Sache überstürzt, weil er sich hatte beweisen wollen.

Tatsächlich hatte Roman Rae erzählt, dass er nicht vorgehabt hatte, ihr an jenem Abend vorzuschlagen, sie sollte bei ihm einziehen. Doch als sie, nach einer durchzechten Nacht mit einem anderen Mann die Wohnungstür ihres Apartments im vierten Stock ohne Aufzug nur in einem T-Shirt und einem Slip aufgemacht hatte, da war ihm der Vorschlag leicht über die Lippen gekommen. Auch Rae hatte das nicht vorgehabt. Bei Roman einzuziehen, das beerdigte ihr Arrangement, das Daten locker, offen und voller Möglichkeiten zu betrachten. Sie hätte nicht sicher sagen können, ob sie bereit war, das zu ändern. Zumal sie den Abend mit Marques genossen hatte. Das war ein Freund von TJ, in den sie schon verknallt gewesen war, als sie noch ein dürrer, verträumter und ungeküsster Teenager war.

So viele Freitagabende hatte sie im Untergeschoss ihres Elternhauses verbracht. Die von der Hausarbeit noch schrumpeligen Finger hatten gleichzeitig »Play« und »Record« auf der Stereoanlage der Familie gedrückt, wenn Mr Magic und DJ Red Alert all die Hits spielten, deren Texte jeder Jugendliche an ihrer Highschool besser kannte als den Schulstoff. Rae konnte kein bisschen tanzen, aber sie war jede Woche zur Stelle. Dann stellte sie sich vor, sie wäre auf einer der vielen Hauspartys, an deren Besuch ihre Mutter sie gehindert hatte. In ihrer Fantasie tanzte sie locker und frei, vielleicht sogar mit einem Jungen, der sich zu ihr beugte und darauf beharrte, was sie selbst nicht sah: »Du bist hübsch, weißt du das?«

Niemand hatte ihr je in Wirklichkeit so etwas gesagt, und LoLo, tja, die beharrte darauf, dass solche Sachen ohnehin nicht wichtig waren. »Hübschsein ist nicht annähernd so wichtig wie Respekt«, schrie sie ihre Tochter an, nachdem sie einen Lippenstift fand, den Rae in ihren Schulrucksack geschmuggelt hatte. Dass Rae sich an dem Vorrat von Make-up bedient hatte, den LoLo für Geburtstage von Freundinnen und zu anderen Anlässen angelegt hatte, war schon schlimm genug. Aber als LoLo den Lippenstift aufdrehte und feststellte, dass Rae sich ein Rot, »für Sünder gemacht«, ausgesucht hatte, ging sie ihre Tochter geradezu erbittert an. »Das ganze Rot auf deinen Lippen wird nichts anderes bewirken, als dass die Leute denken, du seist leicht zu haben. Willst du das?«

»Nein«, murmelte Rae mit gesenktem Kopf.

»Was hast du gesagt? Ich kann dich nicht hören«, sagte LoLo und legte ihre Hand an die Ohrmuschel, bevor sie sich dicht an das Gesicht ihrer Tochter beugte.

»No, Ma'am«, sagte Rae lauter und den Kopf wieder ein bisschen höher haltend.

»Du bist doch klüger, Rae. Schlag dir diese Jungs aus dem Kopf und hör auf zu versuchen, mit diesen Mädchen mitzuhalten, die mit ihren kleinen Hinterteilen wackeln. Konzentrier dich darauf, die Schlaue zu sein. Wenn du groß bist, wirst du's mir danken.«

Rae machte sich keine Gedanken darüber, was sein würde, wenn sie erwachsen war. Sie wollte jetzt wissen, wie es war, begehrt zu sein – von einem Jungen angesehen zu werden wie Desiree von Jose oder Stacey von Larry. Letztere prahlte damit, dass sie in der kleinen Straße hinter dem Pathmark parken, auf den Rücksitz seines kleinen schäbigen Dodge steigen, sich küssen und aneinander reiben würden, bis sie Stopp sagte. Wenn Rae jeden Freitagabend im Keller verbrachte, stellte sie sich das Gleiche vor – ein Junge, der nicht mal besonders süß sein musste, lud sie auf seinen Rücksitz ein. Oder dass er sich an ihrem Booty rieb, während sie in dunklen Ecken der Häuser tanzten, wo die coolen Kids Party machten. Oder dass irgendein besonderer Junge, und es spielte keine Rolle welcher genau, sie »hörte«, wenn sie die Lippen synchron zu Whitney Houstons *How Will I Know* bewegte, während sie in eine Bratenspritze sang. Dann sollte er aus dem Schatten treten und ihr verkünden: »Ich gehör dir.«

Marques war nicht der Erste, in den Rae sich verknallte, aber der Erste, der ihr Beachtung schenkte. Sie war damals in der Elften an der Highschool und stand wie ein Loser im Keller ihrer Eltern. Mitten im Zimmer, als wäre sie tatsächlich auf einer Bühne. Sie bewegte stumm die Lippen zu Teena Maries achtundzwanzig Sekunden langem Ton an der geigenlastigen Stelle in *Casanova Brown* – die Augen geschlossen, den Rücken gekrümmt, mit einer Hand durch die Luft wedelnd, in der anderen die Bratenspritze. Und da stand Marques, hinter dem Fenster, und sah sich die ganze Sache an. Als Teena und sie sangen, *You didn't have to make me cry*, schlug Rae die Augen auf und erblickte zwei Augen, die zurückstarrten. Lächelnd zeigte Marques Richtung Haustür. Rae stand da wie eine Idiotin, versteinert, obwohl sie am liebsten weggerannt wäre.

»Ist dein Bruder zu Hause?«, rief er durch die Scheibe, die Hände um seinen Mund gelegt.

Rae nickte.

»Kann ich reinkommen?«

Rae nickte wieder und ging langsam zur Tür. Sie passte auf, nicht zu stolpern, denn das wäre noch die Kirsche auf der Torte gewesen – beim Synchronsingen erwischt werden und dann einen noch dümmeren Eindruck machen, weil sie über ihre Converse in Größe siebenunddreißigeinhalb stolperte, bevor sie dem Jungen gegenüberstand, für den sie den Song in ihren hormongesteuerten Teenie-Fantasien gesungen hatte.

Rae schloss die Tür auf und trat einen Schritt zurück, um Marques reinzulassen. Sie ertrug es nicht, in diese großen braunen Augen zu schauen, die so perfekt in seinem ovalen Gesicht saßen. Links und rechts von seiner schlanken Nase, genau in der Mitte zwischen den markanten Wangenknochen und über dem kantigen Kinn. Er sah aus wie die lebende Version der Männergestalt, die sie in ihrem Zeichenkurs studiert hatten. Fast jeden Abend stellte sie sich vor, die mahagonifarbenen Sommersprossen auf seiner hellbraunen Haut zu zählen. Und sie schlief damit ein, wie seine Lippen sich auf ihren anfühlen mochten. Falls es ihr gelänge, das zu überleben. Zu atmen.

»Yo, du hast besser Playback gesungen als Teena Marie bei *Soul Train*«, sagte Marques leise lachend.

Rae ließ den Kopf hängen.

»Das ist einer meiner Lieblingssongs.«

Sie grinste.

»Was?«, fragte er und verschränkte die Arme.

»Das ist Teena Marie. Ich dachte, Jungs würden lieber Rakim hören, LL oder so was.«

»Die mag ich auch«, sagte Marques. »Aber Teena Marie, Luther, Stevie Wonder, Shalamar – das ist auch gute Musik. Wenn du es cool magst, also, nur chillen willst. Dann müsste ich eine Münze werfen zwischen *Casanova Brown* und *Portuguese Love*. Die mag ich echt. Aber mein wahrscheinlich liebster Song aller Zeiten ist *Ribbon in the Sky*.«

»Was? Das ist mein liebster Song aller Zeiten!«, sagte Rae. Sofort bedauerte sie, es so begeistert gesagt zu haben. Aber

Marques schien es zu freuen, er reagierte genauso enthusiastisch.

»Das ganze Album ist *whew*! Aber die Texte. Yeah, Stevie hat damit sein Ding gemacht.«

TJ kam die Treppe runtergesprungen und unterbrach das Gespräch mit seinen trampelnden Schritten und lautem *»What up, Marq, you ready?«*. Er starrte die beiden verlegen an, als er merkte, dass seine kleine Schwester direkt vor seinem Freund stand.

Marques hüstelte und wich einen Schritt von Rae zurück. »Yeah, lass uns gehen«, sagte er und räusperte sich. »Man sieht sich, Rae. Vielleicht können wir demnächst mal unsere Plattensammlungen vergleichen. Du hast einen guten Geschmack.«

Hin und wieder kam Marques vorbei, um TJ zu treffen, und unterhielt sich dann ein bisschen mit Rae. Das genügte gerade so, um ihren Fantasien Farbe zu verleihen. Um sie überlegen zu lassen, ob er sie vielleicht auch mochte. Einmal hatte er sogar angedeutet, dass er irgendwas mit TJ zu erledigen hätte, aber sie beide danach vielleicht endlich das Versprechen einlösen und zu Tower Records gehen könnten. Rae nahm ihn beim Wort. Eineinhalb Wochen lang plante sie, was sie anziehen und wie sie sich frisieren würde. Worüber sie reden wollte. Um nicht wie ein Dummerchen zu klingen. Als der Tag dann endlich gekommen war, kam Marques vorbei. Rae war fertig, doch sie gingen nirgends hin. Marques versetzte sie freundlich. »Vielleicht ein andermal. Ich hab da was, um das ich mich kümmern muss, deshalb schaff ich es heute nicht.«

Später am selben Tag, als LoLo sich erkundigte, warum Rae mit »vorgeschobener Unterlippe« durchs Haus schlich, mischte TJ sich ein. Er lieferte den Kontext, den Rae sich noch jahrelang merken sollte.

»Sie ist bloß sauer, weil Marq was anderes vorhatte. Sie dachte, er würde sie mitnehmen«, sagte TJ. »Echte Freunde gehen nicht mit kleinen Schwestern aus.« Dazu verzog er die Lippen und sah Rae finster an. Damit war alles gesagt.

Am Abend ging TJ mit seinen Freunden weg. Tommy musste zur Arbeit. LoLo nahm ihr Bad und machte dann das Licht im Schlafzimmer aus. Rae ging ins Untergeschoss, wischte den Staub von ihrer Platte Original Musiquarium I und setzte die Nadel vorsichtig auf *Ribbon in the Sky*. Sie hielt die Bratenspritze fest umklammert, während Stevies Worte sich höher und höher schraubten. Nachdem er das letzte »for our love« rausgehauen hatte, wrang Rae die Bratenspritze in ihrer Hand. Sie hielt den Gummiball in ihrer Linken, den Flüssigkeitsbehälter in der Rechten. Dann schleuderte sie beides mit aller Kraft auf den Teppich. Keiner hörte es. Und keiner hörte sie weinen.

Als sie sich Jahre später schon mit Roman traf, war Marques forsch genug, um mal bei den Lawrences vorbeizuschauen. Er erkundigte sich sogar nach Rae, wie es ihr ginge, was sie so mache. LoLo gab dem Computer-Crack, der inzwischen irgendein Junior-Manager bei einem schicken Technologieunternehmen war, ihre Nummer und den nicht ganz so dezenten Hinweis, dass ihre Tochter noch Single wäre. Und sie ließ ihn wissen, dass es da einen Kerl gab und ihre Beziehung eher ernst als locker zu sein schien, zumindest in LoLos Augen. Sodass er besser mal zusah, dass er sich seine Frau sicherte, aber nicht jetzt, sondern jetzt sofort, bevor es zu spät wäre.

Marques beeilte sich. Aber das tat auch Roman. Rae überließ Letzterem die Wahl. Weil sie dachte, das müsste sie, und auch weil Roman schon länger da war. Rae kam es vernünftiger vor – mit eingeschränkter Luft zu atmen.

***

Er bot an, eine Flasche Wein aufs Zimmer schicken zu lassen, aber Rae lehnte das höflich ab. Sie wollte ganz präsent sein. Sie wollte spüren. Sie beobachtete, wie er sich ans Fußende des Bettes setzte. Ein King-Size-Ding mit gestärkter Bettwäsche in Weiß und silbergrauem Paisleymuster. Er sah ihr zu, wie sie dastand, langsam Knöpfe und Verschlüsse öffnete, die Unterlippe zwischen den scharfen Zähnen und mit sich sichtbar hebender und senkender Brust. Erst stand nur einer ihrer Füße in dem kleinen See aus Stoff um ihre Knöchel, dann auch der zweite. Ein Arm schlüpfte aus dem Ärmel, dann der zweite aus dem anderen. Sie ließ den weichen, pfirsichfarbenen Jersey auf den Holzboden fallen und stand einfach da in ihrem beerenfarbenen Spitzenkorsett mit passenden, unten offenen Panties. Wie eine Statue, ein Siegerpokal. Diese Pose hatte sie in der Umkleide bei Fredricks of Hollywood geprobt. Dort war sie in ihrer Mittagspause gewesen und hatte sich die Sachen gekauft. Und hatte gerechnet, ihre Freude geplant. Spiegel hatten ihre Schenkel, die weichen Brüste, geraden Schultern, ihren runden, prallen Po gezeigt. Auf ihren schwarzen Stilettos mit gefährlichen Spitzen balancierend hatte sie drapiert, gezupft und gezogen, bis alles am Platz und zu ihrer Zufriedenheit war. Bis sie davon überzeugt war, dass Diego sie ansehen und keine Mutter, Tochter oder Ehefrau, sondern eine *Frau* sehen würde.

»Verdammt«, sagte Diego. Sein Blick glitt über jeden Zentimeter von Raes Körper. Sie stand da und kämpfte immer noch gegen das Bedürfnis an, sich zu bedecken, das hier zu beschleunigen, sich seinem Blick zu entziehen. Um zum Vertrauten zu kommen – ein flüchtiger Kuss oder zwei, das Lecken der Brüste und Vagina über sich ergehen lassen, Missionarsstellung in der Mitte des Betts, geübtes Stöhnen, um möglichst rasch den Aus-Schalter zu aktivieren. Es hinter sich zu bringen. Dieses Gefühl, vor einem schönen Mann zu stehen und mit den Augen verschlungen zu werden, aber auch Selbstvertrauen in ihren Körper zu haben, ihre Wünsche zu äußern und genau das zu bekommen, was sie wollte – all diese Dinge sollten von Dauer sein.

»Komm her«, sagte sie so leise, dass er sie kaum hörte. Raes visuelle Reize – der verführerische Blick, das Locken mit ihrem Zeigefinger – ließen ihn aufspringen. Er stand direkt vor ihr, sie schaute zu ihm hoch, er zu ihr hinunter. Schuhspitze an Schuhspitze, Atem an Atem. *Halt ihn genau hier fest, Rae.* Eine Hand an seinem Hals, eine an seiner Wange, schaute sie ihm erst in die Augen, dann auf die Lippen und wieder in die Augen. Sie beugte sich näher, noch näher. Dann leckte sie seine Unterlippe, danach die Oberlippe. Geneigte Köpfe, verschlungene Zungen, keuchende Brust an keuchender Brust, seine Hand in ihren Braids. So fuhr er mit seiner Zunge ihren Hals entlang, kurz in ihr Ohr. »Mmmm, das ist meine Stelle«, stöhnte sie. Und das stimmte. Sie hatte Roman nur nicht mehr da rangelassen, weil sie sich davor ekelte, wie heftig er dann immer in ihren Gehörgang geatmet hatte. Und so hatte sie sich auch dieses kleine Vergnügen, wie so viele andere, versagt und sich stattdessen auf die Performance konzentriert. Darauf, es hinter sich zu bringen. Aber sie wollte nicht, dass Diego aufhörte.

»Magst du das?«

»Ja«, sagte sie atemlos.

»Was magst du noch?«, sagte er und ließ seine Zunge spielen, weil es ihn anmachte, wie ihr Körper in seinem Rhythmus zuckte.

Rae war von der Frage überrumpelt. Sie wusste, was sie nicht mochte. Und sie kannte auch die Macht der sexuellen Täuschung – wie die gespielte Reaktion auf die Berührung eines Mannes dafür sorgte, dass er lieber Sex mit ihr hätte, was ihr auf seltsam perverse Weise das Gefühl gab, begehrt zu werden. Aber leider war das alles, was sie je beim Liebesakt verspürt hatte: begehrenswert zu sein wie, sagen wir, eine Aufblaspuppe oder ein Spritzer Lotion in die Hand. Das war nicht mehr als das schiere Minimum. Nie hatte sie einen Partner, der aussprach, dass es ihm darum ging, was sie brauchte oder wollte.

Rae antwortete langsam, aber entschieden: *»Fuck me like you mean it.«*

Diego löste sich von Raes Ohr. Er sah ihr direkt in die Augen und grinste. Dann schob er ihr Haar beiseite, um besser an ihre Lippen, ihren Hals, ihre Augen zu kommen. Die Art, wie er sie ansah, ließ ihre Brustwarzen kribbeln. Ihr Atem ging schwer vor Erwartung. Er wirbelte sie so schnell herum, dass sie sich an der Wand abstützte, um nicht das Gleichgewicht zu verlieren. So wollte er sie. Er umfasste ihre Brüste mit den Händen, als er sich auf die Knie fallen ließ. Und dann spreizte er ihre Beine und widmete sich mit seinem Mund ihrem Hinterm.

Er gab ihr genau das, was sie wollte.

33

»Wo bist du gerade?«

Es war Mal, die auf Raes Festnetz anrief und dumme Fragen stellte, obwohl sie genau wusste, dass sie Rae an den meisten Samstagen um halb sieben am Abend am Herd antreffen würde, wo sie ein warmes Essen für Roman und Skye zubereitete. Mal war üblicherweise die Erste, die sich deshalb über Rae lustig machte. »Du bist außer meiner Granny die hausfraulichste Schwarze Frau, die ich kenne«, pflegte sie zu sagen, wenn sie über Raes samstagabendliches Ritual scherzte. »Samstagabende sind für Take-Out-Essen da. Oder noch besser für Dates.«

»Samstagabende«, schnaubte Rae dann immer, »sind für mich Zeit, die ich mit meiner Tochter verbringe, die etwas anderes als Chicken Nuggets und Joghurt verdient, wenn ihre Mutter in der Lage ist, sich tatsächlich mit ihr an den Tisch zu setzen. Du weißt doch, Wochenenden sind die einzige Zeit, wo ich das möglich machen kann.«

Dieser Samstagabend machte da keinen Unterschied. Rae bemühte sich, den Reis nicht anbrennen zu lassen, während sie den Salat wusch und die Hähnchenkeulen einpinselte, die im Ofen schmurgeln sollten. Skye saß grimmig am Tisch und total überfordert von den vielen Arbeitsblättern, die ihre Lehrerin ihr als Hausaufgabe übers Wochenende mitgegeben hatte. Sie hatte absolut keine Lust, »See«, »Tee« und »Klee« jeweils zehnmal in die breiten Zeilen zu schreiben. Wo doch ein Exemplar des neuen Cinderella-Films schon im DVD-

Player steckte. Ihre Gramma hatte ihr den Film geschickt, in dem ein Schwarzes Mädchen mit rundem braunem Gesicht und genauso langen Braids wie ihren die Hauptrolle spielte. Das Cinderella-Kostüm und die Schuhe waren total vergeudet, wenn sie in der Küche hocken musste, obwohl es doch im Wohnzimmer so viel Platz gab, um im Kreis herumzuwirbeln, zu tanzen und ihren Schuh zu »verlieren«, damit der Prinz ihn finden konnte.

»Ich mache Abendessen, Mal«, sagte Rae. Sie hielt das Telefon in die Halsbeuge geklemmt, während sie mit dem Zeigefinger auf Skyes Hausaufgabe deutete und ihre Tochter streng ansah. Dann kehrte sie an den Ofen zurück, um Zitronenspalten in den Bräter zu werfen. »Na los, mach dich lustig, damit ich wieder vom Telefon wegkomme.«

Mal ließ sie kaum aussprechen. »Wo ist Roman?«

»Keine Ahnung – er hatte es eilig, zum Squash zu kommen. Und wie immer wird er einfach irgendwann wieder hier aufkreuzen. Aber ich kann dir sagen, eine Bitch hat heute Abend Hunger, und Skye und ich haben noch ein heißes Date mit Cinderella. Also muss er vielleicht mit seinem eingebildeten Ego alleine essen …«

»Hör mir zu, Rae«, sagte Mal.

Ihre Worte – knapp und eindringlich – ließen Rae innehalten. Dann klappte sie zögernd die Ofentür zu. »Mal, bist du okay? Was ist denn los?«

»Wo ist dein Handy?«

»Was?«, fragte Rae. »Ich verstehe nicht …«

»Dein Handy«, schrie sie. »Wo ist es?«

Rae zuckte zusammen, als sie die schrille, panische Stimme ihrer Freundin hörte. Erst da dämmerte ihr, dass irgendwas nicht stimmte. Sie schaute zu Skye, die rumtrödelte und den

Stift auf dem Tisch hin und her rollte. Sie drehte dem kleinen Mädchen den Rücken zu und flüsterte eindringlich in das schnurlose Telefon: »Malorie Victoria Height, was ist passiert?«

»Hör mir gut zu«, sagte sie. »Ich habe vor ungefähr einer Stunde eine Mail von Roman bekommen. Er hat sich über dich ausgelassen, hat dich unter anderem eine billige Nutte genannt und eine ehebrechende Lügnerin, die die Familie kaputt gemacht hat. Dazu kam ein Anhang. Rae, er hat die SMS zwischen dir und Diego in die Finger bekommen und irgendwie runtergeladen, damit er sie als Datei an die E-Mail anhängen konnte. Das hat er an alle geschickt.«

Raes Nase begann zu brennen, als hätte alles Blut ihren Kopf verlassen und sich in ihrem linken Nasenflügel gesammelt. Ihr war ein bisschen schwummerig. So taumelte sie an den Küchentisch. Ihr Körper fühlte sich an, als würde er nicht zu ihr gehören. Er war leer. Und er schwebte … schwebte … schwebte über ihren Braids, die sie oben auf dem Kopf zusammengedreht hatte, damit sie ihr nicht im Weg wären, wenn sie mit Töpfen und Pfannen hantierte. Über dem Küchentisch, wo Skye die perfektesten Zeilen See, Tee und Klee auf ihr liniertes Arbeitsblatt geschrieben hatte. Über dem Brownstone, über Brooklyn, bis zum Mond. Den sie inzwischen häufig draußen von der Feuerleiter aus betrachtete. Dabei dachte sie an Diego, an Freude. Daran, was Freiheit für eine Schwarze Frau mit einem Kind und einem Mann, der nicht mithielt, bedeutete.

»Wie meinst du das, an alle geschickt?«, flüsterte sie. Dann sanft zu Skye: »Baby, geh und pack deine Hausaufgaben in deine Tasche. Du hast das so gut gemacht. Geh und spiel im Wohnzimmer, bis das Essen fertig ist, okay?«

»Mommy, dein …«

»Skye, tu, was Mommy gesagt hat, okay? Deine Tasche liegt auf der Bank neben der Wohnungstür.«

»Aber Mommy …«

»Skye! Was hab ich gesagt?!«

Skye schoss so kerzengerade in die Höhe, als wäre eine Stange an ihrem Rücken befestigt. Sie schnappte sich das Arbeitsblatt und lief zur Wohnungstür. Rae sah sie um die Ecke verschwinden und widmete sich dann wieder dem Telefon.

»Erzähl mir alles, was du weißt«, sagte sie zu Mal.

»Hör zu, ich sag's dir noch mal, Roman weiß von deiner Affäre und weil er eine kleine miese Bitch ist, hat er jede SMS, die du je an Diego geschrieben hast, an jeden weitergeleitet, der dir irgendetwas bedeutet. Alles in einer großen, fetten E-Mail.«

»Wann?«

»Ich habe meine Mails gerade gecheckt, da habe ich es gesehen, aber es sieht aus, als hätte er sie vor ungefähr einer Stunde verschickt.«

Ein zweiter Anruf meldete sich in der Leitung. »Bleib dran, Mal«, sagte Rae und klickte dorthin.

»O mein Gott, Rae!« Es war Treva. »Bist du okay?«

»Ich weiß Bescheid. Ich weiß es schon. Mal ist in der anderen Leitung«, sagte Rae. Sie nahm ihre Schürze ab und zog das T-Shirt aus dem Bund ihrer Jogginghose. Um sich ein bisschen Abkühlung in dieser emotionalen Hitzewelle zu verschaffen, die ihr kalten Schweiß ausbrechen ließ und sie schwindelig machte.

»Hör zu, er ist auf Randale aus«, sagte Treva.

Raes Brust tanzte.

»Jermaine hat ihn angerufen, aber er ist nicht bei Sinnen, Rae. Du musst da weg.«

»Ich werde meine verdammte Wohnung nicht verlassen!«, fauchte Rae. »Warum sollte ich?«

»Weil er Jermaine gesagt hat, dass er dir, ich zitiere: ›deine verdammte Fresse polieren‹ will.«

Rae schluckte schwer und blinzelte gegen die Tränen an. Als sie Skyes trippelnde Schritte hinter sich hörte, zog sie alles in sich zurück – die Tränen in ihren Augen, den Rotz in ihrer Nase. Auch den Schrei, der in ihrer Brust rumorte und sich vom Magen über die Speiseröhre und durch die Galle in ihrem Mund bis zur Zunge vorarbeiten wollte. Doch sie war entschlossen, ihr Baby nicht mitansehen zu lassen, wie sie die Nerven verlor.

»Weiß Jermaine, wo er jetzt ist?«, fragte Rae.

»Nein«, sagte Treva. »Du musst aus diesem Haus raus, Rae. Du bist da nicht sicher.«

»Ich werde mein verdammtes Haus nicht verlassen«, echauffierte sich Rae. »Soll ich etwa von dort weglaufen, wo ich jede einzelne Rechnung bezahle? Warum soll ich mein Kind aus seinem Zuhause reißen? Warum muss ich gehen? Ich habe nicht gesehen, dass er irgendwelche Taschen gepackt hat, nachdem er diese Bitch in unser Zuhause gebracht hatte!«

»Baby, Rae, hör mir zu. Hier geht's nicht darum, dein Zuhause zu verlassen. Hier geht's darum, in Sicherheit zu sein. Ich hab Angst um dich.«

»Nein, nein. Ich gehe nicht. Ich bleibe in meinem verdammten Zuhause. Kannst du kommen und die Kleine holen?«

»Bin schon unterwegs.«

Rae klickte zu Mal rüber. »Das war Treva. Sie ist unterwegs, um die Kleine zu holen.«

»Wie wär's, wenn ich vorbeikomme und ein bisschen bei dir bleibe?«, sagte Mal.

»Nein, nein – ist schon okay. Ich bin okay. Ich werde einfach warten, dass er zurückkommt. Es wird alles gut. Mir geht's gut.«

Rae glaubte das selbst nicht – nicht eine Sekunde lang. Aber sie hatte sich vorgenommen, nicht von der Stelle zu weichen.

***

Rae rief ihre Mutter an, aber die ging nicht ans Telefon oder reagierte auf Raes verzweifelte Nachrichten. Und so badete Rae im Licht des Mondes auf der Feuertreppe und weinte sich dann auf der Couch in den Schlaf. Sie träumte von New Jersey und einem Mädchen, jung, noch ein Teenager – jemand, den sie nicht kannte, der ihr aber trotzdem vertraut war. Sie befanden sich in einem Bach – einem, der sehr nach dem aussah, der hinter dem Haus aus Raes Kindheit in New Jersey geflossen war. Der, in den LoLo sich gelegt hatte, um Ruhe zu finden. Rae hatte unzählige Albträume von ihrer Mutter geträumt, wie sie in dem schmutzigen, steinigen Gewässer lag, sich wand, ihren Vater und Miss Daley abzuwehren versuchte, die beiden bat, sie sollten sie doch frei sein lassen.

Manchmal endeten ihre Träume damit, dass Rae über ihrer Mutter stand und ihr lebloses Gesicht betrachtete, das ins All starrte, während die Sonne Licht und Regenbögen in das Wasser über ihren Augen zauberte. Ein andermal gab es keine Sonne, keine bunten Bänder am Himmel. Nur grauen Himmel und Dämmerung – Glühwürmchen, die wie Sirenen hundert winzige Lichter blinken ließen, sodass LoLos Gesicht, ihre Haare und Augen schimmerten. Es gab Schönheit, und es gab Tod. Und da war Rae, die mit gebrochenem Herzen und konfus über dem Leichnam ihrer Mutter stand. Entsetzt. Aber sie hatte diesen Albtraum schon eine ganze Weile nicht mehr gehabt.

An diesem Abend hieß sie diesen speziellen Traum willkommen. Sie brauchte dieses Mädchen, und es tat ihr den Gefallen – erhob sich aus dem Wasser und reichte ihr die Hand. »Komm mit, hab keine Angst«, sagte es und winkte Rae, die Böschung herunterzurutschen und ihr zu folgen. Zögernd zog Rae Schuhe und Socken aus und rollte sorgsam ihre Jeans hoch. »Ist schon gut«, sagte das Mädchen. »Ich werde dich nicht fallen lassen. Ich hab dich nie fallen lassen«, sagte sie mit ausgestreckter Hand und breitem Lächeln.

»Yes, Ma'am«, hatte Rae zu diesem Mädchen gesagt, das so viel jünger war als sie, sich aber bewegte, sprach und Anweisungen gab wie eine alte Seele. Genau das strahlte sie aus. Rae ergriff die Hand des Mädchens und ließ sich ins Wasser fallen. Zu ihrer Überraschung war es warm, beinah einladend. Nur ihre Fußsohlen, die waren nicht gefasst auf den Schock der Steine im Bachbett. Sie waren holprig und rau, manche scharf, andere brennend heiß. Das Mädchen bewegte sich rasch über die Steine, ihren Füßen schien der beschwerliche Untergrund nichts auszumachen. Rae beobachtete genau, wie sie von einem Fuß auf den anderen sprang, auf der Suche nach einem glatten Stein, auf dem sie balancieren und ein wenig Erholung finden konnte.

»Im Wasser ist Freiheit«, hatte das Mädchen mit Blick auf Raes Füße gesagt. »Aber du darfst nicht still stehen. Du musst in Bewegung bleiben. Steh nicht da, Tochter. Tanz. Beweg deine Füße vorwärts und tanz.«

»Es tut weh, Mommy«, hatte Rae gesagt. Sie war in sich

zusammengesunken. Tränen hatten ihr die Fähigkeit genommen, nach glatten Trittsteinen Ausschau zu halten.

»Hör auf zu weinen und versuch es mit Grazie, dann wirst du die glatten Steine sehen. Sie sind dort unten. Du musst nur mit klarem Blick nach ihnen schauen.«

Rae ließ die Hand des Mädchens los, damit sie sich mit beiden Fäusten die Tränen wegwischen konnte – damit sie die glatten Steine sah. Natürlich, dort waren sie, nicht in einer bestimmten Anordnung oder wie ein Pfad, aber sichtbar. Erreichbar. Rae sprang auf einen und dann einen anderen, glatten, wie bei einem Walzer glitt sie mit der Strömung des Wasser vorwärts. Sie streckte ihre Hand aus, um die Hand des Mädchens zu ergreifen, doch da war nur Luft. Balancierend drehte sie sich langsam um. Nur um zu sehen, dass das Mädchen sich wieder zurück ins Wasser gelegt hatte. Mit glitzernden Augen starrte es in eine Sonne, die ein Regenbogen umgab.

Eindringliches, schnelles Klopfen riss Rae aus ihrem Traum. Sie schnappte nach Luft, und der Schreck über das Geräusch ließ sie hochfahren. Ihr Blick ging auf der Suche nach Skye in alle Richtungen. War sie gefallen oder hatte sich irgendwie in Gefahr gebracht, wehgetan? Dann, langsam, fiel ihr alles wieder ein – warum sie auf der Couch lag, wie schnell sie die Sachen ihres Kindes gepackt hatte, das sich für einen schnellen, tränenlosen Aufbruch mit seiner Auntie Treva dazu hatte überreden lassen, in seinem Cinderella-Kostüm zu bleiben. Wie sie die ganze Nacht, bis in die frühen Morgenstunden, dagesessen und sich für den Zorn ihres Ehemanns gestählt hatte.

Wieder wurde heftig geklopft.

Sie überlegte, dass Roman nicht anklopfen würde. Er hatte

einen Schlüssel und würde einfach direkt den Sturm über ihr losbrechen lassen. Andererseits, überlegte sie, was hinderte ihn daran, jemand anderen zu schicken, der in seinem Auftrag handelte? Er hatte ja schon die gemeine Aktion gestartet, sie als Ehebrecherin anzuschwärzen. Also konnte er leicht von irgendwo aus weitere Zerstörung planen. Die Hölle kennt keinen schlimmeren Zorn, als den eines Mannes, der betrogen wurde. Irgendein Zitat aus der Literatur, das sie mal aufgeschnappt hatte. Rae wappnete sich.

»Rae, Baby, bist du da drin? Mach die Tür auf!« Wieder Klopfen, dann wurde gegen die Tür geschlagen.

Das war LoLo. Rae sprang von der Couch auf und sprintete zur Tür. Als sie sie aufriss, stand ihre Mutter davor. Die Faust in der Luft, um erneut gegen die Tür zu hämmern. Über der Schulter eine Übernachtungstasche.

Rae fiel ihr in die Arme.

»Whoa, whoa, whoa – bist du okay? Lass mich dich ansehen«, sagte LoLo, schob ihre Tochter ein Stück von sich weg und musterte sie einmal von oben bis unten. Als wäre sie ein kleines Mädchen, das von der Schaukel gefallen war. Zufrieden, dass ihr nichts fehlte, zog LoLo die Tochter wieder an sich und sah sich im Hausflur des Brownstone um. »Wo ist er?«

Rae seufzte und kämpfte vergeblich mit den Tränen. »Ich weiß nicht. Er ist gestern Nachmittag gegangen und seither nicht wiedergekommen.«

»Und du bist okay?«, fragte LoLo noch mal und ließ ihre blitzenden Augen auf Raes Gesicht ruhen.

»Nein, Mommy«, sagte die. »Bin ich nicht.«

»Schon gut, schon gut«, sagte LoLo und zog ihre weinende Tochter an ihre Brust. »Komm schon. Deine Mutter ist jetzt da.«

»Woher wusstest du, dass du kommen solltest? Wie bist du hergekommen? Warum …« Raes Fragen purzelten nur so aus ihrem Mund, während sie sich an ihrer Mutter festhielt.

»Der Idiot hatte den Nerv, mich anzurufen, von wegen ›sie hat mich betrogen‹ und ›ich hab den Beweis‹ und ›sie taugt nichts‹ und so weiter«, sagte LoLo. »Da hab ich ihm gesagt: ›Nigga*, du musst den Verstand verloren haben, wenn du glaubst, ich lass dich so über meine Tochter reden. Mir ist egal, was sie gemacht hat, aber das ist meine Tochter, von der du da redest.‹ Das hab ich ihm einfach gesagt. Natürlich hab ich das.«

»Hat er dir auch die E-Mail geschickt?«

»Den Mist hab ich gar nicht aufgemacht«, sagte LoLo, machte sich von ihrer Tochter los und führte sie zur Couch. »Er klang am Telefon, als würde er durchdrehen. Da hab ich ihn gewarnt, wenn er dich auch nur schief anschaut, dann soll er besser dran denken, dass ich Tommys Waffen noch habe und mit allen umgehen kann. Ich vermute, er hat kapiert, was ich gemeint habe. Aber ich dachte mir, ich sollte mich herbeeilen, nur für alle Fälle.«

»Danke, Mommy.«

»Mmhmm. Wo ist mein Grandbaby?«

»Sie ist bei Treva«, sagte Rae und rieb sich die Augen. Sie holte tief aus dem Bauch Luft. Und wieder kamen ihr die Tränen. »Gerade eben habe ich von jemand geträumt, von einem jungen Mädchen.«

LoLo zog Rae enger an sich, drückte ihren Kopf an den eigenen Hals und verschränkte die Finger mit ihren. »Was ist in dem Traum passiert?«

Rae zögerte. »Sie war in dem Bach hinter dem Haus«, sagte sie schließlich. »Ich hatte früher Albträume von dem

Wasser, aber diesmal war ich mit diesem Mädchen dort und hatte keine Angst.« LoLo rückte sich unbehaglich zurecht. Rae hatte Tommy ein paarmal von ihrem wiederkehrenden Albtraum erzählt – von ihrer Erinnerung an die Ereignisse –, aber er ließ kaum ein Gespräch zu, das über die einfachsten Details hinausging. Und meist drängte Rae ihn auch nicht dazu. Sie war erst elf Jahre alt gewesen, als ihre Mutter sich dort ins Wasser legte, also verstand sie damals nicht unbedingt, was passiert war. Doch auch als Mutter, Ehefrau und Erwachsene war sie sich nicht sicher, ob sie das tat. Trotzdem fühlte sie sich irgendwie verpflichtet, ihrer Mutter von diesem Traum zu erzählen. »Sie hat mir gesagt, ich soll über die Steine gehen, aber sie hat sich hineingelegt …« Rae wimmerte und schniefte. »Sie hat sich ins Wasser gelegt.«

»Schsch«, machte LoLo, strich über Raes Schulter und hielt sie noch fester.

»Warum hast du dich damals ins Wasser gelegt, Mommy?«

»Ich – ich möchte nicht – darüber reden …«, stotterte LoLo.

»Ich möchte es wissen, Mommy. Bitte«, flehte sie. »Wir hatten doch ein gutes Leben, oder? Das Haus war so schön. Dazu der große alte Garten. Wir haben im Ponderosa gegessen, erinnerst du dich daran? Ich mochte die Pommes dort. Die dicken. Und die Burger. Die waren so groß und saftig – mir kamen sie so groß wie mein Gesicht vor. Es war schick da – du und Daddy, ihr habt Steaks gegessen. Warum warst du so traurig, Mommy? Warum warst du da im Wasser?«

LoLo wiegte Rae, als wäre sie ein kleines Baby – vor und zurück. Ein Krankenwagen raste am Haus vorbei die Straße runter und riss mit seiner Sirene den Sonntag aus dem Schlaf. Direkt vor dem Wohnzimmerfenster, in dem großen Ahornbaum, der bis zum vierten Stock reichte und seine Äste weit ausstreckte, wie um den Frühling willkommen zu heißen, hüpfte eine Spatzenmutter um ihr Nest herum. Das war sorgsam aus trockenen Zweigen und Blättern, Rinde und Federn gebaut. Sie war mit einem fetten Regenwurm beschäftigt, der in einer Pfütze am Fuß des Baums ertrunken war. Schließlich schob sie ein bisschen von dem Wurm in den Schnabel jedes ihrer Küken. Die reckten abwechselnd die Hälse, rissen die Schnäbel auf und riefen schrill nach ihrer Mama. Die hörte sie, fütterte sie. Sie vertraute auch darauf, dass ihr Daddy, der auf einem nahen Ast herumhüpfte und keine Schlaflieder, sondern Warnrufe zwitscherte, sie unterstützte. Diesen Tanz würden die kleinen Spatzen wiederholen, bis ihre Küken genügend Futter im Bauch, genügend Kraft in ihren Flügeln und Beinen hätten, um flügge zu werden. Dann würden sie vorsichtig auf niedrigere Äste, auf einen Strauch hüpfen, bis sie sich trauten, die Flügel auszubreiten und hoch hinaufzufliegen. Bis sie um ihr eigenes Überleben kämpften und sich vielleicht ein eigenes Nest bauten, das sie dann mit neuen Küken füllten, die wiederum sie brauchten.

LoLo hielt den Atem an, bis der Krankenwagen mit seiner Sirene um die Ecke gebogen war und die kleinen Vögel ihre Schnäbel wieder ins Nest senkten. Als sie Luft holte, schien sie zu zittern. »Weißt du, dein Daddy dachte, er würde uns ein gutes Leben bereiten. Alles, was er sich wünschte, war, eine Familie zu sein. Das hatte er in seiner eigenen Kindheit nie gehabt. Keiner von uns beiden. Als wir anfingen, miteinander auszugehen, hieß es überall, zwei Komma fünf Kinder und ein weißer Staketenzaun wären das Ziel. Und dann hat er sich eine doppelte Portion genommen. Ich schätze, dein Vater fand, er leiste etwas, weil er zwei Familien hatte, Geheimnisse hütete. Als ob wir das nicht gespürt hätten. Denn ich hab es gespürt. Das habe ich. Immer war er weg. Immer irgendwo anders …« LoLo verstummte. »Und dann mussten wir ganz plötzlich all unsere Sachen packen und nach Jersey.« Rae spürte das Herzklopfen ihrer Mutter an ihrem Kopf. Schnell dröhnte es an ihrem Ohr. »Das war kurz nachdem diese Frau dich geschlagen hatte.«

Rae setzte sich auf und drehte sich langsam zu ihrer Mutter – bis sie ihr direkt in die Augen sehen konnte. »Ich – ich verstehe nicht. Was meinst du damit, dass sie mich geschlagen hat? Und welche Frau war das?«

»In dem Kindergarten, wo du als Kleinkind warst. Bevor wir weggezogen sind. Betina war eine Betreuerin dort, und sie hat dich wegen irgendwas geschlagen. Ich erinnere mich nicht mehr, warum. Ich weiß aber noch, dass ich in die Einrichtung marschiert bin und bereit war, ihr eine Tracht Prügel zu verpassen, weil sie dich angerührt hat. Bis heute kapiere ich nicht, warum sie es mir nicht gleich an Ort und Stelle gesagt hat …«

»Dir was gesagt hat?«, fragte Rae. »Ich verstehe nicht …«

»Sie hätte mir nur ihren Bauch unter die Nase halten und es sagen müssen.«

»Dir was sagen, Mommy? Was meinst du denn?«

»Betina ist Tasheeras Mutter, Rae. TJ hat mir ihren Namen gesagt, und dann habe ich eins und eins zusammengezählt, weißt du. Ich habe mich erinnert, dass sie eine Betreuerin in deinem Kindergarten war. Und zwar die, der ich gedroht habe, nachdem sie dich geschlagen hatte. Sie war schwanger. Es war ein Wunder, dass diese Frau mir nicht gleich gesagt hat, wer sie war. Dein Daddy dachte sich wahrscheinlich: ›Ich werde nicht zulassen, dass sie meine Familie zerstört.‹ Also –

organisierte er unseren Umzug nach New Jersey. Damals hat er uns, mich, von allem weggerissen, was ich kannte und liebte, damit er nicht aufflog. Er hat mein ganzes Leben auf den Kopf gestellt. Meine ganze Existenz.«

LoLo wandte den Kopf ab, um ihre Tränen zu verstecken, aber das Schluchzen überwältigte sie. Rae schlang die Arme um sie und drückte sie ganz fest. Aber sie sagte nichts, weil sie mehr erfahren wollte.

»Mein ganzes Leben lang haben Leute über mich entschieden. Jeder Mensch, der mich eigentlich beschützen sollte, hat mich eingesperrt und meine Hände angekettet, verstehst du? Mein Daddy, mein kleiner Bruder, diese Monster in dem Waisenhaus. Mein Onkel. Seine Frau. Sie alle haben mich in Ketten gelegt wie ein Tier«, sagte LoLo leise. Nach einer Weile meinte sie: »Tommy hat versprochen, mich zu beschützen. Und was hat er dann getan? Mich betrogen und zwei Kinder hinter meinem Rücken gezeugt, während ich wie ein Tier in einem Käfig in New Jersey festsaß. Das hätte genauso gut Sibirien sein können. Er hat mir die Wahl genommen. Mich in dieses Wasser zu legen … das war meine Art, die Kontrolle zu übernehmen. Es war mein Weg, um frei zu sein.«

Rae drückte sie noch ein bisschen fester. »Es tut mir leid, Mommy. Es tut mir so leid.«

LoLo legte die Hände an Raes Oberkörper und schaute ihr direkt in die Augen. »Bei mir musst du dich nicht entschuldigen, Kind. Heb dir das für deinen Mann auf.«

Rae lehnte sich zurück und befreite sich aus den Armen ihrer Mutter. »Entschuldigen? Wofür?«

»Du hast den Mann betrogen, Rae.«

Rae sprang so schnell auf die Füße, dass sie gegen den Cocktailtisch stieß. Das gerahmte Foto von ihr und Roman aus einer Zeit, als sie noch dachten, dass sie eine gemeinsame Zukunft hätten, fiel um. »Ich hatte meine Gründe, Mommy! Eher friert die Hölle zu, als dass ich …«

»Kein Grund, vor deiner Mama so daherzureden, und du musst auch nicht rumschreien. Ich sitze hier direkt vor dir«, sagte LoLo leise, um die Atmosphäre im Raum ein bisschen zu beruhigen. »Was du getan hast, war nicht richtig, Rae. Deinen Partner zu betrügen, das ist der schlimmste Schmerz, den du jemand zufügen kannst, den du behauptest zu lieben. Das weiß ich aus bitterer Erfahrung.«

Rae lief aufgebracht hin und her, senkte aber ihre Lautstärke. »Was ich getan habe, das hab ich für mich getan. Es ging da gar nicht um ihn. Kannst du mir die Frage beantworten, warum Männer glauben, wir würden gerne durchs Haus hetzen, den Kindern nachjagen, kochen, putzen, dreckige Unterwäsche waschen und all solches Zeug? Als wäre das unser Leben! Wir geben alles auf, was wir sind, alles, was wir sein könnten, um uns in diese Fantasie einzukaufen, die Männer sich ausgedacht haben. Ich habe mir meine Macht zurückgeholt. Und ich werde mich dafür nicht entschuldigen, bei niemandem.«

»Den Deal haben wir unterschrieben«, sinnierte LoLo.

»Aber wolltest du eine Sklavin davon sein? Wusstest du, was du aufgeben würdest, um diese Familie zu haben? Meine ganze Jugend hindurch dachte ich, darum ginge es, weil du das für Daddy, für meinen Held, getan hast. Du hast dich immer so verhalten, als wäre er dein Held, aber in Wirklichkeit helfen Helden Menschen. Sie legen sie nicht in Ketten, sie helfen ihnen, frei zu sein. Diese Ketten haben dich fast verrückt werden lassen, Mommy. Siehst du das nicht? Deshalb bin ich dermaßen wütend. Ich bin so wütend, Mommy.

Ich bin wütend! Ich bin wütend! Ich bin wütend!«, rief Rae, bis ihre Kehle schmerzte und ihr Gesicht ganz heiß war. Dann ließ sie sich wieder auf die Couch fallen und nahm die Hände ihrer Mutter. Und schwieg für eine Weile.

»Ich weiß, dass du wütend bist, aber du kannst Tommy nicht mit deinem Nichtsnutz von einem Ehemann vergleichen«, sagte LoLo. »Ich weiß, dass Tommy nicht perfekt war, aber er war ein guter Mensch. Ein verdammt guter Mensch.«

»Vielleicht hat die Frau in meinem Traum mir zu sagen versucht, dass Daddy und Roman verschiedene Seiten derselben Münze sind«, meinte Rae ruhig. »Vielleicht wollte sie mir sagen, dass ich auf Wasser gehen muss, anstatt mich hineinzulegen und darin zu ertrinken.«

* * *

Roman kam am Mittwoch nach Hause. Gleich nachdem LoLo ihrer Enkelin die Frühstücksflocken vom Mund abgewischt und ihr die Zähne mit dieser Erdbeerzahnpasta geputzt hatte, die sie so viel lieber mochte als die mit Pfefferminzgeschmack, von der angeblich ihre Zunge brannte. Roman kam reingestürmt und knallte die Wohnungstür zu, bereit, eine Show abzuziehen. Rae stand in der Küche und packte gerade Skyes Truthahnsandwich, Apfelstücke, ein Tütchen mit Salzbrezeln und eine Wasserflasche in ihre Lunchbox, als würde sie ein Puzzle legen. Sie hatte sich vorgenommen, an der Morgenroutine festzuhalten, um Skyes Alltagsrhythmus so wenig wie möglich zu stören, obwohl jeder Knochen, jede Zelle in Raes Körper zu Eis gefroren war. Starr vor Angst. In ruhigen Momenten, etwa auf dem Weg zur Arbeit in der Subway oder wenn sie am Herd stand, um Abendessen zu kochen, wenn ihre ganze Welt zur Ruhe kam, aber auch in Momenten, in denen ihr nach nichts anderem als nach Heulen zumute war, immer überlegte Rae, was sie sagen würde. Wie würde sie reagieren, wenn sie Roman wiedersah – wenn er schließlich die Opferrolle für sich beanspruchen würde. Die allermeisten seiner Sachen – Kleidung, Schuhe, Waschzeug und so weiter – waren ja noch da. Und er würde, wo auch immer er hingegangen war, nicht allzu lange ohne seine Sachen improvisieren können. In einem Hotel war er nicht, das wusste Rae. Geld hatte er auch keins. Er benutzte keine ihrer Kredit- oder Bankkarten für ein Hotel. Und sein fragiles Ego würde Pflege brauchen. Es hatte sich der ganzen Welt ja schon via E-Mails und Telefonaten und Treffen in Bars mit seinen Jungs mitgeteilt. Innerhalb weniger Tage hatte ihre Beziehung sich in ein Spektakel verwandelt, in ein Haus aus Glas, auf das mit einem Mal ein Schweinwerfer gerichtet war, der die Schmutzschlieren sichtbar machte. Roman rannte wie ein Widder dagegen an, in vollem Tempo. Rae wusste, es war nur eine Frage der Zeit, bis das Glas splittern und scharfe Scherben auf sie beide herabregnen würden. *Er wird bald kommen*, hatte sie überlegt. *Mach dich gefasst*, hatte sie sich selbst gewarnt. Auf Wut. Auf Anklagen. Drohungen. Vielleicht auch auf Gewalt.

Raes Atem, ihre ganze Brust wurde schwerer mit jedem Schritt, den sie Richtung Küche kommen hörte. Instinktiv suchten ihre Augen nach einer Waffe, nach irgendetwas, womit sie sich verteidigen konnte. Der Gedanke brach ihr das Herz. So weit war es mit ihnen gekommen.

»Welches war's?«, brüllte Roman. Theatralisch genug für einen Auftritt am Broadway knallte er nacheinander drei Dessous auf den Küchentisch. Darunter auch das beerenfarbene Korsett von dem Abend, als Rae Diego verführt hatte. »Das

Rote? Das Schwarze hier? Oder dieses Weiße, das du in unseren Flitterwochen anhattest?«

Das Korsett war gar nicht mit der übrigen Lingerie vergleichbar. Die gehörte zu dem kleinen Stapel hübscher Wäsche, die Rae hinten in ihrer Wäscheschublade aufbewahrte. Unter einem alten Duftsäckchen mit Lavendel und Vanille, das sie vor Jahren mal bei Macy's erstanden hatte. Wahrscheinlich in der Nähe der Ständer mit Seidenunterkleidern und Babydolls aus Spitze und Satin, wie ihre Mutter und ihre Freundinnen aus der Kirchengemeinde sie ihr zur Brautparty geschenkt hatten. Bei Rae blitzte die Erinnerung daran auf, wie sie die Sachen für die Schenkenden und die anderen Gäste zum Bewundern in die Höhe gehalten hatte. Nervöses Gekicher hatte verlegene Äußerungen untermalt: »Damit kannst du dich bei deinem Mann sehen lassen« oder »Mit dem hier kann LoLo sich drauf verlassen, Enkelkinder zu kriegen!«. Rae trug die Wäsche in den Flitterwochen und, zu Beginn ihrer Ehe, an Wochenenden, nachdem sie ausgegangen waren oder wenn sie sich zu Hause mit Bier oder Wodka-Orange einen Schwips angetrunken hatten. Nichts davon hatte sie lange an; Roman wollte immer schnell zur Sache und zum Ende kommen. Es dauerte nicht lange, da zog Rae ihre bescheidene Reizwäsche nur noch zu besonderen Anlässen an: Geburtstage, Hochzeitstag, ein-, zweimal zu Weihnachten. Bald holte sie sie gar nicht mehr hervor. Roman war es egal. Seine Gleichgültigkeit war wiederum Rae egal. Viele Dinge spielten für beide keine Rolle mehr. Schon lange nicht mehr.

»Was davon ist das Fetischzeug, von dem der Nigga* in seinen SMS geschrieben hat, du sollst es von jetzt an nur noch für ihn anziehen?«, verlangte Roman zu erfahren.

»Wovon redest du …«

»Antworte mir, verdammt noch mal!«, rief er und schlug mit der Faust auf den Küchentisch.

Da kam zu Romans Überraschung LoLo in die Küche geeilt. »Deine Tochter ist nebenan. Oder ist dir das egal?«, zischte sie. »Schrei nicht so herum.« Und dann zu Rae: »Baby, ist alles okay bei dir? Komm mit mir.«

»Ich … ich will nur reden, Mrs Lawrence«, sagte Roman jetzt leiser und hob abwehrend die Hände. Seine ganze Erscheinung war irgendwie in sich zusammengesunken.

»Danach hat es nicht geklungen«, bemerkte LoLo.

»Ist schon gut, Mommy«, sagte Rae. »Kannst du Skye zur Schule bringen? Ich will nicht, dass sie hier ist, während wir reden. Bring … bring sie einfach hier weg.« Sie streckte ihr Skyes Lunchbox hin. LoLo starrte Roman böse an, bevor sie die Box entgegennahm.

»Lass mich dir noch eins sagen: Ein Haar auf ihrem Kopf, nur eines«, sagte LoLo und reckte warnend ihren Zeigefinger in die Höhe, »und die werden noch bis Neujahr Schrot aus deinem Hintern puhlen, verstanden?«

Immer noch mit erhobenen Händen nickte Roman.

»Ich bin gleich wieder da, Baby. Mach dir bloß keine Sorgen.«

Rae nickte.

Zunächst passierte zwischen ihr und Roman eine ganze Weile nichts, nachdem LoLo die Wohnungstür hinter sich zugezogen hatte.

»Möchtest du einen Kaffee?«, fragte Rae schließlich.

»Ich möchte wissen, wie du mir das antun konntest.«

»Wie ich was tun konnte, Roman?«, fragte sie und verzog dabei ungläubig das Gesicht.

»You fucked another nigga!«*

»Du doch auch. Und?«

»Darum geht's hier? Ums Heimzahlen?«, fragte Roman. »Bist du immer noch sauer, weil du denkst, ich hätte dich betrogen? Du lässt unsere Familie kaputtgehen wegen irgendeinem Scheiß, der noch nicht mal passiert ist?«

»Und du stellst dich wirklich hin und tust so, als wäre Fremdgehen der einzige Grund, warum unsere Familie nicht mehr funktioniert? Redest du dir das auch ein, wenn du unsere Rechnungen von meinem Geld bezahlst?«

»Oh, jetzt ist es also dein Geld, was? ›Keine Sorge, Roman, wir bauen uns zusammen was auf. Ich kann für uns sorgen, während du deine Träume verwirklichst, Roman. Wir schaffen das zusammen, Roman.‹ Hast du mir das nicht gesagt, als wir uns drauf geeinigt haben, dass du arbeiten gehst, während ich schreibe?«

»Ach, dann war das eine gemeinsame Entscheidung zum Wohlergehen unserer Familie? Das sollte dabei rauskommen, dass du einen guten Job gekündigt hast, während deine Frau schwanger war? Ohne mir wirklich eine Wahl zu lassen? Was hätte ich denn dann machen sollen?«

»Was zum Teufel redest du da?«, regte Roman sich auf. »Du hast nie gesagt, du hättest ein Problem damit, dass ich meinen Traum verwirkliche!«

»Das hätte auch nicht nötig sein sollen!«

Rae schlug beide Hände vors Gesicht. »Hör zu – setz dich erst mal«, sagte sie dann und schob die Dessous beiseite. Einen Moment starrte sie auf die Sachen, dann zog sie sich einen Stuhl so heran, dass sie ihrem Mann direkt gegenübersitzen konnte. Er zögerte erst, folgte dann aber ihrem Beispiel.

»Wo warst du?«

»Jetzt kümmert dich das?«

»Mich kümmert, dass du dieses Haus mit meinem Handy verlassen hast. Und dass du dein Kind hier zurückgelassen hast, als wäre es bloß ein Kollateralschaden deines Wutanfalls.«

»Wutanfall? Ich glaube, mein Zorn ist mehr als berechtigt, wenn meine Frau versucht, unsere Familie zu zerstören.«

»Aber vor der ganzen Welt unsere Privatangelegenheiten auszubreiten und fünf Tage lang zu verschwinden, ohne ein einziges Wort, das war vernünftig?«

»Ich wollte, dass du siehst, wie es wäre, hier eine alleinerziehende Mutter zu sein«, sagte er. »Du musstest verdammt noch mal sehen, wie wichtig ich für diese Familie bin.«

Rae lachte auf. »Weißt du, ich bin mir nicht sicher, was durchgeknallter ist: Dass du glaubst, du würdest gut dastehen, wenn du aller Welt erzählst, dass ich fremdgegangen bin, oder dass du meinst, ich wäre nicht in der Lage, mich ohne dich hier um meine Tochter zu kümmern. Du hast keinen Schimmer davon, was du angerichtet hast oder in welcher Lage du dich befindest, oder?«

»Ich habe eine Frau, die mich betrogen hat. Das weiß ich.«

»Nein, du hast eine Frau, die derart gestresst ist, dass ihr Körper sie im Stich lässt.«

»Jetzt liegt's an mir? Dein Stress soll meine Schuld sein?«

Rae schwieg zunächst, weil sie nach den richtigen Worten suchte, um es Roman verständlich zu machen. Doch wie bei einer anspruchsvollen Schachpartie fiel ihr zu jedem Gedanken, der ihr in den Sinn kam, Romans Gegenargument ein, mit dem er sie widerlegen würde. Dann erfasste der Schmerz – erst dumpf und dann immer heftiger – ihre

Wade. Sie ließ ihn brennen – ließ sich vom Schmerz, von allem Schmerz, Tränen in die Augen treiben. Als sie weinend so dasaß, wurde es ihr endlich klar: Roman war der Knoten in ihrer Wade, quälend und glühend heiß und unerträglich.

»Du hast definitiv nicht geholfen, meinen Stress zu verringern, Roman«, sagte sie leise.

»Was? Weil ich das Badezimmer nicht so geputzt hab, wie du es dir vorgestellt hast, Rae? Ist es das? War dir das Wohnzimmer zu staubig? Hätte ich wischen und dir ein Abendessen kochen sollen? Wie eine kleine Bitch?«

»Ich wollte, dass du mich beschützt, Roman!«

»Dich beschützen? – Wovon redest du da, Rae?«

»Ich rede davon, einen Ehemann zu haben, der seinen Teil der Vereinbarung einlöst«, sagte Rae. »Alles, was du getan hast, war nehmen, nehmen, nehmen. Du hast nichts dafür zurückgegeben. Ich habe mir von allen sagen lassen, wie mein Part in unserem Arrangement auszusehen hat. Aber jetzt bin ich mir nicht mehr so sicher, ob das überhaupt das ist, was ich von dieser Ehe verlange.«

»Vereinbarung? Arrangement? Ich kapier nicht, was für einen Scheiß du da redest, Rae«, sagte Roman und lehnte sich auf dem Stuhl zurück.

»Das hier. Dieses Arrangement zwischen einem Ehemann und einer Ehefrau«, sagte sie und schlug erst gegen seine Brust, dann gegen ihre und immer so weiter. »Ich dachte, es wäre das, was ich wollte. Aber ich wusste nie wirklich, was ich wollte, Roman. Darüber habe ich niemals ernsthaft nachgedacht.«

»Oh, warte, du hast also einen neuen Stecher, und plötzlich bist du so verändert, dass du nicht mehr weißt, warum wir zusammen sind? Was ist das denn für ein Scheiß?«, sagte Roman und lachte gekünstelt zu seinen eigenen Worten.

»Ach, das ist witzig? Für dich ist das witzig, Roman?«, fragte Rae.

»Witzig ist, dass du mich betrügst und jetzt hier sitzt und so tust, als wäre ich daran schuld«, sagte er. »Du hast dich ja noch nicht mal dafür entschuldigt.« Er gab wieder so ein gespieltes Lachen von sich.

Dieses Lachen war wie ein Weckruf, eine Sirene. Es öffnete Rae die Augen. »Weißt du, was witzig ist? Du bist der Witz, Roman«, sagte sie mit einer Stimme, die fast nur noch ein Flüstern war. »Du verpasst nur dauernd die Pointe. Das hier ist vorbei.«

»Nein, du wolltest reden. Also lass uns reden, Rae.«

»Ich meine nicht dieses Gespräch. Ich meine uns. Wir sind durch.«

Abrupt stand Roman von seinem Stuhl auf. Rae erstarrte angesichts seiner Bewegung – und war auf einen Zusammenstoß gefasst. Aber Roman schlug nicht zu. Er lief im Kreis, rieb sich die Schläfen, schüttelte den Kopf. »Rae«, fragte er leise, »hast du mich jemals geliebt?«

Ihre Diskussion drehte sich im Kreis. Er konnte sie über seine Wut und Abwehrhaltung und sein Ego – über sein aggressives Bedürfnis, den Rahmen der Geschichte zu bestimmen – einfach nicht hören. Acht Jahre lang war sie ein menschliches Gerüst gewesen, hatte diese wackelige, gefährliche, anstrengende Arbeit verrichtet. Während er sich dem Himmel entgegenstreckte, wie ein unbeseeltes Objekt, das ruhmreich sein wollte, aber vor allem lange Schatten auf alle warf, die ihn umgaben. Schatten auf sie. Sie konnte das nicht mehr. Endlich hatte Rae sich mit sich selbst darauf geeinigt, dass sie auch nicht länger dazu verpflichtet war. Damit hatte Roman Rae endgültig verloren. So fand Rae zu sich selbst. In diesem Moment lernte sie, über das Wasser zu gehen.

EPILOG

Sie waren immer bei ihr gewesen, alle vier, die ganze Zeit – um ihr den Weg zu weisen, Hindernisse zu beseitigen. Einer pflegte kleine weiße Federn zu schicken, um auf seine Anwesenheit aufmerksam zu machen. Er hinterließ sie auf einem Kissen oder auf der dunkelsten Stelle eines gemusterten Teppichs. Einmal, Rae war wegen ihres Baby mit einem unsicheren Gefühl am Weihnachtsmorgen bei Roman und seiner Familie aufgewacht und wollte ihre Bedenken in einem Wodka-Soda ertränken, öffnete sie den Tiefkühler und da lag eine weiße Feder. Direkt neben einer Packung Butter Pecan von Häagen-Dazs. Sie musste an ihren Daddy denken. An etwas Gutes. Die anderen, die Frauen, schickten Marienkäfer. Orangefarbene. Manchmal nur einen, manchmal einen ganzen Schwarm. Wenn so ein Haufen Marienkäfer auftaucht, dann nennt man sie allerliebst, und das waren sie auch für Rae: etwas Allerliebstes. Zum Beispiel wenn sie sich wegen Rechnungen Sorgen machte. Oder wenn sie putzte, wie sie das immer tat, wenn ihre Nerven ihr zu schaffen machten, und plötzlich *Ribbon in the Sky* aus ihren Lautsprechern kam. Und dann waren sie da, Dutzende orangeroter Marienkäfer, die auf den Fliegengittern vor den Fenstern krabbelten, an der Hausmauer oder auf der Feuerleiter, von der aus sie den Mond betrachtete. Zweiundfünfzig insgesamt, zählte sie einmal. Dann wich der ganze Stress aus ihren Schultern. Jedes Mal. Einfach weg. Wenn sie eine Feder oder Marienkäfer sah, dann vergaß sie ihre Lasten und konzentrierte sich stattdessen darauf, was die Zeichendeuterin sagte: »Dein ganzes Leben lang haben sie nie Plagen an dich herangelassen. Du fällst, und sie werden eine Wolke unter dir sein. Deine Füße werden nie den Boden berühren. Die Federn und Marienkäfer sind ein Versprechen. Du wirst beschützt.« Und Rae glaubte daran. Glaubte daran mit jeder Faser ihres Wesens.

Es machte ihr aber auch Angst. Manchmal. Dieselbe Zeichendeuterin sagte, derjenige, der die Federn schickte, der Mann, sitze gern in den großen braunen Ledersesseln am Fenster, besonders in dem rechten. »Er sagt, ihm gefällt wie das Licht durchs Fenster darauf fällt. Außerdem ist es der beste Winkel, um die Spiele der Mets zu sehen, falls du dran denkst, sie einzuschalten.« Die Zeichendeuterin kannte Rae kein bisschen und hatte mit Sicherheit noch nie die Einrichtung von Raes Wohnung gesehen. Als sie die Szene beschrieb und dass Rae sich die Spiele zum Gedenken an ihren Daddy ansah, um sich ihm nah zu fühlen, da brach Rae in Tränen aus. Das Gleiche galt, wenn Rae Blumenduft roch – Gardenien, manchmal auch Jasmin oder Lavendel. Die Zeichendeuterin sagte, die beiden älteren Frauen, beide mit einer Vorliebe für Blumen, würden das Zimmer mit dem süßen Duft füllen, um sich bemerkbar zu machen. »Dein Vater, deine Urgroßmutter und deine Großmutter, sie sind immer bei dir«, sagte sie. »Du wirst beschützt.«

Der jüngste Geist, erklärte die Zeichendeuterin, das sei Raes Mutter – die Rae gern in einem Wirbel aus Licht umschwirrte und immer wieder bekräftigte, wie sehr sie ihr kleines Baby liebe. Dass sie es nicht verlassen wollte. Es nie wieder tun würde. »Ihre Liebe zu dir ist immens und stark. Hab keine Angst. Du wirst beschützt.« Rae folgte dem Rat – anfangs zögernd, dann als regelmäßiges Ritual. Sie brachte

Opfergaben, begleitet von Gebeten, auf den Altar, betete vor dem Essen. Sie brachte Blumen und Trankopfer, mal Bourbon, mal Kaffee. Kuchen, gelegentlich Cookies. Irgendetwas Süßes. Sie stellte sich vor, dass die vier die Kerzenflamme flackern ließen. Sodass das Licht an den neuen Wänden, die sie ganz allein gestrichen hatte, tanzte. In ihrer neuen Wohnung, die sie ganz allein bezahlt hatte, und auf den neuen Möbeln, die sie ganz allein ausgesucht hatte. Manchmal ließ sie beim Schlafen das Licht brennen und lauschte auf knarzende Geräusche. Manchmal arrangierte sie es so, dass Skye meinte, es wäre ihre eigene Idee gewesen, im Bett ihrer Mutter zu schlafen. Schon bald fürchtete Rae sich nicht mehr. Sie hatte keine Angst. Sie gab ihr Bestes. Sie war frei.